LA CITÉ DE FEU

Kate Mosse

LA CITÉ DE FEU

Traduit de l'anglais
par Caroline Nicolas

SONATINE ÉDITIONS

Directeurs de collection : Arnaud Hofmarcher
et Marie Misandeau
Coordination éditoriale : Pierre Delacolonge

Titre original : *The Burning Chambers*
Éditeur original : Mantle

Sonatine Éditions
32, rue Washington
75008 Paris
lisezsonatine.com

Ouvrage réalisé par Cursives à Paris

ISBN 978-2-35584-763-9
N° d'édition : 763 – Dépôt légal : janvier 2020

Comme toujours, à mes chers
Greg, Marta & Felix

Et également à ma merveilleuse belle-mère,
Granny Rosie

Il y a un temps pour tout, un temps pour toute chose
sous les cieux :
Un temps pour naître, et un temps pour mourir ;
Un temps pour planter, et un temps pour arracher
ce qui a été planté ;
Un temps pour tuer, et un temps pour guérir ;
Un temps pour abattre, et un temps pour bâtir ;
Un temps pour pleurer, et un temps pour rire ;
Un temps pour se lamenter, et un temps pour danser ;
Un temps pour lancer des pierres, et un temps pour
ramasser des pierres ;
Un temps pour embrasser, et un temps pour
s'éloigner des embrassements ;
Un temps pour chercher, et un temps pour perdre ;
Un temps pour garder, et un temps pour jeter ;
Un temps pour déchirer, et un temps pour coudre ;
Un temps pour se taire, et un temps pour parler ;
Un temps pour aimer, et un temps pour haïr ;
Un temps pour la guerre, et un temps pour la paix.

(L'Ecclésiaste, III, 1-8, traduction Louis Segond.)

SOMMAIRE

NOTE AU SUJET DES GUERRES DE RELIGION

Les guerres de Religion sont une succession de guerres civiles qui, après des années de tensions, débutèrent le 1er mars 1562 avec le massacre à Vassy de huguenots désarmés, par les forces catholiques de François, duc de Guise. Elles prirent fin le 13 avril 1598 avec la signature de l'édit de Nantes par le roi protestant Henri IV de Navarre, après la mort ou l'exil de plusieurs millions de personnes. Le plus célèbre des affrontements de cette époque est le massacre de la Saint-Barthélemy, qui se déroula à Paris le 24 août 1572. Mais il y eut quantité d'événements semblables d'un bout à l'autre de la France avant et après cette date, notamment à Toulouse du 13 au 16 mai 1562, où plus de quatre mille personnes trouvèrent la mort.

L'édit de Nantes, lorsqu'il arriva, était moins le reflet d'un désir sincère de tolérance religieuse que l'expression d'un épuisement général et d'une impasse militaire. Il apporta une paix sans conviction à un pays qui, à force de se déchirer sur des questions de doctrine, de religion et de souveraineté, était presque au bord de la faillite. Louis XIV, petit-fils d'Henri IV, révoqua l'édit de Nantes à Fontainebleau le 22 octobre 1685, précipitant l'exode des huguenots résidant encore en France.

Les huguenots ne représentèrent jamais plus du dixième de la population française, mais leur influence fut significative. L'histoire du protestantisme français s'inscrit dans celle, plus vaste, de la Réforme en Europe : du placardage par Martin Luther de ses 95 thèses sur les portes de l'église de Wittemberg, le 31 octobre 1517, à la dissolution par Henri VIII d'Angleterre des monastères, qui commença en 1536, et à la création par le missionnaire évangélique Calvin, en 1541, d'une terre d'asile pour les réfugiés français à Genève, suivie de celle proposée aux réfugiés protestants à Amsterdam et à Rotterdam à partir de la fin des années 1560. En France, les principales questions en jeu étaient le droit de vénérer le Seigneur dans sa propre langue ; le refus du culte des reliques et de l'intercession ; une attention plus rigoureuse aux mots de la Bible elle-même et le désir de pratiquer sa foi dans la simplicité, selon les règles de vie établies dans les Saintes Écritures ; le rejet des excès et des abus de l'Église catholique, révoltants aux yeux d'un si grand nombre ; et enfin la nature de l'hostie : phénomène de transsubstantiation ou de consubstantiation. Pour la plupart des gens, cependant, ces points de doctrine étaient abstraits.

Il y a quantité d'excellents ouvrages historiques sur les huguenots, et cette petite communauté eut une influence extraordinaire, à travers une diaspora qui en amena les membres – des réfugiés hautement qualifiés – en Hollande, en Allemagne, en Angleterre, au Canada et en Afrique du Sud.

La Cité de feu est le premier tome d'une série de romans dont l'action se déroule sur trois cents ans d'histoire, de la France du XVIe siècle à l'Afrique du Sud du XIXe siècle. Les personnages et leurs familles, sauf indication contraire, sont imaginaires, bien qu'inspirés du genre de personnes qui auraient pu vivre à cette époque. Des femmes et des hommes ordinaires, luttant pour vivre, aimer et survivre sur fond de guerres de Religion et d'exode.

Certaines choses ne changent pas.

PERSONNAGES PRINCIPAUX

À CARCASSONNE – LA CITÉ
Marguerite (Minou) Joubert
Bernard Joubert, son père
Aimeric, son frère
Alis, sa sœur
Rixende, leur domestique
Bérenger, sergent d'armes dans la garnison royale
Marie Galy, une jeune fille du coin

À CARCASSONNE – LA BASTIDE
Cécile Noubel (anciennement Cordier), propriétaire d'une pension de famille
M. Sanchez, *converso* et voisin
Charles Sanchez, son fils aîné
Oliver Crompton, chef huguenot
Philippe Devereux, son cousin
Alphonse Bonnet, manœuvre
Michel Cazès, soldat huguenot

À TOULOUSE
Piet Reydon, huguenot
Vidal (monsignor Valentin), noble et prêtre
Mme Boussay, tante de Minou
M. Boussay, oncle de Minou
Mme Montfort, la sœur veuve de ce dernier et sa gouvernante
Martineau, intendant de la famille Boussay

Jacques Bonal, assassin et domestique de Vidal
Jasper McCone, artisan anglais et huguenot
Félix Prouvaire, étudiant huguenot

À PUIVERT
Blanche de Bruyères, châtelaine de Puivert
Achille Lizier, commère du village
Guilhem Lizier, son neveu, soldat au château de Puivert
Paul Cordier, l'apothicaire du village, cousin de Cécile Noubel
Anne Gabignaud, la sage-femme du village
Marguerite de Bruyères, défunte châtelaine de Puivert

PERSONNAGES HISTORIQUES
Pierre Delpech, trafiquant d'armes catholique à Toulouse
Pierre Hunault, noble et chef huguenot à Toulouse
Capitaine Saux, chef huguenot à Toulouse
Jean Barrelles, pasteur du temple huguenot de Toulouse
Jean de Mansencal, président du parlement à Toulouse
François, duc de Guise et de Lorraine, chef de la faction catholique
Henri, son fils aîné et héritier
Charles, son frère, cardinal de Lorraine

PROLOGUE

Franschhoek
28 février 1862

La femme se tient debout, seule, sous un ciel d'un bleu cru. Cyprès verts et herbes rêches bornent le cimetière. Les stèles grises sont devenues blanches comme de l'os sous le redoutable soleil du cap.

Hier Rust. Ci-gît.

Elle est grande, et possède les yeux caractéristiques des femmes de sa famille depuis des générations, même si elle ne le sait pas. Elle se penche pour lire les noms et dates inscrits sur la tombe, à moitié occultés par du lichen ou de la mousse. Entre son haut col blanc et le bord poussiéreux de son chapeau de cuir, la peau pâle de sa nuque est déjà rougie. Le soleil est trop fort pour son teint d'Européenne, et cela fait des jours qu'elle chevauche à travers le veld.

Elle ôte ses gants, les pliant l'un dans l'autre. Elle en a trop perdu pour se montrer négligente et, par ailleurs, comment feraitelle pour s'en procurer une autre paire ? Il y a deux magasins généraux dans cette hospitalière ville frontalière, mais il ne lui reste plus grand-chose à proposer en échange, et tout l'argent de son héritage a disparu, englouti dans le financement de son long voyage de Toulouse à Amsterdam, puis d'Amsterdam au cap de Bonne-Espérance. Elle a dépensé jusqu'à son dernier franc pour se procurer provisions et lettres de recommandation, chevaux et homme de confiance pour la guider à travers ce pays inconnu.

Elle laisse tomber les gants à terre, devant ses pieds. Un nuage de fine poussière rouge cuivre du cap s'élève, puis retombe. Un scarabée noir, cuirassé et résolu, court trouver un abri.

La femme prend une inspiration. Enfin, la voici arrivée à destination.

Elle a suivi cette piste depuis les rives de l'Aude, de la Garonne et de l'Amstel, par-delà les mers les plus démontées, jusqu'à ce cap où l'Atlantique rencontre l'océan Indien.

Parfois la piste était éclatante comme une traînée de feu. L'histoire de deux familles et d'un secret transmis de génération en génération. À sa mère par sa grand-mère et, avant ça encore, à son arrière-grand-mère par la mère de celle-ci. Leurs noms ont été perdus, évincés par ceux de leurs maris, frères et amants, mais leur esprit survit en elle. Elle le sait. Enfin, sa quête s'achève ici. À Franschhoek.

Ci-gît.

La femme ôte son chapeau de cavalière et s'évente, déplaçant l'air torride à l'aide du large bord en cuir. Elle n'en tire aucun répit. Il fait chaud comme dans un four et ses cheveux de lin sont assombris de sueur. Elle se soucie peu de son apparence. Elle a survécu aux tempêtes, aux atteintes à sa réputation comme à sa personne, au vol de ses biens et à la perte d'amitiés qu'elle avait crues impérissables. Tout cela pour arriver jusqu'ici.

Dans ce cimetière mal entretenu de cette ville frontalière.

Elle déboucle sa sacoche de selle et plonge la main à l'intérieur. Ses doigts effleurent la petite bible ancienne – un talisman qu'elle garde avec elle pour se porter chance –, mais c'est le journal intime qu'elle sort : un volume en cuir doux de couleur brun clair, tenu fermé par un mince cordon qui en fait deux fois le tour. À l'intérieur, des lettres et des cartes dessinées à la main, un testament. Certaines pages se sont détachées, et leurs coins saillent comme les pointes d'un diamant. C'est le récit de la quête familiale, l'analyse méthodique d'une querelle héréditaire. Si elle ne s'est pas trompée, ce carnet datant du XVIe siècle est le moyen pour elle de revendiquer ce qui lui revient de droit. Après plus de trois cents ans, la fortune et la réputation de la famille Joubert vont, enfin, être restaurées. Justice sera faite.

Si elle ne s'est pas trompée.

Pourtant, elle ne peut se résoudre à regarder le nom sur la stèle. Souhaitant savourer un peu plus longtemps ce dernier instant d'espoir, elle préfère ouvrir le journal. Les pattes de mouche à l'encre jaunie, la langue surannée viennent à sa rencontre, traversant les siècles ; elle en connaît chaque syllabe, comme une leçon de catéchisme. La première entrée.

Ceci est le jour de ma mort.

Dans la brousse en bordure du cimetière, elle entend le sifflement d'un rufipenne morio et le cri d'un ibis hagedash. Il semble impossible qu'un mois plus tôt encore, les sons de ce genre lui aient paru si exotiques, quand ils sont désormais devenus si banals. Elle a les poings serrés, les articulations blanchies. Et si, après tout, elle s'était trompée ? Si c'était là une fin, et non un commencement ?

Le Seigneur m'en est témoin, c'est de ma propre main que je rédige ici ceci. Mes dernières volontés.

La femme ne prie pas. Elle ne le peut pas. L'histoire des injustices commises au nom de la religion – envers ses ancêtres – est sûrement la preuve que Dieu n'existe pas. Car quel Dieu accepterait que tant meurent en son nom dans la souffrance et la terreur ?

Néanmoins, elle lève les yeux comme si elle espérait entrevoir le paradis. Le ciel ici, en février, est du même bleu vif que dans le Languedoc. Les mêmes vents violents soulèvent la poussière dans l'arrière-pays du cap de Bonne-Espérance et dans les garrigues du Midi. Une sorte de souffle chaud qui fait tourbillonner la terre rouge et voile la vue. Il emprunte en sifflant les cols gris et verts des montagnes à l'intérieur des terres, suit les pistes creusées par les déplacements des hommes et des animaux. Ici, dans cet endroit en retrait du littoral qu'on appelait autrefois le Coin des Éléphants, avant l'arrivée des Français.

Mais à cet instant, l'air est immobile. Brûlant. Pratiquement rien ne bouge sous le soleil de plomb de midi. Chiens et ouvriers agricoles se sont réfugiés à l'ombre. Des grilles noires délimitent chaque concession : famille de Villiers, famille Leroux, famille Jourdan – tous ceux de la religion réformée qui ont fui la France en quête d'un asile. En l'an de grâce 1688.

Ses ancêtres, aussi ?

Au loin, derrière les stèles et les anges de pierre, les montagnes de Franschhoek encadrent la vue ; la femme est soudain assaillie par un souvenir des Pyrénées, et un brusque et violent mal du pays lui serre la poitrine comme un étau. Blanches en hiver, vertes au printemps et au début de l'été. En automne, les rochers gris prennent une couleur cuivrée, puis le cycle recommence. Que ne donnerait-elle pas pour les revoir.

Puis elle soupire, car elle est ici. Bien loin de chez elle.

D'entre les pages du journal en cuir usé, elle tire la carte. Elle en connaît le moindre détail, jusqu'à la dernière pliure, la dernière tache d'encre, mais elle la consulte quand même encore une fois. Relit le nom des fermes, des premiers colons huguenots qui ont terminé là, après des années d'exil et d'errance.

Enfin, elle s'accroupit et tend la main pour effleurer du doigt les lettres gravées dans la pierre. Elle est tellement absorbée qu'elle n'entend pas – elle qui a appris à être vigilante – les pas dans la poussière derrière elle. Elle ne remarque pas l'ombre qui la cache du soleil. Elle ne relève pas l'odeur de sueur, de mâchefer et de cuir, marque d'un long voyage à travers le veld, jusqu'au moment où elle sent le canon d'un pistolet sur sa nuque.

« Debout. »

Elle essaie de se retourner, de voir son visage, mais le métal froid est pressé contre sa peau. Lentement, elle se lève.

« Donne-moi le journal, dit-il. Obéis, et je ne te ferai aucun mal. »

Elle sait qu'il ment, car il la traque depuis trop longtemps et l'enjeu est trop important. Cela fait trois cents ans que la famille de cet homme essaie d'anéantir la sienne. Comment pourrait-il la laisser repartir libre ?

« Donne-le-moi. Pas de gestes brusques, attention. »

La froideur dans la voix de son ennemi est plus effrayante que de la colère et, instinctivement, elle crispe les doigts sur le carnet et les précieux documents qu'il contient. Après tout ce qu'elle a enduré, elle ne va pas lui faciliter la tâche. Mais à présent, il lui pince cruellement l'épaule, enfonçant des doigts acérés dans le muscle à travers le coton blanc de son chemisier. Elle est obligée de lâcher prise. Le journal tombe par terre et s'ouvre brutalement, éparpillant testament et actes de propriété dans la poussière du cimetière.

« Vous m'avez suivie depuis Le Cap ? »

Aucune réponse.

Elle n'a pas d'arme à feu, mais elle a un poignard. Lorsqu'il se penche pour ramasser les papiers, elle le tire de sa botte et lui en décoche un coup au bras. Si elle arrive à le mettre hors de combat, ne serait-ce qu'un instant, elle aura une chance de lui reprendre les documents et de lui échapper. Mais il a anticipé une attaque de ce genre et s'efface, esquivant la lame qui ne fait que lui égratigner la main.

Elle a conscience, juste avant l'impact, du poing armé de son adversaire qui s'abat sur elle. Aperçoit brièvement des cheveux noirs, divisés par une veine de blanc. Puis, une explosion de douleur lorsque le pistolet lui rompt la peau. Elle sent le sang couler sur sa tempe, humide et chaud, et elle tombe.

Pendant les quelques secondes où elle reste encore consciente, elle s'afflige de penser que l'histoire va s'achever ainsi. Dans un coin oublié d'un cimetière à l'autre bout du monde. Le récit d'un journal intime volé et d'un héritage. Une affaire qui a commencé trois cents ans plus tôt, à la veille des guerres civiles qui ont mis la France à genoux.

Ceci est le jour de ma mort.

PREMIÈRE PARTIE

CARCASSONNE

Hiver 1562

1

Cachots de l'Inquisition, Toulouse
Samedi 24 janvier

« Tu es un traître ?

– Non, messire », répondit le prisonnier ; à voix haute ou seulement dans les confins de sa pensée brisée, il n'aurait su le dire avec certitude.

Dents cassées, os branlants, le goût du sang séché dans sa bouche. Depuis quand se trouvait-il là ? Des heures, des jours ?

Depuis toujours ?

L'inquisiteur fit un bref geste de la main. Le prisonnier entendit le crissement d'une lame qu'on affûtait, vit les fers et les tenailles posés sur une table en bois à côté d'une cheminée. Le soufflet actionné pour attiser les braises. Il connut un surprenant moment de répit, la terreur de la prochaine torture chassant temporairement la douleur de la chair à vif dans son dos écorché. La peur de ce qui était à venir étouffa, ne serait-ce qu'un instant, la honte d'être trop faible pour endurer ce qu'on lui faisait subir. Il était soldat. Il avait combattu avec talent et bravoure sur le champ de bataille. Comment se faisait-il qu'il soit désormais trop fragile pour supporter ces sévices ?

« Tu es un traître, réitéra l'inquisiteur d'une voix morne et détachée. Tu es déloyal envers le roi, et envers la France. Nous avons de nombreux témoignages qui l'attestent. Tous te dénoncent ! » Il tapota une liasse de documents sur son bureau.

« Les protestants – les hommes comme toi – prêtent assistance à nos ennemis. C'est de la trahison.

– Non ! » souffla le prisonnier, percevant l'haleine chaude de son geôlier sur sa nuque. Il ne pouvait pas ouvrir l'œil droit, enflé par une précédente volée de coups, mais il sentit son bourreau s'approcher. « Non, je... »

Il s'interrompit, car qu'aurait-il pu dire pour sa défense ? Ici, dans les cachots de l'Inquisition à Toulouse, il était l'ennemi.

Les huguenots étaient l'ennemi.

« Je suis loyal envers la Couronne. Ma foi protestante ne veut pas dire que...

– Ta foi fait de toi un hérétique. Tu t'es détourné du seul vrai Dieu.

– Ce n'est pas vrai. Je vous en supplie. Tout cela n'est qu'une méprise. »

Il pouvait entendre la note d'imploration dans sa voix et fut pris de honte. Et il sut que lorsque la douleur reviendrait, il dirait tout ce qu'ils voulaient entendre. Que ce soit la vérité ou non, il n'avait plus la force de résister.

Il y eut un moment de tendresse ; ou du moins, ce fut ce qui lui sembla dans son désespoir. Sa main, doucement soulevée comme par un seigneur courtisant sa dame. Un bref instant, il se rappela les choses merveilleuses qui existaient dans ce monde. L'amour et la musique, le doux parfum des fleurs au printemps. Hommes, femmes et enfants se promenant bras dessus, bras dessous dans les élégantes rues de Toulouse. Un endroit où il arrivait que les gens soient en désaccord, qu'ils défendent leur point de vue avec passion et éloquence, mais où ils le faisaient aussi avec respect et honneur. Là-bas, les verres débordaient de vin et la nourriture abondait : les figues, le jambon sec de montagne, le miel. Là-bas, dans le monde où il avait vécu autrefois, le soleil brillait et le bleu infini du ciel du Midi s'étalait au-dessus de la ville comme un dais.

« Le miel », murmura-t-il.

Ici, dans cet enfer sous terre, le temps n'existait plus. Les oubliettes, appelait-on ces cachots, car un homme pouvait y disparaître et n'être jamais revu.

Le choc de l'attaque, lorsqu'elle arriva, fut d'autant plus violent qu'elle n'était pas annoncée. Une pression, d'abord légère mais vite accrue, puis les dents métalliques des tenailles qui lui rompaient la peau, le muscle et l'os.

Alors que la douleur l'enveloppait dans son étreinte, il crut entendre la voix d'un autre prisonnier dans une pièce voisine. Un homme instruit, amateur de lettres, dont il avait partagé la cellule pendant quelques jours. Un homme d'honneur, il le savait, libraire, qui aimait ses trois enfants et parlait avec un chagrin pudique de sa femme décédée.

Le murmure d'un autre inquisiteur lui parvint de derrière le mur suintant : son ami était lui aussi soumis à la question. Puis il identifia le sifflement du chat à neuf queues qui fendait l'air, le bruit sourd des griffes de fer qui s'abattaient sur la peau, et fut ébranlé d'entendre l'autre prisonnier hurler. Il avait jusqu'alors enduré la souffrance en silence, avec la plus grande fortitude.

Il entendit une porte s'ouvrir et se refermer, et sut qu'un autre homme était entré dans le cachot. Le sien ou celui d'à côté ? Des murmures, un bruissement de papier. L'espace d'un merveilleux moment, il crut que son supplice allait prendre fin. Puis l'inquisiteur s'éclaircit la voix et reprit son interrogatoire.

« Que sais-tu au sujet du Suaire d'Antioche ?

– Je ne sais rien de la moindre relique. »

C'était la vérité, même s'il avait conscience de protester en vain.

« La sainte relique a été volée dans l'église Saint-Sernin du Taur il y a environ cinq ans de cela. Il en est qui affirment que tu comptes parmi les coupables.

– Comment le pourrais-je ? s'exclama le prisonnier avec un défi soudain dans la voix. Je n'avais jamais mis les pieds à Toulouse jusqu'à... jusqu'à maintenant.

– Si tu nous dis où est caché le Suaire, insista l'inquisiteur, cette conversation entre nous prendra fin. Notre sainte mère l'Église, dans Sa miséricorde, t'ouvrira les bras pour te réaccueillir en Sa grâce.

– Messire, je vous donne ma parole que... »

Il sentit l'odeur de sa chair brûlée avant d'en percevoir la sensation. Comme on est vite réduit à l'état d'animal, de viande.

« Réfléchis soigneusement à ta réponse. Je vais te reposer la question. »

Mais cette douleur, la pire à ce jour, lui accorda alors un répit temporaire en l'entraînant dans les ténèbres, dans un endroit où il avait assez de force pour soutenir leur interrogatoire, et où dire la vérité le sauverait.

2

La Cité
Samedi 28 février

« *In nomine Patris, et Filii, et Spiritus Sancti.* »

La terre heurta le couvercle du cercueil avec un bruit sourd. Grumeaux bruns glissant entre des doigts blancs. Puis une autre main tendue au-dessus de la tombe ouverte, et encore une autre, terre et cailloux tambourinant sur le bois comme la pluie. Les sanglots discrets d'une jeune enfant, enveloppée dans la cape noire du père.

« Notre Père Tout-Puissant, nous Vous confions l'âme de Florence Joubert, épouse et mère tendrement aimée, servante du Christ. Qu'elle repose en paix dans la gloire de Votre grâce éternelle. Amen. »

La lumière commença à changer, l'air gris et humide du cimetière laissant place à un noir d'encre. Au lieu de boue, du sang rouge. Frais et tiède au toucher, sirupeux sur ses paumes. Coincé dans les plis de ses doigts. Minou baissa les yeux sur ses mains ensanglantées.

« Non ! » hurla-t-elle, se réveillant en sursaut.

Pendant un moment, elle ne vit rien. Puis elle commença à distinguer les contours de la pièce autour d'elle et se rendit compte qu'elle s'était une fois de plus endormie dans son fauteuil. Il n'était guère étonnant que ses rêves aient été agités. Elle tourna ses mains. Elles étaient propres. Pas de terre sous ses ongles, pas de sang sur sa peau.

Un cauchemar, rien de plus. Une réminiscence de ce jour terrible, cinq ans plus tôt, où ils avaient inhumé leur mère bien-aimée. Le souvenir cédant la place à quelque chose d'autre. Une sinistre vision créée de toutes pièces.

Elle regarda le livre ouvert sur ses genoux – une méditation de la martyre anglaise Anne Askew – et se demanda si cette lecture avait contribué à ses rêves tourmentés.

Elle s'étira pour chasser la nuit de ses os et lissa sa chemise froissée. Sa chandelle s'était éteinte et la cire avait formé une flaque sur le bois sombre. Quelle heure était-il ? Elle se tourna vers la fenêtre. Des rais de lumière filtraient par les fentes des volets, quadrillant le plancher usé. Dehors, elle entendait les bruits habituels de la Cité au petit matin, lorsqu'elle se réveille pour accueillir l'aube. Les pas lourds et cliquetants de la garde sur les remparts, montant et descendant péniblement les marches raides de la tour de la Marquière.

Elle savait qu'elle aurait dû se reposer plus longtemps. Le samedi était la journée la plus chargée dans la librairie de son père, même pendant le Carême. À présent que la responsabilité de la boutique reposait sur ses épaules, elle aurait peu de temps à elle dans les heures à venir. Mais ses pensées tourbillonnaient comme les étourneaux au-dessus des tours du château comtal en automne.

Elle porta la main à sa poitrine et sentit le rythme vif de son cœur battant. Son rêve, si pénétrant, l'avait laissée agitée. Il n'y avait nul lieu de penser que leur librairie avait été de nouveau prise pour cible – son père n'avait rien fait de mal, c'était un bon catholique –, mais elle ne pouvait se défaire de l'idée qu'il était arrivé quelque chose pendant la nuit.

De l'autre côté de la chambre, sa petite sœur de sept ans, Alis, était plongée dans un profond sommeil, ses boucles formant un nuage noir sur l'oreiller. Minou lui toucha le front et fut soulagée de trouver sa peau fraîche. Elle le fut également de constater que le lit gigogne où leur frère de treize ans passait parfois la nuit, lorsqu'il n'arrivait pas à dormir, était vide. Trop souvent, ces derniers temps, Aimeric était entré à pas de loup dans leur chambre, expliquant qu'il avait peur du noir. Le signe d'une conscience tourmentée, avait commenté le curé. Aurait-il dit la même chose des terreurs nocturnes de Minou ?

Elle s'aspergea le visage d'eau froide, passa un linge sous ses aisselles. Elle enfila sa jupe et boutonna sa cotte, puis, prenant garde à ne pas réveiller Alis, ramassa le livre emprunté et sortit de leur mansarde sur la pointe des pieds. Elle descendit l'escalier, passant devant la chambre de son père et le minuscule cagibi où dormait Aimeric avant de s'engager dans la deuxième volée de marches, qui la mena au niveau de la rue.

La porte qui séparait le couloir de leur grande pièce à vivre était fermée, mais le chambranle mal ajusté laissait parvenir jusqu'à elle un bruit de poêles et le cliquetis de la chaîne au-dessus du feu, qui se tendit brusquement lorsque leur servante y accrocha le seau d'eau à bouillir.

Minou ouvrit discrètement la porte pour passer le bras, espérant pouvoir attraper les clefs sur l'étagère sans attirer l'attention de Rixende. La domestique était de nature aimable mais bavarde, et Minou ne voulait pas être retenue ce matin.

« Eh bien dites donc, mademoiselle, dit gaiement Rixende. Je ne pensais pas vous voir levée si matin. Personne d'autre ne bouge encore. Puis-je vous apporter quelque chose pour rompre le jeûne ? »

Minou lui montra les clefs.

« Je dois me hâter. Lorsque mon père se réveillera, pouvez-vous l'informer que je suis partie tôt à la Bastide préparer la boutique ? Pour profiter du fait que c'est jour de marché. Nul besoin qu'il se dépêche, s'il décide…

– Ah, c'est merveilleux de savoir que le maître a l'intention d'aller… »

Rixende s'interrompit en voyant l'expression de Minou.

Même si tout le monde savait que son père n'était pas sorti de la maison depuis des semaines, nul n'évoquait jamais le sujet.

Bernard Joubert était rentré changé de ses déplacements hivernaux hors de Carcassonne. Lui qui auparavant avait toujours le sourire et un mot gentil pour chacun, qui était un bon voisin et un ami loyal, était devenu une ombre dans sa propre vie. Une personne morne, renfermée, diminuée, qui n'évoquait plus ni idées ni rêves. Minou était peinée de le voir si abattu et tentait souvent, par des cajoleries, de le sortir de sa noire mélancolie. Mais à chaque fois qu'elle lui demandait ce qui l'affligeait ainsi, le regard de son père se ternissait. Il invoquait dans un murmure la rigueur de l'hiver, l'âpreté du vent, les douleurs de l'âge, avant de retomber dans le silence.

Rixende rougit.

« Pardon, mademoiselle. Je transmettrai votre message au maître. Mais êtes-vous sûre de n'avoir pas besoin de quelque chose à boire ? Il fait froid dehors. À manger ? Il y a un morceau de *pan de blat*, ou un petit reste du dessert d'hier…

– Bonne journée, l'interrompit Minou d'une voix ferme. Et à lundi. »

Les dalles étaient froides sous ses pieds chaussés de bas, et elle pouvait voir son haleine s'élever, blanche, dans l'air glacé. Elle enfila ses bottines de cuir, décrocha son capuchon et son épaisse cape de laine verte du portemanteau, rangea les clefs et le livre dans l'escarcelle pendue à sa taille. Puis, ses gants à la main, elle tira le lourd verrou de métal et sortit dans la rue silencieuse.

Une ombre en promenade par une froide aube de février.

3

Les premiers rayons du soleil commençaient à réchauffer l'air, faisant danser des spirales de brume au-dessus des pavés. Dans la lumière rosée, la place du Grand-Puits offrait une apparence paisible. Minou prit une inspiration, sentant le froid lui saisir les poumons, puis se dirigea vers la plus grande des portes qui permettaient de sortir de la Cité.

Au début, elle ne vit personne. Les filles de joie qui arpentaient les rues la nuit étaient rentrées, chassées par le retour de la lumière. Les joueurs de cartes et de dés qui hantaient la taverne Saint-Jean avaient regagné leur lit depuis longtemps. Minou souleva ses jupes pour éviter le plus gros des excès de la nuit passée : les pots à bière cassés, un mendiant endormi par terre, le bras sur le dos d'un chien plein de puces. L'évêque avait déposé une pétition pour que toutes les auberges et tavernes de la Cité soient fermées durant le Carême. Le sénéchal, conscient des coffres vides du roi, avait refusé. Il était de notoriété publique – d'après Rixende, qui connaissait tous les potins – que les occupants respectifs du palais épiscopal et du château comtal se détestaient cordialement.

Les maisons à pignon bordant la rue étroite qui conduisait à la porte Narbonnaise semblaient pencher les unes vers les autres comme si elles étaient ivres, leurs toits de tuiles si proches qu'ils se touchaient presque. Minou avançait à contre-courant de la masse de gens et de charrettes qui passaient la porte, aussi sa progression était-elle lente.

La scène aurait pu avoir lieu cent ans plus tôt, songea-t-elle ; deux cents, trois cents ans plus tôt, en remontant jusqu'au temps des troubadours. Dans la Cité, la vie continuait, immuable, jour après jour.

Rien ne changeait.

Deux hommes d'armes contrôlaient la circulation à la porte Narbonnaise, laissant passer certains sans leur accorder un regard, mais en arrêtant d'autres pour fouiller leurs affaires jusqu'à ce que des pièces changent de main. Le pâle soleil faisait miroiter leurs casques et la lame de leurs hallebardes. Les armoiries royales brodées sur leur surcot bleu se détachaient vivement sur les couleurs ternes du Carême.

En se rapprochant, Minou reconnut Bérenger, un de ceux, nombreux, qui avaient lieu d'être reconnaissants à son père. La plupart des soldats de la ville – à la différence de ceux qui étaient envoyés là en garnison depuis Lyon ou Paris – ne lisaient pas le français. Beaucoup préféraient également parler la langue ancestrale de leur région, l'occitan, lorsqu'ils ne se pensaient pas observés. Cela ne les empêchait pas de recevoir leurs affectations et leurs ordres par écrit, et d'être punis s'ils ne les respectaient pas à la lettre. Tout le monde soupçonnait que c'était une façon supplémentaire de rassembler des fonds et que le sénéchal cautionnait la pratique. Le père de Minou aidait ceux qu'il pouvait à éviter de subir les foudres de la loi en leur expliquant ce que disait la langue officielle.

Du moins, il le faisait autrefois.

Minou se ressaisit. Il ne servait à rien de ressasser la transformation qui s'était opérée chez son père bien-aimé. Ou de persister à se représenter, en pensée, son visage hagard aux joues creuses.

« Bien le bonjour, Bérenger, dit-elle. Il y a déjà belle affluence. »

Le vieux et franc visage du soldat se fendit d'un sourire.

« Tiens donc, *madomaisèla* Joubert ! Oui, il y a foule, même si je ne me l'explique guère par une si fraîche journée. Il y avait toute une armée qui attendait bien avant le point du jour.

– Peut-être que ce Carême, le sénéchal s'est souvenu de son devoir de charité et donne l'aumône aux pauvres. Qu'en pensez-vous ? Est-ce possible ?

– On peut toujours rêver, s'esclaffa Bérenger. Notre noble seigneur et maître n'est guère loué pour ses bonnes œuvres !

– Ah, quelle ne serait pas notre fortune, répliqua Minou en baissant la voix, si nous étions gouvernés par un seigneur pieux et dévot ! »

Il partit d'un autre éclat de rire, avant de remarquer le regard réprobateur de son collègue.

« Bref, quoi qu'il en soit, reprit-il d'un ton plus professionnel. Qu'est-ce qui vous amène à cette heure matinale, et non accompagnée ?

– C'est mon père qui m'envoie, mentit Minou. Il m'a priée d'ouvrir la boutique pour lui. Comme c'est jour de marché, il espère que beaucoup de clients passeront par la Bastide. Tous dotés, si Dieu le veut, de poches pleines et d'un appétit de culture.

– Lire ? Très peu pour moi, répliqua Bérenger avec une grimace. Chacun ses goûts, cela dit. Mais ne serait-il pas plus seyant pour votre frère d'accomplir pareille tâche ? Il semble étrange que M. Joubert demande tant d'une demoiselle alors qu'il a le bonheur d'avoir un fils. »

Minou préféra ne rien répliquer, d'autant plus qu'en vérité, elle ne lui tenait pas rigueur de cette remarque. Bérenger était un homme du Midi, élevé dans le respect des vieilles idées et des traditions. Elle avait également conscience qu'à treize ans, Aimeric aurait dû endosser une partie des responsabilités de leur père. Le problème était que son frère n'avait ni l'inclination ni les dispositions pour ce faire. Tirer sur les moineaux avec son lance-pierres et grimper aux arbres avec les petits bohémiens lorsqu'ils venaient en ville l'intéressait davantage que de passer ses journées enfermé dans une librairie.

« La présence d'Aimeric est requise à la maison ce matin, répondit-elle en souriant, alors c'est à moi qu'il en incombe. C'est un honneur de faire ce que je puis pour aider mon père.

– Ah, oui, bien sûr, bien sûr. » Il s'éclaircit la voix. « Et comment se porte *sénher* Joubert ? Cela fait un moment que je ne l'ai pas vu. Même pas à la messe. Il est souffrant, peut-être ? »

Depuis la dernière épidémie de peste, nul ne s'enquérait de la santé d'autrui sans qu'il y ait dans sa question une interrogation plus sinistre. Presque aucune famille n'avait été épargnée. Bérenger avait perdu sa femme et ses deux enfants lors de l'épisode qui avait emporté la mère de Minou. Celle-ci était décédée depuis cinq ans, mais Minou ressentait encore cruellement son absence chaque jour et, comme quelques heures plus tôt, rêvait souvent d'elle la nuit.

Toutefois, au ton de Bérenger et à la façon dont il évitait son regard, elle comprit, le cœur lourd, que le refus de son père de sortir de chez lui s'était ébruité plus qu'elle ne l'avait espéré.

« Il est rentré extrêmement fatigué de ses voyages en janvier, répliqua-t-elle avec une note de défi dans la voix, mais il est par ailleurs en excellente santé. Il y a beaucoup de choses à faire en rapport avec la boutique et il est très occupé. »

Bérenger hocha la tête.

« Eh bien, je suis ravi de l'entendre, je craignais que... » Il s'interrompit, rouge d'embarras. « Peu importe. Faites mes amitiés à *sénher* Joubert, si vous le voulez bien.

– Cela lui fera plaisir de recevoir vos bons vœux », répondit Minou avec un sourire.

Bérenger tendit brusquement le bras pour empêcher une grosse femme au teint rougeaud, tenant un bébé hurlant dans ses bras, de passer devant elle.

« Voilà, allez-y. Mais prenez bien garde, *madomaisèla*, en vous rendant à la Bastide toute seule, *è* ? Il y a toutes sortes de mauvaises gens par là-bas qui auraient vite fait de vous planter un couteau entre les côtes. »

Elle sourit de nouveau.

« Merci, mon bon Bérenger. Je ferai attention. »

L'herbe qui tapissait les douves sous le pont-levis scintillait de rosée matinale, d'un blanc miroitant sur le vert des pousses. D'ordinaire, son premier aperçu du monde au-delà de la Cité réjouissait toujours Minou : le ciel pâle et infini tournant lentement au bleu avec l'approche du jour ; les dents grises et vertes de la Montagne noire à l'horizon ; les premières fleurs de pommier dans les vergers couvrant les pentes en contrebas de la citadelle. Mais ce matin, la mise en garde de Bérenger, ajoutée à sa nuit agitée, l'avait rendue nerveuse.

Elle se ressaisit. Elle n'était pas quelque jeune fille naïve, effrayée par son ombre. En outre, elle était à portée de voix des sentinelles. Si elle se trouvait effectivement menacée par quelqu'un, ses cris porteraient jusqu'à la Cité, et Bérenger accourrait immédiatement.

Un jour ordinaire. Rien à craindre.

Malgré tout, elle fut soulagée d'atteindre les abords de la Trivalle. C'était un faubourg pauvre mais honnête, essentiellement habité par ceux qui travaillaient dans les filatures. Laine et étoffes exportées dans le Levant apportaient la prospérité à Carcassonne, et des familles respectables commençaient, de nouveau, à s'installer sur la rive gauche.

« Voici venir une demoiselle... »

Minou sursauta en sentant une main se refermer sur sa cheville.

« Monsieur ! »

Elle baissa les yeux et vit qu'il n'y avait pas grand-chose à craindre. Une poigne d'ivrogne, trop faible pour la retenir. S'y soustrayant d'une secousse, elle s'écarta hâtivement. Un jeune homme de peut-être vingt-et-un ans était assis par terre, appuyé au mur d'une des maisons qui menaient au pont. Sa courte cape indiquait son appartenance à la gentilhommerie, bien que son pourpoint jaune moutarde soit de travers et ses chausses tachées de bière. Ou pire.

Il leva les yeux pour la regarder de sous la plume bleue cassée de son chapeau.

« Mademoiselle, me donneriez-vous un baiser ? Un baiser pour Philippe. Il ne vous en coûtera rien. Ce qui est tant mieux, car je n'ai rien pour le payer. Pas un sou, pas un denier… »

Il se lança dans une pantomime complexe simulant l'acte de retourner sa bourse. Malgré elle, Minou se surprit à sourire.

« Dites-moi, vous connais-je, madame ? Impossible, je pense, car je me souviendrais avoir vu si beau visage. Vos yeux bleus… ou bruns, c'est l'un et l'autre.

– Non, monsieur, vous ne me connaissez pas.

– Quel dommage, murmura-t-il. Cruelle fortune. Plût à Dieu que je vous connusse… »

Minou savait qu'elle n'aurait pas dû l'encourager – elle entendait dans sa tête la voix claire de sa mère l'exhortant à continuer son chemin –, mais il était jeune et son ton plein de mélancolie.

« Vous devriez gagner votre lit, lui dit-elle.

– Philippe, marmonna-t-il.

– C'est le matin. Vous allez prendre froid, assis de la sorte dans la rue.

– Une demoiselle pleine de sagesse autant que de beauté. Ah, que ne suis-je poète. Je composerais une strophe. Sages paroles. Belle et sage…

– Bonne journée, l'interrompit-elle.

– Douce dame, s'exclama-t-il en la regardant s'éloigner, que les bénédictions pleuvent sur vous. Que votre… »

Une croisée s'ouvrit à la volée et une femme se pencha dans la rue.

« Ça suffit ! hurla-t-elle d'une voix stridente. Depuis 4 heures du matin ou presque, je vous écoute divaguer et réciter, sans un moment de paix. Eh bien voilà qui devrait vous faire taire ! »

Sous les yeux de Minou, elle vida un seau par la fenêtre. Une eau sale et grisâtre tomba en cascade le long des murs pour arriver sur la tête du garçon. Il se leva d'un bond avec un glapissement, secouant les bras et les jambes comme un malheureux atteint de la danse de Saint-Guy. Il offrait une apparence à la fois si chagrine et si comique que Minou s'oublia et rit tout haut.

« Je vais attraper la mort ! s'écria-t-il en jetant son chapeau trempé par terre. Si je prends froid et trépasse, vous aurez mon décès – mon *décès* – sur la conscience. Et vous le regretterez. Si vous saviez seulement qui je suis. Je suis un invité de l'évêque, je suis...

– Et je me réjouirai de votre disparition, répliqua la femme sur le même ton. Ces étudiants ! Fainéants et jean-foutre, tous autant que vous êtes ! Si un seul d'entre vous accomplissait ne serait-ce qu'une honnête journée de travail, vous n'auriez pas le temps de mourir de froid. »

Alors qu'elle refermait la croisée avec un claquement, les femmes dans la rue applaudirent, mais les hommes grommelèrent.

« Vous ne devriez pas la laisser vous parler sur ce ton, dit l'un d'eux, au visage grêlé. L'a pas le droit de s'adresser à un gentilhomme de votre rang. Ce n'est pas sa place.

– Vous devriez la dénoncer au sénéchal, enchérit un autre. S'en prendre à vous de cette façon, c'est une voie de fait. »

La plus vieille des femmes éclata de rire.

« Ha ! Pour lui avoir vidé un seau d'eau sur la tête ? Il a de la chance que ce n'ait pas été un pot de chambre ! »

Amusée, Minou continua sa route, laissant le bruit de leur dispute s'estomper derrière elle. Arrivée à hauteur des écuries où son père logeait leur vieille jument, Canigó, elle s'approcha du pont de pierre qui enjambait le fleuve. L'Aude était haute, mais il n'y avait pas de vent et ni les ailes du moulin du roi ni les salines ne faisaient aucun bruit. Sur l'autre rive, la Bastide offrait une apparence sereine dans la lumière matinale. Les lavandières étaient déjà en train d'étendre les premiers lés d'étoffe blanchie à sécher au soleil sur les berges. Minou s'arrêta pour prendre un sou dans son escarcelle avant de faire la centaine de pas qui la séparait de l'autre extrémité du pont.

Elle tendit la pièce au gardien du péage. Il mordit dedans, vérifiant qu'elle était vraie. Puis la jeune fille connue sous le nom de Minou Joubert passa la frontière séparant l'ancienne Carcassonne de la nouvelle.

Je ne laisserai pas mon héritage m'être dérobé.

Toutes ces années étendue sous son corps horrible et suant. Les meurtrissures et les outrages, les coups lorsque mes fleurs revenaient, mois après mois. L'acceptation docile de ses doigts crochus sur mes seins, entre mes cuisses. Ses mains qui me tordaient les cheveux à la racine jusqu'à ce que le sang perle sur ma tête. Son haleine fétide. Toutes ces humiliations à la merci d'un pourceau, et pour rien ? À cause d'un testament rédigé il y a quelque dix-neuf ans, à l'en croire. Une confession sur son lit de mort, ou presque : les divagations d'un esprit en proie à une lente décomposition ? Ou bien y a-t-il une part de vérité dans ce qu'il dit ?

Si un testament existe, où peut-il être ? Les voix se taisent.

Le livre de l'Ecclésiaste dit qu'il y a un temps pour tout, un temps pour toute chose sous les cieux.

En ce jour, la main gauche sur la sainte Bible catholique et la droite maniant librement la plume, j'écris ces mots. Mon serment solennel, qui ne peut plus désormais être rompu. Je jure par le Seigneur Tout-Puissant que je ne laisserai pas la progéniture d'une catin huguenote me voler ce qui me revient de droit.

Je la tuerai avant.

4

La Cité

« Pardonnez-moi, mon Père, car j'ai péché. Ma dernière confession remonte à… (Piet choisit un nombre au hasard) … douze mois. »

De l'autre côté du confessionnal de la cathédrale Saint-Nazaire, il entendit tousser. Il approcha son visage de la grille qui séparait prêtre et pénitent, et le parfum caractéristique de l'huile capillaire de son vieil ami lui parvint brusquement aux narines, lui coupant le souffle. Étrange, comme une simple odeur, après tant d'années, pouvait encore pincer ainsi le cœur.

Il avait rencontré Vidal dix ans plus tôt, quand ils étudiaient tous deux au collège de Foix à Toulouse. Fils d'un marchand français et d'une prostituée hollandaise, qui n'avait eu d'autre choix que d'exercer cette profession si elle voulait avoir à manger pour elle et son fils, Piet était un élève méritant bien que défavorisé. Doté d'un esprit vif et de quelques lettres de recommandation, il avait saisi la chance de recevoir une éducation en droit canonique, droit civil et théologie.

Vidal venait d'une famille toulousaine noble, mais récemment tombée en disgrâce. Son père avait été exécuté pour trahison et ses terres confisquées. C'était seulement grâce à son oncle, un allié important et fortuné de la famille de Guise, qu'il avait été accepté au collège.

Parias l'un comme l'autre, leur curiosité intellectuelle et leur assiduité les avaient démarqués des autres élèves de leur classe, qui pour la plupart ne se souciaient guère de parfaire leur érudition. Ils s'étaient rapidement liés d'amitié, passant le plus clair de leur temps ensemble. À boire, à rire, à débattre jusque tard dans la nuit, ils en étaient venus à se connaître l'un l'autre mieux qu'ils ne se connaissaient eux-mêmes ; vertus autant que défauts. Ils pouvaient terminer mutuellement leurs phrases et devinaient la pensée de l'autre avant qu'il ne l'ait formulée.

Ils étaient aussi proches que des frères.

Leurs études achevées, Piet n'avait pas été surpris de voir Vidal entrer dans les ordres. Quelle meilleure façon de rétablir la situation familiale qu'en devenant partie intégrante de l'institution qui les avait dépouillés de leurs anciens droits ? Vidal s'était rapidement élevé dans la hiérarchie : d'abord vicaire dans l'église paroissiale de Saint-Antonin, il avait pris un emploi de confesseur auprès d'une famille noble de la Haute Vallée avant de revenir en tant que chanoine à la cathédrale Saint-Étienne. Déjà, on voyait en lui un futur évêque de Toulouse.

Piet avait choisi une autre voie.

« Et qu'est-il arrivé pour vous retenir si loin de la grâce divine, mon fils ? » demanda Vidal.

Plaçant son mouchoir sur sa bouche, Piet se pencha vers la grille qui les séparait.

« Mon Père, j'ai lu des livres interdits et y ai trouvé beaucoup de choses à recommander. J'ai écrit des pamphlets qui contestent l'autorité des Saintes Écritures et des Pères de l'Église, j'ai prêté de faux serments, j'ai pris le nom de l'Éternel en vain. Je suis coupable du péché d'orgueil. J'ai eu des relations charnelles avec des femmes. J'ai… menti. »

Ce dernier aveu, au moins, était vrai.

Il entendit Vidal prendre une brusque inspiration. Était-il choqué par cette litanie de péchés, ou bien avait-il reconnu sa voix ?

« Vous repentez-vous sincèrement d'avoir offensé le Seigneur ? demanda prudemment Vidal. Craignez-vous la perte du paradis et les souffrances de l'enfer ? »

Malgré lui, Piet se sentit rasséréné par la familiarité du rituel, la pensée du nombre extraordinaire de personnes qui s'étaient agenouillées avant lui au même endroit, tête baissée, en quête d'absolution. L'espace d'un instant, il se sentit en communion avec tous ceux qui, par cet acte de confession, avaient regagné le monde l'âme restaurée.

C'était pur mensonge, bien sûr. Entièrement faux. Et pourtant c'était ce qui donnait à la vieille religion tant de pouvoir, tant d'emprise sur les cœurs et les esprits. Piet était surpris de découvrir que même après tout ce qu'il avait vu et enduré au nom de Dieu, il restait vulnérable aux douces sirènes de la superstition.

« Mon fils ? répéta Vidal. Pourquoi vous êtes-vous exilé de la grâce de Notre-Seigneur ? »

C'était le moment. Ni châteaux ni richesses n'attendaient les justes au paradis, et il n'avait pas besoin qu'un autre homme parle en son nom dans une langue morte depuis longtemps. Il était seul maître de son destin. Il fallait qu'il s'identifie, à présent. Ils avaient été aussi proches que des frères autrefois, nés à un jour d'écart, dans le troisième mois de la même année. Mais ils ne s'étaient jamais réconciliés après le violent différend qui les avait opposés cinq ans plus tôt et, depuis, le monde avait changé, en pire.

Si Piet révélait son identité et que Vidal appelait les autorités, il ne pourrait espérer aucune clémence. Il connaissait des hommes qui avaient subi le supplice du chevalet pour moins que cela. D'un autre côté, si son ami était resté l'homme de principe qu'il était dans sa jeunesse, il existait une possibilité que tout puisse encore s'arranger entre eux.

Piet s'arma donc de courage et, pour la première fois depuis qu'il était entré dans la cathédrale, prit sa voix naturelle, un accent modelé par son enfance dans les rues d'Amsterdam et peint des couleurs du Midi.

« J'ai manqué à mes devoirs. Envers mes professeurs, mes bienfaiteurs. Envers mes amis…

– Qu'avez-vous dit ?

– Envers mes amis. » Piet déglutit. « Envers ceux qui m'étaient chers.

– Piet, c'est toi ? Est-ce possible ?

– Cela fait plaisir d'entendre ta voix, Vidal », répondit-il, la gorge nouée par l'émotion.

Une autre inspiration brusque lui parvint aux oreilles.

« Ce n'est plus mon nom.

– Ça l'était.

– Il y a longtemps.

– Cinq ans. Pas si longtemps que ça. »

Un silence de mort retomba entre eux. Puis, un léger mouvement de l'autre côté de la grille. Piet osait à peine respirer.

« Mon ami, je..., commença-t-il.

– Tu n'as plus le droit de m'appeler ainsi après ce que tu as fait, ce que tu as dit. Je ne peux pas... »

La voix de Vidal s'éteignit, laissant entre eux un gouffre infranchissable. Puis Piet entendit un son familier, celui de doigts qui tambourinaient sur les parois en bois du confessionnal. Dans leur jeunesse, chaque fois que Vidal réfléchissait à une question de droit ou de doctrine particulièrement complexe, il avait fait de même. Martelé rythmiquement son bureau, un banc ou le sol au pied de l'orme planté au centre de la cour du collège de Foix. Cela l'aidait à garder les idées claires, prétendait-il. La chose avait rendu fous leurs professeurs comme leurs camarades.

Piet attendit, en vain, que Vidal rompe le silence. Finalement, il n'eut d'autre choix que de reprendre le dialogue ancestral, sachant qu'en tant que confesseur, Vidal serait obligé de lui répondre.

« De tous ces péchés et de tous ceux de ma vie passée, je demande pardon à Dieu. Me donnerez-vous l'absolution, mon Père ?

– Comment oses-tu ? Parodier le saint sacrement de la confession est une grave offense.

– Ce n'était pas mon intention.

– Et pourtant tu es là, à dire des mots qui, de ton propre aveu, n'ont aucune valeur à tes yeux. À moins que tu aies retrouvé la raison et regagné le sein de la seule vraie Église.

– Pardonne-moi. » Piet appuya brièvement le front contre le treillis de bois. « Je ne cherche pas à t'offenser. » Il marqua un temps. « Tu es un homme difficile à trouver, Vidal. Je t'ai écrit plusieurs fois. À Toulouse, cet hiver, j'espérais te revoir. » Il s'interrompit de nouveau. « As-tu reçu mes lettres ? »

Vidal ne répondit pas.

« La question est pourquoi tu me cherchais en premier lieu. Que veux-tu, Piet ?

– Rien. » Il soupira. « Du moins... J'aimerais t'offrir une explication.

– Des excuses ?

– Une explication, répéta Piet. Le malentendu entre nous...

– Un malentendu ? Est-ce ainsi que tu qualifies ce qui s'est passé ? Est-ce là ce qui t'a permis d'apaiser ta conscience ces dernières années ? »

Piet posa la main sur la cloison.

« Tu es toujours fâché.

– Et cela te surprend ? Je t'aimais comme un frère, t'avais accordé ma confiance, et toi, en échange, tu as volé...

– Non ! Pas ça ! s'exclama Piet. Je sais que tu crois que j'ai trahi notre amitié, Vidal, et oui, tout semble indiquer que c'est le cas. Mais, sur mon honneur, je ne suis pas un voleur. J'ai tenté de nombreuses fois de te retrouver, dans l'espoir de nous raccommoder. »

Il entendit Vidal soupirer et fut pris d'un soudain espoir que ses paroles aient réussi à percer la cuirasse de son ami.

« Comment as-tu su que j'étais à Carcassonne ? finit par demander Vidal.

– Par un domestique à Saint-Étienne. J'ai déboursé une somme généreuse pour obtenir cette information. D'un autre côté, je l'avais aussi grassement payé pour te transmettre mes lettres, et il semble qu'il ne l'ait pas fait. »

Piet porta la main à la sacoche de cuir pendue à son épaule. Il était lui-même à Carcassonne pour une toute autre mission. C'était une étrange coïncidence qu'après avoir enfin renoncé à l'espoir de jamais revoir Vidal, il l'ait aperçu le matin même. Une coïncidence, car qu'aurait-ce pu être d'autre ? Ceux qui étaient au courant de la présence de Piet à Carcassonne pouvaient se compter sur les doigts d'une main. Il avait gardé pour lui les détails de son voyage. Personne ne savait où il logeait.

« Tout ce que je te demande, Vidal, reprit-il posément, c'est une heure de ton temps – une demi-heure, si c'est tout ce que tu es disposé à m'accorder. Notre mésentente pèse lourdement sur mon âme. »

Il s'interrompit. Il savait que s'il pressait trop son ami, ses efforts auraient l'effet inverse. Les oreilles emplies du battement régulier de son propre cœur, il attendit. Tous les dits et les non-dits qu'il y avait eu entre eux depuis la violente dispute ayant mis fin à leur amitié semblaient flotter autour d'eux.

« Est-ce toi qui as volé le Suaire ? » finit par demander Vidal.

Il n'y avait aucune chaleur dans sa voix et pourtant, une lueur d'espoir s'alluma dans le cœur de Piet. Pour que Vidal pose la question, il fallait sûrement qu'il ait des doutes sur sa culpabilité.

« Non, répondit-il d'une voix ferme.

– Mais tu savais qu'on projetait de le dérober ?

– Vidal, retrouve-moi quelque part hors d'ici, et j'essaierai de répondre à toutes tes questions, je t'en donne ma parole.

– Ta parole ! Belle promesse de la part d'un homme qui vient d'avouer avoir prêté de faux serments. Ta parole ne vaut rien ! Je te le demande une nouvelle fois : même si ce n'est pas ta main qui l'a pris, savais-tu qu'un tel crime allait être tenté, oui ou non ?

– Ce n'est pas aussi simple que cela.

– Bien sûr que si. Soit tu es un voleur – d'intention, sinon de fait –, soit tu as la conscience tranquille.

– Rien n'est simple dans ce monde, Vidal. Toi qui es prêtre, tu dois le savoir mieux que personne. Je t'en prie, mon ami. » Piet marqua un temps, avant de répéter : « *Alsjeblieft, mijn vriend.* »

Derrière la grille, il sentit Vidal tressaillir et sut que ses mots avaient fait mouche. Lorsqu'ils étaient étudiants, il lui avait inculqué quelques rudiments de sa langue maternelle.

« Tes tactiques sont déloyales.

– Laisse-moi tenter de me défendre. Si je ne parviens pas à te convaincre d'avoir une meilleure opinion de moi, alors sur mon honneur, je...

– Quoi ? Tu te livreras de toi-même aux autorités ? »

Piet soupira.

« Je ne t'importunerai pas davantage. »

Il passa le programme en revue dans sa tête. Il avait rendez-vous à midi, mais après cela, son temps lui appartenait. Il avait eu l'intention de repartir immédiatement pour Toulouse, mais, si Vidal était disposé à le voir, c'était une bonne raison pour repousser son départ au lendemain matin.

« Si tu n'estimes pas judicieux de parler ici, dans la Cité, Vidal, viens à la Bastide. Je loge dans une pension de famille rue du Marché. La propriétaire, Mme Noubel, est une veuve discrète. Nous ne serions pas dérangés. À l'exception d'une heure ce midi, j'y serai tout l'après-midi et toute la soirée.

– Je ne crois pas, non, répliqua Vidal avec un rire. La Bastide est plus favorable aux hommes de ta confession, dirons-nous, qu'à ceux de la mienne. Mon habit indique clairement mon état. Je ne me risquerais pas dans ces rues.

– Alors dans ce cas, insista Piet, je viendrai chez toi. Ou n'importe où ailleurs, à ta convenance. Choisis un lieu et une heure, et j'y serai. »

Vidal se remit à tambouriner du bout des doigts sur le bois usé de la cloison. Piet pria pour que son vieil ami n'ait pas perdu la curiosité qui le caractérisait autrefois. Une dangereuse qualité chez un prêtre, l'avaient mis en garde leurs professeurs au collège de Foix, où soumission et obéissance avaient tant d'importance.

« Je serai comme une brume dans le brouillard, ajouta-t-il pour le rassurer. Personne ne me verra. »

5

Le tambourinement se fit plus fort, plus pressant. Puis, tout aussi brusquement, il s'arrêta.

« Très bien, dit Vidal.

– *Dank je wel*, souffla Piet avec gratitude. Où dois-je te retrouver ?

– Mes appartements se trouvent rue Notre-Dame, dans le quartier le plus ancien de la Cité, répondit Vidal, avec vivacité à présent qu'il était parvenu à une décision. Une belle maison en pierre, de trois étages, tu ne peux pas la manquer. Il y a un jardin derrière. Je veillerai à ce que le verrou du portail reste ouvert. Viens après complies, il y aura peu de monde dehors à cette heure-là, mais prends toutes les précautions nécessaires pour ne pas être vu. J'insiste. Personne ne doit avoir de raison de nous associer.

– Merci, répéta Piet.

– Ne me remercie pas, répliqua Vidal avec brusquerie. Je ne promets rien d'autre que d'écouter ce que tu as à dire. »

Soudain, un bruit résonna dans les allées pavées de la nef. Un grincement, puis le raclement rocailleux des lourdes portes septentrionales sur les dalles.

Un autre pénitent venu dès l'aube à confesse ?

Piet se maudit d'avoir agi impulsivement, mais la vue de Vidal entrant seul dans la cathédrale avait été un trop beau coup de fortune pour ne pas en profiter. La partie la plus ancienne de son âme, élevée dans la croyance aux miracles et aux reliques, aurait pu dire que c'était là un signe. Son esprit moderne rejetait pareilles pensées médiévales. C'était l'Homme, non Dieu, qui faisait tourner le monde.

Il entendit des pas et porta discrètement la main à son poignard. Combien de portes donnant sur l'extérieur comptait la cathédrale ? Plusieurs, sans doute, mais il n'avait pas pensé à les repérer. Il tendit l'oreille. Deux paires de pieds plutôt qu'une ? Au pas léger, comme pour ne pas se faire entendre.

« Piet ?

– Nous avons de la compagnie », chuchota-t-il.

De la pointe de son arme, il écarta le rideau pour jeter un coup d'œil dans la nef. D'abord, il ne vit rien. Puis, dans la faible lueur du soleil matinal filtrant à travers les fenêtres derrière l'autel, il discerna deux hommes qui avançaient, l'épée au poing.

« Est-il habituel que des membres de la garnison entrent armés dans un lieu saint ? demanda-t-il. Ou sans la permission de l'évêque ? »

À Toulouse, les altercations entre huguenots et catholiques étaient monnaie courante, avec pour conséquence un nombre grandissant de soldats – à la fois milices privées et nouvelles recrues de la garde – dans les rues. Il n'avait pas pensé que des troubles d'une telle magnitude puissent toucher déjà Carcassonne.

« Sont-ils de la garnison ? demanda Vidal d'un ton pressant. Vois-tu les armoiries royales ? »

Piet scruta la pénombre.

« Je vois fort peu qui permette de les distinguer.

– La livrée des hommes du sénéchal est bleue.

– Ceux-ci portent du vert. » Il baissa encore davantage la voix. « Vidal, s'ils t'approchent, nie toute notion de ma présence. Tu n'as vu personne. Personne n'est venu se confesser ce matin. Pas même un soldat n'oserait risquer la damnation en s'attaquant à un prêtre en état de grâce. »

Il eut peine à formuler jusqu'au bout cette assurance. Ils vivaient une époque sanglante et troublée. Il en avait assez vu alors qu'il descendait dans le Languedoc pour savoir que les églises n'étaient plus des lieux d'asile – si, d'ailleurs, elles l'avaient été un jour. Il jeta un nouveau coup d'œil à l'extérieur du confessionnal. Les soldats avaient traversé le transept et fouillaient désormais la chapelle absidiale située derrière le chœur. Ils n'allaient plus tarder à diriger leur attention vers l'autre côté de l'édifice. Piet ne pouvait pas se permettre d'être découvert à cet endroit.

« Je suis entré par la porte nord, chuchota-t-il précipitamment. Quelles autres issues puis-je emprunter ?

– Il y en a une qui mène au palais épiscopal dans le mur ouest, et une autre sous la rosace, mais je crains qu'elles ne soient verrouillées à cette heure-ci. » Vidal marqua un temps. « Dans le coin sud-est de la cathédrale se trouvent deux autres portes. L'une mène au tombeau de l'évêque Radulphe, c'est une impasse. L'autre, à la sacristie. Interdite à tous, sauf à l'évêque et ses acolytes. Elle donne directement sur le cloître.

– Cette porte ne risque-t-elle pas aussi d'être fermée ?

– Elle reste ouverte pour en permettre l'accès jour et nuit aux chanoines. Une fois là, garde le réfectoire et l'infirmerie sur ta droite et tu trouveras un portail qui te fera ressortir sur la place Saint-Nazaire. »

Les cloches commencèrent à sonner l'heure, emplissant les allées vides de leur clameur âpre et offrant à Piet le camouflage dont il avait besoin.

« À ce soir, dit-il.

– Je prierai pour toi, répondit Vidal. *Dominus vobiscum.* »

Piet se glissa vivement sous le lourd rideau rouge et gagna en courant le plus proche des énormes piliers de pierre. Il s'arrêta un instant, puis se précipita vers le suivant. Tandis que les soldats descendaient l'allée opposée, il remonta discrètement en sens inverse, vers la porte de la sacristie. Il essaya de l'ouvrir. Malgré l'assurance de Vidal, elle était verrouillée.

Piet jura silencieusement. Il regarda autour de lui et finit par trouver la clef, pendue au bout d'une chaîne à un crochet vissé dans le mur de pierre. La saisissant, il l'enfonça dans la serrure.

Elle y rentrait difficilement et, au début, il ne réussit pas à la tourner. Cependant, juste au moment où l'écho du dernier coup de cloche s'éteignait, le pêne céda avec un bruit sourd.

Mais trop sonore encore. Les soldats se retournèrent vivement. Le plus grand des deux, doté d'une balafre cramoisie sur la joue gauche, baissa la visière de son casque.

« Halte ! Vous, là, arrêtez-vous ! »

Mais Piet avait déjà passé la porte. Il la claqua derrière lui, puis coinça un banc sous la poignée. Cette barricade ne tiendrait pas longtemps, mais elle ralentirait ses poursuivants.

Il traversa les jardins en zigzaguant, sautant par-dessus les basses haies de buis qui protégeaient les simples. Longeant au pas de course les salles capitulaires, il repéra le portail à l'autre bout du cloître et se dirigea vers lui. Un prêtre novice s'avança en travers de sa route, et il le vit trop tard pour éviter une collision. Il heurta le garçon de plein fouet, l'envoyant rouler au sol. Il leva le bras en signe d'excuse, dans l'incapacité de s'arrêter. Les muscles lui cuisaient et il avait la gorge sèche, mais il continua sa course jusqu'au portail. Quelques secondes plus tard, il l'ouvrait à la volée et disparaissait à toutes jambes dans le dédale de la Cité.

6

La Bastide

Les cloches sonnaient 8 heures lorsque Minou passa la porte des Cordeliers pour entrer dans la Bastide. Parmi ses tout premiers souvenirs figurait celui des histoires que lui contait sa mère, sur la naissance des deux Carcassonne : la colonie romaine de Carcasso sur la colline, l'attaque des Wisigoths au ve siècle et, sept cent cinquante ans plus tard, la conquête sarrasine et la légende de Dame Carcas. Ensuite étaient venus l'ascension et la chute tragique de la dynastie des Trencavel, et le massacre des cathares que le jeune vicomte avait en vain tenté de protéger.

« Sans connaître les erreurs du passé, avait l'habitude de dire Florence, comment peut-on apprendre à ne pas les répéter ? L'histoire est notre professeur. »

Minou connaissait chaque recoin, chaque pierre et chaque tuile de la Cité aussi bien que le rythme de son propre cœur. La façon dont le carillon de la cathédrale Saint-Nazaire hésitait entre la onzième et la douzième note de la gamme. Dont les vignes dans les plaines en contrebas de la porte d'Aude changeaient de couleur à l'approche des vendanges, passant de l'argent au vert puis au cramoisi. Dont le soleil hivernal tombait sur le cimetière à midi pour réchauffer ceux qui, comme sa mère, dormaient dans la terre froide.

C'était une grande chance, savait-elle, que d'être née dans pareil endroit et de pouvoir s'y dire chez elle. Mais elle avait beau adorer leur petite maison dans la Cité, elle aimait davantage le tourbillon d'activité de la Bastide Saint-Louis. La citadelle était ancrée dans le passé, captive de sa propre histoire. La ville basse, la nouvelle Carcassonne, était tournée vers l'avenir.

Un cerceau de bois passa en oscillant devant Minou. Elle l'attrapa et le rendit à sa propriétaire, une petite fille au visage maculé de suie avec un foulard bleu autour du cou.

« Merci », dit l'enfant en courant se recacher derrière les jupes de sa mère avec un petit rire.

Minou sourit. Elle aussi avait joué à pareils jeux dans ces rues : leur surface lisse s'y prêtait bien mieux que les voies pavées de la Cité.

Elle continua à remonter la rue Mage, contournant l'attroupement de charrettes et de chars à bœufs, de voitures à chien et d'oies, sans cesser de penser à sa mère. Un souvenir lui revint d'elle-même à l'âge de huit ans, en train d'apprendre ses leçons à la table de la cuisine, un après-midi. Le soleil qui entrait à flots par la porte ouverte, éclairant son ardoise et ses craies. La voix claire et patiente de sa mère, qui transformait l'instruction en merveilleuses histoires.

« La Bastide fut fondée au milieu du XIIIe siècle, cinquante ans après la croisade sanglante qui vit le vicomte Trencavel assassiné dans son propre château et la Cité dépossédée de son indépendance. Pour punir les habitants de leur rébellion contre la Couronne, saint Louis fit expulser tous les citoyens de la ville médiévale et ordonna qu'on en construise une nouvelle sur les terres asséchées d'anciens marécages sur la rive gauche de l'Aude. Deux rues principales, du nord au sud et d'est en ouest, comme ça et comme ça. » Florence avait esquissé le plan de la ville sur un morceau de papier. « Tu vois ? Puis, entre elles, des rues plus petites. Les deux cathédrales, Saint-Michel et Saint-Vincent, qui doivent leur nom aux faubourgs médiévaux de la Cité, détruits par les croisés de Simon de Montfort.

– Ça fait comme une croix. »

Florence avait hoché la tête.

« Une croix cathare, en effet. Les premiers habitants vinrent s'y installer en l'an 1262. Une ville de réfugiés, d'honnêtes gens expulsés de chez eux. Au début, la Bastide vivait dans l'ombre imposante de la citadelle fortifiée. Mais, petit à petit, la nouvelle Carcassonne se mit à prospérer. Le temps poursuivit sa marche. Les siècles passèrent. Pendant qu'à Paris, année après année, les coffres royaux étaient vidés par les guerres avec l'Angleterre, l'Italie, les Pays-Bas espagnols, la Bastide survécut aux famines et aux épidémies, devint riche et influente. Laine, lin, soie. Carcassonne dans la plaine en vint à éclipser Carcassonne sur la colline.

– Qu'est-ce que ça veut dire, "éclipser" ? avait demandé Minou, se voyant récompensée par un sourire de sa mère.

– Ça veut dire "cacher, mettre au second plan". À la Bastide, les commerçants ouvrirent boutique dans différentes rues. Les apothicaires et les notaires à un endroit, les fabricants de corde et les marchands de laine à un autre. Imprimeurs et libraires préférèrent la rue du Marché.

– Comme papa ?

– Comme papa. »

Le souvenir commença à se dissiper, comme il le faisait toujours, et Minou se retrouva de nouveau seule en ce radieux matin de février, avec le pincement de regret habituel. Elle avait toujours le dessin de sa mère, même si les traits de craie s'étaient estompés sur le papier, et s'en servait désormais pour instruire Aimeric et Alis comme sa mère l'avait fait avec elle.

Elle tourna ses pensées vers la journée qui l'attendait, puis s'avança sur la Grande-Place. Même pendant le Carême, l'endroit offrait une débauche de couleurs et d'activités les jours de marché. Les emplacements les plus convoités se trouvaient dans la halle au centre, ou sous les arcades de bois bordant la place. Des fauconniers, présentant cages remplies de gibier à plume et capuchons brodés pour oiseaux de chasse, hélaient les hommes et femmes bien vêtus qui passaient devant eux. Minou essaya de prendre plaisir à ce spectacle.

Mais, en vérité, en dépit de l'ambiance animée et conviviale, elle avait l'esprit préoccupé. Un vent froid soufflait sur le Languedoc. Carcassonne avait beau se trouver à quelque deux semaines de cheval des puissantes villes du Nord, et les usages du Sud être différents, Minou craignait que leur volonté de proposer des livres adaptés à toutes les tendances religieuses, bien qu'elle fasse la réputation de leur boutique, soit en décalage avec l'époque, de plus en plus intolérante.

Bernard Joubert était un fervent catholique, qui se conformait à la foi traditionnelle autant par habitude que par piété. C'était sa femme qui avait eu un talent pour les affaires et une curiosité intellectuelle allant de pair. La tolérance coulait dans ses veines avec la même ardeur que son sang languedocien. C'était elle qui avait suggéré qu'ils aient en magasin les textes que voulaient lire les hommes : Thomas d'Aquin et saint Paul, Zwingli et Calvin, œuvres pieuses en anglais et romans de chevalerie en hollandais.

« Nous nous retrouverons tous au royaume des cieux, disait-elle à son mari quand il était pris de doute, quel que soit le chemin que nous empruntons pour y parvenir. Dieu est plus grand que tout ce que peut concevoir l'homme. Il voit tout. Nous pardonne tous nos péchés. Il n'attend rien en retour, si ce n'est que chacun de nous fasse de son mieux pour Le servir. »

L'instinct de Florence ne s'était pas trompé, et leurs affaires avaient prospéré. La réputation de Joubert avait grandi. On le savait capable de faire venir des œuvres religieuses de Genève, d'Amsterdam, de Paris, d'Anvers ou de Londres, et collectionneurs autant que citoyens ordinaires venaient frapper à sa porte. Les manuscrits provenant de monastères et couvents anglais pillés à l'époque du vieux roi Henri, qui circulaient désormais librement dans tout le Midi, atteignaient un prix particulièrement élevé. Ce qui se vendait le mieux était la traduction des Psaumes en français par Marot et les tirages des Évangiles, que

Bernard imprimait sur sa propre presse. C'était la boutique qui avait empêché ce dernier de s'effondrer lorsque son chagrin à la mort de sa femme menaçait de le submerger.

Autrefois, du moins.

Quelques semaines plus tôt, les volets de leur local avaient été barbouillés de grossières accusations de blasphème. Bernard n'avait voulu y voir que l'œuvre d'imbéciles oisifs dont la seule motivation était le plaisir de semer la zizanie. Minou espérait qu'il avait raison. Quoi qu'il en soit, depuis cet incident, la boutique avait connu un déclin de fréquentation. Même les plus fidèles des clients préféraient éviter qu'on les associe avec un libraire dont le nom figurait peut-être désormais sur une liste d'hérétiques tenue à Paris ou à Rome. Florence aurait affronté cette tempête avec fortitude, mais Bernard n'avait pas pu ; la boutique était en difficulté et les recettes en baisse.

Minou s'arrêta à son étal habituel pour acheter une tourte au fenouil et des biscuits à l'eau de rose à rapporter plus tard à la maison pour Alis et Aimeric. Elle passa devant l'atelier de l'enlumineur et portraitiste, saluant de la main Mme Noubel qui balayait le perron de sa pension de famille, puis devant la boutique où l'on pouvait acheter encres, plumes, pinceaux et chevalets. Le propriétaire, M. Sanchez, était un *converso* espagnol qui avait fui les bûchers de l'Inquisition à Barcelone et été forcé d'abjurer sa foi juive. C'était un homme bon, et sa femme, hollandaise, un troupeau de beaux enfants basanés perpétuellement accroché à ses jupes, avait toujours sur elle un biscuit ou un morceau d'écorce confite à donner aux gamins envoyés des villages environnants pour mendier dans la Bastide.

Leur voisin immédiat était un libraire concurrent, un homme querelleur originaire de la Montagne noire qui se spécialisait dans les livres de colportage peu recommandables, les poèmes grivois et les pamphlets provocateurs. Ses volets, qui auraient bien eu besoin d'être repeints et huilés, étaient bloqués par la rouille. Cela faisait des jours que Minou ne l'avait pas vu.

Elle s'arrêta devant leur porte bleue et prit une profonde inspiration. Elle allait bien sûr trouver la devanture familière inchangée, tenta-t-elle de se rassurer. Pourquoi en serait-il autrement ? La porte serait fermée à clef et personne n'aurait essayé d'en crocheter la serrure. Les volets seraient intacts. L'enseigne – « B. JOUBERT – LIVRES ACHAT ET VENTE » – pendrait toujours aux crochets de métal fixés sur le mur de pierre. Il n'y aurait pas de réitération de l'acte de vandalisme subi quelques semaines plus tôt.

Elle leva les yeux.

Tout était en ordre. Le poids qui pesait sur son cœur s'envola. Il n'y avait aucun signe d'acte malveillant ou de tentative d'intrusion. Rien n'avait changé depuis qu'elle était partie la veille au soir.

« Hé, bonjour ! lança Charles. Encore une froide journée, je le crains. »

Minou se retourna vivement. Le fils aîné de M. Sanchez se tenait au coin de la rue du Grand-Séminaire et la saluait de la main. C'était un garçon robuste et vigoureux, mais simple d'esprit. Un enfant dans un corps d'homme.

« Bonjour, Charles », répondit-elle.

Il continua, un sourire sur son large visage et une étincelle dans ses yeux aplatis.

« Un vent cruel souffle en février, dit-il. Froid, froid et encore froid...

– En effet.

– Il devrait faire beau temps jusqu'à ce soir, c'est du moins ce que disent les nuages. »

Il indiqua le ciel d'un étrange battement des deux mains, comme s'il chassait des oies. Minou leva le nez. De fines bandes blanches et plates, comme du ruban, couvraient le disque rose du soleil levant. Il approcha un doigt de ses lèvres.

« Les nuages ont des secrets, chut, si on a la sagesse de les écouter. »

Minou hocha la tête.

Charles la dévisagea, comme s'il venait seulement de voir qu'elle était là, puis recommença au début.

« Hé, bonjour. Encore une froide journée. Il devrait faire beau temps jusqu'à ce soir ! »

Ne souhaitant pas se retrouver engluée dans la même conversation sans queue ni tête, Minou lui montra ses clefs et ouvrit la porte en se livrant à une pantomime exagérée.

« Au travail », dit-elle en entrant dans la boutique.

Il y faisait sombre, mais tout était tel qu'elle l'avait laissé, put-elle constater alors qu'elle inspirait l'odeur familière de suif, de cuir et de papier : la flaque de cire jaune refroidie sur le comptoir, la plume et l'encrier de son père, une pile de nouvelles acquisitions qui attendaient d'être cataloguées et rangées sur les étagères, le registre des ventes et des comptes sur le bureau.

Elle se rendit dans la petite pièce à l'arrière de la boutique pour chercher la boîte d'amadou. La presse s'y dressait, silencieuse, ses plaques de caractères en fer posées à côté d'elle, inutilisées depuis plusieurs semaines désormais. Un carré de lumière entrait par la minuscule fenêtre, révélant une couche scintillante de poussière sur l'étagère en bois où les rouleaux de papier étaient entreposés. Minou l'essuya du bout du doigt.

Réentendrait-elle un jour le cliquetis de la presse ? Son père avait perdu jusqu'au goût de lire, sans parler de celui d'imprimer. Il continuait de s'asseoir au coin du feu avec un livre ouvert sur les genoux, mais souvent, il n'en tournait pas une seule page.

Prenant la boîte d'amadou, Minou frappa la pierre jusqu'à obtenir une étincelle, puis retourna dans la pièce principale. À l'aide d'une bougie fine, elle alluma une nouvelle chandelle sur le comptoir, avant de s'occuper des lampes. À cet instant seulement, alors que la lumière se répandait dans la pièce, elle avisa le coin d'une feuille blanche qui dépassait de sous le paillasson.

Elle la ramassa. Le papier était épais, de bonne qualité ; l'encre, bien noire, mais utilisée pour tracer de grossières majuscules d'une main irrégulière. Une lettre, qui lui était adressée à elle, plutôt qu'à son père – et nominalement : « MLLE MARGUERITE JOUBERT ». Elle fronça les sourcils. Elle ne recevait jamais de courrier personnel. Tous les gens qu'elle connaissait, à l'exception de l'oncle et la tante habitant Toulouse dont ils n'avaient jamais aucune nouvelle, vivaient à Carcassonne. Et de toute façon, elle était connue de tous par son diminutif, Minou ; personne ne l'appelait Marguerite.

Elle retourna la lettre et son intérêt s'aviva. Le document était cacheté d'un sceau familial, lequel était craquelé. L'avait-elle abîmé en le ramassant ? De plus, il semblait avoir été appliqué à la hâte, car le parchemin tout autour était taché de gouttes éparses de cire rouge. Deux initiales, un B et un P, étaient disposées de part et d'autre de quelque créature mythique – un lion, peut-être – dotée de serres et d'une queue fourchue et nouée. En dessous se trouvait une inscription, écrite trop petit pour être lue sans l'aide d'une loupe.

Dans l'instant fugace entre une inspiration et la suivante, Minou sentit quelque chose chatoyer en elle. Le souvenir d'une figure semblable au-dessus d'une porte, et d'une voix qui lui chantait une berceuse dans l'ancienne langue.

Bona nuèit, bona nuèit...
Braves amics, pica mièja-nuèit
Cal finir velhada.

Elle fronça les sourcils. Son esprit conscient ne comprenait pas les mots, mais elle avait le sentiment que, sous la surface, leur sens était clair.

Attrapant le coupe-papier sur le comptoir, elle en glissa la pointe sous le pli et cassa le sceau. À l'intérieur se trouvait une seule feuille de papier, qui donnait l'impression d'avoir déjà servi. En haut, les inscriptions étaient masquées par ce qui ressemblait à de la suie. Mais en bas se trouvaient cinq mots bien nets tracés à l'encre noire, de la même main maladroite que son nom au verso.

Elle vous sait en vie.

Minou sentit un froid la gagner. Qu'est-ce que cela voulait dire ? S'agissait-il d'une menace ou d'une mise en garde ? Puis la cloche en cuivre au-dessus de la porte sonna, brisant bruyamment le silence de la boutique.

Ne souhaitant pas que quiconque voie la lettre, Minou la glissa vivement dans la doublure de sa cape, puis se retourna en affichant son sourire de commerçante. Sa journée de travail venait de commencer.

Le grattement de la plume sur le papier. L'encre visqueuse qui tache de noir les pages blanches. Plus j'en écris, et plus j'en ai à dire. Chaque histoire donne naissance à une autre, puis une autre encore.

Il n'y a pas de secrets dans un village. Même si le temps érode les souvenirs, quelqu'un finit toujours par parler. Convaincu par une pièce dans sa main, un bâton sur son dos, la courbe d'un sein sous une chemise d'été. À mesure que passent les années, les histoires censées rester cachées et celles connues de tous se confondent.

Tout et tout le monde peuvent être achetés. Une information, une âme, une promesse d'avancement ou un pot-de-vin pour être laissé en paix. Une lettre, remise contre un sou. Une réputation détruite pour le prix d'une miche de pain. Et quand l'or et l'argent ne marchent pas, il y a toujours la pointe du couteau.

Le courage est un ami volage.

Les mots s'alignent sur la page. L'homme est une créature fragile, facilement enjôlée. Cela, je l'appris auprès de mon père étant enfant. Ce fut lui qui m'éduqua à l'art de la séduction, même si je ne savais pas à l'époque que c'était là péché. Que c'était contre nature. Il me disait que c'était son droit de faire une femme de moi, bien que je n'eusse guère plus de dix ans et que je fusse ignorante de ces choses. J'étais obéissante. La perspective d'une correction m'effrayait davantage que celle de ce qu'il me faisait dans sa chambre la nuit. J'avais également appris que, lorsque je pleurais, il se mettait en colère et me châtiait plus durement. Faire preuve de faiblesse n'excite pas la pitié mais le mépris.

Ce fut le premier. Je le tuai alors qu'il avait baissé sa garde, son épée oubliée sur le sol de sa chambre et ses vils appétits satisfaits. Je m'étais procuré le poison auprès d'un apothicaire ambulant, par le moyen habituel dont les filles sont obligées d'user pour obtenir quelque chose d'un homme.

Comme il est facile d'arrêter le battement d'un cœur.

La sage-femme fut la deuxième. Elle mit plus longtemps à mourir, flattée par ma visite. La petite maison blanche en bordure du village. Un pot de bière et une belle flambée lui délièrent la langue. Ravie d'avoir un auditoire pour ses réminiscences confuses des fils et filles imbéciles qu'elle avait aidés à mettre au monde.

Ses yeux laiteux s'embuèrent au souvenir du passé. Bien des hivers auparavant, oui, il y avait eu une naissance, mais elle avait juré de n'en jamais parler. Combien d'années plus tôt ? Dix, vingt ? Elle n'arrivait pas à se le rappeler. Sur son honneur. Un garçon ou une fille ? Elle n'aurait su le dire avec certitude. Toutes ces années, elle avait tenu parole. Elle n'était pas une commère.

Vieille sotte édentée. Elle était trop fanfaronne, orgueilleuse. Et l'orgueil, comme nous l'enseignent les Proverbes, est un péché haï du Seigneur, qui ne restera pas impuni. Ses yeux voilés clignotèrent lorsqu'elle comprit que je n'étais pas une amie. Mais il était déjà trop tard.

Sa peau lâche se meurtrit aisément, violaçant un peu plus à chaque torsion de mes mains. Ses yeux blancs devinrent rouges. Un oreiller, la taie jaunie par la fumée et la sueur de ses longues années. Je n'avais pas pensé qu'elle se débattrait si âprement. Alors que je pressais l'étoffe sur sa bouche et son nez, elle rua et se contorsionna à en briser ses membres frêles.

Elle devrait m'être reconnaissante d'avoir purifié son âme d'un péché si grave avant de l'envoyer rejoindre le Seigneur.

Immédiatement après, je me rendis à la chapelle et confessai uniquement mes péchés véniels, faisant de l'exécution de la sage-femme un secret entre Dieu et moi. Le prêtre n'avait point besoin d'en être informé. C'est la voix du Seigneur que j'entends dans ma tête, et nulle autre. Je fis acte de contrition. Il me donna une pénitence et l'absolution, certain de mon repentir sincère.

Plus tard, j'accordai à mon confesseur le réconfort que désirent les hommes, même ceux qui sont les plus proches du cœur de Dieu.

7

La Cité

Dissimulé dans l'embrasure de la porte de l'apothicaire, Piet regarda dans la rue. De la vapeur montait des pavés. Tout scintillait dans la lumière d'une aube pleine de promesses. De ses poursuivants, il n'y avait aucune trace.

Il sortit de sa cachette, la même question toujours à l'esprit. S'était-il trompé sur la situation ? Se pouvait-il réellement que les soldats aient su qui il était ? Non. Plus probablement, ils avaient vu un homme – étranger à Carcassonne – entrer en catimini dans la cathédrale, et cela avait éveillé leur suspicion. Il y avait foison de rumeurs au sujet de prêtres agressés pendant la prière. Sa réaction avait semblé la preuve de sa culpabilité et donc, bien entendu, ils lui avaient donné la chasse.

D'un autre côté, et si sa première intuition avait été la bonne ? Il était certain de n'avoir pas été suivi de Toulouse à Carcassonne. Il avait fait de multiples détours à travers le Lauragais pour venir, et aurait remarqué si quelqu'un l'avait filé. Depuis son arrivée, il avait pris toutes les précautions. Il avait mis son cheval à l'écurie à la Trivalle et n'avait révélé à personne où il logeait dans la Bastide, si ce n'était à Vidal une heure plus tôt.

Pile ou face, le hasard des dés. Devait-il rester, ou quitter Carcassonne dès à présent, tant qu'il était encore en liberté ? Avait-on fait circuler sa description ? Y avait-il, à cet instant même, encore plus de soldats à sa recherche ? Était-il devenu un danger pour ses camarades ? Malgré toutes leurs précautions, y avait-il un espion au sein du groupe ? Soit à Toulouse, soit parmi ceux qu'il devait retrouver à midi pour négocier ? Chacun des Carcassonnais venait recommandé par quelqu'un qui s'était porté garant de sa loyauté, mais Piet avait passé assez longtemps dans le creuset de Londres pour savoir que n'importe lequel d'entre eux pouvait être un traître. Il répugnait cependant à renoncer au rendez-vous sans raison valable.

La seule question était la suivante : devait-il rester jusqu'au soir, pour retrouver Vidal, ou partir ? Il ne voulait pas attirer de problèmes à son ami, mais la distance qui s'était installée entre eux lui pesait. Vidal était la première personne – la seule – à avoir touché son cœur depuis sa chère mère, morte bien des années auparavant. S'il quittait Carcassonne sans le revoir, il perdrait la chance de regagner son amitié. Peut-être à jamais.

Il continua son chemin vers l'endroit où Vidal lui avait dit loger, dans la partie la plus ancienne de la Cité. Les tuiles romaines rouges s'y chevauchaient entre les pierres grises des tours, et il trouva la maison sans difficulté. Il examina le loquet du portail, nota la présence d'une taverne de l'autre côté de la rue où il pourrait patienter entre l'allumage des lanternes et l'heure de leur rendez-vous, et passa son chemin.

Un groupe de femmes et d'enfants étaient attroupés autour d'un large puits, seau à la main, attendant leur tour de puiser de l'eau. Ils avaient l'air en bonne santé, un contraste saisissant avec nombre des enfants qui passaient par les soins de Piet à Toulouse. Une petite fille coiffée d'une masse de boucles noires levait une mine renfrognée vers un beau garçon de treize ans peut-être. Indifférent à sa sœur, celui-ci était en train de taquiner deux filles plus âgées. L'une, pleine d'entrain, avait le teint laiteux d'une fille de ferme. La morsure de la fraîcheur matinale lui rosissait joliment les joues, et ses yeux bruns pétillaient. Son amie n'avait pas été aussi gâtée par la nature. Elle avait le visage grêlé et les épaules courbées, comme si elle passait ses journées à espérer n'être pas remarquée.

Le garçon hissa vivement son seau rempli par-dessus la margelle, puis planta un baiser sur les lèvres de la plus jolie.

« Aimeric, comment oses-tu ! s'écria-t-elle. Tu es trop hardi !

– Ha ! Si tu ne veux pas qu'on t'embrasse, Marie, tu ne devrais pas être aussi gentille à regarder.

– Je vais le dire à ma mère ! »

Il feignit de tomber en pâmoison.

« En voilà une façon de traiter un admirateur malade d'amour ! »

Il lui envoya un autre baiser bien senti. Cette fois, elle tendit vivement la main pour attraper au vol le gage d'amour imaginaire. Piet se surprit à sourire. Que n'aurait-il donné pour retrouver l'insouciance de la jeunesse.

« Adieu, Aimeric, lança Marie.

– Viens, Alis », dit le garçon en prenant la main de sa sœur.

Et ils disparurent dans une maison voisine, au linteau couvert d'un églantier grimpant. Piet observa le long regard que l'amie plus quelconque lançait en direction de la porte fermée, un mélange de jalousie et d'envie clairement lisible sur son visage, et son cœur se serra de compassion.

Il continua de descendre la rue Saint-Jean, puis sortit de l'enceinte intérieure pour entrer dans les lices. Un peu plus loin, une porte étroite semblait donner directement sur la campagne.

« En garde. »

Deux garçons richement vêtus – sûrement des fils de la maison du sénéchal – étaient en train de travailler leurs figures sous l'œil perçant de leur maître d'armes.

« Appel, parade. Appel, parade. Non ! »

Leurs fleurets mouchetés se croisèrent bruyamment alors qu'ils se fendaient, encore et encore. Ni l'un ni l'autre n'était particulièrement agile, ni ne donnait l'impression de s'intéresser à la leçon, mais leur instructeur était intraitable. Piet, pour sa part, avait appris à se battre tout seul : avec ses poings nus, un bâton, le poignard ou l'épée, peu importait du moment que cela marchait. Sa méthode était efficace, à défaut d'être élégante.

« Encore. Essayez encore. »

Personne ne gardait la porte. Une fine volute de vapeur flottant dans l'air froid indiquait l'endroit où la sentinelle était allée se soulager. Piet longea la rangée de barbacanes jusqu'au fleuve, puis retourna aux écuries où il avait laissé son cheval la veille au soir.

« Il se peut que j'aie besoin de ma monture ce soir, ou alors tôt demain matin, dit-il au palefrenier en lui glissant un généreux pourboire dans la main. Peux-tu veiller à cc qu'cllc soit prête et sellée ?

– Comme vous le souhaitez, monsieur.

– Et il y aura un autre sou pour toi si tu restes discret. Nul besoin pour autrui de savoir ce que je fais. »

Le garçon afficha un grand sourire, révélant des dents écartées.

« Je ne vous ai jamais vu. »

8

La Bastide

À la boutique, la matinée fut chargée. Minou eut à peine une minute à elle.

Il était 11 heures bien sonnées lorsqu'elle traîna enfin le tabouret haut de son père devant l'entrée et s'assit pour reposer ses pieds. Elle mangea la tourte au fenouil, but quelques gorgées de bière pour faire passer la riche pâte, puis se livra à un jeu de mains enflammé avec les plus jeunes des enfants Sanchez, jusqu'à en avoir les paumes endolories. S'interrogeant sur la provenance de la lettre, elle demanda à ses voisins, d'un ton neutre, s'ils avaient remarqué quelqu'un devant la boutique tôt le matin. Personne n'avait rien vu.

Les cloches sonnaient midi moins le quart lorsque Minou entendit des cris. Reconnaissant la voix de Mme Noubel, elle sortit pour lui dire bonjour.

Cécile Noubel était une figure populaire dans la rue du Marché. Elle avait enterré deux époux, et le deuxième lui avait légué la propriété de sa pension de famille. À l'automne de ses jours, elle avait enfin la liberté de vivre comme bon lui plaisait.

« C'est par ordre du sénéchal », était en train d'expliquer le plus jeune des deux soldats.

Un garçon au visage lisse encore, avec seulement quelques poils au menton, qui semblait à peine en âge de porter les armes.

« Du sénéchal ? La Bastide ne relève pas de sa juridiction, et ma maison encore moins. Je paie mes taxes. Je connais mes droits. »

Elle croisa les bras. « De toute manière, comment savez-vous que le scélérat loge ici ?

– Nous le tenons de source irrécusable, commença à répondre le garçon.

– Ça suffit comme ça », l'interrompit le capitaine. De forte carrure, il avait une épaisse barbe brune et la joue gauche traversée d'une longue balafre verticale. « Vous êtes soupçonnée de receler un criminel notoire. Selon nos informations, il a pris une chambre dans la Bastide. Nous sommes autorisés à perquisitionner tous les établissements où il pourrait se cacher. Y compris le vôtre. »

D'autres voisins étaient sortis dans la rue pour voir de quoi il retournait, ou observaient la scène depuis leur fenêtre à l'étage. Mme Noubel se redressa de toute sa taille. Elle s'était empourprée, mais offrait une apparence ferme et inébranlable.

« Receler ? Dois-je comprendre que vous m'accusez de donner sciemment asile à un criminel ?

– Bien sûr que non, madame Noubel, répondit le plus jeune d'un air malheureux, mais nous avons l'autorisation, nous sommes chargés – c'est-à-dire, nous avons reçu l'ordre explicite – de fouiller votre établissement. Sur la base d'informations reçues. L'accusation est sérieuse. »

Elle secoua la tête.

« Si vous avez un mandat signé par un membre du présidial – qui, pour autant que je sache, est responsable du gouvernement de la Bastide, et non le sénéchal de la Cité –, alors montrez-le-moi, et je vous accorderai la permission d'entrer. Autrement, vous pouvez toujours courir !

– *Cinc minuta, madama*, l'implora le garçon, retombant dans la langue régionale dans un effort pour se concilier ses bonnes grâces. Cela ne prendra que cinq minutes.

– Avez-vous un mandat, oui ou non ? »

Le capitaine écarta son collègue d'une bourrade.

« Est-ce là un refus d'obtempérer à nos ordres, femme ?

– Messire, murmura le jeune soldat, Mme Noubel est très respectée à Carcassonne. Nombreux sont ceux qui prendraient sa défense. »

La foule appréciait le spectacle, mais Minou remarqua qu'il ne cessait de regarder son aîné du coin de l'œil, et un frisson d'inquiétude lui parcourut le dos. Étaient-ce seulement de vrais soldats ? Ils portaient un surcot militaire, mais pas d'insigne.

Le capitaine frappa la poitrine du garçon d'un doigt menaçant.

« Si tu contestes mon autorité encore une fois, paysan, dit-il à voix basse, je te ferai fouetter jusqu'à ce que tu ne puisses plus bouger pendant une semaine. »

Le garçon baissa les yeux.

« Oui, mon capitaine.

– *Oui, mon capitaine*, le singea l'homme. Tu n'es qu'un ver, un rat de chenil. Vous autres Méridionaux, vous êtes tous les mêmes. Mets-toi au travail. Fouille les chambres. Jusqu'au dernier recoin de cette pension. Si le criminel s'y trouve, use de toute la force nécessaire pour le maîtriser, mais ne le tue pas. Allez ! » Il hurla ce dernier mot, lui postillonnant sur la joue. « À moins que ta compassion pour ces manants signifie que tu préfères partager leur geôle ? »

À cet instant, un nuage voila la face du soleil de midi, plongeant la rue dans une ombre grise, et tout sembla arriver d'un coup. Minou se rapprocha. Le garçon s'avança gauchement vers la porte, tandis que le capitaine bousculait Mme Noubel pour passer. Il ne la poussa pas fort, mais elle perdit l'équilibre et tomba lourdement contre le chambranle, s'ouvrant le crâne.

Du sang coula de la blessure, tachant d'écarlate son bonnet blanc, et un hurlement strident retentit. M. Sanchez fit un pas en avant, alors même que Minou se mettait à courir.

« Restez où vous êtes ! s'écria le capitaine. Tous, ou bien vous vous trouverez arrêtés et inculpés d'obstruction aux ordres du sénéchal. Est-ce bien compris ? Nous recherchons un meurtrier.

La loi est la loi, à Carcassonne aussi bien que dans les régions plus civilisées de France. »

Minou entendit la mise en garde mais continua de se frayer un chemin jusqu'à l'avant de la foule. Le soldat se tourna vers elle.

« Vous. Occupez-vous de cette harpie, cette mégère. Peut-être que quelques heures au pilori lui apprendront à tenir sa langue. »

Bouillante de rage, elle s'accroupit au côté de son amie. La vieille femme avait les yeux fermés et un filet de sang lui coulait goutte à goutte sur la joue.

« Madame, chuchota-t-elle, c'est moi, Minou. Ne parlez pas, mais faites un signe de tête si vous m'entendez. »

Un infime mouvement lui indiqua que son message était passé. Sortant un mouchoir de sa manche, elle tamponna la blessure.

« Toute personne encore présente lorsque notre perquisition sera terminée, hurla le capitaine, courra le risque de se voir détenue aussi longtemps qu'il plaira au sénéchal. » Il attrapa Minou par le bras et la força à se relever. « Cette femme doit être en mesure de se redresser toute seule et de répondre par elle-même. Si elle en est incapable, je vous en tiendrai responsable. Est-ce bien compris ? »

Minou hocha la tête. Il la secoua.

« Tu as avalé ta langue ? Est-ce bien compris ? »

Elle leva les yeux et répondit :

« Oui. »

Il retint son bras encore quelques secondes, puis la repoussa brutalement et entra d'un pas furieux dans la pension.

Dès qu'il eut disparu, Mme Noubel ouvrit les yeux.

« Il m'a poussée à terre. Sans provocation, il m'a poussée à terre.

– Je crois que c'était un accident, répondit prudemment Minou.

– Accident ou pas, le résultat est le même ! S'est-il excusé ? Ne suis-je pas propriétaire de ma maison ? Je vais signaler...

– Ne bougez pas, madame Noubel, vous saignez encore.

– "Par ordre du sénéchal" ! La Bastide ne relève pas de sa juridiction. Cela fait douze ans que je tiens cette pension sans avoir jamais reçu la moindre plainte. »

Minou leva les yeux pour regarder l'établissement, où le bruit des chambres mises sens dessus dessous leur parvenait par les fenêtres ouvertes. Elle était certaine que Mme Noubel n'avait pas intérêt à contrarier pareil individu. Accident ou non, on devinait en lui un homme sans foi ni loi. L'autre soldat, le garçon du pays, avait clairement pensé de même.

« Madame, venez, je vais panser votre blessure.

– Comment ose-t-il me traiter comme une... une gredine. Je suis une veuve respectable... Ce genre de choses n'arrive pas à Carcassonne.

– Nous devrions nous en aller.

– Nous en aller ? »

Malgré le choc, Mme Noubel était outrée.

« Je ne pense pas qu'il soit dans notre intérêt d'être ici quand ils ressortiront. Ils affirment peut-être avoir été envoyés par le sénéchal, mais je ne les crois pas. Un capitaine de la garnison royale se serait-il comporté ainsi à votre égard ? Par ailleurs, la livrée des hommes du sénéchal est bleue. Ces voyous sont en vert et ne portent pas d'insigne.

– Mais j'ai demandé à voir leur mandat...

– Et ils ne vous l'ont pas montré, la coupa Minou en jetant un autre coup d'œil à la maison. Je suis sûre que ce sont des soldats privés. Ou, pire, des mercenaires.

– Je n'ai rien fait de mal. Je ne me laisserai pas chasser de chez moi.

– Je vous en prie, madame. Seulement en attendant que ce soi-disant capitaine se soit calmé. S'ils ne trouvent pas l'homme qu'ils recherchent...

– Ils ne le trouveront pas, car il est sorti au point du jour et n'est pas rentré encore.

– Alors le mécontentement du capitaine va certainement s'accroître. Il cherchera quelqu'un à tenir responsable de ce fait. »

Mme Noubel fronça les sourcils.

« Mon pensionnaire avait l'air parfaitement aimable. Pas d'ici, mais courtois. Roux comme un renard.

– Le capitaine a menacé de vous mettre au pilori, ajouta Minou d'un ton désormais pressant.

– Il n'oserait pas. Pour quel crime ?

– Je crains que cela n'ait pas d'importance. »

Brusquement, toute pugnacité disparut de l'attitude de Mme Noubel, et chacune de ses soixante années se lut sur son visage.

« Mais, ma maison ? dit-elle. C'est tout ce que je possède. S'ils endommagent... »

Charles était resté sur le seuil de la boutique de son père. Le bruit lui faisait peur, mais Minou pensait qu'il voudrait bien les aider tant que les soldats restaient hors de vue.

« Je vais demander à M. Sanchez de garder un œil dessus, dit-elle en aidant la vieille dame à se relever. Venez.

– Encore une froide journée, marmonna Charles en accourant de son étrange démarche dandinante. Froide, froide, froide, froide. Il devrait faire beau, beau temps toute la journée, toute la journée. C'est ce que disent les nuages.

– Charles, écoute-moi. Emmène Mme Noubel dans la boutique de mon père. Dans la librairie, d'accord ? Jusque dans la pièce tout à l'arrière, là où sont rangés le papier et l'encre. »

Son visage s'éclaira.

« Je peux regarder mais pas toucher. M. Joubert a dit de ne pas toucher.

– Exact. » Elle porta le doigt à ses lèvres. « Et c'est un secret. Personne ne doit savoir, compris ? »

Depuis le coin de la rue du Grand-Séminaire, Piet avait été témoin de toute la scène.

Il avait observé la discussion houleuse de sa logeuse avec les soldats, puis l'attaque. Il avait vu une jeune femme de haute taille, à la peau d'une blancheur de lait et aux longs cheveux raides et bruns, escamoter la vieille dame au nez et à la barbe du capitaine. Et un étrange garçon, visiblement simple d'esprit, les aider. Il n'était pas dans sa nature d'assister à ce genre de choses sans intervenir, mais cette fois, il ne pouvait pas.

Il serra la sacoche en cuir contre son flanc pour vérifier que son contenu était toujours en sécurité. La situation prouvait le bien-fondé de sa réaction dans la cathédrale quelques instants plus tôt. Deux soldats privés en surcot vert dans la Cité, deux autres venus perquisitionner sa chambre à la Bastide. S'agissait-il des mêmes hommes ?

Piet avait passé une grande partie de sa vie à s'attendre qu'on la lui prenne. À pressentir la caresse de l'acier sur sa gorge, la douleur imaginaire d'une balle dans ses entrailles.

Il n'était pas né dans le Languedoc, mais c'était sa terre d'adoption, et il s'y était senti bienvenu. Réfugié apatride, il éprouvait pour ce coin de France une loyauté aussi forte que celle de n'importe quel autochtone. Tolérance, dignité, liberté : Piet était prêt à sacrifier sa vie pour défendre ces principes.

Il était impliqué dans une bataille pour l'âme même de la France ; une bataille qui allait définir comment les hommes pouvaient vivre et être libres. Catholiques ou protestants, juifs ou sarrasins, jusqu'à ceux qui n'avaient pas de religion. Il avait appris à se fier à son instinct, et celui-ci lui soufflait de se sauver avant qu'il ne soit trop tard. Mais il avait fait une promesse, sacrée aux yeux de Dieu, et il allait la tenir.

Minou attendit que Charles ait emmené Mme Noubel à l'abri dans la librairie, puis s'assit sur la marche, son mouchoir taché de sang sur les genoux. Juste à temps. Un martèlement de bottes dans l'escalier, et le sergent d'armes réapparut, un petit coffre de voyage en bois et un registre relié en cuir dans les bras, suivi du capitaine fulminant.

« Où est la vieille ? demanda ce dernier d'un ton impérieux. Je vous avais dit de vous occuper d'elle.

– Je ne sais pas, je vous en donne ma parole. » Elle lui montra le mouchoir. « L'odeur m'a fait défaillir. Lorsque je suis revenue à moi, elle avait disparu. »

Le regard de l'homme se durcit, mais cette fois il contrôla sa colère.

« Capitaine Bonal… »

Il fit volte-face vers son subordonné.

« Qu'est-ce que tu viens de dire ?

– *Mon capitaine*, pardonnez-moi, se reprit le jeune soldat, mais je ne crois pas que Mme Noubel soit impliquée dans le moindre méfait ou que cette jeune fille sache quoi que ce soit. Le criminel a signé le registre d'un faux nom. Et nous avons ceci. » Il souleva le coffre, les mains tremblantes. « Nous pouvons poster une sentinelle. Il va forcément revenir. »

Le capitaine hésita, puis hocha la tête.

« Estimez-vous heureuse, dit-il en agitant un doigt crasseux sous le nez de Minou, que je ne vous fasse pas mettre au pilori à la place de la mégère. Hors de ma vue. »

Minou se releva et, résistant à l'envie de détaler, s'éloigna rapidement, consciente du regard hostile du capitaine dans son dos. Elle refusa de lui donner la satisfaction de montrer sa peur. C'est seulement lorsqu'elle eut tourné au coin de la rue que son courage la déserta. Elle tendit les bras devant elle. Elle avait les mains qui tremblaient, mais se sentait euphorique ; intrépide, honorable, fière. Elle s'adossa au mur, osant à peine admettre la témérité dont elle venait de faire preuve.

Puis elle se mit à rire.

9

À midi, Piet frappa à l'endroit convenu, rue de l'Aigle-d'Or, et attendit qu'on vienne lui ouvrir. Il entendit quelqu'un descendre un escalier, puis la porte s'entrebâilla.

À son grand étonnement, il aperçut un visage familier.

« Michel Cazès, par tout ce qui est saint ! Je ne pensais pas vous trouver ici. »

La porte s'ouvrit plus grand, Piet entra, et les deux hommes se serrèrent la main. Cinq ans plus tôt, fraîchement convertis l'un comme l'autre à la cause huguenote, ils avaient combattu côte à côte dans l'armée du prince de Condé : Michel, un soldat de carrière, et Piet, un civil forcé de prendre les armes pour défendre ce en quoi il croyait. Depuis cette époque, il n'avait eu aucune nouvelle de son camarade.

Les années avaient été cruelles avec ce dernier. Désormais d'une maigreur squelettique sous son habit, entièrement noir à l'exception d'une collerette et de manchettes blanches, Michel avait le visage sillonné de rides. En le serrant dans ses bras, Piet put sentir ses côtes sous l'étoffe.

« Comment allez-vous ? » lui demanda-t-il, consterné par la métamorphose de son ami.

Michel écarta les bras.

« Comme vous le voyez, je suis toujours en vie. »

Du haut de l'escalier, un jeune homme à l'apparence négligée demanda :

« A-t-il donné le mot de passe ?

– Ce n'est pas nécessaire, assura Michel. Je réponds de lui.

– Il n'empêche », insista le garçon avec son accent nonchalant de personne bien née.

Piet échangea un regard avec son ami, mais obtempéra :

« Pour le Midi. »

Alors qu'ils montaient les marches raides, il remarqua que Michel respirait difficilement. Par deux fois, il dut s'arrêter et porter à ses lèvres un mouchoir imprégné de balsamine. Alors qu'il agrippait la rampe, Piet nota également qu'il lui manquait deux doigts à la main droite.

« Mon ami, faisons une pause, voulez-v...

– Ça va », l'interrompit Michel.

Ils continuèrent leur ascension jusqu'en haut, où Piet ouvrit sa cape pour montrer au jeune homme qu'il était armé.

« *Per lo Miègjorn* », dit-il, répétant le mot de passe.

Le garçon regarda fixement sa dague mais ne lui demanda pas de s'en défaire. Il avait les yeux rouges et dégageait des effluves de bière rance.

« Entrez, monsieur. »

Piet s'avança dans une pièce à l'atmosphère viciée de fumée et de relents de nourriture. Une carcasse de poulet où ne restait plus la moindre viande était posée sur un plat en bois au milieu de la table, entourée de chopes exhalant une odeur aigre de bière et d'hydromel.

« Laissez-moi faire les présentations, déclara Michel. Camarades, permettez-moi de vous présenter l'un des soldats les plus loyaux avec qui j'ai eu l'honneur de servir. Piet Reydon, originaire d'Amsterdam...

– Mais dont l'allégeance va au Midi, l'interrompit l'intéressé. Enchanté de faire votre connaissance, messieurs. »

Il parcourut la pièce du regard. Le groupe était plus petit qu'il ne s'y était attendu, ce qui était probablement une bonne chose.

« Vous connaissez déjà notre cerbère, Philipe Devereux. »

Il s'inclina légèrement. De plus près, le jeune homme avait l'air au bord de la nausée. Son pourpoint et ses chausses jaunes étaient tachés.

« Voici notre chef, Oliver Crompton », continua Michel avec un geste en direction de la fenêtre, en trébuchant sur les sonorités anglaises de son nom. Puis il indiqua un homme assis à la table en bois carrée. « Et Alphonse Bonnet, qui est à son service. »

Piet salua de la tête l'ouvrier brun et trapu qui tenait une grossière chope en bois entre ses mains sales, avant de se tourner vers son maître. Bien bâti, les yeux rapprochés, celui-ci portait sa barbe noire taillée à l'anglaise.

« Monsieur Piet Reydon », dit-il en lui tendant la main.

Piet la prit et, lorsque leurs regards se croisèrent, se sentit froidement jaugé. Il serra le poing gauche sur la bretelle de sa sacoche.

« Nous avons beaucoup entendu parler de votre charitable travail en faveur de notre communauté à Toulouse. Votre réputation vous précède.

– Elle est très exagérée, j'en suis sûr. » Il sourit. « Crompton ?

– Père anglais, mère française, et un lointain cousin de ce jeune gentilhomme qui a trouvé les charmes des tavernes de la Trivalle préférables à son propre lit hier soir. Il n'est pas encore tout à fait remis. »

Devereux s'empourpra.

« Sur mon honneur, je n'ai pas bu plus d'une chope, peut-être deux. Je ne saurais dire pourquoi cela m'a autant affecté. »

Crompton secoua la tête.

« Vous nous trouvez en plein milieu d'une âpre discussion, monsieur.

– Piet n'a pas de temps à perdre, intervint Michel. Nous devrions passer aux choses sérieuses.

– Je suis certain qu'il trouvera grand intérêt à notre débat.

– Je vous en prie, fit Piet avec un geste de la main.

– Avant que vous n'arriviez, Michel était en train de dire qu'il croit que la liberté de culte accordée aux huguenots par l'édit de tolérance l'a été de bonne foi, mais mon noble cousin ici présent pense le contraire.

– L'édit ne vaut pas le papier sur lequel il est écrit, intervint Devereux.

– Il a quand même sauvé des vies », remarqua calmement Michel.

Crompton éclata de rire.

« Michel est convaincu que la reine régente souhaite sincèrement voir la fin de la discorde entre catholiques et protestants. Je ne le suis pas.

– Je ne nie pas le fait que d'autres voient les choses différemment. Tout ce que je dis, c'est que nous ne devrions pas être ceux qui poussent de nouveau au conflit. Nous serons jugés encore plus durement si nous paraissons refuser le rameau d'olivier qui nous est tendu.

– Cet édit, répliqua Crompton, comme tous ceux promulgués avant, n'est que de la poudre aux yeux. Son but est de donner l'illusion d'un compromis entre les revendications des catholiques extrémistes – et par là, j'entends le duc de Guise et ses alliés – et la position modérée du reste de la cour. La faction de Guise n'a aucune intention de le respecter, aucune.

– Vous ne pouvez pas en être sûr, répondit Michel, le front luisant de sueur. Guise est enfermé chez lui à Joinville. Son influence décline.

– Si vous croyez vraiment cela, vous êtes un imbécile ! s'exclama Devereux.

– Philippe, surveillez vos manières, le mit en garde Crompton.

– Chiens de papistes ! gronda Bonnet en frappant du point sur la table, faisant déborder sa bière.

– Guise et son frère ne se montrent plus à la cour depuis près de dix-huit mois, continua Michel, en s'efforçant de respirer régulièrement. Il est dangereux de mettre tous les catholiques dans le même panier. C'est exactement ce que Guise fait avec nous, ne voyez-vous pas cela ? Il affirme que tous les protestants sont des traîtres vis-à-vis de la France, des rebelles déterminés à renverser l'État. Il sait que c'est faux, mais ne cesse quand même de le répéter. »

Piet avait participé à quantité de conversations semblables, et la question était toujours la même : après des années de persécution sous Henri II, quelle raison avaient-ils de croire que sa veuve Catherine, la reine régente, avait désormais l'intention de les traiter équitablement ?

« Allons, fit Devereux d'une voix traînante. Vous savez fort bien que si un mensonge est répété assez de fois, à l'encontre de la plus claire des preuves du contraire, même les hommes les plus sensés commencent à y croire. Les faussetés deviennent aisément la vérité reconnue. »

Michel secoua la tête.

« Rien n'est jamais tout noir ou tout blanc. Il y a, dans leur camp, autant de catholiques modérés, souhaitant parvenir à un compromis, qu'il y en a dans le nôtre qui travaillent à rétablir la paix et la justice. »

Crompton se pencha vers lui.

« Ces "catholiques modérés" sont-ils les mêmes que ceux qui ont assisté sans intervenir à la violente répression de nos frères après la conjuration d'Amboise ?

– Un complot malavisé, fomenté par des amateurs, qui a monté de nombreuses gens contre nous », répliqua Michel.

Piet posa la main sur l'épaule de son ami.

« Michel a raison. La conjuration a durci les attitudes à notre égard. N'oubliez pas que le duc de Guise est, aux yeux de beaucoup, le sauveur de la France. C'est lui qui a renvoyé les Anglais chez eux et rendu Calais aux Français. » Il se tourna vers Crompton. « Veuillez me pardonner si je vous offense en parlant franchement. »

L'intéressé secoua la tête.

« Cela ne m'offense pas. Mon épée appartient à la France. Ma conception n'a pas relevé d'un choix pour ma mère et donc, bien que je sois reconnaissant à mon père de m'avoir donné la vie et son nom anglais, je le maudis à tout autre égard. » Il regarda Piet dans les yeux. « Pareil pour vous ? Vous êtes de sang mêlé ? Hollandais, peut-être. »

Piet sourit, mais il n'avait aucune intention de parler de sa situation personnelle dans une pièce pleine d'inconnus.

« Pour beaucoup d'entre nous, la question de l'allégeance est compliquée. Nous devons chacun choisir à qui va notre loyauté selon ce que nous dicte notre propre conscience.

– Qu'elle outrepasse ses responsabilités ou non, reprit doucement Michel, la reine régente a décidé que l'avenir résidait dans un compromis. Dans l'intérêt de la France. Je ne prône pas de rester sans rien faire. Je dis seulement que nous ne devrions pas agir impulsivement.

– Si nous les laissons frapper les premiers, nous perdrons l'avantage, insista Crompton. Vous qui êtes soldat, vous devriez comprendre cela mieux que personne.

– Mais nous ne l'avons pas, cet avantage ! s'exclama Michel. Ils ont toute la puissance de l'État de leur côté. Une guerre n'est pas dans notre intérêt.

– Et nous n'en voulons pas, mais je crains que ce ne soit exactement ce que cherche Guise. Une guerre civile. Il ne sera pas satisfait tant qu'il n'aura pas expulsé tous les huguenots de France. On dit que notre prince de Condé a écrit une lettre pour demander des armes et une levée de troupes afin de prendre le contrôle de Toulouse. Si c'est le cas, Carcassonne ne devrait-elle pas suivre l'exemple de sa voisine ? » Il s'interrompit. « Est-ce exact, Reydon ? »

Piet n'avait pas plus l'intention de révéler des informations sur la situation à Toulouse que de s'étendre sur sa vie personnelle. Il était là pour faire affaire, point final.

« Une rumeur, rien de plus.

– Vermine papiste ! Bande de rats ! » s'exclama Alphonse Bonnet en frappant la table du plat de la main.

Crompton l'ignora.

« Parlez, Reydon, dit-il, et Piet sentit l'ambiance changer, l'attention générale s'aiguiser. Vous êtes entre camarades. »

Il maudit la situation dans laquelle il se trouvait. L'amitié le poussait à se ranger du côté de Michel, qu'il savait être homme d'honneur et de courage. Y en avait-il un seul autre parmi les occupants de la pièce qui ait servi au combat ? Mais, en même temps, il était conscient de la propension des hommes bons – et Michel en était un – à attribuer de nobles motivations à autrui tout en étant incapables de déceler la traîtrise chez ceux qui les entouraient.

Il sourit.

« Ce n'est pas la modestie qui me retient de donner mon avis, Crompton, mais plutôt le fait que j'ai vu les dégâts que peuvent causer ceux qui affichent une opinion sans être en possession de tous les faits. Il vaut peut-être mieux tenir sa langue que semer des mots aux quatre vents sans se soucier où ils peuvent atterrir. »

Devereux se mit à rire.

« Mais vous avez bien dû entendre parler du meurtre de Jean Roset ? reprit Crompton. Un homme innocent tué pendant le culte par un membre de la garde toulousaine censée protéger les huguenots. Et de l'attaque contre des protestants sur la place Saint-Georges il y a une semaine ? »

Piet soutint son regard.

« J'ai parfaitement conscience de la situation à Toulouse. J'y étais, et je peux vous assurer que la mort de Roset, bien que tragique, était accidentelle. Quoi qu'il en soit, le soldat concerné a été arrêté.

– Mais il n'y a pas qu'à Toulouse, insista Devereux. Dans le village de Puivert, une protestante dévote, sage-femme à ce qu'on m'a dit, a été retrouvée assassinée dans son lit. Punie pour le seul crime de sa foi.

– Puivert... », murmura Michel. Il essaya de se lever, mais ses jambes tremblaient trop. Piet voulut l'aider, mais vit son appui refusé. « Ça va passer, ça va passer.

– Que répondez-vous à cela, Reydon ? demanda Crompton.

– Je ne sais rien de Puivert, répondit-il, se demandant ce qui bouleversait si soudainement son ami. Ce que je sais, c'est que la situation de nos frères et sœurs protestants varie d'une région à l'autre, d'où ma réticence à offrir des recommandations. Ce qui est valable pour Toulouse ne le sera peut-être pas pour Carcassonne.

– Donc, fit Devereux, vous êtes aussi d'avis qu'il faut rester les bras croisés, sans rien faire ? »

Piet s'étonna de son assurance, qui ne concordait ni avec son âge ni avec son apparence dissolue.

« Si vous me demandez si je suis d'accord qu'il y a danger à être perçus comme l'agresseur, répondit-il prudemment, alors oui. Cela ne fera que justifier les préjugés contre nous, et ouvrir la voie à de plus grandes persécutions encore. Et puis il y a des catholiques à la cour qui ont appuyé la décision d'amnistier les prisonniers huguenots en janvier, ce qui a conduit à la libération de beaucoup de nos camarades.

– Je... », souffla Michel avant de s'interrompre. Piet attendit que son ami ait repris son souffle. « Nous n'avons pas l'avantage du nombre, réussit-il enfin à dire. Nous ne devrions pas pousser notre cause au-delà de notre capacité à la défendre.

– Et après, quoi ? s'exclama Crompton. On tombe à genoux comme des nonnes et on prie pour que tout se passe bien ? Voilà ce que vous nous recommandez ? Reydon, que répondez-vous à cela ?

– Ma recommandation est d'attendre, tous autant que nous sommes, en espérant que l'édit sera appliqué et que la situation se calmera. »

Le regard de Crompton se durcit.

« Mais si ce n'est pas le cas ? »

Piet jeta un nouveau coup d'œil à Michel, mais répondit honnêtement.

« Dans ce cas, nous serons effectivement forcés d'agir. Si la trêve ne se maintient pas, si nos libertés restreintes nous sont refusées, nous nous battrons pour les obtenir. »

Devereux sourit, laissant poindre le bout de sa langue entre ses dents.

« Donc, en réalité, monsieur Reydon, nous sommes d'accord.

– C'est l'ombre d'un rêve, chuchota Michel, que de croire que nous pouvons prendre les armes contre l'Église catholique et espérer gagner. Face à Guise. Notre seule chance de survivre consiste à accepter ce qui nous a été offert. Si l'on en vient à la guerre, elle conduira à notre défaite. Nous perdrons tout.

– Nous n'en arriverons pas là, le rassura Piet en lui posant une main sur le bras. Une guerre n'est dans l'intérêt d'aucun camp.

– J'ai besoin d'air, annonça brusquement son ami. Crompton, Devereux, si vous voulez bien m'excuser. Piet, ce fut un plaisir de vous revoir. »

Sur ces mots, il ramassa son chapeau et sortit de la pièce d'un pas mal assuré.

Piet le suivit.

« Mon ami, attendez ! »

Michel s'arrêta, la main sur la rampe en bois.

« Vous avez des affaires à régler. Retournez à l'intérieur.

– La transaction ne prendra que quelques minutes, puis vous et moi pourrons parler. Dites-moi où je puis vous retrouver. »

Michel hésita, puis secoua la tête.

« C'est trop tard », répondit-il doucement avant de continuer à descendre lourdement l'escalier.

Piet voulait lui courir après, déterminer ce qui n'allait pas, mais il se retint. Il était à Carcassonne pour une raison, et une seule. Après seulement, il chercherait Michel. Il aurait le temps après.

10

Michel s'éloigna de la rue de l'Aigle-d'Or aussi rapidement que son corps défaillant le lui permettait. Un murmure de désespoir s'échappa de ses lèvres sèches. Il ne se rappelait pas quand il avait bu ou mangé pour la dernière fois. Ces jours-ci, il n'avait pas d'appétit.

Tous ces arguments révélateurs – l'évocation de la place Saint-Georges, d'Amboise, de Condé, de Jean Roset – tournoyaient dans sa tête, exhalant un relent de trahison. Mais seul un traître pouvait connaître la portée d'un événement si mineur, si lointain. La dernière erreur qu'il avait commise avait été si discrète que personne d'autre que Michel ne l'aurait reconnue pour ce qu'elle était, ni n'aurait discerné la perfidie qu'elle cachait. En vérité, elle n'avait fait que confirmer ce qu'il soupçonnait depuis longtemps. Les incohérences, les contradictions. Désormais, le doute n'était plus permis. Le scélérat venait de se dénoncer tout seul. Michel avait dû faire appel à toute sa maîtrise pour ne pas dégainer et l'exécuter sur-le-champ, mais il savait qu'il n'avait pas la force de le faire proprement.

Qu'en était-il des autres ? Des traîtres, eux aussi ?

Et Piet ? Avait-il également vendu deux fois son épée, déclarant se battre pour une cause tout en en soutenant une autre ? Michel appuya la main sur sa poitrine pour calmer les battements erratiques de son cœur. Non. Il était prêt à jurer sur la mémoire de sa mère que Piet était un homme d'honneur.

Ou bien, malgré sa conviction, Michel se trompait-il aussi à son sujet ? Autrefois, il aurait été sûr de son jugement. Ce qu'il avait vécu dans les oubliettes lui avait arraché toute sa confiance en lui.

Il regarda les gens autour de lui sur la Grande-Place, qui commençait à s'enfoncer dans une brume post-méridienne. Leur vie était-elle aussi simple et honnête qu'elle le paraissait ? Un troubadour solitaire était en train de chanter, malgré le froid. La mélancolique mélodie lui remua le cœur. C'était un soulagement de savoir qu'il restait au moins quelques belles choses dans ce monde brisé.

Le brouillard humide le prit à la gorge. Il porta son mouchoir à ses lèvres et, lorsqu'il le baissa, l'étoffe était mouchetée de sang. Chaque fois un peu plus que la précédente. Il ne survivrait probablement pas jusqu'à l'été, lui avait dit l'apothicaire.

Il serra les bras autour de son corps émacié en attendant que les tremblements passent. Il avait peur. Il avait appris la vraie nature de cette émotion non sur les champs de bataille de France, mais dans les cachots de l'Inquisition à Toulouse. Tant d'actes de terrible cruauté commis au nom de Dieu.

Il ne savait toujours pas qui l'avait dénoncé, ni pourquoi ; mais peu après l'Épiphanie, il avait été arrêté et inculpé de trahison. Au cours de ces sombres jours de janvier, il avait découvert que tout homme confronté à la menace de la corde ou des tenailles jetait la vérité aux chiens. Il avait appris que la douleur pouvait faire jurer à n'importe qui que le noir était blanc et le blanc, noir. Il n'avait suffi que de lui couper deux doigts pour qu'il avoue sa participation à un complot qui n'existait que dans l'esprit des inquisiteurs.

Un libraire, Bernard Joubert, avait été emprisonné avec lui. Accusé de vendre des ouvrages séditieux et hérétiques, il avait défendu l'idée, lorsque les inquisiteurs le questionnaient, qu'il était possible d'être un bon catholique et de vendre des œuvres de littérature et de théologie reflétant des points de vue différents. Sa défense : sans comprendre ce que prêchaient les réformateurs, il était impossible de raisonner avec eux et, donc, de remporter le débat. Dans la connaissance résidait le pouvoir.

Joubert n'avait pas été soumis au supplice du chevalet, mais il avait enduré la morsure cruelle du chat à neuf queues sur sa peau. Un fouet aussi inhumain que ceux employés sur les négriers, avec des griffes acérées fixées au bout de lanières de cuir; un instrument destiné à arracher la peau du dos à un homme.

Contrairement à Michel, Joubert avait tenu bon.

Alors qu'ils étaient assis côte à côte, enchaînés, dans leur cellule nauséabonde, les deux hommes avaient échangé leurs secrets les plus intimes dans un effort pour tenir la terreur à distance. Cerné par la puanteur du sang et de la mort, par les hurlements pitoyables de ceux dont les os étaient irrémédiablement broyés, Bernard avait parlé de son épouse adorée, Florence, depuis cinq ans défunte, et de ses trois enfants; de sa librairie rue du Marché et de leur maison dans la Cité, à la porte encadrée d'églantines. D'un secret que Bernard avait gardé toutes ces années.

Et en retour? Michel prit sa tête entre ses mains, accablé de honte.

Lorsque Joubert et lui avaient été relâchés, sans être prévenus ni condamnés, ils s'étaient quittés devant les portes de la prison. Sur le moment, cela leur avait semblé relever du miracle. Mais Michel comprenait à présent que c'était le résultat de l'amnistie des prisonniers stipulée dans l'édit.

Tous n'avaient pas eu autant de chance. L'échafaud n'avait pas été oisif.

Mais bien que Michel ait recouvré sa liberté, la véritable horreur avait commencé après sa sortie de geôle. L'étrange bonté dont avait fait preuve à son égard la noble dame inconnue aux frais de qui il avait été soigné dans une maison à l'ombre de la cathédrale de Toulouse. Le vin, le lit chaud et les onguents pour ses plaies. C'était là la source de sa honte : le fait d'avoir trahi le secret de Joubert en échange de son propre confort.

Il n'avait pas cherché à revoir Joubert depuis l'après-midi où ils avaient été libérés. Ni l'un ni l'autre ne souhaitait se voir rappeler ce qu'il avait enduré. Mais à présent, sa seule pensée était qu'il devait le retrouver. Il avait trahi Joubert et ne se le pardonnerait jamais. C'était ce sentiment de culpabilité destructeur qui l'avait poussé rue du Marché à l'aube, mais il avait trouvé la boutique fermée, les volets clos. Toutefois, après ce qu'il venait d'entendre dans la pièce sans air au-dessus de la taverne, il fallait qu'il insiste. Le sable coulait dans le sablier. Il lui restait peu de temps pour se racheter.

11

« L'avez-vous rattrapé ? demanda Devereux en échangeant un regard avec Crompton. Vous a-t-il dit quelque chose ?

– Non, répondit Piet. Aurait-il dû ?

– Michel laisse toujours son cœur gouverner sa tête, répliqua Crompton d'un ton dédaigneux. Il finira par se ranger à notre avis. »

Piet fut soudain las d'eux, tous autant qu'ils étaient. Des écoliers, jouant aux conspirateurs, et il était à bout de patience. Rêvant de guerre et de gloire alors qu'aucun d'eux n'avait probablement servi sur un champ de bataille. Ils ne comprenaient pas encore qu'il n'y avait pas de gloire dans la mort.

« Lorsqu'il sera temps – s'il est temps un jour –, Michel sera le plus résolu de nous tous. »

Ses mots sonnaient comme une réprimande, il le savait, mais peu lui importait.

À présent que le moment était venu, toutefois, il éprouvait une étrange réticence à conclure le marché. L'affaire lui laissait un goût amer dans la bouche. Mais ils avaient besoin de fonds à Toulouse, et Carcassonne était prête à acheter ce qu'ils avaient à vendre. Soldats, armes, matériaux de construction, pots-de-vin, tout ce qu'il fallait pour aider les centaines de réfugiés qui venaient en quête d'un repas et d'un abri. Tout cela avait un coût. Il était trop tard désormais pour une crise de conscience.

« Procédons à cette transaction, voulez-vous ? Nous n'avons pas beaucoup de temps.

– Bien sûr », répondit Crompton en se tournant vers Alphonse Bonnet, qui gagna en trébuchant le coin de la pièce pour soulever une lame de plancher branlante.

Il sortit du trou un sac en toile de jute qu'il tendit à son maître.

« Tenez, dit celui-ci. Toute la somme y est. Le prix convenu. »

Piet soutint son regard.

« Vous me pardonnerez si je recompte. Nous ne voudrions pas qu'il y ait le moindre malentendu ultérieurement. »

L'expression de Crompton se durcit, mais il n'éleva pas d'objection. Piet vida les deniers d'or sur la table, puis les remit un à un dans le sac.

« Tout y est. Mes remerciements. »

Crompton hocha sèchement la tête.

« Et maintenant, à votre tour. »

Piet ôta sa sacoche de son épaule et la posa soigneusement à plat sur la table. Il se vit tendre la main, défaire lentement la boucle et plonger les doigts à l'intérieur. La pièce entière semblait retenir son souffle.

Il saisit le fin tissu et le sortit lentement du sac. L'étoffe pâle sembla chatoyer, illuminant la pénombre grise de la modeste pièce. La trame de lin et la chaîne de soie étaient si délicates au toucher. Comme pour la première fois, il admira les gracieuses broderies ornementales sur toute la longueur du Suaire. La magnifique calligraphie coufique n'évoquait rien pour lui, et pourtant, tout. L'espace d'un instant, il eut l'impression de presque pouvoir sentir la fraîcheur de la tombe et les parfums exotiques de la Terre sainte, les oliveraies et les herbes amères du sépulcre.

Sauf que c'était impossible… Le temps sembla reprendre sa marche.

« Le Suaire d'Antioche, murmura Devereux, une lueur avide dans les yeux. J'ai attendu si longtemps de le voir. »

La relique avait été rapportée à l'église Saint-Sernin du Taur de Toulouse en 1392, par des croisés rentrant d'Antioche.

Il s'agissait d'un petit fragment du linceul dans lequel le corps du Christ avait été enseveli avant sa résurrection, et on lui prêtait l'accomplissement d'innombrables miracles. C'était la plus sainte des reliques, et elle conférerait du pouvoir à quiconque l'avait en sa possession.

« Tenez, dit brutalement Piet. Prenez-le. Servez-vous-en pour le bien de notre cause. »

12

« Voilà, dit Minou en lâchant la dernière bande de mousseline dans le bol d'eau vinaigrée, teintée de rose par le sang tachant le linge. Je ne pense pas qu'il y aura d'infection, la plaie n'est pas profonde. »

Mme Noubel était assise sur une chaise basse dans la boutique, une couverture de crin pliée sur les genoux. Minou avait verrouillé la porte et fermé les volets. Pour l'instant, elles n'avaient pas été dérangées.

« Que pareille chose puisse arriver, Minou, en plein jour à la Bastide ! J'ai peine à y croire.

– Je crois que c'était un accident, répondit prudemment la jeune fille, même si le capitaine a effectivement eu un comportement répréhensible.

– Le monde est devenu fou, soupira la vieille dame en haussant lourdement les épaules. Mais comme ta mère aurait été fière de toi. Tu as fait preuve d'un grand courage. Florence restait toujours ferme, elle aussi. Elle agissait toujours selon sa conscience.

– N'importe qui aurait fait de même.

– Sauf qu'ils ne l'ont pas fait. De nos jours, les gens ne pensent qu'à leur propre peau. Non que je les en blâme. » Elle secoua la tête. « M. Sanchez garde un œil sur ma maison, dis-tu ?

– Oui. Charles est avec lui. »

Mme Noubel haussa les sourcils.

« Plus susceptible de le gêner que de l'aider, aurais-je cru.

– Essayez de ne pas vous inquiéter, répondit Minou en pliant les bandes de mousseline sale pour les rapporter chez elle plus tard afin que Rixende les lave et les blanchisse.

– Comment se porte ton père ? Je ne l'ai pas vu ces dernières semaines. »

Sur le point d'éluder la question, comme elle le faisait d'ordinaire, Minou se retint. Elle ne voulait pas manquer de loyauté, mais elle avait besoin d'une amie à qui se confier.

« En vérité, et bien que je n'en aie parlé à personne jusqu'à maintenant, je m'inquiète beaucoup. Mon père est rentré de ses déplacements en janvier très préoccupé et accablé de mélancolie. Je ne l'ai jamais vu aussi abattu, du moins pas depuis le décès de ma mère. »

Mme Noubel hocha la tête.

« Il avait en effet toujours puisé sa force en Florence. Lorsque tu lui demandes ce qui l'afflige, que répond-il ?

– Parfois, il refuse d'admettre qu'il y a le moindre problème. D'autres fois, il prétend que ce n'est rien de plus que les rigueurs de la saison. Il est vrai qu'il souffre d'une irritation de la peau, mais, avant cet hiver, il n'avait jamais été aussi affecté par l'obscurité et le froid. Depuis son retour, il n'a pas mis le pied une seule fois dehors.

– En quatre semaines ! Même pour aller à la messe ?

– Non, et il refuse de laisser le curé venir le voir.

– Se peut-il que Bernard soit préoccupé par la boutique, surtout après les soucis que vous avez eus ? Les loyers ne cessent d'augmenter, les temps sont durs. Nous peinons tous à joindre les deux bouts. »

Minou fronça les sourcils.

« Nos finances lui causent bien du souci, c'est un fait, et il s'inquiète pour l'avenir d'Aimeric. Nous n'avons pas les moyens de lui offrir une éducation appropriée, ni de lui acheter une commission d'officier. » Elle marqua un temps. « Il parle même de l'envoyer loger chez notre tante et son époux à Toulouse.

– Vraiment ! fit Mme Noubel en haussant les sourcils. Je ne savais pas que le fossé entre eux avait été comblé.

– Je ne suis pas certaine que ce soit le cas, répondit prudemment Minou, et pourtant mon père est presque résolu à ce qu'Aimeric y aille. » Elle tira distraitement sur un fil qui dépassait de ses jupes. « Mais je crois qu'il y a autre chose. »

Sur la table, la chandelle coula dans son bougeoir en cuivre, projetant une ombre vacillante sur le visage marqué par les soucis de sa vieille voisine.

« Il y a dans la vie d'un homme des choses dont il ne peut parler à ses enfants, même ceux qui lui sont aussi chers que tu l'es à ton père.

– J'ai dix-neuf ans ! Je ne suis plus une enfant.

– Ah, Minou, répondit Mme Noubel avec un sourire. Quel que soit ton âge, tu resteras toujours sa petite fille. Il ne peut s'empêcher de vouloir te protéger. Ainsi va la vie.

– Je ne supporte pas de le voir si accablé. »

La vieille femme soupira.

« La souffrance de ceux que nous aimons est plus difficile à supporter que tout ce que nous pourrions endurer nous-mêmes.

– Je crains d'avoir, par quelque négligence, perdu son affection, avoua doucement Minou.

– Jamais. Pas toi. Il t'aime tendrement. Mais si cela peut te rassurer, je veux bien essayer de lui parler. Peut-être se confiera-t-il à moi. »

Minou sentit une lueur d'espoir s'allumer dans son cœur.

« Vous feriez cela ? Je crois que je pourrais supporter n'importe quel malheur, et trouver la force d'y faire face, si seulement je savais ce qui ne va pas. C'est l'ignorance qui me tourmente tant. »

La vieille femme lui tapota le bras.

« C'est décidé, alors. Ne dit-on pas qu'un service en vaut un autre ? Préviens Bernard de s'attendre à ma visite. Je passerai le voir demain après la messe. » Elle posa ses mains larges sur ses genoux, puis se leva. « Je ferais mieux de rentrer chez moi, si les soldats n'y sont plus. Voir ce que ces chiens ont fait à ma maison. Veux-tu bien vérifier ? »

Minou déverrouilla et ouvrit la porte, puis recula d'un bond.

« Monsieur, vous m'avez fait peur ! »

Un homme se tenait sur le seuil, vêtu de noir avec une collerette et des manchettes blanches. Au premier abord, Minou songea que ce devait être un lettré. Quelque chose dans la courbure de sa nuque, la pâleur de son teint et la façon dont il clignait des yeux à la lumière, plissant les paupières pour cacher ses prunelles au fond de ses orbites, comme ébloui par le monde.

« Je regrette, nous sommes fermés, annonça-t-elle, se ressaisissant. Mais si vous voulez bien revenir dans une heure, je serai ravie de vous assister.

– Je ne suis pas là pour acheter. Je cherche Bernard Joubert. » Il regarda l'enseigne. « C'est bien là encore sa boutique ? »

Minou referma la porte derrière elle pour dissimuler Mme Noubel à sa vue.

« Pour quelle raison ne le serait-ce plus, monsieur ? »

Il leva les mains en signe d'excuse.

« Aucune, absolument aucune. Enfin, par les temps qui courent, les choses changent si rapidement... Je suis content de l'apprendre. » Il s'éclaircit la voix. « Bernard est-il présent ? Je souhaiterais lui parler d'urgence.

– Mon père n'est pas ici. Je tiens la boutique en son absence. »

Les joues de l'inconnu s'empourprèrent brutalement, et il se mit à trembler si violemment que Minou craignit qu'il ne s'effondrât sur le seuil.

« Monsieur, vous êtes souffrant ?

– Votre père, donc vous devez être Marguerite. Ou plutôt, Minou. Bernard m'a souvent parlé de vous. »

Un sourire lui vint.

« Alors vous avez l'avantage sur moi, monsieur. Vous semblez connaître mon nom, mais vous ne m'avez pas fait l'honneur de me donner le vôtre.

– Mon nom importe peu, mais je dois parler à Bernard. Je pensais le trouver ici. À quelle heure reviendra-t-il ?

– Ses horaires varient en hiver, répondit Minou, troublée par la véhémence de l'homme. Je ne l'attends pas aujourd'hui. Si vous voulez bien revenir lundi, et me dire de quoi il retourne, je pourrai peut-être vous aider. »

Il sembla se replier sur lui-même.

« Il faut impérativement que je le voie.

– Je suis désolée. Mon père ne m'a pas informée qu'il attendait un visiteur. »

Les yeux sombres de l'inconnu étincelèrent de colère, et, pour la première fois, Minou songea qu'il avait dû autrefois être un homme intimidant.

« Et vous dit-il absolument tout ? Je suis certain que non, car quel père confierait tous les détails de sa vie privée à sa fille ? »

Minou rougit.

« Je ne voulais pas vous offenser, monsieur. »

Sa colère épanchée, il se recroquevilla de nouveau. Elle l'avait cru âgé d'une cinquantaine d'années, mais elle pouvait voir désormais que c'étaient seulement ses cheveux blancs et les rides sur son front qui lui avaient donné cette impression.

« C'est à moi de vous demander pardon, mademoiselle Minou. C'est moi qui vous ai fait offense, et ce n'était pas mon intention.

– Il n'y avait rien d'offensant dans vos propos, aussi êtes-vous tout pardonné. Mon père n'est pas venu à la Bastide aujourd'hui, mais s'il vous agrée de lui écrire une lettre, je la lui remettrai. »

Il leva sa main droite pour lui montrer les moignons flétris et cramoisis de deux doigts manquants.

« Hélas, je ne trouve plus ce moyen de communication aisé. »

Minou rougit de sa maladresse.

« Je pourrais l'écrire pour vous.

– Merci, mais je préfère éviter, par sécurité.

– Par sécurité ? » Elle attendit, voyant l'hésitation faire rage dans ses yeux, mais il ne répondit pas. « Me donnerez-vous au moins votre nom, monsieur, que je puisse le transmettre à mon père ? »

Il sourit.

« Mon nom est sans importance.

– Très bien. Me direz-vous alors sous quelle appellation il est susceptible de reconnaître en vous un ami ?

– Un ami. » Il marqua un temps, puis son visage s'éclaira brièvement d'un autre sourire, où se reflétaient réflexion, regret, chagrin, tout en même temps. « Bernard m'avait bien dit que vous aviez de l'esprit comme dix hommes. Dites-lui que Michel, de Toulouse, souhaite lui parler. »

Et sur ces mots, il souleva son chapeau et s'en fut, aussi brusquement qu'il était apparu.

Perplexe, Minou rentra dans la boutique.

« Qui était-ce ? demanda Mme Noubel.

– Il m'a dit s'appeler Michel, mais seulement à contrecœur, alors qui sait si même cette bribe d'information est vraie.

– Que voulait-il ?

– Je ne sais pas exactement. Il m'a soutenu devoir conférer d'urgence avec mon père, mais son comportement était étrange. »

Mme Noubel balaya l'air de la main.

« Chasse-le de ton esprit, Minou. Il y a déjà eu assez de problèmes pour aujourd'hui. Si c'est important, ce mystérieux Michel reviendra. Sinon...

– Je suppose.

– Maintenant, as-tu vu si les soldats étaient sortis de ma maison ? Nous avons discuté tout l'après-midi, et j'aimerais rentrer chez moi. »

Les pensées toujours tournées vers le visiteur, Minou jeta un autre coup d'œil à l'extérieur.

« Ils sont partis, oui, mais Charles y monte encore la garde.

– Ah, c'est une brave âme, tout simplet qu'il soit. Encore une fois, merci. Et n'oublie pas. Dis à Bernard que je passerai demain après la messe. »

Minou écouta les pas de la vieille femme s'éloigner dans la rue du Marché, puis se pencha pour redresser le paillasson. Il était peu probable que d'autres clients passent à cette heure-là, aussi décida-t-elle de fermer boutique. La journée avait été longue. Une brume était descendue des montagnes et une lumière blanche et froide s'était emparée de la Bastide. Le roulement des roues, le fracas des sabots, tout était assourdi et déformé. Minou plaça les recettes de la journée dans le coffre-fort caché sous le plancher, puis moucha les chandelles et entreprit de rentrer chez elle.

La lettre au sceau en forme de lion rouge resta, oubliée pour un temps, dans la doublure de sa cape.

Gratte, gratte, gratte, font mes mots sur le papier, écorché par la pointe de ma plume.

Ma voiture attendait à la porte de la prison. Un médecin était prêt à cautériser et à panser ses plaies. Ses doigts amputés et sa peau empoisonnée. Des onguents pour le soulager... et le confondre.

Pendant un jour, le délire lui a tenu au corps comme une sueur estivale. Ses propos, incohérents, trahissaient un sentiment de culpabilité, de honte. Peur et douleur délient la langue d'un homme, mais on peut obtenir la même chose par la gentillesse. Un baiser, la caresse d'une main sur une joue meurtrie, une promesse de soins.

Qu'il est facile de faire chuter un homme.

Je lui ai donné vin et laudanum de ma propre main. Je l'ai laissé m'entrevoir, la nuit, en chemise et en cheveux. Je lui ai fait don de mon propre mouchoir, brodé de mes initiales, pour qu'il m'ait toujours en pensée. Tout cela l'a laissé indifférent. Il en est dans l'entourage de l'enfant-roi qui préfèrent la compagnie de leur propre sexe. Peut-être en fait-il partie.

Peu importe. Il y a de la beauté dans le fait de verser le sang. Une purification.

La douceur a réussi là où la séduction avait échoué. Enfin, après trois jours de soins, il m'a donné le nom de la famille que je cherchais.

Par la grâce de Dieu, je l'ai laissé vivre. Ce ne fut pas un acte de pitié. Les voix m'avaient chuchoté qu'à Toulouse, il serait plus difficile de dissimuler une mort et un corps. Dans les montagnes, les yeux sont aveugles.

Joubert. Je ne sais rien d'autre, mais c'est un début.

Le sang appelle le sang. Comme le Seigneur nous l'a enseigné, c'est par la souffrance que nous trouvons la rédemption.

13

La Cité

Minou remontait la colline en direction de la porte Narbonnaise. Derrière les remparts, les lampes de la Cité formaient des taches floues dans la brume. Dans les bois retentit le cri d'une chouette déjà en chasse. Le panache d'une queue de renard apparut brièvement au milieu des broussailles. Vidant son esprit des événements de la journée, Minou se concentra sur la soirée à venir. Elle s'engagea sur le pont-levis et salua la garde d'un signe de tête avant de passer sous l'étroite arche de pierre pour entrer dans la ville.

Elle était presque arrivée chez elle.

Un éclair de bleu et Minou, heurtée de plein fouet, se trouva projetée en avant, le souffle coupé. Elle tendit vivement les bras pour arrêter sa chute, puis sentit la pression d'une main au niveau de son coude, l'aidant à se relever.

« Mademoiselle, pardonnez-moi. Je ne vous avais… »

L'homme s'interrompit si brusquement que Minou leva la tête, surprise. Une chevelure et une barbe couleur de feuilles mortes, des yeux verts comme le printemps. Et il la dévisageait, lui aussi, avec une expression de surprise tellement injustifiée qu'elle se sentit rougir.

« *Jij weer*, murmura-t-il. Vous… Pardonnez-moi, êtes-vous blessée ? Vous ai-je fait mal ?

– Non.

– Mais c'est vous », reprit-il en la regardant comme s'il voyait une revenante.

Minou se remit d'aplomb et fit un pas en arrière.

« Je crois que vous me confondez avec quelqu'un d'autre, monsieur. »

À sa stupeur, il tendit les doigts pour lui caresser la joue.

Elle savait qu'elle aurait dû le réprimander pour son audace, mais elle était sans voix. Pendant quelques secondes encore, il laissa son gant là, doux contre sa peau. Puis, soudainement, comme s'il reprenait ses esprits, il recula d'un pas.

« Je suis désolé de vous avoir fait peur, ma Dame des Brumes, dit-il, avant de s'incliner. Votre serviteur. »

Et sur ces mots, il s'en alla.

Un battement de son cœur, deux. Médusée, Minou le regarda s'éloigner à grands pas en direction du château comtal jusqu'à ce que sa cape bleue disparaisse dans la gaze blanche du brouillard. Trois battements de cœur, quatre, cinq. Elle leva la main pour toucher l'endroit où il avait posé la sienne et l'odeur de cuir qui s'attardait lui parvint aux narines. Pourquoi l'avait-il regardée comme s'il essayait de mémoriser chacun de ses traits ? Pourquoi croyait-il la connaître ? Six battements, sept, huit. Les cloches sonnaient les vêpres et elle était en retard, mais elle ne pouvait pas rentrer chez elle. Pas encore. Pas avec les pensées ainsi en désordre et les sens en effervescence.

Elle reprit, pas à pas, son chemin dans la brume argentée. Les bâtiments apparaissaient et disparaissaient les uns après les autres. Soudain, la cathédrale se dressa devant elle, tel un vaisseau fantôme émergeant de la mer. Un petit groupe d'ecclésiastiques, noirs comme des corbeaux avec le nez enluminé par le froid, traversèrent la place Saint-Nazaire à la hâte pour y aller prier. Minou continua de marcher jusqu'à ce que les tourelles et les fortifications du château comtal deviennent visibles, et se demanda comment le sénéchal et sa maison passaient ces heures vespérales pendant le Carême. Les occupaient-ils en réjouissances, emplissant les pièces de rires et de bonne humeur, ou bien les couloirs étaient-ils plongés dans un silence de pieuse méditation ?

Minou s'arrêta. Tout autour d'elle, la garde annonçait la septième heure et fermait les portes de la Cité pour la nuit. À chaque fenêtre de maison ou de taverne, la lumière des chandelles et des feux filtrait entre les lattes des volets. Tout était exactement comme d'habitude.

À l'exception du parfum de santal et d'amande. Du contact de la main d'un inconnu sur sa joue.

Piet se tenait immobile devant la barbacane du château comtal. Son cœur battait la chamade comme celui d'un amoureux transi.

La jeune personne de la rue du Marché, avec ses extraordinaires yeux vairons, l'un bleu et l'autre de la couleur des feuilles en automne. Un tel courage. Une toilette simple et honnête, qui tombait bien sur sa silhouette élancée. Que lui avait-il dit ? Il avait balbutié et bredouillé comme un nigaud. La vue de la jeune fille lui avait fait perdre ses mots.

Se ressaisissant, il se dirigea vers la taverne qu'il avait choisie plus tôt. Lorsqu'il ouvrit la porte, un mur de bruit l'accueillit. Il commanda un pichet de bière et s'assit à une table dans un coin sombre de la pièce, près du feu, avec une vue dégagée sur la porte. Il ne cessait de porter inconsciemment la main à sa sacoche de cuir, désormais vide de son précieux contenu. La bourse pleine de pièces d'or pesait lourdement à sa ceinture.

Tout en sirotant sa bière, il jaugea du regard ses compagnons de boisson. Un ensemble d'hommes à la mine assez honnête, avec la peau brune et les cheveux noirs du Midi. Un garçon entra pour venir chercher son père, manifestement ivre. Une tenancière accorte se tenait devant les fûts, ses lèvres charnues figées en un sourire permanent. Un brouillard de bavardages et de conversations tranquilles emplissait la pièce.

Piet leva sa chope.

« Madame, s'il vous plaît. Une autre ! »

Après ce deuxième verre, il sentit le froid quitter ses os. La jeune fille vivait-elle dans la Cité ou à la Bastide ? La Cité, sûrement, pour qu'elle passe les portes à pareille heure. Pourquoi ne lui avait-il pas demandé son nom ?

Piet avait connu de nombreuses femmes, certaines avec affection, d'autres pour le plaisir passager qu'elles offraient, mais toujours – du moins l'espérait-il – avec un tant soit peu de satisfaction autant pour la dame que pour lui. Aucune, cependant, n'avait jamais fait vibrer son cœur.

Il secoua la tête, émerveillé par la rapidité avec laquelle ses barricades étaient tombées. Tout enfant, il avait mis sous clef ses émotions les plus intimes. Agenouillé au chevet de sa mère adorée sur le point de mourir, car trop pauvre pour se procurer les remèdes qui auraient pu la sauver, Piet s'était fait le serment de ne jamais plus prêter le flanc à pareil chagrin.

Et pourtant.

Pourtant, il était là, frappé par le genre de coup de foudre que célébraient les troubadours dans les chansons d'antan. Cet instant où le monde penche sur son axe. Piet leva sa chope.

« À vous, belle demoiselle, qui que vous soyez. Je vous salue. »

14

La brume avait pénétré les vêtements de Minou et, bien qu'elle ne sente pas le froid, elle ne pouvait plus repousser davantage le moment de rentrer chez elle. Elle s'introduisit dans la maison sur la pointe des pieds, espérant passer inaperçue, mais n'eut que le temps de pendre sa cape au crochet avant que sa petite sœur arrive en courant dans le couloir, mettant en fuite le souvenir de la journée si étrange qu'elle venait de passer.

« Doucement, ma petite, dit-elle avec un rire en soulevant Alis dans ses bras, ou tu vas me faire tomber à la renverse.

– Qu'est-ce que tu rentres tard ! »

Aimeric passa la tête par la porte de la cuisine.

« Oh, c'est toi. »

Minou lui ébouriffa les cheveux et rit lorsqu'il esquiva sa main avec humeur.

« Et qui voulais-tu que ce soit d'autre, je te prie ? »

Leur père somnolait au coin du feu. Le cœur de Minou se serra en voyant combien il était devenu pâle. Sa peau se tendait maigrement sur les os de ses joues.

« Papa est-il sorti aujourd'hui ? demanda-t-elle à voix basse. Le soleil était chaud à midi.

– Je ne sais pas, répondit Aimeric en haussant les épaules. J'ai tellement faim, je pourrais manger un cheval.

– Alis ? Est-ce que papa est sorti ?

– Non, il est resté à la maison.

– Et toi, ma petite ? »

Le visage de la fillette s'épanouit.

« Oui. Et je n'ai presque pas toussé de toute la journée.

– En voilà une bonne nouvelle ! »

Minou déposa un léger baiser sur la tête de son père endormi puis consacra ses pensées au dîner à préparer. Rixende avait laissé une marmite de haricots et de navets parfumés au thym à mijoter sur le feu, ainsi que du pain et un fromage de chèvre sur la table.

« Tiens, dit-elle en tendant couteaux et cuillères à Alis, avant de donner les assiettes à Aimeric. Comment avez-vous passé la journée ?

– Aimeric s'est attiré des ennuis en parlant à Marie. On était au puits, et il s'est montré impertinent. Sa mère est venue se plaindre. »

Alis se réfugia vivement derrière le dos de sa sœur, hors de portée de son frère, et lui tira la langue. Minou soupira. Malgré leurs six ans de différence, ils se ressemblaient trop et se disputaient constamment. Ce soir, elle n'avait pas la patience pour ça. Elle vida les biscuits qu'elle avait achetés dans un bol et repoussa la main gourmande d'Aimeric.

« Après dîner. Tu vas te couper l'appétit.

– Mais non ! Je te l'ai dit, je pourrais manger un cheval ! »

Minou récita les grâces que sa mère avait toujours dites et leur « Amen » impatient réveilla leur père, qui les rejoignit à table. Elle avait l'intention de lui parler de Michel et des malheurs de Mme Noubel, mais il y aurait le temps une fois Alis et Aimeric couchés.

« Je n'ai pas chômé aujourd'hui, raconta-t-elle. Charles était reparti dans sa rengaine sur les nuages. J'ai joué à "Tiens, voilà main droite" avec les enfants Sanchez jusqu'à avoir les paumes en feu. Et j'ai même réussi à vendre ce recueil de poésie d'Anna Bijns. »

À son grand plaisir, elle vit cette information faire naître un sourire sur le visage soucieux de son père.

« Eh bien, je dois avouer que je suis surpris. Je n'avais jamais pensé lui trouver un acquéreur, mais n'avais pu résister à l'acheter. Le papier était si fin, et la reliure si élégante pour un volume aussi mince. Je l'avais obtenu d'un imprimeur hollandais, un homme de noble naissance dont la passion se porte plus vers les livres que vers les bateaux. Son atelier se trouve dans la Kalverstraat.

– Êtes-vous retourné à Amsterdam lors de vos déplacements en janvier ? » demanda Minou.

C'était une question désinvolte, destinée seulement à maintenir le ton léger de la conversation, mais une ombre s'abattit instantanément sur le visage de son père.

« Non. »

Minou chercha quelque chose à dire pour rattraper son entrain envolé, mais il s'était de nouveau replié sur lui-même. Maudissant son erreur imprévue, elle dut s'avouer soulagée lorsque Aimeric proposa une partie de dames à Alis, même si celle-ci allait inévitablement se terminer en dispute.

Au son des jetons claquant sur le plateau de bois, elle débarrassa la table avant de s'installer auprès du feu pour laisser vagabonder ses pensées. De temps en temps, elle jetait un coup d'œil à son père. Qu'est-ce qui pesait ainsi sur son âme ? Qu'est-ce qui lui avait dérobé sa joie de vivre ? Puis elle songea à la main de l'inconnu effleurant sa joue, et ne put s'empêcher de sourire.

« À quoi est-ce que tu penses ? demanda Alis en se blottissant contre elle, les paupières alourdies de fatigue.

– À rien.

– Ce doit être un rien agréable, alors, car tu as l'air heureuse. »

Minou éclata de rire.

« Nous avons beaucoup de choses pour lesquelles rendre grâce. Mais maintenant, l'heure de te coucher est passée depuis longtemps. Toi aussi, Aimeric.

– Pourquoi devrais-je aller me coucher à la même heure qu'Alis ? J'ai treize ans, c'est un bébé. Je devrais…

– Au lit, l'interrompit sévèrement Minou. Souhaitez bonne nuit à papa, tous les deux.

– Bonne nuit, papa », dit Alis avec obéissance, en toussant légèrement.

Bernard appuya la main sur sa petite tête, puis tapota l'épaule de son fils.

« Bientôt, les choses iront mieux, promit-il à Minou. D'ici le printemps, je serai redevenu moi-même. »

Impulsivement, elle posa une main affectueuse sur son épaule, mais il tressaillit et se déroba à sa caresse.

« Lorsque Aimeric et Alis seront couchés, dit-elle, je souhaiterais vous parler, père. D'une chose sérieuse. »

Il soupira.

« Je suis las, Minou. Cela ne peut-il attendre demain matin ?

– Si vous voulez bien me pardonner, je préférerais ce soir. C'est important. »

Il soupira de nouveau.

« Très bien, je serai là. À réchauffer mes vieux os près du feu. En fait, il y a des choses dont je dois discuter avec toi, moi aussi. Ta tante demande une réponse. »

« Crompton ? fit Michel. Je ne pensais pas vous trouver ici. » Puis, scrutant plus attentivement le brouillard, il se rendit compte qu'il faisait erreur. « Pardonnez-moi, monsieur. Dans cette brume, je vous avais pris pour un autre.

– Il n'y a pas de mal, répondit l'homme en passant. Bonne soirée. »

Michel remonta lentement vers la porte d'Aude, à pas traînants, tout perclus de douleurs. Il lui restait peu de temps, il le savait. C'était, pour respirer, une lutte de chaque instant contre le poing dur de la maladie qui repoussait l'air de ses poumons. Combien de semaines encore ? Et l'heure venue, trouverait-il la paix ? Ses péchés lui seraient-ils pardonnés, serait-il admis en la présence du Seigneur ?

En vérité, il ne le savait pas.

Il arrivait tard à la Cité, même si, supposait-il, il avait plus de chances de trouver Joubert chez lui à cette heure – si seulement il réussissait à repérer sa maison dans le noir. Ses efforts de l'après-midi l'avaient épuisé, et il avait dormi plus longtemps qu'il n'en avait eu l'intention.

Avait-il bien fait en déclinant de s'adresser directement à Minou ? Il pensait que oui, car il ne savait pas ce que son père lui avait expliqué de sa situation, et il ne souhaitait pas l'effrayer.

Les tours se dressaient menaçantes au-dessus de lui, et le château comtal apparaissait à moitié estompé et chimérique dans la brume. Michel s'arrêta, attendant que ses jambes cessent de trembler. Il n'avait pas fait plus de quelques pas après avoir repris sa route lorsqu'il sentit les cheveux se hérisser sur sa nuque. Il entendit une respiration dans l'air nocturne, quelque part derrière lui, et regarda par-dessus son épaule.

Deux manœuvres en pourpoint de cuir et longues chausses grossières surgirent au coin de la rue Saint-Nazaire. Un foulard noué devant la bouche et une cape de laine simple baissée sur le front leur dissimulaient le visage. L'un d'eux tenait une massue.

Michel les entendit le suivre alors qu'il tentait d'accélérer le pas, trébuchant sur les pavés glissants. Ils se rapprochaient. Au loin, il voyait des lumières. S'il pouvait seulement s'enfoncer un peu plus dans la Cité !

Le premier coup l'atteignit à la tempe gauche, l'envoyant rouler au sol. Son nez heurta une marche de pierre et il sentit l'os se briser. Un deuxième coup s'abattit, cette fois sur sa nuque. Il leva les bras pour se protéger, mais il était impuissant face à la volée de coups de pied dans les côtes, le dos, les mains. Puis, une explosion de douleur lorsque le talon d'une botte lui broya la cheville, lui arrachant un hurlement. Il sentit ses assaillants le relever, puis repartir dans la ruelle pavée en direction de la porte d'Aude, en le traînant entre eux.

« Halte ! Qui va là ? »

La sommation du gardien de nuit donna de l'espoir à Michel. Il essaya d'appeler à l'aide, mais s'étrangla avec le sang dont sa bouche était pleine.

« Pardonnez le dérangement », dit une voix distinguée. Le gentilhomme qu'il avait croisé plus tôt ? Était-il avec eux ? « Notre ami est pris de boisson. Nous le ramenons dormir chez lui.

– Le bon Dieu ait pitié de sa femme », répondit le sergent d'armes, et les deux hommes rirent.

Michel eut conscience des pointes de ses pieds qui traînaient inutilement sur les pavés. Puis, de passer des rues éclairées de la Cité au noir de velours de la campagne de l'autre côté des remparts.

« Prévenez-moi quand le fait sera accompli, dit la même voix. Pas de témoins. »

« Non mais que faites-vous ?

– Ça ne te regarde pas », répondit l'homme d'une voix pâteuse, en chancelant.

Il avait l'haleine aigrie par la bière et les yeux rougis par la fumée et les querelles. La fille de joie saisit cette chance de ramener son corsage déchiré sur sa poitrine et de reculer furtivement, hors de portée.

« Vous avez assez bu comme cela, monsieur, répliqua Piet en s'interposant. Retournez à l'intérieur. Elle n'est pas pour vous. »

La porte de la taverne s'entrouvrit puis se referma, éclairant la femme d'un rai de lumière fugace. Assez longtemps, cependant, pour révéler la trace d'une gifle sur sa joue et de griffures sur ses pâles épaules.

« Allez-vous-en, monsieur. C'est terminé.

– En quoi ça te regarde, j'ai dit ? » L'homme oscilla d'avant en arrière en levant les poings comme un pugiliste prêt à la rixe. « Tu veux te battre pour elle ? Pour cette… cette traînée, cette *putane* ? Qui vaut pas même le prix d'une miche de pain moisi, pas même… »

Piet jeta un coup d'œil à la ceinture de son adversaire et n'y vit aucune arme.

« Retournez à l'intérieur. Je ne vous le redirai pas.

– Quoi ? Tu ne me le rediras pas ? répéta l'autre en bredouillant d'indignation. Pour qui est-ce que tu te prends, que tu crois pouvoir me dire ce que je dois faire ? La "dame" et moi avions un accord, et elle a tenté de me flouer. Je me suis dit que j'allais lui donner une leçon. Cette ribaude vérolée, elle a voulu m'escroquer. »

Et il se jeta sur elle, refermant une main sur son cou et la frappant de l'autre à la tempe. Elle se débattit, mais, enhardi par l'alcool, il serra plus fort.

Piet l'agrippa par son pourpoint et le tira violemment en arrière, lui décochant un coup de poing dans le mou du ventre, puis un autre sur la mâchoire. L'homme tournoya sur lui-même avant de tomber à genoux sur les pavés. Quelques instants plus tard, il ronflait.

« Rentrez chez vous, mademoiselle, dit Piet. Je ne porte aucun jugement sur votre arrangement avec lui ; je dirai seulement que les hommes, quand ils ont bu, n'honorent pas toujours leurs engagements. »

La fille de joie ressortit de l'ombre.

« Vous êtes un vrai gentilhomme, monsieur. Je loge place Saint-Nazaire. Les affaires sont excellentes dans ce quartier, si jamais vous avez besoin d'un peu de compagnie. À titre gracieux.

– Rentrez chez vous, mademoiselle », répéta Piet avant de se détourner.

L'écho du rire de la fille le suivit jusqu'aux appartements de Vidal, rue Notre-Dame. Il se faufila dans le jardin obscur, où il trouva un seau délabré rempli d'eau. Brisant la fine couche de glace, il se lava les mains pour effacer les traces de l'affrontement, puis, les essuyant sur la doublure de sa cape, s'approcha de la porte.

Lorsque Minou, enfin, regagna la cuisine après avoir couché Alis et surveillé Aimeric pendant qu'il débitait ses prières à toute vitesse, la chaise de son père était vide.

Elle en fut contrariée, mais également soulagée. Elle avait bien l'intention de lui parler de l'étrange visiteur qui s'était présenté à la boutique, Michel. Mais d'un autre côté, elle n'avait aucune envie de discuter de l'avenir d'Aimeric et de l'opportunité d'accepter ou non l'invitation qui lui avait été faite d'aller à Toulouse vivre chez leur oncle et leur tante.

Elle tisonna le feu, faisant s'effondrer dans un nuage de cendres ce qu'il restait de bois. Puis elle couvrit les braises et plaça le garde-feu devant. Distraitement, elle prit la carte dessinée par sa mère sur le manteau de la cheminée et étudia les jalons de sa vie esquissés à la craie : les contours de la Cité, en rouge, ceux de la Bastide, en vert, le fleuve entre elles en bleu, leur boutique et leur maison d'un jaune profond.

Puis elle parcourut une dernière fois la cuisine du regard : la table prête pour le lendemain matin, le tablier de Rixende accroché derrière la porte, les livres sur le buffet. Toutes ces choses qui donnaient à leur petite maison son caractère. Tout était pareil qu'à l'aube de cette journée, elle seule avait changé. Elle le savait, au plus profond d'elle-même.

Mon époux est aussi vulnérable désormais qu'un enfant nouveau-né. Je puis lui faire ce que je souhaite. Effleurer sa joue du doigt ou appuyer mon épingle à cheveux sur sa peau jusqu'à ce que le sang perle. Tracer mes initiales au couteau sur sa poitrine comme autrefois il marquait ma chair de ses coups.

Ses bras sont des poids morts. Je soulève ses mains, puis les laisse retomber. Une marionnette sans fils, et il ne peut m'en empêcher. Son corps gît inerte sous la couverture, marinant dans son propre jus pestilentiel. Lui qui gouvernait par la peur et la violence dépend désormais d'autrui pour tout.

C'est en pareilles choses que je reconnais la grâce de Dieu. C'est là Sa sentence. Sa volonté. Un châtiment du ciel. Le terrible et effroyable jugement divin.

Il ne peut plus parler, à cela aussi j'ai veillé.

La même potion a sapé, petit à petit, la vigueur de chacun de ses muscles : doigts, orteils, virilité, et maintenant sa langue. Elle a appauvri son sang. Son goût amer masqué par des épices des Indes et des vins doux de l'Orient. Cependant, son regard reste vif et clair. Il n'a rien perdu de sa raison, et, en cela aussi, je vois la grâce de Dieu. C'est un délicieux purgatoire. Il est le prisonnier lucide mais muet d'un corps, simple enveloppe de chair desséchée qui ne lui obéit plus. Il sait que je suis l'architecte de sa maladie. Il sait que le moment de rendre des comptes est venu. Qu'après toutes ces années de maltraitance à mon égard, la roue a tourné.

Mon époux veut que je fasse preuve de clémence, mais je n'en montrerai aucune. Il implore le Ciel de m'inspirer de la pitié à son égard, alors même qu'il me mépriserait si j'en avais. Lorsque je descends à la chapelle prier pour l'allègement de ses souffrances, je laisse les portes entrouvertes pour qu'il puisse entendre comment Dieu se rit de lui. Comment je me ris de lui.

Et je vais le laisser vivre un moment encore pour qu'il apprenne ce que c'est que de redouter le bruit d'un pas dans l'obscurité. Tout comme j'en ai fait l'expérience, allongée nuit après nuit dans mon lit, priant pour qu'il ne vienne pas m'y rejoindre. Implorant la Vierge de me protéger.

Si les domestiques sont surpris par la sollicitude dont je fais preuve, ils se gardent bien de le dire tout haut. Car lorsqu'il mourra, je serai maîtresse des lieux, et c'est à moi qu'ils devront obéir. Ceux qui ont entendu les rumeurs concernant un héritier de Puivert ont assez de bon sens pour ne pas en parler devant moi.

Dieu me pardonne, je vais m'amuser encore un peu. À moi la vengeance, dit le Seigneur. Mais que sommes-nous, sinon les créatures de Dieu, et ses serviteurs ?

15

La Cité

Piet et Vidal étaient assis de part et d'autre de l'âtre, dans une pièce élégante et bien aménagée, avec des fenêtres à meneaux au rebord généreux qui donnaient sur la rue. Une grande cheminée de pierre, avec d'étincelants accessoires, un soufflet et un panier de bûches coupées posés à côté, occupait un des murs. Les autres étaient ornés de signes de dévotion : un crucifix en bois au-dessus de la haute porte, une magnifique tenture ayant pour sujet saint Michel menant les archanges au combat et, entre les deux fenêtres, une huile représentant sainte Anne. Le mobilier était simple, mais de bonne facture : deux fauteuils en bois bien cirés, avec accoudoirs incurvés et coussins brodés, étaient séparés par une table. Une petite colonne percée de profondes étagères sur les quatre côtés était remplie de textes religieux en latin, français et allemand. Appartenaient-ils à Vidal ou à la maison ? L'ensemble paraissait à Piet immaculé, comme s'il n'avait pratiquement jamais servi.

Les chandelles étaient presque entièrement consumées et l'air échauffé par leur discussion. Cela rappela à Piet l'époque où ils étudiaient ensemble à Toulouse, et combien il en était nostalgique. À l'époque, ce qui les unissait comptait plus que ce qui les divisait. La foi et les années n'avaient fait que les éloigner davantage, mais Piet gardait espoir. Et, si deux hommes aux vues si divergentes étaient prêts à trouver un terrain d'entente, d'autres pouvaient sûrement le faire aussi ?

« Ce que je dis, c'est que l'édit nous offre...

– Nous ? Tu reconnais être huguenot ?

– Reconnais ? répliqua Piet d'un léger ton de réprimande. Je ne pensais pas qu'une conversation privée entre de vieux amis puisse constituer le moindre aveu. »

Vidal esquiva la remarque.

« Tu prétends que l'édit ne suffit pas, et moi je dis qu'il en fait trop. Nous sommes certainement d'accord sur un point : il ne satisfait aucun des deux camps. Depuis janvier, il y a eu plus de conflits religieux, non moins.

– La faute n'en revient pas aux huguenots.

– Monastères mis à sac dans le Sud, prêtres attaqués pendant la prière, ces outrages commis par des huguenots sont attestés par de nombreuses sources. Rien de tout cela n'est une question de foi, c'est de la barbarie. Tu admets sûrement que le prince de Condé et son confédéré, Coligny, ont des aspirations plus matérielles ? Ils souhaitent mettre un roi huguenot sur le trône.

– Je n'y crois pas. Et de toute façon, je ne parlais pas de nos dirigeants, mais de l'homme de la rue. Nous ne voulons pas d'ennuis.

– Vraiment ? Explique cela à ces moines de Rouen qui, venus faire leurs dévotions, ont trouvé l'autel de leur chapelle profané de la plus pernicieuse des façons. Tu nies toute atrocité commise par les huguenots...

– Tout comme tu nies celles commises par les catholiques. Tu fermes les yeux sur les curés pris de boisson, la fornication, le spectacle d'enfants à qui on donne les clefs d'un évêché en guise d'héritage familial. Jean de Lorraine était évêque auxiliaire de Metz à seulement trois ans, et responsable de pas moins de treize sièges épiscopaux ! Et tu te demandes pourquoi le peuple se détourne de votre Église ? »

Vidal rit.

« Allons, Piet, est-ce là le mieux que tu puisses faire ? À chaque fois que vous autres réformateurs voulez critiquer la décadence de l'Église, vous nous resservez la même histoire éculée. Si cette affaire vieille de trente ans ou presque est le seul exemple d'abus que tu as, tes accusations ne tiennent pas.

– Ce n'est là qu'un parmi tant d'autres dont les abus de pouvoir poussent les dévots dans nos bras. »

Vidal joignit le bout de ses doigts d'un air grave.

« Certains disent que les réformateurs – ces hommes avec qui tu te prétends des affinités – sont en train de s'armer.

– Nous avons le droit de nous défendre, répondit Piet. Tu ne peux quand même pas attendre de nous que nous nous laissions massacrer sans rien faire.

– Vous défendre, cela je l'accepte. Mais financer des armées privées, amasser clandestinement des armes, tout cela avec l'argent de sympathisants hollandais et anglais, c'est une autre histoire. C'est de la trahison.

– Tout le monde dit que Guise et ses alliés catholiques sont financés par l'Espagne des Habsbourg. »

Vidal balaya l'argument d'un geste de la main.

« C'est là une allégation ridicule. »

Ils se turent un moment l'un et l'autre.

« Dis-moi, Vidal, reprit enfin Piet, ne te demandes-tu jamais pourquoi ton Église se sent si menacée par l'idée que nous pratiquons différemment de vous ?

– C'est une question de sécurité. Un État unifié est un État fort. Ceux qui se démarquent affaiblissent l'ensemble.

– Peut-être, répondit Piet en choisissant prudemment ses mots. Cependant, il en est qui affirment que la véritable raison pour laquelle l'Église catholique essaie de nous empêcher d'être entendus est que vous craignez que nous ayons raison. Vous êtes terrifiés à l'idée que, lorsque les gens entendront la vérité des Évangiles, le véritable message de Dieu tel qu'il était destiné à être entendu – et non tel qu'il a été interprété par des générations d'ecclésiastes –, ils se joindront à nous.

– La foi par la foi seule ? Nul besoin de prêtres, le droit de vénérer le Seigneur dans la langue de tous les jours, et la fin des couvents, de la charité, des bonnes œuvres ?

– La fin d'un système où l'on croit pouvoir acheter sa place au paradis quels que soient ses péchés, véniels ou non. »

Vidal secoua la tête.

« Le peuple veut ses miracles, Piet. Il veut ses reliques et le sentiment de la splendeur d'un Dieu qui dépasse son entendement.

– Un ongle noirci, un fragment d'os restant du corps d'un martyr ?

– Ou un morceau d'étoffe ? »

L'allusion fit rougir Piet.

« Peut-on vraiment trouver Dieu dans des objets aussi vulgaires ? »

Vidal soupira.

« Si tu leur retires le mystère de Dieu et réduis tout à l'ordinaire, tu ôtes une grande partie de la beauté qu'il y a dans leur vie.

– Qu'y a-t-il de beau dans le fait de maintenir le peuple dans un état d'assujettissement aveugle, de soumission terrifiée ? Dans celui d'étirer le corps d'un homme sur le chevalet pour sauver son âme ? Je reviens à mon point précédent. Il n'y a aucune raison pour que catholiques et protestants ne puissent vivre ensemble, en respectant leurs différences. Nous sommes tous français. Il y a une affinité entre nous. Il est malhonnête de dépeindre tous les réformateurs comme des traîtres. »

Vidal pressa les mains l'une contre l'autre.

« Tu sais parfaitement que beaucoup parmi ceux de ta confession défient l'autorité du roi et contestent son droit divin à régner. Comme je l'ai dit, mon ami, c'est là de la trahison.

– J'admets qu'il en est qui contestent le droit de sa *mère* à régner, mais ce n'est pas la même chose. Tout le monde sait que Charles se préoccupe davantage de ses chiens de compagnie et de la chasse que des affaires de l'État. C'est un enfant. Toute décision prise au nom du roi est, en réalité, celle de Catherine, la reine régente.

– Tu n'en sais pas plus que moi sur les réalités de la vie à la cour.

– C'est de notoriété publique, insista Piet. Tout ce qu'on offre aux huguenots, c'est la chance d'être des citoyens de deuxième ordre. Tu sais que c'est vrai. Et pourtant, même ces bribes de tolérance nous sont contestées. Guise et ses sympathisants pensent que nous ne devrions même pas être des citoyens du tout. Pour eux, la moindre concession est de trop, même le simple droit de pratiquer dans notre propre langue.

– Tu dis cela comme s'il s'agissait d'un détail.

– C'est le vieux roi lui-même – un bon et fervent catholique – qui a confié à Marot la tâche de traduire les Psaumes du latin en français. Comment quelque chose qui faisait d'un homme un pieux catholique il y a trente ans peut-il maintenant lui valoir d'être accusé d'hérésie ?

– Les choses ont changé. Le monde est devenu plus dur.

– Je te le dis, si nous n'y prenons pas garde, continua Piet d'un ton farouche, nous nous retrouverons à copier les bûchers d'Angleterre ou les ignobles excès de l'Inquisition en Espagne.

– Pareille barbarie n'aura jamais cours en France.

– Elle le pourrait, Vidal. Elle le pourrait. Le monde que nous connaissons se désagrège plus vite qu'on ne le croit. Il en est à Toulouse qui prêchent que c'est le devoir d'un pieux catholique que de tuer les huguenots. Un devoir de tuer au nom de Dieu. De mener une guerre sainte. Ils emploient la rhétorique des croisades alors qu'ils parlent d'autres chrétiens.

– Qui sont, à leurs yeux, des hérétiques, répondit calmement Vidal. Tu sembles croire qu'aucun de ceux qui protestent contre les enseignements réformistes – la consommation de viande pendant le Carême, par exemple, ou la dérision à l'égard de nos reliques les plus sacrées – ne peut le faire pour des raisons de véritable conviction religieuse.

– C'est faux. J'admets qu'il existe des personnes sincèrement offensées par nos pratiques, mais le duc de Guise et son frère font barrière à une paix durable. Ils encouragent leurs partisans à refuser l'édit. Ils vont plonger la France dans une guerre civile. »

Vidal fronça les sourcils.

« Tu utilises les termes employés dans cette même citadelle pour justifier l'hérésie cathare.

– Et quand bien même ? L'Inquisition, fondée en premier lieu pour éradiquer les cathares, a toujours un siège ici dans la Cité, n'est-ce pas ?

– Trois cent cinquante ans ont passé depuis que saint Dominique a prêché dans la cathédrale et…

– N'a pas réussi à convaincre qui que ce soit, acheva Piet à sa place. Et à cause de son échec, les chambres ardentes ont vu le jour. La foi imposée par le supplice des flammes.

– Les hommes ne sont plus aussi rétrogrades qu'en ce temps. La France n'est pas l'Angleterre, la France n'est pas l'Espagne. De nos jours, notre sainte mère l'Église cherche à montrer l'exemple. »

Piet secoua la tête.

« En brisant un homme, en lui rompant les os, pour sauver son âme ? Je n'ai aucune sympathie pour ta théologie, Vidal, si elle empeste le soufre et le désespoir. »

16

« Scélérat ! Lâche-moi tout de suite ! »

De la rue leur parvint une explosion de cris et un bruit de bois volant en éclats. Piet se leva et alla droit à la fenêtre.

« N'y prête pas attention. Ce n'est probablement rien, lui dit Vidal. C'est l'un des risques à loger face à la taverne la plus peuplée de mauvais coucheurs de la Cité. »

Piet scruta l'obscurité au dehors. Un petit groupe d'hommes se tenant par les épaules titubaient en direction du puits. L'un d'eux tomba à genoux et vomit le contenu de son estomac sur les pavés. Piet reconnut l'ivrogne qui avait agressé la fille de joie plus tôt dans la soirée, et s'écarta de la fenêtre.

« Répugnant.

– Tu es bien délicat pour un soldat, fit Vidal d'un ton ironique. Tes camarades sont-ils tous aussi soucieux de savoir-vivre que toi ?

– C'est une question de décorum, répliqua Piet sans corriger la méprise de son ami sur sa profession. Un homme qui ne tient pas la boisson ne tient pas sa langue. »

Vidal prit une petite gorgée de vin.

« Il y a du vrai dans ce que tu dis. »

Piet prit son propre gobelet et se rassit.

« Tu ne peux pas ignorer les méthodes utilisées par les inquisiteurs. »

Les yeux de Vidal étincelèrent de zèle.

« Si un homme est jugé coupable de blasphème ou d'hérésie, il est livré au tribunal pour y recevoir sa condamnation, tu le sais parfaitement. »

Piet rit.

« L'idée que ton Église garde les mains propres en demandant aux tribunaux civils de dispenser la justice, après l'horreur de la torture, ne trompe personne.

– Nous nous préoccupons uniquement de questions de doctrine. L'Inquisition n'a aucun rôle dans la société civile. »

Piet marqua un temps.

« Est-ce que tu viens de dire "nous" ?

– Nous, ils, qu'importe ? fit Vidal en balayant le mot de la main comme s'il chassait une mouche. Nous sommes tous des serviteurs de la même Sainte Église apostolique. »

Mal à l'aise, Piet se releva.

« Tu parles comme si tu croyais que l'humanité a retenu les leçons du passé. Que nous sommes devenus meilleurs. Je crains l'inverse. J'ai peur que les hommes aient, au contraire, appris à répéter les erreurs du passé, et de façon plus odieuse encore. Que nous avancions inconsciemment vers un nouveau conflit. C'est la raison pour laquelle beaucoup de Français, qui partagent mes convictions, ont fui à Amsterdam. »

Vidal pinça les lèvres de mécontentement.

« Pourquoi ne les suis-tu pas, si la vie en France t'est si désagréable ?

– Tu me poses cette question, Vidal ? fit Piet, déçu. Alors que tu sais la dette que j'ai envers le Midi ? Et puis, pourquoi devrais-je m'exiler de mon propre pays, simplement parce que j'ai des idées différentes de ceux qui détiennent actuellement le pouvoir à la cour ? Je suis français.

– À moitié.

– À l'exception d'un bref séjour en Angleterre et de mes toutes premières années à Amsterdam, j'ai vécu toute ma vie en France, tu le sais très bien. Je suis français jusqu'au bout des ongles. »

Il ne disait pas tout à fait la vérité. L'amour qu'il vouait à sa mère, hollandaise, dont la courte vie avait été emplie de tant de souffrances, était inextricablement lié à celui que lui inspiraient pour Amsterdam ses souvenirs d'enfance. Les pensions de famille et les maisons de charité où il avait vécu, entre les eaux du Rokin et celles du grand canal Singel. Le port, où il allait regarder les *fluyts* se préparer à prendre la mer en direction des Indes. Le murmure séducteur dans leur gréement alors qu'elles attendaient que le vent tourne.

« Le sang de mon père coule dans mes veines, continua-t-il. Pourquoi devrais-je être privé de mon droit de naissance ? »

Vidal haussa les sourcils.

« Apparemment, j'ai touché une corde sensible. »

Piet regarda son vieil ami, le trait de blanc si reconnaissable dans sa chevelure. Son menton paraissait plus saillant, ses yeux plus durs. Ils étaient tous les deux dans leur vingt-septième année, mais Vidal semblait plus âgé.

« Tu te laisses encore guider par ton cœur au lieu de ta tête, poursuivit Vidal. Tu n'as pas changé. »

Piet inspira profondément, essayant de se calmer. Il en voulait à l'Église d'avoir tourné le dos à sa chère mère quand elle était dans le besoin, mais Vidal n'était pas responsable de cela. Les raisons de son combat étaient plus anciennes.

Il leva les mains en signe de reddition.

« Je ne t'ai pas cherché si activement pour me disputer avec toi, Vidal.

– Même si j'ai voué ma vie au service de Dieu, Piet, crois-tu donc que je ne comprends pas comment marche le monde ? Nous sommes tous de frêles créatures, les prêtres comme le reste des hommes. Seul le Seigneur peut juger les péchés de l'humanité. C'est à Lui qu'appartient la vengeance. À Lui qu'appartient de rendre la justice.

– Je ne suggérais pas le contraire, répondit doucement Piet. Je sais bien que tu es un homme d'honneur. Je conviens que ce n'est pas là pour toi une question de doctrine abstraite.

– Encore maintenant, tu cherches à me flatter tout en continuant d'attaquer l'institution même à laquelle je dédie ma vie. »

Soudain, quelqu'un frappa à la porte, interrompant leur conversation.

« Entrez », dit Vidal.

Un domestique pénétra dans la pièce, portant un plateau de cuivre sur lequel se trouvaient une bouteille de vin et deux coupes, ainsi qu'une assiette de fromages, pain, figues et biscuits sucrés. Cela fit une impression étrange à Piet, comme si l'acte n'était qu'un faux-semblant. Il sentit l'homme l'observer. Brun et de forte carrure, il avait la joue droite traversée d'une vilaine balafre. Piet avait le sentiment de l'avoir déjà vu quelque part, mais il n'arrivait pas à se rappeler où.

« Posez le plateau là, Bonal, dit Vidal en indiquant le buffet. Nous allons nous servir nous-mêmes tout à l'heure.

– Très bien, monsignor », répondit l'intéressé avant de passer un mot à son maître.

Piet regarda celui-ci le lire, puis chiffonner le bout de papier et le jeter dans le feu.

« Il n'y a pas de réponse, déclara Vidal.

– Monsignor ? Te voilà monsignor, maintenant ? fit Piet d'un ton léger, une fois que le domestique se fut retiré. Je devrais te féliciter.

– Une courtoisie, rien de plus.

– Est-ce ton propre valet que tu as amené de Toulouse ?

– Le chapitre a de nombreux serviteurs qu'il déploie dans l'enceinte de la cathédrale et au-delà. J'en connais peu de nom. » Il fit un geste de la main. « Mangeons. »

Piet prit un peu de pain et de fromage pour se donner le temps de rassembler son courage. Il savait que le moment était venu, mais il était réticent, même encore à cet instant, à aborder le sujet qui l'avait amené là.

Un soudain épuisement s'empara de lui. Il ferma les yeux. Le bruit du bouchon lui parvint, puis celui du vin versé dans les coupes en étain et, enfin, les pas de Vidal sur le plancher, s'approchant de lui.

« Tiens, dit son ami.

– J'ai déjà bu plus que je n'aurais dû.

– Là c'est différent, insista Vidal en le forçant à prendre la coupe. Une liqueur locale, du guignolet. Ça va te calmer. »

L'épais liquide rouge était à la fois aigre et doux. Piet s'essuya la bouche du revers de la main. De temps en temps, un bruit en provenance de la rue pénétrait l'isolement de la pièce.

« Donc nous voilà, assis en compagnie l'un de l'autre, finit par reprendre Vidal. Comme autrefois.

– À discuter, à débattre jusque tard dans la nuit, acquiesça Piet. C'était une époque bénie.

– Oui. » Vidal reposa sa coupe sur la table. « Mais nous ne sommes plus étudiants. Nous n'avons plus le luxe de converser aussi librement. »

Piet sentit son cœur battre plus vite.

« Peut-être que non.

– Ce matin, tu as dit souhaiter me raconter ce qui s'était passé cette nuit-là à Toulouse, quand le Suaire a été volé. Cette époque plus heureuse où nous étions amis intimes, compagnons de cœur.

– Compagnons de cœur, oui.

– Les choses tourneraient mal si on devait surprendre notre conversation. Ni mon évêque ni, je gage, tes frères d'armes ne seraient disposés à croire cette entrevue innocente.

– *Dat is waar.* C'est vrai.

– Si tu as quelque chose à me dire, il te faut parler maintenant. Il se fait tard.

– Oui. » Piet rassembla son courage. « Pardonne ma réticence. Dans la cathédrale ce matin, tu m'as demandé si c'était moi qui avais volé le Suaire d'Antioche. Je te donne ma parole que non.

– Mais tu étais au courant que cela allait être tenté ?

– J'ignorais tout jusqu'à ce que le fait soit accompli.

– Je vois. » Vidal se laissa aller contre son dossier. « Sais-tu qu'on m'a accusé d'être impliqué ? Que le crime de tes camarades huguenots a attiré les soupçons sur moi ?

– Je n'en savais rien. Tu m'en vois désolé.

– J'ai fait l'objet d'une enquête. On a remis en question ma foi, ma loyauté envers l'Église. J'ai été forcé de me défendre, de justifier mon amitié avec toi.

– Je suis désolé, Vidal. Sincèrement. »

Son ami le dévisagea.

« Qui est le responsable ? »

Piet leva les mains puis les laissa retomber.

« Je ne peux pas te le dire.

– Alors que fais-tu ici ? répliqua durement Vidal. Quelle allégeance, quelle loyauté dois-tu au voleur, pour persister ainsi à protéger son nom ? Est-elle plus grande que celle que tu dois à notre amitié ?

– Non ! s'exclama Piet impulsivement. Mais j'ai donné ma parole. »

Les yeux de Vidal étincelèrent de colère.

« Dans ce cas, je te le demande une fois encore, pourquoi m'as-tu contacté si tu ne peux – ne veux – rien me dire ? »

Piet passa les mains dans ses cheveux.

« Parce que... Parce que je voulais que tu saches qu'en dépit de tous mes péchés, je ne suis pas un voleur.

– Et tu crois que cela me console ? »

Piet refusa d'entendre l'amertume dans la voix de Vidal.

« Nul autre n'a vu le Suaire depuis cette nuit-là ; ou du moins une seule autre personne. J'ai pris de grandes précautions pour le protéger. »

Les souvenirs de la journée passée l'assaillirent brutalement, s'enchaînant dans sa tête jusqu'à l'étourdir : la pièce à l'étage de la taverne rue de l'Aigle-d'Or, l'expression avide sur le visage de Devereux et la lueur d'émerveillement dans les yeux de Crompton, aussi fervente que dans ceux de n'importe quel zélateur catholique ; puis le tailleur toulousain qui avait travaillé de longues heures à la chandelle pour créer une copie parfaite du Suaire, tout le temps passé à choisir une étoffe délicate évoquant l'Antiquité, la reproduction fidèle des broderies, les procédés auxquels il avait fallu avoir recours pour donner à la contrefaçon la texture de l'ancien. Ses pensées l'entraînèrent encore plus loin, jusqu'à ce premier instant où il avait tenu le véritable Suaire entre ses mains et imaginé le tissu oint des parfums de Jérusalem et du Golgotha. Alors, comme à cet instant, il avait ressenti un frisson : le choc entre sa raison et l'ineffable, le mystérieux.

Il prit une autre gorgée de guignolet et en sentit la chaleur filtrer dans son sang. Il hésita. Il ne pouvait pas rompre son serment de silence, mais il pouvait essayer de donner à son vieil ami – autrefois son ami le plus cher – une bribe d'espoir.

« Tout ce que je peux te promettre, Vidal, c'est que le véritable Suaire est en sécurité. Je ne pouvais laisser détruire quelque chose d'aussi beau.

– Même si, de ton propre aveu, tu méprises le "culte des reliques", répliqua Vidal, lui ressortant ses mots. C'est là piètre consolation.

– Le Suaire d'Antioche, même si ce n'est qu'une fraction du tout, est un objet de beauté à part entière. Cela, en soi, est une raison suffisante pour vouloir le préserver. »

Vidal se releva brusquement, prenant Piet par surprise.

« Mais puisque je ne l'ai pas, qu'est-ce que cela m'apporte ? »

Le plancher craqua, comme du bois dans le feu, et sa robe rouge tournoya autour de lui comme des flammes. La mèche blanche dans sa chevelure noire sembla briller d'une lueur argentée, tel un éclair dans un ciel obscur.

« Où est le Suaire à cet instant ? demanda-t-il sèchement. Toujours à Toulouse ? »

Piet ouvrit la bouche mais découvrit qu'il ne pouvait pas parler. Il faisait tout à coup trop chaud dans la pièce, et il manquait d'air. Il desserra sa collerette et dégrafa son pourpoint, s'épongea le front de son mouchoir. Prit une autre gorgée de guignolet pour soulager la sécheresse soudaine de sa gorge.

« Est-il en ta possession ? » continua Vidal. Sa voix semblait venir de très loin. « L'as-tu sur toi ?

– Non. »

Piet n'arrivait pas à fixer son regard. Sa langue lui semblait lourde dans sa bouche. Plus aucun mot ne voulait en sortir. Sa mâchoire restait obstinément contractée. Il ferma les yeux, dans l'espoir de faire cesser le tournis.

« Je... Le vin... »

Il baissa les yeux sur le liquide d'un rouge profond, puis les releva pour dévisager son ami. Vidal était semblable à lui-même, et pourtant complètement transformé. Était-il en proie au même vertige, à la même nausée ?

Piet regarda la coupe glisser d'entre ses doigts paralysés et tomber avec fracas sur le tapis, répandant son contenu sur le parquet. Il essaya de se lever, mais ses jambes refusèrent de lui obéir. Sa vue se brouilla et il vit deux silhouettes, puis trois, traverser la pièce pour aller ouvrir la porte et appeler à l'aide. Entendit quelqu'un monter l'escalier en courant.

Puis, plus rien.

La contagion protestante se répand sans frein. Ils grouillent comme des rats dans nos villes, nos villages et nos bourgs, respirant l'air catholique, infectant les terres bénies du Seigneur. Les pasteurs huguenots, traîtres envers la France, incitent à la désobéissance civile et devraient être pendus pour cela : à Pamiers, à Bélesta, à Chalabre, le cancer se propage dans toute la Haute Vallée. Il y a eu des soulèvements à Tarascon et à Ornolac. Et même ici, dans le village.

Je ne doute pas un instant qu'on finira par venir à bout de ce fléau. Et je dois avouer que de tels troubles servent mon objectif. Qu'est-ce qu'un mort de plus, en effet, quand les gibets sont pleins ? Qu'est-ce qu'un meurtre, lorsque dans les rues coule le sang de tant d'autres ? Nos petites haines et passions insignifiantes ne disparaissent pas quand vient la guerre. Querelles, forfaits, compromissions continuent irréfrénés sous la surface. Le vaste et le négligeable existent côte à côte.

J'aimerais quitter le château, mais je ne peux encore prendre ce risque. La santé de mon époux est certes ruinée, bien au-delà de ce que pourrait concocter le meilleur apothicaire pour y remédier, mais sans ma présence pour lui faire tenir sa langue, il pourrait encore parler. S'il me dénonce, je suis perdue. La nuit, alors que son corps s'accoutume au poison, il crie.

Pour le moment, il me faut rester et préparer mes vêtements de deuil. Une fois qu'il sera mort, je rejoindrai mon amant. Nous nous complétons, lui et moi, même s'il feint de ne pas le savoir. Dans tout ce qu'elles ont de noble et de pieux, nos âmes sont parfaitement assorties.

Il fut un temps où les ombres du château nous donnaient la solitude dont nous avions besoin, mais il peut y avoir d'autres lieux. Lorsque je lui lie les poings avec des cordons de velours rouge, c'est un mariage d'égaux. Plaisir et douleur. Comme nous l'a enseigné le Seigneur, nous devons chacun souffrir pour renaître.

Je vais lui parler de la créature qui grandit en moi. Un don du ciel. Cela lui fera plaisir.

17

La Cité

Dimanche 1er mars

Encore engourdie de sommeil, Minou se leva et ouvrit grands les volets. Elle ne se rappelait pas quand pour la dernière fois elle avait dormi si longtemps, en faisant si peu de rêves.

Une brume pâle pesait sur la Cité, cachant le soleil, mais le ciel derrière elle était radieux et l'air frais. Le cœur de Minou était gonflé d'espérance. C'était le premier jour de mars. Son temps lui appartenait. Après la messe, elle descendrait avec Alice aux écuries de la Trivalle pour sortir un peu la fidèle jument louvette de leur père, Canigó.

Elle fut surprise de découvrir Alis et Aimeric seuls dans la cuisine, en train de boire du lait réchauffé dans de larges bols de terre cuite. Sur la table étaient posés une miche de pain frais, une petite motte de beurre fraîchement baratté sur une assiette en bois et le carré luisant d'un rayon de miel.

« Eh bien dites donc, mes poussins, vous êtes debout tôt. »

Alis secoua la tête.

« C'est toi qui te lèves tard. Il est 11 heures passées. Tu as raté la messe. »

Minou parcourut la cuisine du regard, comprenant soudain quel autre détail avait attiré son attention. Le fauteuil à côté du feu était inoccupé.

« Où est papa ? » demanda-t-elle.

Aimeric haussa les épaules.

« Il est sorti.

– C'est une merveilleuse nouvelle. Où allait-il ? »

Il haussa de nouveau les épaules et enfila ses bottes.

« Je ne sais pas.

– Il est parti avec une vieille dame, intervint Alis en levant son bol pour boire les dernières gouttes de son lait. C'est elle qui nous a apporté le miel.

– Vous a-t-elle donné son nom ?

– Je ne me souviens pas. » La petite fille fronça les sourcils. « Elle avait une bosse sur le côté de la tête, de la taille d'un œuf. Elle a dit que tu savais qu'elle allait passer.

– Ah, Mme Noubel. Oui, j'attendais sa visite, mais pas si tôt.

– Je te l'ai déjà dit, nigaude. Il est presque midi. Tu as dormi toute la matinée et c'est pour ça que Mme Cordier... » Le visage d'Alis s'éclaira. « Cordier, c'est le nom qu'elle a donné, pas Noubel. »

Minou les regarda tour à tour.

« Eh bien alors, c'est Noubel ou Cordier ? »

Aimeric s'arrêta sur le seuil.

« Cordier est le nom que père a utilisé. "Madame Cordier", a-t-il dit, et il avait l'air surpris. Puis elle a répondu : "Je me fais appeler Noubel maintenant, Bernard, rappelez-vous", ce qui ne m'a pas surpris, car elle était extrêmement vieille. Elle a probablement eu plusieurs maris.

– Aimeric ! le gronda Minou alors qu'il disparaissait dans le couloir. Aimeric ! Reviens. J'ai besoin que tu... »

Sa réponse fut le bruit de la porte d'entrée qui se refermait à la volée.

« La dame avait l'air très gentille, dit Alis. Est-ce que j'ai mal fait de l'inviter à entrer ?

– Pas du tout, ma petite. C'est une fort bonne personne, une de nos voisines à la Bastide. » Minou sourit. « Mais es-tu certaine que papa n'a pas dit où ils allaient ?

– Oui. Il a seulement dit que nous ne devions pas sortir de la maison avant que tu te lèves. Et qu'Aimeric ne devait pas laisser le feu s'éteindre. »

Elles tournèrent toutes les deux les yeux vers l'âtre, où les braises mourantes indiquaient clairement qu'Aimeric ne s'était pas acquitté de cette responsabilité.

« Il est indiscipliné, déclara gravement Alis.

– Indiscipliné ! Où as-tu entendu pareil mot ?

– C'est la mère de Marie qui l'a dit à papa hier. »

Minou secoua la tête.

« Rappelle-moi qui est Marie ?

– La fille dont Aimeric est amoureux. Il dit qu'il l'épousera dès qu'il sera en âge et capable de subvenir à ses besoins.

– Ah oui, je me souviens, même s'il est un peu trop jeune pour penser déjà à prendre femme. De toute façon, ne m'as-tu pas dit que la mère de Marie s'oppose à cette union ?

– En effet, répondit Alis, prenant la conversation au sérieux. Marie est très jolie. Elle a beaucoup de prétendants et dit avoir l'intention d'épouser un homme riche. Je ne vois pas pourquoi elle choisirait Aimeric. »

Minou éclata de rire.

« C'est parce qu'il est ton frère. Tu ne peux pas voir en lui les vertus que d'autres voient peut-être. Je me demandais si tu aimerais faire une balade à cheval. Cela fait un moment que Canigó n'est pas sortie de l'écurie. T'en sens-tu capable ? »

Alis battit des mains.

« Oui ! Est-ce qu'on peut y aller maintenant ? Marie dit qu'il y a une famille de loutres avec des petits sous le pont. J'aimerais les voir.

– Très bien, mais tu dois t'habiller chaudement. As-tu pris ton remède aujourd'hui ? »

La petite fille hocha la tête.

« Et la dame m'a apporté de la réglisse pour calmer ma toux.

– C'est gentil de sa part. Que dis-tu d'emporter quelque chose à manger, un peu de pain et de fromage ? Ainsi, nous pourrons rester dehors aussi longtemps que nous le voulons.

– Jusqu'à ce que le froid nous rattrape ! »

Minou lui ébouriffa les cheveux.

« Jusqu'à ce que le froid nous rattrape. »

Main dans la main, Minou et Alis descendirent les pentes en contrebas de la porte d'Aude, en suivant le rempart. Leur progression était difficile, et les ronces égratignaient leurs jupes. Lorsque enfin elles atteignirent le moulin du roi, le bas de la cape de Minou était trempé.

« As-tu assez chaud, ma petite ? demanda-t-elle alors que sa sœur s'arrêtait pour reprendre son souffle.

– Trop chaud ! » répondit Alis d'une voix rieuse, avant de lâcher un glapissement en entendant quelque chose agiter l'eau à côté d'elles.

Minou éclata de rire.

« Ce n'est qu'une anguille, dit-elle en indiquant l'épaisse queue noire en train de disparaître dans les hauts-fonds boueux. Tu vois ? Elles ne nous feront pas de mal si nous les laissons tranquilles. »

À cet endroit, le lit du fleuve était large et peu profond, et son cours rapide, alimenté par les eaux de fonte en provenance des montagnes. Les aubes en bois des moulins faisaient entendre comme un tonnerre d'applaudissements.

« Ne te fatigue pas ! » lança-t-elle alors qu'Alis s'élançait sur le chemin bourbeux, la forçant à accélérer le pas.

Elle inspira profondément la riche odeur de feuilles et de mousse qu'exhalait le terrain marécageux, se réjouissant de ce que le monde revenait à la vie après son engourdissement hivernal. Bientôt, le printemps serait là.

« Sur l'autre rive, en contrebas de l'hôpital, c'est là que Marie a vu les loutres, m'a-t-elle dit.

– Très bien. Quand nous aurons récupéré Canigó, nous pourrons emprunter le pont qui mène à la Bastide, puis descendre au bord de l'eau. D'accord ?

– D'accord. »

L'eau jetait des reflets brillants sur le dessous du vieux pont de pierre traversant le fleuve. Alors qu'elles approchaient de la Trivalle, Minou reconnut l'odeur des écuries, ces effluves caractéristiques de crottin et de paille, atténués par la chaleur de la forge et la senteur poussiéreuse des robes hivernales des chevaux.

« Tu ne descends jamais seule à la rivière, n'est-ce pas ? » demanda-t-elle brusquement.

Rixende faisait de son mieux, mais c'était une piètre garde d'enfants, et Minou s'inquiétait de ce qui se passait quand elle partait à la boutique et n'était pas là pour superviser la situation.

Alis secoua la tête.

« Aimeric m'a dit que je ne devais pas. Qu'il y a des bandits qui pourraient voler une petite fille telle que moi et me vendre comme esclave. »

Minou fronça les sourcils.

« Il ne devrait pas te faire peur comme ça. »

Alis leva le menton d'un air de défi.

« Je n'ai jamais peur.

– Je suis sûre que tu es la plus courageuse des petites filles, mais tu pourrais te retrouver nez à nez avec un chien sauvage, un serpent, ou même (elle chatouilla sa sœur) de vilains garçons qui pourraient te jeter des pierres. »

Alis s'échappa de ses bras en gloussant et grimpa sur le tronc d'un arbre abattu.

« Attention à ne pas tomber dans l'eau, dit Minou.

– Est-ce que tu la vois ? demanda sa sœur en lui indiquant un endroit sur la rive opposée. La catiche est là. »

Minou plissa les paupières.

« Je ne suis pas sûre...

– Il faut que tu laisses tes yeux s'habituer. Et après, si tu restes immobile, les loutrons se montrent. »

Minou scruta de nouveau les abords du fleuve. Dans la lumière chatoyante et printanière, dansant comme des flammes de chandelle à la surface de l'eau, quelque chose au pied du pont attira son regard. Elle se rapprocha légèrement en se rendant compte qu'elle observait un morceau d'étoffe. De tissu noir.

Elle mit la main en visière. Ni un rondin, ni une souche, ni quelque épave. Il n'y avait aucun doute. Le corps d'un homme gisait là sur le rebord de pierre au pied de la plus proche des arches, à moitié immergé. Soudain, la cape qui cachait son visage glissa et Minou vit une masse de cheveux blancs et une collerette tachée de rouge. Une autre vaguelette le souleva et ses mains rompirent la surface de l'eau. Deux doigts manquaient à la droite.

Minou souleva Alis pour la descendre de l'arbre.

« Il faut nous en retourner.

– Mais je ne suis pas fatiguée du tout, geignit la petite fille. Nous venons juste d'arriver. Nous n'avons pas encore vu les loutres et...

– Ma petite, ne discute pas. Viens. »

À cet instant, le tocsin commença à retentir dans la campagne. Un son fort et discordant, qui mit en fuite la tranquillité de cette journée. Minou sentit sa sœur serrer sa main plus fort.

« Qu'est-ce qui se passe ? demanda Alis d'une petite voix. Pourquoi est-ce que les cloches sonnent ? »

Minou courait presque à présent, tirant sa sœur derrière elle, pour gagner la sécurité de la Trivalle.

« Elles nous disent de revenir dans la Cité avant qu'ils ferment les portes. Allez, dépêche-toi. Aussi vite que tu peux. »

18

Vassy
Nord-est de la France

C'était la pire époque de l'année pour voyager. Le froid avait laissé place à une pluie sans fin, et le sol sous les sabots de son cheval était glissant, empoissé de boue. François, duc de Guise, porta son gant de cuir humide à la balafre toute fraîche sur sa joue et appuya dessus, pour essayer de faire disparaître la douleur.

Le temps leur avait été défavorable tout au long du trajet. Vent glacial, orages, peu d'endroits où s'abriter. Plus ils avançaient vers l'ouest, plus sa fureur croissait face à l'acharnement dont le sort faisait preuve envers lui. Sa maison et son frère, le cardinal de Lorraine, chevauchaient derrière lui dans un silence maussade. Leurs montures avaient la tête basse et le ventre maculé de la boue noire qui giclait sous leurs sabots. La pluie tombait avec la régularité d'un battement de tambour, ricochant sur les casques et les plastrons des gardes armés du duc. Les pennons portant ses armoiries séculaires pendaient mollement au bout de leur hampe.

Le duc lui-même était trempé jusqu'aux os. Sa cape pesait lourdement sur ses épaules, sa fraise blanche était tout aplatie. Son crucifix ressemblait à un fragment d'os pâle au bout de son ruban de velours noir. Il jeta un coup d'œil à son frère. L'expression du cardinal reflétait ce qu'il pensait lui-même : que ç'avait été une erreur de quitter le confort et la sécurité de leurs terres à

Joinville pour prendre la direction de l'ouest et d'un accueil pour le moins incertain.

Les festivités en l'honneur de son anniversaire – le quarante-troisième, par la grâce de Dieu – qui s'étaient déroulées dans son domaine du duché de Lorraine s'étaient accompagnées de tout l'apparat et de tout le faste dus à son rang. Mais rien de tout cela – le banquet, le bal masqué, les acteurs célébrant sa vie et ses accomplissements – n'avait dissipé ses inquiétudes face à la baisse de son pouvoir. Lui, le héros de Metz, de Renty, de Calais, l'ancien grand chambellan de France, qui avait siégé à la droite du vieux roi, n'était plus le bienvenu à la cour. La reine régente ne lui faisait pas confiance et, à la place, s'était tournée vers ceux qui promouvaient la cause huguenote, permettant à leur influence néfaste de se répandre dans tout le pays.

Guise avait quitté la cour deux ans plus tôt, après l'accession au trône de Charles IX, alors un garçon de dix ans qui avait pleuré pendant presque tout son couronnement et dormait encore dans le lit de sa mère. L'intention du duc en prenant congé était que son absence s'avérerait si désastreuse pour la reine qu'elle le rappellerait immédiatement, mais cela avait eu l'effet inverse et il en était rapidement venu à regretter sa décision. Il devinait la même doléance chez les membres de son entourage. C'étaient tous de loyaux citoyens, de bons catholiques, qui souffraient profondément de leur exil dans le nord-est du royaume.

Ç'avait été un risque à prendre. Catherine et lui étaient à couteaux tirés depuis longtemps. Elle lui reprochait de semer la discorde entre les réformateurs et ses alliés catholiques. Lui estimait que la « truie Médicis » exerçait un ascendant pernicieux, et, par ailleurs, il ne s'était pas donné assez de peine pour cacher son opinion. Que l'enfant roi lui-même laisse à désirer – fanatique de chasse mais fragile, chétif et sujet à des accès de rage quand il n'avait pas ce qu'il voulait –, cela, personne, hormis la reine elle-même, ne le niait. Il n'était pas digne d'être considéré comme un représentant de Dieu.

Lorsqu'ils émergèrent des bois pour entrer dans les champs entourant Vassy, Guise enfonça durement ses éperons dans les flancs de sa monture et partit au galop. Il entendit le son des sabots se répercuter sur toute la longueur du convoi, jusqu'au dernier soldat, et fut pris d'un élan de détermination. Sans nul doute, il était absent de la cour depuis trop longtemps. Le traître Condé, artisan de la tentative d'enlèvement d'Amboise, était toujours en liberté, et Coligny était de nouveau en faveur, consolidant l'influence huguenote. Ils étaient l'ennemi de l'intérieur. La faiblesse de la reine allait scinder le royaume en deux.

Il fallait les arrêter.

« Mon garçon ! » lança-t-il.

Son écuyer arriva immédiatement à sa hauteur.

« Quelle ville est-ce là ? » demanda Guise en indiquant les flèches et les toits d'ardoise grise d'un bourg modeste à quelque distance de là.

Ils pouvaient se trouver n'importe où. Cela faisait des heures qu'ils chevauchaient dans la morne campagne champenoise.

« C'est Vassy, monsieur le duc, répondit rapidement le jeune homme.

– Vassy, dis-tu ? » fit Guise, surpris.

Il avait des droits de suzeraineté limités sur la commune.

Une idée lui vint. Même s'il ne manquait personnellement jamais la messe le dimanche, y compris à l'époque glorieuse où il se rendait sur les champs de bataille à la tête d'une imposante armée, il n'avait pas la naïveté de croire que tous ses partisans partageaient sa piété. La plupart des soldats s'intéressaient davantage à leur estomac qu'à leur âme. De plus, en cette saison de Carême, ils ressentaient vivement le manque de viande et de victuailles adéquates. Peut-être devrait-il s'arrêter et accorder à ses troupes quelques heures de répit à l'abri de la pluie et du vent ?

Une fois qu'ils auraient rendu grâce à Dieu, il veillerait à ce que ses hommes soient nourris et réchauffés d'un trait de bière avant de poursuivre leur route. Il n'avait aucune intention d'arriver à Paris trempé et endolori par la selle, avec une suite aussi épuisée et crasseuse que n'importe quelle bande de mercenaires. Il était l'ancien grand chambellan. Il s'emploierait à ce que la cour tout entière assiste à son retour glorieux.

« Mon garçon ! Pars en avant prévenir Vassy que François, duc de Guise, approche en compagnie de son frère, le cardinal de Lorraine, et honorera la ville de sa présence. Nous assisterons à la messe. Dis-leur que nous avons avec nous une quarantaine d'hommes à qui il faudra accorder le gîte et le couvert avant que nous poursuivions notre route.

– Oui, monsieur le duc. »

Guise soupira. Il avait mal à la tête et ses jambes le faisaient souffrir. Était-il devenu trop vieux pour tout cela ? Il poussa un grognement. Non, il ne se soumettrait pas à l'âge. Son étoile avait peut-être perdu de son éclat, mais il avait encore le temps de rétablir sa fortune. Il leva les yeux au ciel.

Si seulement la pluie voulait bien cesser de tomber.

Après encore une demi-heure de route, Guise ne sentait plus ses mains. Il tira durement sur les rênes et son étalon se cabra de nouveau. Les sabots de l'animal glissèrent dans la boue, mais il resta debout.

Guise leva un bras et sa suite entreprit de s'arrêter derrière lui, dans un grand bruit de harnais cliquetants, de roues grinçantes et de bêtes de somme qui s'ébrouaient.

« Que voyez-vous ? demanda le cardinal.

– Exactement, répliqua Guise, les yeux fixés sur la bâtisse en bois qui se dressait devant eux, dans l'immensité de la plaine. C'est la question. »

Son frère suivit son regard. Une grosse grange à charpente de bois, aussi haute que large, s'érigeait, imposante et dominante, à l'extérieur de la ville. Un toit de tuiles en pente, dans le style roman, des murs solides et une enfilade de fenêtres à l'étage.

Derrière, par contraste, la flèche de l'église de Vassy, au cœur de la ville, paraissait toute petite.

« Vous parlez de cette grange, Frère ?

– Oui, répondit-il sèchement. Cette très grande, très neuve, très ostentatoire grange. Plus qu'une grange, un édifice. Hors les murs de ma ville vassale. »

Le cardinal comprit brusquement.

« Un temple protestant, vous pensez ?

– Avez-vous une meilleure explication ?

– Une grange pour entreposer… » Il s'interrompit. « Non, vous avez sûrement raison. »

L'expression de Guise s'était durcie.

« Voici ce qu'il advient quand on les autorise à faire ce qu'ils désirent. On ne pourrait trouver symbole plus éclatant de la détermination des réformateurs à se distinguer de leurs compatriotes et à subvertir nos mœurs.

– Selon les termes de l'édit, il est désormais permis aux réformateurs de bâtir un lieu de culte en dehors des remparts, fit sobrement remarquer le cardinal.

– J'en suis parfaitement conscient. C'est une grave erreur. Ne voyez-vous pas la façon dont leur temple – Guise cracha presque le mot éclipse pratiquement la flèche de notre église ? C'est aujourd'hui dimanche. Carême. Une période où tous les chrétiens font preuve d'obédience et de repentance, pratiquent l'humilité et se remémorent les privations de Notre-Seigneur. Et eux, ils… Tant d'ostentation, d'étalage vulgaire, de… défi. »

Le cardinal jeta un coup d'œil à son frère, vit la lueur de zèle dans son regard et, même s'il ne l'aurait jamais mentionné à quiconque, la haine qui y brûlait aussi. Aux yeux du duc, les huguenots représentaient tout ce qui n'allait plus dans le royaume de France.

« Continuons », ordonna Guise en talonnant sa monture.

Il s'arrêta de nouveau à portée de voix de la ville, où le jeune écuyer l'attendait pour lui annoncer que le curé de Vassy serait honoré de les recevoir au sein de sa congrégation pour la messe.

« Et que disent-ils de cette abomination ? » fit-il en agitant la main en direction du temple.

Le garçon rougit.

« Je n'ai pas posé la question, monsieur le duc. »

Le regard de Guise se durcit. Il se tourna vers le cardinal.

« Or donc, Frère, nous ne savons même pas combien il y en a. Ils se reproduisent comme des rats dans un égout ; chaque jour voit naître un nouvel hérétique. Un nouveau traître en puissance. » Il se retourna vers l'écuyer. « Qu'en est-il de leur pasteur ? Quelle sorte d'homme est-ce, l'ont-ils dit ? »

Le garçon baissa la tête.

« Je n'ai pas imaginé que vous honoreriez la congrégation réformée de votre noble présence, monsieur le duc, aussi n'ai-je pas demandé. »

À cet instant, porté par le vent glacial du mois de mars, le son d'un chant flotta jusqu'à eux à travers la plaine.

« Que Dieu Se lève, et que Ses ennemis soient dispersés ; et que fuient devant Sa face ceux qui le haïssent. »

Guise s'empourpra de colère.

« Voyez ! Rien n'est sacré pour eux. Ils chantent, et dans la langue commune, pendant le Carême. De quel texte s'agit-il, Frère ? »

Le cardinal tendit l'oreille.

« Je ne distingue pas les paroles.

– C'est le psaume soixante-huit, monsieur le duc, dit l'écuyer. Un verset que les réformateurs révèrent grandement. »

Guise le dévisagea.

« Oh, vraiment ?

– C'est un affront à Dieu, murmura le cardinal.

– Un affront à Dieu et à la France, répliqua durement le duc. Nous sommes en pays chrétien, catholique, et pourtant nous trouvons ici un nid de vipères calvinistes. »

Quelque chose de son humeur belliqueuse se communiqua à ses hommes, car leurs montures piaffèrent avec agitation, sensibles à la colère ambiante.

« Messire, quels sont vos ordres ? demanda l'écuyer. Souhaitez-vous que je retourne à la ville demander combien de huguenots on compte dans Vassy ?

– Dis-leur que ces terres sont à la frontière des miennes. La ville m'est inféodée. Je ne tolérerai pas ceux qui cultivent la dissidence. Qui cherchent à se distinguer des autres. Je ne laisserai pas fleurir l'hérésie. »

19

La Cité

Piet était allongé sur le dos. Du plat de la paume, il palpa prudemment la terre et l'herbe autour de lui pour essayer de s'orienter. Il avait les mains nues, s'aperçut-il. Qu'était-il advenu de ses gants ? Le visage d'une jeune fille entra en flottant dans ses pensées. D'envoûtants yeux vairons – l'un bleu et l'autre brun – pleins d'esprit et d'intelligence. Dans la brume blanchâtre, à la porte Narbonnaise, il l'avait presque fait tomber en la heurtant. Quand était-ce ? Il s'efforça de se le remémorer, mais cela ne fit qu'éloigner le souvenir de la demoiselle.

Il essaya de se soulever sur un coude, mais le mouvement lui donna le tournis. Un terrible vacarme régnait dans sa tête, comme si quelqu'un y sonnait toutes les cloches de la Cité.

Puis il entendit le doux chant d'un merle, et cela lui donna de l'espoir. Avec précaution, il posa les deux mains sur le sol, de part et d'autre de ses jambes tendues, et se redressa lentement. Une vague de nausée le prit par surprise, faisant chavirer sa tête et son estomac. Il se remit d'aplomb, attendit que la sensation de vertige cesse, et ouvrit prudemment les yeux.

Un flot de lumière lui inonda le cerveau. Il cligna des yeux une fois, deux fois pour dissiper le voile nébuleux qui le séparait du monde. Petit à petit, ses alentours se firent plus nets. Murs de pierre grise, herbe verte coiffée de blanc par la gelée dans les coins d'ombre, et la silhouette caractéristique des vieilles tours romaines dans les remparts de la Carcassonne médiévale. À présent, il était conscient d'une douleur à la base de sa nuque et, lorsqu'il y porta la main, il trouva une bosse grosse comme un œuf. S'était-il fait attaquer par quelque tire-laine après avoir pris congé de Vidal ?

Était-ce ce qui s'était passé ?

Il avait les vêtements humides d'avoir été étendu par terre, où la rosée s'était infiltrée dans son pourpoint. Sa cape et son chapeau n'étaient nulle part en vue, mais sa sacoche de cuir gisait à quelques pas de lui sur un muret de pierre. Une bouffée d'appréhension l'envahit. Après tous ses efforts de préparation, la relique contrefaite lui avait-elle été volée ? Puis, il se souvint. La pièce sans air au-dessus de la taverne, l'échange qui y avait eu lieu.

Il attrapa vivement la sacoche, craignant d'en trouver les deniers d'or envolés, puis se rappela qu'il les avait transférés dans sa bourse avant de sortir la veille au soir. Il porta la main à sa ceinture. Sa bourse y était toujours, ainsi que son poignard. Étrange. Quel voleur dédaignerait une si belle dague et une bourse pleine ?

Petit à petit, d'autres fragments de souvenirs lui revinrent en mémoire : la bière qu'il avait sirotée à la taverne pour faire passer les heures, le chemin qu'il avait pris pour gagner discrètement cette belle maison avec ses fenêtres à croisées vitrées. Le portail en fer forgé, donnant sur un petit jardin. Sa main sur le délicat loquet, les gants qu'il avait enlevés pour l'actionner. Vidal qui l'attendait avec une lanterne. Le domestique à qui il avait donné sa cape et son chapeau dans la pénombre du couloir, puis…

Il fronça les sourcils. Il ne se rappelait pas. Comment s'était-il retrouvé ici, à seulement quelques pas de distance ? Et qu'était-il advenu de Vidal ? Avait-il lui aussi été attaqué ?

Piet fit rouler ses épaules. Il avait l'impression d'avoir les bras et les jambes faits de plomb. Le moindre mouvement lui demandait une force qu'il n'était pas sûr de posséder. Et pourtant, à part la contusion sur son crâne, il ne semblait pas blessé. Il fit jouer sa mâchoire. Aucun os brisé.

Enfin, cela lui revint. Le souvenir d'un vin doux, sirupeux sur sa langue, d'une paralysie progressive, d'une chute. Le valet au visage rude et balafré, le bruit de pas précipités alors qu'il tombait inconscient au sol.

Il se releva, se secoua pour ôter de son habit les bouts d'herbes et de brindilles, puis remonta de nouveau la rue Notre-Dame pour taper discrètement à la porte de derrière.

« Il y a quelqu'un ? »

La maison resta silencieuse, ses fenêtres aux volets fermés aveugles et muettes.

« Personne ? fit-il en frappant plus fort. J'aimerais voir le prêtre qui se fait appeler… » Bien sûr, Vidal devait avoir pris un nouveau nom à l'occasion de son ordination mais, dans sa joie à revoir son cher ami, Piet avait – bêtement – oublié de le lui demander. « Je souhaite voir le prêtre de Toulouse qui loge ici. »

Silence.

Il leva les yeux vers les fenêtres du premier étage.

« Plus personne n'habite ici, monsieur. »

Se retournant, il découvrit non loin de lui un garçon d'environ treize ans. Les cheveux noirs et bouclés, en pourpoint et chausses tout simples, il était tête nue. Le souvenir d'un bel enfant contant fleurette à une jolie fille à côté du puits se glissa dans la tête de Piet.

« Aimeric, c'est bien ça ? » demanda-t-il.

Cela mit aussitôt le garçon sur ses gardes.

« Comment connaissez-vous mon nom ? »

Piet sourit.

« Coup de chance, répondit-il. Que veux-tu dire, la maison n'est pas habitée ?

– Comme je vous l'ai dit, monsieur. Personne ne vit ici depuis plusieurs mois.

– Que dirais-tu si je te révélais que j'ai dîné dans cette maison même hier soir ? »

Aimeric pencha la tête d'un air goguenard.

« Je dirais que vous vous êtes trompé de maison, ou que vous avez bu trop de bière. »

La certitude du garçon fit hésiter Piet.

« N'est-ce pas là la maison du chapitre utilisée pour loger les prêtres et membres du clergé en visite à la cathédrale ?

– Non ! répondit l'adolescent avec un rire. Elle appartient à M. Fournier et sa femme. Ils sont partis après la Saint-Martin et ne sont pas revenus. Elle est vide depuis trois mois. Quelqu'un s'est gaudi de vous.

– Tu en es absolument certain ? »

Aimeric se retourna pour indiquer une charmante maison de l'autre côté de la rue, encadrée par les branches nues d'un églantier grimpant.

« C'est là que je vis. Je vous en donne ma parole, personne n'a habité chez les Fournier de tout l'hiver. »

Piet fronça les sourcils. Il ne doutait pas qu'Aimeric dise la vérité : quelle raison aurait-il bien pu avoir de mentir ? Et pourtant, il aurait gagé jusqu'à son dernier écu que c'était là qu'il avait passé la soirée de la veille.

Il recréa mentalement la pièce : la tapisserie au mur et un lourd buffet sur lequel le valet avait posé le plateau. Un meuble rempli de livres et la somptueuse robe rouge de Vidal qui agitait l'air à chacune de ses allées et venues. Une pièce luxueusement meublée et aménagée. Il hésita. Un autre souvenir. Il avait eu l'impression d'une pièce où personne ne vivait, ne s'était-il pas fait cette réflexion ? Mais quel motif aurait pu avoir Vidal pour prétendre qu'il s'agissait de son logement ?

« Je suis sûr que tu sais comment entrer dans cette maison, Aimeric. »

Les yeux noirs du garçon étincelèrent d'espièglerie.

« Je n'ai pas de clef, monsieur.

– Je peine à croire que l'absence de clef soit un obstacle insurmontable pour un gaillard de ton intelligence. Regarde. »

Il lui sourit puis, sans crier gare, dégaina son poignard et le lança. L'arme traversa les airs pour aller fendre en deux un gros bulbe de fenouil de l'autre côté du potager. Aimeric écarquilla les yeux, ébahi.

« Voilà, dit Piet en allant récupérer sa dague pour la remettre à sa ceinture. Si tu me montres comment entrer dans la maison, je t'apprendrai à faire cela. Marché conclu ? »

Le garçon sourit de toutes ses dents.

« Marché conclu. »

Tout en regardant Aimeric actionner une épingle d'avant en arrière pour soulever le loquet, Piet remarqua que le tocsin avait recommencé à sonner.

« Dirais-tu que cette serrure a été huilée récemment ? » demanda-t-il.

Aimeric hocha la tête.

« Elle est propre. »

Le mécanisme céda avec un claquement sourd, et le son fit remonter d'autres souvenirs à la surface. Le nuage de son haleine dans l'air froid de la nuit. La porte qui s'était ouverte en grand et Vidal qui l'attendait à l'intérieur, muni d'une lanterne.

Ils entrèrent. La main sur sa dague, Piet monta au premier étage, suivi du garçon. Un carré de lumière blafarde filtrait à travers une fenêtre vitrée sur le palier de repos. Toutes les portes étaient fermées et chaque grincement du plancher semblait anormalement fort.

« Ici, dit-il. C'est la pièce où j'ai passé la soirée. »

Il tourna la poignée et entra à l'intérieur. Il n'y trouva aucun meuble, aucun signe de confort ou d'habitation. Ni buffet, ni fauteuils, ni table, ni bibliothèque. La tapisserie qui avait orné le mur avait disparu. Il s'approcha de la cheminée et s'agenouilla. La pierre était froide et l'âtre soigneusement balayé.

« Vous en êtes certain, monsieur ? »

Piet hésita. Il avait été sûr de lui, mais à présent ? La pièce donnait l'impression que personne n'y avait mis les pieds depuis un certain temps.

« M. et Mme Fournier s'en sont allés après la Saint-Martin, dis-tu ?

– Oui, monsieur.

– Sais-tu où ils se sont rendus ?

– J'ai entendu ma sœur dire qu'ils étaient partis pour Nérac. »

Nérac, à quelques lieucs au nord de Pau, était la ville où la reine de Navarre avait constitué sa cour huguenote. Au mépris des désirs de son époux, elle avait expulsé tous les prêtres catholiques, et l'endroit était devenu un refuge pour les protestants et tous ceux qui fuyaient les pressions politiques de Paris. Il était d'autant plus curieux de penser que Vidal avait logé dans une maison appartenant à une éminente famille huguenote.

« Les Fournier sont des adeptes de la religion réformée ? »

Aimeric baissa les yeux.

« Je ne saurais dire.

– Je n'essaie pas de te piéger, le rassura Piet. J'estime que la religion d'un homme ne concerne que lui. »

Il se représenta la pièce telle qu'il l'avait vue la veille. Là se trouvait l'endroit où avait été posé son fauteuil. Il s'accroupit pour examiner la tache rouge sur le parquet. Une image lui revint de la coupe lui échappant des doigts, répandant le guignolet cramoisi sur le sol.

« Est-ce du sang ? demanda Aimeric.

– Non. Seulement du vin. »

Avait-il été drogué ? La lourdeur de ses membres, les heures perdues, tout semblait l'indiquer, mais pourquoi l'avoir drogué pour ensuite le laisser en liberté ? Et Vidal ? Avait-il subi le même sort ?

« Et ça ? demanda Aimeric en indiquant une traînée de couleur vive sur le rectangle de mur entre les deux fenêtres. Est-ce aussi du vin ? »

Piet examina la tache. De couleur rouille, elle s'étirait sur le blanc de chaux comme si quelqu'un, tombé en arrière, s'était cogné la tête avant de glisser au sol. Il passa les doigts dessus.

« Non, répondit-il d'un air sombre. Ça, c'est du sang. »

20

Vassy

« Votre Seigneurie ! dit le cardinal en lui montrant du doigt la porte principale de la ville. Ils ont envoyé un comité d'accueil vous souhaiter la bienvenue. »

Les nobles de Vassy, parés de velours et de chapeaux à plume, de capes bordées d'hermine et de chaînes de fonction en or, avaient nerveusement formé un rang.

Si le duc de Guise en fut content, il ne le montra pas.

« Frère ? reprit le cardinal. Approchons de la ville, voulez-vous ? Ils attendent pour vous faire honneur. »

Une trompette sonna sur les remparts ; les pennons étaient éclatants dans la grisaille matinale. Guise hésita. Puis, de plus près, de l'intérieur du temple, leur parvinrent les murmures d'une prière.

« J'espère en l'Éternel, mon âme espère, et j'attends Sa promesse. »

L'expression du duc s'assombrit. Il se détourna de la ville et guida de nouveau son cheval vers la porte du temple.

« Frère, insista le cardinal dans un chuchotement pressant. Voyez, ils vous apportent des guirlandes, des présents. »

Mais toute l'attention de Guise était désormais tournée vers la grange et les voix à l'intérieur. Il examina les murs en bois, le toit de tuiles, les fenêtres découpées à l'étage : une construction trop permanente pour évoquer l'humilité et la gratitude. C'était un affront.

Il arrêta son cheval. Leva la main pour faire approcher le lieutenant de sa garde.

« Ordonnez-leur d'ouvrir, lui dit-il.

– Monsieur le duc », répondit le soldat en s'inclinant sur sa selle, avant d'aller tambouriner du poing à l'entrée de la grange.

« Au nom de François de Lorraine, prince de Joinville, duc d'Aumale et de Guise, lança-t-il, je vous enjoins d'ouvrir cette porte. »

À côté du duc, l'écuyer perçut le choc palpable à l'intérieur. Entendit, dans le silence, l'écho de la congrégation s'éteindre. Combien de personnes se trouvaient-elles à l'intérieur ? Peu, espérait-il.

« Ouvrez cette porte, par ordre du duc de Guise », répéta le lieutenant.

Le jeune écuyer jeta un coup d'œil par-dessus son épaule et vit son inquiétude reflétée sur le visage des nobles assemblés à l'entrée de la ville. Appréhendaient-ils eux aussi ce qui risquait d'arriver, ou bien se souciaient-ils seulement de leur propre sort ? Craignaient-ils qu'on leur tienne rigueur de leur tolérance à l'égard du culte protestant ?

« Pour la troisième et dernière fois, lança le lieutenant en haussant la voix, au nom du prince de Joinville, ouvrez ce lieu et permettez-en l'accès à votre seigneur. »

Enfin leur parvint le son d'un loquet de bois qu'on soulevait, et un grincement alors que la lourde porte s'ouvrait pour laisser sortir le pasteur.

Tout de noir vêtu, dans le style sobre de la religion réformée, il tendait ses mains nues devant lui.

« Votre Seigneurie, dit-il avec une profonde révérence. C'est un honneur. »

L'espace d'un instant, tout tint à un fil. Puis Henri, le fils du duc, âgé de douze ans, éperonna son cheval pour passer devant son père et tenta d'entrer de force dans le temple. Le pasteur se vit violemment projeté contre le jambage. Ceux qui se trouvaient à l'intérieur commencèrent à paniquer.

« Nous ne souhaitons pas d'ennuis, s'écria le pasteur, essayant de calmer à la fois sa congrégation et le jeune Guise. Nous ne sommes pas armés, nous sommes juste une congrégation réunie pour prier, nous...

– Voyez comme ils bravent les ordres du duc, lança le lieutenant en dégainant son épée. Ils refusent de le laisser entrer.

– C'est faux, objecta le pasteur, mais apporter des armes dans un lieu de culte...

– Il défie notre noble seigneur.

– Nous sommes ici pour célébrer le jour du Seigneur », cria le pasteur.

Ses protestations furent noyées dans le bruit alors que les fantassins de Guise s'engouffraient de force dans la grange. Une femme poussa un hurlement. Dans toute cette confusion, une pierre fut jetée et toucha le duc. Quelques gouttes de sang jaillirent, comme une étincelle rouge sur la joue blanche de Guise. L'espace d'un instant, le temps s'arrêta, puis un cri retentit.

« Le duc est blessé ! Notre Seigneurie est attaquée ! »

Avec un rugissement, le lieutenant poussa sa monture en avant, qui piétina le pasteur sous ses sabots. À l'intérieur, femmes et enfants essayèrent désespérément de se cacher, mais ils n'avaient nulle part où aller.

21

La Cité

Portant sa sœur sur son dos, Minou traversa au pas de course le pont-levis menant à la Cité, soulagée de voir que Bérenger était encore de garde à la porte Narbonnaise.

« Hâtez-vous ! lui lança-t-il. Vite, *madomaisèla* ! Les portes sont en train de fermer. »

Les muscles des bras et des jambes en feu, elle se força pourtant à continuer d'avancer. Enfin, elle posa Alis à terre puis essaya de reprendre son souffle.

« Que s'est-il passé ? demanda-t-elle en haletant alors que Bérenger les attirait à l'intérieur. Pourquoi le tocsin sonne-t-il ?

– Il y a eu un meurtre, dit-il en refermant les portes derrière elles. Ils ont failli mettre la main sur le coupable hier, mais il a réussi à s'échapper. Maintenant, ils pensent qu'il s'est réfugié dans la Cité. » Il laissa retomber la lourde barre dans ses encoches. « La victime est un certain Michel Cazès. Ils ont trouvé son corps en bas, près du pont, à l'aube. La gorge tranchée d'une oreille à l'autre, ou du moins c'est ce qu'on dit.

– À l'aube ? Mais ce n'est pas possible... »

Elle s'interrompit. S'agissait-il du même homme ? Elle ne connaissait pas son nom de famille, mais se pouvait-il vraiment qu'il y ait eu deux hommes assassinés ? Cela n'avait aucun sens, pourtant. N'avait-elle pas vu le corps de Michel sous le pont, indécouvert, peu après midi, au moment même où le tocsin avait commencé à sonner ? Quelle heure était-il alors ? 13 heures ? Plus ? Elle n'était pas sûre.

« Êtes-vous certain que c'est là son nom ? Michel ?

– Aussi certain que je suis ici. »

Minou fronça les sourcils.

« Et vous dites qu'ils ont commencé à chercher le meurtrier hier ? »

Elle se rappelait avoir parlé à Michel sur le seuil de la boutique alors que la brume du soir commençait à descendre.

Bérenger laissa tomber en place une autre lourde barre.

« C'est ce qu'on dit. Remarquez, il y a aussi un prêtre qui a disparu, ce qui à mon avis explique tout ce tapage. Issu d'une famille influente de Toulouse, et invité par l'évêque de Carcassonne. On a vu le même scélérat entrer dans la cathédrale hier matin, et retrouver ce Cazès à la Bastide. »

Minou secoua la tête.

« Et quel est le nom de l'homme accusé de ce crime ? Le savez-vous ?

– Il a les cheveux roux, c'est tout ce qu'on nous a dit. Un étranger, pas de chez nous. »

Elle déglutit en se rappelant la description faite par Mme Noubel de son pensionnaire. Et le contact des doigts d'un inconnu sur sa joue dans la brume de février.

« Un huguenot, continua Bérenger en passant la main sur sa barbe grise. Cela dit, les gens voient de la trahison partout, ces temps-ci. Il s'agit plus probablement d'une querelle à propos d'une dette. Ou d'une femme. Le prêtre l'a pris en flagrant délit, sûrement. » Il tira le dernier des lourds verrous. « Voilà. Dépêchez-vous de rentrer avec Alis, *madomaisèla*. Ils disent que le scélérat est dangereux. »

« Non, Cécile ! Je ne lui dirai pas, répéta Bernard. Je ne peux pas. »

Mme Noubel était assise à la longue table de la cuisine, en train de suivre du doigt les contours d'un dessin à la craie.

« Alors vous êtes un imbécile. Si Florence était là...

– Mais elle ne l'est pas, Cécile, l'interrompit-il d'une voix brisée par l'émotion. Et c'est bien là ce qu'il y a de tragique.

– Si Florence était là, insista-t-elle sans se laisser démonter, elle dirait qu'il est temps que Minou sache la vérité. Mieux vaut qu'elle l'apprenne de votre bouche que de celle d'autrui.

– Tous ceux qui étaient présents sont morts désormais, ou n'ont rien su de ce qui s'était vraiment passé.

– Tous ? Qu'en est-il de Mme Gabignaud ? Vous ne pouvez pas en être sûr, Bernard. Les domestiques bavardent, les villageois chuchotent autour du puits. Les gens tiennent leur langue au début, puis oublient ce qui était censé rester secret.

– C'était il y a tellement longtemps.

– Et le testament ?

– Je ne sais pas ce qu'il en est advenu. Florence… C'est elle qui s'est occupée de tout. Nous n'en avons jamais parlé.

– Eh bien, reprit impatiemment Mme Noubel, et s'il existe toujours ? Et s'il est découvert ? Que ferez-vous alors ?

– Pourquoi serait-il retrouvé maintenant, après toutes ces années ?

– Bernard, nous vivons une époque incertaine. La guerre approche, et nous ne pouvons pas savoir quels secrets vont se mettre à émerger. »

Il balaya l'argument de la main.

« On dit toujours que la guerre approche, et pourtant elle n'arrive jamais. Rien ne change. Tel mois, le duc de Guise a le vent en poupe, et le mois suivant c'est à Coligny et à Condé que sourit la fortune. Qu'est-ce que nos existences ont à voir avec l'un ou l'autre ?

– Ne soyez pas naïf », répliqua sèchement Mme Noubel. Puis sa voix se radoucit. « Vous êtes un fantôme dans votre propre vie, Bernard. Ne voyez-vous pas l'effet que cela a sur toute votre famille ? Minou sait qu'il y a quelque chose qui cloche. Elle vous est profondément attachée et s'inquiète à votre endroit. Dites-lui la vérité.

– Je ne peux pas. »

Elle soupira.

« À tout le moins, expliquez-lui ce qui vous est arrivé en janvier. Elle a remarqué que votre déclin remonte à cette époque. C'est une jeune femme intelligente, douée d'un grand courage. » Cécile hésita. « Elle croit que vous lui avez retiré votre affection, Bernard, et cela l'attriste profondément.

– Retiré mon affection... Non ! se récria-t-il. Mais elle est si jeune, Cécile. Je veux lui épargner cela.

– Elle a dix-neuf ans. Elle est assez vieille pour tenir la boutique à votre place. Pour s'occuper d'Aimeric et d'Alis. En toute justice, elle devrait penser à l'amour ou même être déjà mariée, avec sa propre famille à élever. Vous lui faites insulte en décidant qu'elle n'a pas la fortitude nécessaire pour supporter ce que vous avez à lui raconter. Minou doit suivre sa propre voie, Bernard. Vous ne pouvez pas la protéger du monde toute sa vie.

– Je vous en prie, Cécile, pas tout de suite. Je n'en ai pas le courage.

– Telles que vont les choses, persista Mme Noubel, vous risquez de créer une distance entre Minou et vous à cause de votre silence obstiné. C'est de cette façon que vous perdrez son affection. Vous vous êtes fait une prison de votre propre foyer, Bernard, et toute la famille en souffre. Je vous en implore, dites-lui la vérité. »

En entendant des voix qui haussaient le ton, Minou s'arrêta dans le couloir. Ses doigts se posèrent sur la clenche en métal froid de la porte de la cuisine mais elle ne put se résoudre à entrer. Elle savait qu'elle aurait dû annoncer sa présence au lieu d'écouter aux portes, mais l'apparente liberté de langage entre son père et Mme Noubel lui avait donné à réfléchir. Elle n'avait jamais vu en eux plus que de bons voisins, mais ils s'appelaient par leur prénom. Et, de temps en temps, ils retombaient dans leur ancien patois.

« Pourquoi n'entrons-nous pas ? demanda Alis en chuchotant. Ne faut-il pas dire à papa ce que nous avons vu près du pont ? »

Minou s'écarta de la porte et se pencha vers elle.

« Ma petite, tu as été si forte, et si courageuse. Veux-tu bien faire encore une chose pour moi ? Reste sur le seuil, mais regarde si tu peux trouver Aimeric et lui dire de rentrer ? Tu as entendu ce qu'a dit Bérenger. Il est dangereux d'être dehors ce soir. » Elle posa les mains sur les épaules de sa sœur, lui fit faire demi-tour et la poussa légèrement en direction de la porte. « Moi je vais attendre ici, et ensuite nous entrerons toutes les deux pour parler ensemble à papa, d'accord ? »

Alis hocha la tête et regagna en courant l'entrée, d'où elle se mit à appeler Aimeric. Dès qu'elle fut hors de vue, Minou colla l'oreille à la porte.

« J'ai pris des précautions, Cécile. Je me suis arrangé pour que Minou accompagne Aimeric à Toulouse. La sœur de Florence a proposé de l'accueillir et de faire de lui un gentilhomme. J'ai accepté l'invitation. Minou sera hors de danger là-bas.

– Hébergée par M. Boussay et son écervelée d'épouse ? Vous croyez vraiment que c'est ce qu'aurait voulu Florence ?

– Que puis-je faire d'autre, Cécile ? répondit-il d'un ton las. Je n'ai pas le choix. Nous n'avons presque plus d'argent. Aimeric aura une chance d'améliorer sa condition si je l'envoie. Il n'y a rien pour lui ici.

– Et si Minou ne veut pas aller à Toulouse ? répliqua Mme Noubel d'un ton plein de colère. Et qu'adviendra-t-il d'Alis, sans sa sœur pour prendre soin d'elle ?

– Ne pensez-vous pas que j'ai réfléchi à tout cela, Cécile ? Ce n'est pas une décision que je prends à la légère, mais c'est tout ce que je puis faire. Le mieux que je puisse faire.

– Eh bien dans ce cas, il n'y a plus rien à ajouter. »

Et Mme Noubel ouvrit la porte de la cuisine. Prise en défaut, Minou recula d'un bond. Ils se mirent tous à parler en même temps.

« Minou !

– Madame Noubel, j'étais...

– Ton père et moi... Bernard et moi étions en train de parler.

– Es-tu là depuis longtemps ? Est-ce que tu écoutais à la porte ?

– Bernard, franchement ! »

Minou les regarda l'un après l'autre, figés comme les conspirateurs d'un tableau : son père assis près de l'âtre froid, son visage las gris de soucis, et Mme Noubel, des taches roses sur les joues, la main immobile sur la clenche de la porte.

« Je suis là depuis assez longtemps pour avoir entendu que vous êtes résolu à envoyer Aimeric à Toulouse, et moi avec. Pour ce qui est d'écouter aux portes, vous parliez si fort que je ne pouvais guère ne pas entendre. »

Bernard rougit.

« Pardonne-moi, j'ai parlé trop vite.

– Mais vous comptez vraiment nous envoyer tous deux à Toulouse ? »

Son père poussa un long soupir.

« C'est la meilleure solution.

– Bernard croit, à tort selon moi, que...

– Cécile ! Permettez-moi de décider ce qui est le mieux pour ma famille. »

Mme Noubel leva les mains d'un air excédé.

« Faites comme il vous chante. »

Minou s'assit sur le banc, brusquement épuisée.

« Qu'y a-t-il, ma fille ? demanda son père d'un ton plein d'inquiétude. T'est-il arrivé quelque chose ?

– Non. »

Minou traça une figure sur la table du bout des doigts, sourde et aveugle à tout ce qui l'entourait, jusqu'à ce qu'elle sente Mme Noubel lui toucher légèrement l'épaule.

« Minou, demanda doucement la vieille femme, es-tu souffrante ? »

Elle se ressaisit. Il ne servait à rien de s'apitoyer sur son sort, et elle devait parler à son père avant le retour d'Aimeric et Alis.

« Madame, je me demande si vous avez raconté à mon père ce qui s'est passé hier à la Bastide ?

– Oui, et en particulier le courage dont tu as fait preuve en prenant ma défense.

– Et notre visiteur tardif à la librairie ?

– Je lui ai dit qu'un homme – Michel – était passé le voir, rien de plus.

– Je sais désormais qui il est. Son nom complet est Michel Cazès. »

Bernard prit une profonde inspiration.

« Je me souviens de lui. »

Minou regarda son père.

« Donc vous le connaissiez, père. J'espérais que non.

– Pourquoi ? Que s'est-il passé de plus ? demanda Mme Noubel.

– Michel est mort, assassiné. J'ai moi-même vu son corps dans le fleuve en dessous du pont, il y a à peine une demi-heure.

– Michel Cazès, murmura Bernard. C'est trop cruel.

– Es-tu sûre qu'il s'agit du même homme ? intervint Mme Noubel. Tu ne l'as vu que quelques minutes hier, tu te trompes peut-être ?

– Je me rappelais son habit, et de toute façon, il avait la malchance d'avoir deux doigts manquants...

– À la main droite, ajouta Bernard.

– Oui. Je suis désolée de vous apporter cette mauvaise nouvelle. Mais il y a plus. Sa mort ne peut pas s'être produite comme ils le disent, ou du moins pas quand ils le disent. Le tocsin a commencé à sonner alors qu'Alis et moi nous trouvions près de l'endroit où son corps gisait dans l'eau au pied du pont, indécouvert d'après ce que nous avons pu voir. Et pourtant, quand nous avons regagné la Cité, Bérenger m'a dit que la traque de son meurtrier avait commencé la veille à la Bastide. » Elle se tourna vers Mme Noubel. « La description qu'ils donnent est celle d'un homme roux.

– Mon pensionnaire, penses-tu ?

– Votre pensionnaire ? répéta Bernard en les regardant tour à tour. Je ne comprends pas. »

Ses mots furent couverts par la voix d'Alis dans le couloir.

« Minou ! Papa ! Les soldats ont arrêté Aimeric chez les Fournier, s'écria-t-elle en accourant dans la cuisine. Ils disent qu'il est le témoin d'un meurtre ! »

22

Piet s'aplatit de nouveau dans l'ombre, attendant que le tonnerre de bottes et de cottes de cuir sur les remparts au-dessus de lui finisse de passer. Tout autour, il entendait, comme des coups de pistolet, le fracas des portes de toutes tailles qu'on verrouillait, pour le piéger à l'intérieur.

Il relâcha son souffle. Sans la vivacité d'esprit d'Aimeric – qui avait regardé par la fenêtre au moment précis où quatre soldats débouchaient au coin de la rue pour se diriger vers l'endroit exact où on l'avait laissé drogué –, il aurait été arrêté. Il avait envoyé le garçon chercher son cheval aux écuries de la Trivalle. Il espérait que l'enfant était fiable : il n'avait d'autre choix que de lui faire confiance. Et pendant ce temps, les cloches continuaient de sonner.

Tout cela à cause de lui ?

Marchant courbé pour ne pas dépasser du mur, Piet s'avança vers la plus proche des poternes. Dans la paille et la boue qui recouvraient les larges marches, il buta sur un vagabond qui dormait adossé, l'haleine chargée d'une odeur de bière rance. Un chien à l'attache essaya de se jeter sur lui, et les oies sifflèrent lorsqu'il envahit leur enclos, escaladant les étais pourris.

Il essaya la poignée de la poterne, secouant bruyamment la petite porte de bois dans son chambranle, mais elle ne bougea pas. Pouvait-il forcer la serrure ? Il se pencha un peu plus et passa la main le long du montant, cherchant un point faible dans la charnière, mais n'en trouva aucun.

Il était sur le point de passer à la tour suivante lorsqu'il ressentit un picotement dans la nuque. Quelqu'un l'observait. Il pouvait sentir son regard scrutateur, aussi acéré que la pointe d'un couteau sur sa peau.

Les notes dures des cloches ricochaient sur chaque pierre et chaque tour, se pourchassant de leur écho dans toutes les ruelles. Minou regarda longuement dans la rue du Trésau, puis de l'autre côté en direction de la rue Saint Jean. Il n'y avait nulle trace d'Aimeric.

S'il avait été arrêté, où avait-on pu l'emmener ?

Les rues étaient désertes. Même sur la place du grand puits communal, qui généralement l'après-midi était le cœur du quartier, il n'y avait plus personne. Un seau se balançait doucement au-dessus du vide, comme si quelque main spectrale l'avait touché avant de disparaître.

Minou traversa la rue en courant pour gagner la demeure des Fournier, priant pour que son frère n'ait rien fait de mal. Pour qu'il n'ait pas été pris en flagrant délit. Elle avait vu des garçons plus jeunes que lui se faire fouetter si cruellement, pour tel ou tel insignifiant délit, qu'ils avaient à peine pu marcher pendant des semaines. Elle tambourina à la porte en criant son nom, mais n'entendit que les verrous trembler dans leur gâche en haut et en bas du chambranle. Elle revint sur ses pas pour entrer dans le jardin à l'arrière de la maison. Il y avait un seau renversé et un bulbe de fenouil coupé en deux à côté du perron, mais la porte de ce côté-ci était également fermée à clef.

Minou ressortit en courant dans la rue Notre-Dame, ne sachant plus où chercher. Puis, du coin de l'œil, elle vit quelque chose bouger dans l'ombre sous les remparts.

« Aimeric ? » chuchota-t-elle.

Elle distingua un homme, en train d'essayer d'ouvrir une porte dans l'enceinte intérieure, et retint son souffle.

C'était lui.

Elle s'avança, et il porta immédiatement la main à son poignard.

« Si vous essayez la prochaine poterne sur votre gauche, monsieur, lui lança-t-elle de là où elle était, le loquet est cassé et les soldats l'oublient souvent. »

Lentement, il se retourna.

« Quoi ?

– Je ne vous veux aucun mal. Je cherche mon frère. »

Il rengaina son arme.

« Je craignais que ce ne soit les soldats qui étaient de retour.

– Ils le seront. Il y a une porte dans les remparts en contrebas d'ici. Si vous parvenez à traverser les lices sans être vu, il y a un chemin. »

Il fit un pas vers elle.

« Pourquoi voulez-vous m'aider ? Je suis accusé de meurtre. J'ai entendu les soldats le crier.

– Le chemin descend en lacets entre les vergers, le long de la barbacane, jusqu'à la Trivalle. »

Piet fit un autre pas.

« Ne m'avez-vous pas entendu, mademoiselle ? Je suis accusé de meurtre.

– Si, mais vous êtes innocent.

– Alors venez avec moi, dit-il avec un sourire soudain. Montrez-moi le chemin, ma Dame des Brumes. »

Minou secoua la tête.

« Partez. Vous nous verrez pendus tous les deux à vous attarder davantage. Si les soldats nous trouvent ensemble, ils m'arrêteront aussi.

– Me direz-vous au moins votre nom, mademoiselle ? Je le garderais précieusement. Un souvenir de vous, pour ainsi dire. »

Elle hésita, puis lui tendit la main.

« Très bien, car cela ne me coûte rien de vous le donner : je m'appelle Minou, et je suis la fille aînée de Bernard Joubert, libraire dans la rue du Marché. »

Il porta sa main à ses lèvres.

« Mademoiselle Joubert. Je vous ai vue à la Bastide hier. Juste avant midi. Vous avez aidé ma logeuse à se mettre à l'abri pendant que les scélérats, à l'intérieur, mettaient ma chambre sens dessus dessous.

– Ah ! Et c'est pourquoi vous vous êtes comporté comme si vous me connaissiez.

– Mais je vous connais, répliqua-t-il. Ou du moins, le genre de personne que vous êtes. Il a fallu du courage pour tenir tête à ces soldats.

– Mme Noubel est une voisine que j'aime beaucoup, répondit-elle en retirant lentement sa main. Monsieur, me direz-vous votre nom en retour ? Ce ne serait que justice.

– En effet. » Il lui effleura la joue. « Je m'appelle Piet Reydon. Si Dieu est avec moi et que je rentre sain et sauf à Toulouse – la ville rose –, ma porte vous sera ouverte à jamais pour cet acte de bonté. J'ai une chambre là-bas dans le quartier universitaire, près de l'église Saint-Sernin du Taur. »

Déroutée par le tour qu'avait pris leur conversation, Minou garda les yeux fixés sur les siens.

« Bonne chance, monsieur Reydon. »

Il hocha la tête, comme s'ils venaient de conclure un marché. Puis, aussi rapidement qu'il était apparu, il disparut. Minou attendit que le bruit du loquet lui indique qu'il était sorti sain et sauf, puis relâcha son souffle.

« La ville rose », murmura-t-elle.

Les cris des gardes derrière elle bannirent de son esprit toute pensée de Piet et de Toulouse, ne laissant à la place qu'un sentiment de culpabilité. Elle avait complètement oublié Aimeric ! Comment avait-elle pu faire preuve d'une telle négligence ?

Elle se hâta de remonter la rue Notre-Dame, mais tomba nez à nez avec Bérenger et un autre soldat arrivant dans l'autre sens.

« Vous ne devriez pas être hors de chez vous, *madomaisèla* ! dit Bérenger en baissant son épée. Il y a couvre-feu. N'entendez-vous pas le tocsin ? »

Minou rougit.

« Je sais bien, mais je cherche mon frère. Alis m'a dit qu'il avait été arrêté, et, même si je n'arrive pas à le croire, Aimeric a un tel talent pour s'attirer les ennuis que j'ai eu l'idée de le faire rentrer à la maison. L'avez-vous vu, mon ami ? »

Le visage de Bérenger s'éclaircit.

« Je l'ai vu il y a de cela une demi-heure, en train de rôder autour de la demeure des Fournier. Il racontait des histoires, affirmant avoir aperçu le meurtrier et être entré par effraction dans la maison. » Il fit un geste derrière lui. « Elle est condamnée, comme elle l'a été tout l'hiver. Je lui ai passé un savon et l'ai renvoyé chez lui.

– Merci, mon bon Bérenger », répondit Minou, l'estomac toujours noué cependant.

C'était un soulagement de savoir que les soldats ne l'avaient pas puni, mais il n'était pas encore rentré à la maison. Où était-il ?

« Trêve de fadaises, fit l'autre soldat en bousculant Bérenger. Quelqu'un est-il passé par ici ?

– Personne, répondit-elle calmement.

– Un homme roux ? Vous êtes sûre ?

– Oh ! Un homme correspondant à cette description est effectivement passé par ici, mais cela fait quelque temps.

– Dans quelle direction allait-il ?

– Par là, mentit-elle. Vers le château comtal. »

Ils tournèrent les talons et repartirent en courant.

« Rentrez chez vous, *madomaisèla* Minou, lança Bérenger par-dessus son épaule. Le scélérat a tué au moins un homme, peut-être plus. Mettez-vous à l'abri. »

Minou les regarda partir. Ce n'est qu'en les voyant disparaître qu'elle prit conscience d'avoir retenu son souffle.

Qu'avait-elle fait ?

Elle avait non seulement aidé un homme accusé de meurtre à s'échapper, mais également fourni de fausses informations aux hommes du sénéchal. Quelle peine encourait-on pour cela ? Peu importait. Elle savait qu'elle l'aurait refait sans hésiter.

Ma Dame des Brumes.

Immobile dans le pâle après-midi d'hiver, Minou sentit tous ses soucis s'envoler momentanément : la menace continuelle d'une guerre qui ne venait jamais, la lutte quotidienne pour joindre les deux bouts, les secrets de son père et le tracas qu'elle se faisait pour son frère et sa sœur. L'espace d'un instant, le monde fut brusquement éblouissant de couleurs et de promesses.

Alors qu'elle se remettait en marche pour rentrer chez elle, une idée commença à prendre forme dans sa tête. La possibilité la fit frissonner. Elle allait, sans tarder, dire à son père qu'elle avait changé d'avis et était finalement disposée à accompagner Aimeric à Toulouse dès que le voyage pourrait être organisé. Elle n'avait aucune idée de l'endroit où se trouvait son frère, mais puisqu'il n'avait pas été arrêté, elle ne doutait pas un instant qu'il allait réapparaître dès que les soldats seraient partis.

Minou était née à Carcassonne et y avait grandi. Elle avait appris ses lettres à la table de la cuisine, rue du Trésau. Elle était devenue jeune fille parmi les roches grises et les grès jaunes du Midi, les vignes et les vergers de la Cité. Les pas de ses dix-neuf années sur terre avaient laissé ici leurs empreintes.

Cette jeune fille était désormais comme une ombre à côté d'elle.

Minou sentit la personne qu'elle avait été faire un pas en arrière, et une autre faire un pas en avant. Carcassonne et Toulouse. Son passé et son avenir.

DEUXIÈME PARTIE

TOULOUSE

Printemps 1562

23

Plaines de Toulouse
Dimanche 8 mars

« Monsieur, s'il vous plaît ! » lança Minou au conducteur alors que la voiture passait en cahotant la crête d'une autre colline.

Les roues du véhicule tressautaient sur le sol irrégulier, faisant s'entrechoquer les dents de la jeune fille. Elle tapa vivement au plafond.

« Monsieur, arrêtez ! »

Le conducteur tira si fort sur les rênes que Minou se trouva violemment projetée contre son siège. Furieuse, car elle savait qu'il l'avait fait exprès, elle ouvrit le rideau et passa la tête dehors.

« Mon frère ne se sent pas bien. »

Aimeric descendit en trébuchant de la voiture et, quelques secondes plus tard, elle l'entendit vomir.

« Le mouvement de la voiture l'incommode », dit Minou, bien qu'elle sache pertinemment que c'était les ris de veau et la bière qu'il s'était procurés la veille au soir à la taverne qui lui étaient restés sur l'estomac.

Le plaisir de voyager en voiture fermée, une nouveauté pour eux lorsqu'ils étaient partis de Carcassonne la veille, au point du jour, s'était rapidement estompé. Le lourd rideau devant la fenêtre empêchait l'air à l'intérieur de se renouveler. La courte nuit, dans une auberge en bord de route empestant l'homme et la paille moisie, avait laissé Minou couverte de morsures de puces. Elle décida qu'elle avait besoin d'air.

« Combien de route reste-t-il encore ? N'étions-nous pas censés atteindre Toulouse avant la neuvième heure ?

– Et nous l'aurions fait, répliqua aigrement le conducteur, n'eût été la constitution du jeune monsieur.

– Je suis sûre que les chevaux nous savent gré de cette pause. »

Sur ces mots, Minou s'éloigna de la voiture. L'air était pur, et une brume légère flottait au-dessus de l'herbe humide. Devant elle se trouvait un petit bosquet d'arbres à l'écorce d'un éclat argenté dans la lumière matinale. Elle jeta un coup d'œil par-dessus son épaule. Le conducteur était assis sur son banc, le fouet posé sur les genoux. D'Aimeric, il n'y avait trace.

Minou fit encore quelques pas à l'écart de la route, puis se glissa dans l'ombre verte des bois. Elle vit frênes et mélèzes, les dernières baies du houx hivernal, un monde qui revenait à la vie. L'odeur suave de la terre humide et des feuilles vertes lui chatouilla les narines, et, tout autour d'elle, il y avait un tapis de minuscules violettes des bois, aussi loin que portait le regard. Continuant d'avancer sur le sol inégal qui ondulait sous ses pieds, elle se dirigea vers l'horizon à la limite des bois.

Soudain, elle en ressortit et se retrouva au sommet d'une colline, bornée dans le lointain par les pics des Pyrénées coiffés de blanc.

Au milieu des plaines en contrebas se trouvait Toulouse. Splendide, magnifique, étincelante comme une gemme dans la brume matinale. Un large, très large fleuve bordait la partie sud des remparts de la ville, telle une jupe en fil d'argent. Derrière s'élevaient une myriade de flèches, de dômes et de clochers, caressés chacun par le soleil levant de telle sorte que la ville entière semblait en flammes. La ville rose, l'avait appelée Piet.

Minou avait lu que Toulouse était à la fois une merveille de l'époque moderne et une perle de l'Empire romain, avec ses viaducs et son amphithéâtre, ses colonnes de marbre et ses énormes gravures et sculptures des dieux païens du passé. Mais ni son imagination ni les plus beaux mots couchés sur une page n'avaient préparé Minou à la majesté de la ville qui s'étalait à ses pieds à cet instant.

Puis, à travers les arbres, elle entendit Aimeric l'appeler.

« J'arrive ! » lança-t-elle en réponse.

Mais elle ne bougea pas, son plaisir devant ce spectacle brusquement tempéré par la pensée d'Alis et son père qu'elle avait laissés derrière elle. Et si sa sœur n'arrivait pas à se débrouiller sans elle, ou tombait malade ? Et si leur départ précipitait le déclin de leur père ? Et si Mme Noubel, malgré ses meilleurs soins, ne pouvait pas l'aider à retrouver un tant soit peu le goût de vivre ?

Et si…

« Minou, où es-tu ? »

En entendant l'inquiétude dans la voix de son frère, elle fit demi-tour et retraversa les bois. Elle n'allait pas se laisser accabler par les souvenirs de Carcassonne. Elle allait plutôt penser à la nouvelle vie qui les attendait à Toulouse.

Le soleil se levait sur les plaines devant la porte Villeneuve. S'arc-boutant pour assurer son équilibre, Piet souleva une autre planche sur son épaule puis la passa à un camarade, qui la hissa hors de la fosse de sciage et la marqua d'un chiffre romain pour identifier l'endroit où elle devait aller dans la charpente. D'autres attachaient les clayonnages tressés aux perches d'échafaudage en bois, en vue du moment où ils pourraient dresser, à l'aide d'une poulie, la charpente terminée.

Piet fit rouler ses épaules, satisfait par le dur travail physique qu'il fournissait. Il était fier de faire partie de ce groupe improvisé de compagnons, unis par leur foi protestante et un objectif commun, qui élargissaient le temple de l'Église réformée afin qu'il puisse accueillir la congrégation huguenote grandissante. À chaque fois qu'on pouvait se passer de lui à l'hospice de la rue du Périgord, il venait là rejoindre les étudiants, fils de riches marchands, clercs et francs-tenanciers qui œuvraient au coude à coude avec artisans et scieurs, menuisiers, charpentiers, maçons et tourneurs. Petit à petit, il apprenait le langage du bois : queues-d'aronde, poutres d'appui et pannes faîtières, tenon et mortaise, le jargon mystérieux des artisans qualifiés.

L'or rapporté par la vente de la fausse relique à Carcassonne avait financé une grande partie de la construction, même si Piet tenait secret son rôle dans l'affaire. Dans ses moments d'oisiveté, il s'inquiétait de la possibilité qu'Oliver Crompton découvre que le Suaire était une contrefaçon. Mais pourquoi les Carcassonnais iraient-ils remettre son authenticité en question ? Du reste, il n'y avait sûrement personne là-bas qui soit capable de le différencier de l'original.

Et pourtant, Piet était rongé par le doute. Il aurait à peine su expliquer pourquoi il avait payé pour en faire fabriquer une copie. Si ce n'est qu'en dépit du mépris que son âme de huguenot aurait dû avoir pour le culte des reliques, il n'avait pu se résoudre à céder une pièce d'une telle antiquité et d'une telle beauté. Il culpabilisait d'avoir dupé ses alliés et de n'avoir pas pu avouer la vérité à Vidal. Il était encore hanté par la déception qui s'était affichée sur le visage de son ancien ami quand il avait reconnu avoir été informé du vol, quoique après les faits.

« Voilà, dit un charpentier en soulevant une poutre de bois dégrossi pour la lui mettre dans les bras. Vous la tenez ? »

Piet s'arc-bouta pour retenir son poids.

« C'est bon. »

L'air était chargé de fumée et de nuages de sciure. Ils étaient en train de dresser des pignons plats à l'aide de mules et de cordes, et, lentement, l'édifice prenait forme. Simple et sobre, dans le style des marchés couverts des villes du Haut-Languedoc : le temple devait être un large espace d'un seul tenant, assez grand pour recevoir des centaines de fidèles. L'espoir était que la construction soit achevée pour le dimanche des Rameaux, deux semaines plus tard.

Piet s'était coupé les cheveux, plus court que ne le dictait la mode, et en avait étouffé au charbon l'éclat roux si reconnaissable, ce qui les avait laissés d'un étrange gris terne. Il avait fait subir le même traitement à sa barbe, qu'il avait également cessé de tailler pour qu'elle dissimule la forme de son menton. Sa peau avait bruni après ces quelques semaines passées à l'extérieur sous le soleil printanier, même s'il restait plus pâle que la plupart des hommes autour de lui. Ses vêtements aussi étaient différents. Il avait rangé collerette et pourpoint et portait à la place la chemise ouverte, le gilet et les chausses sobres d'un fils de paysan. De loin, il aurait mis au défi de le reconnaître même ceux qui le connaissaient le mieux.

Même Vidal.

Depuis son retour à Toulouse, le souci qu'il se faisait pour son vieil ami l'avait poussé à le chercher. À la maison de charité pendant le jour, et dans les tavernes du quartier de la cathédrale le soir, il avait écouté les commérages et payé bière après bière, mais il n'avait pas appris grand-chose. Il avait graissé la patte des valets et enjôlé les femmes de chambre gloussantes dans les maisons bourgeoises. Une semaine plus tôt, un de leurs anciens camarades de collège avait admis avoir entendu parler du jeune chanoine à la chevelure noire barrée d'une mèche blanche – déjà un monsignor, disait-on –, mais il n'avait aucune idée d'où on pouvait le trouver. Comme Piet ne savait pas quel nom Vidal avait pris lors de son ordination, c'était pratiquement sans espoir.

Il ne cessait de se répéter que son ami était sain et sauf, même s'il savait que ce n'était là que des mots, comme un catéchisme récité. Il refusait d'envisager l'idée que Vidal ait pu être impliqué dans le moindre guet-apens. Pendant la journée, il s'appesantissait sur son sentiment de culpabilité. S'il n'était pas venu le trouver à Carcassonne, le chanoine serait-il à cet instant en sécurité ? Il était également certain que la maison des Fournier n'avait pas été l'endroit où logeait Vidal, mais il ne pouvait que supposer qu'il avait été impossible pour eux de se retrouver ailleurs. C'était Piet qui était venu à sa recherche, après tout, non l'inverse.

Quant aux heures impitoyables, entre minuit et l'aube, où il restait sans pouvoir trouver le sommeil, il les passait à se torturer, craignant que Vidal ait été assassiné à Carcassonne – et qu'on l'ait accusé, lui, du meurtre.

Puis la nouvelle du massacre de Vassy s'était répandue, lui donnant bien d'autres raisons de s'inquiéter. Les détails leur étaient parvenus de troisième, quatrième main. Une centaine de huguenots morts, égorgés alors qu'ils étaient réunis pour prier. Plus, disaient certains. Des hommes, des femmes et des enfants dépourvus d'armes, assassinés par les hommes du duc de Guise. Quelles allaient être les implications pour la France ? Pour Toulouse ? Personne ne le savait, mais une chose était sûre : ils vivaient une époque d'anarchie. L'hospice où travaillait Piet débordait de femmes et d'enfants protestants délogés, ayant désespérément besoin de pain et d'un abri.

« Attention, écartez-vous ! »

Les cris des travailleurs ramenèrent Piet au présent. Il agrippa fermement la poutre et se mit en marche, laissant des empreintes de pas dans le sol mouillé par la rosée.

Soudain, il sentit sa nuque le picoter, comme si quelqu'un était en train de l'observer. Ce n'était pas la première fois qu'il se sentait épié. Il jeta un coup d'œil alentour : il y avait un garçon qui fainéantait près du tas de fumier, le dévisageant avec insolence ; un homme basané à la barbe taillée à l'espagnole, qui détournait les yeux de Piet dès que leurs regards se croisaient. Piet secoua la tête, surpris d'être si anxieux. Mais il était tellement fatigué. Les soucis qui le tenaient éveillé la nuit lui faisaient à présent voir des ennuis là où il n'y en avait pas.

Il se remit au travail.

« Merci », dit son chef de chantier avec son lourd accent alors que Piet se baissait pour poser la poutre par terre, prête à être hissée.

L'homme chargé de faire construire la partie arrière du temple était un Anglais qui, disait-on, avait étudié à Genève auprès de Calvin lui-même. Il ne se mêlait pas aux autres, mais il était juste, et le travail ne prenait pas de retard.

« Je vous en prie », répondit Piet en anglais.

L'homme leva les yeux, surpris.

« Vous parlez ma langue.

– Un peu.

Jasper McCone, se présenta-t-il en lui tendant la main.

– Piet... Joubert. »

Il donna le premier nom qui lui venait à l'esprit, juste au cas où ses ennuis de Carcassonne l'auraient suivi à Toulouse.

« La plupart de vos compatriotes ne sont pas aussi disposés à apprendre les autres langues. »

Piet sourit.

« J'ai passé quelque temps à Londres, pendant les premiers jours de règne de votre nouvelle reine. À Amsterdam également, où beaucoup de marins parlent un peu l'anglais.

– Mais vous vivez ici maintenant ?

– Oui, je vis ici. »

McCone essuya le goulot d'un petit pot à bière avec son mouchoir, et le tendit à Piet.

« Merci », dit celui-ci. Il but quelques gorgées, puis indiqua l'édifice d'un signe de tête. « Ça monte vite.

– Nous utilisons certaines des fondations de l'ancienne bâtisse, mais tout est dans la qualité du bois. Le chêne français est mieux que l'anglais. Plus droit et plus long. Moins de risques qu'il se fende ou ploie sous le poids.

– La construction sera-t-elle terminée pour les Rameaux ?

– Si le temps se maintient. »

L'espace d'un instant, Piet éprouva un profond contentement : le goût du houblon sur sa langue et la caresse du soleil levant sur son dos, les courbatures d'un honnête labeur dans ses bras et ses jambes. Il oublia d'être anxieux. Mais lorsque l'effet de la bière se dissipa, les nuages s'abattirent de nouveau : il songea à Michel, se demandant s'il était encore à Carcassonne, et à Vidal. Puis il se rappela les soldats qui avaient crié faire la chasse à un meurtrier correspondant à sa description, et l'étau de fer se resserra de nouveau sur sa poitrine.

« Ça fait du bien, dit-il en rendant le pot à McCone. Mais il faut que je m'y remette. Pas de temps à perdre si nous voulons être prêts pour la semaine sainte. »

Et il regagna la fosse de sciage.

« Je suis désolé, répéta Aimeric à sa sœur, qui avait le bras autour de ses épaules.

– Est-ce que tu te sens mieux ? »

Il hocha la tête.

« Je suis vraiment désolé, Minou.

– Il n'y a pas de mal, répondit-elle en lui réajustant son pourpoint. Voilà, il n'y paraît presque plus. Te sens-tu capable de reprendre la route ?

– Je crois.

– Bien. Ce n'est plus très loin maintenant, cinq lieues tout au plus.

– Ça semble plus près.

– Nous sommes en hauteur. Nous y serons dans quelques heures. » Elle sourit et glissa le bras sous le sien. « Pour passer le temps, tu peux me raconter le jour où tu t'es retrouvé face à face avec un meurtrier.

– Encore ? maugréa Aimeric, alors que Minou l'aidait à remonter en voiture. Je t'ai déjà raconté chaque détail, chaque mot qu'il a prononcé, une dizaine de fois. De toute façon, tu dis qu'il a été accusé à tort, et n'est donc pas un meurtrier du tout.

– Dans ce cas, le raconter une fois de plus ne présente aucun risque, insista-t-elle, et cela t'aidera à oublier l'état de ton estomac. » Elle tapa vivement au plafond. « Cocher ! »

La voiture s'élança en avant et, rapidement, ils se retrouvèrent à descendre la colline à toute vitesse en direction du pont couvert qui leur permettrait de traverser la Garonne et d'entrer dans la ville.

Tandis qu'Aimeric parlait, Minou se laissa bercer par les mots de son frère. Depuis qu'elle l'avait aidé à s'échapper de la Cité, elle avait souvent pensé à Piet. Elle n'avait jamais douté qu'il ait regagné Toulouse sans embûche, même si elle n'en avait aucune certitude. Mais elle avait appris de la bouche de Bérenger que l'étranger qu'ils recherchaient dans le cadre du meurtre de Michel n'avait jamais été appréhendé.

Elle s'imaginait une myriade de conversations intimes avec Piet, inventées de toutes pièces. Parfois, elles étaient de nature charmante, affectueuses et flatteuses. D'autres fois, elle le réprimandait d'avoir mis Aimeric en danger avec autant d'insouciance.

À présent, elle était toute proche. Quelque part, dans l'éblouissante métropole qui s'étendait devant elle en contrebas, elle allait le trouver.

24

La Bastide
Dimanche 15 mars

« Lâche-moi le bras, Alis, s'exclama Bernard, en s'efforçant de dégager sa manche des doigts de sa fille. Tu dois rester avec Mme Noubel.

– Emmenez-moi avec vous, papa, sanglota Alis. Je ne veux pas que vous partiez. »

Cécile intervint.

« Viens, ma petite, tu vas t'épuiser à pleurer ainsi. Tiens, prends un morceau de réglisse. Ça va soulager ta gorge. »

Alis l'ignora.

« Pourquoi ne puis-je pas vous accompagner ? Je serai discrète. Sage comme une image.

– C'est trop loin. Et ce n'est pas un endroit où amener un enfant.

– Alors laissez-moi aller à Toulouse à la place. Je peux habiter avec Minou et Aimeric. Ce n'est pas juste que je reste toute seule à Carcassonne.

– Fi, Alis, tu ne seras pas seule, tu seras avec moi. » Mme Noubel lui mit la racine de réglisse dans la main. « Ton père n'a pas le choix. Il a des affaires à régler.

– Mais ce n'est pas juste…

– Ça suffit ! s'exclama sèchement Bernard, d'une voix durcie par la culpabilité. Je ne serai pas absent longtemps. »

Mme Noubel serra la petite fille dans ses bras.

« Ne t'inquiète pas, nous allons bien nous entendre, toi et moi, lui dit-elle. Bernard, vous devriez vous préparer. Alis ira mieux dès que vous serez parti. »

Bouleversé d'être la cause d'un tel chagrin, Bernard essaya encore une fois, désespérément, de la rassurer.

« Je ne m'absenterai pas longtemps.

– Où allez-vous ?

– Dans les montagnes.

– Où ça dans les montagnes ?

– Quelle importance ? répliqua-t-il, sentant le regard de Cécile Noubel posé sur lui.

– Si vous allez dans les montagnes, cesserez-vous d'être triste ? »

Il se figea. C'était une gentille enfant, mais il avait l'impression d'à peine la connaître. Lorsque son épouse adorée était morte, Alis n'avait que deux ans. Dans son chagrin, il avait laissé Minou s'occuper d'elle. Et à présent, sa question innocente confirmait ce dont Cécile l'avait averti : la mélancolie qui l'habitait affectait sa famille tout entière.

La vue embuée devant cette preuve de ses manquements, il cligna des yeux et étudia le petit visage solennel de sa fille. Elle ressemblait tant à sa mère, avec ses yeux noirs et sa cascade de boucles.

« Reviendrez-vous heureux ?

– Oui, répondit-il, avec plus d'assurance qu'il n'en ressentait. Dans les montagnes, l'air est pur et me rendra la santé.

– Je vois, fit Alis, et sa compassion le toucha plus profondément que son chagrin ne l'avait fait.

– Sois sage en mon absence, lui dit-il. Travaille bien tes lettres.

– Oui, papa. »

Mme Noubel lui caressa les cheveux.

« Alis, je suis sûre que le chaton est réveillé maintenant. Tu peux lui donner un bol de lait. »

Le visage de la petite fille s'éclaira. Elle se mit sur la pointe des pieds pour placer un baiser sur la joue de son père, puis monta en sautillant le perron de la pension de famille.

« Merci, Cécile, dit Bernard.

– Vous allez à Puivert, n'est-ce pas. »

C'était plus une affirmation qu'une question.

Il hésita, puis hocha la tête. À quoi bon se donner la peine de démentir ?

« Êtes-vous sûr que ce soit sage ? »

Il eut un geste découragé.

« J'ai besoin de m'assurer qu'il n'y a rien là-bas qui puisse causer du tort à Minou.

– Lorsque nous avons parlé de cela il y a deux semaines, vous étiez catégorique sur le fait qu'il n'y avait aucun danger. Qu'est-ce qui vous a fait changer d'avis ? »

Il avait peine à se l'expliquer lui-même, mais, depuis le meurtre de Michel, ses peurs n'avaient cessé de croître, tel du lierre sur un mur.

« Je vous ai parlé des cachots de l'Inquisition à Toulouse.

– Oui.

– Vous ne pouvez comprendre l'horreur d'un tel endroit, Cécile, à moins d'y avoir été. C'est… l'enfer. Les hurlements, l'inhumanité, les hommes au corps brisé qu'on laisse agoniser en compagnie de ceux qui attendent que commence leur propre interrogatoire. » Il expira profondément, comme s'il pouvait ainsi se débarrasser de ces souvenirs. « Ce que je ne vous ai pas raconté, c'est que j'étais détenu dans la même cellule que l'homme qui a été assassiné, Michel Cazès.

– De quoi était-il accusé ?

– De trahison.

– Et cette accusation était-elle fondée ?

– C'est possible, admit Bernard. Il était huguenot et fréquentait ces milieux. Mais cela ne justifie en rien ce qu'ils lui ont fait. Couper les doigts d'un homme un à un pour le faire parler… »

Il s'arrêta et se frotta les yeux, qu'il avait rouges et douloureux à force de se pencher tous les soirs sur son livre de comptes à la lumière d'une unique chandelle. Ce mois-ci, les recettes de la librairie allaient à peine suffire à couvrir le bail. Il était tellement fatigué.

Il entreprit de boucler ses maigres bagages, conscient que Cécile attendait patiemment. Il lui était reconnaissant de ne pas le presser de questions. Il se raccrochait à la conviction qu'il avait agi au mieux en ne mettant pas Minou dans la confidence. Il l'avait envoyée à Toulouse pour sa sécurité, pour leur bien à tous. Que pouvait-il faire d'autre ? Mais c'était de sa faute. Si seulement il avait tenu sa langue. Il ne pouvait s'en prendre qu'à lui-même si cette menace pesait sur sa famille, et sa conscience refusait de le laisser tranquille. Il n'avait jamais voulu dévoiler ses pensées les plus secrètes, mais, enchaîné aux murs humides et nauséabonds des cachots de l'Inquisition, à attendre la torture qu'il savait venir, il avait parlé pour tenir à distance les ténèbres et la souffrance. Il avait révélé des secrets qu'il gardait enfouis depuis près de vingt ans.

« Je craignais de mourir là-bas et que personne ne le sache, reprit-il. C'était cela, pas tant l'idée de la mort elle-même, qui me terrifiait le plus. Michel était certain qu'il allait être pendu, et, bien sûr, il souffrait davantage. Nous avons parlé et parlé. Mais nous étions tous deux persuadés que nous n'avions pas d'avenir. Je lui ai raconté des choses que j'aurais dû garder pour moi. » Il hésita. « Au sujet de Minou.

– Oh, Bernard », murmura Mme Noubel. La pitié et la compréhension dans sa voix lui firent de nouveau monter les larmes aux yeux. « Et parce que Michel est venu à votre recherche, et qu'il a été tué, vous vous êtes convaincu que c'est à cause de ce que vous lui aviez révélé.

– Quelle autre explication peut-il y avoir ? s'écria-t-il. Nous ne nous sommes pas parlé depuis le jour de notre libération, mais tout à coup, sans prévenir, il arrive à Carcassonne. Toute la garnison de la Cité et de la Bastide est mobilisée, on sonne le tocsin – même si, comme nous l'a dit Minou, la chronologie des faits n'a aucun sens. Et après ? » Il claqua des doigts. « Plus rien. Aussi soudainement que l'affaire a éclaté, elle est enterrée. Bérenger me dit que les soldats ont reçu l'ordre de ne jamais évoquer le meurtre, même entre eux.

– J'admets que c'est étrange, mais des choses plus insolites arrivent chaque jour. Ne voyez-vous pas que votre angoisse vous incite à déceler dans cette coïncidence quelque chose qui ne s'y trouve peut-être pas ? Votre honte de vous être confié à Michel vous pousse à supposer que tout cela est lié, mais vous n'en avez aucune preuve. Il était probablement mêlé à quelque conspiration huguenote, vous l'admettez vous-même. C'est une raison tout aussi plausible – plus, même – de sa mort.

– Tout ce que je sais, répondit doucement Bernard, c'est que je ne connais plus la paix. Je pense nuit et jour aux conséquences de mes paroles. Je suis enlisé dans le regret et la culpabilité. J'ai besoin de m'assurer que rien à Puivert ne peut nuire à Minou. Et pour cela, il faut que j'y retourne.

– Non, c'est tout le contraire, répliqua-t-elle. En retournant à Puivert, vous risquez d'attirer l'attention sur cette vieille histoire. » Elle posa la main sur son bras. « Je vous en conjure, restez à Carcassonne. »

Bernard savait que si les choses tournaient mal et qu'il ne rentrait pas, ses enfants se retrouveraient orphelins. Minou le pleurerait. Pour Aimeric et Alis, il s'inquiétait moins. Minou continuerait d'être une mère pour eux, comme elle l'avait été chaque jour de leur vie depuis cinq ans.

« Je dois m'y rendre, Cécile. Après toutes ces années, quelque chose m'y appelle. Cette histoire avec Michel. Je dois y aller. »

Mme Noubel soutint son regard, puis, voyant peut-être la détermination qui s'y reflétait, finit par hocher la tête.

« D'accord. Alis sera bien avec moi. Minou et Aimeric sont en sécurité à Toulouse. J'ai encore de la famille à Puivert. Je peux leur écrire pour les informer de votre venue.

– Merci, mais non. Il vaut mieux que personne ne soit au courant. »

Elle leva les bras au ciel.

« Mais faites attention, Bernard. Ne tardez pas trop à revenir. Nous vivons une époque dangereuse. »

Paris

Le duc de Guise traversait le Paris catholique à cheval, en direction de la majestueuse cathédrale Notre-Dame. Son étoile remontait. Il avait retrouvé la place qui lui revenait de droit. Il représentait de nouveau une force avec laquelle il fallait compter.

Il était encadré de son fils aîné, Henri, et de son frère, le cardinal de Lorraine. La crinière noire de leurs montures était lustrée et leur selle brillante, sans la moindre trace de boue. Derrière eux, la suite du duc, livrée éclatante et armure étincelante, évoquait l'armée conquérante que la France avait besoin de voir.

Les cloches de toutes les églises appelaient les fidèles à la messe. François gardait une expression sombre et pieuse, comme il seyait à l'occasion, mais il ne pouvait s'empêcher de penser qu'elles sonnaient pour lui : le héros de Vassy, l'ennemi suprême de l'hérésie, l'homme qui allait rendre sa puissance à la France.

« Ce retour est bien organisé, dit-il à son frère. Je salue votre attention et votre loyauté.

– Ce n'est rien de plus que ce qui est dû à votre rang et à votre statut, frère. »

François se retourna pour lever le bras à l'adresse de la foule, puis descendit de cheval à la porte ouest de l'imposant édifice gothique. Un messager s'approcha en courant du cardinal et s'inclina profondément avant de lui remettre une missive.

« Votre Seigneurie, dit l'ecclésiastique. Frère. Excellente nouvelle. La reine régente vous présente ses meilleurs vœux et vous souhaite la bienvenue à Paris. Elle aimerait vous consulter. Au nom de Sa Majesté le roi, elle serait ravie de vous recevoir à la cour. Elle dit que vous avez ample matière à discuter dans votre intérêt commun. »

Un sourire satisfait se dessina lentement sur le visage étroit de Guise.

« C'est effectivement une bonne nouvelle », dit-il.

La Cité

Avec précaution, Vidal étala le tissu sur la table en bois richement sculptée. Il se trouvait dans les appartements privés du palais épiscopal de Carcassonne, où il séjournait depuis deux semaines en tant qu'invité de l'évêque. Ils avaient discuté et étaient parvenus à un accord. Vidal était désormais certain que, lorsque viendrait pour lui le moment de soumettre sa candidature à l'évêché de Toulouse, il aurait le soutien de la cathédrale et du chapitre de Carcassonne.

À l'aide d'une loupe, il examina minutieusement la pâle étoffe, sa trame de lin et sa chaîne de soie, la broderie qui en ornait le contour et la magnifique calligraphie coufique. Plusieurs églises et monastères français prétendaient également être en possession d'un morceau du linceul qui avait enveloppé le corps du Christ dans le sépulcre. Bien entendu, la plupart étaient d'origine douteuse. Vidal avait étudié le Suaire d'Antioche de nombreuses fois lorsque la relique était détenue à l'église Saint-Sernin du Taur de Toulouse. Il souleva un coin de l'étoffe, cherchant la minuscule déchirure qui, le savait-il, devait être là, et ne trouva rien. C'était une très bonne copie, de la taille exacte de l'original et fabriquée par un excellent faussaire, mais ce n'était pas le véritable Suaire d'Antioche.

Vidal jeta un coup d'œil à son valet, à l'autre bout de la pièce.

« Une contrefaçon, Bonal. Une des meilleures que j'aie vues, mais un faux tout de même.

– Je suis désolé de l'apprendre, monsieur.

– Moi aussi. »

Vidal roula la délicate étoffe et la remit dans son étui en cuir.

« Deux choses m'intéressent, Bonal. D'abord, pourquoi, après avoir disparu pendant cinq ans, le Suaire – le prétendu Suaire – vient-il seulement de refaire surface ? Et ensuite, j'aimerais savoir si le gentilhomme des mains duquel nous le tenons est conscient qu'il s'agit d'une contrefaçon. C'est-à-dire, s'il est complice de la supercherie, ou s'il a lui aussi été dupé.

– Voulez-vous que je lui demande de vous présenter ses respects, monsieur ? »

Vidal secoua la tête.

« Il est parti pour Toulouse il y a une semaine, Bonal, en compagnie de son cousin. Je trouverai l'occasion de lui parler là-bas.

– Dois-je comprendre que nous retournons à Toulouse, monsieur ?

– Oui, dès que j'aurai pris congé de mon hôte.

– Si je puis me permettre, monsignor...

– Oui ?

– Il me vient à l'esprit que les édiles seraient impressionnés par un homme d'action. Lorsqu'ils étudieront les propositions de candidats afin de choisir le prochain évêque de Toulouse, le fait d'avoir recouvré le Suaire renforcerait certainement votre position.

– J'en suis bien conscient, Bonal. Pourquoi crois-tu que je me donne autant de peine ?

– Bien sûr, monsignor, pardonnez-moi, je me suis mal exprimé. Ce que je voulais plutôt suggérer, c'est qu'il pourrait être intéressant de laisser savoir que vous êtes lancé à la recherche du Suaire, et ce à vos propres frais. Cela démontrerait non seulement que vous avez l'argent nécessaire pour financer pareille entreprise, mais également que vous êtes homme d'action. À la différence de l'évêque actuel de Toulouse, qui parle beaucoup mais agit si peu.

– Il y a de la sagesse dans ce que tu dis, Bonal. Je vais y réfléchir.

– Vous pourriez même laisser savoir que votre quête a porté ses fruits. »

Vidal considéra ses paroles.

« Es-tu en train de suggérer que je devrais – bien que je sache qu'il s'agit d'une contrefaçon – présenter cette étoffe comme la véritable relique ? »

Bonal s'inclina, et Vidal se rendit compte que son valet avait implanté dans son esprit une idée qui, telle une écharde, serait désormais difficile à ignorer.

Il envisagea d'aller à Saint-Nazaire prier le Ciel d'éclairer sa décision. C'était le Carême, et le voir agenouillé devant l'autel offrirait du réconfort aux nombreux novices et jeunes prêtres de la cathédrale. C'était le genre de geste qui ne passerait pas inaperçu.

Mais il abandonna l'idée. Ses pensées refusaient de se calmer, et il était désormais impatient de partir. Trop de temps avait été perdu à acquérir cette fausse relique. Il comprenait mieux à présent les allusions faites par Piet – ses assurances qu'il avait veillé à ce qu'il n'arrive rien au Suaire. Il avait dans l'idée que son ancien ami était responsable de cette copie frauduleuse.

Il s'en voulait également à lui-même. Deux semaines plus tôt, porté par la conviction qu'il était sur le point de mettre la main sur la vraie relique, il avait laissé la nostalgie de leur passé commun influencer sa décision. Au lieu de livrer Piet à la garnison de Carcassonne afin qu'il y soit détenu pour le meurtre de Michel Cazès, il avait ordonné à Bonal de le remettre en liberté. Il avait également, il est vrai, nourri de sincères inquiétudes au sujet des déclarations qu'aurait pu faire Piet sous la contrainte.

« Tu dis que Reydon offre ses services à l'hospice huguenot de Toulouse ?

– Oui, monsignor. Un véritable vivier d'hérétiques, bien qu'ils prétendent ne s'investir que dans des œuvres de charité.

– Quand je serai évêque, je le ferai fermer... » Il balaya l'air de la main. « Mais en attendant, nous n'aurons aucun mal à mettre la main sur lui. »

La Bastide

« Mais c'est la moitié de ce qu'ils valent ! protesta Bernard. Moins de la moitié. Le livre d'heures anglais, à lui seul, rapporterait davantage que ce que vous m'offrez pour l'intégralité de mon stock. »

Le libraire concurrent gratta une pustule sur son visage jusqu'à ce qu'elle se mette à saigner. Minou avait prévenu son père que leur voisin était rarement là et qu'il avait laissé sa boutique tomber en décrépitude. L'idée de ses trésors, de ses magnifiques volumes, aux mains d'un pareil rustre le remplissait de désespoir.

L'homme haussa les épaules.

« C'est vous qui êtes venu me voir, Joubert, pas l'inverse. Je vous ai dit que je pourrais peut-être vous débarrasser de quelques volumes. Pas tout ce qui vient de l'étranger. Mais des histoires, vous savez. » Ses yeux étincelèrent. « Avec un peu de piment dedans, ce genre de choses.

– Je pensais m'en voir proposer un prix correct, répliqua faiblement Bernard.

– Monsieur Joubert, nous sommes des hommes d'affaires, vous et moi. Vous avez besoin de réunir des fonds, je suis prêt à vous aider. Je vous fais une faveur, pour ainsi dire. C'est à vous de voir. Si vous ne voulez pas vendre, cela ne change rien pour moi. »

Et sur ces mots, il se retourna pour rentrer dans sa boutique. Bernard sentit son cœur se briser. Renoncer de la sorte à presque tout ce qu'il avait travaillé à bâtir avec Florence – et que Minou s'était donné tant de mal à maintenir à flot durant ce long hiver – était une trahison. Mais il n'avait pas le choix. Il avait besoin de laisser à Cécile assez d'argent pour s'occuper d'Alis en son absence, de financer son voyage à Puivert et d'être en mesure de se loger lorsqu'il serait dans les montagnes.

« Non, attendez, dit-il. J'accepte votre prix. »

À cet instant, Charles Sanchez arriva en traînant des pieds dans la rue du Marché, babillant tout bas.

« Maudit crétin ! lui lança l'homme. Fiche le camp d'ici ! Allez, où je lâche les chiens sur toi !

– Il ne fait de mal à personne, murmura Bernard.

– Les nuages ont des secrets, des secrets, les nuages ont des secrets, psalmodiait Charles, de plus en plus vite alors qu'il accélérait le pas. Chut, ne dis rien, c'est un secret. Ne dis rien ! »

Il arriva au bout de la rue en courant et évita de justesse de tomber sous les roues d'un carrosse qui remontait la rue Mage à toute allure. Avec un sursaut, Bernard reconnut les portes noires et le cimier doré du blason de l'évêque de Toulouse. Il avait de tristes raisons de s'en souvenir. La dernière fois qu'il avait vu cette voiture, c'était devant le palais de justice, lorsque Michel et lui avaient été libérés de prison. Qu'est-ce qui l'amenait ce jour à Carcassonne ?

« Alors ?

– Entrez, monsieur, répondit Bernard, se méprisant de seulement adresser la parole à pareil homme. Nous pouvons conclure notre marché en privé. »

Il est mort, et je m'en réjouis.

Mon époux, le plus vil scélérat qui ait jamais vécu, est mort. Que son corps pourrisse dans le sol froid. Que son âme soit à jamais tourmentée.

Les obsèques auront lieu dans une semaine. Je me tiendrai devant sa tombe, voilée et vêtue de noir, et je pleurerai. Je jouerai mon rôle. L'épouse qui a subi des torts mais reste néanmoins loyale, dévouée et vertueuse jusqu'au bout. Une fois que je serai seule maîtresse de ces terres, qui doutera de ma version des faits ? Qui osera élever la voix pour raconter une histoire différente ?

Sur la fin, malgré mes efforts pour le faire taire, il a parlé. Évoqué dans un cri la rumeur d'un testament devant témoins qui modifierait les termes de la succession et la disposition de ses terres. Vérité, ou fruit du délire ? Si c'est vrai, qui l'en a informé, et quand ? Les domestiques en jasent à voix basse, malgré les menaces de châtiment. Telle la fumée par les fissures des murs, la rumeur d'un héritier de Puivert filtre hors du château pour aller se répandre dans le village.

J'ai cherché partout. Dans les appartements privés de mon époux, dans le bureau d'où il gérait son domaine, dans le moindre recoin du donjon et de la salle des musiciens, et je n'ai rien trouvé. Cela devrait me rassurer, car si je ne peux pas mettre la main dessus, quelle probabilité y a-t-il que quelqu'un d'autre le découvre ?

Mais je dois assurer ma position.

Lorsque son cercueil sera en terre, je laisserai savoir que je porte la vie en moi. Que mon dernier geste d'épouse obéissante a été d'offrir à mon mari mourant le réconfort dont il avait soif et que, de cet acte de devoir marital, est venue cette bénédiction tant désirée. Mon ventre est rond, et Dieu sait que ma grossesse est trop avancée pour que je puisse prétendre n'en être qu'aux premiers mois. Mais je porte bas et mes vêtements d'hiver sont lourds.

En réalité, cela aussi servira ma cause. Mon état expliquera l'aveu, fait par mon époux dans le délire de l'agonie, de l'existence d'un enfant. Un enfant non du passé lointain, mais encore à naître. Peu seront ceux qui en douteront car, comme le savent les jeunes femmes du village, mon honorable époux était gouverné par ce qui pendait entre ses jambes. Le fait qu'il n'était plus capable de l'acte n'est connu que de lui et de moi. Le fait que la créature qui grandit dans mon ventre n'est pas le fruit de ses reins n'est connu que de moi et de Dieu.

Ensuite, je déclarerai mon intention d'entreprendre un pèlerinage pour demander la bénédiction divine en vue d'une heureuse délivrance. Mon absence du château si rapidement après la mort de mon mari doit être expliquée. Il fut un temps où je pensais pouvoir persuader mon amant d'agir pour mon compte. Mais Dieu m'a montré que cette responsabilité m'appartient. Il en est comme il est écrit.

Il y a un temps pour naître. Il y a également un temps pour mourir.

25

Toulouse
Jeudi 2 avril

Minou ouvrit sa croisée et regarda dans la rue du Taur. L'hiver avait laissé place au printemps. Dans les plaines aux abords de Toulouse, elle pouvait voir les premières pousses d'orge et de blé. Les aubépines blanches et les touches de jaune des genêts dans les haies. À l'intérieur des murs et sur les berges de la Garonne, les arbres se couvraient à nouveau de feuilles. La ville rose était un déploiement de verts chatoyants, sous un ciel bleu myosotis, avec des nuages de violettes blanches et mauves débordant des jardinières. Lorsque le soleil se levait à l'aube et retombait derrière l'horizon au crépuscule, il embrasait les bâtiments de brique rouge comme une poudrière jusqu'à ce que toute la ville scintille de cuivres et d'ors flamboyants.

C'était là désormais chez elle.

Trois semaines à peine avaient passé depuis que Minou, le bras sur l'épaule d'Aimeric, avait contemplé Toulouse au loin. Pas même un mois, et pourtant elle avait l'impression d'y avoir vécu toute sa vie. Bien sûr, son père lui manquait, la douce compagnie de sa sœur aussi, et elle s'inquiétait pour eux. De temps à autre, elle songeait avec tendresse à leurs voisins de la rue du Marché. Mais chaque jour qui passait éloignait un peu plus Carcassonne de ses pensées. Elle se remémorait celle-ci avec affection et nostalgie, mais, tel un jouet d'enfance préféré prenant la poussière sur une étagère, la ville appartenait à une époque de sa vie désormais révolue.

Minou passait le plus clair de son temps dans la demeure de sa tante – à Toulouse, il n'était pas jugé convenable pour une jeune fille de bonne famille de se déplacer sans chaperon –, aussi ne manquait-elle jamais une occasion d'accompagner celle-ci lorsqu'elle sortait. Elle était fascinée par les églises et la basilique, leurs arches majestueuses et leurs flèches qui semblaient s'élancer pour aller percer le ciel. Elle avait visité les humbles couvents médiévaux côtoyant les imposants monastères des Frères prêcheurs, admiré les gargouilles difformes des Augustins et le clocher octogonal des Jacobins, semblable à un pigeonnier richement orné construit dans cette brique rouge qui valait à Toulouse son surnom affectueux. Elle se délectait des larges rues modernes, aux dimensions si généreuses que deux voitures pouvaient s'y croiser. Elle voyait, au loin dans les champs derrière la porte Villeneuve, le magnifique temple huguenot tout neuf, avec son clocher et son toit en bois qui s'élevaient vers le ciel.

Même le fleuve était plus grand à Toulouse : c'était la plus vaste étendue d'eau que Minou ait jamais vue. Quatre fois plus large que l'Aude, la Garonne était envahie de bateaux et de navires de charge qui prenaient le vent pour descendre jusqu'à Bordeaux et ensuite gagner la mer. De péniches de plaisance amenant les familles nobles de Toulouse aux bals masqués et divertissements donnés dans les majestueuses demeures un peu plus en aval. De l'autre côté du cours d'eau se trouvait le faubourg jardinier de Saint-Cyprien, relié à la ville par un pont couvert où s'entassaient boutiques proposant joyaux, épices des Indes et les plus fins tissus d'Orient, et étals où était vendue la merveilleuse teinture bleue, le pastel, sur laquelle était fondée la prospérité moderne de Toulouse.

Et quelque part dans cette ville foisonnante de monde se trouvait Piet.

Minou le cherchait partout où elle allait : le matin place Saint-Georges ; en fin d'après-midi depuis sa fenêtre, lorsque les étudiants déferlaient des collèges voisins pour distribuer des tracts et débattre avec plus ou moins de virulence ; au crépuscule dans le quartier universitaire lui-même, où Piet avait sa chambre, à deux pas de la demeure des Boussay, rue du Taur.

Celle-ci, richement meublée et décorée, se dressait sur trois étages et était bâtie en brique rouge traditionnelle de Toulouse. Elle était de conception italienne, lui avait dit sa tante, dans le style des maisons de marchands vénitiens ou florentins. Son oncle avait, à grands frais, employé un architecte lombard pour créer des colonnes sculptées à l'antique, de grappes de raisin et d'épis de maïs, de tournesols et de vigne, de feuilles d'acanthe et de lierre. Construite autour d'une petite cour intérieure, la bâtisse était dotée de balcons extérieurs sur sa façade ouest, de parquets cirés et d'escaliers en pente douce. Il y avait même une petite chapelle privée avec un plafond peint. Aux yeux de Minou, tout était encore un peu trop neuf, un peu trop criard, comme si la maison n'avait pas eu le temps d'investir complètement ses propres murs.

« Petite pécore ! Imbécile ! Maladroite ! »

Minou plaignit la pauvre servante qui faisait les frais de la colère de Mme Montfort. Si celle-ci était déjà de mauvaise humeur, cela n'augurait rien de bon pour la journée à venir. Quelques instants plus tard, la porte de sa chambre s'ouvrit à la volée, et Mme Montfort entra d'un pas furieux, les clefs de la maison oscillant à sa ceinture, suivie d'une domestique qui ployait sous le poids d'une lourde robe. C'était la sœur veuve de l'oncle de Minou, au lieu de sa tante, qui tenait la maison, et elle semblait toujours prendre plaisir à critiquer.

« Vous n'avez pas terminé votre toilette, Marguerite ? Vous allez nous mettre en retard. »

Minou ressentit le pincement au cœur habituel. Elle avait tout essayé pour se rendre agréable, mais rien n'y avait fait.

Mme Montfort émettait des remarques sournoises sur sa taille – « masculine et contre nature » –, sur la « déficience morale » dont les yeux vairons étaient un signe et sur la « puérilité » de se faire appeler par un diminutif à son âge. La jeune fille prenait garde à ne jamais prêter le flanc. Si sa tante Boussay ne s'était pas laissé submerger par les émotions si facilement, Minou aurait essayé de lui parler de l'influence qu'exerçait sa belle-sœur.

« Je serai prête, répondit-elle. La dernière chose que je souhaite est d'offenser ma tante en la faisant attendre.

– C'est Dieu que vous devriez craindre d'offenser. »

Minou tint sa langue. Son père lui avait conseillé de garder ses opinions pour elle. « Évite de discuter ou de contredire, l'avait-il prévenue, car c'est une maison dévote et très pratiquante. Et surveille bien ton frère. Aimeric est un garçon agité et il s'ennuie facilement. Le risque est grand qu'il froisse quelqu'un. »

Minou avait promis de le surveiller comme le lait sur le feu. Elle supposait, bien que l'idée n'ait jamais été exprimée à voix haute, que son père avait l'espoir que leur tante, qui n'avait pas d'enfants, se souviendrait de ses parents pauvres de Carcassonne dans son testament, ou peut-être même ferait d'Aimeric son seul héritier. Elle se rappelait le moment où, debout à la porte Narbonnaise de la Cité, dans le violent vent de mars qui lui coupait le souffle, elle avait dit à son père, d'un ton gentiment moqueur, qu'il se faisait trop de souci. Elle craignait désormais qu'il ne s'en soit pas fait assez.

Mme Montfort finit de compter les draps dans le coffre au pied du lit et se redressa, imposante avec son lourd trousseau de clefs à la taille, ses manches brodées à crevés de soie rouge. Minou fut prise d'un brusque étourdissement.

« Quel est le problème ? Êtes-vous souffrante ?

– Non, se hâta-t-elle de répondre. Je suis fatiguée, rien de plus. »

La veille au soir, toute la maison avait veillé en préparation de la fête d'un saint local, Salvador, dans la chapelle privée surchauffée et sans un souffle d'air. Minou avait à peine osé respirer. Le parfum entêtant des cierges de cire, l'odeur âcre des sels d'Angleterre, le cliquetis du chapelet de sa tante, l'aigreur du vin épicé consommé lorsque la veillée avait touché à sa fin.

« Vraiment ? Je m'en étonne. Votre tante et moi-même nous sentons vivifiées par nos dévotions, au contraire. »

Minou sourit.

« Je n'en doute pas, madame. Mais pour ma part, après la veillée, j'ai passé quelque temps à prier en privé. C'est cela, je le crains, qui m'a volé le reste de la nuit. »

Le regard de Mme Montfort se durcit.

« À Toulouse, ce n'est pas la prière privée qui compte, quel que soit l'usage à la campagne.

– Je ne sais pas quelles sont les coutumes à la campagne, mais à Carcassonne, nous ne croyons pas que les prières publiques dispensent d'exprimer sa foi en privé. Les deux sont importants, n'est-ce pas ? »

Dans les yeux de son aînée, Minou vit combien celle-ci avait envie de la gifler pour la punir de son insolence. Elle serrait les poings à s'en blanchir les jointures.

« Votre tante souhaite que vous l'accompagniez pendant la procession.

– Je suis honorée de cette invitation et serai ravie de me joindre à elle. » Puis, avant d'avoir le temps de réfléchir à la sagesse de la question, elle demanda : « Aimeric doit-il également venir ? »

Une lueur malveillante passa dans le regard de Mme Montfort.

« Non. Il semble que votre frère ait persuadé un des garçons de cuisine de lui apporter quelque chose à manger après la fin de la veillée. Le domestique a été battu. Votre frère est confiné à sa chambre. »

Le cœur de Minou se serra. L'objectif de la veillée étant de se préparer à la procession du jour, rien n'aurait dû passer les lèvres de son frère hormis de l'eau. Elle le lui avait pourtant expliqué à plusieurs reprises.

« Je vais demander pardon à mon oncle et ma tante en son nom, l'interrompit Minou, incapable d'en écouter davantage. Je n'excuse pas son comportement, mais il est jeune.

– Il a treize ans ! C'est bien assez pour savoir ce qui ne se fait pas ! Je peux vous assurer que si c'était mon fils, je serais très choquée de le voir abuser pareillement de l'hospitalité de son hôte. »

Minou se mordit la lèvre. Il ne servait à rien de la contrarier davantage et, en l'occurrence, Aimeric était en faute.

« L'heure tourne, reprit Mme Montfort comme si c'était Minou qui la faisait attendre. Votre tante m'a demandé de vous inviter à porter ceci. »

Minou sentit le découragement la gagner un peu plus. Bien qu'elle ait été naguère une jolie femme, sa tante était plus petite qu'elle et relativement corpulente, de sorte qu'il y avait peu de chances que la robe lui aille. Mme Boussay adorait les vêtements mais n'avait aucun talent naturel pour savoir ce qui lui seyait. Telle une pie, elle amassait toutes les bribes d'information qu'elle pouvait trouver sur ce qui se portait à Paris : les couleurs en vogue, celles qui ne l'étaient pas ; la largeur des jupes, des collerettes et des guimpes, des vertugadins, des arcelets. Livrée à la solitude et à l'ennui dans cette grande maison, elle se tracassait continuellement pour le moindre petit détail de coupe ou de parure.

« Ma tante est trop bonne, dit Minou.

– Ce n'est pas tant une question de bonté, répliqua sèchement Mme Montfort, qu'une inquiétude que ce qui passe pour acceptable à Carcassonne ne soit pas approprié dans une ville comme Toulouse.

– Encore une fois, je crains qu'on vous ait donné une fausse image de Carcassonne, madame. Les dernières tendances de la mode à la cour parviennent également jusqu'à nous.

– Quelle cour ? Nérac ? J'ai entendu dire que les huguenots gagnent en influence dans certaines régions du Midi. Que les femmes là-bas, même celles de bonne famille, sortent en public sans corset et en cheveux. Et n'y a-t-il pas eu quelque problème avec la boutique de votre père, des accusations de...

– Je faisais référence à la cour royale de Paris. Je ne sais rien de la cour protestante de Navarre.

– Comment osez-vous m'interrompre ? » cracha Mme Montfort, avant de se rappeler qu'elle parlait à la nièce de son frère et non à une servante. Elle s'en prit alors à la femme de chambre. « Vous ! Pourquoi restez-vous là sans rien faire ? Dépêchez vous ! »

La domestique se précipita pour prendre la cotte de Minou dans l'armoire, relâchant dans la chambre une odeur de mousseline et de poudre. Minou enfila son jupon et son corset, retenant sa respiration pendant que la jeune femme tirait sur les cordons, puis leva les bras pour recevoir le corsage et les manches.

Mme Montfort faisait le tour de la chambre, prenant les affaires personnelles de Minou entre ses doigts pour les examiner : son peigne d'écaille, une collerette en dentelle qu'elle était en train de confectionner elle-même, puis le rosaire de sa mère. Très sobre, avec ses grains de buis ronds et son discret crucifix, il était bien loin du double rang de perles d'ivoire richement sculptées et de la croix en argent pendus à sa propre ceinture.

« Si vous pouviez serrer davantage la guimpe en haut... » Minou mesura la distance. « D'un pouce, ou deux.

– Nous n'avons pas le temps pour pareille vanité, dit sèchement Mme Montfort. Cela ira comme ça. Toute votre attention devrait être accordée à Dieu, Marguerite, non à votre apparence. Ne soyez pas en retard. »

Sur ces mots, elle fit rouler le chapelet de la mère de Minou entre ses doigts puis le laissa retomber sur la table de chevet avec un tel air de mépris qu'à cet instant, la jeune fille la haït.

Elle referma la porte après la vieille femme d'un coup de pied. « Ne soyez pas en retard, l'imita-t-elle. À Toulouse, c'est la prière publique qui compte. »

Elle passa le peigne dans ses cheveux, puis les tressa grossièrement en deux nattes, avant de reculer pour se regarder dans la vitre. Sa mauvaise humeur se dissipa. Quelles qu'aient été les intentions de Mme Montfort, cette robe d'emprunt lui allait bien. Si le corsage était trop ample, et le bord de la jupe marqué du pli de l'ourlet défait pour la rallonger, le velours lustré était magnifique. Minou n'était pas vaniteuse, mais, alors qu'elle tournait sur elle-même, elle prit plaisir à admirer son apparence.

Sa tante lui avait offert une cape rouge brodée en cadeau de bienvenue, et elle l'avait, depuis, portée presque tous les jours. Mais elle n'allait pas s'accorder avec la robe marron, aussi Minou décida-t-elle de mettre sa cape de voyage verte à la place. En la décrochant de la patère au dos de la porte, elle découvrit avec contrariété qu'elle était encore maculée de la boue ramassée sur la route en venant de Carcassonne.

Elle la posa sur la table et entreprit de la nettoyer vigoureusement, à grands coups durs de la robuste brosse à chaussures, jusqu'à ce que les poils de celle-ci se prennent dans quelque chose et que la laine épaisse se chiffonne. Elle plongea impatiemment les doigts dans la doublure pour enlever ce qui faisait obstacle, et en sortit la lettre cachetée de rouge, avec les deux initiales, B et P, et la hideuse créature dotée de serres et d'une queue fourchue. Et son nom, tracé en grossières lettres majuscules : « MLLE MARGUERITE JOUBERT ».

Aussitôt, Minou se revit dans la librairie, en train de ramasser la lettre sous le paillasson. Le cœur battant, elle se rappela qu'elle avait eu l'intention d'en parler à son père, avant que le maelström d'événements de cette journée et de la suivante ne l'écarte complètement de ses pensées. Quelle extraordinaire surprise de découvrir que, pendant tout ce temps, elle était restée nichée dans sa cape.

Elle vous sait en vie.

Minou garda le mot en main quelques secondes encore, se demandant de nouveau qui le lui avait envoyé et pourquoi, avant de le cacher sous son matelas.

Depuis son arrivée à Toulouse, elle avait écrit deux fois à son père, et payé un marchand ambulant pour lui apporter ses lettres. C'était un Carcassonnais, aussi avait-elle bon espoir qu'ils les ait remises à leur destinataire, même si elle n'avait encore reçu aucune réponse. Néanmoins, elle décida d'écrire de nouveau ce soir-là, pour lui demander ce qu'il pensait de cet étrange et troublant message.

Pour la première fois depuis son départ, elle eut réellement le mal du pays.

26

Par sa fenêtre à croisée, Piet regarda dans la rue des Pénitents-Gris et ne vit que des ombres. Une femme voûtée allait et venait lentement, un panier rempli de violettes dans les bras. Deux étudiants vérifièrent autour d'eux qu'on ne les observait pas avant de secouer la poignée de la porte de la librairie protestante. Il n'y avait rien d'inhabituel, rien d'incongru.

Et pourtant...

Au cours des dernières semaines, il avait eu la certitude d'être suivi. Qu'il aille à l'hospice rue du Périgord ou en revienne, qu'il se rende au temple ou rentre chez lui, il avait ressenti un picotement dans la nuque, un malaise dans la poitrine.

« Quelque chose ne va pas ? demanda McCone. Vous attendez quelqu'un ?

– Non. Du moins, j'espérais un message. Mais ce n'est pas important. » Piet avait remis la lettre depuis déjà quelques jours, et s'était attendu à recevoir une réponse plus tôt. Il se retourna. « Mes excuses, McCone. Je suis un mauvais hôte. » Il prit le pichet de vin sur la table et le souleva. « Puis-je vous resservir ? Un peu de ce que vous autres Anglais appelez le courage hollandais.

– Non merci, répondit McCone en tirant sur un fil qui sortait de sa cape noire. J'aimerais que cette journée soit terminée.

– À quelle heure sont prévues les obsèques ?

– Midi. »

La femme décédée était l'épouse du financeur le plus généreux du temple, un marchand avec lequel McCone était devenu ami.

« Le cortège va traverser le faubourg Saint-Michel pour atteindre notre cimetière près de la porte Villeneuve, continua-t-il.

– Jean Barrelles sera-t-il présent ?

– Oui. Bien qu'il n'approuve pas ce genre de rituel catholique, l'époux de la défunte souhaite qu'il y ait quelque chose de fait pour marquer l'occasion. Il a demandé au pasteur Barrelles de dire une prière au temple lorsqu'elle sera inhumée.

– Je suis heureux de l'apprendre », répondit Piet.

Il en était venu à apprécier McCone, assez pour l'inviter chez lui ce jour-là. Il ne l'avait pas encore amené voir l'hospice, même s'il s'apprêtait à le faire. Toutefois, il restait prudent. Il pouvait regarder un Hollandais, un Français dans les yeux et se faire une idée de sa véritable nature. Mais un Anglais ? Tant de ce qu'ils pensaient restait inexprimé, caché sous la surface de leurs mots.

« Vous ne partagez pas le point de vue de Barrelles ? »

Piet haussa les épaules.

« Je sais que Calvin prêche d'abandonner ce genre d'anciennes coutumes, mais j'ai la conviction que ces rituels existent autant pour nous qui restons que pour la personne qui est partie vers un monde meilleur. Quel mal peuvent-ils vraiment faire ? »

McCone secoua la tête.

« Quel mal, en effet. »

L'espace d'un instant, ils restèrent silencieux, leur humeur sombre reflétée dans le froncement de leurs sourcils et la gravité de leur regard.

« Vous avez été étudiant ici à Toulouse ? demanda McCone.

– En effet, répondit Piet en s'adossant au châssis de la fenêtre. Pourquoi cette question ? »

L'Anglais haussa les épaules.

« Aucune raison. Simple curiosité. Vous en savez plus en matière de doctrine, et de droit également, que la plupart des simples soldats. Ou des paysans, fit-il en indiquant d'un geste l'habillement de Piet. Vous connaissez bien la ville et parlez d'événements passés comme si vous y aviez assisté. » Il marqua un temps. « Les hommes vous écoutent. Ils vous suivraient si vous décidiez de les mener, Joubert. »

S'entendre donner ce nom d'emprunt prenait encore Piet par surprise. Plusieurs fois, il avait été à deux doigts de dire la vérité à McCone, mais pour une raison ou pour une autre, le bon moment ne s'était jamais présenté.

« Toulouse a les chefs dont elle a besoin en la personne de Saux et de Hunault, répondit-il. Je me satisfais de les suivre et de me rendre utile autrement.

– Comment les choses se passent-elles à l'hospice ?

– Il est comble. Tant de femmes et d'enfants qui se retrouvent sans moyens d'existence. Des réfugiés, pour la plupart, qui fuient le conflit au Nord, mais nous hébergeons aussi d'autres âmes désespérées, qui viennent de la ville même. » Il haussa les épaules. « Nous faisons ce que nous pouvons.

– C'est une noble entreprise. »

Piet but une gorgée de vin.

« Pour satisfaire votre curiosité, j'ai effectivement étudié à Toulouse, mais au collège de Foix et non à l'université. » Il rit en voyant la surprise s'afficher sur le visage de son interlocuteur. « Oui, j'ai passé ma jeunesse en compagnie de moines, de prêtres et des plus pieux – comprenez "les plus privilégiés" – parmi les fils catholiques de Toulouse. Nombre d'entre eux sont entrés directement dans les ordres sans jamais faire l'expérience de la vie, d'autres sont retournés prendre en main les affaires familiales ou gérer le domaine de leur père. » Il haussa les épaules avec nonchalance. « Mais c'était une bonne éducation. Je ne me plains pas. J'espérais devenir avocat ou notaire, mais le destin en a décidé autrement.

– Qu'est-ce qui vous en a empêché ?

– Tout ce que les moines m'ont appris a concouru à me rendre moins catholique, et non davantage. M'a fait douter de leurs mots et de leurs méthodes. L'appareil ecclésiastique me semblait tout entier conçu pour profiter à une minorité, les évêques et le clergé, au détriment des autres. Arrivé à la fin de mes études, je cherchais des réponses différentes. Un jour, j'ai entendu un pasteur huguenot prêcher place Saint-Georges et ce qu'il disait m'a marqué.

– Pourquoi n'êtes-vous pas retourné à Amsterdam ?

– Il n'y a plus rien qui m'attende là-bas, répondit Piet, peu enclin à partager les souvenirs qu'il avait de sa mère. Après avoir achevé mes études, j'ai passé quelque temps en Angleterre, avant de me retrouver à combattre au sein de l'armée du prince de Condé dans la Loire. La vie de soldat n'était pas non plus pour moi, alors je suis revenu à Toulouse voir ce que je pouvais faire ici. »

McCone hocha la tête.

« Les choses étaient différentes en Angleterre. J'ai été apprenti auprès d'un maître charpentier, mais c'était sous le règne de Marie Ire et les bûchers flambaient jour et nuit. J'ai fui à Genève, dans l'idée d'étudier auprès de Calvin. Mais dès que j'ai mis le pied dans la ville, je me suis rendu compte que je n'avais ni l'intelligence ni l'ardeur nécessaires pour devenir prédicateur. » Il sourit avec regret. « Et, pour parler tout à fait clairement, j'ai compris qu'en réalité, tout ce que je voulais, c'était avoir de quoi manger, de la compagnie, un toit au-dessus de ma tête et le droit de passer le jour du Seigneur en paix. Je n'avais aucun désir de convertir autrui ou de lui imposer ma façon de penser.

– C'est cela, acquiesça Piet. Être traités équitablement, et avoir chacun le droit de vivre comme nous l'entendons dans le respect des lois. Ne pas voir chaque minute de notre vie déterminée par notre foi. » Il hocha la tête. « Je crois que nous nous comprenons, l'Anglais.

– Je crois aussi », répondit McCone avec un sourire.

Vidal regarda par la fenêtre de sa cellule de prêtre dans le jardin de simples. Les planches d'herbes médicinales étaient riches et luxuriantes, et les premiers brins de lavande commençaient juste à fleurir. À l'autre bout du cloître, la douce lumière jaune des cierges brûlant dans la cathédrale faisait danser des diamants de lumière comme autant de lucioles. Le murmure du reste du clergé se préparant pour sexte parvenait à ses oreilles, et il se demanda si son absence allait être remarquée.

En entendant frapper à sa porte, il se signa et porta les doigts à ses lèvres avant de se relever. Il était resté agenouillé si longtemps que ses genoux avaient laissé une empreinte sur le coussin brodé du prie-Dieu. Vidal avait demandé au Ciel d'éclairer son chemin, mais il n'avait eu pour réponse que le silence.

« Oui », dit-il.

Bonal entra dans la pièce.

« Alors ? A-t-il parlé ?

– Non. »

Vidal fit volte-face en entendant l'hésitation dans la voix de son valet.

« Il n'a rien dit ? Rien du tout ?

– Non, monsignor.

– Ils l'ont mis sur le chevalet ?

– Oui. »

Vidal fronça les sourcils.

« Et même alors, tu me dis qu'il n'a pas révélé le nom de l'homme qui lui a commandé cette copie du Suaire ? »

Bonal se tortilla, mal à l'aise.

« L'inquisiteur vous transmet ses humbles excuses, mais m'a demandé de vous informer que le geôlier, dans son désir de vous procurer l'information que vous requériez, n'a pas pris les précautions appropriées. Le faussaire, semble-t-il, avait le cœur fragile. Sa constitution n'a pas pu soutenir même la persuasion la plus modérée. »

Vidal fit un pas vers lui.

« Es-tu en train de me dire qu'ils l'ont tué ? »

Bonal hocha la tête.

« Comment ont-ils pu être aussi négligents ? » Il tapa du poing sur le cadre en bois du prie-Dieu. « Où se trouve le corps maintenant ?

– Ils attendent vos ordres. » Bonal marqua un temps. « Si je puis me permettre d'avancer une suggestion, monsignor ? »

Vidal agita la main.

« Parle.

– Puisque c'est la peur qui a arrêté son cœur, nous pourrions ramener son corps dans son atelier de la Daurade et l'y laisser pour qu'il y soit découvert. Personne ne saura que l'Inquisition a joué le moindre rôle dans l'affaire. »

Vidal réfléchit, puis hocha la tête.

« Bonne idée, Bonal. Et poste une sentinelle sur les lieux pour surveiller qui se présente chez lui. Il a une fille qui vit avec lui, je crois.

– En effet.

– Ne la laissez pas vous voir. »

Sur ces mots, Vidal extirpa un denier de sa robe. Bonal était un homme brutal qui dépassait parfois les bornes, comme lors de l'incident avec la logeuse à Carcassonne. Mais il était rusé, entièrement dépourvu de conscience, et il savait tenir sa langue.

« Il y a également ceci qui est arrivé pour vous, monsignor. »

Prenant la lettre qu'il lui tendait, Vidal glissa un doigt sous le pli et cassa le cachet.

« Quand t'a-t-elle été remise ?

– Un galopin l'a apportée au chapitre plus tôt dans la journée. »

Vidal la lut et serra le poing sur le papier, écrasant les mots pour en faire une boule. Il se mit à tapoter des doigts le dossier en bois de la chaise, de plus en plus vite.

« Retrouve-le, ordonna-t-il. Je souhaite savoir comment il en est venu à avoir cela en sa possession. »

Piet se laissa aller contre le rebord de fenêtre.

« Si vous souhaitez être dans le faubourg Saint-Michel lorsque le cortège démarrera, vous feriez mieux d'y aller. L'heure tourne. »

McCone se leva.

« Je prie pour qu'il n'y ait pas de problèmes.

– Vous pensez qu'il peut y en avoir ?

– Des menaces ont été faites. Les parents de la défunte – de fervents catholiques – ont lancé plusieurs ultimatums. D'abord, lorsqu'ils ont appris qu'elle était mourante, ils ont envoyé un prêtre chez elle lui administrer l'extrême-onction. On lui a refusé l'entrée. Lorsqu'elle a rendu l'âme, ils ont tenté de persuader son époux de leur donner le corps pour qu'elle puisse avoir, selon leurs propres termes, une sépulture chrétienne !

– J'en ai entendu parler. N'ont-ils pas adressé une pétition au parlement à ce sujet ?

– Oui. Elle a été rejetée. Les juges – tous des catholiques, bien entendu – ont exprimé leur compassion mais admis qu'ils n'avaient pas le pouvoir d'empêcher un homme d'inhumer son épouse comme bon lui semble, tant que cela ne va pas à l'encontre des lois de la ville.

– Et il s'est assuré de cela ?

– Oui. Il a parmi ses connaissances des magistrats et des avocats qui peuvent le conseiller.

– Dans ce cas, je ne vois pas ce qu'ils peuvent faire de plus. En outre, le veuf est un homme riche et influent. Je ne pense pas que la famille prendrait le risque de l'offenser davantage, surtout si la cour a déjà statué contre elle.

– J'espère que vous avez raison. Le pire est que tout ce tapage aurait déplu à la défunte. Elle était pieuse et humble de nature, une vraie dame. » McCone attrapa son chapeau. « Venez-vous ? »

N'ayant pas connu la femme en question ni son époux, Piet ne se sentait aucune obligation. Il fallait qu'il vérifie les comptes de la semaine à l'hospice, puis il avait l'intention de passer voir dans son atelier le tailleur qu'il avait payé pour faire une copie du Suaire.

« Je vous rejoindrai au temple plus tard, après les obsèques, répondit-il.

– Très bien. Je vous y chercherai. » McCone s'approcha de la porte. « Mais Piet, si vous vous risquez dehors, vous devriez peut-être faire quelque chose à… » Il se tapota la tête. « Avec des cheveux de cette couleur, vous pourriez être un cousin de notre reine Elizabeth. »

Piet baissa les yeux sur ses mains et vit que ses doigts étaient couverts de poussière de charbon. Le roux naturel de sa chevelure transparaissait à travers, celui de sa barbe aussi. Il éclata de rire.

« Ne vivons-nous pas une époque étrange, McCone, qu'un homme ne peut se montrer dans le monde tel que Dieu l'a créé ? »

27

La Cité

« Quand est-ce que Minou rentre à la maison ? demanda Alis, pour la dixième fois depuis le début de la journée, avant d'être prise d'une autre violente quinte de toux.

– Chut, ma petite. »

Mme Noubel tenait un bol d'eau chaude infusée de thym sous le menton de l'enfant. Elle était inquiète. La peau d'Alis avait pris la pâleur de la craie, et ses yeux étaient cernés d'ombres violettes.

« Elle me manque. Papa aussi.

– À moi aussi.

– Sera-t-elle de retour pour l'Ascension ?

– Minou rentrera dès qu'elle le pourra.

– Mais elle a promis que je pourrai faire la veillée avec elle à la cathédrale. Que je pourrai rester debout toute la nuit, maintenant que je suis assez grande.

– Si elle n'est pas revenue à temps, je t'emmènerai, moi.

– Mais je veux que ce soit Minou, murmura la petite fille en se recroquevillant sur elle-même.

– Le mois d'avril est bientôt fini, et après ce sera mai. Le temps passera plus vite que tu ne le crois. Imagine tout ce que tu auras à raconter à Minou quand elle reviendra. Et à ton père, aussi. Ne te trouveront-ils pas grandie, de cela au moins ? » Elle traça un trait en l'air et se vit récompensée d'un sourire. « Je gage que nous recevrons bientôt une autre lettre. Où elle nous racontera tous les détails de sa vie élégante à Toulouse.

– Est-ce qu'elle me ramènera avec elle ?

– Nous verrons. » Mme Noubel sourit. « De toutes ses sœurs, n'es-tu pas celle qu'elle aime le plus ?

– Je suis sa seule sœur », répondit Alis comme à son habitude, mais la vieille femme vit bien que son cœur n'y était pas.

Les yeux de la petite fille commencèrent à se fermer. Le chaton tigré ramené de la Bastide pour lui tenir compagnie sauta sur le fauteuil. Pour une fois, Mme Noubel ne le chassa pas.

Alis n'avait presque pas dormi la nuit précédente, et ses quintes de toux répétées avaient été assez inquiétantes pour que sa gardienne envisage de faire prévenir Minou. Elle ne voulait pas alarmer cette dernière sans raison valable, et elle savait qu'Aimeric avait besoin de la présence de sa grande sœur à Toulouse autant qu'Alis souffrait de son absence à Carcassonne. Malgré tout, elle ne se le pardonnerait jamais si l'enfant…

Elle écarta cette pensée. Alis n'allait pas mourir. C'était de mélancolie qu'elle souffrait : sa famille lui manquait. Mais le temps se radoucissait chaque jour un peu plus. Avec l'arrivée du printemps, la santé de la petite fille s'améliorerait.

Mme Noubel parcourut des yeux la cuisine – le fauteuil vide de Bernard, le lance-pierre d'Aimeric et le livre de Minou soigneusement rangés – et se demanda si elle ne ferait pas mieux plutôt de ramener Alis chez elle. Dans cette maison, l'enfant ressentait cruellement l'absence de sa famille. Peut-être qu'à la Bastide, elle serait moins abattue.

Rixende entra dans la cuisine en dénouant son tablier.

« Est-ce qu'il y a autre chose que vous aimeriez que je fasse avant de partir, madame ? Pour la petite, peut-être ? »

Mme Noubel secoua la tête.

« Ça va aller mieux maintenant que sa toux s'est arrêtée, répondit-elle. Sa sœur lui manque.

– Mlle Minou est comme une mère pour elle, remarqua Rixende en accrochant son tablier derrière la porte. Avez-vous eu des nouvelles du maître, savez-vous quand il rentrera ?

– Cela ne vous reg…, commença à répliquer sèchement Mme Noubel, avant de s'interrompre. Si M. Joubert n'est pas revenu d'ici au 10 du mois, Rixende, je règlerai ce qui vous est dû. Ne vous inquiétez pas pour cela. »

La domestique soupira.

« Merci, madame. Je n'aurais pas demandé, mais ma famille compte sur moi et…

– Ce qui vous est dû, vous aurez. »

Alors que la cour à l'arrière de la maison se remplissait de soleil, Mme Noubel resta assise et finit par décider qu'elle attendrait avant d'écrire à Minou, au moins jusqu'à ce qu'elle ait reçu des nouvelles de Bernard. Il était parti depuis deux semaines. Était-il seulement arrivé à Puivert ? Avec sa mauvaise santé et les conditions climatiques peut-être difficiles dans les montagnes, il n'allait sûrement pas très vite. Elle se demanda s'il restait quelqu'un dans le village qui se souviendrait d'eux.

Alis s'était endormie. Mme Noubel lui caressa les cheveux, soulagée de voir ses joues reprendre un peu de couleurs, et lui chanta doucement la vieille berceuse.

Bona nuèit, bona nuèit…
Braves amics, pica mièja-nuèit
Cal finir velhada.

Puivert

« Hue, hue ! »

Bernard Joubert claqua de la langue, et sa vieille jument louvette, Canigó, enjamba pesamment le fossé pour continuer sa route. Ses vêtements et ses sacoches de selle étaient maculés de taches, les chaussettes blanches au-dessus des sabots de sa monture cachées sous plusieurs couches de boue. Les douloureuses lésions sur ses jambes – conséquences de son emprisonnement en janvier – avaient été remises à vif par le mouvement de la selle au gré des inégalités du terrain.

Il avait quitté Chalabre au point du jour, entamant la dernière étape de son pèlerinage. Pour une fois, le temps était de son côté. Aux nombreuses intersections de la route, des autels improvisés étaient comme sortis de terre, marqués par des bouquets de campanules roses et de myosotis bleus entourés d'un ruban de couleur vive. Partout, il voyait des croix de paille tressée dressées pour les Rameaux, des prières griffonnées dans la vieille langue. Les bois millénaires offraient au regard un mélange de vert et d'argent, et, tout autour de lui, il entendait les oiseaux chanter.

Depuis leur départ de Carcassonne, homme et bête avaient parcouru quelque quinze lieues en direction du sud, gardant les pics blancs des Pyrénées au loin en ligne de mire. Ils avaient affronté la pluie et la neige, les gués submergés de l'Aude et de la Blau, la violente tramontane. Souvent, ils avaient trouvé la route presque impraticable par endroits et, ailleurs, creusée d'ornières par les roues de charrettes et de fardiers. Près de Limoux, Canigó s'était mise à boiter, et Bernard avait perdu une semaine à attendre que son boulet guérisse.

Il se heurtait également à la méfiance partout où il s'arrêtait dormir. Des visages fermés, des regards soupçonneux. Les pérégrins n'étaient pas les bienvenus. L'hiver avait été long et rigoureux, l'un des pires de mémoire d'homme. La nourriture était rare et les humeurs irritables. Plusieurs fois, Bernard avait vu des yeux envieux l'épier alors qu'il tirait une pièce de sa bourse.

Mais il y avait quelque chose de plus. L'odeur de la peur. La rumeur du massacre des huguenots de Vassy était parvenue jusque dans ces villages isolés de la Haute Vallée. La menace d'une dénonciation terrifiait tout le monde ; un homme pouvait être pendu pour avoir récité la mauvaise prière, s'être agenouillé devant le mauvais autel. Mieux valait garder ses opinions pour soi et espérer être épargné par les conflits.

La dernière fois que Bernard avait fait ce trajet, près de vingt ans plus tôt, le pays était recouvert du manteau glacé d'une neige de décembre. Il avait galopé à bride abattue alors, sur une monture plus jeune, poussé par la terreur de devoir poursuivre sa chevauchée pendant toute la sombre nuit d'hiver avec son précieux fardeau.

Brusquement, il tira sur les rênes de Canigó, surpris de sentir ses yeux s'emplir de larmes au souvenir de sa tendre épouse. Si seulement elle ne lui avait pas été arrachée par la mort. Florence avait toujours su la meilleure chose à faire.

« *Pas a pas*, murmura-t-il en occitan à la vieille jument, en pressant ses jambes douloureuses contre ses flancs doux. Il n'y en a plus pour très longtemps maintenant, ma belle. »

28

Toulouse

De son balcon, Minou trouva en baissant les yeux une mer de chapeaux et de fraises blanches empesées. Elle reconnut le vieux gentilhomme qui tenait la librairie de la rue des Pénitents-Gris – la longue barbe grise, soigneusement taillée, qui pendait sous son menton corpulent tapait dans son pourpoint lorsqu'il parlait –, mais la foule était essentiellement composée de femmes. Toutes luxueusement habillées de roses et de rouges, de jaunes et de vermillons, avec des cols qui se dressaient bien droit à l'arrière, des corsages brodés et des capuchons bordés de velours, comme autant de fleurs rivalisant d'éclat dans un parterre. Certaines portaient à la ceinture des livres d'heures richement décorés, d'autres de voyants rosaires d'agate, de corail ou d'argent. Minou porta la main à sa propre taille, où elle avait attaché le sobre chapelet de sa mère, consciente de la simplicité relative de ses atours mais ne s'en sentant que mieux.

Elle balaya les visages du regard au cas où Mme Montfort aurait changé d'avis, mais ne vit nulle trace d'Aimeric. Quelque part, elle en fut soulagée. Il détestait Toulouse et les contraintes mesquines, souvent arbitraires, qu'on lui imposait. Il se voyait fréquemment réprimandé pour telle ou telle transgression : l'infraction de la veille ne faisait que s'ajouter à une longue liste d'incartades.

« Il y a tant en jeu, avait-elle tenté de lui faire comprendre alors qu'ils étaient assis ensemble dans la cour, quelques jours plus tôt. Je t'en supplie, essaie de te rendre agréable.

– Mais j'essaie, avait-il répondu en donnant un coup de bâton dans le sol. Il aurait mieux valu que ce soit toi le garçon. Tu es appréciée de tous, sauf de Mme Montfort, mais elle déteste tout le monde à part l'intendant de notre oncle. Lui, elle l'aime bien. Ils sont toujours en train de faire des messes basses.

– Ah bon ? avait fait Minou, momentanément distraite.

– Toujours. Ne serait-ce qu'il y a deux jours, je les ai vus sortir ensemble de la maison après la tombée de la nuit. Martineau portait un gros sac lourd. Lorsqu'il est revenu, celui-ci était vide.

– Aimeric, franchement. Tu laisses ton imagination s'emballer. Où iraient-ils ensemble, et à cette heure-là ?

– Je ne fais que raconter ce que j'ai vu. » Il avait haussé les épaules. « Je déteste vivre ici. Père me manque. Taquiner Marie me manque. Même Alis me manque, tout énervante qu'elle soit. » Il avait soupiré. « J'ai envie de rentrer à la maison. »

Minou souffrait pour lui : c'était un garçon fait pour vivre dehors, dans les champs ou les grands espaces en bord de fleuve, pas cloîtré dans une ville, mais elle n'y pouvait rien. Pour assurer leur avenir à tous, il fallait qu'il s'accommode de leur situation à Toulouse.

Néanmoins, elle se promit d'affronter Mme Montfort lorsqu'elles rentreraient de la procession pour l'adjurer de traiter Aimeric avec plus d'indulgence.

Enfin, Minou aperçut sa tante, près des larges portes qui donnaient sur la rue du Taur. Elle tenait un grand éventail de plumes ouvert, bien que la température ne le justifie pas vraiment, et avait choisi une collerette montante un peu trop haute pour son cou et des manches ballon cramoisies à crevés bleus assortis à ses jupes. Son livre d'heures et son rosaire, trop lourds pour sa ceinture, déformaient sa silhouette.

Minou ressentit une bouffée d'affection à son égard. Les manières simples et la nature candide de sa tante, arrachée au modeste quartier Saint-Michel où avaient vécu sa famille et ses amis pour être projetée dans les hautes sphères de la société toulousaine, la mettaient en décalage avec la plupart des autres femmes de bourgeois. Elles la regardaient de haut, et Minou pouvait voir combien elle en souffrait.

Elle descendit hâtivement l'escalier et se faufila à travers la foule pour la rejoindre.

« Bonjour, tante. Vous avez réussi à rassembler beaucoup de monde.

– Nièce, répondit Mme Boussay avec chaleur. Oh, tous ne participent pas à notre petite procession. Mon époux et ses collègues ont une réunion importante, mais il a tenu à faire une partie du chemin avec moi. Il sait combien la Saint-Salvador est un jour cher à mon cœur. Et quelle belle journée, nous sommes bénis.

– Votre beauté est à l'égal de celle du matin, tante. Quelle magnifique robe, je n'ai jamais vu couleur aussi splendide. Et merci de m'avoir si généreusement prêté celle-ci. C'est fort prévenant de votre part.

– Eh bien, je dois admettre que c'est ma belle-sœur qui en a eu l'idée, mais il est vrai qu'elle vous va à ravir. J'aimerais avoir votre silhouette, mais hélas j'ai toujours été d'une taille inférieure à la moyenne. »

Alors que les cloches de Saint-Sernin du Taur sonnaient le quart, elle jeta un coup d'œil anxieux en direction de la porte.

« M. Boussay ne va certainement plus tarder. Deux messieurs du parlement se sont présentés au point du jour. Un manque de considération, selon moi, mais ce sont des collègues de mon époux, et s'il choisit de les faire entrer à une heure aussi indue, je ne saurais m'opposer à sa volonté. Il travaille si dur. Tant de choses reposent sur ses épaules.

– Je sais combien l'on compte sur lui.

– En effet, Minou, vous avez absolument raison. Un de ses visiteurs est M. Delpech, un éminent homme d'affaires – le plus riche de Toulouse, disent certains. On s'attend à le voir élu capitoul d'un jour à l'autre maintenant, et, même si je ne devrais pas le dire, mon époux espère en tirer quelque avancement. Et le jeune prêtre de la cathédrale. Comment s'appelle-t-il ? Si seulement j'avais meilleure mémoire. Un jeune homme si prometteur, le patronage de mon époux lui profite grandement. Pas plus de vingt-sept ans, mais M. Boussay nourrit de grands espoirs pour lui. Il pourrait même devenir un jour évêque de Toulouse, bien que son père soit tombé en grande disgrâce lors de cette conspiration… » Elle s'interrompit brusquement. « Valentin, c'est son nom. Curieux pour un prêtre, même s'ils doivent tous prendre celui d'un saint ou d'un autre, je suppose… Ne pensez-vous pas ? Que disais-je ?

– Que son père était tombé en disgrâce.

– Oui, en effet ; plus que ça, même. Il a été exécuté, bien que je ne me souvienne plus pourquoi. Enfin, c'est du passé, tout cela… »

Sa voix s'éteignit alors qu'elle glissait un autre coup d'œil en direction de la porte.

« Je suis sûre que mon oncle sera ici d'un instant à l'autre, lui dit Minou avec un sourire. Le point dont est cousue votre cape est si délicat. Je n'avais encore jamais rien vu de tel. A-t-elle été fabriquée à Toulouse ?

– Oh oui. » Mme Boussay se lança immédiatement dans de longues explications, révélant que le modèle était copié sur un vêtement que la princesse Marguerite elle-même, la sœur du roi, aimait particulièrement, disait-on. « Et alors j'ai dit combien j'aimerais… »

Bien que Minou donnât l'impression de l'écouter, ses pensées vagabondaient librement. Sur le plus haut des balcons, deux tourterelles échangèrent quelques roucoulements avant de prendre leur essor. Alors qu'elle les regardait s'envoler en tournoyant dans le coin de ciel bleu, elle fut prise d'empathie pour Aimeric en se rappelant la liberté de ses déplacements quotidiens en dehors de la Bastide ; et ce que c'était que de vivre sans se sentir observé.

« C'est une chance que d'avoir quelqu'un si près de chez nous. La boutique de son père se trouve dans le quartier de la Daurade, et, bien qu'ils soient huguenots, elle a plus de talent avec une aiguille que toutes les couturières catholiques que j'ai pu trouver.

– En effet », murmura Minou.

Laissant sa tante continuer de la bercer du flux et reflux de ses mots, elle espéra qu'Aimeric allait trouver à s'occuper dans sa chambre. Mme Montfort l'y avait certainement enfermé, et, comme les clefs de la maison étaient en permanence à sa ceinture, Minou craignait que son frère n'ait devant lui un long après-midi de solitude. Ses pensées se tournèrent ensuite vers Alis, à Carcassonne. Elle espérait que son père lui donnait la réglisse pour calmer sa gorge irritée, et qu'il avait pensé à couper les branches mortes de l'églantier grimpant au-dessus de leur porte pour permettre aux nouveaux rameaux de fleurir.

La voix de sa tante la ramena à la situation présente.

« Mais il y a quantité de tailleurs et de couturières dans cette partie de la ville aussi. D'ailleurs, c'est une des raisons pour lesquelles mon époux a choisi de faire construire notre maison ici. Il fait toujours passer mes besoins avant le reste. » Elle baissa la voix. « Cela dit, il y aurait peut-être réfléchi à deux fois si nous avions su qu'une maison de charité protestante serait ouverte pratiquement devant chez nous, rue du Périgord. C'est un scandale. Que de telles gens grouillent ainsi dans nos rues, étalant leur saleté et leur misère. Ils devraient tous être renvoyés.

– Peut-être n'ont-ils nulle part ailleurs où aller, murmura Minou, en se demandant si sa tante pensait vraiment ce qu'elle disait ou si elle ne faisait que répéter des choses entendues de la bouche de son mari.

– Et quant au collège humaniste à côté, il attire des individus extrêmement peu recommandables, je ne trouve même pas les mots pour le dire. Athées, Maures à la peau noire comme du charbon. » Elle baissa la voix pour continuer en chuchotant. « Je ne serais pas surprise qu'il y ait également des juifs là-bas, même si, bien sûr, ce sont les huguenots les pires. Ils sont pour ainsi dire en train de prendre le contrôle de toute la rue, et du quartier de la Daurade, aussi. Je suis certaine que ce sont des protestants qui sont responsables de la perte de l'inestimable relique que nous avions à Saint-Sernin du Taur. »

Minou commençait à être un peu étourdie par ces passages répétés du coq à l'âne.

« Une relique, tante ?

– Vous ne vous rappelez donc pas ? Cela a fait scandale. Le Suaire d'Antioche a été volé dans son reliquaire au nez et à la barbe de tous, il y a de cela cinq ans, je crois. Ce n'est pas le linceul tout entier, bien entendu, seulement une partie, mais tout de même. Je m'étonne que vous n'en ayez pas souvenir, cela a fait scandale. »

Minou lui sourit tendrement.

« Je ne vis à Toulouse que depuis un peu plus de trois semaines, chère tante.

– Ça alors, mais c'est exact ! Vous faites tellement partie de la famille maintenant, que j'oublie. » Elle agita son éventail d'un geste excessif, puis baissa de nouveau la voix. « Je suis une femme charitable, nièce. Vivre et laisser vivre, telle est ma devise. Mais je vous l'avoue, j'ai peine à reconnaître ma propre ville avec tous ces étrangers qui s'y installent. Cela ne me dérangerait pas s'ils se montraient discrets, mais ils sont toujours là dans la rue à se plaindre d'une chose ou d'une autre. Il faut espérer qu'à présent qu'ils se sont construit un temple, ils vont y rester et cesser de nous gâter le plaisir. » Elle soupira. « Mais je m'égare. Ce que je voulais dire, c'est que M. Boussay fait toujours passer mes besoins avant les siens.

– Je l'ai remarqué », répondit prudemment Minou, bien qu'en vérité il tyrannisait sa femme et ne manquait jamais d'attirer l'attention sur ses défauts et ses insuffisances.

Mme Boussay semblait sur le point de se lancer dans un autre récit méandrique lorsque l'intendant, Martineau, frappa dans ses mains.

« Mesdames, messieurs, s'il vous plaît. Faites silence pour M. Boussay. »

Minou dissimula un sourire, imaginant la réaction de son père devant ce genre d'affectation pleine de suffisance. Son oncle n'était même pas un capitoul, seulement le secrétaire d'un de ces derniers, mais à le voir, on aurait cru qu'il était l'homme le plus important de l'hôtel de ville.

L'intendant tapa de nouveau dans ses mains.

« Mesdames et messieurs, je vous présente M. Boussay. »

L'oncle de Minou entra à grands pas dans la cour, engoncé dans son habit officiel, arborant une fraise trop serrée pour son cou épais. Trois hommes l'accompagnaient. Elle grimaça en voyant l'abbé de l'ordre des Frères prêcheurs. Lors de sa dernière visite, celui-ci, œil chafouin et mains baladeuses, l'avait plaquée contre un mur pour essayer de l'embrasser. Les paumes moites, les lèvres humides, haletant comme un poisson hors de l'eau.

Le deuxième homme portait une tenue similaire à celle de son oncle : un autre secrétaire de capitoul, venu de l'hôtel de ville, supposa-t-elle. Le troisième était plus jeune, vêtu d'un pourpoint jaune, d'un haut-de-chausses rembourré et de chausses en soie, avec une cape espagnole. Minou fronça les sourcils. Elle avait l'impression de l'avoir déjà vu quelque part, mais elle ne se rappelait pas où. Se sentant observé, il regarda dans sa direction et la salua d'un signe de tête, mais sans donner l'impression de la reconnaître en retour. Tous les quatre avaient l'air de mauvaise humeur.

M. Boussay ne s'excusa pas auprès de son épouse pour l'avoir fait attendre.

« Femme », appela-t-il d'un ton brusque.

Minou vit le plaisir s'effacer du visage de sa tante lorsqu'elle appuya légèrement la main au creux de son dos pour la pousser vers son mari, et la sentit tressaillir.

« Quelque chose ne va pas, tante ? demanda-t-elle.

– Non, ce n'est rien, répondit celle-ci en jetant un coup d'œil à M. Boussay. Je suis un peu ankylosée ce matin, c'est tout. »

Elle plaça la main sur le bras de son mari. Les domestiques ouvrirent grandes les portes qui donnaient sur la rue, et le couple sortit, suivi de ses invités. Minou ne put s'empêcher de regarder par-dessus son épaule en direction des bâtiments de l'université. Pour la centième fois, elle maudit la pudeur qui l'avait retenue de demander à Piet son adresse précise.

29

La lettre était écrite de la même main, cachetée du même sceau. Vidal avait maintes fois prié le Ciel d'éclairer son chemin. Le Seigneur était resté muet.

Il n'avait jamais eu l'intention de laisser les choses aller si loin. Une nuit d'hiver six mois plus tôt. Une peau nue sous les fourrures, son propre sang échauffé par le vin et l'ivresse de cette poursuite illicite : une sorte de folie s'était emparée de lui.

Le lendemain matin, il s'était réveillé accablé de remords et de honte, et s'était juré que cela ne se reproduirait jamais. Pendant quelques jours, il avait tenu parole. Puis il y avait eu une autre nuit, et une troisième, et une quatrième. Il avait supposé que la liaison prendrait fin lorsque l'Église le rappellerait, même s'il savait qu'il regretterait le réconfort qu'elle lui apportait. Toutes ces montagnes, ces collines, ces routes qui les séparaient. Et pourtant, elle était venue. Elle était là à Toulouse, installée à deux pas de la maison capitulaire, et elle l'attendait.

Il ne pouvait guère se permettre de laisser se répandre le moindre parfum de scandale. Ce qui pouvait être tenu secret dans l'enceinte d'un château perché au-dessus d'un village de montagne ne le resterait jamais à Toulouse. Les gens faisaient attention à lui. Ses actes, ses paroles, sa présence à chaque moment important : tout était examiné à la loupe. Il pensait avoir toutes les chances d'être prochainement nommé évêque de Toulouse et, malgré son jeune âge, il était sûr de pouvoir réunir assez de soutiens à Rome pour être désigné cardinal dans la foulée.

Non, il fallait mettre un terme à cette liaison, mais il devait le faire avec prudence et en observant les convenances, dans l'obligation de rester en bons termes avec elle, car, bien que ce ne soit qu'une femme, il n'était pas dans son intérêt de s'en faire une ennemie. C'était d'ailleurs la force dont elle était dotée qui avait attiré Vidal de prime abord. Il avait décidé d'aller la voir ce jour, mais seulement pour lui dire que leur relation intime ne pouvait pas continuer.

Ses pensées se tournèrent vers le Suaire, comme elles le faisaient si souvent. La voix de Bonal, lui suggérant de présenter la contrefaçon et de mettre quiconque au défi de la distinguer de la véritable relique, murmurait encore à son oreille.

Il secoua la tête. L'empreinte du corps du Fils de Dieu était ce qui donnait à la sainte relique sa puissance, sa grâce. Le fragment qu'il avait en sa possession, bien qu'il s'agisse d'une magnifique imitation, n'était qu'un morceau de tissu, rien de plus, rien de moins. Une reproduction ne pouvait pas accomplir de miracles.

Et pourtant, l'idée refusait de quitter complètement ses pensées.

Appelant Bonal pour qu'il l'aide à se changer, il revêtit une robe sombre et une longue cape noire pour préserver son anonymat, et sortit accompagné de son valet, encore consterné qu'elle ait choisi de s'installer si près du palais épiscopal. Heureusement, à cette heure-là, la plupart de ses confrères étaient en prière.

Il connaissait la maison, située dans la rue de la Chanoinie, de réputation. Le rez-de-chaussée était construit dans la brique rouge typique de Toulouse, et les étages supérieurs étaient à colombages, avec un enduit d'un rose délavé. À l'arrière, il y avait une petite cour où elle avait dit qu'elle l'attendrait.

Arrivé au portail, il s'arrêta.

« Monte la garde, je ne serai pas long, ordonna-t-il à Bonal.

– Vous avez rendez-vous avec M. Delpech à…

– Je le sais fort bien. »

Bonal s'éclipsa, et Vidal hésita, la main sur la clenche. Puis il la vit, à côté d'un pommier aux branches nimbées de blanc par la plus délicate des floraisons printanières, et son cœur bondit dans sa poitrine. Avec le soleil derrière elle et ses cheveux dénoués brillant comme du jais, on aurait dit un ange noir. Il sut qu'il ferait mieux de faire demi-tour.

Mais à cet instant, elle leva vers lui un visage d'une beauté radieuse. Incapable de résister à son appel, il entra dans le jardin.

« Je craignais que vous ne veniez pas, lui dit-elle lorsqu'il arriva devant elle.

– Je ne peux rester. »

Il sentit ses doigts chauds effleurer les siens, puis lui encercler doucement le poignet.

« Dans ce cas, je vous demande pardon de vous avoir écrit, alors que je vous avais promis de ne pas le faire, mais j'avais besoin de vous voir.

– Quelqu'un va nous remarquer, murmura-t-il en levant les yeux vers les fenêtres donnant sur la cour.

– Il n'y a personne d'autre ici », répondit-elle en resserrant son étreinte. Il la sentit glisser l'autre main sous les plis de son habit. « Je m'en suis assurée.

– Blanche, non », murmura-t-il en essayant de la repousser.

Elle pencha le visage, et son parfum lui parvint aux narines. Il s'efforça d'ignorer les premiers frissons du désir.

« Pourquoi cette froideur ? lui demanda-t-elle. N'avez-vous pas souffert de mon absence ? Ma compagnie ne vous a-t-elle pas manqué, monsignor ?

– C'est trop dangereux, répondit-il d'un ton de reproche. Les gens de Toulouse ne sont pas absorbés par leurs propres affaires au point de ne pas voir ce qui est sous leurs yeux. La situation est délicate. Je ne puis me permettre d'être pris en faute.

– Comment ceci peut-il être une faute ? murmura-t-elle en approchant les lèvres de son oreille.

– Vous savez parfaitement comment, j'ai fait vœu de chasteté…

– Un serment contre nature, chuchota-t-elle, que les premiers Pères de l'Église n'étaient pas tenus de prêter. »

Comme toujours, son érudition théologique le prit par surprise. Il ne jugeait pas approprié pour une femme de débattre de pareilles choses et pourtant : elle l'impressionnait.

« Les choses sont différentes désormais.

– Pas tant que cela. »

Il posa les mains sur ses bras et tenta de mettre de la distance entre eux. Mais, inexplicablement, elle resta pressée contre lui, si proche qu'il pouvait sentir le battement de son cœur. Son sang s'échauffa de nouveau.

« Ai-je fait quelque chose pour vous offenser ? murmura-t-elle. Lorsque nous nous sommes quittés la dernière fois, vos mots étaient pleins de chaleur. D'amour.

– J'ai juré mon amour au Seigneur. »

Elle éclata d'un joli rire léger. Vidal tenta de se remémorer les vieux saints, leur fortitude face à la tentation.

« Ce que nous faisons est un péché, s'efforça-t-il de dire. Nous rompons mes vœux, et ceux que vous avez faits à votre époux…

– C'est ce dont je suis venue vous informer, l'interrompit-elle en dénouant le ruban à son cou. Mon époux est mort et enterré, Dieu ait son âme. » Elle se signa. « Je n'appartiens à aucun homme désormais. »

Involontairement, Vidal prit son beau visage entre ses mains.

« Mort ? Voilà qui est soudain.

– Mais pas inattendu. Sa santé s'était altérée.

– Je suis désolé de n'avoir pas été à vos côtés en ces heures de profonde affliction. »

Elle baissa les cils.

« Mon époux est enfin délivré de ses souffrances. Il nous a quittés pour un monde meilleur. Je pleure sa disparition, mais celle-ci me rend libre de donner mon cœur à qui je le souhaite.

– Blanche, vous êtes déterminée à mésentendre mon propos. » Il prit une grande inspiration. « Vous êtes peut-être délivrée de vos vœux, mais je ne le suis pas des miens. Mon cœur et mon âme sont promis à Dieu, vous le savez. Nous ne pouvons plus nous voir. »

Il la sentit se crisper dans ses bras.

« Vous n'avez plus besoin de moi ?

– Non, pas cela, protesta-t-il, sa détermination émoussée par la pitié. Jamais cela. Mais j'ai…

– Que puis-je faire pour vous prouver mon amour ? demanda-t-elle, d'une voix si douce, si enjôleuse. Pour vous prouver le devoir que je me sens envers Dieu. Car en vous servant, je le sers, Lui. Si je vous ai déplu, imposez-moi une pénitence. Dites-moi ce que je dois faire pour arranger les choses entre nous. »

Vidal glissa ses doigts entre les siens.

« Vous n'avez rien fait de mal. Vous êtes belle et généreuse, vous êtes… »

Le ruban de sa cape acheva de se dénouer, et l'étoffe bleu pâle tomba de ses épaules pour former comme une flaque au sol. Il vit qu'elle ne portait rien en dessous, hormis sa chemise. Les formes de son corps, les courbes généreuses de sa poitrine et de ses hanches, le renflement léger de son ventre : elle était encore plus belle que dans ses souvenirs.

« Cela ne peut… », commença-t-il à murmurer, mais les mots se coincèrent dans sa gorge.

En imagination, il se força à s'agenouiller devant l'autel majestueux de la cathédrale. Une fois de plus, il tenta de se remplir la tête d'images de la voûte en berceau et de la rosace, des pieds et mains ensanglantés de Jésus sur sa croix. Il essaya de substituer au battement de son pouls la mélodie du chœur, ses voix qui s'élevaient dans toute la nef et jusqu'au plafond. La promesse de la résurrection et de la vie à venir pour ceux qui suivaient Dieu et respectaient Ses lois.

Elle glissa la main entre ses jambes.

« Je souhaite seulement vous donner du réconfort. Vous travaillez si dur pour le bien d'autrui. »

Vidal ferma les yeux, sans défense contre le doux murmure de sa voix.

« Dans les jours qui ont suivi votre départ, disait-elle, je n'ai pu dormir, ni manger ni boire. Je languissais de votre absence. »

Il voulait résister, parler, mais il avait la gorge sèche. La prenant dans ses bras, il la porta jusque dans le secret des ombres de la loggia.

« Dans toute la ville, on dit que vous allez être évêque, murmura-t-elle. D'ici à la Saint-Michel, peut-être même archevêque, le plus jeune du Languedoc depuis bien des années. Je peux vous aider à devenir l'homme que vous êtes destiné à être. » Il sut qu'il était perdu. « Le plus grand homme de votre génération. »

Soulevant sa chemise pour révéler sa peau lisse et blanche, il oublia les fenêtres qui donnaient sur la cour, les sons de Toulouse qui s'éveillait autour d'eux. Il ne prêta pas attention au cliquètement d'un seau dans la rue, ni aux cloches de la cathédrale, ni à la présence agitée de Bonal qui montait la garde devant le portail. Il n'avait conscience de rien, hormis du mouvement de son corps dans celui de la jeune femme, toute pensée occultée par le désir.

« Avez-vous découvert l'information que je vous ai demandée ? » lui murmura-t-elle à l'oreille.

Vidal ne répondit pas. Il en était incapable. Il avait oublié jusqu'à l'endroit où il était. Puis il sentit ses doigts entortillés dans ses cheveux lui tirer durement la tête en arrière, et une douleur délicieusement fulgurante le traverser alors qu'elle lui mordait la lèvre.

« Où peut-on trouver la famille Joubert ? demanda-t-elle en lui plaquant la main sur la bouche. Vous m'avez promis de le découvrir pour moi. »

Vidal ne répondit pas, mais Blanche appuya plus fort, jusqu'à ce que ses poumons lui semblent sur le point d'éclater.

« Carcassonne », répondit-il, à bout de souffle.

Au comble de la jouissance, il cria son nom, insoucieux désormais de qui pouvait l'entendre. Il ne vit pas la satisfaction dans ses yeux sombres ni le sang – son sang – sur ses lèvres.

30

Une délégation attendait au coin de la rue du Taur. Minou regarda son oncle et le marchand d'armes, Delpech, conférer à mi-voix, penchés l'un vers l'autre. Puis, sans un mot, ils s'éloignèrent rapidement en direction de l'hôtel de ville, suivis du jeune homme à la cape jaune et de l'abbé. Mme Boussay leva brièvement la main pour dire au revoir à son époux, mais se vit ignorée.

Quel rustre, songea Minou, offensée pour sa tante, tandis qu'ils continuaient leur route pour entrer dans le quartier le plus ancien de Toulouse. Là, le nom des rues qui sillonnaient entre maisons à pans de bois et venelles étroites était un rappel vivant des métiers médiévaux qui avaient fait la prospérité de la ville par le passé : prêteurs sur gages, chaudronniers, bouchers, fabricants de chandelles, marchands de laine et hommes de loi.

Le soleil continua de monter tandis que la procession entrait lentement sur la place du Salin, site de l'ancien marché au sel, où les arbres commençaient à se couvrir de feuilles. Écorce argentée et pousses vert tendre. Minou ne put s'empêcher d'admirer les bâtiments de la trésorerie royale et de l'hôtel de la monnaie, les imposantes fenêtres à carreaux biseautés et les charpentes richement sculptées du parlement lui-même ; symboles, tous, de puissance et de permanence. Au coin de la place, le tribunal et la prison de l'Inquisition se dressaient juste à côté des habitations modernes construites pour héberger magistrats, clercs et avocats.

Enfin, ils passèrent la porte percée dans l'épaisseur du haut rempart de brique rouge, franchissant les douves tapissées d'herbe pour entrer dans le faubourg Saint-Michel.

« Bien que nous ne soyons plus tout à fait dans l'enceinte de la ville, ne put s'empêcher de faire remarquer Mme Boussay, c'est là un quartier de distinction. Parfaitement respectable.

– C'est l'impression qu'il donne », répliqua loyalement Minou.

Le groupe qu'elles conduisaient se joignit à la foule attendant devant l'église paroissiale de Saint-Salvador. Le surplis blanc du curé claquait autour de ses jambes dans le vent. La croix en argent, astiquée et reluisante, accrochait la lumière du soleil de midi et renvoyait des reflets dansants sur le parement en brique rouge du portail ouest de l'édifice. L'air était empli de sons, de notes cherchant leur juste hauteur, par les musiciens en train d'accorder leurs instruments. Tambours et guiternes, musettes avec leur gros ventre en cuir et luths en bois de buis. Le cliquetis et le scintillement des tambourins des momons.

« Vous ai-je déjà dit, nièce, que j'avais été prénommée en l'honneur de saint Salvador ? fit Mme Boussay en chuchotant, bien que ce soit inutile. C'est ma mère qui en a fait le choix, et quoique je sois sûre que c'est vanité de ma part, je me suis toujours sentie bénie de posséder un prénom si particulier.

– Et vous avez bien raison, tante. C'est un prénom très élégant. »

Mme Boussay sourit, et ses joues se creusèrent de fossettes.

« C'est dans cette église que je me suis mariée. Une magnifique cérémonie, tout le monde en a fait la remarque. Personne n'avait vu noces aussi somptueuses dans ce quartier jusqu'alors ; personne.

– Racontez-moi, dit Minou, bien que sa tante n'ait guère besoin d'encouragement pour ce faire.

– Il faisait très beau et le temps était doux, mais j'étais presque muette de peur. J'étais plus jeune que vous ne l'êtes à présent.

Tous ces yeux posés sur moi, je n'en avais pas l'habitude. C'est à peine si j'ai réussi à prononcer mes vœux. Mais c'était un beau mariage, et ma mère avait les larmes aux yeux que j'aie été choisie par un tel gentilhomme. » Elle étreignit brusquement la main de Minou, manquant faire tomber son éventail. Une plume blanche s'en détacha, voletant un moment dans la brise avant de tomber sur les pavés. « Mais j'avoue que cela me peine, nièce, de penser que vous n'aurez pas le bonheur de voir votre mère présente à votre propre mariage. Ma pauvre sœur, emportée avant son heure. Cela me brise le cœur. »

Minou sourit.

« Je vous en prie, ne vous inquiétez pas. Sa compagnie et ses sages conseils me manquent, il est vrai, mais pour être honnête, je ne pense pas que le jour de mon mariage soit pire que tout autre à cet égard. » Elle serra doucement le bras de sa tante. « Et puis, si je me marie, vous serez là, chère tante, et vous représenterez ma mère. »

Mme Boussay rougit.

« Oh, eh bien, comme il est charmant de votre part de vouloir que je... et de le dire. Eh bien... » Sa voix s'éteignit, gonflée d'émotion. « Et, bien sûr, j'en serai honorée. J'aurais tant aimé avoir moi-même une fille, mais il n'était pas dans la volonté du Seigneur que nous ayons le bonheur d'avoir des enfants. » Elle donna une tape sur le bras de Minou. « Mais qu'entendez-vous par "si" ? Bien sûr que vous allez vous marier. Vous devriez ; toutes les femmes le devraient. À votre âge, je l'étais déjà depuis près de quatre ans. N'avez-vous pas un prétendant ? » Elle baissa la voix. « Si c'est une dot qui vous manque, eh bien, quoi que puisse en dire M. Boussay, j'aime à penser que je sais ce que je dois à la chair de ma chair.

– C'est très généreux de votre part, tante, mais je ne suis pas pressée de me marier. Je prends grand plaisir à vivre ici à Toulouse, et je n'ai aucun désir de mettre fin à cela. »

Mme Boussay fit un geste de la main.

« Nul besoin de me remercier, ma chère, nul besoin. C'est moi qui suis ravie d'avoir des jeunes gens à la maison, même s'il faut bien avouer qu'Aimeric est parfois, euh... sa voix, si forte. Ses bottes.

– Je reconnais qu'il a beaucoup à apprendre – et je crains que Mme Montfort ne soit un peu trop stricte avec lui –, mais mon frère s'épanouit sous la supervision de mon oncle. »

Encore un mensonge. M. Boussay n'accordait aucune attention à Aimeric si ce n'était, occasionnellement, pour le critiquer.

« Il aurait aimé avoir un fils lui-même. Quel homme ne le souhaiterait pas ? »

Minou sourit.

« Dites-moi, tante, comment était ma mère ? »

Mme Boussay parut perplexe.

« Comment était-elle ? Eh bien, plus grande que moi. Une masse de boucles brunes, elle n'arrivait jamais à passer un peigne dedans, et... »

Minou éclata de rire.

« Je voulais dire de caractère, tante. Quel genre de personne elle était. J'adorerais que vous me racontiez les souvenirs que vous gardez de votre enfance commune.

– Oh, oh, je vois. Florence était... Pour être franche, c'est difficile à dire. Nous avions dix bonnes années d'écart, et la nature l'avait dotée d'un esprit vif et d'une grande intelligence, tandis que j'avais reçu la beauté en partage, enfin... Alors je suis sûre que je devais l'exaspérer. Et, bien sûr, nous avions la même mère, mais, lorsque le père de Florence est mort et que mère s'est remariée, mon cher père, j'ai le regret de le dire, ne s'intéressait guère à la fille d'un autre homme et, eh bien... Peu de temps après, Florence s'est mariée, et elle vivait si loin, à Puivert, que nous nous voyions très peu.

– Puivert, dites-vous ? Mes parents n'ont-ils pas vécu toute leur vie commune à Carcassonne ? »

Mme Boussay porta une main agitée à ses cheveux.

« Eh bien, nièce, j'espère n'avoir pas commis d'impair en disant cela, même si je ne puis imaginer quelle importance cela pourrait avoir après tout ce temps. Mais ils se sont mariés à Puivert, j'en suis certaine. Votre père, à l'époque, était au service de M. de Bruyères, le seigneur du château. Du moins je crois que c'était là son titre. Je m'embrouille parfois, je le sais, et mon époux m'en fait souvent le reproche. Un grand domaine, m'a-t-on dit, doté d'une excellente chasse. La cérémonie a été célébrée dans le château même, car je me rappelle que l'invitation est arrivée cachetée d'un sceau familial – il représentait une créature horrible, un lion avec des serres. Cela m'a fait pleurer. »

Minou fut frappée par cette description, qui lui rappelait fortement le cachet de la lettre désormais cachée sous son matelas.

« J'avais tellement envie d'y assister, continua sa tante, mais mon père a dit que c'était trop loin pour nous y rendre. Alors j'ai pleuré à nouveau, car je voulais être demoiselle d'honneur. » Elle fronça les sourcils. « C'est une femme du village qui a dû occuper cette position. Cécile. Son nom de famille m'échappe, mais je me souviens qu'elle s'appelait Cécile, parce que j'avais trouvé le prénom joli et m'étais dit que je le donnerais peut-être un jour à ma propre fille. » Son visage s'assombrit de nouveau. « Enfin, c'est du passé, tout cela. »

Minou sentit la tension qui lui nouait l'estomac s'accentuer en se remémorant la conversation qu'elle avait surprise entre son père et Mme Noubel, où ils s'étaient appelés mutuellement par leur prénom.

« Peut-être s'agissait-il de Cécile Cordier, tante ? demanda-t-elle d'un ton calme qui ne reflétait en rien son état d'esprit.

– Savez-vous, je crois bien que oui. Comme c'est curieux que vous ayez connaissance de cela. Quoi qu'il en soit, pour être tout à fait honnête, je ne me rappelle pas combien de temps vos parents sont restés à Puivert après leur mariage. Une chose est sûre, vous êtes née là-bas. »

Minou sentit sa gorge s'assécher.

« Pardonnez-moi, tante, êtes-vous certaine de cela ? J'ai toujours cru – supposé – que j'étais née à Carcassonne, comme mon frère et ma sœur. »

Mme Boussay fronça les sourcils.

« Encore une fois, je puis me tromper, mais M. Boussay et moi-même étions alors mariés depuis quelques années, et Dieu ne nous avait pas accordé le bonheur d'avoir des enfants. Aussi, lorsque j'ai appris votre naissance, cela m'a marquée. J'étais, bien sûr, ravie pour Florence, mais en même temps, triste pour moi-même.

– Je suis née en 1542. Le dernier jour du mois d'octobre.

– Alors, en effet, c'est bien cela. C'est ce dont je me souviens. Ma mère était fort inquiète. On entendait de si affreuses rumeurs d'inondations dans les vallées de montagne, et de glissements de terrain. Et tout cela au moment où Florence était en couches ; ma mère était fort inquiète. » Elle agita les mains et, cette fois, lâcha son éventail. « Mais c'était il y a tellement longtemps, et, bien sûr, la vie avec M. Boussay... Être une épouse n'est pas toujours facile. » Elle s'interrompit. « Et ensuite, malheureusement, il y a eu ce différend entre mon époux et votre chère mère. »

Du coin de l'œil, Minou vit que Mme Montfort avait remarqué leur conversation privée et se frayait un chemin dans la foule pour les rejoindre. Sachant qu'elles seraient bientôt interrompues, elle se hâta de continuer.

« Qu'est-ce qui a causé leur mésentente ?

– Un malentendu, personne ne saura me convaincre du contraire. » Sa tante baissa encore davantage le ton. « Bien que Florence et moi nous soyons rarement revues en personne – ou plus exactement, jamais – après son mariage, ma chère sœur m'avait envoyé de Puivert le plus magnifique présent pour fêter votre naissance. »

Minou fronça les sourcils.

« Étrange que ce soit ma mère qui vous ait envoyé un présent. N'est-ce pas généralement le contraire ?

– Eh bien, maintenant que vous le dites, bien sûr, je suppose que c'est vrai. Mais c'était une si délicate attention. Une bible, reliée du plus beau cuir, avec un ravissant ruban bleu pour en marquer les pages. » Elle fronça les sourcils. « M. Boussay s'en est offusqué, parce qu'elle était écrite en français, et m'a interdit de la garder. Mais, même si, bien sûr, une femme a pour devoir d'obéir à son époux en toutes choses, j'ai estimé que juste pour cette fois – parce que c'était le seul cadeau que j'aie jamais reçu de ma pauvre sœur – je pouvais prendre ma propre décision. C'est la seule occasion où je suis allée à l'encontre de ses désirs, parce que... »

L'ombre de Mme Montfort tomba entre elle. Mme Boussay sursauta, comme une enfant prise en faute.

« Eh bien, ma sœur ? demanda brusquement la nouvelle venue en les regardant l'une après l'autre. Vous semblez en pleine conversation. Quel sujet vous intéresse tant, Salvadora, que vous en parlez si longuement ?

– Ma sœur ! » Mme Boussay se mit à bredouiller. « Eh bien, euh... Nous étions... Enfin, c'est-à-dire...

– Il serait vraiment dommage que des affaires privées vous poussent à négliger vos obligations, Salvadora. Je me demande ce qui peut bien vous absorber ainsi toutes les deux ? »

Minou se pencha pour ramasser l'éventail.

« Ma tante a laissé tomber ceci. Je ne faisais que le lui rendre. Une des plumes s'est détachée, voyez-vous ? »

La cloche annonçant la communion se mit à sonner, et une onde d'attention fébrile parcourut la foule. Le curé, vêtu de sa chape pourpre, s'avança. Les autres membres de l'église, ecclésiastiques et laïcs, vinrent se placer à ses côtés à petits pas. L'encensoir se mit à osciller, libérant de légères bouffées d'encens à l'odeur aigre et chaude. Des bannières se dressèrent, et la congrégation forma des rangs, hommes devant et femmes et enfants derrière.

Tous les animaux de l'arche, songea Minou, étourdie par ce que sa tante venait de lui raconter. Deux par deux.

« Quel itinéraire suit la procession de Saint-Salvador ?

– Nous allons passer la porte de la ville dans l'autre sens pour regagner la place du Salin, répondit doucement Mme Boussay, puis nous allons suivre la courbe du rempart oriental, ressortir par la porte Montolieu et tourner pour revenir ici. J'ai demandé au curé lui-même. Une heure de marche environ, en tout, mais nous sommes si nombreux aujourd'hui – cela fait tellement plaisir à voir – qu'il faudra sans doute plus longtemps. Et ne sommes-nous pas bénis pour ce qui est du temps ? Il y a eu des années où...

– Salvadora ! l'interrompit sèchement Mme Montfort. Essayez de donner l'exemple. Par égard pour votre époux, à défaut de vous-même. »

Minou vit Mme Boussay se recroqueviller sur elle-même. Elle lui étreignit affectueusement le bras, mais ce geste arracha une grimace à sa tante.

« Je suis désolée, vous ai-je fait mal ?

– Ce n'est rien, rien du tout, je vous en prie », répondit-elle en se dégageant.

Son gant s'écarta assez de sa manche pour révéler une vilaine meurtrissure noire sur son poignet.

« Tante, que vous est-il arrivé ? »

Salvadora baissa sa manche.

« Ce n'est rien, répéta-t-elle vivement. Je me suis coincé la main dans le couvercle du coffre alors que je m'habillais ; ce n'est rien.

– *Domine Deus omnipotens...* »

Elle se tourna résolument vers le curé et ferma les yeux. Mme Montfort poussa Minou pour prendre sa place, la forçant à marcher toute seule derrière elles, mais la jeune fille ne s'en formalisa pas. Cela lui donnait le temps de réfléchir.

« ... *qui ad principium...* »

Les mots devinrent des notes, et les notes de la musique. Les momons commencèrent à chanter les répons tandis que la colonne, telle une créature s'éveillant de son hibernation, se mettait lentement en mouvement, au rythme d'un lourd battement de tambour.

Minou posa les mains sur sa poitrine pour le sentir résonner en elle. Les tambourins et les musettes, le flux et le reflux des voix, le bruit cadencé des pas. Elle était envoûtée.

Tout autour d'eux, Toulouse était en fleurs. Géraniums précoces, primevères jaunes ou blanches et, partout, des violettes. Le perron des églises devant lesquelles ils passaient était orné de bouquets de fleurs sauvages.

« N'est-ce pas extraordinaire ? lui lança sa tante par-dessus son épaule.

– C'est magnifique, oui !

– Je suis sincèrement convaincue que Toulouse est la plus merveilleuse ville au monde », ajouta-t-elle, son doux visage rose de plaisir.

Tandis qu'elles continuaient leur route, Minou laissa libre cours à ses réflexions. Que devait-elle penser de la révélation de sa naissance à Puivert, et du fait qu'elle n'en avait jamais rien su ? Du fait que Mme Noubel – anciennement Cécile Cordier – ne lui avait jamais dit qu'elle connaissait ses parents depuis si longtemps ? Ou encore du don, par sa mère à sa tante, d'une bible en français à l'occasion de sa propre naissance ?

Et au milieu de toutes les surprises de la journée, elle avait la désagréable impression qu'il y avait quelque chose d'encore plus important qu'elle n'avait pas relevé.

31

Puivert

Peu après midi, Bernard Joubert entra dans le village en tirant Canigó derrière lui. La vieille jument avait perdu un fer et boitait à nouveau d'une de ses jambes antérieures.

Il fut surpris de découvrir combien Puivert lui était encore familier après une si longue absence. Il se rappelait exactement où la piste descendait en pente avant de disparaître, où les vergers se déployaient au sud du village, où l'on pouvait entendre le fracas de l'enclume du forgeron et où le boulanger ramassait du bois pour son four. Il repéra un mince sentier qui s'enfonçait en serpentant dans les bois où, plus tard dans l'année, on pourrait trouver des glands.

« Tout doux, ma belle », murmura-t-il en tirant légèrement sur la bride de Canigó, qui s'arrêta avec lourdeur.

Elle baissa le cou pour effleurer des naseaux la terre sèche. Bernard se pencha pour arracher une poignée d'herbe fraîche printanière sur le bas-côté et la tendit sur sa main ouverte à sa monture reconnaissante.

Il régnait un silence étrange dans Puivert. Un jeudi, le village aurait dû retentir du bruit des commérages et du commerce, des femmes allant porter un déjeuner de pain et de bière à leur époux qui travaillait aux champs, mais il n'entendait presque rien. Une légère inquiétude le prit. Et si la peste était revenue ?

Il jeta un coup d'œil autour de lui et ne vit aucun signe peint sur les portes pour prévenir qu'une maison était infectée. Un peu plus loin, une volute de fumée sortait en spirale d'une cheminée, blanche comme un nuage. Puis le silence fut brisé par le tintinnabulement des grelots d'un troupeau de chèvres à flanc de coteau.

Néanmoins, cela restait étrange.

Bernard s'avança suivi de Canigó dans la grande rue, qui était à peine plus qu'une piste. La terre était sèche sous ses pieds, et les seuls sons ambiants étaient le raclement des cailloux roulant sous les sabots de la jument, et le grincement de ses sacoches de selle en cuir.

Il attacha l'animal à un arbre sur le pré communal, près du puits, puis se dirigea vers la vieille maison blanche à l'autre extrémité de la rue. La dernière fois qu'il y avait mis les pieds, c'était à la Toussaint de l'an 1542. En ce premier jour du rude mois de novembre, la pièce unique au rez-de-chaussée avait été chauffée par une belle flambée.

Aurait-il dû écrire à la vieille Mme Gabignaud pour la prévenir de son arrivée ? Il avait envisagé de le faire, mais la prudence avait retenu sa main. Les lettres pouvaient être volées. Il n'avait même pas pensé, par contre, à se renseigner à l'avance pour savoir si elle vivait toujours à Puivert. Mais elle était née dans ce village, y avait grandi et connu de nombreux hivers. Où pourrait-elle être sinon ?

« Personne ne vous répondra ici, *sénher.* »

Joubert se retourna et découvrit un vieil homme qui l'observait de derrière une clôture.

« N'est-ce pas là la demeure de la sage-femme ?

– Ça l'était, répondit l'homme en occitan, produisant un son qui semblait à mi-chemin entre le mot et la toux. *La levandiera. Mort.*

– Anne Gabignaud est morte ? »

Bernard sentit son pouls s'accélérer à la perspective d'être ainsi délivré. Si elle était décédée, c'était une langue de moins qui risquait de se délier. Puis il fronça les sourcils, honteux de nourrir des pensées aussi peu chrétiennes.

« Quand a-t-elle rendu l'âme, monsieur... ?

– Lizier. Achille Lizier, puivertain de souche.

– Je ne demande pas par vaine curiosité, se hâta de préciser Bernard. Je connaissais Mme Gabignaud autrefois. »

Le regard de Lizier se fit méfiant.

« Je ne me rappelle pas vous avoir vu dans le coin.

– C'était il y a quelques années maintenant.

– Je suis parti quelque temps combattre dans les guerres d'Italie.

– Ce doit être vers cette époque que j'étais ici », mentit Bernard.

Lizier hésita, puis hocha la tête.

« Personne ne sait comment c'est arrivé, seulement qu'elle a été retrouvée morte dans son lit. Au début du Carême.

– Ce mois de mars même, qui vient de se terminer ?

– Aussi vrai que je vous le dis. » Il porta la main à sa gorge. « Étranglée.

– Vous dites qu'elle a été assassinée ? »

Lizier grimaça, révélant une bouche remplie de dents gâtées.

« C'est exact. Asphyxiée. Oreiller et chemise en lambeaux, comme si une bête sauvage était passée par là. Pots et marmites renversés. L'huile de sa lampe répandue partout sur le sol. »

Bernard sentit son estomac se nouer brusquement. Qui pouvait bien vouloir assassiner une vieille femme ? Quelle offense pouvait-on lui reprocher ? Puis, alors que cette première question restait vertigineusement sans réponse, une autre lui vint.

Si elle avait été tuée, pourquoi maintenant ?

« Pour ainsi dire pas de famille, était en train de dire Lizier, mais c'était une des nôtres. On a payé pour son enterrement. » D'un geste sec de la tête, il indiqua le château. « On ne leur a pas pris un seul sou.

– Était-ce un voleur ? Un intrus ?

– Personne ne le sait, mais voilà ce que je peux vous dire. Il y avait quelque chose qui l'inquiétait. Elle avait même écrit une lettre, bien qu'elle sache à peine écrire. Sur un bout de papier récupéré au château, qui portait même le sceau des Bruyères. Je l'ai donnée à mon neveu pour qu'il la fasse envoyer à Carcassonne.

– Personne n'a été arrêté pour ce crime ? »

Lizier secoua la tête.

« Non, mais moi je dis que c'est les huguenots.

– Il y a des protestants à Puivert ? » s'étonna Bernard.

L'homme cracha par terre, éclaboussant légèrement la botte de Bernard.

« Ils sont partout. De vrais cafards. » Son regard se fit brusquement méfiant. « D'où est-ce que vous avez dit que vous venez ?

– De Limoux », répondit Bernard, prenant une ville au hasard.

Il n'avait aucune intention d'annoncer sa présence dans le village. Même si Lizier ne l'avait pas reconnu, d'autres le pouvaient.

« Limoux, maugréa Lizier. Là-bas aussi, les protestants ont pris le contrôle ; il n'y a plus que de la vermine. » Il fit un nouveau signe de tête en direction du château. « Lui, il ne les a jamais laissés faire. Le diable incarné, l'âme noire comme la nuit, mais il a toujours empêché ces rats d'égout d'entrer dans Puivert. Il n'y en a pas un dans le coin. »

Bernard sentit le sol se dérober sous ses pieds.

« "Ne les a jamais laissés faire", avez-vous dit ? Il est parti ?

– Il avait violenté ma fille, continua Lizier sans relever sa question. Celles d'autres hommes aussi. Quel père lui pardonnerait pareille chose ? Et mon petit-neveu a été enrôlé de force au château, comme si cela ne suffisait pas. Sa mère, emportée par la peste. Deux filles que j'ai perdues ; ce ne devrait pas être permis. » Il secoua la tête. « Un vrai suppôt de Satan, notre défunt châtelain, cela ne fait aucun doute ; mais il était inflexible face aux hérétiques. Pas de huguenots ici. Pas un seul.

– Le seigneur de Puivert est mort ?

– N'est-ce pas ce que je viens de vous dire ? L'ont mis en terre il y a de cela un mois. Tout le village a reçu l'ordre d'assister à l'enterrement, mais pas moi. J'ai refusé. Ma fille s'est donné la mort à cause de lui. Un pécheur qu'il était, tout le monde le savait, même si on était obligés de ramper devant lui. N'avait pas plus le droit de se faire appeler maître de Puivert que moi. Un vrai scélérat, il n'y avait pas pire monstre. »

Se pouvait-il que ce soit vrai ? Bernard relâcha son souffle. L'homme dont il avait eu peur toutes ces années était mort. Cela voulait-il dire que son secret était enfin sauf ?

« Cela dit, sa veuve ne vaut pas mieux, continua Lizier. Encore une âme noire comme la nuit, même si son nom proclame le contraire. » Il se tapota la tête. « Entend des voix, dit-on. Passe son temps à parler à Dieu. »

Et aussi vite que les craintes de Bernard s'étaient apaisées, elles revinrent en force.

« Son épouse est morte il y a de cela des années, répondit-il prudemment. C'est ce que j'ai entendu dire.

– Sa première femme, oui. Elle, par contre, c'était une dame vertueuse que ce monde ne méritait pas. L'infâme monstre s'est remarié avec une rapidité indécente. Cette deuxième l'a quitté, ou plutôt s'est enfuie, mais il a gardé son argent. Puis, il y a quelques années, il a pris une troisième femme, deux fois plus jeune que lui au moins. »

Le sang de Bernard se glaça. Qui savait quels secrets un vieux satyre avait pu murmurer à une jeune mariée sur l'oreiller ? Il leva les yeux vers le château perché sur la colline au-dessus du village, puis les reposa sur Lizier.

« Elle n'est même pas d'ici. Elle vient d'un domaine quelque part près de Saint-Antonin. » Lizier rapprocha sa tête de la sienne. « Elle avait à peine quinze ans quand elle l'a épousé, s'étant retrouvée sans ressources à la mort de son père. Et ayant besoin d'un époux pour reconnaître le bâtard qu'elle portait.

– Elle était enceinte lorsqu'ils se sont mariés ?

– C'est ce qu'on dit. »

Bernard avait la tête qui tournait.

« Eh bien, quel âge a l'enfant maintenant ?

– Il n'a pas survécu, *sénher*. Il en est qui disent que c'était son propre père qui l'avait engrossée. » L'horreur que ressentait Bernard dut se lire sur son visage, car Lizier leva les mains en signe d'excuse. « Mais je n'y accorde pas foi, personnellement. Quel père ferait une chose aussi contre nature ? »

Bernard ravala son dégoût.

« A-t-il laissé de quoi assurer l'avenir de sa veuve ? Y a-t-il un fils pour hériter de ces terres ? »

Lizier se pencha encore plus près.

« Il y a des rumeurs.

– Quel genre de rumeurs ?

– Quel âge me donnez-vous ? fit soudain le vieil homme. Allons. Devinez.

– Je ne saurais dire, monsieur, répondit Bernard avec lassitude. Plus que moi, avec, je suppose, au moins deux fois la sagesse qui l'accompagne.

– Ha ! J'ai connu le siècle dernier et ne verrai pas le prochain, répliqua l'homme avec un rire, avant de laisser tomber sa main sur l'épaule de Joubert. Il n'en est qu'un dans le village plus vieux que moi.

– Je vous salue, Lizier. »

Il hocha la tête, satisfait du compliment.

« Pour répondre à votre question, *sénher*, il n'y a pas de fils. Pas de fille non plus, même si on dit que sur son lit de mort, notre défunt châtelain a évoqué l'existence d'un enfant. Mais pour le meilleur ou pour le pire, je peux vous révéler encore une chose. Dame Blanche a bien l'intention d'être maîtresse ici de son propre droit, héritier ou non. Croyez-moi. Et alors, que Dieu nous vienne en aide. »

32

Toulouse

La procession s'engagea dans la rue Nazareth puis s'immobilisa. C'était une voie profondément encaissée, bordée de part et d'autre de maisons hautes et étroites. Celles sur leur droite étaient accolées directement au rempart, qui pourvoyait ombre profonde et air frais.

Rapidement, des murmures d'impatience commencèrent à bruisser dans la foule comme un vent estival dans un champ d'orge. Les gens devinrent agités. Un des momons sortit du rang pour voir ce qui se passait devant.

« C'est un scandale, dit Mme Montfort. Ce ne devrait pas être permis.

– Nièce, vous avez l'avantage de la taille, vous êtes tellement plus grande que moi. Pouvez-vous voir pourquoi nous sommes arrêtés ? »

Minou se dressa sur la pointe des pieds et regarda par-dessus les têtes.

« Il semble y avoir un cortège funèbre, mais je ne vois pas…

– C'est un enterrement huguenot qui bloque la rue, l'interrompit Mme Montfort. C'est une honte. Ils ont obtenu ce qu'ils avaient réclamé, leur propre temple. Pourquoi n'y restent-ils pas ? L'édifice est bien trop près de la porte Villeneuve de toute façon. S'ils éprouvaient la moindre gratitude envers Toulouse pour la générosité dont elle a fait preuve à leur égard, ils auraient construit un bâtiment de taille plus modeste, et hors de vue.

Pourquoi nous, honnêtes chrétiens, devrions souffrir cette vue alors que nous vaquons à nos occupations quotidiennes, j'ai peine à l'imaginer.

– Ils ne s'habillent même pas comme nous pour un enterrement, ajouta Mme Boussay. C'est honteux, si vous voulez mon avis. J'admets qu'ils portent le noir, mais ces vêtements de travail ordinaires : c'est proprement inconvenant. »

Dans un rare moment d'entente, Mme Montfort hocha la tête.

« Vous avez raison, Salvadora. Même lorsqu'ils enterrent leurs morts, les huguenots ne respectent pas les convenances. La façon dont ils paradent à l'intérieur des murs est tout à fait scandaleuse.

– Font-ils vraiment quoi que ce soit de mal ? » murmura Minou.

Ses deux aînées l'ignorèrent.

« Je vais soulever le sujet avec mon frère. Il devrait informer l'hôtel de ville.

– Moi aussi, enchérit Mme Boussay, enhardie par le fait que sa belle-sœur était pour une fois d'accord avec elle.

– Il n'est point besoin que nous lui parlions toutes les deux, ma sœur. Je lui expliquerai clairement, d'une façon qui lui permettra de porter le problème devant les capitouls. Ce comportement flagrant ne devrait pas être autorisé. »

Mme Boussay rougit.

« Très bien, si vous jugez que c'est mieux ainsi, Adélaïde. Je vous laisse vous en occuper. Vous comprenez ces choses bien mieux que moi. »

Minou sortit de derrière la congrégation pour mieux voir ce qui se passait. La rue Nazareth semblait complètement remplie de personnes, peut-être une quarantaine en tout. Les membres du cortège funèbre étaient habillés simplement et sans ostentation, mais elle ne trouvait pas qu'ils offraient une apparence inconvenable pour autant. Un autre groupe était plus richement vêtu, avec velours et plumes noires, et accompagné d'hommes d'Église catholiques.

« Que voyez-vous à présent, nièce ? Pourquoi n'avançons-nous pas ? Sont-ils si nombreux que notre route est bloquée ? »

Minou monta sur le perron d'une maison voisine pour mieux observer.

« La rue se rétrécit à l'angle, décrivit-elle, essayant d'analyser ce qu'elle voyait, mais ce n'est pas ce qui nous arrête. Une dispute est en cours.

– Une dispute ? demanda Mme Montfort d'un ton impérieux. Quel genre de dispute ?

– Je n'entends pas, mais deux prêtres – des chanoines de la cathédrale, je crois – semblent faire des remontrances au pasteur huguenot. Un gentilhomme catholique est à côté d'eux. Maintenant, l'un des prêtres est en train de crier. L'homme qui mène le deuil essaie de le calmer.

– Ne soyez pas ridicule, Marguerite, l'interrompit de nouveau Mme Montfort. Comme si un homme de Dieu allait vociférer dans la rue tel un vulgaire vagabond.

– Eh bien pourtant, il agite les bras et semble en colère, répliqua Minou. Et maintenant – oh !... »

Elle s'interrompit. Quatre hommes, armés chacun d'un gourdin et le visage caché derrière un mouchoir, s'étaient avancés pour encadrer les gentilshommes catholiques qui cherchaient querelle au convoi funèbre.

« Oh non..., fit-elle, le cœur battant.

– Qu'y a-t-il ? demanda sa tante d'un ton angoissé. Que se passe-t-il à présent ? »

Du perron, Minou monta sur un muret.

« Marguerite, voyons, s'exclama sèchement Mme Montfort. Descendez de là !

– Que voyez-vous, nièce ?

– Ils essaient d'arracher le cercueil des mains de ceux qui le portent. Le pasteur tente d'intervenir, mais ils sont trop nombreux et...

– Qu'en est-il de notre propre cher curé ? s'écria Mme Boussay en agrippant les jupes de Minou. Le voyez-vous ? Les huguenots le menacent-ils aussi ?

– Ce ne sont pas les protestants les agresseurs, répondit Minou. Ils ne sont pas armés. Ce sont les autres qui ont des armes.

– Des armes ? gémit sa tante. Les huguenots n'ont pas le droit de porter des armes dans l'enceinte de la ville, mon époux a bien insisté sur ce point lorsqu'il m'en a parlé.

– Comme je vous l'ai dit, ce ne sont pas les huguenots qui sont armés, tante, répliqua Minou, sa patience entamée par la peur, mais ceux qui essaient d'arracher le cercueil à ses porteurs.

– Ne soyez pas absurde. Aucun catholique ne se conduirait de pareille façon. » Mme Montfort se hissa à son tour sur le muret. « Laissez-moi voir, Marguerite. »

Brusquement, tout l'espace se remplit d'hommes. Étudiants, artisans et clercs, catholiques en velours et larges fraises, travailleurs armés de massues de fortune, qui arrivaient tous de l'autre extrémité de la rue. Un murmure d'inquiétude parcourut les rangs du convoi funèbre et de la procession, désormais piégés entre cette armée de citoyens et le rayon de soleil visible au bout de la rue.

« Comme une embuscade », murmura Minou.

Les bannières de la procession furent baissées. Le curé tendit son encensoir à l'un de ses acolytes, qui se hâta de partir avec. Du coin de l'œil, Minou vit deux musiciens poser leurs instruments et commencer à se frayer un chemin vers l'avant.

Elle sauta au bas du mur et joua des coudes dans la mer de capes jusqu'à ce qu'elle trouve le moine qui les avait accompagnées depuis la rue du Taur.

« Ma tante est alarmée par la foule. Je me demande si nous ne ferions pas mieux de la ramener à Saint-Michel ?

– Ne voyez-vous pas ce qui est en train de se passer ? cracha-t-il en réponse, le coin des lèvres blanchi de postillons accumulés.

Êtes-vous aveugle ? Le bien-être d'une malheureuse idiote n'est pas mon problème.

– Lorsque la "malheureuse idiote" en question est votre bienfaitrice, je m'étonne que vous vous en désintéressiez de façon aussi peu courtoise. »

À la stupéfaction de Minou, il l'écarta de son chemin.

« Faites ce que vous voulez, peu m'importe.

– Mon oncle entendra parler de cette insulte à son épouse, répliqua-t-elle. N'en doutez pas. »

Outrée, elle tourna les talons, résolue à emmener elle-même sa tante à l'écart du danger. Mais à son grand désarroi, elle trouva l'espace au pied du perron désert.

« Tante ? » appela-t-elle en regardant anxieusement autour d'elle.

Enfin, au loin, elle repéra Mme Montfort qui entraînait sa belle-sœur en lieu sûr.

Elle était sur le point de les suivre lorsqu'un brusque mouvement de foule l'emporta dans l'autre sens. Un pied foula le bord de sa cape, l'étranglant à moitié en tirant sur le ruban à son cou. Un coude s'enfonça dans ses côtes. Elle respirait un air vicié par la sueur, la peur et l'haleine aigre d'inconnus qui la pressaient de trop près, et ne pouvait y échapper. Elle chercha une trouée par où s'extirper de la masse grouillante, mais n'en trouva aucune. Elle avait déjà été prise dans un mouvement de foule par le passé, à l'âge de dix ans. Elle sortait de la librairie avec sa mère lorsqu'elles s'étaient trouvées emportées par la populace venue assister à une pendaison multiple. Elle se rappelait encore la force avec laquelle sa mère avait agrippé sa main et la clameur de la meute, les visages couverts et les corps qui se tordaient au bout du gibet. Alors, comme à cet instant, c'était les expressions des gens qui lui avaient glacé le sang. La haine et la malveillance qui se dessinaient sur le visage d'hommes et femmes ordinaires, soudainement transformés en monstres.

« Excusez-moi, essaya-t-elle de dire. Laissez-moi passer, s'il vous plaît. »

Sa voix fut engloutie dans le brouhaha. Au loin, elle entendit des chevaux et le fracas d'une charrette, puis un ferraillement et un hurlement strident.

L'espace d'un instant, tout le monde sembla retenir son souffle. Silence, immobilité. Puis un simple mot qui fut comme un appel aux armes.

« Hérétiques ! »

La rue devint subitement un champ de bataille. Avec un rugissement, les deux tribus se jetèrent dans la mêlée, éparpillant drapeaux et fanions. Poussée sur un côté, Minou vit des gens aveuglés par la panique s'enfuir en tous sens, certains à l'écart de l'échauffourée et d'autres droit vers elle.

Le cortège funèbre était désormais complètement encerclé, et les porteurs du cercueil, bien que s'efforçant encore de garder leur fardeau en hauteur au-dessus de la foule, furent bousculés de tous côtés.

« Traîtres ! »

Des mots acérés comme des épines, qui tourmentaient, raillaient, conspuaient. Le chef du cortège tentait encore d'appeler au calme, mais sa voix était noyée dans le vacarme. Une main gantée se tendit brusquement et le frappa au visage. Il recula en trébuchant, le nez en sang.

Minou vit un homme barbu aux cheveux noir charbon arriver d'un bond pour le défendre, s'interposant entre lui et la meute hurlante. Il leva vivement le bras pour parer un autre assaut, laissant le temps au huguenot de se relever et de s'échapper. Avec un rugissement, le catholique se rua en avant pour bombarder de coups le nouveau venu. Ils étaient de force égale, mais l'agresseur dégaina ensuite son épée, et l'atmosphère changea.

Calmement, le huguenot recula d'un pas en tirant sa propre courte lame, et se mit en garde. Minou sentit un autre souvenir se frayer un chemin jusqu'à la surface de ses pensées. Une autre rue, à Carcassonne et non à Toulouse, et cette même posture, une dague à la main.

Piet ?

Le catholique passa à l'attaque. Piet para celle-ci, faisant dévier son épée. L'agresseur fit une nouvelle tentative, lui portant cette fois un coup de taille. Piet bondit sur sa gauche, restant dans la défensive plutôt que d'essayer de le toucher, se rendit compte Minou. Puis, brusquement, l'épée sauta des mains de l'assaillant et Piet l'écarta d'un coup de pied. L'homme se figea, avant de détaler.

« Piet ! » appela Minou, mais il ne l'entendit pas dans la cacophonie de hurlements et de bruits d'affrontement.

Elle s'écarta pour laisser passer deux huguenotes en fuite, et le perdit immédiatement de vue.

Poings, cailloux et pierres d'un côté ; dagues, gourdins et épées de l'autre. Les huguenots faisaient face à des adversaires dix fois plus nombreux. Leur pasteur, qui tentait toujours de se faire entendre, était blessé, la joue ruisselante de sang. Son bonnet lui avait été arraché de la tête. Une sorte de fureur sauvage était en train de se propager dans la foule, d'un côté comme de l'autre, chaque acte de violence en déclenchant immédiatement un autre.

Minou ne savait de quel côté se tourner. Regardant éperdument autour d'elle, elle tenta de retrouver Piet dans la foule, mais elle pouvait à peine distinguer un homme d'un autre. Un lourd bâton s'abattit sur les épaules d'un des porteurs du cercueil. Il tituba mais ne lâcha pas son fardeau. Son agresseur releva son arme et en asséna un deuxième coup, lui écrasant cette fois les doigts. L'homme poussa un hurlement, et Minou, horrifiée, vit la bière basculer vers l'avant. Un étudiant tendit vivement les bras pour essayer de la rattraper, mais il était mal positionné et le cercueil trop lourd.

L'avant de celui-ci heurta les pavés. Le couvercle se fendit en éclats. La main de la défunte, semblable à une serre, en sortit à la lumière. L'espace d'un instant, par une trouée entre les hommes, Minou put clairement voir son visage. Une peau d'un jaune cireux tendue sur des traits émaciés. Des yeux noirs profondément enfoncés dans leurs orbites, et le miroitement d'une sobre croix d'argent à son cou.

Minou fut prise de malaise. Elle sentit la bile lui monter aux lèvres mais se força à déglutir, déterminée à ne pas défaillir. Puis quelqu'un essaya de sortir le cadavre du cercueil, et elle fut obligée de tourner le visage vers le mur.

Un autre groupe d'hommes arriva en courant dans la rue, armé de serpes et de pioches. Il devenait de plus en plus difficile de différencier les factions. Tout ce qu'elle savait, c'était que des femmes, des enfants et des infirmes étaient pris au piège, et qu'elle devait essayer d'en aider autant que possible à se mettre à l'abri. Elle chercha de nouveau Piet du regard, mais il avait disparu dans la foule.

À sa gauche, une vieille femme chancela et faillit tomber. Minou tendit précipitamment les bras pour la rattraper. « Là », dit-elle en l'aidant à gagner le perron pour s'y asseoir, avant de se jeter de nouveau dans la mêlée. Un petit garçon essayait de protéger son grand-père. Minou se rua sur l'agresseur par derrière et le poussa violemment des deux mains, le faisant tomber et se cogner la tête sur les pavés. Elle donna le bras au vieil homme et, avec le soutien d'une jeune protestante, le guida également vers le refuge du perron. Le garçonnet, sous le choc, était muet. Des larmes silencieuses roulaient sur ses joues, mais il ne faisait aucun geste pour les essuyer.

« Reste ici, petit homme, d'accord ? Ton grand-père a besoin que tu veilles sur lui. »

L'enfant la regarda d'un air hébété, puis frissonna de tout son corps, comme un chien s'ébrouant pour ôter l'eau de son pelage.

« Pourquoi nous détestent-ils autant ? » murmura-t-il.

Minou ne sut que répondre.

« Comment t'appelles-tu ? lui demanda-t-elle vivement.

– Louis. »

Elle sortit un mouchoir de sa cape.

« Écoute-moi bien, Louis. Tiens cela ici. » Elle appliqua le morceau d'étoffe sur la blessure que le vieillard avait au crâne. « Cela va ralentir le saignement. La plaie est vilaine, mais je ne crois pas qu'il soit sérieusement blessé. »

À côté d'elle, elle sentit la jeune femme se crisper.

« Nous n'avons pas besoin de votre aide. »

Tout d'abord, Minou ne comprit pas que la remarque lui était adressée.

« C'est parfait, maintiens la pression ici, continua-t-elle en refermant les doigts sur la petite main du garçon. Voilà, comme ça.

– Allez-vous-en, j'ai dit. » La jeune femme écarta d'une tape le bras de Minou. « Vous êtes des leurs. Laissez-nous tranquilles.

– Quoi ? fit Minou, ne comprenant toujours pas. Je ne fais partie d'aucun groupe. Je veux seulement offrir mon aide.

– Et qu'est-ce que cela à votre taille, alors ? répliqua la protestante en indiquant son rosaire. Vous, les catholiques. C'est de votre faute, tout ça. Vous avez attaqué les premiers. Laissez-nous, j'ai dit.

– Je condamne ces faits, répliqua Minou en se redressant. J'en suis autant la victime que vous. »

La femme lui cracha au visage.

« J'en doute. Partez ! »

Stupéfaite par la haine dont elle faisait l'objet, Minou s'essuya la joue et s'écarta. Une voix d'homme retentit par-dessus le chaos.

« Ils ont bloqué l'autre bout de la rue ! »

Minou sentit une nouvelle vague de panique parcourir la foule, poussant hommes, femmes et enfants à s'enfuir dans toutes les directions. Loin du danger ou vers lui, personne ne le savait. Puis une autre voix se fit entendre, s'efforçant d'imposer l'ordre.

« McCone, conduisez les femmes et les enfants, et toute personne blessée, à l'hospice. Il y aura des gens là-bas pour les aider.

– Et vous ?

– Je vais essayer de maîtriser la situation ici jusqu'à ce que nos soldats arrivent. Fermez les portes et ne laissez entrer personne, sauf ceux que nous savons être des nôtres. »

Dans la confusion et la terreur de l'émeute, Minou se tourna vers cette voix connue.

« Piet ! » appela-t-elle.

Et bien qu'il semble impossible qu'il ait pu l'entendre par-dessus le tumulte, Minou le vit parcourir vivement la foule du regard, essayant de la repérer dans la multitude.

« Piet ! » lança-t-elle de nouveau, en s'efforçant de le rejoindre.

Soudain, juste devant elle, elle vit un enfant. Une fillette, pas plus âgée qu'Alis, agenouillée au milieu de la rue, les yeux fermés et les mains jointes en prière. Vêtue simplement, avec un modeste bonnet huguenot, à l'endroit précis où les deux groupes allaient entrer en collision.

« Pousse-toi ! » lui cria Minou, en jouant des coudes, des mains, des genoux pour se frayer un chemin jusqu'à elle.

Plus près, encore plus près, plus que quelques pas. Les deux armées improvisées étaient presque l'une sur l'autre, bloquant la rue dans les deux directions. Elle fit le reste de la distance d'un bond, et réussit à prendre l'enfant dans ses bras juste avant que les premières épées ne se croisent.

« Je te tiens », souffla-t-elle.

Enfin, la fillette ouvrit les yeux. Bleus, couleur de myosotis. Elle passa ses petits bras autour du cou de Minou.

« Je n'ai pas peur, lui dit-elle, car le Seigneur me protègera. Croyez en lui.

– Il faut nous en... », commença Minou, avant de sentir une présence derrière elle.

Elle fit volte-face au moment même où un homme trapu à barbe noire abattait une massue sur elles. Elle se tordit pour faire rempart de son corps à l'enfant et une violente douleur explosa dans son omoplate ; elle sentit sa peau se fendre et un sang chaud couler. Elle chancela, mais serra l'enfant plus fort contre elle en tombant.

Tout autour d'elle, une odeur de rage, de sang, de terreur. Des flammes qui commençaient à lécher les volets des maisons, langues de feu rouges et peinture cloquée. Étendue sur le dos, Minou apercevait le ciel bleu d'avril entre les maisons. Les sons semblèrent s'estomper, les cris, les pleurs. Pendant quelques secondes avant de perdre connaissance, elle eut vaguement conscience d'une paire de bras forts autour d'elle.

Puis, plus rien.

33

Puivert

C'était le crépuscule et l'air était frais. Laissant Canigó aux soins d'Achille Lizier, Bernard s'éloigna à pied du village et leva les yeux vers le château.

Occupant le plus haut point au-dessus de la vallée, dominant la route solitaire qui allait d'ouest en est, c'était une construction grise et trapue, faite de tours fortifiées reliées entre elles par des remparts de pierre brute. Bernard mit sa main en visière et repéra le sentier sinueux qui permettait d'y accéder depuis le village, montant en lacets raides. Il l'avait si souvent emprunté, en toutes saisons ; il se rappelait la contraction de ses jambes dans les détours les plus serrés, son soulagement lorsque la pente devenait moins rude à l'approche de la forteresse. Il pouvait visualiser le pont-levis de bois qu'on traversait pour passer sous le corps de garde et entrer dans la basse-cour, ainsi que le modeste logement dans la tour Gaillarde, où il avait vécu avec Florence après leur mariage. Il s'imaginait passant sous le porche cintré pour atteindre la cour intérieure et la partie la plus ancienne du château, d'où le seigneur médiéval de Puivert avait tenu en échec les armées de Simon de Montfort pendant la croisade des Albigeois.

À l'époque où il y habitait, les affaires du domaine étaient gérées depuis le donjon, cette magnifique tour de pierre construite par la famille de Bruyères. Leurs armoiries étaient gravées au-dessus de la porte principale, percée haut dans le rempart, au sommet d'une volée de marches raides : un lion rampant à la queue nouée et fourchue, avec les majuscules B et P – pour Bruyères et Puivert – inscrites de part et d'autre.

Malgré la nature de leur maître, un homme au tempérament coléreux et au comportement cruel, Florence et lui avaient vécu heureux dans ce château, au début. Il ferma les yeux et la trouva de nouveau à ses côtés. Il se rappelait ses yeux bruns et ses boucles noires, pouvait presque sentir la douceur de sa main posée dans la sienne. Ils y avaient imaginé leur avenir ensemble, et regardé les saisons se succéder. La neige et le gel des hivers de montagne ; les explosions de fleurs des champs qui couvraient le sol de couleur au printemps ; la chaleur terrible des mois d'été ; puis l'automne, moment de l'année que préférait Florence, lorsque le paysage prenait des tons de cuivre, d'or et de cramoisi. Sauf lors de ce dernier automne de 1542. Alors, les pluies étaient venues et le Blau était sorti de son lit, et il avait semblé que le monde se noyait.

Bernard se frotta les yeux pour en ôter la poussière, et sa femme disparut doucement de son rêve, le laissant à nouveau seul. Un homme vieux et solitaire, forcé de revenir dans un endroit plein de secrets.

Bien que ce soit le crépuscule, son front se mouilla rapidement de sueur et ses lourds vêtements de voyage se mirent à lui coller au creux du dos alors qu'il gravissait péniblement la colline escarpée. Chaque pas était plus difficile à faire que le précédent. Plusieurs fois, il dut se ménager une pause pour reprendre son souffle.

Enfin, il déboucha du dernier tournant, et le château lui apparut. Il s'arrêta. Il ne pouvait guère se présenter au corps de garde sans y être invité et exiger qu'on le laisse entrer. Faisait-il preuve de bêtise ? Se pouvait-il vraiment qu'il reste le moindre indice ici après toutes ces années ?

Conscient dans tout son corps de chacune de ses soixante années, il jeta un coup d'œil au village en contrebas. Puis, sachant qu'on pouvait le voir dans l'espace dégagé au pied du pont-levis, il s'écarta rapidement du chemin principal pour s'enfoncer dans les fourrés des bois plus denses au nord du château.

Écartant de la main les fines branches sur son passage, il suivit avec précaution un étroit sentier. Des empreintes dans la terre humide et quelques rameaux brisés à hauteur d'épaules suggéraient le passage récent de braconniers.

Du couvert des arbres, il pouvait désormais distinguer la silhouette de la tour Gaillarde et, en face, de la tour Bossue, où se trouvaient les cachots.

Alors qu'il se rapprochait du donjon, il entendit les gardes du château patrouiller le périmètre. Il supposa qu'ils se retireraient à l'intérieur des murs à la tombée de la nuit. Du plus haut point de la tour carrée, on pouvait voir à trente lieues à la ronde : à l'ouest vers Bélesta, au nord vers Chalabre, à l'est vers Quillan et, dans le lointain au sud, vers la grande muraille blanche des Pyrénées.

Il y avait dans le rempart de la haute cour une ouverture qui donnait autrefois sur les jardins potagers. Elle servait rarement, et, si la chance restait de son côté et que la porte n'était pas gardée, il pensait pouvoir se faufiler dans le château et en ressortir en moins d'une heure, sans être vu par qui que ce soit. Si l'objet qu'il cherchait pouvait être trouvé ici, ce serait dans le donjon.

« Là ! »

Ils furent sur lui en un instant. Les bras violemment tirés dans le dos, Bernard poussa un cri de douleur. Puis quelqu'un lui jeta sur la tête une cagoule en toile de jute et lui décocha un coup de pied à la pliure des jarrets, le faisant tomber de tout son long par terre, menton le premier, car il avait les poignets liés. D'une corde assez solide pour garrotter un bœuf. Le goût du sang lui emplit la bouche et il avait peine à respirer.

« Encore un braconnier. C'est le troisième aujourd'hui.

– Emmenez-le à la tour Bossue, ordonna quelqu'un. Il peut y rester jusqu'au retour de la maîtresse.

– Il risque d'attendre longtemps. Notre noble dame est partie à Toulouse prier pour l'âme de son époux, ou du moins c'est ce qu'on dit. »

Les soldats éclatèrent de rire.

« Prier pour son âme ! Plus probablement, elle va prier pour qu'il reste mort et enterré, le vieux gredin. »

Bernard sentit une main rude le pousser en avant.

« Ramenons-le à l'intérieur, le jour décline.

– Ou bien laissons-le ici pour les loups… »

Un autre coup dans son dos, peut-être avec la hampe d'une pique. Il fit un pas trébuchant.

« Allez, avance, paysan. »

Il est pris. J'ai tendu le piège et il est tombé dedans. Même s'il a voué son âme à Dieu, c'est un homme comme tous les autres. Son corps, ses mains, son souffle le déclarent. Il est fait de chair, de sang et de désir.

Les clefs du palais épiscopal seront siennes s'il place sa confiance en moi. L'évêque est vieux et, à en croire les domestiques, aime un peu trop la bonne chère et la boisson. Les papilles de Son Excellence ne peuvent plus distinguer le doux de l'aigre. J'ai ce qu'il faut pour entraîner un brusque arrêt du cœur ou une crise d'apoplexie. C'est très simple.

Comme tous les hommes qui aspirent à la grandeur, Valentin cherche à laisser son empreinte sur le monde. À être commémoré par les monuments et la pierre tandis que le commun des mortels gît oublié dans une tombe sans nom. Je l'aiderai à s'élever. Avoir une noble patronnesse jouera en sa faveur.

Le tumulte dans les rues autour de la cathédrale s'est calmé, même si l'air nocturne résonne encore du bruit des émeutes et des pillages. Mon amant viendra à nouveau à moi ce soir, quelques efforts qu'il fasse pour résister. Son ardeur ne le laissera pas en paix.

Et maintenant, ma question. Avant de prendre congé de Toulouse, dois-je lui parler de l'enfant ? Une fois son désir assouvi, dois-je placer sa main sur mon ventre, lui faire savoir qu'il a créé la vie nouvelle qui remue en moi ?

D'ici au coucher du soleil, je vais prier le Ciel d'éclairer ma décision. Dieu est miséricordieux. Dieu aime ceux qui Le servent.

34

Toulouse
Vendredi 3 avril

Minou flottait loin au-dessus de la terre, portée par des mains aussi douces que des plumes dans un ciel bleu infini, entourée de lumière. Elle était légère comme l'air et goûtait une paix qu'aucun son, aucune peur, aucune douleur ne venait troubler.

« *Kleine schat.* »

Une voix d'homme, puis celle d'une femme qui murmurait :

« Elle s'éveille, monsieur. »

Minou sentit des mains délicates arranger une étoffe derrière sa tête. Avant de se retirer, la femme lui chuchota à l'oreille :

« C'est à peine s'il a quitté votre chevet.

– Acceptez ceci pour votre peine. Vous avez mes remerciements. »

Minou sentit la courbe d'un bras fort autour de son dos.

« Vous sentez-vous en état de vous redresser ? Prenez garde à ne pas vous appuyer sur votre épaule gauche, vous risquez... »

Elle posa la main par terre et une douleur fulgurante lui irradia le bras, lui arrachant un cri.

« ... de vous faire mal !

– Aïe.

– Vous avez l'épaule grièvement meurtrie, mais pas cassée. Vous avez eu de la chance.

– De la chance ? »

Ouvrant péniblement les yeux, elle trouva sa cape étalée sur ses jambes et son bras gauche maintenu contre sa poitrine par un triangle de coton blanc.

Elle tourna la tête. Piet était assis à côté d'elle sur un coffre bas. Vêtements sobres, pourpoint ouvert, les cheveux de cette étrange couleur de charbon. Si proche qu'elle pouvait sentir la chaleur de son haleine.

Il lui sourit.

« Eh bien oui, on peut le dire. Un peu plus à droite et vous auriez eu le crâne fêlé. Qu'est-ce qui vous a pris, grand Dieu, de vous précipiter ainsi au milieu de la mêlée ? »

Elle fronça les sourcils.

« Il y avait une enfant, agenouillée en pleine rue, entourée d'hommes en train de se battre. Est-elle... ?

– Nous l'avons. Elle n'a rien.

– J'ai une sœur, Alis, ajouta-t-elle, prise d'un besoin de s'expliquer. Elle a à peu près le même âge...

– Minou, fit-il d'un ton mi-exaspéré, mi-affectueux, et elle sentit son cœur faire un léger bond.

– Vous vous rappelez mon nom. »

Il la regarda d'un œil pétillant d'amusement.

« Bien sûr. Vous me l'aviez donné en souvenir, ne vous rappelez-vous pas ?

– C'est exact. » Elle ferma les yeux. « Elle priait, Piet. Au milieu de tout ce chaos, de toute cette laideur, cette petite fille priait. Elle était convaincue que Dieu allait l'épargner.

– Si ce n'est pas de l'hérésie de le dire, mademoiselle Minou, c'est vous qui lui avez sauvé la vie. Pas Dieu.

– Et vous la mienne. Et pour cela, je vous remercie.

– Voyez-y l'acquittement d'une dette. Sans votre aide en mars, je croupirais dans la prison du sénéchal de Carcassonne à l'heure actuelle. »

Brusquement gênée par la position dans laquelle elle se tenait, Minou se redressa. Tous ses muscles étaient endoloris, son dos, sa tête.

« Ma tante a également été prise dans les émeutes de cet après-midi. Je crois qu'on l'a emmenée avant que la situation dégénère complètement, mais j'aimerais savoir si elle est en sécurité.

– Pas cet après-midi, hier, répondit Piet avec un rire. Nous sommes vendredi. Vous êtes restée inconsciente pendant de nombreuses heures. »

Minou sentit la tête lui tourner.

« Cela ne se peut ! Mon frère, ma tante, ils vont être fous d'angoisse, sans nouvelles de moi. Il faut que je m'en aille. »

Elle tenta de se lever, mais une brusque nausée s'empara d'elle et elle fut obligée de se rasseoir.

« Vous ne pourriez pas partir pour l'instant, même si vous en aviez la force, lui dit Piet. Les rues sont trop dangereuses. Nous attendons d'être informés d'une trêve. »

Minou s'efforça à nouveau de se relever.

« Mais il faut que je m'en aille.

– Je vous en donne ma parole, dès que le risque sera passé, je vous ramènerai chez vous. Mais pour l'instant, vous devriez vous reposer. Tenez. » Il lui tendit une coupe de vin. « Cela va vous aider. Comment s'appelle votre tante ? Je vais me renseigner.

– Boussay. Salvadora Boussay. »

Le visage de Piet s'assombrit.

« Boussay, répéta-t-il.

– La connaissez-vous ?

– Non, mais s'il s'agit de la même famille, j'ai entendu parler de son époux. Je reviens tout de suite. »

Lorsqu'il fut parti, Minou s'adossa au mur et prit le temps de regarder autour d'elle. Elle se trouvait dans une petite antichambre aux murs blanchis à la chaux. Une étagère remplie de lourds registres surplombait un comptoir occupant toute la longueur d'un mur, sur lequel traînaient papier, encre, plumes et un livre de comptes laissé ouvert à côté d'un boulier. Des diamants de lumière filtraient à travers la fenêtre à vitrail sur le mur opposé.

Piet avait laissé la porte entrouverte, aussi Minou pouvait-elle voir la longue et large pièce de l'autre côté, qui ressemblait fort à un dortoir de couvent. Sur tout un côté s'alignaient des espaces de vie séparés les uns des autres par de lourds rideaux rouges. Chacun d'eux contenait un lit, une petite chaise basse posée à son pied et un coffre individuel. Au milieu de la pièce, des couches de fortune avaient été installées et des couvertures grises et bleues étalées sur le sol carrelé pour accueillir les blessés, dont beaucoup arboraient comme elle bandages ou pansements. Des femmes allaient et venaient dans son champ de vision, portant des seaux d'eau et des bandes de mousseline blanche.

« Mme Boussay n'a pas été amenée ici, dit Piet en revenant dans l'antichambre et en refermant la porte. Je doute qu'elle le soit, mais j'ai demandé à être averti si quelqu'un entend quelque chose qui indique le contraire.

– Merci, répondit Minou. Quel est cet endroit ?

– La maison de charité de la rue du Périgord. »

Elle sourit, car, bien sûr, elle était passée devant de nombreuses fois. C'était le seul hospice protestant de Toulouse, voisin du collège humaniste, et l'un des établissements que son oncle essayait de faire fermer.

« Ce me semblait être l'endroit le plus sûr où amener nos blessés et nos morts.

– Vous êtes huguenot, Piet ?

– Oui. »

Elle soutint son regard.

« Je suis catholique.

– J'avais deviné. » Il indiqua le rosaire à sa taille. « Le fait que votre oncle soit M. Boussay le confirme.

– Et pourtant quelqu'un m'a amenée ici.

– Moi. » Un sourire passa furtivement sur ses lèvres. « Je vous ai portée ici personnellement, après m'être débarrassé de l'homme qui vous a attaquée.

– Débarrassé ! Vous voulez dire... Vous ne l'avez pas... ?

– Tué ? Non, même si j'avoue que j'en avais envie. Je n'ai aucune pitié pour les individus, fussent-ils catholiques ou protestants, qui s'en prennent aux femmes et aux enfants. » Il fronça les sourcils. « Dites-moi, quel genre d'homme est votre oncle ? Je sais qu'il est secrétaire d'un capitoul, mais est-ce un homme juste ? »

Minou secoua la tête.

« Je regrette d'avoir à dire que pour lui, toute concession accordée à la religion réformée est une concession de trop. »

Piet se pencha vers elle.

« Mais vous, Minou. Partagez-vous ses opinions ? »

Elle inclina la tête.

« J'ai été élevée dans la foi catholique, mais aussi dans l'ouverture aux idées et convictions d'autrui. Je crois vous avoir dit que mon père tient une librairie à Carcassonne ? Il offre un assortiment de textes propre à satisfaire tous les goûts.

– Les catholiques de Toulouse ne sont pas disposés à être aussi tolérants.

– Mon père dirait que la foi d'un homme ne regarde que lui, à condition qu'il respecte les lois du pays. Celle d'une femme aussi, car mon sexe est tout aussi capable de pensée rationnelle et de dévotion que le vôtre. Et ce dont j'ai été témoin rue Nazareth n'a fait que confirmer ce que je soupçonnais depuis longtemps, à savoir que le conflit actuel est en grande partie motivé par un désir de pouvoir plutôt qu'une véritable piété. C'est cela qui a causé les émeutes d'hier, non un quelconque amour de Dieu. » Levant les yeux, Minou vit que Piet fixait sur elle un regard intense. « Pardonnez-moi. Je suis trop véhémente.

– Point du tout, répondit-il. D'ailleurs, je partage votre opinion. » Il sourit. « Il semble qu'en réalité, nous soyons dans le même camp. »

Minou sentit l'émotion qui lui nouait la poitrine se dissiper. Pendant tant de semaines, elle avait imaginé ce qu'elle ressentirait en revoyant Piet. En chair et en os, non comme une silhouette vaguement remémorée dans ses pensées. Ce qu'elle n'avait pas prévu, c'était que ces retrouvailles lui sembleraient si naturelles.

« Les obsèques étaient celles de l'épouse d'un marchand huguenot, reprit Piet, ramenant la conversation sur un terrain moins dangereux. Un homme très respecté dans notre communauté, un ami d'un bon ami à moi, et sa femme était appréciée de tous. Cependant, sa famille est catholique et souhaitait qu'elle soit inhumée selon les rites de leur confession. Lorsqu'ils se sont retrouvés face à votre procession... »

Il haussa les épaules.

« Les choses se sont envenimées si rapidement.

– Je sais. »

Il se mit à jouer avec le boulier. Minou ferma les yeux, se laissant réconforter par le tapotis léger des billes de bois sur le cadre.

« Mais pour commencer, dites-moi une chose, Minou, reprit-il. Comment se fait-il que vous soyez à Toulouse ? Depuis quand êtes-vous ici ? »

Minou sourit. Dans les conversations qu'elle avait imaginées avec lui, elle avait omis le fait qu'il ne savait pas combien sa situation avait changé depuis qu'ils s'étaient vus la dernière fois.

« Cela fait près d'un mois que nous logeons chez notre oncle et notre tante, rue du Taur. Ma tante est la sœur de ma défunte mère et, bien qu'il y ait eu une mésentente de longue date entre nos deux familles, je l'aime beaucoup. C'est une femme au cœur bon et généreux. Mon père espère qu'Aimeric bénéficiera du patronage de M. Boussay. »

Piet haussa les sourcils avec surprise.

« Aimeric, dites-vous ? J'ai rencontré un garçon de ce nom à Carcassonne. Une tignasse noire, l'œil espiègle, l'esprit vif.

– Mon frère, oui, répondit-elle avant d'agiter un doigt en signe de réprimande. D'ailleurs, je dois vous dire que j'ai été fortement chagrinée d'apprendre les risques que vous lui aviez fait courir en lui demandant son aide. Je suis sérieuse, ajouta-t-elle d'un ton réprobateur en le voyant afficher un grand sourire. Le soudoyer pour vous faire entrer par effraction chez les Fournier, puis pour sortir en catimini de la Cité afin d'aller chercher votre cheval, alors qu'un couvre-feu avait été annoncé. Il aurait pu se faire arrêter à cause de vous.

– Pardonnez-moi, répliqua Piet d'un ton faussement contrit. Mais si je puis me permettre une remarque, Aimeric est un garçon débrouillard.

– Ce n'est pas le problème, répliqua-t-elle en s'efforçant de prendre un ton sombre.

– Sur ma foi, je vous présente mes excuses. Sincèrement. Mais je vous le dis, je dois ma liberté à votre frère. S'il n'avait fait preuve d'une telle vivacité, je croupirais vraisemblablement en prison à l'heure actuelle. Il semble que je sois doublement redevable à votre famille. »

Minou garda les sourcils froncés. Il lui donna un petit coup de coude.

« Mais suis-je pardonné ?

– Êtes-vous sincèrement désolé ? »

Piet posa la main sur son cœur.

« Sincèrement, oui.

– Alors dans ce cas, le sujet est clos. » Elle sourit. « Aimeric affirme également que vous avez promis de lui enseigner quelque tour d'adresse avec un couteau ? Une manière de le lancer qui a captivé son imagination. Il n'arrête pas d'en parler.

– Effectivement. Maintenant que je sais que nous sommes voisins, je ferai de mon mieux pour tenir parole. »

Piet passa les doigts dans ses cheveux, faisant tomber cendres de charbon et suie noire. Minou éclata de rire.

« Une simple précaution, bien qu'elle ne s'avère guère durable ! expliqua-t-il.

– Comme déguisement, cela remplit sa fonction. Votre véritable couleur se remarquerait trop dans la foule. »

Il rit à son tour.

« Mon ami me dit que je suis comme le frère jumeau de la reine d'Angleterre.

– Puis-je vous poser une question ?

– Il n'est aucune question de votre part à laquelle je refuserais de répondre.

– Que veut dire *kleine schat* ? Vous avez dit cela alors que je me réveillais. »

À la surprise de Minou, Piet détourna les yeux.

« Ah, je ne m'étais pas rendu compte que j'avais parlé tout haut. » Il sourit. « Cela veut dire "petit trésor". C'est ainsi que m'appelait ma mère lorsqu'elle me bordait le soir. J'ai passé les premières années de ma vie à Amsterdam.

– C'est une ville où mon père aime beaucoup se rendre.

– Un endroit merveilleux.

– Vit-elle toujours là-bas ? »

Piet secoua la tête.

« Elle est décédée il y a des hivers de cela, lorsque j'avais sept ans, mais sa tombe y est. Un jour, j'y retournerai. »

35

Se rappelant avec quelle amertume Aimeric avait pleuré la mort de leur mère, Minou prit la main de Piet, se moquant que le geste puisse être jugé trop hardi.

« Vous l'aimiez beaucoup, dit-elle doucement.

– Oui. » Il marqua un temps. « Oui, je l'aimais. Mais c'était il y a longtemps.

– Cela ne veut pas dire que vous ne pouvez pas encore pleurer son absence. »

Pendant un long moment, ils restèrent silencieux. Puis, reprenant conscience du brouhaha qui régnait dans le dortoir voisin de la petite pièce privée, Minou lui serra tendrement les doigts avant de retirer sa main.

« Aimeric m'a dit que la maison des Fournier était vide », dit-elle, sentant qu'il valait mieux changer de sujet.

Piet s'éclaircit la voix.

« C'est exact. Pas un meuble, rien. Alors que la veille au soir, la pièce était richement meublée. Un feu allumé, des tapisseries sur le mur, une bibliothèque.

– Il m'a dit qu'il y avait du sang à côté des fenêtres. Est-ce vrai ? Aimeric a une tendance à broder sur les faits lorsqu'il raconte quelque chose.

– Oui, c'est vrai. Aimeric est observateur. Il a l'étoffe d'un excellent soldat. L'œil affûté, du courage, l'esprit vif.

– Mon père préférerait qu'il soit gentilhomme ou homme de lettres. C'est l'une des raisons pour lesquelles il l'a envoyé ici à Toulouse. Il ne peut accepter qu'il n'est pas dans la nature d'Aimeric de passer sa vie au milieu des livres.

– Aimeric doit trouver sa propre voie dans le monde, comme nous tous. »

De brusques éclats de voix dans la pièce voisine interrompirent leur tranquille conversation. Piet se rendit à la porte pour regarder ce qui se passait.

« Vous devriez y aller, lui dit Minou. J'ai déjà trop abusé de votre temps.

– Ils peuvent se débrouiller sans moi encore un moment. Il y a autre chose que je voudrais vous demander. »

Elle hésita, puis lui retourna ses propres mots :

« Il n'est aucune question de votre part à laquelle je refuserais de répondre.

– Donc une fois de plus, nous faisons la paire. Ce jour-là à Carcassonne, pourquoi étiez-vous si sûre de mon innocence ? Pourquoi m'avez-vous aidé à fuir ? »

Minou s'était posé cette même question de nombreuses fois. Pourquoi, elle qui ne se fiait aveuglément à personne et préférait écouter sa propre raison, avait-elle accordé si complètement sa confiance à cet inconnu ?

Cet inconnu huguenot.

Choisissant sobrement ses mots, elle lui parla de l'homme qui était passé à la librairie, du fait qu'elle avait trouvé son corps sous le pont le lendemain matin avant que le tocsin ne sonne, de la réaction de son père à l'annonce de sa mort.

« Il semblait donc pratiquement impossible que vous soyez le coupable. Car comment auraient-ils pu commencer à chercher le meurtrier de Michel avant même qu'il soit tué ?

– C'est là une bien mauvaise nouvelle », fit Piet.

Minou le dévisagea.

« Je pensais, par ces mots, vous apporter du réconfort. Si c'est une question de témoignage à porter, je répondrai de vous. Ces accusations à votre égard ne devraient pas être maintenues.

– Ce n'est pas cela, répondit-il avec un soupir. J'ignorais jusqu'à cet instant que c'était Michel qui était mort.

– Vous le connaissiez ?

– Nous avions combattu ensemble dans l'armée du prince de Condé, puis nos chemins s'étaient séparés. Avant cette journée à la Bastide, je ne l'avais pas vu depuis cinq ans. C'était un homme honorable.

– Est-ce par hasard que vous l'avez revu ? Après si longtemps ?

– Non, la rencontre avait été arrangée par une tierce personne. Michel m'a paru avoir l'âme troublée, par quelque chose d'autre que ce qui nous avait réunis. D'ailleurs, il a pris congé avant que l'affaire soit conclue. J'ai envisagé de le suivre, mais je ne l'ai pas fait. Maintenant, je le regrette profondément.

– Il est venu à la recherche de mon père ce même après-midi.

– Il est probablement allé directement de notre rendez-vous à la boutique de votre père. Celui-ci ne vous a pas dit d'où il le connaissait ?

– Non. Je lui ai demandé, mais il a éludé la question. »

Piet soupira longuement.

« N'est-il pas absurde, Minou, qu'avec tout ce qui s'est passé ces dernières vingt-quatre heures, toute la souffrance que nous voyons autour de nous, apprendre la mort d'un seul ami m'affecte à ce point ?

– Il est bon que la perte de Michel vous inspire du chagrin, répondit-elle doucement. À s'endurcir le cœur pour affronter une seule mort, on perd bientôt toute compassion.

– J'ai été soldat.

– Vous êtes également un homme qui pleure la disparition de son ami. Vous êtes un camarade, un fils... un mari aussi, peut-être ? »

Piet lui jeta un coup d'œil, puis sourit.

« Non, pas un mari. »

Soudain, ils se retrouvèrent penchés l'un vers l'autre. Le bras de Piet touchait celui de Minou sur toute la longueur. Elle sentit une vague de chaleur l'envahir. Elle était consciente de chaque muscle, de chaque tendon, tout près, à travers leurs vêtements couverts de poussière. Elle ferma les yeux et sut que ce qu'elle ressentait, enfin, était du désir.

À présent, il avait passé la main autour de sa nuque et l'attirait à lui. Leurs doigts s'entrelacèrent tandis qu'ils s'embrassaient, chastement au début, puis avec une ardeur qui lui coupa le souffle.

Un goût de santal et d'amande.

Piet fut le premier à reculer la tête.

« Pardonnez-moi. Je n'aurais pas dû prendre pareille liberté. »

Minou le regarda dans les yeux.

« Vous n'avez rien pris qui n'ait été librement donné, monsieur », répondit-elle en essayant de calmer son cœur, qui battait à tout rompre.

Elle posa la main sur son bras et Piet la couvrit de la sienne.

Puis, brusquement, ils entendirent des voix sonores et un bruit de pas bottés approcher, et se séparèrent avec un sursaut.

« Je ne peux pas être vue ici, fit Minou, paniquée.

– Vite, répondit-il en lui tendant sa cape. Derrière la porte. »

Il attendit qu'elle soit cachée, puis dégaina sa dague et sortit de la pièce, prêt à affronter celui ou ceux qui approchaient.

« Enfin ! Je vous ai cherché partout.

– McCone, vous auriez dû vous annoncer ! Je ne vous ai encore jamais vu ici. » Piet rengaina son arme. « J'aurais pu vous éborgner.

– Nous sommes venus vous informer qu'ils ont accepté d'engager des pourparlers.

– Nous ?

– Ces messieurs, répondit McCone en passant de l'anglais à un français emprunté. Des camarades de Carcassonne. Ils disent être connus de vous. »

Par l'espace entre la porte et le chambranle, Minou vit les épaules de Piet se crisper.

« Crompton. Je n'avais pas entendu dire que vous étiez à Toulouse. »

Aussi extraordinaire que cela puisse paraître, Minou reconnut le jeune homme qui se tenait à côté de Crompton. Ce visage juvénile et imberbe, cette courte cape et ces chausses jaunes : elle l'avait vu dans la cour de la maison de son oncle et sa tante. Et soudain, elle se rappela pourquoi il lui avait paru si familier : c'était le même homme qui lui avait chanté la sérénade et récité des vers d'une voix avinée dans une rue de la Trivalle à Carcassonne, avant de recevoir un seau d'eau sale sur la tête.

« Et Devereux, vous êtes là aussi ? » remarqua Piet.

Le jeune homme s'inclina brièvement.

« Monsieur.

– Où les négociations sont-elles censées se dérouler ?

– Au couvent des Augustins, répondit McCone. Dès que toutes les parties concernées pourront être réunies.

– Qui parle en notre nom ?

– Le pasteur Barrelles, Saux, La Popelinière. »

Piet hocha la tête.

« Je viens avec vous. » Il se tourna vers McCone. « Pouvez-vous m'accorder un instant ? »

Minou s'enfonça davantage dans les ombres derrière la porte.

« Pourquoi ? fit Crompton d'un ton railleur en essayant de regarder à l'intérieur de la pièce. Vous avez une mignonne cachée là-dedans, une jolie petite donzelle avec ses jupons relevés jusqu'aux oreilles... ?

– C'est assez, Crompton, intervint McCone.

– Attendez-moi là », fit sèchement Piet en reculant pour rentrer dans la pièce et en refermant la porte.

« Je suis désolé que vous ayez été soumise à des remarques d'aussi mauvais goût, chuchota-t-il. Les conversations masculines, lorsqu'elles ne sont pas modérées par la présence d'une femme, peuvent…

– J'ai grandi dans une ville de garnison, Piet, l'interrompit Minou. J'ai entendu toutes les insultes possibles et imaginables.

– Il n'empêche, je vous demande pardon. »

Minou lui prit la main.

« Le jeune homme, Devereux, je crois… »

Piet porta le doigt à ses lèvres.

« Ne dites rien, ils vont vous entendre.

– Mais Devereux est un protégé de mon… »

Des coups violents à la porte couvrirent ses mots.

« Reydon ! Est-ce que vous venez ou non ?

– J'arrive ! lança Piet avant de se retourner vivement vers elle. Restez ici. Votre tenue vous trahirait. »

Agacée par son attitude autoritaire, Minou fit un pas en arrière.

« Je n'ai pas d'ordres à recevoir de vous. »

Piet s'arrêta, les doigts sur la poignée de la porte.

« Ai-je fait quelque chose qui vous offense ? Je… »

On tambourina de nouveau à la porte.

« Dépêchez-vous !

– Tout ce que je voulais dire, c'est qu'il serait imprudent pour vous de sortir seule dans les rues. La situation est…

– Je suis capable de me débrouiller toute seule, répliqua froidement Minou. Vous n'êtes pas responsable de moi. Partez. Vos camarades vous attendent. »

En colère contre elle-même, et contre Piet, Minou s'adossa au mur, écoutant le bruit de ses pas s'estomper, et s'interrogea sur Devereux. Quel était le prénom qu'il lui avait donné dans la rue Trivalle ? Elle se remémora cette radieuse matinée de février, et le souvenir lui en revint.

Philippe. Philippe Devereux. À Carcassonne, il s'était vanté d'être un invité de l'évêque de Saint-Nazaire. Et la veille, dans la cour avant la procession, il avait clairement été à l'aise en compagnie de son oncle, de l'abbé et de Delpech, le marchand d'armes catholique. Et pourtant, il était là, dans l'hospice protestant, avec les chefs de la résistance huguenote de Toulouse.

Qui était-il ? À quel camp appartenait sa loyauté ?

La voiture de l'évêque est rapide et ses quatre chevaux puissants. Si Dieu le veut, je serai là-bas avant la nuit. Je suis dotée de lettres de recommandation, et un hébergement digne de mon rang et de ma position m'attend.

Il en est beaucoup qui évoquent Carcassonne d'une voix entrecoupée, comme s'ils parlaient d'une amante. Une couronne de pierre posée sur une colline verte, une citadelle médiévale qui se dresse en monument au charme romantique du passé. Un symbole de l'indépendance du Midi.

Traîtres, tous autant qu'ils sont.

Raimond-Roger Trencavel, vicomte de Carcassonne, fut le chef vaincu d'une rébellion ratée. Un apostat qui encourageait l'hérésie à se développer sur ses terres, qui donnait asile aux infidèles et aux blasphémateurs, cathares, sarrasins et juifs ? Il est mort dans ses propres cachots. N'était-ce pas là le signe d'un jugement porté par Dieu sur un homme qui avait tourné le dos à notre sainte mère l'Église ?

Maintenant comme à l'époque, ce que la France devrait craindre le plus est l'ennemi de l'intérieur.

36

Toulouse

Déconcerté par la brusque froideur de Minou, Piet traversa d'un pas furieux le long dortoir de l'hospice. Quelle raison avait-elle de se montrer si dédaigneuse ? Il se souciait seulement de protéger sa réputation, et ne voyait pas pourquoi cela l'avait autant offensée. Il était tenté de retourner la voir pour lui demander de s'expliquer. Il détestait le fait qu'ils se soient quittés en mauvais termes.

« Avez-vous entendu un seul mot de ce que j'ai dit ? lui demanda McCone.

– Pardonnez-moi, répondit Piet en revenant au présent avec un sursaut. J'ai trop de choses en tête. Qu'avez-vous dit ?

– Que Jean de Mansencal doit présider les négociations. »

Piet se força à se concentrer.

« Eh bien, c'est une excellente nouvelle.

– N'est-il pas président du parlement ? s'étonna Crompton. Et donc, vraisemblablement, catholique ? Pourquoi, alors, sa nomination est-elle une bonne nouvelle pour nous ?

– Parce que son fils, qui est à l'université, expliqua froidement Piet, s'est converti au protestantisme. Par ailleurs, Mansencal a la réputation d'être un homme juste. Je crois qu'il essayera de trouver une solution viable.

– Je partage votre avis, dit McCone.

– Qui d'autre est censé être présent ?

– Quatre des huit capitouls, le sénéchal de Toulouse et huit autres juges supérieurs du parlement. »

Ils arrêtèrent de parler tandis qu'ils traversaient les cuisines puis empruntaient un couloir menant à une porte rarement utilisée à l'arrière du bâtiment. Piet salua de la tête le soldat de garde, qui les laissa passer. Un homme déplaisant, songea-t-il. Trop enclin à dégainer son épée et à s'en servir pour s'imposer.

Ils sortirent dans la rue du Périgord.

« Je persiste à penser que c'est un piège », déclara Crompton.

Devereux haussa les épaules, mais ne fit aucun commentaire.

« Les hommes de Saux tiennent-ils toujours les alentours de la cathédrale ? » demanda Piet.

McCone secoua la tête.

« Il a retiré la majeure partie de ses forces pour les affecter à la protection des commerces huguenots dans le quartier de la Daurade, où le plus gros des pillages avait lieu. Des bandes de catholiques entraient de force dans les boutiques, brisant les fenêtres et mettant les locaux à sac.

– Que faisait la garde municipale ?

– Les commerçants affirment qu'elle a été appelée mais n'est pas intervenue. Le faubourg Saint-Michel a également été attaqué. Une vingtaine de personnes y ont été tuées, dit-on.

– Tous des huguenots ?

– Presque, oui. Des étudiants, des clercs, des artisans.

– Où les corps ont-ils été également amenés ? À l'hôtel de ville ?

– Oui, même si Assézat et Ganelon ont tenté de le reprendre avec quelque cinq cents soldats catholiques.

– Cinq cents ? Tant que cela ?

– J'imagine que leur nombre a été exagéré, mais j'ai dans l'idée qu'il y a du vrai dans la rumeur que les capitouls ont tenté de prendre le bâtiment d'assaut. »

Piet s'arrêta au milieu de la rue.

« Et Hunault ? Il nous aidera. Est-il déjà rentré à Toulouse ?

– J'ai entendu dire qu'il est toujours à Orléans avec le prince de Condé », répondit Crompton.

Piet se tourna vers lui.

« Est-ce vrai, selon vous ?

– Qui peut le dire ? Trop de missives sont interceptées. Tout ce que je sais, c'est que les hommes de Condé à Toulouse sont actuellement sous les ordres de Saux. Mais je répète ce que j'ai dit. Cette histoire de pourparlers est un piège. Les catholiques n'ont nul besoin de négocier avec nous. Ils sont dix fois plus nombreux. Ils veulent attirer nos dirigeants en un seul lieu, et les arrêter tous en même temps.

– Vous ne comprenez pas la nature profonde de Toulouse, Crompton. C'est une ville de marchands, de commerce. C'est le risque d'atteinte à la propriété – aux intérêts catholiques – qui les force à négocier avec nous, pas la perte de plus de vies protestantes. »

Alors qu'ils atteignaient l'intersection, un petit garçon bondit vers eux, muni d'une lettre. Crompton tendit la main, mais l'enfant le contourna.

« Je vous demande pardon, monsieur, mais c'est pour M. Devereux.

– Je n'avais pas conscience que vous aviez autant de relations à Toulouse, cousin », fit Crompton avec brusquerie.

Et Piet, se rappelant soudain que Minou avait essayé de lui dire quelque chose au sujet de Devereux, se maudit de ne pas l'avoir écoutée.

« Je connais un ou deux hommes d'influence favorables à notre cause, répondit Devereux d'un ton léger, en ouvrant le pli. Rien de plus.

– Alors ? » demanda Crompton.

Devereux referma le billet et le glissa dans son pourpoint.

« Il semble que les négociations soient repoussées à 4 heures cet après-midi.

– Votre informateur est-il digne de foi, Devereux ? s'enquit Piet. Lui faites-vous confiance ?

– Dans la mesure où l'on peut être sûr de ce genre de choses, oui. Mais, avec votre permission, je vais vérifier l'information moi-même. » Il s'inclina. « Messieurs.

– Où allez-vous ? » lança Crompton, mais son cousin ne répondit pas. Il se retourna vers Piet et McCone. « Que sommes-nous censés faire à présent ? Rester assis comme des catins attendant l'arrivée des bateaux au port ?

– Est-ce bon signe que les pourparlers soient retardés, Jasper ? demanda Piet.

– Difficile à dire. »

Piet fronça les sourcils.

« Savons-nous exactement combien ont été blessés ou tués ? Pas seulement parmi nous, mais chez les catholiques également ?

– Vous avez trop de compassion. Nous ne pouvons pas attendre de nos camarades qu'ils ne ripostent pas quand on les attaque », répliqua Crompton.

Piet le dévisagea.

« Nos camarades ? Vous êtes le bienvenu à Toulouse, Crompton, mais c'est notre ville, pas la vôtre. Nous n'avons pas besoin que quelqu'un de l'extérieur vienne nous dire quoi faire.

– Quelqu'un de l'extérieur ! répéta Crompton avec un ricanement. Que nous soyons de Toulouse ou de Carcassonne, nous sommes tous huguenots. Le temps des divisions de clochers est révolu. Vous n'avez pas les forces nécessaires pour résister à ces attaques sans renforts.

– Je suis parfaitement conscient de nos capacités.

– Alors vous savez également que les catholiques de Toulouse amassent des armes. Ils se préparent à la guerre, même si vous n'en faites pas autant. N'avez-vous pas entendu que le parlement a une fois de plus retiré aux protestants le droit de porter des armes à l'intérieur de la ville ?

– Et pourtant, vous avez toujours votre épée sur vous. Comme moi. Comme nous tous. Vous ne devriez pas croire tout ce que vous entendez.

– Il y a des soldats catholiques qui vont de maison en maison fouiller caves et greniers à la recherche d'hommes et d'armes. Ils font en sorte de nous désarmer, puis, quand nous ne serons plus en mesure de nous défendre, ils nous arrêteront tous.

– Messieurs, je vous prie, intervint McCone. Succomber à des querelles intestines ne sera d'aucune aide à personne. »

Crompton pointa le doigt vers Piet.

« Je ne crois pas qu'il y ait le moindre espoir d'une trêve durable. L'autorité royale est affaiblie, le parlement et le conseil municipal se contrecarrent systématiquement. Pourquoi trouveraient-ils un terrain d'entente pour le bien de Toulouse maintenant ? Parmi les capitouls, seuls deux ont des sympathies protestantes, deux tiennent leur allégeance secrète et les quatre autres sont des catholiques zélés. S'il y a du vrai dans la rumeur que Condé et son armée marchent sur Orléans, il semble évident que les autorités d'ici vont supposer que le même sort attend Toulouse, et agir en conséquence. C'est ce que je ferais. »

Piet garda un ton calme.

« Vous avez peut-être raison, mais à mon avis, nous n'avons d'autre choix que d'apporter notre soutien aux négociations. C'est la seule véritable chance que nous ayons d'éviter davantage d'effusions de sang. Si vous ne souhaitez pas prendre part à cela, c'est votre problème.

– Nous sommes venus offrir nos épées à Toulouse, répondit Crompton, vexé. Nous tiendrons parole.

– Dans ce cas, vous êtes cordialement invité à nous accompagner.

– Où ?

– Je vais dans le quartier de la Daurade voir si je peux proposer mon aide. McCone, venez-vous ?

– Oui.

– Quelle aide pouvons-nous apporter ? » fit Crompton.

Piet poussa un soupir.

« Si les dégâts sont aussi importants que la rumeur pousse à le croire, ils vont avoir besoin d'autant de bras que possible pour réparer les maisons et les boutiques attaquées pendant les pillages de la nuit dernière. » Il se mit en marche. « Est-ce que vous venez, ou pas ? La décision vous appartient. »

Crompton hésita, regardant dans la rue déserte comme s'il s'attendait à voir son cousin réapparaître.

« Non. Je vous retrouverai à la taverne plus tard. »

Minou était énervée contre elle-même.

Pourquoi, après la douceur de leur dernière entrevue, avait-elle cherché querelle à Piet ? Il n'avait pas eu l'intention de la vexer. Le fait qu'il ne l'ait pas écoutée n'avait été rien de plus qu'une indication des préoccupations qui l'agitaient. Même s'il était vrai qu'elle détestait qu'on lui dise ce qu'elle avait à faire, et que cela la mettait de mauvaise humeur, elle regrettait qu'ils ne se soient pas quittés en meilleurs termes.

En même temps, elle n'avait aucune intention d'attendre son retour. À présent qu'il savait qu'elle habitait à seulement une rue de là, il pouvait la retrouver s'il le voulait.

La tête lui tournait de n'avoir rien mangé, et les muscles de son épaule et de son cou lui faisaient mal, mais quelques pas seulement la séparaient de chez elle. Elle était impatiente de voir Aimeric et de s'assurer que sa tante était saine et sauve.

L'espace d'un instant, le souvenir du chaos lui revint, dans toute son horreur, et elle frissonna. La foule armée, les pierres et les gourdins. L'impression d'un monde hors de contrôle, sombrant dans l'anarchie.

Elle dégagea son bras de la bande de mousseline qui le maintenait en écharpe, puis examina ses vêtements. Piet avait raison, elle avait l'air d'une catholique. Rapidement, elle dénoua le rosaire de sa mère de sa ceinture et glissa les perles dans sa poche. Elle ne pouvait rien faire pour cacher la qualité de son onéreuse jupe de velours, mais elle ôta sa collerette et ses parements de dentelle pour se donner une apparence plus sobre.

Puis elle sortit dans le long dortoir, qui était encore plus vaste qu'elle ne l'avait cru au premier abord. Il y avait même un modeste autel à une extrémité. Des femmes s'affairaient toujours de-ci de-là avec bols d'eau et onguents, mais l'ambiance semblait s'être calmée. À l'autre bout de la pièce se dressait une large ouverture. Derrière, Minou distingua des corps immobiles sous d'épaisses couvertures de laine. Des carrés d'étoffe pâle couvraient chaque visage.

Elle se rappela la remarque de Piet au sujet de sa chance ; désormais, elle comprenait. Elle ne s'était pas rendu compte que tant de personnes avaient trouvé la mort.

Brusquement, elle sentit qu'on tirait légèrement sur sa jupe, et elle sursauta.

« Mademoiselle, s'il vous plaît. »

Malgré son impatience de partir, elle reconnut le petit garçon de la rue Nazareth. Il était assis par terre en tailleur, blême et tremblant. Elle s'agenouilla à côté de lui.

« Bonjour, petit homme. Louis, c'est bien ça ? Comment vas-tu ?

– Je ne trouve pas mon grand-père. On m'a dit de rester ici et de ne pas bouger. Mais j'ai attendu et attendu. Personne n'est venu. »

Le cœur de Minou se serra de compassion.

« Quand es-tu arrivé ici ? Était-ce aujourd'hui ? Quand il faisait jour ? »

Il secoua la tête.

« Noir, chuchota-t-il. Tout noir.

– Louis, mon nom est Minou. Tu te souviens de moi, n'est-ce pas ? » Il hocha la tête. « Bien. Maintenant que nous avons refait connaissance, que dis-tu d'aller ensemble à la recherche de ton grand-père ? »

Priant pour que le vieil homme ne fasse pas partie des morts, elle prit l'enfant par la main. Alors qu'ils allaient de box en box, Louis reprit progressivement de l'assurance, et sa voix s'affermit un peu.

« Es-tu Louis ? » demanda un homme. Il était étendu sur le flanc, le tibia en attelle et la main droite bandée. « Du faubourg Saint-Michel ?

– Oui, répondit le petit garçon avec empressement.

– J'ai vu ton grand-père ; il portait un long manteau noir déchiré dans le dos ? Il te cherchait.

– Est-ce qu'il allait bien ?

– Il était juste énervé de ne pas te trouver.

– Quand était-ce ? » demanda Minou.

Il leva le bras.

« On m'a donné quelque chose pour me faire dormir pendant qu'on réalignait mes doigts et après cela, j'ai perdu la notion du temps. Je sais seulement qu'il était tôt.

– Où est-il maintenant ? demanda Louis. Est-il parti sans moi ? »

Minou le serra contre elle.

« Nous allons continuer à chercher jusqu'à ce que nous le trouvions.

– Pouvez-vous tenir ceci ? dit une femme en forçant Minou à prendre une cruche avant de faire demi-tour pour repasser la double porte qui menait aux cuisines.

– Nous n'avons pas essayé là-dedans, remarqua Louis.

– En effet, répondit Minou. Allons voir, veux-tu ? »

D'énormes marmites ventrues étaient pendues au-dessus d'un feu, emplissant l'air d'une odeur de thym et de haricots, et des tranches de pain noir et grossier étaient entassées dans une rangée de corbeilles en osier qui occupait toute la longueur d'une table pleine de rayures.

Avec un cri, le petit garçon lâcha sa main et partit en courant.

« Vous n'avez pas le droit d'être ici, commença à dire une femme, puis sa voix se transforma. Louis ! Dieu merci, tu es sain et sauf. »

Minou posa la cruche et suivit l'enfant. Au milieu de la vapeur et du vacarme de la cuisine, elle le vit enveloppé dans l'étreinte d'une femme trapue et rougeaude portant bonnet et tablier blancs.

« C'est notre voisine, expliqua-t-il, rayonnant. Elle dit que grand-père est en sécurité. Il a été ramené chez nous par un des soldats. Elle m'a promis de m'amener à lui dès qu'elle pourra partir d'ici.

– C'est une excellente nouvelle, dit Minou. Là, ne t'avais-je pas dit que tout allait s'arranger ? »

La femme l'observa, d'un air amical mais également circonspect.

« Je ne crois pas vous avoir déjà vue.

– Je ne suis arrivée que récemment à Toulouse, répondit prudemment Minou.

– Ah oui ? Et qui vous a parlé du travail que nous accomplissons ici ? »

Elle hésita, puis décida de dire la vérité.

« Un ami, Piet Reydon. C'est lui qui... »

La méfiance disparut instantanément du visage de son interlocutrice.

« Oh, alors si c'est M. Reydon qui vous a amenée, vous êtes la bienvenue. Absolument.

– Ah bon ?

– Bien sûr, répondit la femme avec un grand geste de la main. Sans sa générosité, nous ne serions pas en mesure de continuer tout cela.

– Cet hospice appartient à Piet – M. Reydon ? » demanda Minou, sans pouvoir effacer la stupeur de sa voix. Rien de ce que Piet lui avait raconté ne lui avait donné l'impression qu'il venait d'une famille fortunée. En fait, il l'avait amenée à croire tout le contraire. « Il en est le propriétaire ?

– Ça, je ne sais pas, mais c'est certainement sa générosité qui lui permet de continuer d'exister. Il vient ici chaque fois qu'il le peut. Il travaille dur pour ceux qui sont dans le besoin ou qui n'ont pas de voix. » Elle balaya ses environs du bras. « Comme vous le voyez, le besoin est grand. »

Minou avait la tête qui tournait. Elle n'avait pas réfléchi à la façon dont Piet occupait ses journées ou à ce qu'il faisait pour gagner sa vie, mais elle ne s'était certainement pas attendue à cela. Où pouvait-il bien trouver les moyens de subventionner un tel endroit ?

« Est-ce que tous ces gens ont été amenés ici après les émeutes ? demanda-t-elle.

– Quelques-uns étaient là avant – des réfugiés de villages aux alentours de Toulouse –, mais la plupart sont arrivés hier soir ou aujourd'hui, comme Louis et son grand-père de la rue Nazareth. Beaucoup parmi les plus gravement blessés viennent de la Daurade.

– Que s'est-il passé ?

– Vous n'avez pas entendu ? Des émeutiers ont attaqué les maisons et commerces huguenots en bord de fleuve ce matin. Beaucoup se retrouvent sans logis, certains ont tout perdu. Le faubourg Saint-Michel aussi a été attaqué. On dit qu'une quarantaine de personnes y ont été assassinées. Je n'ai jamais eu de raison de me brouiller avec mes voisins catholiques pendant toutes ces années, mais étrangement, maintenant... »

Minou rougit de honte. Et bien qu'impatiente de regagner la rue du Taur, elle voulut faire réparation.

« Que puis-je faire pour vous aider ? » demanda-t-elle.

Pendant deux heures, Piet et McCone s'activèrent dans le quartier de la Daurade avec d'autres soldats huguenots, offrant leurs services là où on en avait le plus besoin.

Ils réparèrent des fenêtres brisées et des chambranles gauchis, des volets arrachés de leurs gonds. Ils construisirent des palissades de défense pour protéger les commerces et ateliers donnant sur l'église de la Daurade, où avait eu lieu le plus gros des pillages. Les soldats montaient la garde au coin des rues et sur les remparts au bord du fleuve, à l'affût du moindre signe de trouble.

Femmes et vieillards hébétés contemplaient, assis en silence, les ruines de leurs foyers.

« Quelle destruction vaine, gratuite, fit remarquer Piet en enfonçant un clou avec tant de force qu'il fendit le bois autour. Quelle malveillance. »

McCone lui passa une autre planche sans répondre, et l'aida à la fixer en travers des volets cassés de la petite boutique sombre.

« Cela ira pour cette nuit », déclara Piet.

Le propriétaire, un cordonnier, secoua la tête.

« Des voleurs, je peux comprendre, mais ça ? Il m'a fallu vingt ans pour monter mon affaire, et ils viennent de me ruiner. Tout est détruit. » Il souleva une paire de bottes dont le cuir était arraché des semelles et les boucles en cuivre retenues par un fil. « Hors d'état. En quelques heures, tous mes cuirs, mes aiguilles, mes formes, cassés et irrécupérables. »

Piet serra les dents, mais garda un ton léger.

« Vous allez reconstruire.

– À quoi bon ? Pour qu'ils reviennent et nous fassent de nouveau subir ce genre d'infamie ? » Il secoua la tête. « Je suis trop vieux, monsieur.

– Et la garde municipale les a laissés faire sans intervenir, ajouta sa femme, aussi furieuse que son époux était démoralisé. Nous étions de bons voisins, traitions nos clients catholiques et protestants de la même façon et n'avons jamais eu le moindre souci avec eux à part une mauvaise dette de temps à autre. Mais aujourd'hui ? Des gens que je croyais nos amis sont restés là sans rien faire, monsieur. Ils sont restés là, à regarder, et n'ont pas levé le petit doigt pour nous aider.

– Nos dirigeants ont une entrevue en ce moment même pour négocier une trêve, tenta de la rassurer Piet. Ce genre de chose ne doit plus être autorisé à se reproduire. »

Elle secoua la tête.

« Nous vous sommes reconnaissants de votre aide, monsieur, mais si vous y croyez, vous êtes un imbécile. Regardez autour de vous. Lorsque le commun des hommes croit pouvoir agir ainsi, sans la moindre crainte, alors peu importe ce que juges et prêtres ont à dire sur le sujet. C'est trop tard. »

Elle jeta un regard furieux à Piet et à McCone puis éclata en sanglots. Son mari passa le bras autour de ses épaules.

« Merci, monsieur. Tout est dit. »

Et sur ces mots, ils rentrèrent dans leur boutique. Piet fut brusquement pris d'une extrême lassitude.

« Croyez-vous que tout le monde pense comme eux ? lui demanda McCone. Qu'il vaut mieux quitter Toulouse que rester et risquer de voir cela se reproduire ? »

Piet serra les dents.

« Je le crains. Il y a beaucoup de catholiques qui, même s'ils ne prendraient pas eux-mêmes les armes contre un autre chrétien, ont laissé faire ces choses. Quant à ceux qui n'apprécient pas notre présence à Toulouse, ils se disent que si toutes les boutiques huguenotes sont obligées de mettre la clef sous la porte, les protestants partiront. Personne ne veut être chassé de chez lui, mais qui a envie de vivre constamment dans la peur ?

– La question est de savoir où ils peuvent aller ? Beaucoup sont trop vieux pour recommencer leur vie ailleurs.

– Chez des parents, des amis, dans des villes plus grandes. Ou plus exactement, des villes où les protestants ne sont pas à ce point en minorité. Montauban a une communauté huguenote assez importante désormais. Pareil pour Montpellier et La Rochelle. »

Piet se tut et regarda la place autour de lui avec une colère froide et dure. Il était venu dans le quartier la veille, pour essayer, sans succès, de voir le tailleur qui avait reproduit le Suaire pour lui. Tout y était tranquille, paisible : boutiques ouvertes, habitants vaquant à leurs occupations, une odeur d'amandes grillées dans l'air et la douce lumière du soleil mouchetant la pénombre sous les arbres. Et à présent, ceci.

Il se pencha pour ramasser un pichet en faïence fêlé et le posa debout au coin d'un mur. Tout autour d'eux gisaient tables, chaises et tabourets, cassés en mille morceaux, irréparables.

« Voilà qui est étrange », murmura-t-il en avisant l'autre côté de la place.

Il fronça les sourcils. Sur la porte de l'atelier du tailleur était peinte une croix noire. Elle n'était pas là la veille.

Laissant McCone, il traversa la place en courant.

« Mademoiselle, pardonnez-moi de vous déranger, dit-il à la jeune femme debout devant la boutique, mais que s'est-il passé ? Le tailleur qui travaille ici a-t-il été blessé ?

– Il est mort, monsieur. »

Encore un mort ?

« Je suis désolé de l'apprendre. Les pillages ? A-t-il été pris dans les émeutes ? »

Sortant enfin de son hébétude, elle leva la tête et le regarda droit dans les yeux.

« J'ai trouvé mon père à sa table de travail, son aiguille et ses ciseaux encore dans les mains. Son cœur avait lâché.

– C'était votre père ? Je suis désolé. Je le connaissais. C'était un homme talentueux.

– Regardez autour de vous. Voyez ce qu'ils ont fait. Au moins, il est mort avant d'être témoin de cela. »

Et sur ces mots, elle s'éloigna lentement, laissant Piet à ses pensées inquiètes. Il voulait croire que c'était la vérité, mais la coïncidence lui semblait suspecte.

« Quel est le problème ? »

McCone était venu voir ce qui se passait.

Piet s'apprêtait à lui répondre lorsqu'une prudence nouvelle l'arrêta.

« Il n'y en a pas, répondit-il. Je croyais la connaître, c'est tout. »

McCone abattit la main sur son épaule.

« Vous avez l'air épuisé. Vous devriez vous reposer. Allons à la taverne. Je meurs de soif. »

Piet balaya une dernière fois la place du regard, puis hocha la tête.

« Très bien. »

« S'il vous plaît, monsieur, répéta Minou. Laissez-moi passer. »

Le soldat qui montait la garde à la porte de l'hospice ne bougea pas.

« Personne n'est autorisé à sortir. Ce sont les ordres. »

Après deux heures à aider en cuisine et au chevet des derniers blessés, Minou était épuisée et impatiente de retourner auprès d'Aimeric et de sa tante.

« Monsieur, laissez-moi passer. »

Il se tapota l'oreille.

« Vous n'avez pas entendu ? Vous êtes sourde ? Les ordres sont de ne laisser personne entrer ou sortir.

– Ma tante va se demander ce qui m'est arrivé », plaida-t-elle, bien que ce soit l'inquiétude de son père qu'elle imaginait, si jamais il venait à apprendre qu'elle avait été prise dans pareille émeute.

Alors qu'elle essayait de le contourner, son rosaire tomba de sa poche. L'expression du soldat changea.

« Et votre tante serait-elle catholique ? répliqua-t-il en soulevant un coin de sa robe de la pointe de son épée. Tous ces beaux atours coûtent cher, n'est-ce pas ? »

Minou recula hors de sa portée.

« Est-ce qu'ils t'ont envoyée nous espionner ? Nous savons qu'ils se servent de femmes pour accomplir leur sale besogne. » Il tendit brusquement la main pour l'attraper par le poignet. « Est-ce pour ça que tu es là ? »

À la grande horreur de Minou, il se mit à triturer l'attache de sa cape.

« Allons, si c'est pour faire cela qu'ils envoient leurs catins catholiques, voyons… »

Minou lui donna un coup de genou à l'entrejambe, aussi violemment qu'elle le put.

« Garce ! hurla-t-il en se pliant en deux. *Putane* ! »

Faisant abstraction de la douleur dans son épaule, Minou joignit les poings et les abattit de toutes ses forces sur sa nuque. Puis, alors qu'il tombait à genoux, elle l'évita d'un bond, ouvrit la porte et s'enfuit, terrifiée, dans la rue du Périgord.

37

La taverne était sombre et enfumée. Dans ce point de rendez-vous protestant connu, tous les volets étaient fermés en ce jour, et le malaise régnait, ainsi qu'une odeur de cuir, de sciure et de bière renversée. À chaque fois que la porte s'ouvrait, laissant entrer une bouffée d'air frais, tous les yeux se tournaient vers elle dans l'attente collective d'informations nouvelles.

Tandis que McCone et Crompton, assis à une table, buvaient et jouaient aux dés, Piet, adossé au mur, essayait de calmer le tourbillon de ses pensées. La conversation qu'il avait eue devant l'atelier, place de la Daurade, avait ramené le Suaire au centre de ses préoccupations. Il ne pouvait se défaire du soupçon que la présence de Crompton à Toulouse, en compagnie de son cousin Devereux, avait plus à voir avec cela qu'avec le moindre désir de soutenir ses frères huguenots. L'espace d'un instant, il se demanda même si Crompton pouvait être impliqué dans la mort du tailleur.

« *Per lo Miègjorn* », murmura-t-il. Le mot de passe qu'on lui avait demandé de donner à Carcassonne. « Pour le Midi. »

Il se redressa. Il laissait son imagination s'emballer. Crompton et lui étaient du même bord, non ? Il ne l'appréciait pas, mais cela ne faisait pas de l'homme un traître.

Et pourtant, Piet ne pouvait se débarrasser de l'impression, née à l'hospice, que quelque chose clochait. Que quelque chose avait été dit, qui n'aurait pas dû l'être. Il jeta un coup d'œil à Crompton, qui était en train de lancer ses dés.

Et pourtant…

La porte s'ouvrit de nouveau et un messager entra. Il identifia le plus haut placé des commandants huguenots présents et alla lui faire son rapport. Piet se rapprocha pour entendre ce qui était dit.

« Il y a des hallebardiers postés à l'entrée principale du monastère, les propres hommes du sénéchal. Les juges ont également un contingent de soldats. Ils affirment que la garde municipale est sous le contrôle des huguenots, et qu'ils ne peuvent donc pas compter sur elle pour les protéger.

– Ridicule.

– C'est la raison qu'a fournie le parlement. »

Le capitaine secoua la tête.

« Les négociations ont-elles commencé ?

– Cela ne saurait tarder.

– Et est-ce Jean de Mansencal qui les préside, comme nous l'avons entendu dire ?

– Oui, monsieur.

– Et nous avons des hommes à l'intérieur pour nous rendre compte de tout ce qui va être dit ?

– Oui. »

Le capitaine le congédia d'un geste.

« Très bien. Revenez m'informer des développements dans une heure. »

Piet regarda le messager partir, puis s'assit à côté de McCone. Il était en train de parler anglais avec Crompton, et celui-ci, une fois de plus, cherchait la dispute.

« Votre pasteur prêche la révolte depuis la chaire, disait-il. Il a le feu sacré. » Il fit un geste apaisant de la main. « Avec raison, à mon humble avis. Mais c'est un va-t-en-guerre, non un homme de paix.

– J'admets que Barrelles ne mâche pas ses mots, répondit prudemment McCone.

– Il dénonce le duc de Guise. » Crompton ramassa ses dés sur la table et les rangea dans sa poche. « Si ces négociations échouent, vous n'avez pas assez d'hommes pour prendre le contrôle de la ville sans renforts. »

Piet se pencha en avant.

« Il n'y a aucun projet de prendre le contrôle de la ville. Nous voulons une juste paix, pas la guerre. »

Crompton éclata de rire.

« Que croyez-vous qu'Hunault est en train de faire avec Condé à Orléans, organiser une partie de chasse ? »

Piet s'empourpra.

« Et vous, Crompton, que faisiez-vous cet après-midi pendant que nous travaillions dur ? demanda-t-il. Et Devereux ? Où est-il ? Il n'est toujours pas revenu.

– Qu'est-ce que vous insinuez ? »

Piet fit un geste d'apaisement.

« C'est une question innocente, Crompton. Pourquoi ? Avez-vous quelque chose à cacher ?

– Allez au diable, Reydon », répliqua Crompton en se levant.

Sans un autre mot, il sortit en fulminant de la taverne, laissant la porte trembler sur ses gonds.

« Je sais, dit Piet en sentant le regard interrogateur de McCone posé sur lui. Stupide de lui chercher ainsi des noises, vous n'avez pas besoin de me le dire. »

McCone sourit.

« En fait, j'allais seulement vous demander la cause de cette inimitié entre vous.

– Il n'est pas fiable, et son cousin encore moins. J'aimerais savoir ce qu'ils font à Toulouse.

– Ils disent être venus nous apporter leur soutien. Vous pensez qu'ils ont une raison cachée ? »

Piet haussa les épaules.

« Peut-être.

– Des espions ?

– En vérité, Jasper, je ne sais pas. C'est possible, mais pour quel bord ? Le nôtre ou le leur ? Devereux semble pouvoir aller et venir à sa guise. Il a beaucoup de relations à Toulouse.

– Mais Crompton vous déplaît davantage. »

Piet attrapa sa bière.

« Il y a quelque chose chez lui.

– Est-ce pour cela qu'il vous appelle par un autre nom ? demanda McCone d'un ton doux. Reydon, si j'ai bien entendu ?

– Mon ami, pardonnez-moi, répondit Piet, rouge de honte. J'avais l'intention de vous le dire, mais j'attendais de mieux vous connaître.

– Nul besoin de vous excuser.

– Si. Lorsque je suis arrivé à Toulouse en mars, j'avais des raisons de ne pas utiliser mon vrai nom. J'en ai pris un autre.

– Celui de Joubert. À moins que ce ne soit là votre véritable nom et Reydon, votre pseudonyme ?

– Non, Reydon est mon nom. » Piet baissa les épaules, d'autant plus embarrassé que McCone était d'une parfaite courtoisie face à son mensonge. « Je suis sincèrement désolé, Jasper. »

McCone l'interrompit d'une main levée.

« C'est sans importance. Crompton, tout méfiant que vous soyez à son égard, a raison au moins sur un point. On dit que le prince de Condé a levé l'étendard de la révolte à Orléans. Je sais de source sûre que Saux a reçu pour ordre, il y a une semaine, de mobiliser armes et fonds pour sa campagne.

– Croyez-vous qu'il y ait un projet en place pour s'emparer de Toulouse ?

– Et vous ? »

Piet baissa la voix.

« J'ai entendu dire que les clefs de certaines des portes de la ville, notamment la porte Villeneuve, avaient été volées et reproduites.

– Quand ? »

Piet releva les yeux, surpris par la dureté dans sa voix.

« Je ne sais pas exactement. La semaine dernière, peut-être.

– Qui vous a dit cela ? »

Piet secoua la tête.

« Un des soldats de la garnison huguenote de l'hôtel de ville. Ça m'a paru tenir plus du rêve que de la réalité. Je n'y ai pas vraiment prêté attention. Il y a tellement de rumeurs, toutes plus farfelues les unes que les autres. Tout ce que j'espère, c'est que le bon sens prévaudra et que nos dirigeants – ainsi que les leurs – feront passer le bien de Toulouse avant leur propre désir de gloire. »

McCone marqua un temps, puis leva sa chope.

« Bien dit. »

Malgré ses discours de paix, l'optimisme de Piet commençait à faiblir. Il s'était raccroché à l'espoir que les caches d'armes qui s'étaient multipliées dans la ville, dans les maisons tant protestantes que catholiques, n'étaient destinées qu'à jouer un rôle dissuasif. Mais au cours de cette longue journée, il avait compris qu'il était dans la minorité.

Il se remémora l'entrevue dans cette pièce surchauffée et privée d'air de la Bastide à Carcassonne. Pour la première fois, il prit conscience que davantage de leurs camarades estimaient – comme Crompton – que l'heure des négociations était passée. Les mois d'attente avaient chauffé les sangs. Les gens constataient injustice sur injustice et voulaient les voir punies. Et après les dévastations commises notamment ce jour dans le quartier de la Daurade par des émeutiers catholiques, qui pouvait les en blâmer ?

Piet desserra le col de sa chemise, brusquement incapable de supporter plus longtemps l'atmosphère confinée et lourde d'attente de la taverne. Il se leva.

« Avec votre permission, Jasper. »

Il sortit et remplit ses poumons d'air. Puis, levant les yeux sur certaines des plus belles maisons médiévales de Toulouse, il songea à Minou et au fait que la ville, autant que ses habitants, avait besoin d'être protégée.

Un plan commença à se former dans sa tête. De là où il se tenait, il pouvait voir le toit rouge incliné et le clocher hexagonal de l'église du couvent des Augustins, qui se détachaient nettement sur le ciel de l'après-midi. Il n'allait pas attendre plus longtemps de recevoir des informations de troisième ou quatrième main ; il allait s'introduire dans l'édifice et assister lui-même au débat.

La gifle prit Minou par surprise, l'envoyant chanceler contre la balustrade de pierre de la loggia.

« Madame Montfort ! »

En arrivant chez son oncle, elle avait trouvé celle-ci en plein conciliabule avec l'intendant, Martineau, dans la cour. La vieille femme avait sorti quelque chose de sa poche et l'avait passé à ce dernier. Il avait baissé les yeux, donnant l'impression de compter, puis hoché la tête avant de disparaître dans la maison. Minou avait attendu jusqu'à ce qu'elle croie Mme Montfort partie aussi.

« Madame ! s'écria-t-elle, parant un deuxième coup.

– Où étiez-vous ? » Le visage de Mme Montfort était tordu par la rage, et par quelque chose d'autre ; la culpabilité, comprit Minou. « Votre tante n'a pu trouver le repos de crainte qu'il vous soit arrivé quelque chose, et pourtant vous voilà, revenant en tapinois comme une fille de cuisine en chaleur. »

Minou la dévisagea avec incrédulité.

« Vous vous oubliez.

– C'est vous qui vous oubliez, cracha-t-elle. Vous n'êtes rien dans cette maison, rien. Vous et votre rustre de frère, des parents pauvres venus vivre aux crochets de vos supérieurs. Vous salissez la réputation de cette honnête demeure, à rester ainsi dehors toute la nuit, comme une vulgaire fille des rues.

– Vous n'imaginez tout de même pas…

– Pensiez-vous que personne ne remarquerait votre comportement dévergondé ? Hein ? »

Elle hurlait si fort qu'une servante pointa le nez dehors pour voir ce qui se passait, et se vit furieusement signaler de disparaître.

« C'est là calomnie injustifiée, protesta Minou, mais la vieille femme l'agrippa par le bras.

– Qu'est-ce qui vous donne l'audace de croire que vous pouvez faire ce qu'il vous plaît ? Salvadora s'est peut-être laissé prendre à votre jeu, mais pas moi, ni mon frère. Vous avez besoin qu'on vous apprenne à respecter vos supérieurs. Eh bien, cela vous donnera le temps de réfléchir à vos insuffisances. »

Et sur ces mots, sans préavis, Minou se vit traînée dans les escaliers en dessous de la loggia. Avant qu'elle ait pu saisir ce qui se passait, Mme Montfort avait ouvert une petite porte en bois et l'avait rudement poussée à l'intérieur de la cave. Puis il y eut le bruit d'une clef qu'on tournait dans la serrure, et Minou comprit qu'elle était prisonnière.

Pendant un moment, elle resta simplement clouée sur place, à écouter les pas de l'autre côté de la porte s'estomper, en même temps que le cliquetis du trousseau à la ceinture de Mme Montfort. Elle n'arrivait pas à s'expliquer comment celle-ci avait pu perdre aussi complètement le contrôle d'elle-même. Lever ainsi la main sur Minou, la traiter comme une domestique, outrepassait totalement son autorité.

Était-ce à cause de ce qu'elle était en train de faire avec l'intendant, Martineau ? De la culpabilité qu'il y avait eu dans son regard lorsqu'elle s'était retournée et avait vu les yeux de Minou posés sur elle ?

Épuisée, l'épaule irradiée d'une douleur lancinante, Minou s'assit lourdement sur la première marche. Une odeur aigre de bois humide et de moisi lui assaillait les narines. Le bruissement d'un rat qui s'enfuyait lui arracha un frisson. Elle sentit le découragement la guetter, mais était déterminée à ne pas céder. Pas après tout ce qu'elle avait vu, enduré, surmonté.

Lentement, ses yeux s'accoutumèrent à la pénombre. Un claustra de briques rouges au niveau du rez-de-cour laissait entrer l'air frais et la lumière du jour. Elle ne l'avait jamais remarqué de l'extérieur. Bientôt, elle put voir que toute la longueur du mur en face d'elle était tapissée de caisses, tonneaux et coffres en bois, empilés du sol de terre nue au plafond de briques.

Elle s'approcha pour les examiner de plus près. Une grande partie des caisses étaient marquées d'un D tracé à l'encre sur le côté. Minou se rendit compte qu'elle n'était pas la seule à s'être trouvée là récemment. Sur un des tonneaux étaient soigneusement posés deux gobelets tout simples. Elle huma l'air, et des relents de bière lui parvinrent aux narines. Il y avait également une miche de pain à moitié entamée qui, bien qu'elle soit sèche et dure comme de la pierre, n'était pas moisie. Des victuailles pour les hommes qui avaient apporté les tonneaux ?

Effleurant de la main le plus proche d'entre eux, Minou découvrit un trou pour passer le doigt. Elle souleva le disque de bois avec précaution, juste assez pour voir ce qu'il contenait. Elle s'était attendue à du grain ou de la farine, mais c'était autre chose. Faisant abstraction de la douleur dans ses muscles, Minou retroussa sa manche et faufila la main à l'intérieur. Elle trouva sous ses doigts une matière granuleuse, comme du sable ou la poussière grossière qui se coince entre les pavés de la Cité. Elle en sortit une poignée pour l'examiner à la lumière.

Une poudre noire, qui n'avait pas la couleur de la terre.

Elle balaya du regard les nombreux autres tonneaux et les longues caisses plates. Utilisant un morceau de bois fin comme levier, elle ouvrit l'une des plus larges. Une vingtaine d'arquebuses soigneusement empilées, enveloppées de toile huilée. À l'intérieur du couvercle était écrit le mot « DELPECH ».

Elle n'eut pas besoin de regarder dans les autres boîtes pour savoir qu'elle y trouverait d'autres armes. Un véritable arsenal privé, mais pourquoi dans cette cave ? Son oncle n'était pas un homme de guerre. Puis une autre pensée lui vint brusquement. Mme Montfort ne devait pas être au courant de l'existence de cette cache d'armes et de poudre ; l'eût-elle su, l'y aurait-elle enfermée ?

Un bruit à l'étage la fit sursauter. Hâtivement, elle referma la caisse et remit en place le couvercle du tonneau de poudre. Écoutant les pas sur le plancher au-dessus de sa tête, elle tenta de déterminer de quelle pièce ils provenaient. À leur nombre et à la place de la porte dans la cour, elle comprit qu'elle se trouvait sous la chapelle privée.

Puis elle eut une pensée plus encourageante. N'était-il pas probable qu'il existe un accès à la cave depuis la maison ? Même de nuit, quand il y avait moins d'yeux pour les observer, le remue-ménage occasionné par des hommes portant de lourds tonneaux et caisses aurait été difficile à cacher aux regards de la rue. Et toutes les pièces de la maison donnaient sur la cour à un angle ou à un autre. Quelqu'un aurait vu quelque chose.

Ragaillardie, Minou entreprit de tâter méthodiquement les murs, à l'affût d'un élément qui diffère au toucher de la brique. Elle glissa les mains dans les espaces entre les piles de caisses, écarta les tonneaux avant de les remettre en place, à la recherche d'un loquet ou d'une poignée.

Enfin, ses doigts endoloris tombèrent sur une pièce de bois qui dépassait légèrement du mur. Avec un regain d'énergie, Minou poussa, tira et souleva six caisses pour voir ce qu'il y avait derrière. Elle sourit.

Son instinct ne l'avait pas trompée. Dans le mur se trouvait une porte basse. Deux charnières de métal, manifestement huilées et en état de marche, et une serrure arrondie.

Il n'y avait pas de clef.

Arrêté sous l'encorbellement des maisons de la rue des Augustins, Piet jeta un coup d'œil discret au couvent des Augustins.

L'entrée principale était gardée par les hallebardiers du sénéchal, comme l'avait rapporté le messager, et des soldats privés patrouillaient les alentours. Le monastère avait été autrefois l'un des plus influents de Toulouse, mais un incendie et la foudre tombée sur le clocher l'avaient laissé en grande partie délabré.

Après avoir observé pendant quelques minutes, Piet décida que la meilleure façon d'entrer était par l'église. Il savait qu'il y avait une porte qui donnait directement sur la rue afin de permettre à la congrégation civile de se joindre aux moines pour la messe. S'il parvenait à atteindre la nef, il aurait une bonne chance d'accéder ensuite au cloître. D'apparence, il se différenciait peu des dirigeants huguenots rassemblés là. Si la fortune lui souriait, personne ne lui demanderait de s'identifier une fois à l'intérieur.

Soudain, il repensa à Vidal, à leur conversation dans le confessionnal de Saint-Nazaire, à Carcassonne. Il y avait une éternité, semblait-il.

38

Carcassonne

« Tu as la langue trop acérée, Marie Galy, maugréa Bérenger. Un de ces jours, tu vas te couper. »

Marie rejeta la tête en arrière avec un rire, ravie d'avoir réussi à énerver le vieux soldat.

« Vous n'êtes pas mon père. Vous pouvez vous boucher les oreilles si cela ne vous plaît pas. »

Elle s'approcha de la margelle du puits.

« Ton impudence finira par t'attirer de sérieux ennuis, répondit-il. Tu verras. »

Marie entendit l'autre garde remarquer à mi-voix qu'elle était vraiment très jolie.

« Trop insolente, grommela Bérenger.

– Ça ne me dérange pas », répondit le garçon en jetant un coup d'œil à la jeune fille par-dessus son épaule.

Marie lui adressa un sourire éclatant en agitant les doigts, ce qui le fit rougir jusqu'aux oreilles et trébucher sur les pavés.

« Allons, viens », ordonna Bérenger en poursuivant sa patrouille en direction du château comtal.

Marie était sur le point de retourner à sa tâche lorsqu'elle vit une dame élégante et magnifiquement vêtue s'approcher de la place du Grand-Puits. Elle posa son seau par terre pour la regarder. L'inconnue avait une démarche si gracieuse, le dos droit comme une planche, projetant une ombre mince et allongée dans le soleil de la fin d'après-midi. Sa peau était d'une blancheur de marbre et ses cheveux, juste visibles sous son capuchon brodé, noirs et brillants comme des ailes de corbeau. Et ses vêtements étaient si beaux. Sa cape cramoisie bordée de satin rouge, les crevés de ses manches couleur d'iris.

Elle s'arrêta et regarda autour d'elle comme si elle cherchait à se repérer. Marie saisit sa chance.

« Puis-je vous aider, madame ? demanda-t-elle en s'écartant du puits. Je connais bien la Cité. »

La femme se tourna vers elle. Marie vit la façon dont ses sourcils s'arquaient comme des croissants de lune au-dessus de ses yeux sombres et étincelants.

« J'aimerais savoir où je puis trouver la demeure de la famille Joubert. »

Même sa voix ne ressemblait à aucune autre que Marie ait pu entendre. Riche et onctueuse, comme du miel gouttant d'une cuillère.

« Je la connais. Aimeric est… »

Marie s'interrompit, se rappelant que Mme Noubel lui avait dit de garder le silence si quelqu'un venait poser des questions.

L'expression de son interlocutrice s'adoucit.

« Ta discrétion t'honore, dit-elle en plongeant la main dans une aumônière de velours attachée à son poignet par un cordon bleu. Je ne vois aucune raison pour que tu en sois désavantagée. Mes remerciements. »

Et elle lui mit une pièce neuve et propre dans la main. Marie sourit et exécuta une révérence. Sûrement, Mme Noubel n'avait pas pensé à quelqu'un comme ça quand elle lui avait dit de ne parler à personne ! Une dame noble, si gracieuse et raffinée.

« Parle-moi de cet Aimeric, continua celle-ci. Y a-t-il un accord entre vous ? »

Marie rejeta la tête en arrière.

« Lui dirait que oui. Pour ma part, je ne suis pas pressée. J'aimerais trouver meilleur parti qu'un fils de libraire.

– Libraire, dis-tu ?

– Oui, madame. »

La femme sourit. Marie remarqua ses dents parfaitement alignées et parfaitement blanches.

« Alors c'est bien la maison que je cherche. »

Toulouse

« La dame a quitté son logement », annonça Bonal.

Vidal s'arrêta au pied du majestueux escalier de pierre du couvent des Augustins. Les larges couloirs de brique et les plafonds en voûte résonnaient de l'écho des voix d'hommes, du fracas des armures, épées et bottes de soldats. Les moines se déplaçaient dans leurs espaces de contemplation tels des spectres noirs dans la robe pauvre de leur ordre.

« Quand ?

– Hier, peu après l'aube. »

Vidal serra les doigts sur la balustrade.

« Comment se peut-il qu'elle ait quitté Toulouse ? Toutes les portes du quartier de la cathédrale n'avaient-elles pas été fermées dès que les émeutes ont éclaté ? »

Bonal se rapprocha.

« Il semble que la dame ait réussi à se procurer l'usage de la voiture de l'évêque lui-même, et comme l'issue la plus proche de son logement, la porte Montolieu, était gardée par des catholiques, ils l'ont laissée passer.

– Sans vérifier qui se trouvait à l'intérieur.

– C'est ce qu'il semble, monsignor. »

Des émotions conflictuelles se disputaient le cœur de Vidal : colère d'apprendre qu'elle était partie sans qu'il le sache ; fureur devant la facilité avec laquelle elle avait réussi à réquisitionner une voiture au palais de l'évêque ; et enfin, bien qu'il en ait honte, une cruelle déception. Il avait beau avoir prié le Ciel de lui pardonner sa faiblesse humaine, Dieu ne lui avait pas encore donné la force de résister à la tentation qu'elle représentait.

Il ne doutait pas de l'intérêt qu'il avait à conserver son patronage. S'il avait à Toulouse le soutien de commerçants et d'hommes de loi, aucune voix noble ne parlait en sa faveur. Ce n'était bien sûr pas encore le moment de déposer sa candidature pour devenir évêque de la ville. La situation y était trop instable. Mais dès que commencerait la phase suivante de l'inévitable conflit, ni son rôle ni l'inaction négligente de l'évêque en fonction ne passeraient inaperçus.

Alors, il agirait.

« Sait-on si Son Éminence a approuvé personnellement l'utilisation de sa voiture ? demanda-t-il.

– Le bruit court que oui. »

Vidal haussa les sourcils.

« Une rumeur lancée par toi, Bonal ?

– J'ai jugé de mon devoir de partager ce que je pensais être la vérité.

– Tout à fait, répondit Vidal en laissant un bref sourire effleurer ses lèvres. Avoir connaissance de ce genre d'erreur de jugement, ou de transgressions aussi sérieuses, est sûrement dans l'intérêt public. » Il se remit en mouvement. « Je souhaite être informé du moment où elle sera arrivée à Puivert. Dépêche un messager après elle. »

Bonal s'éclaircit la voix.

« Pardonnez-moi, monsignor, mais le garçon d'écurie a dit avoir entendu mentionner Carcassonne.

– Carcassonne ? répéta Vidal en se retournant.

– C'est la destination qui a été donnée au conducteur, à ce qu'il dit.

– L'as-tu interrogé toi-même ? En était-il sûr ?

– Certain. Le garçon m'a semblé fiable. »

Vidal hésita.

« Et notre ami hollandais ? Où est-il ?

– Il était dans la taverne huguenote, puis s'est rendu à la Daurade.

– S'est-il approché de l'atelier du tailleur ?

– Oui.

– Il ne t'a pas vu ? s'assura vivement Vidal.

– Personne ne m'a vu, monsignor. »

Vidal fronça les sourcils.

« Personne ne doute du fait qu'il est mort de mort naturelle ?

– Non. Il était de notoriété publique qu'il avait le cœur fragile. »

Vidal hocha la tête et se remit en route, avant de s'arrêter à nouveau.

« Bonal, trouve pourquoi la dame est partie pour Carcassonne. C'est peut-être un déplacement prévu de longue date, mais j'aimerais tout de même en connaître la raison. »

Carcassonne

Rixende ouvrit la porte d'entrée et trouva Marie Galy sur le seuil.

« Oh, dit-elle en s'essuyant les mains sur son tablier. C'est toi. »

La servante n'aimait pas Marie Galy. Comme beaucoup d'autres femmes. La jeune fille était trop vaniteuse, se jugeait plus jolie que tout le monde et ne faisait aucun effort pour le cacher. Rixende avait vu la façon dont Aimeric la regardait, avec un mélange de convoitise et d'admiration. Elle n'était pas seule à être contrariée par le fait qu'il y avait toujours un garçon pour proposer à Marie de l'aider à porter son seau d'eau ou son panier de bûches, alors que toutes les autres devaient se débrouiller seules.

« Qu'est-ce que tu veux ? »

Marie afficha un sourire hautain.

« Je suis bien certaine de ne rien vouloir de toi, Rixende, mais une amie de M. Joubert souhaite lui présenter ses respects.

– Tu sais très bien que le maître n'est pas là », répliqua sèchement la domestique, en commençant à refermer la porte.

Elle n'avait pas l'intention de voir son après-midi perdu à cause de Marie Galy, en train de faire son importante comme à l'accoutumée.

Marie glissa hâtivement son pied mince dans l'entrebâillement.

« Je suis bien certaine de ne rien savoir de tel. Allons, il est toujours ici. Tout le monde sait qu'il a à peine mis le pied dehors depuis l'Épiphanie.

– C'est là que tu te trompes ! répliqua Rixende, ravie de pouvoir la remettre à sa place. Il a pris congé avant le dimanche de la Passion.

– Où allait-il, Rixende ? »

Une tache couleur de vin envahit les joues grêlées de la servante lorsqu'elle se rendit compte de l'information qu'elle avait laissée échapper. Mme Noubel lui avait très clairement ordonné de la garder pour elle.

« Je ne peux pas te le dire. »

Elle ne pensait pas que ce soit vraiment un secret. Dans la Cité, tout le monde savait ce que faisait tout le monde.

« Et il a laissé Alis aux soins de Mme Noubel, fit Marie d'un ton méprisant. Je vois, c'est pour cela qu'elle est toujours fourrée ici.

– Eh bien aujourd'hui, elle est à la Bastide, répliqua sèchement Rixende. Maintenant, si tu veux bien, certains d'entre nous ont du travail. »

Et elle claqua la porte. Toute rencontre avec Marie lui donnait toujours l'impression d'avoir été évaluée et jugée inadéquate. Puis, retournant à ses tâches, elle sentit une odeur de brûlé.

« Oh non… ! » gémit-elle.

La casserole de lait qu'elle avait laissée sur le feu avait débordé. La seule façon de faire avaler sa médecine à Alis était de la mélanger à du lait et à du miel. Elle saisit vivement la poignée, espérant en sauver un peu, et poussa un cri en se brûlant. La casserole lui échappa des doigts, tomba par terre avec fracas, et le contenu restant se renversa sur le carrelage.

« Minou ? »

Alis, blottie dans le fauteuil de son père, s'était réveillée en sursaut, faisant fuir le chaton de ses genoux. Rixende s'alarma de la rougeur de l'enfant.

« Non, c'est moi, répondit-elle en s'affairant pour resserrer la couverture autour des jambes de la petite fille. Ce n'est rien. J'ai fait tomber la casserole et le bruit t'a réveillée. Rendors-toi. »

Alis la regarda avec de grands yeux.

« Minou n'est pas rentrée ? »

Rixende sentit son cœur chavirer. Elle détestait voir l'enfant s'étioler et maigrir chaque jour un peu plus. En vérité, même si cela devait lui faire perdre ses gages quotidiens, elle commençait à espérer que Mme Noubel allait retourner à la Bastide en emmenant Alis avec elle. La tristesse de la petite fille était trop dure à voir.

Alis referma les yeux. Bientôt, sa respiration irrégulière s'apaisa de nouveau. Sans Aimeric ni Minou pour jouer avec elle, elle sortait rarement. Elle était toute menue et avait la peau sur les os. Ses boucles noires lui collaient aux joues, moites et ternes.

Rixende recommença à s'activer, nettoyant le sol et ouvrant la porte pour chasser l'odeur âcre de la pièce. Il n'y avait pas grand-chose qu'elle puisse faire pour apaiser les souffrances de l'enfant, hormis veiller à ce qu'elle ait tout ce qu'il lui fallait pour calmer sa toux. Un autre morceau de réglisse. Du lait tiède, du miel et son sirop.

Elle regarda, par la fenêtre, la lumière du soir naissant danser au sommet du mur derrière la maison. Cela ne prendrait qu'un instant. Alis dormait de nouveau, et Mme Noubel ne devait revenir qu'à la tombée de la nuit. Si elle se dépêchait, elle pouvait courir chez elle emprunter un litre de lait à sa mère et être revenue dans la demi-heure.

Elle ôta une cruche en terre cuite de son crochet, s'assura que le feu était contenu et sortit discrètement dans la cour par la porte de derrière, avant de gagner la rue.

Personne ne saurait jamais qu'elle s'était absentée.

39

Toulouse

Loin au-dessus de la chambre de débats, Piet longea l'étroite arête de pierre au sommet de l'escalier en faisant attention à ne pas perdre l'équilibre, puis sauta par-dessus la balustrade et atterrit sur le balcon, hors de vue.

En dessous de lui, il voyait une masse de visages. La pièce était caverneuse. Des murs de brique rouge s'élevaient jusqu'à un plafond en voûte. Au sud, six hautes fenêtres cintrées, vitrées de verre transparent et hautes comme plusieurs hommes, donnaient sur les colonnades du cloître et du réfectoire. Au nord se trouvaient des rangées de boxes en bois où les moines avaient pour habitude de s'asseoir.

À l'ouest, une estrade avait été installée, accueillant cinq fauteuils ecclésiastiques à haut dossier. Une petite porte, dissimulée derrière une tapisserie représentant saint Augustin, donnait directement de l'estrade dans une antichambre. Devant l'estrade, à une longue table en bois, deux scribes étaient assis, tête baissée, plumes blanches et encriers posés devant eux, attendant de mettre par écrit la conversation.

Piet était trop haut pour distinguer l'expression de qui que ce soit en dessous de lui, mais le style vestimentaire de chacun indiquait son allégeance. Un petit groupe portait le rouge et la pourpre du chapitre de la cathédrale; d'autres, le gris et le noir des avocats, la robe ornée d'or des juges ou encore le vert et le bleu marine de la garde municipale. Il parcourut la foule du regard jusqu'à ce qu'il y trouve les dirigeants huguenots, Saux, La Popelinière et le pasteur Jean Barrelles. Un jour et demi après le début des émeutes, les esprits étaient encore échauffés.

« Nous n'accepterons pas cela », déclara quelqu'un.

Une explosion de protestations, tout le monde parlant en même temps. Des doigts menaçants dressés en l'air, un prêtre levant les bras au ciel, le sénéchal de Toulouse ordonnant à un valet de lui apporter un autre verre de vin. Et, siégeant au milieu de tout cela, le président du parlement, Jean de Mansencal.

Le bruit sec d'un marteau de bois heurtant son socle.

« Silence !

– Vous insultez le roi en refusant d'honorer les lois de...

– Et vous, vous faites offense à Dieu avec votre... »

Piet vit Saux se détourner, les poings serrés.

« Silence ! Faites silence, cria à nouveau l'un des juges. Messieurs, je vous en prie. Laissons cette question de côté pour l'instant, et concentrons-nous plutôt sur... »

Sa suggestion fut noyée dans une autre vague de protestations furieuses. Piet balaya de nouveau la pièce du regard, et repéra le plus connu des marchands d'armes de Toulouse, Delpech, debout dans le coin catholique en compagnie d'un homme corpulent au front luisant de sueur.

« Il n'y a pas de clef », dit tout haut Minou.

Sa voix résonna dans la cave froide, humide et voûtée. Mais en même temps, à quoi s'était-elle attendue ? Si c'était là l'issue secrète permettant d'entrer et de sortir de la cave en passant par la maison, il était évident que la clef allait se trouver de l'autre côté de la porte.

Tout à coup, un pas différent retentit au-dessus de sa tête. Quelques secondes passèrent, puis elle entendit un raclement.

« Minou ? chuchota une voix. Tu es là ? »

Son cœur fit un bond de soulagement.

« Aimeric, répondit-elle en appuyant les mains sur la porte. Y a-t-il une clef de ton côté ? »

Elle entendit le loquet tourner, puis la porte s'ouvrit sur son frère, un sourire triomphant aux lèvres.

« Brillant, brillant garçon. »

Il jeta les bras autour d'elle.

« Je te croyais morte, lâcha-t-il dans un souffle. Lorsqu'elles sont revenues hier sans toi, j'ai cru que tu avais été tuée, même si cette vieille sorcière de Montfort disait que tu t'étais enfuie.

– Enfuie ! Tu n'as pas pu croire que j'irais où que ce soit sans toi. Comme si j'allais t'abandonner un jour. »

Gêné par sa propre démonstration d'affection, Aimeric recula.

« Je n'y croyais pas, mais elle a affirmé qu'elle t'avait vue dans les bras d'un soldat – un huguenot – et que tu étais partie avec lui. »

Minou sentit le feu lui monter aux joues.

« Mme Montfort est une femme exécrable, qui laisse son imagination – et sa langue – s'emballer. » Elle fronça les sourcils. « Et tante ? A-t-elle cru à ses mensonges ? »

Aimeric haussa les épaules.

« Personne ne me dit rien, mais elle est restée enfermée dans sa chambre depuis, à pleurer. » Il marqua un temps. « Je suis content que tu n'aies rien. »

Minou l'étreignit.

« Comme tu le vois, tout va bien, même si je suis un peu poussiéreuse. Viens. »

Elle referma la porte de la cave, et ils entreprirent de remonter le couloir qui menait au reste de la maison.

« Mme Montfort a dit que les huguenots avaient attaqué la procession de Saint-Salvador. Est-ce vrai ? demanda Aimeric.

– Non. Ce sont les catholiques qui ont attaqué un cortège funèbre protestant, cela n'avait rien à voir avec la procession. Nous nous sommes retrouvés pris au milieu des affrontements.

– Pourquoi n'es-tu pas rentrée à la maison avec elles ?

– Nous avons été séparées, et j'ai été blessée. » Elle baissa la voix. « Mme Montfort a dit la vérité sur un point. C'est bien un huguenot qui m'est venu en aide. C'était Piet, Aimeric. Il m'a emmenée à l'abri dans l'hospice de la rue du Périgord et il est resté à mon chevet jusqu'à ce que je reprenne conscience ce matin.

– Piet ! s'exclama Aimeric, les yeux brillants. Je savais qu'il réussirait à sortir de Carcassonne. T'a-t-il parlé de moi ? T'a-t-il raconté comment je l'avais aidé ?

– Il se trouve que oui, répondit Minou avec un rire. Et, de mon côté, je l'ai réprimandé pour t'avoir mis ainsi en danger. Il a l'intention de se racheter en t'apprenant à lancer un couteau, comme promis.

– Quand ?

– Nous verrons. » Son sourire s'effaça. « Le fait est que Piet est huguenot. Notre oncle est l'un des catholiques les plus éminents de Toulouse, et nourrit une profonde aversion envers les protestants. Dans l'immédiat, avec une situation aussi instable, cela va être difficile.

– Mais je ne suis pas catholique, s'exclama Aimeric. Enfin, si, mais cela ne change rien pour moi. J'ai de l'amitié pour Piet.

– Ces temps-ci, mon petit, cela change tout, que nous le voulions ou non. Mais d'après ce que j'ai entendu, les deux bords se retrouvent cet après-midi pour négocier une trêve. Si Dieu le veut, tout s'arrangera. Toulouse reviendra à la normale. »

Ils avaient gravi la dernière marche et débouché dans la chapelle privée. Un calme profond y régnait : tout était silencieux et immobile. Les cierges éteints, la patène en argent, les coussins brodés du blason des Boussay soigneusement placés devant l'autel. Minou enleva une toile d'araignée de ses cheveux, puis referma la petite porte derrière eux. Elle passa la main sur le bois. Le battant était complètement plat, conçu pour s'insérer parfaitement dans le lambris. De ce côté, il était difficile de deviner qu'il ne s'agissait pas d'un panneau comme les autres, même avec la serrure.

« Comment as-tu seulement su que cette porte était là ? Ou même eu l'idée de venir me chercher dans la cave ?

– La fille de cuisine t'a vue te disputer avec Mme Montfort dans la cour et a couru me prévenir. Lorsque je suis venu voir et ne t'ai trouvée nulle part, j'ai deviné ce qui s'était passé. »

Aimeric s'assit sur l'étroit banc à haut dossier et allongea les jambes.

« C'est plus agréable ici quand il n'y a personne. Paisible. »

Minou fronça les sourcils.

« Le comportement de Mme Montfort a été des plus étranges. Elle était en train de parler avec l'intendant Martineau dans la cour. L'instant d'après, elle me frappait et m'enfermait dans cette cave.

– Ils sont toujours à comploter ensemble. Elle vole des objets, et Martineau les sort discrètement de la maison quand ils pensent que personne ne regarde. »

Minou s'assit à côté de lui.

« Tu ne peux pas sérieusement suggérer que c'est une voleuse ? Je ne l'apprécie pas non plus, mais tu te laisses emporter par ton imagination. »

Aimeric haussa les épaules.

« Je l'ai vue faire. Ils se retrouvent ici dans la chapelle, ou parfois dans le bureau de notre oncle, l'après-midi, quand tout le monde fait la sieste. Elle a les clefs de tous les placards, de toutes les pièces. Parfois c'est quelque chose de petit, d'autres fois je l'ai vue sortir en douce par la cour de la cuisine avec un sac de farine dans les bras. La semaine dernière, un chandelier a disparu. » Il indiqua l'autel de la main et Minou remarqua que les deux supports étaient dépareillés. « Une des femmes de chambre a été accusée, mais je suis sûr que c'est Mme Montfort qui l'a pris. Et Mme Boussay passe son temps à perdre des affaires. Une broche, un collier. La semaine dernière encore, j'ai entendu notre oncle lui crier dessus pour sa négligence. »

Si Aimeric avait raison, songea Minou, cela pouvait fort bien expliquer non seulement la panique de Mme Montfort quelques instants plus tôt, mais aussi pourquoi leur présence dans la maison l'avait toujours autant contrariée.

« Il y a un grand nombre de tonneaux et de caisses entreposés dans la cave, dit-elle en jetant un coup d'œil vers la porte. De la poudre à canon, des arquebuses, des balles. »

Les yeux bruns d'Aimeric étincelèrent.

« C'est donc cela qu'ils font la nuit.

– Tu savais ? »

Il haussa les épaules.

« Pas ce qu'ils apportaient dans la maison, exactement, mais je savais qu'ils manigançaient quelque chose. Quand je n'arrive pas à dormir la nuit, je vais parfois sur le balcon. » Il soupira. « Ça me rappelle les soirs où je m'asseyais avec Bérenger sur les remparts de la Cité, pour regarder les étoiles. »

Minou serra sa main dans la sienne.

« Je suis désolée que tu sois si malheureux ici. »

Il haussa de nouveau les épaules.

« Je commence à m'habituer. Quoi qu'il en soit, la moitié des maisons de la ville sont utilisées pour cacher des armes, maintenant.

– Je n'avais pas conscience de cela. Et je ne peux imaginer que Mme Montfort soit au courant, sinon pourquoi m'aurait-elle enfermée là ?

– À mon avis, elle l'est, mais Martineau et elle prennent de moins en moins de précautions maintenant que notre oncle est si souvent absent. » Il s'interrompit, puis regarda fixement ses pieds. « Mais tu n'as rien, n'est-ce pas ? Personne ne t'a fait de mal, ou… »

Minou passa le bras autour de ses épaules.

« Tout va bien, mon courageux petit frère. Notre oncle est-il présent tout de suite ?

– Non. Il est sorti à midi et n'est pas encore revenu.

– Il faut que je parle à tante, pour démentir toutes les horreurs que Mme Montfort a pu lui mettre dans la tête à mon sujet. Peux-tu faire le guet ? Je ne serai pas longue.

— À ton service, répondit Aimeric en s'inclinant avec un moulinet du bras. Laisse-moi faire. »

Delpech était en train de faire signe à quelqu'un à l'autre bout de la salle, hors du champ de vision de Piet, l'invitant à le rejoindre. D'autres, soldats et moines, arrivaient discrètement au fond de la pièce pour entendre le verdict.

Le scribe passa un parchemin à un domestique, qui l'apporta à Jean de Mansencal. Celui-ci le lut, exprima son approbation d'un hochement de tête, puis se leva. Le silence se fit.

« Par l'autorité dont je suis investi, déclara-t-il, et en présence des honorables capitouls de l'hôtel de ville, de Sa Noble Excellence le sénéchal de Toulouse, et de mes collègues au parlement, voici les termes de la trêve tels qu'ils ont été convenus ce vendredi 3 avril, en l'an de grâce de Notre-Seigneur 1562. »

Piet se rendit compte qu'il retenait son souffle. La décision serait-elle juste ? Équitable ? Était-ce l'instant où Toulouse allait tourner le dos à la guerre civile, ou bien marcher droit sur elle ? Il y avait un prix à payer, mais qui allait devoir s'en acquitter ?

« Il est décrété ce jour, continua Mansencal, que les droits et les pouvoirs définis dans l'édit de tolérance de janvier dernier seront respectés. De ce fait, selon les conditions susmentionnées, il est convenu que la communauté huguenote de Toulouse se verra autorisée à entretenir, à ses propres frais, une milice de deux cents hommes non armés tout au plus pour assurer la protection de ses membres et de leurs biens. »

Un rugissement de protestation s'éleva de part et d'autre de la pièce. C'était à la fois excessif et insuffisant.

« De la même façon – Mansencal dut hausser la voix pour se faire entendre – et selon les mêmes conditions que stipulé dans l'édit de tolérance, la communauté catholique se verra autorisée à recruter une force de taille similaire et à servir par ailleurs sous quatre capitaines de métier responsables de la levée des membres de la milice municipale, lesquels quatre seront sous le contrôle du conseil municipal. »

Un autre tollé. Ils se conduisent comme des écoliers, songea Piet avec dégoût, contestant juste parce qu'ils pouvaient le faire. La vie d'innocents dépend de cet instant, mais ils se comportent comme si tout cela était un jeu.

« Tout autre soldat, continua Mansencal, pratiquement obligé de crier désormais, qu'il soit présent dans la ville sur invitation, en tant que membre d'une milice privée ou comme volontaire – sauf ceux engagés selon les conditions précédemment formulées –, devra immédiatement se retirer de Toulouse. Seront considérés comme une violation des termes de cette trêve toute sonnerie du tocsin ou tout autre appel aux armes. Enfin, il est convenu par les dirigeants des deux parties définies ici aujourd'hui que mes officiels – accompagnés de ceux de l'hôtel de ville – lanceront une investigation pour déterminer qui est responsable des dommages matériels et des pertes humaines survenus entre le début de l'après-midi du 2 avril et aujourd'hui, midi, et punir les coupables. »

Un des juges donna un coup de son marteau et Mansencal leva la main.

« Oyez, devant Dieu et au nom de Sa Majesté le roi et de Sa Très Noble Excellence la reine régente, ceci est la décision de ceux ici rassemblés. Il est du devoir de chacun de faire respecter les termes de cette trêve pour le bien de Toulouse. Vive le roi ! »

À un signe de sa part, les trompettes jouèrent une envolée de notes, prévenant toute question, et il sortit de la pièce, suivi des autres juges, de l'entourage du sénéchal et des huit capitouls.

Pendant un moment, le silence régna. Puis ce fut la cohue. Tous se dirigèrent vers les portes, se bousculant et jouant des coudes dans leur hâte à regagner leurs territoires respectifs pour annoncer la décision.

Dans son nid d'aigle, Piet s'adossa à la colonne. Y avait-il la moindre chance qu'une enquête juste soit vraiment menée pour identifier les véritables responsables des émeutes, catholiques comme protestants, ou bien des innocents seraient-ils pendus au nom de la restauration de l'ordre public ? Chaque bord allait feindre d'honorer les termes de la paix tout en consolidant ses propres défenses. Si Toulouse avait été envahie d'armes avant les émeutes, cela allait désormais empirer. Les hommes comme Delpech, songea-t-il amèrement, allaient bien en profiter.

Il baissa les yeux pour regarder si le marchand d'armes était encore là. Il le vit en train de traverser la salle, flanqué d'une poignée d'officiels moins importants du conseil municipal et de plusieurs hommes d'Église, notamment un des chanoines de la cathédrale. Un homme grand et imposant qui, dans la chaleur étouffante de la pièce, ôta brièvement sa barrette pour passer la main sur ses cheveux avant de la remettre. Des cheveux noirs traversés d'une mèche blanche.

Vidal.

Tout d'abord, le soulagement s'empara de lui, puis une rafale d'images assaillit ses sens, traversant son esprit à la vitesse de l'éclair comme dans un rêve provoqué par un narcotique : la robe rouge de Vidal entrant dans Saint-Nazaire à l'aube ; la maison des Fournier, semblable au décor d'une mascarade, à un tour de passe-passe, un simulacre, un jeu de miroirs ; le vin drogué ; son réveil sur le sol froid, à l'ombre des murs de la Cité médiévale.

Tant d'efforts, et pour quoi ? Pour le Suaire d'Antioche ?

Piet savait que la réponse était oui. C'était un objet d'une importance sacrée pour l'Église catholique, une relique qui avait la réputation d'accomplir des miracles. Vidal était prêt à tout pour la récupérer.

Puis, comme à chaque fois, la même question, semblable à une écharde sous sa peau : pourquoi Vidal s'était-il donné autant de peine pour l'attraper et l'interroger, tout cela pour finalement le relâcher ? Il n'y avait qu'une seule explication possible. Piet ne pouvait plus se voiler la face. C'était parce que, dans l'immédiat du moins, il était plus utile à son ancien ami en liberté qu'en prison. Et Vidal avait pris des dispositions pour le faire suivre. Ce n'était pas son imagination débordante, mais la vérité.

Piet se sentait à la dérive, épuisé par toutes ces journées de combats et de souffrance, le manque de sommeil et le fait de vivre d'expédients. Il n'avait d'autre choix que d'admettre que l'homme qui avait été son meilleur ami était désormais son ennemi le plus dangereux. Vidal, non mort mais en vie. Non en prison mais là sous ses yeux, manifestement homme d'influence et de pouvoir au sein de la faction rivale.

Son soulagement à voir son ami vivant disparut, laissant place au goût froid et amer de la trahison.

40

Carcassonne

Blanche glissa une autre pièce dans la main de Marie.
« Je n'ai plus besoin de ton assistance.

– S'il y avait une place à votre service, madame, envisageriez-vous de m'embaucher ? Je suis travailleuse, prête à voyager où vous voulez – surtout si c'est loin de Carcassonne – et je...

– Assez », l'interrompit Blanche. Ayant obtenu l'information qu'il lui fallait, elle souhaitait être débarrassée de la jeune fille. « Je n'ai pas besoin de femme de chambre. »

Marie s'empourpra. Blanche attendit qu'elle ait disparu dans une des ruelles qui partaient de la place, puis appela son valet, qui l'avait suivie à distance respectueuse depuis qu'ils avaient quitté le palais de l'évêque.

« Prépare la voiture pour un départ immédiat. Nous continuerons vers Puivert dès que j'aurai accompli ce que je suis venue faire ici. »

Il s'inclina et prit congé.

Blanche s'approcha de la maison des Joubert. Un églantier rampait, non taillé, au-dessus du linteau. De Marie, elle avait appris que la maison se composait de Joubert lui-même – dont l'épouse avait été emportée par la dernière épidémie de peste quelque cinq ans auparavant – et de ses trois enfants : une fille de dix-neuf ans prénommée Marguerite mais connue sous le nom de Minou, qui n'était pas mariée et vivait toujours au domicile familial ; un garçon de treize ans appelé Aimeric ; et une deuxième fille, plus jeune, du nom d'Alis.

Blanche réfléchit aux options qui s'offraient à elle. Il avait été frustrant de découvrir que les deux aînés étaient en ce moment à Toulouse. Quant à Alis, à sept ans, elle était trop jeune pour l'intéresser. Si seulement elle avait su cela, elle ne serait pas venue à Carcassonne.

Peu importait. Dieu était avec elle. Il y avait une raison à chaque chose, et tout arrivait selon Son dessein.

Blanche se signa, puis frappa à la porte. Marie Galy avait eu une piètre opinion de la domestique des Joubert, la présentant comme une crétine empotée. Elle ne s'attendait donc pas à rencontrer de difficultés pour s'inviter à l'intérieur. Au-delà de ça, elle n'avait pas de plan. Elle attendit. En voyant que la servante ne venait pas, elle tourna la poignée et découvrit que la porte n'était pas fermée à clef.

Sa première impression fut celle d'une maison bien tenue. La domestique n'était clairement pas la souillon que Marie avait voulu lui dépeindre. Les patères dans le couloir accrochaient la lumière, un coffre en bois lustré brillait comme un miroir. Blanche ouvrit le couvercle, relâchant une odeur familière de cire. À l'intérieur, une pile de linge soigneusement plié, élimé mais cousu avec minutie. Une cachette possible pour un document de valeur ? Elle souleva les draps mais ne vit rien d'intéressant.

Elle suivit une odeur de lait brûlé jusqu'à la cuisine, prête à affronter la domestique en plein travail, mais cette pièce-là aussi était vide. La casserole noircie était posée sur le perron de la porte de derrière, ouverte. De l'autre côté de la petite cour, un portail donnant sur la rue battait encore. Si la domestique avait été à son service, Blanche l'aurait fait battre pour pareille négligence.

Elle ouvrit le buffet et commença à fouiller dans les tiroirs, sans rien trouver d'importance. Elle regrettait de n'être pas d'abord allée à la boutique de Joubert à la Bastide. Il était plus probable qu'un document juridique soit conservé là-bas, plutôt que dans la demeure familiale. Cela dit, c'était Minou qu'elle voulait.

Ce fut seulement en se retournant vers la cheminée que Blanche vit la fillette qui dormait blottie dans un fauteuil avec un chaton sur les genoux.

Était-ce là Alis ?

Blanche fit un pas en avant, effrayant le chat. Il bondit à terre et s'enfuit, tel un éclair de fourrure tigrée, dans la cour.

L'enfant se réveilla en sursaut, ouvrant de grands yeux noirs.

« Qui êtes-vous ? Où est Rixende ? »

Toulouse

Piet quitta sa cachette et se perdit dans la foule d'hommes qui sortaient du monastère. Ses pensées s'agitaient dans sa tête comme des mouches dans un bocal. Furieuses, incessantes. Était-ce Vidal qui avait drogué son vin ce soir-là ? Il s'était efforcé d'ignorer ses soupçons, ayant besoin de garder foi en son ami et leur amitié. Pendant des semaines, il avait tenté de se convaincre que même si Vidal et lui voyaient le monde d'un œil différent, ils étaient tous deux guidés par l'honneur et la décence.

Il ne savait même pas où il allait. Devait-il retourner à la taverne retrouver McCone et présenter ses excuses à Crompton pour s'être emporté ? L'idée lui était insupportable. Fallait-il alors qu'il rentre chez lui rue des Pénitents-Gris ? À quoi cela servirait-il ?

Piet avait peu d'espoir que la trêve tienne. Les dirigeants catholiques comme protestants étaient mécontents, persuadés que trop de concessions avaient été faites à l'autre camp, et trop peu de garanties données au leur. La ville était envahie d'armes et d'hostilité. Il doutait fort que l'une ou l'autre faction désarme, quels que soient les termes de la trêve. Les jours de paix de Toulouse étaient comptés.

Ses pensées se tournèrent vers la maison de charité. Là, au moins, il pourrait se rendre utile. Il songea à Minou et, soudain, il sentit la détermination le gagner, et le sentiment que tout était possible. Combien d'heures s'étaient écoulées depuis qu'il l'avait quittée ? Au cours de cette longue journée, le temps avait semblé passer tour à tour trop vite et trop lentement. Il donna un coup de pied dans un caillou et l'entendit s'éloigner en rebondissant sur les pavés. Le simple fait de la voir lui ferait plaisir.

Pendant un moment, il s'autorisa à rêver, puis il se ressaisit. L'ambiance étrange qui avait régné pendant les émeutes et à leur suite avait été propice à une sorte de folle liberté qui leur avait permis d'être ensemble. Mais désormais, même s'il doutait que la paix dure, les choses allaient revenir à la normale pendant quelque temps. Minou était catholique, il était huguenot. Que coûterait-il à la réputation de la jeune femme d'être vue en sa compagnie ?

Il décida de se rendre à l'église Saint-Sernin du Taur, et s'efforça de remettre de l'ordre dans le tourbillon de ses idées : la surveillance par Vidal, le meurtre de Michel, la présence de Crompton et de Devereux à Toulouse, et à présent, le décès opportun du tailleur de la Daurade. Chacun de ces éléments avait un rapport avec le Suaire.

Si la trêve durait, tant mieux. Dans le cas contraire, c'était peut-être la seule occasion que Piet aurait de retirer le précieux original de sa cachette.

Carcassonne

« Rixende est partie chercher du lait », répondit Blanche en indiquant la casserole noircie.

Il semblait qu'elle ait deviné juste.

« Chez sa mère ? demanda Alis.

– Eh bien, elle a dit qu'elle ne serait pas longue. »

Alis se redressa et repoussa la couverture de ses genoux.

« Alors elle a menti. Rixende sort souvent quand Mme Noubel n'est pas là, puis elle se met à bavarder, et les heures passent. Cela ne me dérange pas. Elle parle trop. Cela me fatigue. » Brusquement, elle se rappela qu'elle parlait à une inconnue. « Qui êtes-vous ? » demanda-t-elle de nouveau.

Blanche lui sourit.

« Une amie. »

L'enfant observa ses élégants vêtements, et fronça les sourcils.

« Vous n'avez pas l'air d'une amie à Rixende. »

Blanche éclata de rire.

« Je ne suis pas une amie de votre servante, nigaude, mais de votre sœur. J'arrive de Toulouse. »

L'attitude de l'enfant se transforma.

« C'est Minou qui vous envoie ? Êtes-vous là pour m'amener à elle ? »

Comme il avait été facile de la duper, songea Blanche, en remerciant silencieusement le Ciel.

« Votre sœur se languit de votre compagnie. Elle voudrait que vous la rejoigniez. Aimeric aussi se plaint que vous lui manquez. »

Alis fronça les sourcils.

« J'ai peine à croire cela. Il dit que les filles sont ennuyeuses et casse-pieds. »

Blanche joignit les mains devant elle.

« Ah. C'est une vérité que vous apprendrez en grandissant : les hommes disent une chose et en font une autre.

– Aimeric n'est pas un homme, répliqua Alis avec un gloussement. C'est un stupide garçon. Partons-nous aujourd'hui ?

– Mais, oui. » Blanche était consciente que la servante, ou cette Mme Noubel, pouvait revenir à tout moment. D'un autre côté, elle voyait bien qu'Alis restait prudente et qu'il ne fallait pas la bousculer. Il était essentiel qu'elle vienne de son plein gré. Les rues de la Cité étaient très fréquentées à cette heure de la journée, et beaucoup risquaient de les voir. « Ma voiture nous attend place Saint-Nazaire.

– Qu'est-ce que Minou a dit qu'il fallait que j'apporte, madame ?

– Votre sœur a préparé tout ce qu'il vous fallait à Toulouse. Des vêtements adaptés à la ville, des jouets.

– Des jouets ? Mais elle sait que je n'aime pas...

– Je badine, l'interrompit vivement Blanche, se rendant compte qu'elle avait fait une fausse note. Lorsque je lui ai suggéré que nous vous achetions une poupée, Minou m'a dit que vous n'aviez jamais apprécié ce genre de passe-temps. »

L'enfant hocha la tête.

« Je préfère lire.

– C'est ce que j'ai entendu. Elle m'a aussi dit combien vous étiez en avance pour votre âge. Elle a un grand nombre de nouveaux livres qui vous attendent. Mais regardez-nous, en train de perdre notre après-midi en bavardages. Nous avons tout le trajet pour faire connaissance.

– Puis-je amener mon chaton ? Si je l'appelle, il reviendra aussitôt.

– Il serait cruel d'enfermer cette pauvre bête dans une voiture. » Blanche frappa dans ses mains pour distraire l'enfant. « Bien, allez chercher vos affaires. Plus vite nous partirons, plus vite nous serons à Toulouse.

– Je vais seulement prendre ma plus belle cape et mes plus beaux gants, ainsi que ma médecine. Mme Noubel sera de retour à la tombée de la nuit. Elle pourra m'en préparer une dose à emporter, et ensuite nous partirons. Est-ce une belle voiture ?

– Oui, et tirée par deux paires de chevaux, mais la route est longue. Toute désireuse que je sois de faire la connaissance de madame – Minou parle d'elle avec une telle affection –, je crains que nous ne puissions attendre. Nous devons partir immédiatement. »

Alis fronça les sourcils.

« Mais j'ai besoin de ma médecine. Je ne suis censée aller nulle part sans.

– Minou sait de quelle médecine vous avez besoin, mieux que quiconque, n'est-ce pas ? » Blanche prit le risque de poser la main sur la maigre épaule de la fillette. « Lorsque vous serez avec elle, vous n'aurez pas besoin de Mme Noubel. »

Le visage d'Alis s'éclaira.

« C'est vrai.

– Et si nous partons maintenant, vous serez auprès de Minou avant l'aube demain matin. Imaginez sa joie en vous trouvant devant elle au réveil. Par contre, si nous retardons notre départ, nous n'arriverons pas à Toulouse avant demain après-midi au plus tôt.

– Mais Mme Noubel a dit que je ne devais pas sortir de la maison. »

Blanche feignit de réfléchir.

« Nous allons lui laisser une lettre, pour lui expliquer notre hâte. Ainsi, elle n'aura pas de raison de s'inquiéter. C'est ce que souhaite Minou, après tout.

– C'est vrai, répéta Alis, bien qu'encore hésitante.

– Parfait, alors c'est décidé. Allez chercher vos vêtements de voyage pendant que je prépare un mot. Puis nous nous en irons. Allons, dépêchez-vous. »

Pendant qu'Alis s'habillait, Blanche balaya la pièce du regard à la recherche d'un morceau de papier sur lequel écrire. Un dessin estompé était posé sur la cheminée : un croquis à la craie. Il n'y avait rien au dos de la feuille.

Avec un morceau de charbon pris dans le feu, Blanche écrivit dessus « MME NOUBEL », avant de la plier et de la reposer sur la tablette.

« Voilà, c'est fait, dit-elle alors qu'Alis revenait dans la pièce. Êtes-vous prête ?

– Oui, madame. »

Blanche lui tendit la main. Après un moment d'hésitation, Alis la prit.

41

Toulouse

« Prête, chuchota Minou. Siffle si quelqu'un vient. »

Au pied du large escalier, Aimeric leva le pouce.

« Fais vite. »

Minou remonta en courant le couloir du premier étage jusqu'à la chambre de sa tante, et frappa à la porte.

« Tante, chuchota-t-elle. Tante, c'est moi, Minou. Puis-je entrer ? »

La porte s'entrouvrit légèrement, et une femme de chambre jeta un coup d'œil par l'entrebâillement.

« Mme Boussay n'est censée recevoir personne, dit-elle. Ce sont les ordres de Mme Montfort.

– Mais c'est elle-même qui m'envoie », mentit Minou.

La porte s'ouvrit un peu plus. La servante avait passé la plus grande partie de la journée enfermée avec sa maîtresse, et elle s'ennuyait.

« Je ne veux pas m'attirer d'ennuis. Mme Montfort s'est levée du pied gauche aujourd'hui.

– Vous n'en aurez pas », promit Minou.

À cet instant, il y eut une explosion de rire dans la cour, puis elles entendirent Mme Montfort crier. Profitant que la femme de chambre sortait pour voir ce qui se passait, Minou la contourna et se faufila dans la pièce.

« Cinq minutes tout au plus », dit-elle en refermant la porte avec fermeté.

Les mains attachées dans le dos, la tête encagoulée, Oliver Crompton était conduit dans les tunnels souterrains. Le sol mouillé clapotait sous ses pieds nus. À travers la toile de jute, une odeur de sang lui parvenait aux narines, ainsi que la puanteur des égouts et un mélange de soufre et d'algues de rivière ; il pouvait aussi sentir le froid des murs de brique ruisselants d'humidité.

Il savait se trouver dans les cachots de l'Inquisition, ce dédale tristement célèbre de caveaux et de chambres souterraines sous la place du Salin. Les oubliettes : un endroit où on pouvait disparaître de la surface de la terre. Peu de ceux qui étaient incarcérés là se voyaient relâchés. Ceux qui l'étaient, disait-on, étaient tellement brisés par ce qu'ils avaient enduré qu'ils auraient aussi bien pu être morts.

Alors que le sol commençait à descendre en pente, la puanteur s'accentua. Une odeur putride de peur et d'excréments, de nausée et d'humiliation. Les prisonniers qui avaient vidé leur sac et ceux qui ne l'avaient pas encore fait étaient incarcérés dans la même cellule, pour rappeler à ces derniers ce que l'art du bourreau était capable de faire à un fragile corps humain.

Crompton ne comprenait pas comment il en était venu à se trouver là. C'était forcément une erreur. Quelques heures plus tôt, il allait encore d'un pas furieux de par les rues, en se maudissant de s'être laissé provoquer par le dédain moralisateur de Piet. Il regrettait d'avoir quitté la taverne en claquant la porte. Il n'appréciait pas le Hollandais, et l'antipathie était mutuelle ; mais tout de même, ils étaient dans le même camp. Il avait ravalé sa fierté et fait demi-tour, dans l'intention de s'excuser et de l'informer de ce qu'il avait découvert à la Daurade. Mais le temps qu'il retourne à la taverne, Piet en était sorti.

Il avait attendu un moment, puis était parti, à la place, à la recherche de son cousin Devereux. En tournant au coin de la rue des Augustins, il avait été attaqué. On l'avait vivement coiffé d'une cagoule, jeté dans une charrette et emporté à travers la ville.

Il trébucha sur une marche et on le poussa en avant d'une bourrade. Puis on lui souleva les bras derrière le dos et, enfin, on arracha la cagoule de sa tête. Il cligna des yeux, essayant de déterminer où il se trouvait à la lumière tremblotante des torches accrochées au mur. Puis sa respiration se figea et son cœur battit la chamade.

Il se trouvait dans la chambre des supplices, cerné par les marques des tortures précédentes. Les murs, le sol étaient éclaboussés de sang – certaines taches fraîches, d'autres brunes –, qui formait même des flaques par endroits. À sa gauche, la chaise de fer avec son assise à clous – maculés de sang – et ses accoudoirs équipés de sangles qui pour le moment pendaient dans le vide. Sur le mur à sa droite, des menottes et une poire d'angoisse, la plus ignoble des inventions. Des gantelets qui permettaient de laisser une victime suspendue pendant des heures jusqu'à ce que son propre poids lui déboîte les épaules. Et, droit devant lui, le chevalet et ses cordes.

Combattre dans la rue, regarder un homme dans les yeux et l'affronter à la loyale, Crompton le comprenait. Mais pas cela.

Dans le coin le plus éloigné de la pièce, il distinguait un bureau avec plume et encrier. Le choc de voir des objets aussi ordinaires dans cet endroit infernal lui retourna l'estomac. Trois hommes, les traits cachés par de lourds capuchons de feutre, y étaient assis, prêts à noter chacun de ses mots.

« Pourquoi suis-je ici ? »

Pour toute réponse, une autre question, posée de l'ombre.

« Pourquoi pensez-vous être ici ?

– Vous vous êtes trompé d'homme.

– Essayez encore.

– Je vous le dis, vous vous êtes trompé d'homme, insista-t-il, en s'efforçant de garder une voix ferme. Je suis anglais, en visite à Toulouse. »

L'inquisiteur lâcha un rire.

« Légalement, j'ai le droit de savoir pour quel motif on m'a amené ici.

– Savez-vous où vous êtes ?

– Identifiez-vous, monsieur, et dites-moi pourquoi on m'a arrêté.

– Crois-tu être en position de négocier, chien de huguenot ? Personne ne sait que tu es ici. »

Crompton se força à se redresser. Il avait entendu dire qu'aucun homme ne pouvait prédire comment il allait réagir, comment son corps allait résister au chevalet ou aux brodequins, mais il s'estimait courageux.

« Je ne sais pas pourquoi je suis ici.

– Vous êtes un traître. Vous avez pris part à une conspiration contre le roi.

– Non ! Je suis loyal au roi. »

L'inquisiteur agita une liasse de papiers.

« Tout est noté ici. Les réunions, les complots, les traîtres avec qui votre association est connue.

– Je n'ai rien fait de mal. Vous n'avez pas le bon homme. »

L'inquisiteur sortit de derrière son bureau, une seule feuille à la main.

« Il est dit ici que le vingt-huitième jour de février dernier, vos co-conspirateurs et vous-même en avez retrouvé un autre à Carcassonne afin d'acheter une relique sacrée pour la religion catholique – d'une valeur inestimable – afin de financer une rébellion contre le trône. Le niez-vous ? »

La réponse de Crompton mourut dans sa gorge. Il ne savait pas à quoi il s'était attendu, mais pas à cette raison. Tout cela pour un bout de tissu ? En vérité, il avait pratiquement oublié ce Suaire. Il s'était défait de la relique aussi rapidement qu'elle était entrée en sa possession, et pour un meilleur prix que celui qu'il avait payé.

« Je ne sais pas de quoi vous parlez, déclara-t-il avec braverie. Qui m'accuse ?

– Par ailleurs, continua l'inquisiteur, l'allégation a été faite qu'en traître à votre propre cause – ainsi que blasphémateur – vous

vous êtes arrangé pour faire remplacer le véritable Suaire par une contrefaçon, et verser la somme issue de la vente de celle-ci aux fonds levés par le prince de Condé.

– Impossible, protesta Crompton. Je l'ai vu de mes propres yeux et… »

Son sang se glaça. Il n'aurait pas dû parler. Il n'aurait rien dû admettre.

L'inquisiteur pianota de ses longs doigts sur la table.

« Il y a des questions que je souhaite vous poser. Si vous avez le moindre sens commun, vous y répondrez librement. Sinon, mes collègues ici présents seront contraints de vous rafraîchir la mémoire. » Le tambourinement se fit plus rapide, plus fort, avant de s'arrêter. « Avez-vous compris ?

– Sur ma vie, je ne suis pas un traître. Je vous jure que je ne sais rien de cette histoire de contrefaçon. » Sa voix s'éteignit. « Vous vous êtes trompé d'homme.

– Et vous ne servez pas votre cause en mentant, Crompton, répliqua l'inquisiteur avant de se tourner vers le geôlier. Déshabillez-le. »

Crompton se débattit pour essayer d'échapper aux soldats, mais en vain. Il fut traîné nu jusqu'au chevalet, continuant de ruer et de se tordre alors qu'ils l'attachaient dessus.

« À qui avez-vous acheté la contrefaçon ? Comment la transaction a-t-elle été organisée ? Quel est le nom de ceux qui vous ont aidé dans cette entreprise ?

– Je ne… »

Ses dénégations se perdirent dans un hurlement alors que la roue tournait d'un premier cran, lui déboîtant l'épaule.

« Maintenant, réessayons, voulez-vous ? Que savez-vous de l'homme nommé Piet Reydon ? »

Aimeric sentit une main s'abattre sur sa nuque et se retrouva traîné par l'intendant Martineau des marches qui menaient à la cave jusque dans la cour.

« J'aurais dû m'en douter, dit Mme Montfort en avançant sur eux. Que faisiez-vous là ? Vous fouiniez ? Vous empêchiez les domestiques de faire leur travail ? Vous n'êtes qu'un affreux garnement désobéissant. »

Aimeric s'apprêtait à protester lorsque, du coin de l'œil, il vit Minou ressortir dans la cour. Rassuré de voir qu'elle allait bien et que Mme Montfort ne l'avait pas surprise dans la chambre de leur tante, il eut un sourire de soulagement.

« Petit impudent ! Comment osez-vous faire aussi peu de cas de la situation ? Croyez-vous pouvoir vous comporter comme un paysan dans une maison telle que celle-ci ? Attendez un peu que M. Boussay revienne. Il vous administrera une telle correction, je vous garantis que vous ne pourrez pas vous asseoir pendant une semaine.

– Madame ! » s'exclama Minou.

La vieille femme fit volte-face, effarée de trouver Minou debout devant elle. Elle jeta un coup d'œil en direction de l'escalier de la cave.

« Comment avez-vous… ? commença-t-elle, avant de fermer vivement la bouche.

– Par quelque infortune, le vent a claqué la porte de la cave et je me suis trouvée enfermée. Je m'étonne que vous ne vous en soyez pas rendu compte. » Minou vit l'incertitude se dessiner sur le visage de Mme Montfort. « Cependant, par chance, mon frère m'a entendue appeler à l'aide et m'a délivrée depuis l'intérieur de la maison. Là, depuis la chapelle.

– La chapelle ? » La vieille femme échangea un regard avec Martineau. « Dans ce cas, que fait-il à l'extérieur maintenant ?

– J'imagine qu'il était venu vérifier que le verrou ne comporte pas de défaut qui puisse expliquer que le vent ait fermé la porte avec une telle force, afin d'éviter à d'autres de connaître le même sort que moi. N'est-ce pas le cas, Aimeric ? »

Son frère hocha la tête.

« Si. »

Minou se retourna vers Mme Montfort.

« En d'autres circonstances, je suggérerais que des excuses sont de mise. Mais comme je suis persuadée que vous avez agi en toute bonne foi, je suis sûre que cela ne sera pas nécessaire. Aimeric ?

– Il n'y a pas de mal. »

Minou pouvait à peine croire qu'ils allaient se tirer impunément d'une telle bravade, mais leur plan fonctionnait : Mme Montfort contint sa colère.

« Lâchez-le », dit-elle d'un ton maussade.

Martineau desserra sa prise, puis s'essuya les mains comme si le contact d'Aimeric avait pu le contaminer.

« Maintenant, fit Minou, si vous voulez bien nous excuser. »

Passant le bras sous celui de son frère, elle l'entraîna dans la maison, s'attendant à être rappelée à tout instant. Dès la porte d'entrée refermée, elle crut que ses jambes allaient se dérober sous elle.

« Nous allons le payer cher, fit Aimeric d'un ton enthousiaste, mais cela en valait la peine. As-tu vu sa tête ?

– Son regard aurait pu faire geler l'Aude en été, répondit Minou avec un rire. Mais pourquoi étais-tu dans la cour ? Tu étais censé faire le guet à l'intérieur.

– Je sais, mais quelques minutes après que tu es partie, Mme Montfort est entrée dans la chapelle. Pour vérifier que la porte était fermée, peut-être, je ne sais pas. Elle y est restée à peine quelques secondes. Puis elle est ressortie en trombe et s'est dirigée vers l'escalier. Je craignais qu'elle t'attrape, alors j'ai couru dans la cour et j'ai lâché un seau d'eau dans l'escalier, pour faire le plus de bruit possible, dans l'espoir de la faire ressortir.

– Eh bien, cela a marché. Tu as fait de l'excellent travail. »

Il affecta un profond salut.

« As-tu eu assez de temps pour parler à tante ?

– Je crois que j'ai réussi à mettre les choses au clair entre nous. Elle n'avait pas voulu accorder de crédit aux mensonges de Mme Montfort, mais elle se laisse si facilement influencer. Je lui ai promis que nous l'accompagnerions à la messe dans une heure. Elle y va toujours le vendredi, mais Mme Montfort le lui avait interdit en raison des émeutes. Elle craignait de désobéir à sa belle-sœur.

– Je ne veux pas aller à l'église, protesta Aimeric.

– J'aimerais que tu viennes, pourtant, répondit Minou. Il y a une autre raison pour cela. J'ai appris que notre mère, à l'occasion de ma naissance, a envoyé à tante une bible en français.

– Et alors ?

– Une bible en français signifie une bible protestante, expliqua-t-elle en insistant sur chaque mot. M. Boussay a refusé qu'elle la garde. Mais pour une fois, tante a bravé ses ordres. Elle avait trop peur pour la conserver dans la maison, alors elle l'a cachée dans l'église Saint-Sernin du Taur. » Minou s'interrompit, puis eut un sourire narquois. « Quel meilleur endroit qu'une église pour cacher une bible ? »

42

Carcassonne

La voiture attendait place Saint-Nazaire, les chevaux noirs piaffant dans leur impatience de partir. Blanche souleva Alis pour l'asseoir dedans et lui enleva son bonnet.

La fillette caressa avec plaisir la banquette moelleuse et veloutée.

« C'est la première fois que je monte dans une telle voiture. Elle est magnifique. »

Blanche prit place à côté d'elle, le valet referma la portière, puis elle sentit le véhicule vaciller alors qu'il montait à côté du conducteur. Un claquement de fouet, la lourde secousse des roues qui s'ébranlaient, et ils partirent.

« Pouvons-nous ouvrir les rideaux ? demanda Alis.

– Pas avant d'être sortis de la Cité. » L'enfant n'avait peut-être pas reconnu les armoiries de l'évêque de Toulouse sur les portières, mais d'autres le feraient, et Blanche ne voulait pas qu'ils voient la fillette à l'intérieur. « Lorsque nous serons sur la route, vous pourrez regarder dehors. »

Alis se cala patiemment sur son siège, les mains sur les genoux. Ils passèrent la porte Saint-Nazaire dans un fracas des grandes roues sur le pavé, puis le sol devint plus régulier alors que les chevaux traversaient au trot les arènes entre l'enceinte intérieure et le rempart extérieur.

À la porte Narbonnaise, la garde les arrêta. Blanche entendit un sergent d'armes discuter à mi-voix avec le conducteur, et pria pour qu'il ne demande pas à vérifier l'identité de ses passagers.

« On dirait la voix de Bérenger, remarqua Alis.

– Chut ! » chuchota furieusement Blanche.

Puis, à son grand soulagement, elle entendit une main taper sur le flanc du véhicule, et ils repartirent.

« J'espère que vous allez faire bonne route, lança Bérenger après eux. Il est prévu que le temps change cette nuit. »

« Je ne suis sortie que quelques minutes, gémit Rixende. Je ne songeais pas à mal.

– Je vous l'ai déjà dit cent fois. Ne perdez jamais Alis de vue. Je vous avais prévenue. Or, non seulement vous êtes sortie, mais vous avez laissé toutes les portes de la maison ouvertes.

– Pendant quelques minutes seulement. J'avais besoin de lait et...

– Elle a disparu, fit Mme Noubel d'une voix accablée. Alis a disparu.

– Elle est sûrement sortie se promener, ou voir une amie, ou... »

Mme Noubel lui indiqua le fauteuil, où le chaton était assis sur la couverture vacante.

« Alis ne va jamais nulle part sans son chat.

– Lorsque Marie est venue, dit Rixende, je l'ai envoyée promener. Je vous en donne ma parole. Je n'ai rien fait de mal. Je n'ai laissé entrer personne. J'ai été partie seulement un quart d'heure.

– Et quelle raison, je vous prie, Marie Galy avait-elle de venir ici ? Elle sait qu'Aimeric est à Toulouse.

– Je ne sais pas. » Rixende tordait son tablier entre ses mains. « Je l'ai envoyée voir ailleurs, je ne lui ai rien dit. »

Mme Noubel parcourut la cuisine des yeux, remarquant de légers détails qui détonnaient : un tiroir laissé ouvert, le panier de petit bois trop loin de l'âtre, les livres sur l'étagère mal rangés, le fauteuil de Bernard poussé contre le mur. Et il y avait le vieux plan dessiné par Florence, sauf qu'au dos de celui-ci se trouvait désormais son propre nom écrit en lettres capitales.

Elle le ramassa. Pas de message. Rien. Et pourtant, la preuve que quelqu'un avait été là.

« Marie est-elle entrée dans la cuisine ?

– Non ! Je vous l'ai dit, madame, je l'ai éconduite. Elle n'a pas mis un pied à l'intérieur, je vous le jure. »

Cécile Noubel s'assit et tapota le banc à côté d'elle.

« Venez ici, Rixende. Recommencez depuis le début. Racontez-moi absolument tout ce qui s'est passé cet après-midi, depuis l'instant où je suis sortie de la maison. »

En un rien de temps, Blanche et Alis se retrouvèrent sur la route, le paysage vallonné ondulant autour d'elles alors que les chevaux prenaient de la vitesse.

« Vous pouvez ouvrir le rideau à présent », dit Blanche.

Alis appuya les mains au bord de la fenêtre pour regarder les alentours de la Cité laisser place à quelques maisons et fermes solitaires. Puis aux champs de la vallée de l'Aude, qui s'étendaient à perte de vue – blé, vignes, arbres fruitiers. Au loin, elle voyait les sommets coiffés de neige des Pyrénées. Très vite, la poussière de la route, soulevée par les sabots des chevaux, entra en tourbillonnant dans la voiture, et Alis se réinstalla sur la banquette.

« On a l'impression de voler comme des oiseaux », dit-elle.

Blanche referma le rideau.

« Parlez-moi de votre père, Alis. Pourquoi ne vous emmène-t-il pas avec lui à la librairie ? Une fillette intelligente comme vous, je suis sûre que vous lui seriez d'une grande aide.

– Oui, répondit l'enfant de sa petite voix solennelle, mais papa n'y est pas en ce moment.

– Ah bon ?

– Il a quitté Carcassonne peu après que Minou est partie pour Toulouse avec Aimeric. C'est pour cela que Mme Noubel s'occupe de moi. » Elle s'interrompit. « Je pensais que papa aurait écrit à ma sœur pour le lui dire.

– Peut-être la lettre s'est-elle perdue. »

Blanche sortit une fiole en verre bleu de sous sa cape. Elle jugeait peu probable que l'enfant se rende compte qu'elles ne voyageaient pas en direction de Toulouse, mais bientôt la route allait bifurquer, et il ne servait à rien de prendre ce risque.

« Tenez, lui dit-elle, voici quelque chose pour nous aider à supporter le trajet. Il vaut toujours mieux le boire avant que la nausée s'installe. » Elle ôta le bouchon et tendit le flacon à Alis. « Ne le renversez pas.

– Il est beau.

– Il vient d'un endroit appelé Venise.

– J'en ai entendu parler. Les rues sont toutes faites d'eau là-bas. Même les gens les plus pauvres se déplacent dans des barques spéciales. C'est Minou qui me l'a dit. »

Blanche la regarda prendre une gorgée du soporifique, dont le goût était dissimulé par une teinture de miel et de romarin.

« C'est infect !

– Les marins hollandais boivent ce remède avant de prendre le large, pour contrer les effets de la houle à l'embouchure du port. »

Alis vida la fiole et la lui rendit.

« Papa va parfois à Amsterdam. Minou dit que ça ressemble beaucoup à Venise, même si elle n'y est jamais allée non plus.

– Peut-être votre père est-il retourné à Amsterdam ? »

Alis secoua la tête.

« Non, pas cette fois. » Elle marqua un temps. « Il a dit qu'il allait vers le sud. Amsterdam n'est pas au sud, n'est-ce pas ?

– Non, Amsterdam est très loin au nord. Vous êtes une enfant intelligente. »

Alis devint rouge comme une pivoine.

« Je n'écoutais pas aux portes, mais Mme Noubel parlait d'une voix très forte. Je n'ai pas pu m'empêcher d'entendre. »

Blanche laissa le soporifique agir pendant une minute, aidé par la musique de la route. Le tambourin des sabots, le cliquetis des roues sur la chaussée, le sifflement de l'air.

« Alors, vous rappelez-vous le nom de l'endroit dont a parlé Mme Noubel ? demanda-t-elle doucement.

– Ça commençait par un P, murmura Alis, les paupières lourdes. Je n'avais jamais entendu le nom, mais ça m'a fait penser au printemps. Quelque chose de vert…

– Vert ? répéta Blanche, le cœur palpitant. Puivert, peut-être ?

– Puivert, c'est ça, répondit Alis, en peinant à articuler. Comme le printemps. »

43

Toulouse

Entre le moment où Minou était sortie de la chambre de sa tante et celui où elle revint avec Aimeric pour l'accompagner à la messe, Mme Boussay avait changé d'avis.

« Peut-être ferais-je mieux de rester ici, dit-elle. Mon époux fait si grand cas de ma compagnie. Il est toujours contrarié lorsqu'il rentre à la maison et découvre que je me suis absentée sans sa permission.

– Parce que vous êtes sa prisonnière », murmura Aimeric à part lui.

Minou lui lança un regard d'avertissement.

« Je le vois bien, répondit-elle avec patience. Cependant, si vous souhaitez assister à l'office du vendredi comme à votre habitude, tante, vous n'avez d'autre choix que de quitter la maison pendant un petit moment. Mais si vous préférez, je peux demander au curé de venir ici à la place et…

– Non ! M. Boussay n'aimerait pas cela. Il préfère son propre confesseur. Il dit que Valentin sera le prochain évêque de Toulouse. Il a déjà versé d'amples sommes à sa campagne. »

Minou jeta un autre coup d'œil à la porte, à l'affût du bruit des pas de Mme Montfort. Celle-ci allait finir par les découvrir s'ils restaient là, ce n'était qu'une question de temps.

« Je suis sûre que Dieu comprendra si vous n'y allez pas, dit-elle. Il connaît votre cœur, tante.

– Mais je vais toujours à la messe le vendredi, protesta Mme Boussay avec agitation. Et aujourd'hui, particulièrement, j'aimerais rendre grâce à Dieu de nous avoir délivrées saines et sauves des émeutes, et louer le Seigneur de vous avoir préservée, Minou, de… eh bien, je ne sais exactement de quoi. Ce sont des brutes, ces huguenots. Ils n'ont aucun respect pour… » Elle prit une inspiration. « Si je ne montre pas ma gratitude, le Seigneur pourrait se détourner de nous la prochaine fois que nous serons dans le besoin. »

Derrière le dos de sa tante, Aimeric faisait semblant de se pendre avec une corde imaginaire. Minou fronça les sourcils pour lui intimer d'arrêter.

« Peut-être que si je demande à ma belle-sœur de nous accompagner, M. Boussay n'aura pas de raison de se fâcher contre moi. »

C'était la dernière chose que voulait Minou.

« Je suis sûre que mon oncle est fier d'avoir une épouse aussi pieuse », dit-elle, tentant une autre approche.

Le visage de Mme Boussay s'éclaira.

« Vous croyez ?

– Oui.

– Qu'est-ce qui peut bien le retenir ? reprit sa tante en se tordant les mains. Chaque heure que fait le Seigneur, il la passe à travailler, mais il n'est jamais rentré aussi tard. Peut-être lui est-il arrivé quelque chose… »

Minou secoua la tête, sidérée par la naïveté de sa tante. Il était extraordinaire qu'elle ne se rende pas compte que les terribles événements de la veille et les efforts du jour même pour négocier une trêve pouvaient affecter la routine habituelle de M. Boussay.

« Sachant que tous les hommes éminents de Toulouse sont réunis pour tenter de négocier un accord de paix entre les catholiques et les protestants, expliqua-t-elle, il est possible qu'il ne rentre même pas avant la tombée de la nuit.

– Je ne sais pas, nièce, je ne sais vraiment pas, répondit sa tante en secouant la tête. Tout est sens dessus dessous. J'ai entendu dire que les huguenots ont pillé toutes les maisons du faubourg Saint-Michel, et du quartier de la cathédrale aussi.

– C'est faux », assura Minou.

La cloche de l'église se mit à sonner. Sa tante se tourna vers le son, hésita un dernier moment, puis se leva.

« Vous avez raison, ma chère Minou. Je devrais prier. Car Dieu le saura si je n'y vais pas. Apportez-moi ma cape, Aimeric. Cela me fait tellement plaisir que vous veniez avec nous.

– Le plaisir est pour moi, tante, répondit-il poliment.

– Il est possible que nous soyons de retour avant que mon époux revienne à la maison, ne croyez-vous pas ? Je n'ai vraiment pas envie de le mettre en colère. Ce serait une très mauvaise idée. »

Les cloches sonnaient la messe lorsque Piet fit en courant les quelques pas qui séparaient la rue du Périgord de la porte arrière de l'église.

Il était déçu de ne pas avoir trouvé Minou à l'hospice. Au début, le seul indice qu'elle y était seulement passée avait été le triangle de mousseline qui avait maintenu son bras en écharpe, laissé plié sur le comptoir de l'antichambre. Puis une femme du quartier de la Daurade – qui aidait souvent en cuisine – lui avait raconté qu'une personne correspondant à la description de Minou leur avait offert son assistance pendant quelques heures. Et un petit garçon avait confirmé que cette même dame l'avait aidé à chercher son grand-père.

« Elle a les yeux de couleurs différentes, avait dit Louis. Un bleu et l'autre brun. »

Cela fit plaisir à Piet de penser qu'elle était restée.

Il s'approcha de la porte de la sacristie, toujours partagé sur la question de récupérer le Suaire ou de le laisser où il se trouvait. Peut-être la situation n'était-elle pas si pressante ? La nouvelle qu'une trêve était signée avait atteint l'hospice, et les gens étaient enclins à y croire. Beaucoup avaient déjà quitté les lieux pour regagner leur demeure.

Il souleva le loquet de la petite porte cintrée et entra dans la sacristie. L'odeur de l'encens et les voix du chœur vinrent à sa rencontre, aussi familières que le rythme de son propre souffle. La messe serait bientôt terminée. Il allait attendre et se reposer, prêt à passer à l'acte une fois la congrégation partie.

L'office du soir était court, mais, lorsqu'il se termina, Mme Boussay ne bougea pas.

Minou lui jeta un coup d'œil – toujours à genoux, tête baissée – et se demanda combien de temps encore elle avait l'intention de prier. Quelques autres fidèles étaient restés aussi. Elle avait conscience de la présence de deux religieuses derrière eux, et de plusieurs autres dans les chapelles latérales. Le vicaire était en train de passer de cierge en cierge pour les moucher, laissant traîner une odeur de cire et de fumée.

« Quand est-ce qu'on peut s'en aller ? articula silencieusement Aimeric.

– Bientôt », répondit-elle à voix basse.

Avant qu'elle ait pu l'en empêcher, il s'était glissé hors du banc et remontait l'allée latérale en direction des trois chapelles derrière l'autel.

« Aimeric ! » chuchota-t-elle furieusement pour essayer de le faire revenir, mais il feignit de ne pas l'entendre.

Il disparut hors de vue. Bien qu'il commençât à faire sombre, et malgré les épuisants événements des deux jours précédents, Minou ressentit une étrange sensation de paix. Les derniers rayons du crépuscule étincelaient à travers les fenêtres biseautées au-dessus de la porte ouest, projetant des échelles de lumière bleue, rouge et verte dans la nef.

Elle se demanda où la bible pouvait être cachée, puis jeta un autre coup d'œil à sa tante et songea à sa mère. Bien qu'elles soient de pères différents, Minou croyait pouvoir détecter une ressemblance en elles. Elles n'avaient pas la même morphologie ni le même teint, mais les yeux de Salvadora étaient aussi foncés que ceux de Florence l'avaient été : noirs comme du charbon. Aimeric et Alis avaient les mêmes.

Le bruit d'une patène tombant par terre ramena Minou à l'instant présent. Son premier réflexe fut de se demander ce que fabriquait encore Aimeric, et elle se leva à demi pour regarder. Sa tante lui agrippa la main.

« Restez avec moi, nièce, chuchota-t-elle.

– Bien sûr, répondit Minou. Mais je me demande si nous ne devrions pas rentrer à la maison. L'heure tourne. Bientôt il fera nuit et...

– Je vous en prie. » Sa tante parut rassembler ses idées. « Avant de me confier à vous, Minou, je n'avais jamais dit à personne avoir gardé le cadeau de baptême que m'avait envoyé Florence.

– La bible en français ? demanda Minou avec un intérêt ravivé.

– M. Boussay serait tellement en colère s'il savait. Il n'aime pas que je lui désobéisse, et, même si je fais de gros efforts pour ne pas l'énerver, je sais que je suis exaspérante. » Elle ouvrit les yeux mais les garda fixés sur la croix. « Je pense souvent à votre chère mère. Dans les pires moments, j'essaie d'imaginer ce qu'elle ferait. Elle refuserait d'endurer pareil... Enfin bref, peu importe.

– Vous êtes la personne la plus gentille que je connaisse, chère tante. Il ne vous arrivera rien de mal.

– Mais si quelque chose m'arrive, continua-t-elle comme si Minou n'avait rien dit, je serais contente que vous l'ayez. »

Minou lui serra la main.

« Il ne va rien vous arriver, ni à aucun de nous. Les événements d'hier, tout terribles qu'ils soient, sont terminés. Une trêve va être conclue et la vie va revenir à la normale. C'est Toulouse. Tout va rentrer dans l'ordre, vous verrez. »

Un éclat de rire nerveux s'échappa des lèvres de sa tante.

« Vous êtes jeune, nièce. Ce n'est pas ce qui se trouve hors les murs de la maison que je crains, mais... » Elle s'interrompit et se redressa gauchement du prie-Dieu pour se rasseoir sur le banc. « Promettez-moi une chose. Si quelque chose m'arrive, eh bien... Promettez-moi que vous récupérerez la bible et la protégerez, en souvenir de ma sœur bien-aimée. Je lui dois au moins cela. »

Minou hocha la tête.

« Je ferai tout ce que vous voulez.

– Vous êtes une bonne enfant, Minou. Elle est cachée dans cette église. Vous l'avais-je dit ?

– Oui, mais vous n'avez pas précisé où. »

Mme Boussay sourit.

« C'est un vieux prêtre qui m'a montré la cachette. Il est mort maintenant, Dieu ait son âme. Personne n'en connaît l'existence. »

Le découragement s'empara de Minou. Elle ne pouvait s'empêcher de se demander si toute cette histoire était vraie. Durant le peu de temps qu'elle avait vécu chez les Boussay, elle s'était rendu compte que sa tante disait souvent une chose, et tout son contraire quelques jours après.

« Le simple fait de savoir cette bible ici, continua l'intéressée, même si je ne pouvais pas la toucher de mes propres mains, a été d'un grand réconfort pour moi dans les moments les plus durs. Un lien entre Florence et moi.

– Je peux peut-être aller vous la chercher ? Je pourrais la conserver dans ma chambre.

– Pas tout de suite, chère nièce. Je vais garder mon secret un peu plus longtemps. C'est le seul objet véritablement précieux que je possède. Mais, comme je vous l'ai dit, s'il m'arrive quelque chose…

– Il ne va rien vous arriver », insista Minou, ne sachant que dire d'autre.

Un mouvement derrière l'autel attira son regard. Levant les yeux, elle vit Aimeric qui lui faisait signe de le rejoindre.

« Pas maintenant », articula-t-elle silencieusement.

Puis, dans la lumière déclinante de la fin d'après-midi, un homme s'avança pour s'arrêter à côté de son frère. Minou le vit poser la main sur son épaule, vit Aimeric lever les yeux vers lui.

Elle arrêta de respirer.

« Tante, vous voulez bien m'excuser un instant ? »

Résistant à l'instinct qui lui hurlait de courir, Minou remonta l'allée dallée jusqu'à son frère.

« Regarde ce qu'il m'a donné. »

Minou baissa les yeux sur le sobre poignard argenté qu'il tenait dans ses mains.

« C'est une très belle dague », dit-elle d'une voix qui lui parut venir de très loin. Elle se tourna vers le compagnon de son frère. « Monsieur Reydon, vous êtes trop généreux.

– J'ai fait une promesse, ma Dame des Brumes, et je tiens toujours mes engagements. » Piet lui prit la main pour la baiser. « Je suis content de vous voir. J'étais peiné que nous nous soyons quittés en si mauvais termes.

– Il dit qu'il commencera à m'apprendre son tour d'adresse avec le couteau dès demain, si j'arrive à sortir de la maison, annonça gaiement Aimeric. Est-ce que je peux ?

– Nous verrons », répondit prudemment Minou ; mais elle souriait aussi.

44

Toulouse
Mardi 12 mai

Cinq semaines passèrent. Avril et ses orages laissèrent place à un doux mois de mai. Les vents soufflaient du sud et le soleil brillait. Dans les plaines du Lauragais, entre Carcassonne et Toulouse, muguet et mimosa, violettes et primevères fleurirent, les couleurs du printemps basculant dans l'été. Coquelicots et myosotis formaient des taches vives de rouge et de bleu.

Dans la ville, la trêve se maintenait toujours, même si sous la surface de la vie quotidienne couvait un courant de violence qui menaçait d'exploser à tout moment.

Minou leva les yeux vers le corps en décomposition pendu par ses chaînes au gibet de la place Saint-Georges, et sentit son estomac se retourner. La plante des pieds de la victime était violacée par le sang qui s'y était accumulé, et sa mâchoire était décrochée. Ses orbites étaient vides, picorées par les charognards. Des touffes de cheveux maculées de sang séché s'étaient détachées de son cuir chevelu en putréfaction pour tomber par terre. Il y avait trois autres échafauds identiques aux trois autres coins de la place.

« Ils devraient les détacher, dit Aimeric. L'odeur est insupportable.

– Ils les laissent en guise d'avertissement pour les autres.

– Mais cela fait plus d'un mois. »

Minou avait dans l'idée que laisser ces cadavres à la vue de tous avait accompli l'effet inverse. Plutôt que de servir de mise en garde, ils faisaient fonction d'appel aux armes pour les huguenots. Ils rappelaient jour après jour que le parlement était partial et qu'on ne pouvait pas se fier à lui pour protéger tous ses citoyens. En effet, bien que plus de cent personnes aient été accusées d'incitation à l'émeute, et six condamnées à mort, au dernier moment le parlement avait gracié les catholiques. Seuls les quatre huguenots avaient été exécutés.

Au cours des premières semaines de mai, des troubles avaient éclaté dans différents quartiers de la ville. Une série de petits incendies autour de la place Saint-Georges avaient été rapidement éteints. Un prêtre catholique avait été retrouvé mort près de la porte Villeneuve, pieds et poings liés et la gorge tranchée. Place du Salin, un jeune noble en chausses et cape jaunes avait été découvert appuyé contre la porte de la prison de l'Inquisition, la langue coupée. Peu osaient s'aventurer dehors sans une arme cachée sous leur cape, au mépris des termes de la trêve. Les femmes ne marchaient plus seules dans la rue le soir. Conscrits et mercenaires étaient partout.

Les informations dignes de foi sur la situation en dehors du Midi étaient rares. On disait que le prince de Condé, avec son armée protestante, avait pris Orléans et la puissante ville de Lyon. Ses partisans, sur ses ordres ou de leur propre chef, s'étaient emparés de plusieurs villes dans la vallée de la Loire – Angers, Blois et Tours, notamment – pour y poster des garnisons, et avaient attaqué Valence, sur le Rhône. Condé affirmait que son seul but était de délivrer le roi des griffes néfastes du duc de Guise et de ses alliés. La reine régente, disait-on, avait demandé au roi d'Espagne une aide militaire pour ramener les huguenots dans le rang. Selon une autre rumeur, des lettres avaient été envoyées, déclarant que l'édit de tolérance ne s'appliquait pas au Languedoc, car il s'agissait d'une province frontalière. Qu'en fait, il ne s'y était jamais appliqué.

« Minou, regarde, dit Aimeric. Là-bas. »

Elle se tourna et vit une troupe de soldats, armés de pied en cap, s'avancer sur la place.

« J'ai entendu notre oncle dire que le parlement avait modifié les termes de la trêve dimanche dernier, avec pour résultat que plus de deux cents nobles catholiques et leur suite ont été autorisés à entrer dans la ville. » Elle fronça les sourcils. « Notre oncle est ravi, bien entendu.

– Non, pas eux. Sous les arbres, au milieu », fit Aimeric en pointant le doigt.

Minou mit sa main en visière et son cœur fit un bond. Là, encadré par les branches vertes des platanes, se tenait Piet, vêtu de sombre, le roux de ses cheveux toujours estompé et la barbe longue. À cette distance, il avait l'air plus mince et les traits de son visage étaient plus fins. Elle sentit un sourire lui monter aux lèvres.

« Il nous a vus, dit Aimeric. Il vient vers nous.

– Va le voir, répondit Minou en jetant un coup d'œil aux soldats et à un groupe de jacobins en robe noire qui venaient de sortir du couvent des Augustins et d'envahir la place. Je ne peux pas être aperçue en train de lui parler dans un endroit aussi public. »

Aimeric traversa la place en courant, et, pendant un moment, Minou les perdit de vue, lui et Piet, derrière le bataillon catholique.

Après leur rencontre accidentelle dans l'église Saint-Sernin du Taur en avril, elle ne l'avait pas beaucoup revu. Sa tante avait réclamé sa compagnie et, plus anxieuse que jamais, l'avait retenue auprès d'elle. Par ailleurs, à chaque fois que Minou avait envisagé d'arranger un rendez-vous, les preuves toujours plus nombreuses de la dangerosité des rues l'avaient retenue. Beaucoup de rumeurs circulaient concernant des soldats qui jugeaient toute femme seule dans la rue comme à leur disposition.

Les choses étaient différentes pour son frère. Piet avait tenu sa promesse de lui apprendre à lancer un couteau avec adresse.

Parfois, au crépuscule, si la lumière était bonne et les rues calmes, il l'emmenait discrètement à la Daurade, où il dressait un mannequin de paille et le faisait s'entraîner jusqu'à ce qu'il ait mal aux épaules et à la paume des mains. Aimeric affirmait désormais être capable de toucher n'importe quelle cible à une distance de plusieurs toises : une longueur équivalente à au moins trois hommes bout à bout. Son dévouement envers Piet valait celui d'un écuyer médiéval pour son seigneur, et Minou aimait le taquiner à ce sujet, mais elle lui était également reconnaissante de se faire le porteur des mots qu'elle échangeait avec Piet. Des messages inoffensifs et innocents, sans signature, d'amitié et de souvenance. Les miettes de leur conversation dans la maison de charité l'avaient nourrie tout au long de ces semaines.

Quant au hasard qui les avait réunis en ce soir d'avril après la messe, Minou y songeait souvent. À l'immense bonne fortune qui les avait amenés tous deux dans cette église, exactement au même moment. Piet ne lui avait pas expliqué pourquoi il s'y trouvait – pas plus qu'elle ne lui avait confié les raisons de sa présence –, mais elle ne pouvait s'empêcher d'y voir un autre signe que leurs destins étaient liés.

« Qu'a-t-il dit ? demanda-t-elle à Aimeric lorsqu'il revint. Est-ce que tout va bien de son côté ? Est-ce qu'il...

– Il veut que tu le retrouves dans la chapelle latérale de l'église à 4 heures. »

Minou fronça les sourcils.

« C'est impossible. Il n'y a aucune chance que je réussisse à sortir de la maison à cette heure-là sans être vue.

– Piet m'a dit de te dire qu'il comprendra si tu ne peux accepter son invitation, mais qu'il n'aurait pas demandé si ce n'était pas une question de vie ou de mort.

– De vie ou de mort ? Ce sont vraiment les mots qu'il a employés ? »

Aimeric haussa les épaules.

« Pas exactement, mais c'est ce qu'il voulait dire. »

Elle jeta un coup d'œil à l'endroit où Piet attendait, à l'ombre des arbres. Elle ne savait pas réellement quel genre d'homme il était, mais son instinct lui soufflait qu'il n'aurait pas formulé pareille requête sans une bonne raison.

« Quelle réponse dois-je lui donner ? » demanda Aimeric.

Elle prit une profonde inspiration.

« Dis-lui que j'y serai. »

45

Carcassonne

Les heures, puis les jours et les semaines qui avaient suivi la disparition d'Alis s'étaient confondus en une seule frénétique et interminable recherche. Cécile Noubel avait à peine dormi. Elle avait arpenté les rues de la Cité et de la Bastide, arrêtant amis, voisins et inconnus pour leur demander s'ils avaient vu la petite fille. Personne n'avait la moindre information.

« À peu près grande comme ça, avec une folle masse de boucles noires et les yeux de la même couleur. Une enfant intelligente, à l'attitude sérieuse. »

Elle avait écumé les ruelles sombres où tire-laines et filles de joie exerçaient leur métier, arpenté jusqu'à l'usure les chemins qui longeaient le fleuve en glissant des sous dans la main des bateliers et des pêcheurs. Aucun corps n'avait été retrouvé, et, même si elle ne pouvait expliquer pourquoi elle en était aussi sûre, elle restait persuadée au fond d'elle-même qu'Alis était encore en vie. Elle la pensait partie avec la dame noble, celle qui avait soudoyé Marie Galy pour qu'elle lui indique la maison des Joubert. Mais quant à savoir si Alis l'avait suivie de son plein gré ou avait été emmenée de force, elle n'osait pas y songer et n'avait pas réussi à le déterminer.

Menacée d'être envoyée devant le magistrat pour complicité d'enlèvement, Marie avait avoué et, au moins, fourni une description détaillée de la femme et de ses vêtements. Le compte-rendu de l'après-midi fait par la pauvre Rixende était truffé d'incohérences et changeait à chaque fois qu'elle le redonnait.

Cécile avait écrit à Minou pour l'informer de la tragédie, mais n'avait eu aucun retour. Elle avait l'intention d'envoyer une autre lettre dès qu'elle aurait de nouvelles informations. Jusqu'alors, cependant, elle n'avait rien trouvé.

Mais enfin, il y eut du neuf. La garnison de Carcassonne avait été envoyée dans les villages du Midi pour contenir des soulèvements inspirés par le massacre de Vassy lorsque confirmation de celui-ci avait été reçue. La compagnie de Bérenger avait été détachée à Limoux et venait seulement de rentrer. Cécile était immédiatement allée le trouver, et, pour la première fois depuis plus d'un mois, une lueur d'espoir s'alluma dans son cœur.

« Vous êtes absolument certain que c'était le même jour ? demanda-t-elle. Le vendredi 3 avril ?

– Oui, *madama*, répondit Bérenger. Je m'en souviens particulièrement parce que c'est juste un peu plus tard, le même soir, qu'on nous a envoyés à Limoux. C'est pour cela que je n'ai pas su que la petite Alis... »

Mme Noubel l'interrompit d'un geste de la main.

« Ce n'est pas de votre faute, mon ami. Vous étiez absent de la Cité. Mais je vous en prie, dites-moi précisément ce que vous avez vu. »

Le vieux soldat hocha la tête, bien que son visage restât gris de culpabilité.

« J'ai reconnu la voiture comme appartenant à l'évêque de Toulouse parce que je l'avais vue récemment – vers l'époque où ce Michel Cazès a été assassiné – transportant un voyageur qui logeait au palais épiscopal. » Il secoua sa tête grisonnante. « Étrange affaire. Toute la Cité barricadée, la garnison entière envoyée à la recherche du coupable et soudain, pouf ! Terminé. On nous ordonne de tout oublier. Puis il s'avère que c'est finalement une affaire locale. Un certain Alphonse Bonnet, de la Bastide, pendu pour ce crime. Ou du moins, c'est ce qu'on affirme. Je suis convaincu qu'il n'y était pour rien. Je crois que les pouvoirs en place avaient besoin que quelqu'un soit pendu pour ce meurtre, et que Bonnet a servi de bouc émissaire. C'est vraiment très étrange, tout cela.

– Nous avons déjà discuté de cette affaire, et je suis désolée pour la famille de Bonnet, dit impatiemment Mme Noubel, mais pouvons-nous en revenir à Alis ? Je veux en être absolument sûre. Ce vendredi après-midi, vous avez vu cette voiture sortir de la Cité.

– Peu après 5 heures, c'était. J'étais de garde à la porte Narbonnaise. La voiture était occupée par une dame brune, même si je l'ai seulement entraperçue. Très richement vêtue. Nous l'avons remarquée parce qu'il nous a paru bizarre qu'une femme voyage dans la voiture de l'évêque.

– Réfléchissez bien, maintenant. » La voix de Mme Noubel se cassa. « Se peut-il qu'Alis ait été avec elle ?

– J'aimerais être plus utile, *madama*, mais je n'ai pas pu voir à l'intérieur. Les rideaux étaient tirés. » Il soupira. « Quelle triste affaire, n'est-ce pas ? Et *madomaisèla* Minou et Aimeric qui sont encore à Toulouse.

– Vous rappelez-vous dans quelle direction la voiture a tourné en sortant de la Cité ? insista Cécile. Le conducteur vous a-t-il donné le moindre indice sur leur destination ? »

Il secoua la tête.

« Pas vers la Bastide, c'est tout ce que je puis dire. Ils ont traversé le pont-levis, puis tourné à droite.

– En direction des montagnes ?

– Pas en direction de Toulouse, en tout cas, mais qui sait quelle route ils ont prise une fois hors de vue ? » Il lâcha un autre soupir las. « Je suis désolé de ne pas pouvoir vous être plus utile.

– Vous avez fait tout ce que vous pouviez, répondit Cécile en se détournant pour rentrer chez elle.

– Je suis sûr que vous allez la retrouver, lança-t-il après elle. Les choses finissent toujours par s'arranger. N'est-ce pas ? C'est ce qu'on dit, non ? »

Cécile Noubel ne répondit pas. Elle était cruellement déçue par le peu d'informations qu'avait Bérenger. Tout en regagnant lentement la rue du Trésau, elle se reposa la question qui l'avait rongée pendant toutes ces longues et terribles semaines d'ignorance. Les Joubert n'étaient pas riches, alors pourquoi enlever Alis ? Et pourquoi n'avoir pas laissé de demande de rançon ? La réponse évidente – l'enfant était déjà morte – était une explication qu'elle refusait d'envisager.

« Alors ? demanda Rixende lorsqu'elle entra dans la maison. Bérenger a-t-il vu quelque chose ?

– Non, répondit-elle en s'asseyant dans le fauteuil.

– Rien ? »

Mme Noubel soupira, exténuée.

« Eh bien, il a vu une voiture sortir par la porte Narbonnaise et prendre la direction des montagnes plutôt que de la Bastide, mais… » Elle haussa les épaules. « Il a reconnu les armoiries de l'évêque de Toulouse, même s'il jure qu'elle était occupée par une femme.

– La noble qui a parlé à Marie ?

– C'est possible. Bérenger a eu l'impression qu'elle n'était pas seule dans la voiture, mais il ne pourrait le jurer.

– Oh », fit Rixende, la déception lisible sur son visage. Elle hésita. « Y a-t-il des nouvelles de Mlle Minou ? Sait-elle que la petite Alis est… absente ?

– Non, et je m'attendais à avoir déjà reçu une réponse.

– Peut-être que votre lettre n'est pas encore arrivée jusqu'à elle ? »

Mme Noubel fronça les sourcils.

« Il est vrai que les choses prennent du temps ces jours-ci.

– Des nouvelles du maître ? »

Mme Noubel secoua la tête. Le silence de Bernard l'inquiétait aussi, même s'il ne la surprenait pas. Il y avait moins de gens sur les routes en ce moment à qui l'on puisse confier une lettre. Elle ne savait pas quoi faire d'autre. Elle avait envisagé de se rendre elle-même à Toulouse, mais Bérenger lui avait dit qu'un nombre important de soldats étaient en marche dans les plaines du Lauragais, beaucoup sans véritable commandement. Par ailleurs, si Minou *avait* reçu sa lettre, il était possible qu'elle soit en ce moment même en train de revenir à Carcassonne.

« Tenez, dit la servante en lui tendant une tasse. Cela va vous réchauffer. »

Elle accepta la boisson avec gratitude. Rixende avait fait tout ce qu'elle pouvait pour se racheter, et Cécile ne lui en voulait plus. Elle s'en voulait à elle-même.

Elle ne pouvait pas faire part de ses peurs à Rixende – à quiconque – mais elle craignait que le passé les ait rattrapés. Les secrets, un jour ou l'autre, finissaient toujours par être exhumés. La disparition d'Alis, l'expédition malavisée de Bernard dans les montagnes et son silence persistant, l'envoi de Minou et d'Aimeric à Toulouse pour habiter chez la sœur de Florence : tout cela pouvait trouver sa cause dans ce qui s'était passé à Puivert tant d'années plus tôt.

Les vieilles fautes projetaient des ombres longues...

Elle resta assise dans la cuisine un peu plus longtemps, à regarder la douce lumière de l'après-midi danser au sommet du mur dans la cour. À retourner le vieux plan dessiné par Florence – avec son propre nom désormais écrit au dos – entre ses mains. Les cloches des petites églises de la Cité commencèrent à sonner la demi-heure, suivies du carillon plus sonore de la cathédrale.

Elle parvint à une décision, et se releva rapidement.

« Où allez-vous, madame ? lui demanda Rixende.

– Si Bérenger est certain que la voiture appartenait à l'évêque de Toulouse, c'est parce qu'il l'avait déjà vue place Saint-Nazaire quelques semaines plus tôt. Et si cette dame avait également séjourné au palais épiscopal ?

– Vous allez demander une audience à l'évêque de Carcassonne ? »

Pour la première fois depuis des semaines, Cécile éclata de rire.

« Non. Je doute fort qu'il soit disposé à me recevoir. Mais quelqu'un a forcément entendu quelque chose. Et si au moins nous découvrons le nom de cette femme, peut-être saurons-nous où chercher Alis. N'avez-vous pas une cousine qui travaille dans les cuisines ?

– Si », répondit Rixende, son regard s'éclairant à l'idée d'être utile.

Mme Noubel mit son châle sur ses épaules.

« Venez. Nous allons y aller ensemble. Vous pourrez nous présenter. »

46

Toulouse

Vidal baissa les yeux sur le corps brisé d'Oliver Crompton, avachi sur la chaise hérissée de pointes. Il avait encore les bras attachés aux accoudoirs en bois du siège d'interrogatoire, par des cercles de métal lui immobilisant les poignets. Une épaisse sangle de cuir autour de son front empêchait son menton de tomber sur sa poitrine. Le bout d'une clavicule brisée saillait de sa peau grisâtre en un angle grotesque.

« Il a été plus résistant que je ne m'y attendais, dit l'autre homme. Je ne pensais pas qu'il survivrait si longtemps.

– Le diable protège les siens », répondit Vidal, réticent à admettre le courage, ou la force, du supplicié.

Endurer cinq semaines de torture intermittente était exceptionnel.

« Son cousin, en revanche, s'est montré très bavard.

– Oh ! Qu'a dit Devereux ?

– Que, comme nous le pensions, le projet d'implanter des espions huguenots dans les maisons catholiques d'un bout à l'autre de la ville avait bien avancé. Que la maison de charité de la rue du Périgord est effectivement utilisée pour entreposer des armes et héberger des soldats. Qu'ils sont conscients que la récente série d'agressions de femmes seules, supposément perpétrées par des huguenots, est en fait orchestrée par des milices catholiques. »

Vidal marqua un temps.

« C'est une mauvaise idée de vous être débarrassés du corps de Devereux de façon si ostentatoire.

– Je ne suis pas d'accord. C'est une leçon à l'adresse de toute autre personne tentée d'essayer de s'enrichir en vendant des informations aux deux camps : nous, du moins, nous ne le tolérerons pas. Quel que soit son rang, tout homme devra rendre des comptes.

– Vous êtes bien placé pour le savoir. » Vidal se tourna de nouveau vers Crompton. « A-t-il parlé ? »

Pour la première fois, l'homme parut mal à l'aise.

« J'admets qu'il est possible que Crompton n'ait pas su qu'il avait acheté une contrefaçon.

– Nous avons agi sur la base d'informations fournies par vous.

– Je les tenais de source sûre. » L'homme soutint le regard de Vidal. « Mais même s'il n'est pas coupable de ce crime, ça reste un hérétique. Dieu le punira dans l'autre monde, n'est-ce pas là votre croyance ? »

Vidal fixa sur lui un regard glacial.

« Ce n'est pas notre rôle de raisonner ou de conjecturer sur les voies du Seigneur. »

L'autre homme eut un grognement moqueur.

« Je ne vois pas la main du Seigneur dans tout cela, mais seulement notre besoin urgent d'identifier les traîtres parmi nous qui sont à la solde de Condé.

– Et cela, répliqua Vidal en baissant la voix pour que les gardes ne les entendent pas, pourrait être considéré comme de l'hérésie. »

L'homme éclata de rire.

« Vous ne le pensez pas sérieusement, alors gardez vos sermons pour la messe. » Il jeta un coup d'œil à Crompton, avant de reposer les yeux sur Vidal. « Puisque nous sommes en train de parler de notre besoin d'informations exactes, je ne comprends toujours pas votre persistance à refuser d'arrêter Piet Reydon. Je sais que vous étiez autrefois compagnons de cœur, mais en ces dernières heures, sûrement, le moment de se laisser gouverner par les sentiments est passé. C'est un huguenot – de son propre aveu – et, en tant que tel, un traître à la couronne. Faites-le arrêter.

– Il nous est plus utile en liberté.

– C'est ce que vous ne cessez de répéter, mais pour l'instant, cela n'a rien donné. S'il est vrai que les huguenots ont l'intention d'attaquer ce soir, alors il est trop tard. »

Vidal serra le poing.

« Si nous avions laissé Crompton libre d'aller et venir, nous en aurions appris davantage sur ce complot huguenot que par ces moyens.

– Peut-être. Je compte quitter Toulouse ce soir, avant le début des troubles. Je suppose que vous allez prendre des précautions similaires ?

– Je vais me retirer dans le quartier Saint-Cyprien, de l'autre côté du fleuve.

– Dans ce cas, raison de plus pour arrêter Reydon maintenant, tant que vous en avez encore l'occasion. Sans compter que, si vous continuez à le protéger, certains pourraient commencer à mettre en doute votre loyauté envers le roi. »

Vidal le prit brusquement à la gorge, à leur surprise à tous les deux, et le poussa violemment contre le mur.

« Personne ne pourrait douter de ma loyauté envers la cause catholique, dit-il froidement. Vous, par contre ? Vous, McCone, êtes un homme qui, par sa seule présence ici et à chaque seconde de sa vie, trahit le pays de sa naissance ainsi que sa reine. Alors ne vous avisez pas de me faire la morale. » Il le tint ainsi encore un moment, puis le relâcha. « Garde ! »

Le soldat s'approcha d'un bond.

« Oui, monsignor.

– Ce monsieur s'en va. Escortez-le jusqu'aux portes de la prison. »

McCone réajusta ses vêtements.

« Vous commettez une erreur. »

Vidal fit le signe de croix et leva le ton.

« Que Dieu vous accompagne, dit-il. Soyez assuré que je ferai part de vos inquiétudes à Son Excellence le noble évêque de Toulouse, et d'ailleurs aussi à nos amis au parlement. »

McCone hésita, puis s'inclina et sortit de la pièce, suivi à distance respectueuse par les gardes.

Vidal resta immobile, le dos droit, écoutant l'écho de leurs pas s'éloigner dans le couloir froid qui menait de cet enfer à la lumière. Il s'était attendu à rencontrer de l'insoumission, mais pas de la part de Jasper McCone.

Il avait conscience que ce dernier était à la solde du marchand d'armes, Delpech, comme tant d'autres. Et que, comme Delpech, il était motivé par l'appât du gain et du pouvoir. Mais Vidal portait plus d'intérêt au fait de retrouver le Suaire et à sa propre ambition de devenir le prochain évêque. Par ailleurs, il pensait que la position catholique se trouverait renforcée si le soulèvement protestant avait lieu. Ceux des catholiques qui prônaient la tolérance, qui croyaient encore qu'un compromis était possible, seraient forcés de retirer leur soutien, et la ville serait purgée de la contagion huguenote une fois pour toutes.

L'espace d'un instant, il entendit la voix de son amante dans sa tête, et rougit à son souvenir. Quand tout cela serait terminé, il s'autoriserait peut-être une dernière visite dans les montagnes. Cela lui ferait plaisir de savoir qu'elle se portait bien dans son veuvage.

« Que voulez-vous que nous fassions de lui ? »

La voix du garde le ramena à l'instant présent.

« Pardon ?

– Ce prisonnier, dit le garde en poussant du doigt l'épaule de Crompton, qui gémit faiblement avant de replonger dans l'inconscience.

– Va-t-il en dire davantage ? demanda Vidal. Il a beaucoup enduré. »

Le garde avait les yeux rouges et fatigués. Dans la pénombre du cachot, Vidal pouvait voir les taches de sang sous ses ongles.

C'étaient de loyaux serviteurs de Dieu, et ils étaient aussi épuisés que lui.

« Le mal est si profondément ancré chez celui-ci qu'il ne distingue plus le vrai du faux. Notre temps serait mieux employé ailleurs.

– Dans ce cas, laissez le fleuve l'emporter.

– Il n'a plus l'usage de ses bras ni de ses jambes. Il se noiera.

– Si le Seigneur dans sa miséricorde juge bon de sauver ce pauvre pécheur, il le fera. » Vidal fit le signe de croix sur le front de Crompton. « Dans tous les cas, nous prierons pour son âme. »

Combien de temps suis-je encore condamnée à attendre ? Je reste persuadée que Minou Joubert viendra. Elle y est obligée. Son attachement à l'enfant ne lui laisse pas le choix. Lorsque je pense à la peine que j'aurais pu m'épargner si seulement j'avais su que seules quelques rues nous séparaient à Toulouse.

Dieu cherche-t-il à me tester ? À me punir ? Qu'ai-je fait, ou omis de faire, pour qu'il mette ma détermination à l'épreuve de telle façon ? Dans la ville, ç'aurait été si simple. Un soporifique, la lame d'un assassin dans le noir ou mes propres mains autour de son cou. L'étreinte mouillée de la Garonne.

L'enfant ne cesse de poser des questions et aucune de mes réponses ne l'apaise. Je lui assure que sa sœur va venir nous rejoindre dans les montagnes parce qu'il y a un risque de peste dans la ville. Elle ne me croit plus.

Je ne dois pas perdre foi. Je crois en Dieu, en Sa lumière et Sa sagesse. N'est-il pas dit dans les Saintes Écritures qu'il y a un temps pour tout, un temps pour semer et un temps pour récolter ?

Quant à ce que croit l'enfant – que son père se rendait à Puivert –, personne n'a rapporté la présence d'un étranger du nom de Joubert dans le village. Par ailleurs, exception faite des braconniers – un problème habituel à cette époque de l'année –, le calme règne sur mes terres.

J'ai enfin été obligée d'élargir mon corsage et d'ajouter des plis à mes jupes. D'après mes calculs, je suis enceinte de sept mois. Je ne ressens aucun amour pour la créature qui grandit dans mon ventre, pas plus que je n'en avais pour le bâtard que mon père avait engendré. Mais j'ai besoin qu'elle naisse et survive assez longtemps pour garantir que je garde ce qui est à moi. Alors, morte ou vive, Minou Joubert n'aura plus d'importance.

Mais, mieux vaut morte…

47

Puivert

Bernard Joubert frotta la peau endolorie de sa cheville. Ce soir, sa jambe droite lui faisait plus mal que la gauche. Il était enchaîné par les deux pieds à un anneau de fer planté dans le mur de pierre, et les lourdes entraves avaient mis sa chair à vif.

Néanmoins, ses chaînes étaient assez longues pour lui permettre de se lever et de bouger dans sa cellule, de trois pas environ dans chaque direction; et si sa main gauche était également enchaînée, ses geôliers lui avaient laissé le libre usage de la droite. Cette prison, tout inhospitalière qu'elle fût, n'était pas les oubliettes. Et pourtant, parfois il croyait encore entendre les hurlements cauchemardesques d'hommes torturés à mort. Il craignait de les entendre toute sa vie.

À l'aide d'un clou trouvé sous la paille qui couvrait le sol de terre battue, il avait marqué chaque jour de sa captivité d'un trait sur le mur : un calendrier pour garder trace du temps qui passait. Il espérait ne pas atteindre la fin d'un deuxième mois.

D'après son compte, il était retenu dans cette tour depuis quelque cinq semaines. La Passion était passée. C'était à présent le mois de mai. Le Blau devait couler joyeusement dans la vallée, le coteau en dessous du château être parsemé de centaines de minuscules fleurs des champs, roses, jaunes et blanches, et l'air embaumer l'ail des ours. Une année – peut-être la première de leur mariage –, Florence avait tressé une couronne de fleurs printanières et l'avait portée dans ses cheveux. Bernard sourit au souvenir de ses boucles noires qui tombaient librement autour de son visage, et de son impression que son cœur allait exploser de joie à sa vue.

Lorsque se remémorer sa femme devenait trop douloureux, il s'imaginait à la place dans les confortables appartements qu'il occupait toujours dans la Kalverstraat à Amsterdam. Il songeait au Rokin et à son endroit préféré pour manger du hareng, derrière la Oude Kerk, où le son des gréements des grands bateaux amarrés sur l'Amstel, claquant contre les mâts quand le vent soufflait, emplissait la pièce.

Il entendit tourner le verrou de la porte de sa cellule, et ouvrit les yeux alors qu'un jeune soldat déposait son repas quotidien de pain noir et de bière sur la paille. Certains des gardes ressentaient le besoin de le tourmenter pour étayer leur propre courage. Ce garçon-là n'en faisait pas partie.

« Merci », dit Bernard.

Le soldat regarda par-dessus son épaule, pour vérifier qu'on ne l'observait pas, puis s'avança un peu plus dans la cellule humide.

« Est-il vrai que vous comprenez le français écrit ? chuchota-t-il en occitan.

– Oui, répondit Bernard. Y a-t-il quelque chose que vous aimeriez que je vous lise ? »

Le garçon commença à s'en aller mais s'arrêta sur le seuil de la cellule, indécis.

« Je rends souvent ce service aux soldats de ma ville, insista Bernard. Il y a beaucoup d'hommes comme vous qui n'ont jamais eu la chance de recevoir une éducation. » Il fit signe au garçon d'approcher. « Personne n'en saura rien. »

Le garde hésita, puis prit une torche enflammée sur le mur de la tour et rentra à nouveau dans la cellule. La flamme projeta des ombres dansantes sur les murs suintants, et Bernard vit combien sa main tremblait.

« Pouvez-vous me dire votre nom ? »

Un silence, puis :

« Guilhem Lizier.

– C'est un nom honnête, dit Bernard, se rappelant le vieil homme qu'il avait rencontré devant la maison de la sage-femme.

– Ma famille est de Puivert. »

Bernard leva son bras gauche enchaîné.

« Il ne sert à rien de me craindre. Je ne peux vous faire aucun mal. » Il soutint le regard du garçon. « Mais si vous ne voulez prendre aucun risque, vous pouvez poser la lettre par terre et la pousser vers moi, et je vous la lirai à voix haute. Il s'agit bien d'une lettre, je suppose ?

– Oui.

– Alors, donnez. »

Guilhem sortit de sa chemise une morceau de papier froissé et écorné, et fit comme Bernard lui avait suggéré. Lentement, pour ne pas effrayer le garçon, il ouvrit le pli, le posa à plat sur le sol rugueux et le lut. Puis il le relut, pour s'assurer qu'il n'avait pas pris un mot pour un autre dans la pénombre, et le rendit au garçon.

« C'est une mauvaise nouvelle, fit celui-ci, le visage défait. Je le savais.

– Qu'est-ce qui vous fait croire cela ?

– Votre expression, monsieur. Je n'ai pas dormi ces trois nuits passées, devinant ce qu'il en était, et...

– Non, Guilhem, l'interrompit doucement Bernard. C'est une bonne nouvelle, celle que vous espériez. Votre offre est acceptée. Son père vous donne sa permission. Je vous félicite.

– Il nous donne sa permission », répéta Guilhem avant de se laisser tomber à genoux, la tête entre les mains.

Bernard sourit.

« J'ai un fils, de quelques années plus jeune que vous encore, mais j'espère qu'il trouvera quelqu'un à aimer autant que vous adorez manifestement cette jeune fille. » Il marqua un temps. « Je dois vous demander : comment se fait-il que vous ayez écrit à...

– Jeannette ?

– Comment se fait-il que vous ayez écrit au père de Jeannette pour lui demander sa main, mais que vous ne soyez pas capable de lire sa réponse ?

– Je lui ai écrit en occitan, expliqua Guilhem, mais il souhaite améliorer la position de sa famille. Or il pense que seuls les paysans parlent l'ancienne langue. Il veut une meilleure vie pour sa fille.

– Donc vous savez lire et écrire ?

– Un peu, *sénher*, mais pas en français. Je le parle assez bien, mais je n'ai jamais appris dans un livre, alors…

– Vous avez demandé à quelqu'un de lui écrire en votre nom, devina Bernard.

– Le prêtre, mais il a été arrêté depuis, et emmené quelque part.

– Je vois. »

Le garçon fronça les sourcils.

« Le père de ma promise a une petite propriété, à quelque deux lieues de Chalabre sur les berges du Blau. Il a juré sur la Bible que si j'étais libéré de mon service ici, il nous céderait la ferme – c'est-à-dire, qu'il la léguerait à Jeannette et à son futur époux – à condition de pouvoir habiter avec nous. » Sa voix s'éteignit. « Mais il y a des comptes à régler, un registre du bétail à tenir, et Jeannette n'a pas d'aptitude pour les lettres. Il veut qu'elle prenne un mari qui sache écrire. »

Bernard fut pris de compassion pour lui. Il ne serait pas le premier amoureux transi à promettre davantage qu'il n'était capable d'offrir.

« Il est dit ici que le mariage est prévu pour le quinzième jour d'août.

– L'Assomption est très fêtée à Chalabre, expliqua Guilhem. Le père de Jeannette est un fervent catholique. Je me suis dit qu'il approuverait le choix de cette date.

– L'Assomption », murmura Bernard.

Il espérait n'être plus emprisonné quand le mois d'août montrerait son nez.

Il regarda Guilhem. Le garçon semblait dégourdi, et cela lui ferait passer les heures cruelles.

« Si vous le souhaitez, je peux vous apprendre à lire et à écrire. À temps pour votre mariage. »

Le visage de Lizier s'éclaira un moment, puis il se ressaisit.

« Nous ne sommes pas autorisés à parler aux prisonniers.

– Personne ne saura, le rassura Bernard. Voici ce que nous allons faire. Les jours où vous serez chargé de me surveiller, je vous montrerai comment former les lettres et les lire. Assez, au moins, pour que vous puissiez convaincre votre futur beau-père. »

Guilhem le dévisagea.

« Pourquoi feriez-vous cela, monsieur ? Je suis votre geôlier, votre ennemi. »

Bernard secoua la tête.

« Vous et moi ne sommes pas ennemis, Guilhem. Nous autres, hommes ordinaires, nous sommes faits du même bois. Ce sont ceux que nous servons qui nous montent les uns contre les autres. » Il regarda le jeune homme dans les yeux. « Dites-moi, souhaitez-vous continuer à servir ici ? Aimez-vous votre maîtresse ? Aimiez-vous votre défunt maître ? »

Guilhem hésita, puis se rapprocha de Bernard.

« Dieu me pardonne, je le haïssais, et j'ai beau savoir qu'elle n'est que ce qu'il a fait d'elle – et ce que son propre père avait fait d'elle avant, si la rumeur est vraie –, je ne peux pas ressentir le moindre amour pour elle. On dit qu'elle parle à Dieu, mais elle est cruelle. Je quitterais le service de Puivert tout de suite si je le pouvais.

– La châtelaine sait-elle que je suis ici ? demanda Bernard, espérant obtenir quelques bribes d'informations à présent que le garçon avait baissé sa garde.

– Lorsqu'elle est rentrée il y a environ trois semaines...

– Trois semaines, murmura Bernard.

– Oui, *sénher*, à la fin du mois d'avril. Elle a convoqué notre commandant pour qu'il lui fasse son rapport. Il lui a dit que des braconniers étaient retenus prisonniers dans les cachots en attendant ses ordres. »

Bernard sourit.

« On me croit braconnier ? »

Guilhem rougit.

« Vous n'êtes pas le seul, monsieur, à avoir profité de son absence pour entrer sans permission sur ses terres. » Il hésita. « Les femmes de chambre disent qu'elle est enceinte. De plusieurs mois. Aussi, qu'elle a ramené quelque enfant trouvée de Toulouse, qu'elle garde hors de vue dans le vieux château. Et le donjon est en train d'être préparé pour accueillir d'autres visiteurs : le linge est blanchi, les pièces supérieures nettoyées de fond en comble. » Il posa sur Bernard un regard plein d'espoir. « Mais vous croyez pouvoir m'aider à apprendre à lire ? »

Bernard sourit.

« La prochaine fois qu'on vous envoie me garder, cachez une planche et un morceau de charbon sous votre surcot. Vous saurez écrire et serez prêt à épouser votre Jeannette avant la fin du mois de mai. »

48

Toulouse

« Qu'as-tu l'intention de faire, Aimeric ? demanda de nouveau Minou, pleine d'appréhension.

– Ce que tu as demandé de moi, répondit-il d'un ton innocent. Créer une diversion, pour que tu puisses sortir de la maison sans que personne s'en rende compte.

– Mais d'une façon qui ne t'attire pas d'ennuis », répliqua-t-elle.

Il lui adressa un grand sourire, puis s'éloigna en trombe dans l'allée qui menait à la cour de la cuisine. Quelques instants plus tard, Minou entendit un charivari de caquètements affolés et le hurlement de la cuisinière. Faisant abstraction du vacarme, elle traversa vivement la cour principale et gagna la rue du Taur.

Elle donna une pièce à la vieille femme qui vendait des violettes sur le perron de l'église puis, une fois sûre qu'on ne l'observait pas, se glissa à l'intérieur juste au moment où les cloches commençaient à sonner 4 heures.

« Attrapez-la ! » hurlait Mme Montfort en agitant les bras.

Étouffant un rire, Aimeric s'accroupit sur les marches en dessous de la loggia. Il s'était emparé d'une poule dans le poulailler et lui avait attaché une cuillère en bois à la patte, avant de la lâcher dans la cour principale. Le chaos était à la hauteur de ses espoirs.

« Faites quelque chose ! »

La pauvre bête courait maladroitement de part et d'autre, renversant toutes sortes d'objets avec la cuillère. Elle finit par se retrouver coincée derrière les roues de la carriole de livraison du boucher.

Mme Montfort agita les bras.

« Rabattez-la dans le coin, imbécile ! »

Un garçon de cuisine se jeta sur l'animal, qui s'enfuit en battant des ailes dans la direction opposée. Un palefrenier tenta de prendre l'oiseau effaré dans ses bras, mais ne remarqua pas le seau rempli d'eau sur son chemin avant d'avoir trébuché dessus, tombant et trempant les jupes de Mme Montfort.

« Espèce d'idiot ! s'exclama-t-elle. Crétin ! Jetez quelque chose sur elle. Une couverture, une cape ! »

Aimeric jeta un coup d'œil à travers le rideau vert de la vigne vierge pendant de la loggia. La plupart des gens de la maison étaient désormais soit dehors, soit penchés au balcon ou à la fenêtre pour regarder. Conscient qu'il lui fallait faire durer la diversion jusqu'à ce que Minou réapparaisse, il tendit le bras, armé d'un manche à balai, pour pousser la poule à regagner la cour avec de grands battements d'ailes.

Minou et Piet se tenaient tout près l'un de l'autre dans l'ombre de la plus petite des chapelles latérales de l'église Saint-Sernin du Taur.

« Je ne peux pas rester longtemps, dit Minou en retirant sa main.

– Je sais, répondit Piet doucement. Je regrette que vous n'ayez pas amené Aimeric pour qu'il fasse le guet.

– Je ne pouvais pas. J'ai dû lui demander de créer une diversion pour pouvoir sortir de la maison sans être vue. M. Boussay est rentré de manière inattendue, et cela a rendu tout le monde anxieux et vigilant.

– Je vous suis reconnaissant d'être venue », répondit vivement Piet.

C'était la première fois qu'ils étaient tout seuls depuis leur étrange intermède dans la maison de charité le jour des émeutes, et Minou pouvait voir combien il avait changé. Sa barbe et ses cheveux n'avaient toujours pas retrouvé la couleur voulue pour eux par la nature, mais le soleil avait couvert son visage de taches de rousseur, et il y avait une détermination nouvelle dans son regard. Une résolution.

« Je veux qu'Aimeric et vous quittiez Toulouse ce soir », lui dit-il.

Ses mots coupèrent momentanément le souffle à Minou.

« Ne serez-vous pas chagriné de mon absence ? » le taquina-t-elle. Puis elle remarqua l'expression de son visage et devint sombre. « Pourquoi maintenant ? Les rues sont plus calmes qu'elles ne l'ont été depuis quelques jours.

– Ce soir..., commença-t-il, avant de s'interrompre.

– Vous devriez savoir que vous pouvez me faire confiance.

– Je le sais, mais ils me pendraient s'ils savaient que je préviens quelqu'un comme vous. »

Minou fronça les sourcils.

« Quelqu'un comme moi ? Une catholique, voulez-vous dire ? Je l'ai toujours été, et ça n'a pas été un problème jusqu'à maintenant. »

Piet passa les doigts dans ses cheveux.

« Pas n'importe quelle catholique : la nièce de Boussay. Un homme qui est profondément impliqué dans cette affaire, et l'un des principaux persécuteurs des huguenots à Toulouse. »

Minou songea à l'homme corpulent et irascible qui était si rarement chez lui. Elle ne l'aimait pas, le jugeait grossier et désagréable, mais ne l'avait jamais considéré comme dangereux. Comme une personne à craindre.

« Vous devez vous tromper.

– Il est à la solde de M. Delpech, le marchand d'armes et d'hommes le plus puissant de Toulouse. On sait également qu'il a des associés au sein de la cathédrale, des factions alliées au duc de Guise, des gens qui ne prennent même pas la peine de cacher le fait qu'ils veulent expulser tous les huguenots de Toulouse. De France. »

Minou songea aux tonneaux de poudre et de balles à la cave, et aux nombreux visiteurs qui allaient et venaient pendant la nuit. Elle reprit doucement la parole.

« Il y a un ecclésiastique qui vient souvent à la maison. En robe rouge, grand et jeune pour sa fonction. Une chevelure très distinctive, noire avec une mèche blanche. » Elle vit le regard de Piet se durcir et son visage se figer. « Vous le connaissez ?

– Oui. » Il passa de nouveau la main dans ses cheveux. « C'était autrefois mon ami le plus cher. Il s'appelle Vidal. Nous avons étudié ensemble ici, à Toulouse, et nous étions aussi proches que des frères. C'est avec lui que j'ai passé cette soirée à Carcassonne.

– Oh, fit doucement Minou, en voyant combien cette évocation le peinait. Et maintenant ? Vous n'êtes plus amis ?

– Non. Ce soir-là, il a dit des choses que j'ai choisi de ne pas entendre. Je croyais encore possible pour nous d'avoir emprunté des voies différentes vers Dieu, et de rester quand même amis. J'étais naïf. J'ai compris cela lorsque je l'ai vu dans la salle où était négociée la trêve, en compagnie de votre oncle et de Delpech. Alors, enfin, j'ai su.

– Il se fait appeler Valentin, maintenant. Mon oncle soutient sa candidature pour être le prochain évêque de Toulouse. » Elle réfléchit un moment. « Le seul autre visiteur fréquent de cette cabale, bien que je ne l'aie pas vu dernièrement, est Philippe Devereux.

– Moi non plus, et bon débarras. Un homme qui jouait sur les deux tableaux, je n'ai que mépris pour lui. Vous avez eu raison d'essayer de me prévenir. J'aurais dû vous écouter.

– C'est donc également un espion ?

– C'était. Son corps a été découvert place du Salin. Comme j'aimerais m'être fié à mon instinct.

– C'est votre noblesse d'esprit qui vous pousse à voir le meilleur en chacun de nous. »

Piet secoua la tête.

« J'aimerais mériter votre haute opinion de moi, mais c'est un ami anglais, Jasper McCone, qui m'a conseillé de tenir ma langue. » Il soupira. « Le cousin de Devereux, Oliver Crompton, a lui aussi disparu. Jasper dit qu'il a quitté la ville pour rejoindre les forces du prince de Condé qui arrivent du nord. »

Le soleil de la fin d'après-midi filtrait à travers les hautes fenêtres, projetant des motifs de lumière irisée dans la nef. Il était impossible à cet instant d'imaginer que quoi que ce soit puisse troubler la quiétude intemporelle qui régnait là.

« Pourquoi avez-vous demandé à me voir, Piet ? demanda Minou. Ce n'est pas simplement pour me conseiller de partir, car vous auriez pu confier un message en ce sens à Aimeric.

– Je savais que vous refuseriez de partir. »

Minou eut un bref sourire.

« Peut-être. Je ne vois pas en quoi la situation maintenant est différente de ces dernières semaines. La trêve tient toujours. Par ailleurs, je ne peux pas quitter Toulouse. Ma tante compte sur moi, je ne peux pas l'abandonner. » Ni vous, songea-t-elle, comment pourrais-je vous quitter ? « Et que dirait mon père si nous rentrions à Carcassonne sans préavis ? »

Piet l'attira un peu plus dans l'ombre de la chapelle et baissa la voix.

« Minou, écoutez-moi. Au début, après les émeutes, je me suis accroché à l'espoir que les catholiques comme nos dirigeants protestants désiraient vraiment trouver un compromis pour le bien de Toulouse. Je ne crois plus cela. Avec chaque semaine qui passe, les preuves de la partialité du parlement au détriment des huguenots s'accumulent. Chaque erreur judiciaire a un coût. Désormais, trop d'entre nous, galvanisés par le succès des campagnes d'Orléans et de Lyon, souhaitent voir le conflit éclater. » Il prit une profonde inspiration. « Condé a levé des troupes à Blagnac, et dans d'autres villages autour de ses domaines. Ils comptent entrer dans la ville ce soir.

– Qu'ont-ils l'intention de faire ?

– Forcer Toulouse à appliquer l'édit de tolérance et traiter huguenots et catholiques de la même façon, juridiquement et aux yeux de Dieu.

– Au moyen d'une armée ?

– Quelle autre solution existe désormais ? La violence engendre la violence. Il y a à présent des milliers de soldats catholiques dans la ville. Il nous faut égaler leur nombre si nous voulons les ramener à la table des négociations. »

Minou fut prise d'un frisson soudain. L'idée qu'une armée huguenote allait entrer furtivement dans la ville dans le seul but d'imposer un débat lui semblait sortir tout droit d'une imagination d'enfant. Mais elle voyait bien que Piet voulait y croire.

« Ce n'est pas une rumeur de plus ?

– Non. » Piet lui prit la main. « Je vous en prie, mon amour, partez aujourd'hui avant que les portes ne ferment pour la nuit. Après cela, il sera peut-être trop tard.

– Je ne peux pas. Je n'ai pas de moyen de transport, j'ai...

– Les cimetières de l'Histoire sont jonchés des os de ceux qui ont attendu trop longtemps, Minou. Je vais trouver une voiture pour vous emmener hors de la ville, puis une escorte pour vous faire passer la frontière avec l'Aude. Vous devriez être en sécurité là-bas.

– Pourquoi faites-vous cela ? chuchota-t-elle. Vous vous mettez en danger.

– Mon tendre amour, répondit-il avec passion, rentrez à Carcassonne. Je ne craindrai rien dans la bataille à venir, et serai plus à même de protéger tous ceux dont la vie est entre mes mains, si je vous sais en sécurité. Dès que tout cela sera terminé, je vous rejoindrai. » Il prit son visage entre ses mains et approcha ses lèvres des siennes. « *Lieverd.* Ma bien-aimée. »

Et en entendant ces mots, Minou comprit qu'il ne pensait pas survivre à la bataille. Elle sentit un courage farouche monter en elle. Passant les bras autour de sa taille, elle se serra contre lui.

« Bien que j'hésite à vous mettre en danger de la moindre façon, continua Piet en reculant enfin la tête, il y a quelque chose que j'aimerais que vous fassiez pour moi.

– Tout ce que vous voulez, répondit Minou.

– Si Dieu le veut, il n'y aura aucune vie perdue cette nuit.

– Que voulez-vous que je fasse ?

– Il est un objet de grande valeur que j'aimerais voir mettre en sécurité au cas où, pour une raison ou pour une autre, je ne pourrais pas le récupérer plus tard. Je n'ose demander à personne d'autre.

– Qu'est-ce ?

– Je vais vous montrer, répondit Piet en l'attirant rapidement au fond de l'étroite chapelle avant de s'accroupir devant le mur. Vous voyez ? Il est caché ici.

– Qu'est-ce ? répéta-t-elle en le regardant déloger délicatement une brique du mur et la poser à côté de lui.

– Un fragment du Saint Suaire, qui aurait été rapporté de Terre sainte par des croisés.

– Le Suaire d'Antioche. »

Il écarquilla les yeux.

« Vous en avez entendu parler ?

– Ma tante m'a raconté qu'il avait disparu il y a quelques années, c'est tout ce que je sais.

– Il a été volé. Plus tard, il s'est retrouvé en ma possession. Le moment venu, j'ai découvert que je ne pouvais me résoudre à le laisser faire l'objet d'un vulgaire troc. » Il rougit. « C'est un objet d'une beauté exceptionnelle. »

Minou sourit.

« Je comprends.

– J'en ai fait faire une copie et j'ai caché l'original là où il avait toujours été. Ici, dans cette église. Je ne peux supporter l'idée qu'il puisse être abîmé, ou détruit, si les choses tournent mal cette nuit. »

Fronçant les sourcils, elle s'accroupit à son tour pour regarder dans la cavité au pied du mur.

« Quand avez-vous découvert cette cachette ?

– Il y a de cela quatre hivers, répondit-il. Pourquoi ? »

Bien des années après que sa tante était venue dans cette même église à la recherche d'un endroit où dissimuler son précieux cadeau.

« Y a-t-il d'autres cachettes de ce genre dans ces murs ?

– Je n'en connais pas d'autre. J'ai appris l'existence de celle-ci du vieux prêtre qui était affilié au collège de Foix lorsque j'étais étudiant. »

Sous les yeux attentifs de Minou, Piet sortit avec précaution un carré d'étoffe grise et grossière.

« J'ai enveloppé le Suaire dans un morceau de ma vieille cape militaire pour le protéger », expliqua-t-il en soulevant délicatement le paquet dans ses mains.

Minou hésita.

« Y a-t-il autre chose dans le trou ? »

Il la regarda.

« Devrait-il y avoir quelque chose ?

– Un livre, peut-être. »

Ses yeux étincelèrent de curiosité, mais il replongea la main dans l'obscurité.

« Je ne trouve rien.

– Sur un côté, ou peut-être plus au fond ? »

Piet s'allongea et enfonça le bras entier dans la poussière et les toiles d'araignée.

« Attendez, il y a quelque chose. Je sens une sorte de cordon sous mes doigts et… un petit sac. »

Soudain consciente de l'ardeur avec laquelle elle espérait que l'histoire de sa tante soit vraie, Minou osa à peine respirer alors que Piet extrayait lentement une aumônière de velours noir à cordonnet.

Elle sourit.

« Je ne m'attendais pas réellement à ce qu'il soit là. Ma tante m'avait dit avoir caché quelque chose, il y a quelques années, dans cette église.

– De quoi s'agit-il ?

– D'une bible, qui lui avait été envoyée par ma mère en cadeau à l'occasion de ma naissance. Bien sûr, il n'y avait aucune raison pour que vous ayez tous les deux trouvé la même cachette, sauf que c'est le même vieux prêtre qui lui en avait parlé.

– Et dans ma hâte, je n'ai pas pensé à regarder si le trou était vide. » Piet lui donna le petit sac. « Souhaitez-vous l'ouvrir ? »

Minou enleva les toiles d'araignée et la poussière qui le maculaient, dénoua le cordon et en sortit la bible.

« Eh bien, fit Piet en levant les yeux vers le ciel. Quelqu'un veillait sur elle. »

Minou hocha la tête. Le volume était exactement tel que sa tante l'avait décrit. Relié de cuir bleu, avec un ruban de soie d'un bleu encore plus vif pour marquer les pages.

Elle l'ouvrit.

« Et elle est écrite en français. »

Ils se turent en entendant s'ouvrir la porte d'entrée. Les bruits du dehors filtrèrent à l'intérieur. Le grondement des roues d'une charrette, puis le murmure de la porte qui se refermait, chassant l'air devant elle.

« Voyez-vous quelqu'un ? » chuchota Piet.

Minou se pencha pour regarder discrètement hors de la chapelle, puis se hâta de réintégrer les ombres.

« Personne. Peut-être est-ce la vieille dame aux violettes. Elle était sur le perron quand je suis entrée. »

Ils étaient tous deux nerveux, à présent, et cruellement conscients de l'heure qui tournait. Piet remit précipitamment la brique en place, déposa le Suaire avec précaution dans sa sacoche, et tendit celle-ci à Minou.

« Êtes-vous sûre d'être prête à faire cela pour moi ?

– Il sera en sécurité à Carcassonne, répondit-elle en y glissant également la bible. Cela aussi. Deux trésors. »

Il lui caressa la joue.

« Merci.

– Tout se passera bien, j'en suis persuadée. »

Piet hocha la tête, mais son visage trahissait un sentiment différent.

« Une voiture vous attendra, vous et Aimeric, dans les écuries de la rue des Pénitents-Gris à 7 heures ce soir. »

Minou baissa les yeux sur la sacoche en cuir usé, et en passa la sangle sur son épaule, sous sa cape.

« Et si vous vous trouvez coincé ici à Toulouse ? Qu'adviendra-t-il ? »

Piet sourit.

« Cela fait des années que je parviens à entrer et à sortir de cette ville sans encombre. Je vous donne ma parole que je vous retrouverai. »

Dans la haute tour au-dessus d'eux, les cloches commencèrent à sonner la cinquième heure, et ils restèrent debout côte à côte, main dans la main, jusqu'à ce que l'écho s'en soit éteint dans l'air chatoyant.

49

Une demi-heure environ après avoir quitté Minou, Piet se tenait dans les écuries de la rue des Pénitents-Gris et revenait une dernière fois sur l'arrangement conclu.

« Mais vous comprenez qu'il est essentiel qu'ils quittent la ville ce soir, répéta-t-il encore.

– Oui, monsieur. »

Piet posa la main sur le garrot d'une jument baie attachée dans le coin de la pièce, comme pour se stabiliser.

« Et que...

– Il y aura deux passagers, l'interrompit le palefrenier, répétant les instructions qu'il lui avait données. Vous l'avez déjà dit. Une dame et un jeune monsieur. Je les escorte jusqu'à Pech-David, où une autre voiture attendra pour les emmener à Carcassonne.

– Ne les laissez pas seuls. Restez avec eux jusqu'à ce que vous soyez sûr que l'escorte suivante est arrivée et prête à les prendre en charge. Et attention : faites-les sortir de la ville par le pont couvert. Ne passez pas par la porte Villeneuve. »

Piet savait qu'il aurait dû se montrer plus circonspect dans le choix de ses mots, mais si les troupes de Condé essayaient effectivement d'entrer par la porte Villeneuve à 9 heures ce soir, il tenait à s'assurer que Minou en soit très loin.

Le garçon plissa les yeux d'un air soupçonneux.

« Le pont couvert est la route qu'on prend habituellement pour sortir de la ville quand on va vers le sud. Pour ma propre sécurité, y a-t-il une raison particulière d'éviter la porte Villeneuve ce soir ?

– C'est personnel », répondit vivement Piet, contrarié de mal gérer la situation. Il avait des difficultés à se concentrer. « Une dispute. Dans le quartier de Villeneuve vit un parent catholique qui pourrait créer des problèmes.

– Il n'y a rien d'illégal dans cette affaire ?

– Point du tout, répondit Piet en s'efforçant de prendre un ton léger. Une querelle de famille, rien de plus. » Il glissa une deuxième pièce dans la main du garçon. « Il y en aura encore une autre à votre retour. »

Il craignait que le palefrenier soit un lâche, mais il était trop tard pour trouver quelqu'un qui puisse le remplacer. L'âme troublée, il ressortit dans la lumière de la fin d'après-midi et traversa la rue.

C'était selon lui une erreur que de tenter de s'emparer de la ville, surtout à présent que l'attaque avait été avancée d'une semaine de peur que leurs projets n'aient été découverts. Comme l'avait dit Crompton, et il y avait de cela déjà quelques semaines, les forces catholiques leur étaient dix fois supérieures en nombre. Il n'entretenait pas le moindre espoir que les citoyens de Toulouse tiennent compte de leur appel aux armes et protègent leurs voisins huguenots. Par-dessus tout, il regrettait ardemment de ne pouvoir aller mettre lui-même Minou à l'abri. Mais il savait que c'était impossible. À tort ou à raison, son premier devoir était envers ses camarades. Ce soir, il ferait front avec eux.

Si Dieu le voulait, il ne tomberait pas à leurs côtés.

Plongé dans ses pensées, Piet ouvrit la porte de son logement et monta silencieusement les marches. Tout à coup, arrivé au second palier, il s'arrêta, alerté par un sixième sens. Quelque chose était différent ; quelque chose avait changé.

Il s'aplatit dans l'ombre et dégaina prudemment son épée. Se pouvait-il que ce soit McCone qui l'attendait dans sa chambre ? Il rejeta l'hypothèse. Jasper aurait sûrement entendu le bruit de ses pas et appelé.

C'est alors que les effluves d'un parfum presque oublié mais familier lui chatouillèrent les narines : l'huile que Vidal utilisait dans ses cheveux. Vidal. Oui, bien sûr. Mais pourquoi était-il là ?

Piet s'efforça d'endurcir son cœur. Vidal était de l'autre côté de la porte, il le savait. Son ami d'autrefois, qui avait drogué son vin et tenté de le faire pendre pour un meurtre qu'il n'avait pas commis. Qui d'autre aurait-ce pu être ?

Mais si jamais Vidal était la voix solitaire parmi ses camarades qui voulait, même si c'était à la dernière minute, empêcher le sanglant conflit d'éclater ?

Au lieu de faire demi-tour, Piet se surprit à continuer d'avancer vers sa chambre, incapable de résister à l'envie de voir Vidal une dernière fois. Il tendit la main gauche et ouvrit lentement la porte.

Là, assis dans sa robe rouge sur une chaise au milieu de la pièce, se trouvait Vidal. Il semblait seul et sans armes. Piet hésita, puis rengaina son épée.

« Que fais-tu ici, Vidal ? demanda-t-il d'une voix où il ne put empêcher l'espoir de percer.

– Saisissez-le », fut la réponse.

Et les gardes qui attendaient cachés derrière la porte bondirent.

Carcassonne

« Qu'est-ce que vous faites ? demanda Rixende d'une voix plaintive lorsque Cécile Noubel revint dans la cuisine avec une valise à la main. Vous vous en allez ?

– Remplissez la gourde en étain, Rixende, celle avec le bouchon qui ne fuit pas. De bière, pas de vin. Et emballez le reste du pain et du fromage de chèvre. » Sa voix calme contrastait avec le chaos d'émotions qui l'animait. « Et la réglisse fraîche, tout ce que nous avons. Il sera peut-être difficile d'en trouver plus au sud.

– Qu'avez-vous appris au palais de l'évêque ? » demanda Rixende, décochant la question comme une flèche. Après qu'elle lui avait présenté sa cousine, Mme Noubel l'avait fermement exclue de la conversation en fermant la porte. « Est-ce que quelqu'un savait quelque chose sur la visiteuse, d'où elle venait ? Les gens ont-ils bien voulu vous parler ? Et l'évêque lui-même ? Ma cousine dit qu'il est souffrant depuis deux semaines, et...

– Rixende, taisez-vous. »

Les yeux tristes de la servante se remplirent de larmes.

« Je suis désolée, je ne fais pas exprès de parler autant, c'est juste que... »

Cécile posa les mains sur ses épaules.

« Rixende, écoutez-moi. J'ai besoin que vous fassiez ce que je vous demande sans poser de questions, sinon je vais oublier quelque chose d'important, ou... » Elle s'interrompit pour essayer de calmer ses propres nerfs. « Ou perdre le courage de faire ce qui doit être fait. Comprenez-vous ? »

Rixende la regarda sans mot dire, mais hocha la tête. Une grande fille falote, songea Cécile, mais bien intentionnée. Elle s'était prise d'affection pour la servante, en dépit de tout.

« Bien. Maintenant, savez-vous où M. Joubert range sa boussole ?

– Ne l'a-t-il pas emportée ? »

Mme Noubel soupira.

« Je ne sais pas. Pouvez-vous chercher ? »

Rixende farfouilla dans le long tiroir plat de la table de la cuisine.

« Elle est généralement rangée là-dedans », dit-elle en sortant une petite boîte en noyer pour la lui tendre.

Cécile garda un moment la boîte à plat sur la paume de sa main, puis l'ouvrit. Elle s'approcha de la porte, sachant avec quelle facilité une boussole pouvait perdre le nord, et la tendit vers le soleil.

« 5 heures et quart, et sud-sud-ouest, dit-elle. Ça semble correct.

– Je me demande pourquoi le maître ne l'a pas prise. »

Cécile poussa un nouveau soupir.

« Parce qu'il savait où il allait, je suppose. »

Il lui fallut encore un quart d'heure pour terminer ses préparatifs. Elle ferma les volets et demanda à Rixende de préparer un feu dans l'âtre, afin qu'il n'y ait plus qu'à l'allumer. Assiettes, bols et pichets furent lavés et rangés à leur place. Si Minou revenait, Cécile voulait qu'elle retrouve un endroit familier, même si personne ne serait là pour l'accueillir.

Elle hésita, puis leva le bras pour attraper le vieux plan de Carcassonne dessiné par Florence sur la cheminée. C'était cela, plus que tout ce qu'elle avait appris au palais épiscopal cet après-midi, qui accréditait sa théorie. Elle tira de sa poche un mot que la cousine de Rixende avait subtilisé et lui avait donné, et compara les deux écritures.

Identiques.

La cousine avait été ravie de commérer sur la noble qui était venue séjourner en avril et avait mis le palais en ébullition. La dame était arrivée munie d'une lettre de recommandation signée par un certain monsignor Valentin, chanoine de la cathédrale de Toulouse qui avait lui-même été l'invité de l'évêque de Carcassonne en mars.

« Je ne sais pas, madame, avait-elle enchaîné, entraînée dans une autre anecdote. Certains disent qu'il était ici pour enquêter sur le meurtre qui a eu lieu au printemps, bien qu'il soit arrivé avant ça. Alphonse Bonnet a été pendu pour ce crime, mais personne n'a vraiment cru que c'était lui le coupable, et maintenant il apparaît qu'il était au pilori à la Bastide au moment des faits, à la vue de tous, alors comment aurait-il fait pour couper la gorge à Michel Cazès, je me le demande. J'ai entendu dire que la véritable raison de la présence du monsignor dans la Cité avait à voir avec une relique.

– La dame ? » l'avait interrompue Cécile, intéressée seulement par Alis.

Il semblait que la noble invitée soit arrivée de Toulouse le premier vendredi d'avril, avec l'intention de rester au palais quelques jours avant de retourner dans son domaine au pied des Pyrénées. La cousine se rappelait particulièrement cette journée parce qu'un banquet digne du haut rang de la dame était en cours de préparation lorsque, sans prévenir, elle était repartie.

« Quel était son nom ? avait de nouveau demandé Cécile. D'où venait-elle ?

– De Puivert, s'était-elle vu répondre. Blanche de Bruyères, veuve du défunt châtelain. Vous connaissez l'endroit ? »

Le cœur de Cécile s'était arrêté.

« Autrefois.

– Enfin bref, il y a une chose. Elle a laissé ceci, avait ajouté la cousine en lui tendant un morceau de papier portant des armoiries familiales. Elle était en train d'écrire une lettre, je suppose, lorsqu'on l'a interrompue. Et je vais vous dire autre chose, tant que j'y suis. Même si elle faisait des efforts pour le cacher, la dame était enceinte. Bizarre, avons-nous pensé, qu'elle voyage si loin de chez elle à pareil moment. »

Et à cet instant, Cécile avait su où Alis avait été emmenée, et pourquoi ; elle avait su que les craintes de Bernard étaient justifiées. Elle avait compris que tous ces événements étranges et apparemment sans rapport les uns avec les autres pouvaient trouver leur origine dans le dernier jour d'octobre près de vingt ans plus tôt.

Les vieux secrets projetaient des ombres longues…

Toulouse

À travers la porte verrouillée de la chambre d'Aimeric, où Mme Montfort l'avait une fois de plus enfermé, Minou acheva de lui raconter à mi-voix ce dont Piet et elle étaient convenus. Et bien qu'elle soit triste de devoir quitter ce dernier, la joie de son frère en apprenant qu'ils retournaient à Carcassonne la réconforta.

« Si c'est pour rentrer à la maison, chuchota-t-il en retour, je n'ai d'objections à rien.

– Je vais me procurer la clef pour te sortir d'ici.

– Pas la peine, répondit Aimeric avec un rire. Le loquet de ma fenêtre est mal fermé. Grimper sur le rebord, longer le toit du grenier et sauter à terre est un jeu d'enfant. Je l'ai fait je ne sais combien de fois.

– Sois prudent, répondit-elle sévèrement. N'emporte que ce dont tu ne supporterais pas de te séparer. Je ferai de même. Nous nous retrouverons juste avant 7 heures dans les écuries de la rue des Pénitents-Gris.

– Est-ce que Piet sera là ? »

Elle aurait aimé pouvoir lui répondre que oui. Mais la vérité était qu'elle ne savait pas.

« Ne sois pas en retard, chuchota-t-elle. Nous n'aurons pas d'autre occasion. »

Elle se hâta de regagner sa chambre, puis traîna sa table de chevet jusqu'à la porte pour la coincer sous la poignée. À tout moment, Mme Montfort pouvait décider d'entrer comme une furie pour exiger de savoir où elle avait été tout l'après-midi. Elle pencha la tête, tendant l'oreille, mais la maison était étrangement silencieuse.

Consciente du peu de temps qui lui restait, elle attrapa sa vieille cape de voyage en laine, du fil et une aiguille. Elle palpa le bord du vêtement jusqu'à ce qu'elle trouve le pli dans l'étoffe qui camouflait une poche secrète, puis élargit le trou pour pouvoir y passer la main. Ensuite, elle sortit le carré de tissu gris de la sacoche de Piet et le posa sur la table. Bien qu'élevée dans la foi catholique, elle n'aimait pas le culte des reliques, le voyant comme la survivance d'une époque où hommes et femmes n'avaient pas l'éducation nécessaire pour se délivrer de la superstition. Quelle signification sacrée ou transcendante pouvait-on bien trouver à un vieux fragment de bois ou un morceau de tissu déchiré ? Mais lorsqu'elle ouvrit le paquet et en sortit l'étoffe antique brodée de caractères inconnus, la beauté de la longue et riche histoire du Suaire l'émut aux larmes.

Elle l'imaginait entre les mains d'une femme éplorée en Terre sainte, ou traversant l'océan sur un bateau de croisés rentrant d'Antioche à Marseille, ou transporté le long de la vieille voie romaine de Narbonne à Carcassonne, et enfin à sa dernière demeure à Toulouse. À présent, dans la lumière chatoyante et changeante de la fin d'après-midi, elle comprenait pourquoi Piet, huguenot et vivant dans le monde moderne, n'avait pu se résoudre à laisser ce bout de tissu être troqué ou détruit. Il l'avait protégé, et avait désormais chargé Minou de faire de même.

Elle se montrerait digne de sa confiance.

Retirant sa brosse à cheveux et son miroir de leur étui de cuir, elle introduisit délicatement le Suaire roulé à leur place et scella le couvercle avec de la cire fondue. Puis, glissant le tube étroit dans la doublure de sa cape et le poussant aussi loin qu'elle le pouvait, elle recousit l'ourlet. Dans sa hâte, elle se piqua les doigts, laissant deux petites taches de sang sur la laine verte.

Enfin, elle accorda son attention à la bible, réconfortée par l'idée que sa mère avait autrefois tenu ce même volume entre ses mains. Elle fit courir ses doigts sur la reliure de cuir, fripée comme le dos de la main d'un vieil homme, et lissa le mince ruban de soie couleur de bleuet destiné à servir de marque-page. La tranche argentée à la feuille semblait scintiller de mille feux, et, à l'intérieur, les pages diaphanes étaient imprimées de délicats caractères noirs et rouges. L'édition semblait être de valeur. Son père saurait le dire. Distraite un moment de sa tâche, elle se demanda une fois de plus la raison de son silence. Elle se consola à la pensée que dès le lendemain, en arrivant à Carcassonne avec Aimeric, elle pourrait lui poser toutes les questions dont sa tête avait été remplie ces dernières semaines. Et notamment, découvrir s'il avait connu l'existence de cette magnifique bible protestante envoyée par Florence à sa sœur.

Elle leva le livre à la lumière, inclinant les pages pour que le soleil tombe dessus à travers la fenêtre. Elle examina le frontispice et lut la dédicace et le nom du traducteur – Jacques Lefèvre d'Étaples – ainsi que l'année et le lieu d'impression : 1534 à Anvers. La page était bordée de simples gravures en noir et blanc représentant toutes des scènes des Saintes Écritures.

Puis elle remarqua, glissé dans une poche à l'arrière, un morceau de parchemin plié. Son cœur s'emballa. Pouvait-il s'agir d'une lettre de sa mère à sa tante ? Osant à peine l'ouvrir, de peur qu'elle ne tombe en poussière, Minou la posa à plat sur la table et la déplia avec précaution.

Non, ce n'était pas l'écriture de sa mère.

Ceci est le jour de ma mort.

Et pas une lettre du tout, mais un testament.

Le Seigneur m'en est témoin, c'est de ma propre main que je rédige ici ceci. Mes dernières volontés.

Minou arrêta de lire pour passer directement au nom inscrit au bas du document : Marguerite de Puivert. Mis à part la coïncidence que c'était aussi son prénom de naissance, cela n'évoquait rien pour elle. Puis elle vit les deux noms écrits au-dessous, et la date, et son sang se glaça. Le 31 octobre de l'an 1542.

La date de sa naissance.

50

Minou remit le testament dans la bible et enfonça celle-ci dans la doublure de sa cape.

Elle parcourut sa chambre du regard. Avisant sa pierre porte-bonheur, une broche de tourmaline rose, elle épingla l'ourlet avec. Puis elle souleva le matelas pour récupérer la lettre au cachet rouge qu'elle avait cachée dessous.

Un brusque tambourinement à la porte la fit sursauter.

« Qui est-ce ? demanda-t-elle.

– Il faut que tu viennes, lança Aimeric en s'efforçant d'ouvrir la porte.

– Attends une seconde », répondit-elle en écartant la table de chevet. Aimeric fit irruption dans la pièce. « Que fais-tu ici ? Nous étions convenus de nous retrouver aux écuries...

– Viens vite, l'interrompit-il en l'attrapant par le bras. Il est devenu fou, je te jure. Il essaie de la tuer. »

M. Boussay prit sa canne à l'endroit où elle était habituellement rangée, derrière son fauteuil. Sa femme recula d'un pas.

« Non. Je vous en prie, non. Je vous donne ma parole. Je n'ai rien dit.

– Vous m'avez désobéi.

– Non.

– Le garçon vagabonde à sa guise en ville comme un vulgaire enfant des rues, et maintenant j'apprends que la fille a retrouvé un huguenot notoire dans notre église, rue du Taur. Avec votre assistance. » Il s'avança d'un air menaçant. « Quelle impression cela donne-t-il de moi, à votre avis ? Que je ne sais même pas contrôler les femmes sous mon propre toit.

– Je suis sûre que vous vous trompez, protesta-t-elle en reculant, même si elle savait que cela ne lui apporterait rien. Minou est une jeune fille honnête. Une nièce dévouée. Elle ne rencontrerait pas un homme sans chaperon. Je suis sûre que vous vous trompez.

– Mettez-vous en doute mon jugement ?

– Non, non, bien sûr, je ne me permettrais pas, balbutia-t-elle.

– Vous mentez. Ma sœur, agissant sur mes ordres, les a vus ensemble. Pendant que vous feigniez de prier, elle est allée retrouver cet hérétique dans une des chapelles latérales.

– Je ne le crois pas, répondit Salvadora d'une voix tremblante. En fait, ma belle-sœur, toute vertueuse qu'elle soit, n'aime pas Minou et serait prête à dire…

– Silence, pitoyable garce. » Il abattit violemment la canne sur son bureau. « En ces temps difficiles où tous les comportements sont passés au crible, vous avez encouragé votre catin de nièce à me défier. Vous m'avez tourné en ridicule. »

Salvadora recula encore, à tout petits pas comme si elle espérait qu'il ne le remarquerait pas, jusqu'à ce qu'elle ne puisse aller plus loin. Il fendit l'air de sa canne comme d'une épée puis, en trois pas, fut sur elle.

« Mon époux, ce n'est pas vrai. Je fais tout ce que je peux pour… »

Il lui appuya le bout du bâton sous le menton.

« Non seulement vous incitez votre nièce et votre neveu à me désobéir, mais vous les encouragez à se moquer de moi derrière mon dos.

– Jamais. Je ne ferais jamais cela. »

Il lui arracha sa collerette, puis déchira sa guimpe, exposant la chair en dessous.

« Vous avez besoin d'apprendre ce que cela signifie d'être une épouse loyale. Obéissante. »

« Il faut que nous l'en empêchions ! » s'écria Minou.

Bien qu'elle semblât ébranlée, Mme Montfort afficha un regard plein de défi.

« C'est sa femme. Il est de son droit de la châtier comme il l'entend.

– La châtier ? Comment pouvez-vous laisser traiter quiconque de façon aussi odieuse, et particulièrement une femme aussi douce et bonne que ma tante ? »

Minou tenta à nouveau de la contourner, mais Mme Montfort resta fermement plantée devant la porte du bureau.

« Cela ne vous concerne pas. »

Toute retenue envolée maintenant qu'il savait qu'ils allaient bientôt quitter la demeure des Boussay, Aimeric lui fonça dessus, éperonné par chaque punition, chaque humiliation qu'elle lui avait fait subir. Il lui fit perdre l'équilibre et lui tira la capuche sur la tête.

« Lâche-moi, petit démon ! » s'écria-t-elle en allant d'un pas chancelant heurter les lambris.

Minou se précipita derrière elle pour essayer la poignée de la porte.

« C'est fermé de l'intérieur, dit-elle. Donnez-moi vos clefs. »

Mais Mme Montfort était déjà en train de s'éloigner en hâte dans le couloir.

« Veux-tu que je lui coure après ? proposa Aimeric. Elle est très probablement partie chercher Martineau.

– Il n'y a pas le temps, s'écria Minou avec désespoir, en agitant de nouveau la poignée. Nous ne pouvons pas entrer.

– Moi si », répliqua Aimeric en repartant dans le couloir pour gagner la cour.

« Non, je vous en prie…, implora Salvadora avant de pousser un cri lorsque Boussay abattit la canne sur ses épaules nues.

– Vous les laissez prendre des libertés, s'exclama-t-il en la frappant de nouveau. Vous salissez ma réputation avec vos pitoyables commérages, votre stupidité. »

Il lui donna un troisième coup de canne, la touchant cette fois à la joue.

Salvadora sanglotait, accroupie à terre, les mains au-dessus de la tête par peur du prochain coup. Par peur du temps qu'allait durer sa correction.

« Levez-vous, dit-il en lui donnant un coup de pied, espèce d'odieuse imbécile. Vous me dégoûtez à pleurnicher ainsi comme une chienne en chaleur. »

Minou était stupéfaite qu'aucun des domestiques n'ait accouru. Elle tambourinait à la porte, s'efforçant de noyer le son pitoyable de sa tante en larmes implorant désespérément la clémence.

Puis il y eut un grand bruit, suivi d'un silence terrifiant.

« Tante, cria Minou, frappant plus fort. Tante ! »

Une éternité sembla s'écouler avant qu'elle n'entende une clef tourner dans la serrure. Peu après, la porte du bureau s'ouvrit sur Aimeric.

« Rusé garçon, fit-elle en se ruant à l'intérieur.

– Je crains de l'avoir tué », répondit-il, blême.

Elle jeta un coup d'œil à l'endroit où son oncle gisait affalé sur le bureau, devant la fenêtre ouverte, un filet de sang coulant le long de sa tempe et des éclats de poterie blanche éparpillés autour de lui.

Minou se précipita vers sa tante, qui était recroquevillée par terre, le visage et la poitrine couverts de meurtrissures, les bras et les mains zébrés de marques rouges reçues en tentant de se protéger.

Elle ramassa la canne et la cassa en deux sur son genou. Puis, parcourant la pièce du regard, elle vit la cape de son oncle au dos de la porte et la mit sur les épaules de sa tante pour couvrir ses blessures.

« Chère tante, lui dit-elle, tout va bien. Vous êtes en sécurité maintenant.

– Non, sanglotait la pauvre femme, non, vous ne devriez pas être ici. Cela va fâcher M. Boussay. C'est de ma faute. Je suis sûre que je l'ai mérité, car je n'aurais pas dû le provoquer.

– Il nous faut partir d'ici », répondit Minou, refusant de céder à la colère. Pour l'instant. « Pouvez-vous vous lever, tante ? »

Elle fit signe à Aimeric d'approcher pour protéger leur tante de la vue de son mari, inconscient et ensanglanté.

« Tant de gens comptent sur M. Boussay, murmura celle-ci d'une voix haut perchée, enfantine. C'est bien normal. Il a toujours eu un tempérament explosif. Je l'ai vite découvert... » Brusquement, ses yeux s'écarquillèrent de terreur. « Où est-il ? Est-il parti ? Le capitoul est-il venu lui demander conseil ? Est-ce cela ? Il est tellement important. Particulièrement en ces temps périlleux.

– Oui, répondit Minou, comprenant que le choc avait fait temporairement chavirer la raison de sa tante. C'est exact. Il est parti à l'hôtel de ville avec ses collègues. C'est Aimeric qui lui a apporté le message.

– Donc il n'est plus là ? Mon époux n'est plus là ? Il n'est pas dans la maison ? »

Minou entendit l'espoir dans la voix de sa tante, et son cœur se serra. Elle vit qu'un de ses yeux était gonflé et qu'une marque cramoisie, très nettement laissée par la canne, s'allongeait de sa tempe à sa mâchoire.

« M. Boussay est parti. Il n'aura pas besoin de vous ce soir.

– Oh. » Sa tante donna l'impression de s'écrouler entre ses bras. Aimeric bondit et, ensemble, ils l'escortèrent vers la porte en la soutenant. « S'il est parti, puis-je me reposer quelque temps ? Cela me serait permis, je crois ? Personne ne pourrait m'en tenir rigueur. »

Ils la firent sortir de la pièce et s'asseoir sur la banquette sous la fenêtre du long couloir.

« C'est votre maison, chère tante, répondit Minou. Vous pouvez faire tout ce qu'il vous plaira.

– Qu'est-ce qu'on fait de lui ? » articula silencieusement Aimeric avec un signe de tête en direction du bureau.

Elle pouvait voir la fraise en dentelle de son oncle se soulever et s'abaisser au rythme de sa respiration et, bien qu'elle eût aimé le voir mort pour sa cruauté, fut soulagée pour eux tous qu'il ne le soit pas.

« As-tu pris ses clefs ?

– Oui.

– Alors nous allons l'enfermer et emporter la clef.

– Et Mme Montfort ? Elle sait que nous étions ici. »

Minou fronça les sourcils.

« Je ne sais pas où elle est partie. Aide-moi à emmener notre tante dans sa chambre. Il nous faut de l'eau chaude et un linge, un peu de vin. Ne dis rien à personne. Elle ne voudrait pas que ses domestiques la voient dans cet état.

– Nous sommes seuls ici. C'est ce que je venais te dire lorsque j'ai entendu Boussay crier.

– Comment cela ?

– J'ai vu les domestiques remplir les charrettes dans la cour de la cuisine. Tout le monde est parti. »

Minou s'arrêta.

« Es-tu en train de me dire qu'à l'exception de nous, la maison est vide ?

– Je ne sais pas ce qu'il en est de Martineau, mais tous les autres domestiques ont été congédiés. Je les ai vus partir. Mme Montfort est la seule à être restée. Notre oncle lui a ordonné d'attendre les soldats pour leur donner accès à la cave, puis de le rejoindre en lieu sûr dans le quartier Saint-Cyprien, de l'autre côté du fleuve. »

Minou sentit une sorte de paralysie la gagner.

« Alors c'est vrai. C'est ce soir.

– Quoi donc ?

– C'est pour cela que Piet s'est arrangé pour nous faire quitter Toulouse si rapidement. Il y a un projet chez les huguenots de s'emparer de la ville.

– Donc Boussay a envoyé tout le monde à l'abri à part nous. L'infâme traître vérolé, le...

– Peu importe cela. » Minou fronça les sourcils. « Mais tout laisse à supposer que les catholiques sont au courant du projet. Ils les attendront de pied ferme.

– Plus que tout, je souhaite rentrer à la maison. Mais si ce que tu dis est vrai, je veux rester ici avec Piet et me battre.

– Je ne te laisserai pas faire, dit vivement Minou.

– Tu ne comprends donc pas ? Je les déteste ! Notre oncle, cette sorcière de Montfort, tous les hypocrites gavés comme des oies qui passent dans cette maison. J'ai honte d'être catholique. »

Minou soupira.

« Je comprends, mon petit, et ton courage et ta probité te font honneur. Mais Piet a pris des dispositions pour que nous partions, et c'est ce que nous allons faire. »

Sur la banquette, leur tante commença brusquement à murmurer.

« Est-il là ? Mon époux revient-il ? »

Minou s'approcha vivement d'elle.

« Non, il est parti. Vous êtes en sécurité. »

Aimeric les rejoignit.

« Qu'allons-nous faire ? Nous ne pouvons pas la laisser ici.

– Nous allons devoir l'emmener avec nous.

– À Carcassonne ? Elle ne voudra jamais venir.

– Dans l'immédiat, contentons-nous de trouver un moyen de la sortir de la maison. Tes affaires sont-elles prêtes ? »

Aimeric se renfrogna.

« Il n'y a pas une chose de cette maison que je souhaite garder ; pas une seule chose.

– Bien, alors tu peux l'emmener rue des Pénitents-Gris. Je vous rejoins là-bas. Il y a quelque chose que je dois aller chercher dans ma chambre. »

51

« Saisissez-le ! » répéta Vidal.

Mais Piet fut plus rapide. Il attrapa la porte et l'ouvrit aussi violemment qu'il put, heurtant le premier des soldats en plein visage. Il entendit un craquement d'os et vit du sang jaillir du nez de sa victime alors qu'elle tombait à la renverse en poussant un juron.

Un homme avançait sur lui. Brun, une balafre violacée sur la joue. Piet lui planta sa dague dans la main, le mettant hors de combat assez longtemps pour ressortir de la chambre.

Alors qu'il redescendait l'escalier quatre à quatre, Piet comprit pourquoi l'homme lui avait semblé si familier lorsqu'il l'avait rencontré dans la maison des Fournier à la Cité. C'était également le capitaine qui avait fait une descente dans la pension de famille où il logeait à la Bastide.

L'homme de Vidal.

S'il avait entretenu la moindre illusion sur les intentions de son ancien ami, elle était désormais envolée. En repensant à leur dernière conversation dans la maison d'emprunt de la rue Notre-Dame, Piet fut choqué de voir à quel point son besoin de réconciliation avec Vidal l'avait aveuglé.

Il ouvrit la porte d'entrée à la volée, espérant faire croire à ses poursuivants qu'il s'était enfui dans la rue des Pénitents-Gris, mais revint ensuite sur ses pas pour gagner une autre porte, sous l'escalier, qui menait à la série de tunnels passant sous les maisons. Vidal connaissait le quartier universitaire de Toulouse aussi bien que Piet. Ces ruelles et allées étroites qui entouraient le collège de Foix et reliaient l'université humaniste à l'hospice de la rue du Périgord avaient constitué leur territoire. Mais les tunnels d'évasion étaient nouveaux. Il avait l'espoir que Vidal ignore que les caves sous la rue étaient désormais reliées.

Repoussant les toiles d'araignée de son visage, Piet entreprit de descendre le passage souterrain. Il ne ressentait plus qu'un froid désir de représailles. Jusqu'alors, à chaque fois que Jean Barrelles, du haut de sa chaire, avait prêché la révolte des huguenots contre l'oppression, Piet avait plaidé en faveur du calme. À chaque fois que ses camarades avaient parlé de persécution, il avait répondu que tous les catholiques n'étaient pas à mettre dans le même panier. Mais c'était terminé. Lorsque commencerait la bataille, il serait sur les barricades aux côtés de ses frères huguenots, et combattrait.

Son souffle était rauque dans sa gorge, autant à cause de la trahison que de l'effort. Le sol se mit à remonter et il allongea le pas, faisant courir sa main sur la paroi pour s'assurer qu'il ne dépassait pas sa destination dans l'obscurité.

Enfin, il trouva l'échelle de corde, la gravit jusqu'à une corniche et tira le verrou d'une autre porte. Silencieusement, il entra dans l'arrière-boutique de la librairie protestante de la rue des Pénitents-Gris, espérant ne pas tomber sur un autre comité d'accueil.

Minou regarda Aimeric, soutenant Mme Boussay qui était encore sous le choc et chancelante, passer le portail qui menait de la cour de la cuisine à la rue. Puis elle rentra discrètement dans la maison.

En dépit de la situation, elle ressentait un calme étrange, comme si tous les événements de ces derniers mois avaient mené à ce moment. Le silence de la ville autour de la demeure déserte était révélateur de l'atmosphère d'anticipation qui y régnait.

Comme lorsqu'un orage descendait des montagnes, assiégeant de nuages noirs les remparts de la Cité, Minou sentait l'imminence du cataclysme dans ses os.

Tout le monde attendait. Tout le monde retenait son souffle.

Elle aurait dû avoir peur, elle le savait. Mais elle se sentait également libérée. Délivrée de l'étouffante prison de la vie domestique imposée aux femmes, et maîtresse de son propre destin, avec le monde à portée de main. Tant qu'ils réussissaient à sortir de Toulouse avant le début des affrontements, tout pouvait encore aller pour le mieux.

« Et que Dieu protège et sauve Piet », dit-elle à voix haute, même si elle ne savait plus avec certitude à qui elle adressait cette prière.

Piet essuya le sang de ses mains, laissant une traînée rouge sur son haut-de-chausses. Une fois de plus, il scruta la rue des Pénitents-Gris par la fente entre les volets de la fenêtre de la librairie. La voie était toujours vide. Aucun signe de Vidal ou de ses hommes.

« Tout va bien, monsieur ? » demanda le libraire d'un ton inquiet.

Autrefois dodu comme un chapon, le vieil homme avait désormais la peau qui lui pendait sur les os. Sa longue barbe grise était devenue hirsute.

« Quand je serai sorti, verrouillez vos portes. Ne laissez entrer personne », lui dit Piet.

L'espoir s'éteignit dans le regard du vieillard.

« C'est donc vrai, que l'armée huguenote arrive cette nuit ? J'en ai vu beaucoup quitter leur demeure, mais j'espérais que c'était encore une fausse alarme.

– Ne sortez pas, insista Piet.

– Sera-ce vite terminé, monsieur ? On dit qu'Orléans est tombée en quelques heures. Les catholiques se sont rendus, et la population civile a peu souffert.

– C'est entre les mains du Seigneur, désormais », répondit Piet en regardant en direction des écuries à l'autre bout de la rue, dans l'espoir d'apercevoir Minou.

À la place, il vit une silhouette solitaire, Jasper McCone, approcher de chez lui. Il poussa un soupir de soulagement. Deux épées valaient mieux qu'une.

« Monsieur, je dois prendre congé de vous. Je vous suis redevable. Verrouillez bien vos portes.

– Que Dieu soit avec vous. Et qu'Il sauve Toulouse. »

52

Consciente du poids ballottant de la bible et du cylindre de cuir cousus tous deux dans la doublure de sa cape, Minou traversa la maison silencieuse aussi vite qu'elle le pouvait.

Elle avait la sacoche de Piet sur l'épaule, chargée des quelques objets de valeur sentimentale qu'elle avait apportés de Carcassonne : le rosaire de sa mère, sa brosse à cheveux et son miroir, deux livres. Elle avait l'intention de quitter Toulouse sans le moindre objet appartenant à M. Boussay.

La porte du bureau était toujours fermée, mais tandis qu'elle remontait furtivement les couloirs, elle entendit des voix. Aimeric avait dit que tous les domestiques étaient partis. Son oncle s'était-il réveillé ?

Alors qu'elle approchait de la porte d'entrée, les voix se firent plus fortes. Elle se rendit compte qu'elles provenaient de la chapelle privée, dont la porte était entrebâillée.

« Je ne vous le redirai pas, Adélaïde, menaça l'intendant. Donnez-le-moi, ou je vous le prends des mains.

– J'y ai droit autant que vous », répliqua Mme Montfort.

Il rit.

« C'est moi qui ai pris le plus gros des risques, et maintenant c'est terminé.

– C'est moi qui ai risqué ma réputation, pas vous. En altérant les comptes, en maquillant les chiffres, en veillant à ce qu'on ne puisse vous accuser de rien.

– Et en glissant un objet ou deux dans vos poches, rétorqua Martineau avec mépris. Vous vous êtes enrichie en restant assise sur votre gros derrière. C'est mon dernier avertissement, Adélaïde. Si vous ne me le donnez pas tout de suite, je le prendrai de force. »

Minou entendit des pas, puis un cri et un bruit de lutte. Et bien qu'elle détestât Mme Montfort pour la façon odieuse dont elle avait traité Aimeric, et leur douce tante, elle ne put se résoudre à passer son chemin.

« Non ! hurla Mme Montfort. Je ne vous laisserai pas le prendre. »

Minou poussa la porte de la chapelle. Mme Montfort fit volte-face, un mélange de désespoir et de culpabilité sur le visage. Martineau saisit sa chance. Il lui arracha le coffre en bois des mains et se tourna pour partir.

Mme Montfort se rua sur lui. Il lui décocha un coup de coude qui l'envoya culbuter contre l'autel derrière elle. Les chandeliers tombèrent par terre avec fracas. Martineau quitta la pièce au pas de charge.

Minou se précipita vers Mme Montfort, mais celle-ci la repoussa.

« C'est de votre faute, tout ça, cracha-t-elle. À vous et à votre rustre de frère. Avant que vous arriviez, tout allait bien. Tout était sous mon contrôle. » Elle se redressa en chancelant. Minou recula hors de portée. « C'est de votre faute. Vous entendez ? Petite garce. Vous venez ici quémander des miettes. Bande de parasites. Vous avez tout gâché et qu'est-ce qu'il me reste ? Après tout ce que j'ai supporté, enduré ? Rien. »

Ébranlée par la haine pure qu'elle lisait dans ses yeux, Minou fit un autre pas en arrière. Le visage empourpré de dépit et d'amertume, Mme Montfort leva la main comme pour la frapper, mais finalement lui tourna le dos pour gagner la porte en trébuchant et sortir dans le couloir.

« Où allez-vous ? lui lança Minou. Tout le monde est parti. »

La seule réponse qu'elle reçut fut le bruit de la porte d'entrée qui s'ouvrait puis se refermait à la volée.

Abasourdie, Minou resta un moment immobile au milieu du chaos de la chapelle. Les traces de l'altercation étaient partout : la nappe était déchirée, les deux prie-Dieu renversés et leurs coussins brodés du blason des Boussay jetés dans un coin comme une paire de vieilles bottes. La croix en or habituellement posée sur l'autel avait disparu et les portes à panneaux du placard en dessous étaient ouvertes.

En se penchant pour regarder, Minou remarqua une liasse de documents et de plis sur l'étagère. Avec un sursaut, elle reconnut son nom. Le cœur battant, elle tendit la main et sortit trois lettres qui lui étaient adressées et qu'elle n'avait jamais vues.

Elle savait qu'elle aurait dû les prendre et partir. Chaque seconde de plus passée dans cette maison était une seconde de perdue. Mais elle avait reconnu l'écriture de son père et ne pouvait pas attendre. Le soulagement qui l'avait envahie laissa place à la fureur de voir que Mme Montfort – car elle n'avait aucun doute que c'était elle – lui avait caché ces lettres. Elle ne semblait même pas les avoir ouvertes, mais c'était une femme pour qui tout était question de pouvoir, de négociation.

« Odieuse, odieuse femme. »

Elle glissa le doigt sous le rabat de la première. Elle était de son père, datée de quelques jours après qu'Aimeric et elle étaient partis pour Toulouse en mars. Minou la parcourut rapidement des yeux : des nouvelles du voisinage, de Mme Noubel, de la réticence des Sanchez à faire leurs malles pour quitter la Bastide et du comportement de plus en plus fantasque de Charles.

Dans la deuxième, datée du 15 mars, il lui disait avoir reçu celle qu'elle lui avait envoyée, mais le ton était plus sombre. Il l'y suppliait de lui pardonner, expliquant avoir l'intention de rectifier la situation. Quelle situation ?

Dans ce but, disait-il, il comptait se rendre dans un endroit appelé Puivert. Il lui donnait sa parole qu'il lui expliquerait tout quand ils se reverraient, mais, en attendant, elle ne devait pas s'inquiéter. Alis s'accommodait de rester sous la garde de Mme Noubel.

C'était écrit là, noir sur blanc : Puivert.

Tout ce que sa tante lui avait raconté lui revint en mémoire. Elle pressa la lettre contre son cœur, hantée par la pensée que toutes les fois où elle l'avait imaginé assis dans son fauteuil près du feu dans leur petite maison, son père n'était même pas à Carcassonne.

Elle se tourna vers la dernière lettre, remarquant alors seulement qu'elle lui était adressée sous une forme différente : « MLLE MARGUERITE JOUBERT ». Elle reconnut le cachet : c'était le même que sur le pli qui avait été laissé pour elle dans la librairie de son père ; deux initiales, un B et un P, de part et d'autre d'une créature mythique dotée de serres et d'une queue fourchue.

L'écriture, en revanche, était différente. Raffinée. D'élégantes lettres cursives, tracées d'une plume fine dans une encre coûteuse.

Minou brisa le cachet. Son souffle lui parut se transformer en glace dans ses poumons.

J'attends votre compagnie, Mlle Joubert. Vous devez me faire l'honneur de venir en personne. Votre sœur ne sera confiée à personne d'autre que vous.

La lettre était datée du 3 avril et signée « Blanche de Bruyères ».

Elle la lut et la relut, puis crispa le poing sur le papier. S'il fallait en croire ce message, depuis cinq semaines entières, sa petite sœur était toute seule, loin de chez elle. L'idée lui était insoutenable. Et à sa colère succéda rapidement une haine brûlante non seulement pour celle qui avait rédigé cette lettre, mais aussi pour Mme Montfort. En lui cachant cette demande de rançon, celle-ci avait contribué à laisser sa sœur terriblement en danger.

Alis était-elle morte ? Minou secoua la tête. Elle refusait d'envisager cette idée. Elle l'aurait su, l'aurait senti.

Puis, tel un rayon de soleil hivernal qui illumine tout à coup une journée de décembre, elle comprit brusquement comment toutes les pièces du casse-tête s'assemblaient. C'était comme si elle avait jusqu'alors regardé l'envers d'une broderie : vu l'enchevêtrement de couleurs vives, les fils qui dépassaient, les points inégaux, sans pouvoir visualiser ce qui était représenté. Et soudain, elle avait retourné l'ouvrage et la véritable image s'était révélée.

Quittant la chapelle, elle traversa précipitamment la cour et sortit dans la rue du Taur. Elle était déterminée. Aimeric allait emmener leur tante à Carcassonne, où Mme Noubel s'occuperait d'elle. Elle-même allait se rendre à Puivert, pour trouver non seulement Alis, mais peut-être aussi son père. Celui-ci vivait depuis trop longtemps dans l'ombre du passé.

« *Si es atal es atal* », dit-elle, se remémorant une vieille expression de son père. « Advienne que pourra. »

Était-ce là qu'elle l'avait entendue la première fois ? À Puivert ?

Elle s'arrêta devant le perron de l'église. La marchande de fleurs avait disparu et les rues étaient silencieuses.

« *Kleine schat* », murmura-t-elle, les mots hollandais se formant maladroitement dans sa bouche.

Son petit trésor, l'avait appelée Piet. Il parlait d'Amsterdam avec la même affection que celle qu'elle ressentait pour Carcassonne. Elle avait envie de voir les rues faites d'eau. Elle avait envie que Piet rencontre son père et parle avec lui de la ville qu'ils aimaient tant tous les deux.

L'espace d'un instant, elle sourit, les imaginant en compagnie l'un de l'autre. Puis les cloches de Saint-Sernin du Taur commencèrent à sonner, et la vision se dissipa. Son père n'était pas à Carcassonne, mais à Puivert. Quant à Piet ? Elle retint son souffle. Qui savait ce qui allait se passer lorsque le soleil serait couché et que l'attaque huguenote aurait commencé ?

Enfermant ses rêves dans un coin de sa pensée, Minou se remit hâtivement en route pour rejoindre son frère devant les écuries de la rue des Pénitents-Gris.

53

« Où est ma nièce ? demanda de nouveau Mme Boussay. Elle prend soin de moi, ma nièce, et elle saurait qu'il vaut mieux pour moi être à l'intérieur. Le soleil n'est pas bon pour mon teint. Mon époux aime que ma peau soit blanche.

– Le soleil s'est couché », répondit Aimeric, même s'il savait qu'elle ne l'écoutait pas.

Elle était assise sur une balle de foin à l'arrière des écuries, et parlait toute seule. Elle tendit la main devant elle. Couverte de stries pourpres, reçues en essayant de se défendre. Ses épaules étaient un amas de marques rouges et violacées, son œil gauche tellement gonflé qu'il était fermé.

« C'est le secret d'un mari fidèle : une peau immaculée. Une femme devrait toujours garder la peau blanche si elle souhaite éviter que son époux aille voir ailleurs. » Elle se tourna brusquement vers Aimeric. « Je veux ma nièce. Elle prendra soin de moi.

– Minou sera bientôt là », répondit-il, embarrassé.

Il avait l'impression qu'elle avait perdu la raison. Elle semblait ne pas savoir où elle se trouvait, et ses paroles n'avaient ni queue ni tête.

Il jeta un coup d'œil au palefrenier, qui fit une grimace. Il ne le connaissait pas bien, mais ils avaient bu une bière ou deux ensemble les soirs où Aimeric sortait en catimini à la recherche d'un peu de compagnie dans les tavernes de la rue du Taur.

« Elle est tombée, mentit-il.

– Si vous le dites », répliqua le garçon.

Mme Boussay essayait à nouveau de se lever.

« Je dois m'en retourner, dit-elle en bredouillant comme si elle avait bu. M. Boussay sera fâché de me trouver partie, et les choses n'en iront que plus mal. Mieux vaut rentrer tout de suite. » Elle éclata d'un rire inquiétant, semblable à un trille. « Mais en même temps, si je ne suis pas là, il ne peut pas se mettre en colère contre moi, n'est-ce pas ? Il sera content. Il sera content et tout ira de nouveau bien. Comme avant, comme avant... »

Aimeric se demanda comment ils allaient bien pouvoir faire pour la persuader de monter dans la voiture. Alors que l'écho des cloches de 7 heures achevait de se dissiper, il regarda une fois de plus dans la rue, suppliant intérieurement Minou d'arriver.

Piet et Jasper McCone descendaient à grands pas la rue des Lois, chassés par la sonnerie des cloches.

« Mais où diable était Crompton, alors ? Je croyais que vous m'aviez dit qu'il était parti rejoindre l'armée de Condé dans le nord ? » répéta Piet, en se retenant de regarder par-dessus son épaule dans l'espoir d'apercevoir Minou. Il allait retrouver la voiture au pont couvert et veiller à ce qu'elle quitte la ville sans encombre. « Je ne lui fais pas confiance.

– Il semble qu'il soit de retour, répondit McCone avec désinvolture en tendant la main pour le guider en direction de l'hôtel de ville. Par là. Après avoir quitté la taverne cet après-midi-là, il s'est retrouvé pris dans une émeute, a reçu un coup sur la tête, et a perdu la mémoire.

– Comme c'est commode, maugréa Piet.

– À l'en croire, une veuve du quartier de la Daurade l'a accueilli chez elle et soigné. Il a peu à peu retrouvé ses esprits. Enfin, il y a seulement quelques heures, il a compris où il était et envoyé quelqu'un nous prévenir. »

Piet secoua la tête.

« Je ne comprends toujours pas pourquoi il veut me voir. Dieu sait qu'il n'y a guère d'affection entre nous. »

McCone haussa les épaules.

« Il a peut-être également fait prévenir Devereux, mais n'oubliez pas qu'il ne sait pas que son cousin est mort. Le message est arrivé à la taverne, et j'ai promis de vous le transmettre et de vous amener à lui. J'ai attendu devant chez vous un certain temps.

– Je vois », dit Piet avant de s'interrompre.

Quelle probabilité y avait-il que ce soir, précisément, McCone ait été en train de boire une bière à la taverne ? Et c'était peut-être sa propre anxiété qui le rendait méfiant de tout, mais si McCone avait attendu si longtemps devant chez lui, comment se faisait-il qu'il n'ait pas vu Vidal et ses hommes ?

« Combien de temps ? » demanda-t-il en jetant un coup d'œil à son ami.

Était-ce des gouttes de sueur qu'il voyait sur la tempe de celui-ci ?

« Une heure, peut-être plus.

– Un peu plus d'une heure », répéta Piet, en s'efforçant de garder un ton égal.

Il se creusait la tête, essayant de se rappeler ce qu'il lui avait raconté – s'il lui avait raconté quelque chose – de son amitié avec Vidal, mais il n'arrivait pas à s'en souvenir. Tant de conversations, tant de mensonges.

Seules deux personnes savaient où il logeait à Toulouse, Minou et l'homme qui marchait à côté de lui. Même les braves femmes qui travaillaient à l'hospice savaient seulement qu'il habitait dans le quartier. Et pourtant, il avait trouvé Vidal en train de l'attendre, non pas devant la maison, mais dans sa chambre même.

« Alors vous les avez sûrement vus ? » dit-il.

Cette fois, la réaction de McCone ne lui laissa aucun doute. Les épaules de son compagnon se raidirent, et il crispa le poing gauche alors qu'il réfléchissait à sa réponse.

« Je n'ai rien vu qui sorte de l'ordinaire, finit-il par affirmer. Pas même cette fille, celle aux yeux insolites. »

Piet se força à ne pas réagir. Comment McCone pouvait-il bien être au courant de sa relation avec Minou ? Ils étaient arrivés à l'église Saint-Sernin du Taur et en étaient ressortis séparément. Il aurait juré que personne ne les avait vus ensemble.

Ils se trouvaient désormais au cœur du Toulouse médiéval, avec son labyrinthe de petites rues et de maisons à encorbellement. L'air était empli de l'odeur des ordures de la journée, et des relents métalliques du sang ranci dans la rue Tripière, où les bouchers et leurs apprentis aspergeaient le sol devant leur boutique d'une eau rosie. Ils ne se dirigeaient certainement pas vers le quartier de la Daurade, où McCone avait affirmé que les attendait Crompton.

« Dites-moi, qu'aurais-je dû voir ? demanda McCone.

– Il y a une heure, peut-être moins, deux hommes m'ont attaqué dans ma chambre. Ils sont, je crois, au service d'un chanoine de la cathédrale. Si vous m'attendiez dehors, je suis surpris que vous ne les ayez pas vus entrer. »

Piet approcha discrètement la main du manche de sa dague. Tout prenait sens : le vol d'armes dans des réserves connues de quelques personnes seulement, son impression d'être constamment observé, les plans huguenots dont les catholiques avaient eu vent.

L'espion dans leurs rangs n'était pas Crompton, mais McCone. Travaillait-il aussi pour Vidal ?

« C'est une route sinueuse que vous nous faites prendre, McCone, remarqua-t-il alors qu'ils passaient devant une autre des demeures majestueuses construites par les capitouls. Nous aurions pu gagner la Daurade en moitié moins de temps si nous étions passés par les berges. »

McCone afficha un sourire crispé.

« Il y a des patrouilles sur le fleuve, qui protègent le pont. C'est plus sûr par là. »

Ils s'engagèrent dans une ruelle étroite, et Piet fut soudain transpercé par le souvenir du travail qu'ils avaient accompli tous les deux, côte à côte, pour réparer les maisons détruites pendant les émeutes. Pouvait-il vraiment s'être mépris à ce point sur l'Anglais ? Il lui avait fait confiance. L'avait apprécié. Avait cru avoir beaucoup en commun avec lui.

« Jasper... », commença-t-il.

Mais en se tournant vers lui, il découvrit que McCone avait dégainé son épée.

« Vous avez compris. Enfin. »

Piet le dévisagea.

« Pourquoi ?

– À votre avis ? répliqua McCone en ricanant. Vous n'êtes tout de même pas à ce point né de la dernière pluie, que vous ne compreniez pas ? Pour l'argent, Piet. » Il se frotta le pouce contre l'index. « Pour le pouvoir. C'est cela qui fait tourner le monde, pas la foi. Pareil en Angleterre, pareil en France, dans tout le monde chrétien.

– Je ne vous crois pas. »

McCone appuya la pointe de son épée sur sa gorge.

« Alors vous êtes plus bête que je ne le croyais. Tournez-vous, Reydon. Montrez-moi vos mains.

– Qui vous a parlé d'elle ? demanda Piet, sans pouvoir se retenir.

– Il y a des espions partout à Toulouse, répondit McCone en riant. Vous devriez le savoir mieux que quiconque.

– Qui ? » insista Piet.

Cela lui valut un autre éclat de rire.

« Personne ne peut vivre de la vente de violettes. Et tout le monde a un prix. »

« Dieu merci, te voilà, s'écria Aimeric en accourant à la rencontre de sa sœur. Je crois qu'elle a perdu la tête.

– Minou, gémit sa tante. Chère nièce. Est-ce lui qui vous a envoyée ? Est-il fâché contre moi ? Il faut que j'y retourne. Je ne peux pas exposer mon visage au soleil. Ma peau devrait être blanche, toujours blanche.

– Il m'a payé pour emmener deux personnes, protesta le garçon d'écurie. Une dame et un jeune homme. Et certainement pas une folle.

– Je paierai un supplément, dit vivement Minou. Est-ce vous qui allez nous conduire ?

– Cela vous pose un problème ? »

Minou l'arrêta d'un geste de la main.

« Il n'y avait aucun sous-entendu dans ma question. Quel âge avez-vous ?

– Un âge suffisant pour savoir conduire une voiture, répondit-il d'un ton maussade, en tapant de la pointe de sa botte dans la paille. De toute façon, je ne vous emmène que jusqu'au fort romain sur la colline, à cinq lieues d'ici au sud. »

Minou se tourna vers Aimeric.

« Piet a pris des dispositions pour qu'une deuxième voiture nous retrouve à Pech-David et nous emmène à Carcassonne.

– Nous devrions y aller, intervint le palefrenier. Il est déjà 7 heures et quart. Le monsieur a beaucoup insisté sur le fait que nous devions quitter la ville ce soir.

– Est-il ici ? répéta brusquement Mme Boussay. Ne le laissez pas me voir, ne le laissez pas...

– Vous êtes en sécurité, lui dit Minou. Aimeric et moi allons veiller sur vous. Venez, nous partons en voyage. »

Le choc ou les coups reçus avaient provoqué des dégâts durables : elle pouvait voir que sa tante était très désorientée. Elle avait eu l'intention de se rendre directement à Puivert, mais Mme Boussay n'allait pas pouvoir affronter la situation dans son état. Elle avait besoin de repos. D'onguents pour ses blessures.

« Si nous devons y aller, c'est maintenant, insista le palefrenier, sinon les portes seront fermées. »

Minou prit une profonde inspiration. Elle n'avait pas le choix. Pour l'instant, ils allaient se rendre à Pech-David, comme Piet l'avait prévu, et elle pourrait décider à ce moment-là de la prochaine étape. Elle jeta un coup d'œil à son frère, prenant conscience qu'elle allait bientôt devoir l'informer de l'enlèvement d'Alis.

Et puis elle songea à Piet, et au précieux objet qu'elle transportait pour lui, et le courage lui revint.

« Chère tante, dit-elle en prenant la voix qu'elle avait utilisée avec ses frère et sœur lorsqu'ils étaient petits, Aimeric va vous aider à monter en voiture. Voulez-vous bien prendre son bras ?

– Nous nous en allons ? Est-ce que M. Boussay est au courant ? Il n'aime pas que je me déplace sans sa permission.

– C'est lui qui m'a ordonné de vous faire sortir de la ville, chère tante, pour votre santé.

– Ne vous l'avais-je pas dit ? » Un étrange sourire asymétrique se dessina sur son visage contusionné. « Il fait toujours passer mon bien-être en premier. M. Boussay est un bon époux, qui pense toujours à moi, et...

– Venez, tante, l'interrompit Minou en la faisant monter sur la banquette avec l'aide d'Aimeric.

– Ma chère Florence sera-t-elle là aussi ? Ma sœur m'attend-elle là-bas ? J'aimerais tant la voir. Cela fait si longtemps.

– Nous allons tous veiller sur vous, tante, répondit doucement Minou. Vous n'aurez plus jamais à avoir peur. »

Il sera là d'un jour à l'autre maintenant.

Cette lettre, écrite de sa main et cachetée de son sceau personnel, l'atteste. Dedans, il parle du chaos imminent et de l'ultime combat pour sauver l'âme de Toulouse. Celui-ci est prévu pour le 13 mai, et il juge prudent de se retirer jusqu'à ce que le pire soit passé. Jusqu'à ce que le dernier des hérétiques ait été brûlé ou expulsé, et que le cancer du protestantisme ait été éradiqué. Alors seulement retournera-t-il à Toulouse offrir les qualités de dirigeant dont l'Église a besoin.

En attendant, Valentin trouvera refuge auprès de moi à Puivert.

Il m'écrit, aussi, qu'il sait où se trouve le véritable Suaire. Si Dieu le veut, dit-il, lorsque je lirai cette lettre, la relique sera en sa possession.

Mais la meilleure nouvelle reste celle-ci : il a découvert où loge Minou Joubert, et est en train de prendre des mesures pour la faire arrêter et placer sous sa garde.

De ses mains aux miennes.

54

Toulouse

« Pourquoi nous arrêtons-nous ? » demanda Minou alors que la voiture s'immobilisait place de la Daurade.

Mme Boussay était tombée dans une profonde stupeur. Elle avait les yeux ouverts, mais semblait n'avoir pas conscience de ce qui l'entourait. Si Minou s'inquiétait pour sa tante, elle ne voulait pas qu'elle retrouve ses esprits à cet instant.

« Ils ont installé un poste de contrôle devant le péage sur le pont, répondit le garçon d'écurie, à moitié debout sur sa plateforme.

– Pourquoi ? demanda Aimeric.

– Ils fouillent tous ceux qui essaient de sortir de la ville, apparemment. »

Minou serra la main d'Aimeric dans la sienne.

« Il ne faut pas nous alarmer. Il y a souvent des contrôles sur le pont.

– Mais qu'est-ce qu'on va faire pour elle ? demanda-t-il en indiquant Mme Boussay du pouce. Et s'ils croient que nous sommes responsables ? »

D'un geste doux, elle tira la capuche de sa tante un peu plus en travers de son visage, pour cacher son œil enflé et les meurtrissures autour de sa mâchoire.

« Laisse-moi faire, répondit-elle avec plus d'assurance qu'elle n'en ressentait. Tout ira bien. »

McCone avait rengainé son épée, mais Piet sentait la pointe de son poignard contre son flanc, hors de vue. La moindre pression l'enfoncerait dans ses entrailles. Et pendant ce temps, ils traversaient la place de la Daurade en marchant l'un près de l'autre comme des amis de cœur.

En arrivant devant le perron de l'église, Piet regarda vivement autour de lui, essayant de déterminer le meilleur moyen et le meilleur moment pour agir : s'il se laissait emmener dans les cachots de l'Inquisition, ce serait fini pour lui.

« Pas la peine de réfléchir à une évasion, lui dit McCone. Nous avons des hommes partout. »

C'était vrai, il y avait des soldats à chaque coin de rue. Un poste de contrôle avait été dressé à l'entrée du pont couvert, et un embouteillage de chariots et de voitures attendant de pouvoir traverser pour rejoindre le faubourg fortifié de Saint-Cyprien s'était formé. Certains véhicules appartenaient à des familles huguenotes et se trouvaient là dans le cadre de l'exode général qui avait commencé après les émeutes d'avril, mais d'autres étaient clairement ceux de riches catholiques. Laquais en livrée luxueuse et portières blasonnées. Il espérait de tout cœur que Minou et Aimeric avaient réussi à passer avant que les fouilles ne commencent.

McCone lui donna un autre petit coup dans les côtes de la pointe de sa dague.

« Par ici, dit-il à voix basse. Vous ne voudriez pas faire attendre le noble Valentin. »

« De quoi souffre-t-elle ? demanda le garde avec rudesse en indiquant Mme Boussay.

– Des nerfs, répondit vivement Minou. Pas de risque de contagion. Nous l'emmenons à la campagne pour sa santé.

– Ôtez-lui sa capuche que je voie son visage.

– Monsieur, elle est souffrante. Il serait inconvenant pour elle de se dévoiler.

– À moins que je voie son visage, vous ne passerez pas. »

Minou hésita, puis descendit de la voiture.

« C'est l'épouse d'un associé de M. Delpech. Nul doute que vous connaissez son nom. J'ai reçu l'ordre de lui faire quitter Toulouse le plus discrètement possible. »

Le soldat éclata de rire.

« La femme d'un haut fonctionnaire, dans une voiture comme celle-ci, avec un seul cheval ! Vous pensez sérieusement que je vais vous croire ?

– Le but étant de ne pas se faire remarquer, répondit Minou en sortant un sou de sa bourse. Mon maître souhaite que son épouse bénéficie de la discrétion que demande son rang. Il serait, selon lui, regrettable qu'on attire l'attention sur sa présence. »

La pièce disparut.

« Et le garçon, qui est-ce ? demanda-t-il en montrant Aimeric du doigt.

– Le fils de son médecin, au cas où ma maîtresse aurait besoin d'une de ses teintures pendant le voyage. »

Le garde posa un œil dubitatif sur Aimeric, qui eut la sagesse de tenir sa langue.

« Allons, avancez ! lança un homme d'un des chariots derrière eux. Quel est le problème ?

– Oui, dépêchez-vous.

– Vous êtes catholiques ? demanda le garde.

– Bien sûr », répondit Minou en sortant son rosaire.

Il resta indécis, et le moment sembla s'éterniser. Puis, au grand soulagement de Minou, il leur fit signe de passer.

Ils rattrapèrent rapidement la caravane qui traversait le pont, passant au pas entre les échoppes barricadées de planches, et Minou commença à respirer plus librement. C'était là qu'elle était venue lors de sa première sortie en compagnie de sa tante pendant le Carême. Celle-ci avait perdu la gemme de sa bague préférée et elles l'avaient apportée là pour en faire sertir une autre. Et là, sur la droite, se trouvait la boutique où son oncle avait monté le fonds de commerce qui devait le rendre si riche, en utilisant la dot de sa femme pour acheter son stock.

Derrière eux, quelqu'un cria :

« Attendez une seconde. Vous. »

Minou jeta un coup d'œil par-dessus son épaule et vit que le soldat qui les avait laissés passer avait été rejoint par un autre, qui la montrait du doigt. Son sang se glaça. Après tout cela, allaient-ils être arrêtés si près du but ?

« Mademoiselle », lança-t-il.

Le pont était bondé de personnes et de bêtes. Il n'y avait aucun moyen d'échapper aux gardes.

« Vous, là, j'ai dit. Arrêtez-vous. »

Minou n'avait pas le choix. Elle devait protéger sa tante et son frère. Et le Suaire. La seule façon d'assurer cette protection était de se séparer d'eux. Discrètement, elle dénoua sa cape et la laissa tomber par terre sous la banquette.

« Est-ce après nous qu'ils crient ? demanda Aimeric.

– Je le crains, répondit-elle à voix basse. Je vais aller voir ce qu'ils veulent. Continuez sans moi.

– Non ! Il n'est pas question que je te laisse là. »

Elle lui saisit la main.

« Tu le dois. Il y a davantage en jeu que tu n'en as conscience. Avec un peu de chance, ce n'est rien d'important et je vous rejoindrai très vite à Pech-David. La plupart des gens vont dans cette direction. » Elle regarda de nouveau par-dessus son épaule, et vit que les deux soldats avaient entrepris de se frayer un chemin jusqu'à eux. « Mais si je n'arrive pas ce soir, tu devras dire au conducteur de vous emmener à Puivert. Dans les montagnes. Il y a assez d'argent dans ma bourse. Tiens, prends-la.

– Puivert ? fit Aimeric avec surprise. Mais nous sommes censés rentrer à Carcassonne.

– La situation a changé, répondit Minou d'un ton pressant. Tout ce que tu as besoin de savoir, c'est que père et Alis sont là-bas.

– Quoi ? Pourquoi ? Comment le sais-tu ?

– Rappelle-toi, tante nous a dit que nos parents vivaient là-bas avant ta naissance.

– Oui, mais qu'est-ce que cela a à voir…

– Aimeric, je n'ai pas le temps de t'expliquer. Va-t'en, et prends cela avec toi. Garde-la précieusement. » Du pied, elle poussa la cape vers lui. « Dans la doublure se trouve quelque chose de grande valeur qui appartient à Piet. Et aussi, un objet appartenant à notre tante et sur lequel je veille pour elle.

– De valeur ? Alors pourquoi…

– Il faut que tu les laisses cachés dans la cape, l'un comme l'autre. »

Aimeric fronça les sourcils.

« Est-ce que Piet nous rejoindra à Puivert pour récupérer cet objet, quel qu'il soit ?

– S'il le peut, oui. Courage, mon petit. Je compte sur toi. Nous comptons tous sur toi. À bientôt, mon frère préféré.

– Rejoins-nous vite », dit-il d'une petite voix.

Mais Minou vit avec soulagement que son regard était déterminé.

« C'est promis. »

Elle lâcha sa main, descendit de voiture et se dirigea vers les soldats.

« Est-ce à moi que vous parliez, monsieur ?

– Je te l'avais bien dit, dit le deuxième soldat au premier. C'est elle, ne vois-tu pas ses yeux ? Ils sont de couleurs différentes. »

Minou ignorait si c'était Mme Montfort qui l'avait dénoncée aux autorités ou M. Boussay qui avait repris conscience et envoyé des hommes à leur poursuite ; elle savait seulement qu'elle devait les éloigner de la voiture tout en essayant de ne pas se laisser capturer elle-même.

Elle détala brusquement, les prenant par surprise.

« Hé ! »

Se faufilant droit entre eux puis zigzaguant entre chariots et carrioles, elle repassa devant le péage et descendit du pont.

« Au nom du sénéchal, arrêtez-vous ! »

Minou réussit à atteindre la place, quelques secondes avant que les sentinelles sur le pont comprennent ce qui était en train de se passer. Elle continua de courir en direction de l'église de la Daurade, où la congrégation commençait juste à se répandre sur le perron après vêpres.

Avec l'aide de Dieu, elle pourrait se fondre dans la foule.

Piet entendit un cri s'élever du côté du pont. Du coin de l'œil, il vit deux soldats en train de poursuivre quelqu'un dans la foule. McCone l'entendit aussi et se retourna à moitié.

Piet saisit sa chance.

Il se jeta en arrière, enfonçant un coude dans le ventre de McCone et lui donnant un coup de l'autre pour lui faire lâcher son poignard. Puis il repartit en courant vers l'église, où la messe du soir venait de se terminer.

Avec l'aide de Dieu, il pourrait se fondre dans la foule.

55

Puivert

Une fois certaine que la nourrice était endormie, Alis posa son livre, passa sur la pointe des pieds devant l'âtre froid et sortit de la chambre. Gorgée de bière, la femme qui la gardait avait une fois de plus laissé la clef sur la porte.

Le bâtiment où Alis était retenue captive avait autrefois constitué la résidence principale du château de Puivert. Les bureaux dédiés à l'administration du domaine occupaient le dernier étage. Ceux du milieu – où elle logeait avec la nourrice – accueillaient les quartiers de nuit et de vie, et les cuisines étaient au rez-de-chaussée. Les pièces étaient empilées les unes sur les autres comme dans les châteaux médiévaux et les maisons anciennes, et reliées entre elles par des échelles.

Pendant ses longues semaines de captivité, Alis avait observé, écouté, et en était venue à connaître les routines de la maison. À son arrivée en avril, elle avait d'abord été confinée à une seule pièce. Puis elle s'était vu offrir la jouissance de tout l'étage, et la possibilité de descendre chaque après-midi dans la cour, accompagnée, pour prendre l'air.

Tout dans le château tournait autour de Dame Blanche, de ses humeurs versatiles et de ses exigences changeantes. Alis ignorait si c'était le bébé qu'elle portait qui la rendait si capricieuse, elle savait seulement que les domestiques craignaient leur maîtresse et ne l'aimaient pas.

Alis souffrait de sa solitude, et son chaton tigré lui manquait, mais l'air de la montagne lui réussissait. Elle avait les joues roses et rebondies, ses longs cheveux bouclés étaient d'un noir brillant, et, après plus d'un mois à Puivert, elle toussait rarement. Ses poumons étaient désormais robustes. Elle avait grandi d'un pouce, et il y avait plus de chair sur ses os. Lorsque Minou viendrait la chercher pour la ramener à la maison, elle serait contente.

Alis espérait que le chaton se souviendrait d'elle.

Mais les journées étaient longues. Pour passer le temps, elle lisait, et lisait encore. Elle voulait avoir plein de choses à raconter à sa sœur sur l'histoire du château et du village de Puivert. Elle amassait dates, anecdotes et bribes d'informations comme une pie tapissant son nid. Lorsqu'elle se lassait de lire et que la nourrice ronflait, elle sortait discrètement explorer.

Alis entra dans la cour supérieure, qui était la partie la plus vieille du château. Elle n'avait jamais été autorisée à passer l'arche qui menait à la cour principale, et ne s'était jamais risquée à le faire toute seule en tapinois. La cour avait l'air aussi vaste que la Grande Place de la Bastide, avec quatre tours fortifiées pour héberger la garnison, dont la tour Bossue qui comptait également une prison dans sa partie souterraine, et la tour Gaillarde qui abritait la salle des comptables. C'était comme une petite ville à part entière. Alis raconterait tout cela à Minou lorsqu'elle viendrait.

Si elle venait…

Alis ne savait toujours pas pourquoi Dame Blanche voulait attirer Minou à Puivert, mais elle avait compris qu'elle-même était l'appât. Aussi, bien qu'elle pleurât souvent le soir dans son lit et espérât de toutes ses forces que quelqu'un allait venir la chercher, priait-elle parallèlement pour que Minou reste à l'écart.

À Toulouse, Minou était en sécurité.

Toulouse

Vidal fit un signe de tête à Bonal, qui referma la porte, puis concentra son attention sur McCone.

« Vous l'avez laissé s'enfuir. » Il leva la main. « Juste pour clarifier les choses, McCone. Vous êtes en train de me dire que vous le teniez, mais que vous l'avez perdu. Que Piet Reydon n'est pas entre vos mains.

– Il est fâcheux que…

– Fâcheux ! Il est fâcheux que nous n'ayons pas obtenu de Crompton l'information dont nous avions besoin, je suis d'accord. Il est fâcheux que Devereux ait été découvert et que quelqu'un ait jugé bon de lui couper la langue. Mais ne pas m'amener Reydon n'est pas fâcheux, McCone. C'est une grave erreur de votre part.

– Pour ma défense, je… »

Vidal fit un pas vers lui.

« Vous n'avez aucune défense, McCone. C'est sur votre insistance que j'ai décidé d'arrêter Reydon, après vous avoir donné mes raisons pour ne pas l'avoir fait plus tôt. Je vous ai chargé d'exécuter mes ordres. Vous avez échoué. Et parce que vous avez échoué, il est maintenant bien conscient qu'il est recherché et va très probablement se volatiliser.

– Vos hommes aussi ont échoué, protesta McCone. Reydon m'a dit que vous aviez tenté de l'arrêter chez lui. C'est vous qui l'avez mis sur ses gardes. »

Vidal l'ignora.

« Ce soir, une armée de protestants va entrer dans la ville. Nous savons qu'ils viennent, et c'est un mal nécessaire – pour sortir de cette pernicieuse impasse et pour que Toulouse redevienne entièrement, comme il se doit, catholique. Mais cela veut dire que nous n'avons que quelques heures devant nous pour retrouver le Suaire. »

McCone leva les bras au ciel d'un air exaspéré.

« Le Suaire. Pourquoi faites-vous pareille obsession d'un bout d'étoffe en lambeaux ? Vous êtes un homme éduqué, Valentin. Vous ne pensez tout de même pas sérieusement qu'il a le moindre pouvoir ?

– Vous parlez comme l'un eux, Jasper. Tout ce temps passé en compagnie de huguenots. Ont-ils eu raison de vous ? Vous ont-ils converti ?

– Vous m'insultez.

– Je vous ai choisi parce que vous sembliez ne croire qu'en l'argent. Un péché moins grave que l'hérésie, mais un péché tout de même.

– Je n'ai pas été converti. Je suis toujours à votre service. »

Vidal claqua des doigts. Bonal ouvrit la porte, et deux soldats armés entrèrent.

« Je n'ai plus besoin de vous, McCone.

– Monsignor ! Je vous en conjure. Je vais…

– Voici un autre hérétique qui devrait se voir offrir une chance de confesser ses erreurs. Emmenez-le. »

McCone tenta de s'enfuir. Bonal lui fit un croc-en-jambe, il trébucha et les gardes s'emparèrent de lui.

« Je vous ai bien servi, cria-t-il. J'ai bien servi votre cause. »

Vidal fit le signe de croix.

« Que Dieu dans Sa miséricorde vous accepte en Sa présence. »

Tandis que les soldats emportaient McCone, qui continuait à se débattre en clamant son innocence, Vidal enleva la robe de sa charge. Il ne voulait rien porter qui puisse indiquer qu'il était prêtre.

« Fais préparer la voiture et va me chercher mes vêtements de voyage, Bonal. Je ne souhaite pas être à Toulouse ce soir.

– Très bien, monsignor. » Le valet hésita, puis demanda : « Puis-je vous demander où nous allons, afin de savoir quelles sont les affaires les plus appropriées à emmener pour votre confort et votre sécurité ?

– Nous allons d'abord passer par Carcassonne. C'est l'endroit le plus évident où la fille puisse décider de se rendre.

– Vous pensez que c'est elle que les soldats n'ont pas réussi à appréhender sur le pont ?

– Malheureusement, oui.

– Et que Reydon lui a donné le Suaire ? »

Vidal fronça les sourcils.

« S'il faut en croire le témoignage de la vendeuse de fleurs, oui. »

Bonal porta furtivement les doigts au bandage qui entourait sa main.

« Il est dangereux.

– Il n'est rien, répliqua sèchement Vidal.

– Très bien, monsignor.

– Après Carcassonne, nous irons à Puivert et y resterons jusqu'à ce que Toulouse redevienne sûre. » Vidal sourit. « L'air est pur dans les montagnes. »

Puivert

Alis avait le moral bas.

Cela faisait des semaines et des semaines, et toujours aucune nouvelle. Minou l'aimait – n'était-elle pas sa sœur préférée ? –, mais Alis commençait à perdre espoir. Dame Blanche, quant à elle, perdait patience. Les servantes disaient qu'elle passait des heures entières au sommet du donjon, à l'affût du moindre signe de l'arrivée d'un visiteur.

Alis entendit une porte s'ouvrir dans le logis seigneurial derrière elle et traversa la cour herbeuse au pas de course pour gagner le donjon. Cela faisait des semaines qu'elle rêvait de voir la salle des musiciens. Lorsqu'elle avait un verre dans le nez, la nourrice lui parlait des jours d'antan où chanteurs et instrumentistes venaient des quatre coins du pays se produire devant la famille. De la lumière des chandelles qui dansait sur la voûte du plafond et des délicates sculptures qui ornaient les culots soutenant les retombées d'ogives, d'une beauté merveilleuse. Alis voulait les voir de ses propres yeux. Elle monta en courant la longue volée de marches raides qui menait à la porte. Au-dessus de celle-ci étaient gravées les armoiries des Bruyères, représentant quelque bête féroce. Alis la trouvait laide.

Elle poussa le battant de bois et pénétra dans la pièce la plus basse de la tour. Tout était calme. Il n'y avait aucun bruit, aucun signe de la présence de qui que ce soit d'autre. Elle leva les yeux vers les marches de pierre qui montaient en spirale jusqu'à perte de vue, raides et plongées dans l'ombre. La chapelle se trouvait au troisième niveau, et la salle des musiciens à l'étage au-dessus. Elle savait où elle allait. Une dernière volée de marches permettait d'accéder au toit.

Posant la main gauche sur le mur pour se guider, Alis commença son ascension, tournant encore et encore, de plus en plus haut. À intervalles réguliers, d'étroites fenêtres étaient trouées dans les murs épais, semblables aux archères percées dans les bastions de la Cité. Les marches étaient inégales sous ses pieds, creusées par endroits par des générations de soldats et de membres de la famille de Bruyères, mais Alis faisait attention et ne glissa pas.

Arrivée au troisième niveau, elle s'arrêta pour regarder dans la chapelle. La clef de voûte au-dessus de la porte était sculptée d'un saint combattant un lion. De l'autre côté du seuil, dans la pièce carrée, elle pouvait voir le haut plafond à croisée d'ogives et un petit autel, éclairé par un rayon de soleil oblique.

Elle entra.

Il y avait deux grandes fenêtres, une de chaque côté de la pièce, avec des bancs de pierre encastrés dans le mur de part et d'autre. Par la fenêtre donnant au nord, elle pouvait distinguer les bois et les vallées voisins du château. Celle donnant au sud dominait le village de Puivert, et ses vitres étaient colorées d'un rose délicat par les rayons du soleil couchant.

Alis traversa la pièce. Sur le mur derrière l'autel était pendue une tapisserie. Elle s'arrêta devant et vit que les mots brodés au fil d'or citaient des versets du livre de l'Ecclésiaste.

« Il y a un temps pour tout, un temps pour toute chose sous les cieux, commença-t-elle à lire. Un temps pour se taire, et un temps pour parler; un temps pour...

– Comment osez-vous venir ici ! »

Sursautant, elle fit volte-face et, avec horreur, découvrit Blanche de Bruyères assise sur le banc de pierre de la fenêtre sud, une lettre à la main.

« Je... Je ne cherchais pas à mal, bégaya-t-elle.

– Vous êtes censée être confinée à vos quartiers.

– Je suis désolée, bredouilla Alis en reculant à petits pas. Je voulais seulement voir où les musiciens...

– Et pourtant vous êtes ici dans la chapelle, l'interrompit Blanche d'une voix dure. Êtes-vous venue prier ? Êtes-vous une bonne petite fille ? Honorez-vous Dieu ? Le craignez-vous ?

– Je ne sais pas, répondit Alis en faisant un autre pas en arrière.

– Approchez. »

Alis ne bougea pas, trop terrifiée. Elle pouvait voir que sa ravisseuse était très en colère. Elle avait le visage blême, des ombres noires sous les yeux. Elle avait desserré la collerette de sa robe, et son front nu était luisant de sueur.

« Vous êtes souffrante ? »

Les mots s'échappèrent de la bouche d'Alis avant qu'elle ait une chance de les retenir.

« Comment osez-vous faire preuve d'une telle impertinence ? Où est la nourrice ? Où... »

Blanche essaya de se lever, mais agrippa brusquement son ventre et retomba sur le banc. Alis vit un filet de sang rouge vif couler de l'assise de pierre sur le sol.

« Est-ce que vous êtes blessée ?

– Maudite enfant. »

Sa malédiction se perdit dans un cri de douleur, et elle pressa les mains sur son ventre alors qu'une autre fleur de sang tombait en cascade sur le sol dallé de la chapelle.

Sans plus s'inquiéter de savoir si elle faisait quelque chose de mal, Alis tourna les talons et courut chercher de l'aide.

56

Toulouse

La première explosion se fit entendre à 9 heures du soir. Le son retentit brièvement dans l'air nocturne, un grondement de maçonnerie qui s'écroulait, mais la charge fit peu de dégâts. Personne ne fut blessé.

Toulouse retenait son souffle.

Sous le couvert des cloches de 10 heures, le capitaine Saux et un petit groupe de soldats huguenots entrèrent dans la ville par la porte Villeneuve. Aucun catholique ne les attendait en embuscade, seulement des alliés et des camarades assemblés à l'intérieur des murs. Piet Reydon était parmi eux.

Allant de par les rues sans faire de bruit ou presque, ils gagnèrent le cœur de la ville. Moins d'une heure plus tard, ils s'étaient emparés de l'hôtel de ville, prenant en otage trois capitouls et leur personnel. Saux décida d'y établir son quartier général. Pas une goutte de sang ne fut versée.

Toulouse poussa un soupir de soulagement.

Minou, qui était retournée se réfugier dans la demeure des Boussay rue du Taur, ne savait rien de tout cela. Son soulagement en découvrant la maison toujours vide l'avait rapidement quittée, la laissant en proie à une profonde appréhension. Au moins, elle avait de quoi manger et, lorsqu'elle descendit à la cave, elle découvrit que les tonneaux de poudre et de balles et les caisses d'arquebuses avaient disparu. Si la maison ne servait plus d'entrepôt d'armes, peut-être M. Boussay n'aurait-il aucune raison de revenir. En vérité, elle n'avait aucun moyen de savoir ce qui allait se passer dans les prochaines heures.

Elle s'assit à la fenêtre de sa chambre et attendit : une guetteuse dans la nuit. Elle pensa à Aimeric, espérant que Mme Boussay et lui étaient arrivés sans encombre à Pech-David et que, en constatant qu'elle n'arrivait pas, il se rappellerait ses instructions et prendrait la direction du sud. Le voyage comportait de grands risques, et l'état de sa tante rendrait la tâche encore plus difficile, mais ils étaient plus en sécurité loin de Toulouse. Elle regrettait de ne pas avoir gardé la bible, mais le temps avait manqué.

Puis elle songea à Alis, prisonnière depuis cinq semaines à Puivert, et des visions particulièrement noires de sa sœur, terrifiée et seule, persuadée d'avoir été abandonnée, la tourmentèrent. Et s'ils ne la retrouvaient jamais ? Si Alis était déjà morte ? Minou prit une profonde inspiration, luttant contre les larmes qui menaçaient de couler depuis qu'elle avait pris congé de Piet dans l'église, quelque six heures plus tôt.

Elle cligna des paupières pour chasser ces images de ses yeux. Elle resterait forte.

Puivert

« Est-ce qu'elle va mourir ? »

La nourrice, qui empestait la bière et la sueur, tenta d'écarter Alis de l'apothicaire, qu'on avait fait venir du village. Ils se tenaient devant la chambre où Blanche gisait endormie.

Cordier secoua la tête.

« Une fausse alerte, rien de plus. Ta maîtresse doit se reposer.

– Ce n'est pas ma maîtresse, répondit Alis.

– Ça suffit », dit sévèrement la nourrice.

Alis fit une nouvelle tentative. Si elle parvenait à se faire écouter de lui, peut-être l'emmènerait-il avec lui en repartant du château ?

« Vous ne comprenez pas, je ne suis pas une servante. Elle m'a forcée…

– Assez, fit la nourrice en la pinçant. Ferme ta bouche. »

Alis grimaça. La femme était toujours plus dure quand elle se réveillait après avoir bu.

L'apothicaire les observait toutes deux avec répugnance.

« Dame Blanche a perdu beaucoup de sang, dit-il, mais elle est autrement en bonne santé. Si elle se repose et ne fait pas trop d'efforts, les choses n'iront probablement pas plus loin.

– En êtes-vous sûr ?

– Nul ne peut être sûr en la matière. » Il passa la langue sur ses lèvres. « Quand son médecin personnel doit-il rentrer à Puivert ? »

Brusquement, Alis vit les gouttes de transpiration sur ses tempes et comprit que lui aussi avait peur. Son espoir d'obtenir son aide s'estompa quelque peu.

« Dans sa bonté, ma maîtresse l'a envoyé s'occuper d'un prêtre à Tarascon, répondit la nourrice en minaudant. Une blessure de chasse qui mettait trop longtemps à guérir. Elle est généreuse envers le clergé qui sert Dieu sur ses terres. »

À la façon dont elle parlait, Alis comprit que c'était quelque chose qu'elle avait entendu dire et dont elle espérait s'attribuer le mérite. L'apothicaire balaya sa remarque d'un geste de la main.

« Quand attend-on le retour de son médecin personnel ? C'est la question que je vous ai posée.

– Demain, peut-être après-demain. Comment voulez-vous que je sache ?

– Et le bébé ? » demanda Alis, s'attendant à être de nouveau pincée.

Comme rien ne se passa, elle comprit que la nourrice aussi voulait savoir, mais n'avait pas osé demander.

« Le bébé est vivant, je l'ai senti bouger, répondit Cordier en refermant son sac dans sa hâte de partir. Tout est entre les mains de Dieu. »

Sachant que c'était sa dernière chance, Alis l'agrippa par la manche.

« Monsieur, je vous en supplie, emmenez-moi avec vous. J'ai été amenée ici de Carcassonne contre... »

La claque qu'elle reçut manqua la faire tomber.

« Je m'appelle Alis Joubert ! cria-t-elle avant qu'une main graisseuse ne se plaque sur sa bouche.

– C'est une petite idiote mal élevée, rien de plus, dit la nourrice. Désobéissante. Ma maîtresse aura son mot à dire là-dessus quand elle se réveillera, croyez-moi.

– Les affaires de famille ne me concernent pas.

– Non, en effet. Mais je vous en serais reconnaissante si vous pouviez mentionner combien mon aide vous a été précieuse, monsieur ! Vous direz que c'est moi qui vous ai fait venir ?

– D'après ce que j'ai compris, c'est l'enfant qui a appelé à l'aide, répondit-il froidement. Et, ce faisant, a peut-être sauvé la vie de sa maîtresse. Je m'en vais. Inutile de me raccompagner. »

Toulouse

Minou se réveilla en sursaut.

L'espace d'un instant, elle ne sut pas où elle était. Pas dans son lit dans leur petite maison de la Cité avec des églantines autour de la porte. Ni dans la librairie à la Bastide. Elle était assise par terre dans le noir, et avait froid.

Où était son père ? Où étaient Aimeric et Alis ? Piet ?

Puis la mémoire lui revint. C'était le mardi 12 mai – à moins qu'on ne soit déjà mercredi ? Elle était seule chez son oncle et sa tante, rue du Taur. Tous les autres occupants de la maison avaient fui. Elle porta la main à sa joue, et la trouva mouillée de larmes.

Mais quelque chose l'avait réveillée.

Elle tendit l'oreille et entendit des voix dans la rue. Son cœur se mit à battre plus vite. Se collant au mur pour ne pas être vue, elle regarda par la fenêtre. Un groupe d'hommes, la bouche et le nez couverts d'un foulard, faisaient rouler des tonneaux en direction du croisement avec la rue du Périgord pour former une barricade.

Huguenots ou catholiques ?

La logique voulait que ce soit les premiers. Le quartier universitaire était considéré comme une enclave protestante. Les collèges Saint-Martial, Sainte-Catherine et du Périgord avaient tous été fouillés dans les semaines passées, à la recherche d'ouvrages séditieux. Le sang de Minou se glaça. Si c'était le cas, reconnaîtraient-ils la maison de son oncle ? Et tenteraient-ils de s'y introduire ?

S'efforçant de faire taire ses pensées, elle regarda la barricade s'élever peu à peu. La rue des Pénitents-Gris était barrée, séparant le logement de Piet et les écuries de la maison de charité. Les occupants de celle-ci étaient-ils en sécurité ? Piet lui avait dit qu'ils étaient en cours d'évacuation, mais où étaient-ils partis ? On disait qu'il y avait environ dix mille soldats catholiques rassemblés dans la ville, contre moins de deux mille huguenots. Même si les groupes d'étudiants étaient bien armés, et qu'il y avait des caches d'armes dans les refuges secrets protestants, Piet avait reconnu que leurs chances de l'emporter étaient minces. Et Minou se rappelait la fin d'une conversation à mi-voix avec Aimeric dans la voiture, alors que le véhicule les emmenait, inquiets, au petit galop vers le pont couvert.

« Mais si tu aimes Piet, lui avait demandé son frère, dans quel camp es-tu ? Celui des catholiques ou des huguenots ? »

Alors que, immobile dans le noir, elle observait la rue de la maison des Boussay, l'écho de sa question résonna dans sa tête. Il était temps pour elle de choisir.

Piet se tenait avec une vingtaine de compagnons d'armes – quelques soldats entraînés mais essentiellement des étudiants et des artisans – dans l'ombre de la barricade de la rue du Taur.

« Il nous faut prendre le contrôle de la Daurade et du quartier autour de la basilique, déclara le commandant. La porte Villeneuve est protégée, et nous avons des hommes prêts à s'emparer des portes Matabiau et du Bazacle. Notre priorité désormais est de garantir l'accès à la ville aux troupes de Hunault, qui arrivent de Lanta.

– Quand les attend-on ? »

Piet jeta un coup d'œil à celui qui avait posé la question, un jeune homme aux cheveux blonds en train de nettoyer son mousquet.

« Si Dieu le veut, d'ici vendredi.

– C'est-à-dire dans deux jours. Avons-nous les forces nécessaires pour tenir jusque-là ?

– Nous n'avons pas le choix, répondit sévèrement le commandant. En attendant, c'est le capitaine Saux qui a autorité. Ses ordres sont de nous concentrer sur la prise des monastères et des églises, et d'en faire prisonniers les occupants. Il souhaite voir verser aussi peu de sang que possible. Il nous est demandé d'éviter les résidences privées. »

Il marqua un temps pour les laisser absorber ses mots. Piet regarda ses nouveaux frères d'armes à la lueur dansante du feu qui brûlait au milieu de la rue barricadée.

« Bien sûr, répondit-il. Ce n'est pas après les citoyens ordinaires que nous en avons. »

Son regard croisa celui du jeune homme, qui lui tendit la main.

« Félix Prouvaire.

– Piet Reydon, répondit-il en la lui serrant.

– Nous avons des hommes prêts à s'emparer des jacobins et des cordeliers, continua le commandant. Chaque unité est chargée de défendre sa propre section. Le quartier des Couteliers et celui de la Daurade sont solidement fortifiés. Il y a des canons en place sur la tour de l'hôtel de ville.

– À quelles fins ? demanda Piet. Pour assurer la défense générale, ou bien y a-t-il une cible particulière ? »

Le commandant le regarda dans les yeux.

« La basilique Saint-Sernin. Si nous pouvions la détruire, cela démoraliserait leurs troupes. Ce sont mes ordres. »

Piet ouvrit la bouche pour protester, puis hésita. Cela le peinait d'imaginer la destruction d'un édifice aussi ancien et magnifique que cette grande église de pèlerinage, mais à quoi s'était-il attendu ? À ce qu'il y ait des combats mais que Toulouse reste miraculeusement intacte ?

« Qui mène les troupes catholiques ? demanda Prouvaire.

– Nous pensons que c'est le Narbonnais Raymond de Pavie, répondit le commandant. Ils ont leur base dans les bâtiments de la chancellerie.

– Le parlement a ordonné d'abattre les bannes de toutes les boutiques de la place du Salin », dit Piet. Puis, se rappelant qu'il tenait cette information de Jasper McCone, il ajouta : « Ce n'est peut-être pas vrai.

– Moins d'endroit pour nous cacher », fit remarquer Prouvaire.

Le commandant fit entendre un grommellement.

« Ils veulent nous empêcher d'amasser assez de nos troupes pour assiéger le parlement. »

Piet hocha la tête.

« On dit également qu'ils ont conseillé aux gens de porter une croix blanche, ou d'en peindre une sur leur porte, pour que leurs troupes puissent identifier les maisons catholiques. »

Il songea aux mots tristement célèbres prononcés, disait-on, au début de la boucherie de Béziers, une des pires atrocités de la croisade contre les cathares. Tous les enfants du Midi les connaissaient : *Tuez-les tous. Dieu reconnaîtra les siens.*

Quelque trois cent cinquante ans plus tôt, ces mots avaient donné l'autorisation papale au massacre de milliers d'hommes, de femmes et d'enfants en l'espace de quelques heures. Ç'avait été le premier pas brutal dans un conflit qui devait durer vingt ans et peindre les vertes terres du Midi en rouge sang.

Piet soupira. Si Dieu le voulait, Toulouse tomberait entre leurs mains aussi rapidement qu'Orléans, et avec aussi peu de pertes civiles. Si Dieu était de leur côté, cela ne serait pas un nouveau Béziers.

Le commandant acheva de donner ses ordres.

« Maintenant, reposez-vous. Lorsque l'aube pointera, nous devons être prêts. Prouvaire, prenez le premier quart. Reydon, vous le relèverez à 6 heures.

– Oui, mon capitaine. »

Piet s'assit près du feu et essaya de dormir. Il regarda Prouvaire monter au sommet de la barricade, mousquet en main, mais il ne pouvait chasser de son esprit les terribles mots du légat du pape.

Tuez-les tous. Dieu reconnaîtra les siens.

57

Puivert

Les terres autour du château de Puivert étaient plongées dans l'obscurité. Dans le village en contrebas, une ou deux maisons perçaient les ténèbres d'un point de lumière, et on distinguait aussi la lueur solitaire et dansante de la lampe d'un berger surveillant son troupeau. Il y avait dans les collines des chiens sauvages qui devenaient chaque jour plus hardis, et plusieurs bêtes avaient été tuées.

Dans le mess de la tour Bossue, un petit feu réchauffait les ténèbres de la pièce et le visage des deux hommes assis à la table. Ils avaient les joues enluminées par la bière, et deux tranchoirs vides indiquaient qu'ils avaient bien mangé.

Paul Cordier s'essuya les doigts sur son mouchoir, secoua sa barbe et son pourpoint pour en faire tomber les miettes, et s'adossa à son siège.

« Bonne chère, dit-il.

– Il se fait tard. Vous allez rester ici jusqu'à l'aube ? »

Il hocha la tête.

« Au cas où Dame Blanche aurait à nouveau besoin de mes services, oui. »

Le plaisir de Cordier à se voir appelé au château s'était vite transformé en peur : si l'enfant mourait, l'en tiendrait-on pour responsable ? Aussi, lorsque le jeune Guilhem Lizier, de garde à la porte principale, l'avait invité à rester dîner avec lui, il avait accepté avec reconnaissance. Ses nerfs étaient ébranlés et, de toute façon, il n'avait aucune raison de se hâter de rentrer chez lui. Il n'avait ni femme ni enfant, et seul un âtre froid l'attendait.

« Vous pensez que la maîtresse va survivre ? » demanda le garçon.

Cordier hocha la tête.

« À moins que son sang se gâte, ce qui reste possible. Mais son état de santé général est bon, et sa grossesse ne lui a pas causé de difficultés jusqu'à présent.

– Et l'enfant ?

– C'est une phase dangereuse, c'est certain. S'il décidait de naître maintenant, il aurait peu de chances de survivre. Mais c'est entre les mains de Dieu. »

Guilhem hocha la tête.

« Il y a de nombreuses rumeurs, *sénher*. Jusqu'ici, Dame Blanche donnait ses ordres en personne, mais cela fait des semaines que nous ne l'avons pas vue dans la basse-cour. On dit qu'elle attend quelqu'un. Je l'ai vue moi-même au sommet du donjon, en train de regarder au loin. Avez-vous remarqué ce comportement chez elle ? »

L'apothicaire regarda par-dessus son épaule, comme s'il craignait qu'on l'écoute.

« Je ne suis pas du genre à commérer…

– Bien sûr que non.

– Mais je peux vous dire une chose. Dans son délire, la dame ne cessait de répéter qu'"il" serait bientôt là. » Il prit une autre gorgée de bière. « D'autres fois, c'était une femme qu'elle semblait attendre. » Il haussa les épaules. « Je suis certain qu'elle va recevoir une visite.

– Ce n'était pas simplement la fièvre qui parlait ?

– Je ne pense pas. » Il se pencha encore plus vers son interlocuteur. « Elle tenait une lettre dans sa main.

– De qui était-elle ?

– Je n'ai pas vu et, même si je l'avais pu, je ne me serais pas permis de regarder.

– Elle a eu bien de la chance que vous soyez disponible, *sénher* Cordier. »

Flatté, l'apothicaire hocha la tête.

« En vérité, elle était plus contrariée par sa situation qu'inquiète. La plupart des futures mères se feraient du souci pour leur enfant, ou pour leur propre santé après un incident aussi alarmant, mais elle ne m'a pas posé une seule question. Cela prouve un manque de sentiments maternels, selon moi, mais enfin, qu'est-ce que j'en sais ?

– Un cœur de pierre, elle autant que notre défunt seigneur », répondit Guilhem.

Cordier se demanda si le garçon pensait à sa tante, poussée au suicide par les violences qu'elle avait subies aux mains du seigneur de Puivert. C'était lui-même qui avait tiré la jeune femme du Blau. Il espérait ne plus jamais voir pareille chose.

« Mais en vérité, reprit-il d'une voix pâteuse, quoi qu'en pense Dame Blanche, si l'enfant n'était pas allée chercher de l'aide lorsqu'elle l'a fait, le dénouement aurait pu être très différent.

– Je croyais qu'elle était confinée au logis ?

– Confinée ? Pourquoi ?

– La maîtresse l'a ramenée de Toulouse en avril. Personne ne sait qui elle est ou ce qu'elle fait ici.

– La nourrice était dure avec elle, alors je l'ai prise pour une servante. Cela dit, la nourrice est une ivrogne. » Il prit une autre gorgée de bière. « Si ce que vous dites est vrai, Guilhem, et que la fillette vagabondait dans le château sans y être autorisée, cela expliquerait pourquoi Dame Blanche était dans une telle rage. » Il vida son gobelet. « La petite m'a suppliée de l'emmener, disant que sa place n'était pas là-bas. Sur le moment, j'ai cru que c'était pure fantaisie.

– Quelle âge a-t-elle, croyez-vous ?

– Six, sept ans peut-être ? Elle m'a dit son nom. » Il fronça les sourcils, accentuant les rides de son front. « Alis Joubert, c'est ça qu'elle a dit. Et je peux vous révéler autre chose en prime. Elle a dit qu'elle venait de Carcassonne, pas de Toulouse. »

« Carcassonne ? » répéta Guilhem en remplissant à nouveau leurs gobelets dans l'espoir de délier encore davantage la langue de l'apothicaire.

Cordier avait toujours vécu à Puivert. L'oncle de Guilhem ne l'aimait pas, et peu de gens l'appréciaient dans le village, mais il avait rendu service à leur famille par le passé, et Guilhem était avide d'informations. L'apothicaire était connu pour faire commerce des secrets d'autrui. Rien ne lui échappait.

Guilhem avait hâte d'entendre l'avis de Bernard sur tout cela. Lorsque sa leçon était terminée, et s'il n'y avait personne pour les voir, il avait pris l'habitude de rester avec le prisonnier pour parler. Ils s'appelaient désormais par leurs prénoms respectifs, même s'il n'en savait guère plus sur son ami ou sur l'endroit d'où il venait. La dernière fois qu'il avait été envoyé en patrouille hors du château et avait pu voler quelques heures pour aller faire sa cour à Chalabre, il avait tout dit à Jeannette de son mystérieux prisonnier.

« J'apprends à lire et à écrire en français, confia-t-il à Cordier. Je veux me prouver digne de la main de Jeannette. »

L'apothicaire hocha la tête.

« J'ai entendu dire qu'elle avait accepté votre demande. Félicitations.

– Nous avons prévu de nous marier en août. D'ici là, j'espère savoir aussi bien mes lettres que n'importe qui à Puivert.

– Qui vous les enseigne ? »

Guilhem hésita, mais quelle incidence cela pouvait-il avoir ? Baissant la voix, il lui parla de l'homme d'éducation retenu dans la tour Bossue, qu'on avait pris pour un braconnier et qui – comme l'enfant – semblait être oublié de tous.

58

Toulouse

Le massacre commença à l'aube du mercredi 13 mai. Alors que le soleil se levait sur Toulouse, des soldats catholiques ouvrirent le feu sur des étudiants huguenots qui tentaient de détacher des gibets les cadavres pourrissants de leurs amis.

Au début, les affrontements restèrent circonscrits à la place Saint-Georges, mais très vite, ils s'étendirent au quartier de la cathédrale et au cœur médiéval de la ville.

Le feu avait pris.

Les huguenots avaient établi des bastions autour de l'hôtel de ville et des quartiers de Villeneuve, de la Daurade, des Couteliers et des universités. Ils étaient bien armés, mais les forces catholiques étaient plus nombreuses et mieux entraînées. Elles étaient soutenues par la garde municipale et plusieurs dizaines de milices privées engagées par de riches maisons catholiques, ce qui les rendait vingt fois supérieures en nombre aux protestants.

Un enfant de douze ans fut lynché pour n'avoir pas réussi à réciter son *Ave Maria*. Lorsqu'il s'avéra finalement qu'il était catholique, la foule en colère se retourna contre les boutiquiers protestants de la Daurade, les accusant d'avoir provoqué le meurtre. Deux domestiques juifs dans le cœur médiéval de la cité furent attaqués, et on leur arracha la barbe avec des tenailles de forgeron. Une servante catholique fut violée et laissée pour morte rue du Périgord.

Sang, cris, poussière ; l'ordre mis à bas.

Lorsque tomba la nuit, les prisons étaient déjà pleines. D'hommes dénudés et battus, enchaînés à un mur, traînés devant les inquisiteurs place du Salin pour faire face à des accusations d'hérésie ou de trahison inventées de toutes pièces. Dans l'hôtel de ville, les prisonniers catholiques étaient ligotés les uns aux autres et enfermés dans la salle du conseil.

Dans les quartiers riches de la ville, pour tenter de dissuader les pillards, des familles catholiques avaient peint des croix blanches sur leurs portes. Elles brillaient au clair de lune comme de l'os poli.

À l'aube du deuxième jour, le nombre de morts s'élevait déjà à plusieurs centaines.

Des civils huguenots qui s'étaient réfugiés dans les imposants égouts romains menant à la Garonne furent découverts et dénoncés au parlement par leurs voisins. Quelques heures plus tard, sans le moindre avertissement, d'énormes quantités d'eau furent déversées dans le réseau. Beaucoup se noyèrent, emportés dans le fleuve et entraînés vers le fond par le poids de leurs capes et de leurs jupes épaisses. Des vieillards, des enfants dans les bras de leurs mères.

Les survivants furent fusillés par des soldats alignés sur la berge. Le nombre de morts atteignit plusieurs milliers.

Dans l'après-midi du vendredi 15 mai, toutes les librairies autour du palais de justice furent fouillées et leurs propriétaires arrêtés, indépendamment de leur allégeance ou de la foi qu'ils professaient. Si vraiment ils n'étaient pas d'accord avec les hérétiques, pourquoi avaient-ils en magasin des ouvrages favorables à leurs opinions ?

Alors que le soleil commençait à se coucher, les catholiques mirent en place des engins de siège pour défendre le quartier de la cathédrale. Des ouvrages défensifs furent construits rue des Changes, payés par Pierre Delpech lui-même pour protéger le cœur financier de la ville. Quel que soit le camp victorieux, la situation ne pouvait que lui profiter. Ses armes tuaient sans discrimination.

Sur la barricade de la rue du Taur, Piet regarda avec désespoir le bombardement de la basilique Saint-Sernin commencer.

Minou resta dans la maison des Boussay. Tel un esprit dans un vieux conte, elle allait sans être vue de pièce déserte en pièce déserte. La rue était toujours coupée aux trois quarts de sa longucur par une barricade. Elle regarda les hommes qui étaient dessus la renforcer de coffres en bois, de tables et de chaises.

De temps en temps, un coup de feu était tiré.

Elle mangeait un peu et, par moments, s'endormait d'un sommeil léger. Les placards étaient vides et le linge fin avait disparu des chambres du premier étage, preuve manifeste que le départ des Boussay et de leurs domestiques avait été prévu depuis longtemps. Leur oncle avait-il eu l'intention de les abandonner aux horreurs qui se préparaient ? Était-ce pour cela qu'il n'avait pas immédiatement lancé d'hommes après eux lorsqu'il avait repris conscience et découvert leur absence ?

Toute cette nuit-là et au cours des premières heures de la journée suivante, Minou entendit le bruit des affrontements se rapprocher. Des moments de silence, suivis d'éclats de voix et de tirs de canon. Alors que la température montait, l'odeur douceâtre des corps en décomposition se répandit.

Au crépuscule, des incendies du côté de la place Saint-Georges éclairèrent la nuit, et le bruit sourd et incessant des béliers heurtant les remparts au nord se fit entendre.

Toute fuite était impossible.

De son poste de guet, Minou remarqua rapidement que d'autres dans le quartier, en réalité, vivaient comme elle cachés dans leur maison jusqu'à ce quc les affrontements les poussent dans la rue.

Le premier à venir chercher refuge fut le vieux libraire de la rue des Pénitents-Gris. De sa fenêtre au premier étage, elle le vit gravir en titubant le perron de la chapelle, hébété. Sa boutique avait-elle été mise à sac ? Fuyait-il les soldats catholiques ou les pillards protestants ?

Minou ouvrit le portail et le fit entrer.

Piet aida le messager à franchir la barricade, puis envoya Prouvaire chercher leur commandant.

Il était revenu à la barricade au crépuscule, après être allé inspecter les quartiers au nord et à l'ouest de la basilique. En rentrant, il était passé par la maison de charité. Celle-ci portait les traces d'un récent pillage. En errant dans les pièces vides, il s'était demandé qui avait accueilli les réfugiés lorsqu'ils étaient partis de l'hospice. Pour en avoir fait l'expérience étant enfant, il savait combien le cœur des hommes est prompt à s'endurcir. Quand sa mère était tombée malade, au début, on les avait aidés. Mais à mesure que passaient les semaines et que diminuaient leurs ressources, ils avaient été obligés de déménager, encore et encore. Vers la fin de ses jours, seules les religieuses anglaises du couvent protestant d'Amsterdam, réfugiées elles-mêmes, avaient eu un lit à offrir à une femme indigente et à son jeune fils. Toutes les autres portes leur avaient été fermées au nez.

Piet mit un gobelet de bière dans la main du messager.

« Que pouvez-vous nous dire ?

– Je viens de la place du Salin. Raymond de Pavie, le chef des troupes catholiques de Narbonne, a l'intention de donner l'assaut sur la rue du Taur dès le point du jour demain.

– Cavalerie ou fantassins ?

– Je ne sais pas. Il a les deux sous ses ordres. »

Il n'y avait pas encore eu d'effort concerté pour rompre leur barricade, mais ce n'était qu'une question de temps. Piet avait espéré qu'ils pourraient la tenir jusqu'à l'arrivée de Hunault et de ses troupes. Sans les hommes promis en provenance du Lauragais et de Montauban, ils n'avaient aucune chance de garder le quartier universitaire, encore moins d'avancer en zone sous contrôle catholique.

Leur commandant apparut à côté d'eux.

« Quelles nouvelles ?

– Rien de bon. »

Il écouta le rapport du messager, puis se tourna vers Piet.

« Et que pouvez-vous me dire de plus, Reydon ? Quelle est la situation au nord ?

– J'ai découvert ce que j'ai pu. Les rues sont dangereuses, et beaucoup de nos refuges ne sont plus accessibles. Notre taverne est dans la zone bouclée par les catholiques. Les hommes de Saux tiennent encore les portes Matabiau et Villeneuve, mais celle du Bazacle est tombée. La plupart des portes à l'est de la ville sont également aux mains des catholiques.

– Donc, même si l'armée de Hunault arrive bientôt, son accès à la ville est compromis.

– Je dirais qu'y accéder maintenant – sans être repéré – est presque impossible. »

Piet vit les épaules de son commandant s'affaisser.

« Et qu'en est-il de la rumeur que Saux a essayé de négocier un cessez-le-feu hier soir ? demanda-t-il. Est-elle vraie ? »

Piet hocha la tête.

« Elle semble l'être. Apparemment, on l'a laissé accéder à Delpech pour engager des pourparlers. Ils n'ont pas réussi à s'entendre sur les termes, et Saux s'est retranché dans l'hôtel de ville.

– Ils ont l'avantage à tous points de vue, fit remarquer Prouvaire en haussant les épaules. Pourquoi iraient-ils consentir à une trêve ?

– Apparemment, Saux pense que les affrontements ont déjà fait plus d'un millier de morts, répondit Piet d'une voix dure. Pas seulement des soldats, mais aussi des femmes et des enfants. À mon avis, son estimation est très en dessous de la réalité. Il y a eu atrocités et pillages généralisés sans rapport avec le moindre affrontement. De simples règlements de comptes. »

Le commandant secoua la tête.

« Et ils ont l'intention de nous attaquer demain.

– C'est ce que je crois.

– Alors nous allons devoir nous débrouiller seuls, dit Prouvaire.

– Quels sont vos ordres, monsieur ?

– Renforcez les barricades, répondit sombrement le commandant. Nous serons prêts à les recevoir. »

Dans la grisaille de l'heure précédant l'aube, Minou fut réveillée en sursaut par le bruit de roues en bois sur les pavés.

Encore à moitié endormie, elle se précipita à la fenêtre. À première vue, rien n'avait changé. La barricade au bout de la rue était calme et il n'y avait pas une âme en vue. Minou songea à Piet. Était-il à la maison de charité, ou en train de se battre sur quelque barricade pour défendre la ville qu'il aimait ? Et qu'en était-il de sa famille ? Aimeric et sa tante étaient-ils sains et saufs, en route vers Puivert ? Et comment se portait sa petite sœur ?

Comme à chaque fois qu'elle pensait à Alis, Minou ferma son esprit à son imagination. Les tableaux que peignait celle-ci étaient trop durs à regarder.

Puis, dans la chapelle à l'étage en dessous, Minou entendit un enfant pleurer. Elle tirait un sombre plaisir du fait que la maison de son oncle était devenue un lieu de refuge pour tant de gens, protestants autant que catholiques. Femmes, enfants, hommes de tolérance et d'instruction. Quand Boussay reviendrait – s'il revenait –, elle espérait que les esprits de ceux qui étaient passés par sa demeure le hanteraient.

Minou redressa les épaules et se prépara à affronter les défis de la journée à venir. S'il restait du vin et un peu de bière, ils n'avaient presque plus rien à manger. Était-il possible qu'il y ait encore du pain quelque part dans Toulouse ? De la viande ? Des fruits ? Dans d'autres quartiers de la ville, les boulangers, bouchers et fromagers travaillaient-ils encore ? Fallait-il qu'elle se risque hors de la maison ? Elle soupira. Même s'il restait de quoi manger dans la ville, tout allait être réquisitionné pour les armées. Il y avait des milliers de soldats à nourrir.

Elle se rappela soudain l'histoire, que lui avait racontée sa mère, de Raimond-Roger Trencavel et du siège de Carcassonne à l'époque cathare. Le soleil de plomb, les puits taris, la nourriture insuffisante pour tous ceux qui s'entassaient dans les rues étroites. Et en contrebas des remparts, sur les rives de l'Aude, Simon de Montfort et ses soldats catholiques qui se baignaient dans l'eau fraîche du fleuve, mangeaient et buvaient tout leur content pendant que la Cité était inexorablement poussée à la reddition par la faim.

Comment se faisait-il qu'en plus de trois cent cinquante ans, si peu ait changé ? Tant de souffrances, de vies gâchées, de cruauté. Et tout cela pour quoi ?

Minou secoua la tête puis descendit aux cuisines voir ce qu'elle pouvait faire.

Alors que le soleil se levait, faisant briller le dôme imposant de la basilique dans le ciel bleu pâle, les bombardements recommencèrent.

Une pluie de roches et de pierres s'abattit dans les rues qui entouraient le sanctuaire des pèlerins, faisant voler les tuiles des toits, grêlant de trous les murs de brique, transperçant les vitres dans un fracas de verre brisé. Une étincelle isolée, poussée par le vent, mit le feu à un tas de feuilles sèches. Très vite, les flammes léchèrent un des murs de la maison de charité, calcinant les madriers séchés par le soleil.

Bientôt, tout le bâtiment fut en feu.

Piet vit les flammes et comprit que tout ce à quoi il avait œuvré dans le but d'honorer la mémoire de sa mère était en train d'être détruit. L'argent qu'il avait soutiré à Crompton et Devereux à Carcassonne en échange du faux Suaire n'aurait finalement servi à rien. Mais il garda son poste, les yeux fixés sur la rue devant lui. À l'affût. Il pouvait sentir la bataille approcher, sur sa peau et dans sa nuque : il en sentait le goût et l'odeur. Prouvaire se tenait à côté de lui, tendu mais prêt, comme Michel Cazès naguère. Sur toute la longueur de la barricade, il pouvait entendre le bruit de mousquets qu'on chargeait, d'épées dont on testait la solidité, de ceinturons et de gants qu'on resserrait, de casques qu'on réajustait.

Tout cela, dans l'attente.

Alors que le soleil se montrait et que les premiers rayons touchaient la façade de l'église Saint-Sernin du Taur, Piet entendit un grondement de sabots sur les pavés, des hennissements et des ébrouements. Un escadron de cavaliers, en armure complète, apparut à l'autre bout de la rue. Casques argentés étincelant au soleil, plumes dansant dans le vent, les couleurs de Narbonne sur leur tapis de selle. Ils avançaient à six de front, leurs lourdes montures piaffant et encensant, occultant la lumière de leurs larges croupes.

Un cri de ralliement retentit et la charge commença.

« Pour la France ! Pour la France ! »

La cavalerie descendit la rue du Taur au galop, arrivant droit sur eux.

Piet visa et tira. Sa première balle toucha un lancier à l'épaule, trouvant le défaut entre spalière et plastron. La pique du soldat lui échappa des doigts et son cheval se cabra, le faisant tomber au sol, sous les sabots de ses compagnons. Piet rechargea son arme et tira encore. Et encore.

« Sur votre gauche ! » cria Prouvaire.

Piet fit volte-face. Deux soldats tentaient de pousser un engin de guerre enflammé contre la barricade pour y mettre le feu. Prouvaire en fit tomber un d'une balle, mais la lourde machine en chêne continua d'avancer lentement.

Conscient de l'absolue nécessité de l'empêcher d'atteindre son objectif, Piet tira à son tour, mais les flammes léchaient déjà les charpentes des maisons et les éléments en bois de la barricade. Il y eut le chuchotis et le craquement d'une lampe dont le verre se brisait et l'huile prenait feu, et l'extrémité du barrage s'enflamma brutalement. Avec des hurlements, des femmes et des enfants sortirent en courant dans la rue pour échapper au brasier. Quelqu'un cria de trouver du sable ou de la terre, n'importe quoi pour étouffer l'incendie, mais il était trop tard.

Dans leur panique, les civils coururent droit vers les soldats. Piet vit un vieil homme, transpercé d'un coup d'épée, mourir avant même d'avoir touché le sol. Piet rechargea son arme et tira de nouveau, mais il ne pouvait plus viser sans risquer d'atteindre un innocent. Il était impuissant à empêcher le massacre et ne put que regarder, révolté, alors qu'une femme tenant son enfant dans les bras avait la gorge tranchée. Le sang jaillit de son cou, cramoisi, trempant le bonnet blanc de son bébé qui hurlait.

Minou était à son poste de guet lorsque les atrocités éclatèrent. Elle vit les maisons au bout de la rue commencer à brûler. Vit aussi les civils chassés par les flammes arriver dans le tumulte de la rue, et ne put rester où elle était un instant de plus.

Il fallait qu'elle les aide. Il fallait qu'elle fasse quelque chose. Descendant quatre à quatre l'escalier, elle se précipita dans la cour pour aller ouvrir le portail. Elle ne savait pas si ces civils étaient catholiques ou protestants, seulement qu'ils se trouvaient désormais pris au piège entre la barricade, l'incendie et les lances et épées de la cavalerie. Consciente qu'elle s'apprêtait à risquer la vie de tous ceux qui étaient déjà réfugiés dans la maison au nom de ceux qui étaient piégés dans la rue, elle ôta la barre en bois qui condamnait la porte piétonne et l'ouvrit.

« Ici ! cria-t-elle. Entrez ici. »

Dans la mêlée, seuls quelques-uns entendirent sa voix par-dessus les hurlements. Rassemblant leurs enfants, ils se ruèrent vers elle. Un soldat vit ce qui se passait et fit faire demi-tour à son cheval pour leur donner la chasse. Un autre coup de mousquet retentit sur la barricade, et il tournoya sur sa selle, la cuisse ensanglantée.

« Dépêchez-vous ! cria Minou en tirant autant de personnes qu'elle le pouvait à l'intérieur. Entrez. Vite ! »

Enfin, il ne sembla plus y avoir de civils dans la rue. Les bras tremblants, Minou remit la lourde barre de bois en place, puis entraîna ses derniers réfugiés à l'abri, dans la maison des Boussay.

L'attaque se poursuivit, mais les hommes de Raymond de Pavie étaient lentement repoussés. Leurs lourdes armures restreignaient leur mobilité. Alors que la lumière du soleil traversait la rue du Taur, ils reçurent l'ordre de se replier.

Piet s'affala contre la barricade, épuisé. Par terre en dessous de lui, deux de ses camarades – ses amis, pouvait-il dire après ces quelques jours – gisaient sans vie, et trois autres étaient blessés. Prouvaire était indemne, à l'exception d'une brûlure à la main reçue en essayant d'éteindre l'incendie.

Dans la rue devant la barricade, les pavés étaient trempés de sang. Les murs de brique des maisons brûlées étaient noircis par le feu. L'air était chargé de l'odeur du sang et de la chair à vif, de la poudre et du feu.

Un étalon bai gisait à côté de son cavalier mort, ses yeux noirs affolés de douleur et de détresse. Il essayait désespérément de se relever, mais son ventre était déchiré, comme la couture d'une pièce d'étoffe, et chacun de ses mouvements élargissait un peu plus la blessure. Ses hennissements éperdus se faisaient plus forts à mesure que sa chair se dévoilait, rose sur le brun ensanglanté de sa robe.

« Couvrez-moi, dit Prouvaire. Ce n'est pas bien de le laisser souffrir ainsi. »

Sous le regard de Piet, il sauta au bas de la barricade, une fine lame à la main, et s'approcha à croupetons de l'animal blessé. Il fit courir sa main sur son encolure, en murmurant jusqu'à ce que la bête se calme. Puis, d'un geste doux et précis, il lui enfonça vivement son poignard droit dans le cœur. Le cheval fut parcouru d'un long frisson, comme s'il s'ébrouait pour chasser l'eau de son pelage, puis s'immobilisa.

« J'ai grandi dans une ferme, expliqua Prouvaire en regagnant l'abri de la barricade. Je ne pouvais pas le laisser en proie à une telle souffrance. » Il s'essuya les mains, puis les yeux. « Est-ce qu'ils vont revenir ?

– La cavalerie ? J'en doute, répondit Piet. La rue est trop étroite pour qu'ils y soient efficaces, et leurs pertes ont été pires que les nôtres. Mais des fantassins, oui. Ils vont vouloir rétablir un accès à la basilique.

– Donc, on attend ?

– On attend.

– Quand j'étais là, en bas, dit Prouvaire avec un geste du bras, j'ai entendu dire que l'hospice de la rue du Périgord avait brûlé, mais qu'il n'y avait pas de victimes. C'est déjà ça, n'est-ce pas ? »

Piet lui jeta un coup d'œil, se demandant si le jeune homme savait qu'il avait des raisons personnelles de s'intéresser à l'endroit.

« Il a été évacué mardi soir, répondit-il. C'est un refuge de huguenots notoire, et il aurait été pris pour cible. »

Prouvaire hocha la tête.

« Croyez-vous qu'il reste d'autres civils dans le quartier ?

– Ceux qui ont fui l'incendie, je crois, se sont réfugiés dans une maison un peu plus loin dans la rue. Tout près de l'église, mais je n'ai pas réussi à voir laquelle. »

Pendant un moment, le silence régna dans la rue du Taur. Puis, comme un grondement de tonnerre résonnant dans les montagnes, un autre bombardement commença ailleurs dans la ville.

Lorsque Minou eut fini de panser les plaies des nouveaux arrivants et attribué à chacun d'eux un endroit où se reposer, elle retourna à son poste d'observation en haut de la maison.

Elle vit que les huguenots étaient en train de consolider leur barricade, se préparant à la prochaine attaque. Des maisons en ruine, ils sortaient tables et coffres qui avaient survécu à l'incendie, et d'autres tonneaux qu'ils remplissaient de terre. Elle se demanda combien de temps encore ils allaient réussir à tenir leur position.

La dernière attaque survint à huit heures du soir.

La voix criarde d'une trompette retentit, puis le porte-étendard de Raymond de Pavie et un bataillon de fantassins entrèrent au pas dans la rue du Taur pour venir prendre position devant la barricade.

« Ils ont un canon, murmura Prouvaire en les voyant positionner une charrette. Et ils sont au moins une centaine.

– Prenez-les un par un », répliqua Piet en rechargeant son mousquet.

Cette fois, la tactique de leurs adversaires semblait être d'essayer d'abattre la barricade. Ils se mirent à lancer des grappins par-dessus la palissade, plus vite qu'il n'était possible de les couper, et dressèrent également des échelles.

« Abritez-vous ! » cria Piet alors que le canon tirait en plein cœur de leurs défenses, dégageant un trou assez large pour laisser passer un homme.

Et les premiers soldats de Raymond de Pavie s'engouffrèrent dans la brèche.

Piet jeta son mousquet – il n'aurait pas le temps de le recharger – et dégaina son épée.

« Courage, mes amis. »

À côté de lui, Prouvaire brandit lui aussi sa lame.

« Prêt. »

Piet hocha la tête.

« *Per lo Miègjorn* », rugit-il. Le cri de ralliement de Raimond-Roger Trencavel lors du siège de Carcassonne. « Pour le Midi. »

Avec un cri, ils chargèrent dans la rue, se frayant un chemin à travers les forces adverses à coups d'estoc et de taille. À côté de Piet, un étudiant reçut une balle en pleine poitrine et décolla de la barricade sous la force de l'impact, heurtant Prouvaire de son maigre corps. Le jeune homme en fut déconcentré, brièvement, mais assez longtemps pour qu'un soldat ennemi lui porte un coup de lance. Piet le vit tenter de parer l'attaque avec son épée, mais il manqua de force dans le bras. Il reçut un deuxième coup, cette fois au flanc, et s'écroula.

Piet courut à lui et, passant les mains sous ses aisselles, le traîna à l'abri des balles. La rue du Périgord était bloquée, et il n'avait aucun moyen d'atteindre son propre logis. Sa seule option était la maison un peu plus loin dans la rue du Taur, non loin de l'endroit où résidaient l'oncle et la tante de Minou, où les civils s'étaient réfugiés.

« Laissez-moi, disait Prouvaire. La bataille n'est pas terminée.

– Je veux d'abord vous savoir en sécurité. »

Alors qu'ils sortaient en trébuchant de leur cachette, un des soldats de Pavie se jeta sur eux par derrière. Prouvaire était à peine conscient désormais, un poids mort dans les bras de Piet, mais celui-ci réussit à porter un coup à son assaillant, lui entaillant la main. Le soldat cria et recula d'un bond, alors que Piet se préparait à attaquer de nouveau.

Piet appuya l'épaule contre les montants de l'engin de siège calciné et, s'aidant de tout son poids, poussa, une, deux, trois fois. La structure vacilla sur ses roues et finit par basculer, coinçant leur assaillant sous elle.

Piet ne s'arrêta pas pour regarder. Soulevant Prouvaire dans ses bras, il remonta la rue en titubant vers ce qu'il espérait de tout cœur être un abri.

Un tambourinement se fit entendre au portail. Minou fit volte-face. Encore des civils cherchant refuge, ou bien des soldats ?

« Ils vont casser la porte, bégaya le vieux libraire. Ils vont tous nous tuer.

– Monsieur, taisez-vous, répliqua-t-elle avec plus d'assurance qu'elle n'en ressentait. Nous sommes une maisonnée de femmes, d'enfants et de vieillards. Même si ce sont des soldats, je ne crois pas qu'ils assassineront des civils de sang-froid.

– Mais si ce sont des pillards venus voler…

– Retournez dans la chapelle et barricadez la porte, le coupa-t-elle. Et, pardonnez-moi, monsieur, mais je vous en prie, contrôlez vos paroles. Vous allez créer la panique. Pour le bien des enfants, essayez de garder votre calme. »

C'était l'heure de vérité. Soit elle réussirait à plaider leur cause et ils seraient épargnés, soit non.

C'était entre les mains de Dieu, désormais.

Elle sentit un froid profond l'envahir. Une terreur pure et sans limites. Et pourtant, son cœur battait calmement et elle avait les paumes sèches. Elle se représenta Aimeric et Alis en train de se chamailler dans la cuisine rue du Trésau, Mme Noubel balayant son perron, Charles parlant aux nuages et tous les autres amis et voisins qui avaient rempli sa vie. Puis elle songea à tous ceux qui étaient réfugiés là avec elle et à ceux de l'hospice, délogés de chez eux par la haine d'autrui.

Elle songea à Piet.

Piet chancelait sous le poids de Prouvaire. Le sang coulait à flots de sa blessure au flanc, passant lentement du rouge au noir. La chausse de Piet était trempée.

Perplexe, il examina le portail devant lui, dans le bois duquel étaient gravées les armoiries des Boussay. Il aurait juré que c'était là qu'il avait vu les civils en fuite être accueillis, mais un homme tel que Boussay aurait-il donné l'asile à des huguenots ?

S'était-il trompé de maison ?

Baissant les yeux, il vit un bonnet d'enfant coincé entre la porte et le montant, et se rappela la femme qui avait fui l'incendie de la barricade avec son enfant dans les bras. Un bonnet blanc maculé de cendres et de sang. C'était forcément le bon endroit.

Il tapa au portail de la pointe de sa botte.

« S'il vous plaît. J'ai besoin d'aide. Par pitié, ouvrez-nous. »

Debout dans la cour, Minou entendait les sons discordants de la bataille encore plus clairement. Le ferraillement des épées, la peur dans les voix, les hurlements.

Puis, dans un intervalle de silence, des coups frappés à la porte et une voix :

« Il y a quelqu'un ? J'ai un blessé avec moi. Il a besoin d'aide. »

Dans la rue, la cacophonie avait repris de plus belle et Minou distinguait à peine ce que cette voix disait.

« S'il vous plaît. Je vous en supplie. Laissez-nous entrer. »

Minou regarda par le judas et vit un soldat, le visage caché par sa visière, qui tenait dans ses bras un homme blond. Celui-ci avait à l'épaule une plaie où était encore planté un bout de lance, et tout le côté gauche du corps trempé de sang.

« Je vous en prie. Qui que vous soyez, nous ouvrirez-vous ? »

Des étudiants de la barricade, comprit Minou ; le garçon blessé était celui qui avait abrégé les souffrances du cheval. Sans plus hésiter, elle ôta rapidement la barre et déverrouilla la porte.

« Merci, murmura le soldat en entrant d'un pas trébuchant. Il est gravement blessé. »

Il déposa son camarade par terre avec précaution, avant de s'asseoir sur ses talons et d'enlever son casque.

Minou le regarda avec de grands yeux.

« Piet. »

Il leva vivement la tête, et elle vit sa propre surprise reflétée sur son visage.

« *Jij weer.* C'est vous, Minou. Mais comment ? »

Elle lui prit la main.

« Notre voiture a été arrêtée sur le pont. Pour garantir qu'Aimeric et ma tante réussissent à s'échapper, j'ai pris la fuite et suis revenue dans la ville.

– Je n'arrive pas à croire que vous êtes là.

– Je ne savais pas où aller. Il n'y avait personne à la maison de charité. »

Un moment de calme et de tranquillité au milieu du chaos s'écoula, puis Minou sourit. Car en dépit de tout, Piet était là devant elle. Épuisé par les combats et couvert de sang, mais bien là.

59

Au fil des heures, l'air dans la chapelle devint progressivement plus confiné. D'autres civils encore étaient venus en quête d'un refuge, et Minou n'avait pas eu le cœur de refuser l'entrée à qui que ce soit.

Les cloches sonnèrent minuit, puis 1 heure, puis la deuxième. Minou continua d'œuvrer, administrant ce qu'il lui restait de fortifiants et de remèdes, pansant les blessures avec tout ce qui lui tombait sous la main, jusqu'à ce que ses yeux la brûlent et que ses mains soient couvertes de sang craquelé. Piet resta à ses côtés, mais dans l'ensemble ils travaillèrent en silence.

Les blessures de Prouvaire étaient sérieuses. Il avait l'épaule gauche cassée et une pique lui avait percé le flanc, brisant plusieurs de ses côtes. Minou craignait qu'il ait perdu trop de sang et que le risque d'infection soit trop important, mais cela ne l'arrêta pas.

« Comment est-ce que ça va, monsieur ? » lui demanda-t-elle alors que les premiers rayons du soleil commençaient à percer les ténèbres.

Il essaya de répondre, mais la parole l'abandonna. Minou souleva le linge qui recouvrait son bras puis le laissa retomber. Elle avait bandé son épaule broyée, mais le sang continuait de couler, imbibant la mousseline de rouge.

« Cela va vous faire du bien », reprit-elle en lui versant une perle de valériane entre les lèvres pour apaiser la douleur.

Pendant les quelques heures qui suivirent, Prouvaire perdit plusieurs fois connaissance. Minou retourna régulièrement le voir, surveillant le bruit humide de sa respiration dans sa poitrine. Mais à chaque fois, il avait le teint un peu plus pâle.

Quartier Saint-Cyprien

De l'autre rive de la Garonne, Vidal regardait Toulouse brûler.

« C'est le parlement qui a ordonné de mettre le feu à la place Saint-Georges, monsignor, dit Bonal. Ils estimaient nos pertes dans ce quartier trop lourdes. Mieux valait le voir rasé que pris par l'ennemi. »

Vidal eut un mince sourire.

« Mais ensuite le vent a tourné et des propriétés catholiques ont également été détruites. Oui, je vois. »

Il joignit le bout des doigts, globalement satisfait de la tournure que prenaient les événements. Plus le chaos serait grand, mieux cela vaudrait pour ses ambitions à long terme. Tout ce qu'il avait à faire était de se montrer patient.

« Et l'évêque vous demande depuis quelque temps déjà », ajouta Bonal.

Vidal ouvrit la croisée. De leurs appartements à l'abri des murs du faubourg Saint-Cyprien, ils avaient pu voir, de l'autre côté du fleuve, Toulouse en feu transformer les ténèbres de la nuit en jour flamboyant.

« Oh vraiment, répondit-il. Alors il est regrettable qu'en ces temps troublés, on n'ait pas réussi à me trouver pour me le dire. Puisqu'il n'y a plus rien à faire ici – et que je ne voudrais pas laisser penser à l'évêque que j'ignore ses sommations –, nous quitterons la ville ce soir.

– Pour Carcassonne, monsignor ?

– Non. Après que leur voiture a été arrêtée sur le pont, la fille Joubert s'est enfuie pour retourner dans la ville. Elle survivra peut-être, ou peut-être pas. Quoi qu'il en soit, nous n'avons désormais plus aucune raison d'aller à Carcassonne.

– Et si c'est bien elle qui détient le Suaire ? »

Vidal referma la fenêtre. Bien qu'il soit tard et que l'air se soit rafraîchi, la puanteur des morts et des mourants abandonnés dans les rues de la ville était nettement perceptible de leur côté de la Garonne.

« Dieu protègera le Suaire, si telle est Sa volonté. L'affaire est entre Ses mains. Ce n'est pas ce que je souhaitais, mais la contrefaçon est assez bien faite pour tromper la majorité, et ceux qui savent qu'il ne s'agit que d'une copie sont tous morts ou alors ne sont pas en position de révéler la supercherie.

– Comme Reydon. »

Vidal hocha la tête.

« Qui est peut-être mort lui aussi, à l'heure qu'il est. »

Une vision de Blanche, la dernière fois qu'il l'avait vue, s'invita dans ses pensées. Il sourit. L'absence de son amante avait renforcé sa détermination. Il résisterait à la tentation de la chair, mais n'était-il pas juste, après tout ce qu'elle avait fait pour lui – et ferait sûrement à l'avenir –, qu'il veille à ses besoins spirituels ? Qu'il lui offre réconfort et conseils à l'abri des murs du château ?

« Fais préparer les chevaux. Nous partons pour Puivert. »

Lorsque sonnèrent 5 heures le lendemain matin, la plupart des réfugiés dormaient. Minou et Piet sortirent furtivement dans la cour pour s'asseoir côte à côte, le dos appuyé à la balustrade de la loggia. Du quartier de la Daurade continuait de leur parvenir le bruit des bombardements, et les incendies place Saint-Georges brûlaient toujours, mais dans les rues autour de la basilique, le silence était retombé.

« Il y a une information que j'aurais dû vous donner plus tôt, dit Piet, mais dans mon inquiétude pour Prouvaire, j'ai oublié de le faire.

– De quoi s'agit-il ?

– De votre oncle. Il faisait partie des gens qui ont été pris en otages à l'hôtel de ville au début des affrontements. Le capitaine Saux a accepté de relâcher les femmes et les enfants détenus, mais pas les hommes. Votre oncle a quand même tenté de partir avec eux. Lorsqu'il a été découvert, il a essayé de voler l'épée du garde. Je regrette de vous dire qu'il a été tué, Minou. »

Elle resta assise, les mains sur les genoux.

« J'en suis contente, finit-elle par répondre, même s'il n'est pas chrétien de ma part de dire pareille chose. Mais ma tante a grandement souffert sous son joug. Je n'aurai pas l'hypocrisie de pleurer son décès. »

Depuis qu'il était arrivé avec Prouvaire, Piet et elle n'avaient échangé que des propos motivés par les besoins de l'instant présent. Mais soudain, conscients de la fugacité de ce moment volé, ils entreprirent de se raconter tout ce qu'ils avaient vécu depuis qu'ils s'étaient quittés dans l'église Saint-Sernin du Taur, la veille des affrontements : il lui parla de Vidal qui l'avait attendu chez lui, et de la trahison de McCone ; elle lui conta les circonstances dans lesquelles elle avait dû confier le Suaire à la garde d'Aimeric sur le pont, évoqua les lettres que Mme Montfort lui avait cachées. Et enfin, le fait qu'Alis était retenue en otage dans les montagnes.

« Qu'on puisse se montrer d'une telle malveillance envers une enfant innocente, l'idée m'est inconcevable. Alis est si jeune, si frêle. Elle a les poumons fragiles. Savoir qu'elle est toute seule, sans les remèdes dont elle a besoin... » Sa voix se brisa et elle lutta pour recouvrer son calme. « Mais je vais la retrouver et la ramener à la maison. Dans sa deuxième lettre, mon père m'informait qu'il se rendait là-bas lui aussi. Avec l'aide de Dieu, Aimeric arrivera sans encombre à Puivert et ils seront de nouveau réunis. »

Piet releva brusquement la tête.

« Puivert ? »

Elle se tourna pour le regarder.

« Vous connaissez l'endroit ?

– J'en ai entendu parler.

– La lettre était signée d'une certaine Blanche de Bruyères. »

Piet fronçait les sourcils.

« Vidal a servi comme prêtre-confesseur auprès d'une famille noble de la Haute Vallée. Je me demande s'il s'agit de la même femme. Tout le monde semble s'accorder à penser que Vidal – Valentin – a l'intention de devenir le prochain évêque de Toulouse. On dit qu'une bienfaitrice riche et puissante appuie sa candidature. »

Minou réfléchit un moment.

« Mais qu'est-ce que tout cela a à voir avec Alis ? Avec moi ? Même s'il s'agit de la même femme, quel est le lien entre toutes ces choses ?

– La seule façon de le découvrir est d'aller là-bas.

– Vous comptez m'accompagner ? »

Il sourit.

« Puisque vous avez confié le Suaire à Aimeric, et qu'il se rend à Puivert, ai-je d'autre choix ? » Son expression redevint sérieuse. « De toute façon, vous ne pensez tout de même pas que j'accepterais de vous laisser faire pareil voyage toute seule ? »

Elle haussa les sourcils.

« "Accepterais" ?

– Voudrais, souhaiterais, désirerais, accepterais, quelle importance ? Je viens avec vous. »

Un sentiment de légèreté s'empara de Minou. L'espace d'un instant, elle oublia les responsabilités récemment endossées et son dos endolori. Elle n'entendit plus le bruit constant des balles, des bombardements et de la souffrance humaine. À la place, elle se vit traversant les plaines du Lauragais à cheval, avec au loin les pics et crêtes du Canigou et du Soularac.

Trop tôt, le rêve se dissipa, et Minou se retrouva de nouveau dans la cour de sa tante, cernée par l'odeur de mort et de cendre, et par une ville en ruine. Elle prit la main de Piet, et il passa le bras autour de ses épaules pour l'attirer contre lui.

« Fermez les yeux, lui dit-il. Videz-vous complètement l'esprit. De tout ce carnage, de cette détresse, du bien que vous faites ici, de votre amour pour votre famille. Pendant un moment, ne pensez qu'à vous. Imaginez que vous soyez libre d'aller où vous voulez ou de faire ce que vous voulez. Maintenant, dites-moi, Minou, que voyez-vous ? »

Elle resta un instant silencieuse.

« Une librairie, répondit-elle enfin d'une voix douce. Moi assise à un bureau. Si j'avais la liberté de choisir, indépendamment des restrictions qui me sont imposées par mon sexe, j'étudierais. Oui. Ici à l'université de Toulouse, ou à Montpellier. Je laisserais ma chandelle brûler toute la nuit, sans me soucier du coût. Je passerais mon temps à lire, même si mes yeux devaient en pâtir. J'apprendrais à débattre et à penser, à... Enfin, tout cela n'arrivera jamais. »

Piet prit son visage entre ses mains.

« N'est-ce pas pour cela que nous nous battons ? Pour le droit de vouloir du changement, ou de faire les choses d'une manière différente, notre manière.

– C'est au nom de la foi que les gens se battent ici.

– Un affrontement religieux concerne toujours plus que la simple foi. Et pourquoi les femmes ne pourraient-elles pas étudier ? Dans notre temple, les femmes sont encouragées à lire, à exprimer leur opinion. On honore les plus grands esprits, sans discrimination.

– Si c'est vraiment ce que prêchent les huguenots, répondit Minou avec un rire, pas étonnant que tant de gens se laissent convaincre de rejoindre vos rangs. »

Piet rougit.

« Il se peut que mon discours reflète davantage mes opinions personnelles que le sentiment protestant ordinaire, mais je reste persuadé que l'histoire me donnera raison.

– Nous verrons. »

Elle se pencha pour l'embrasser, consciente que, quoi qu'il arrive dans les heures à venir, elle n'échangerait pour rien au monde un seul instant de cette nuit.

« Mademoiselle ? » Un enfant se tenait sur le seuil et lui faisait signe de venir. « C'est l'étudiant, Prouvaire. Son état s'aggrave. »

Minou et Piet se relevèrent précipitamment pour regagner la chapelle. Minou s'agenouilla à côté du jeune homme pour écouter sa respiration, puis leva les yeux vers Piet et secoua la tête.

« Ses poumons sont remplis de sang. Nous avons fait tout ce que nous pouvions, mais ses blessures sont trop graves. Il n'en a plus pour longtemps. »

Piet s'agenouilla à côté d'elle.

« Je suis là, mon ami. »

Prouvaire ouvrit les yeux.

« Est-ce vous, Reydon ?

– Je suis là.

– Et si nous nous trompons ? Et si rien ne nous attend de l'autre côté ? Hormis les ténèbres ?

– Dieu vous attend, répondit Minou. Il vous attend pour vous emmener en son royaume.

– Ah..., fit-il, le mot s'échappant de ses lèvres comme un soupir. Si seulement tout cela était vrai. Toutes ces merveilleuses histoires... »

Son visage devint gris et ses yeux se fermèrent lentement.

« Il est décédé, dit Minou en plaçant doucement un mouchoir sur son visage. Je suis désolée. »

Piet baissa la tête et récita une prière.

« A-t-il de la famille ? demanda Minou. Quelqu'un que nous devrions informer ?

– Non. Sa seule famille était ses camarades au collège de l'Esquile. Ils ont tous fui ou trouvé la mort, comme lui.

– Que va-t-il nous arriver ? demanda Minou en regardant, autour d'elle, les petits groupes de femmes, d'enfants et de vieillards. Que va-t-il leur arriver, à eux ? Même si les affrontements cessent, ils ont tout perdu. Leur foyer, leurs biens, tout. »

Piet haussa les épaules.

« Les tueries vont continuer jusqu'à ce que les négociations commencent. Demain, ou après-demain, ou le jour d'après.

– Il va y avoir une trêve ? »

Il hocha la tête.

« Nous étions trop peu nombreux, ils étaient mieux armés et préparés que nous. Nous nous battions pour le droit de vivre en paix, mais...

– En tentant de vous emparer de la ville, vous êtes devenus les agresseurs au lieu de simplement vous défendre. »

Piet sourit.

« Pourquoi me regardez-vous ainsi ? lui demanda Minou. N'est-ce pas ce que vous étiez sur le point de dire ?

– C'est exactement ce que je m'apprêtais à dire, et c'est pour cela que je souris. C'est la discussion que j'ai eue avec Vidal, avec mes camarades à Carcassonne, et ici dans les tavernes de Toulouse. Seul Michel Cazès comprenait. Il m'a dit que si nous prenions les armes pour attaquer, nous perdrions.

– Allez-vous retourner sur la barricade ?

– Pour un tour d'honneur ? Non. Notre commandant est un homme bien. Je suis sûr qu'il va négocier et déposer les armes. Il sait qu'il est inutile de continuer.

– Retournerez-vous à la maison de charité, alors ? »

Il secoua la tête.

« Elle est complètement rasée. Tout a été emporté par le feu.

– Oh, Piet.

– Mais aucune vie n'a été perdue dans l'incendie, c'est déjà cela.

– Alors qu'allez-vous faire ? »

Il la regarda droit dans les yeux.

« Si vous êtes prête à quitter la protection de cette maison, Minou, alors je trouverai un moyen de vous faire traverser et quitter Toulouse. Si vous êtes d'accord. »

Elle soutint son regard.

« Pour aller à Puivert ?

– Oui, mais ce sera dangereux. Beaucoup sont massacrés à l'extérieur des remparts, comme à l'intérieur, lorsqu'ils tentent de fuir.

– Alis a besoin de moi, répondit-elle simplement. Mon père et Aimeric aussi. Je préfère échouer en essayant de les rejoindre plutôt que rester ici sans rien faire. »

Ce que Minou ne dit pas – par peur de paraître sentimentale ou de présumer de quelque chose que Piet n'était peut-être pas prêt à donner –, c'est qu'elle préférait mourir à ses côtés qu'être à nouveau séparée de lui.

« Y a-t-il quelqu'un pour prendre en charge la maison ? » demanda Piet, interrompant le cours de ses pensées.

Minou hocha la tête.

« Le libraire de la rue des Pénitents-Gris. Il est vieux et peu courageux, mais il se soucie de ses voisins, catholiques autant que huguenots.

– Je le connais. C'est un bon choix. Il ne prendra pas de risques. » Il relâcha son souffle. « Nous sommes d'accord, alors ? Il nous faut tenter de sortir de la ville ? »

Minou déglutit.

« C'est d'accord. »

Le cessez-le-feu entre catholiques et huguenots intervint après six heures de violents affrontements le samedi 16 mai. Antoine de Resseguier, du parlement, joua le rôle de médiateur entre le capitaine Saux du côté protestant et Raymond de Pavie chez les catholiques.

Toulouse était à bout. Des quartiers entiers avaient été rasés par les flammes ou réduits à un tas de décombres. La ville était devenue un charnier, avec plus de quatre mille morts, massacrés dans la rue ou dans leur lit. L'air était noir de mouches. Des cadavres flottaient sur la Garonne.

Minou et Piet étaient partis avant, se faufilant hors de la maison des Boussay au point du jour. En passant furtivement devant la carcasse noircie de la maison de charité, Minou avait repéré le corps brisé de Mme Montfort, les vêtements déchirés et les yeux aveugles au monde, serrant encore contre elle, dans son poing crispé, quelques morceaux de bijoux volés.

Minou détourna les yeux de la souffrance environnante tandis qu'ils continuaient leur route vers la porte Matabiau, au nord de la ville, une des deux seules encore sous contrôle huguenot.

Trop de morts. Trop d'âmes pour lesquelles prier.

Pendant que les termes de la trêve étaient négociés, Minou et Piet étaient déjà à Pech-David en train de convenir d'un prix pour deux montures capables de parcourir la distance entre le Lauragais et les montagnes. Piet avait quelques pièces, et Minou des breloques trouvées dans la maison des Boussay.

Et au coucher du soleil, alors qu'une messe était célébrée dans la chapelle des Carmélites pour fêter la délivrance de Toulouse par les catholiques, Minou et Piet étaient en train de passer la frontière entre les vallées du Lauragais et les collines du Razès.

Suivant le vieux sentier cathare, ils continuèrent vers le sud, doublant d'autres réfugiés sur la route. Des files de chars à bœufs délabrés, de charrettes à bras débordant de maigres possessions, de huguenots fuyant les troupes catholiques et les voisins qui étaient naguère leurs amis.

Lorsque leurs chevaux ne purent faire un pas de plus, Minou et Piet s'arrêtèrent. Dans le silence et les ténèbres de la nuit, où il n'y avait personne pour les voir, ils s'endormirent dans les bras l'un de l'autre.

TROISIÈME PARTIE

PUIVERT

Été 1562

60

Puivert
Mercredi 20 mai

Les cierges de l'autel, disposés de part et d'autre du crucifix d'argent, projetaient une flaque de lumière tremblotante sur la nappe immaculée.

Blanche baissa la tête, laissant ses cheveux d'un noir brillant tomber autour de son visage tandis qu'elle récitait en latin son acte de contrition.

« Mon Dieu, j'ai un très grand regret de Vous avoir offensé, parce que Vous êtes infiniment bon, infiniment aimable et que le péché Vous déplaît. Je prends la ferme résolution, avec le secours de Votre sainte grâce, de ne plus Vous offenser et de faire pénitence. »

Elle sentit une pression sur le haut de son crâne : le prêtre lui donnait la bénédiction. Puis la main de celui-ci sur son coude, l'aidant à se relever.

« Amen. »

Avec précaution, comme si elle était une créature fragile d'une valeur inestimable, Vidal la guida vers le banc en pierre. Les domestiques avaient eu beau frotter de toutes leurs forces, il restait des traces de sang séché dans les fissures.

« Comment vous sentez-vous, madame ? demanda-t-il.

– Mieux à présent que vous êtes à mes côtés, monsignor, répondit-elle en baissant les cils. Vos sages conseils m'ont manqué ces dernières semaines. »

Elle le laissa lui prendre la main.

« Je regrette de ne pas être arrivé plus tôt. Quand je pense à ce que vous avez enduré – et sans personne à vos côtés.

– J'ai placé ma foi en Dieu, répondit-elle pieusement. Cela est Sa volonté. Qu'Il ait jugé bon de me sauver et d'épargner notre enfant, je me sens bénie. »

Vidal approcha la main de son ventre et le bébé bougea. Blanche trouvait la sensation répugnante, mais elle appréciait l'empire que celle-ci lui conférait. La dernière fois qu'elle avait été enceinte, quinze ans plus tôt, alors qu'elle n'était elle-même qu'une enfant, les choses avaient été différentes. Bien sûr, il lui aurait été impossible de cacher son état à Valentin désormais. Dès son arrivée à Puivert, elle s'était confessée. Sa fierté avait été immédiate, et il n'aurait pu se montrer plus attentionné. Toutefois, elle décelait un certain dégoût dans son attitude lorsqu'il la touchait.

À la grande surprise de Blanche, il n'avait exprimé aucune inquiétude au sujet de sa réputation. Beaucoup de prêtres catholiques avaient une famille secrète. Tant qu'ils restaient discrets, personne n'avait de raisons de se récrier. Cela dit, Vidal se préoccupait de sa propre survivance. Il ambitionnait le pouvoir et la richesse ici-bas, certes, mais voulait également qu'on se souvienne de lui après son décès. Un fils, portant son nom, lui donnerait une partie de l'immortalité qu'il désirait si ardemment.

Il ne restait plus qu'un problème à Blanche : Minou Joubert. Même si on ne retrouvait jamais le testament, la précarité de ses propres prétentions à la succession lui avait été révélée. L'enfant qu'elle portait risquait d'être mort-né, ou de ne pas survivre au-delà de quelques mois. Et si elle donnait naissance à une fille, le titre de Dame de Bruyères et de Puivert n'appartiendrait pas à cette dernière.

Minou Joubert devait mourir.

« Croyez-vous que Piet Reydon ait survécu au siège ? demanda-t-elle.

– Impossible à dire. Il est intelligent et rusé, il connaît bien Toulouse, mais les affrontements ont été violents. Des quartiers entiers ont été détruits, et nul ne pourrait reprocher à de pieux catholiques de chercher à se venger des atrocités commises dans la ville pendant l'attaque huguenote.

– Et la fille Joubert aussi est retournée se réfugier dans la ville ?

– Oui. Les sentinelles l'ont reconnue à ses yeux vairons, l'un bleu et l'autre brun.

– Il faut la retrouver, n'êtes-vous pas d'accord ?

– J'ai des gens qui les recherchent tous deux. S'ils sont encore à Toulouse, et vivants, mes ordres sont de les garder prisonniers jusqu'à mon retour. Je les interrogerai moi-même. L'expérience m'a appris à me méfier de la maladresse de certains inquisiteurs.

– Vous êtes convaincu que Reydon lui a confié le Suaire ?

– Il en a fait fabriquer une copie, a vendu celle-ci aux huguenots de Carcassonne, a conservé l'original et, oui, je le crois, l'a récupéré la veille de l'attaque pour le donner à Minou Joubert. »

Il s'interrompit, et Blanche, reconnaissant son air pensif, se demanda quel nouveau stratagème il envisageait.

« Il est une solution qui pourrait être envisagée en attendant, commença-t-il. C'est une excellente contrefaçon. Peu seraient capables d'y reconnaître un faux et…

– Continuez, l'encouragea Blanche avec un hochement de tête. J'aimerais vous aider par tous les moyens en ma possession. »

Vidal tendit de nouveau la main vers elle, mais cette fois la retira sans même la toucher.

« Comprenez bien que ma seule préoccupation est de faire ce qu'il y a de mieux pour notre sainte mère l'Église et les pieux catholiques de Toulouse. Tant d'entre eux ont été assassinés, ou forcés d'assister à la destruction de leurs icônes les plus sacrées.

– C'est une terrible tragédie.

– Sachant cela, on pourrait dire que dans les circonstances actuelles, il serait extrêmement précieux pour le peuple de croire que le véritable Suaire a été retrouvé. Ce serait vu comme un signe de notre délivrance. J'ai fait le serment de rapporter l'original dans son reliquaire à l'église Saint-Sernin du Taur. Ses propriétés miraculeuses sont incomparables et, bien entendu, je continuerai mes recherches. Mais en attendant…

– Je comprends, l'interrompit Blanche avec un sourire. En attendant, pour le réconfort de vos ouailles, vous pourriez faire acte de bonté et mettre la copie à sa place.

– S'ils croient le Suaire retrouvé et le voient retourné dans sa juste demeure, ce serait pour eux un signe que Dieu est de notre côté.

– Et il serait facile, dès que le vrai Suaire sera en votre possession, de procéder à l'échange. Personne n'aurait à le savoir.

– Personne ne *saurait.* »

Blanche regarda son amant, son visage plongé dans l'ombre et sa mèche solitaire de cheveux blancs, presque argentée à la lueur des cierges. Elle se demanda s'il avait manœuvré aussi habilement qu'il l'affirmait. Il n'avait guère fait secret de ses ambitions. Et si l'évêque actuel avait pris des mesures pour entraver ses efforts ?

Seul l'avenir le dirait.

« C'est une excellente idée, monsignor », répondit-elle.

Alis entendit la cloche du village sonner midi.

Depuis l'incident de la chapelle, la nourrice faisait plus attention à ses responsabilités. Elle avait modéré la quantité de bière qu'elle buvait, confisqué les chaussures d'Alis, et tenait celle-ci enfermée dans sa chambre jour et nuit.

Mais il y avait deux jours de cela, le prêtre était arrivé – elle l'avait vu traverser à grands pas la cour supérieure –, et la routine de la maison en avait été complètement chamboulée. Dame Blanche s'était retirée dans le donjon, prenant tous ses repas là-bas, avec son confesseur venu de Toulouse. Personne n'était autorisé à les y déranger.

Enfin, pour la première fois depuis plusieurs jours, la nourrice, la croyant endormie, était partie aux cuisines commérer avec les autres domestiques. Alis rejeta ses couvertures, sauta du lit et courut à la fenêtre.

Elle avait renoncé à attendre qu'on vienne la sauver. Il allait lui falloir se débrouiller toute seule. Elle avait décidé de s'enfuir et de rentrer par ses propres moyens à Carcassonne, d'une manière ou d'une autre. Ou peut-être d'aller à Toulouse essayer de trouver Minou. Elle n'avait pas encore décidé. Elle ne savait pas laquelle des deux villes était la plus proche.

Le soleil venait juste de se coucher lorsqu'elle ouvrit la fenêtre et scruta l'obscurité au-dehors. Même si des pierres pleines d'aspérités dépassaient des murs fortifiés, la distance qui la séparait de la pente herbeuse en contrebas était impressionnante. Elle n'était pas sûre d'y arriver. Mais à cet instant, elle entendit la voix moqueuse d'Aimeric dans sa tête, lui disant que les filles ne savaient rien faire, et elle fut brusquement déterminée à lui prouver le contraire.

Elle se remémora toutes les fois où elle l'avait vu faire des bêtises sur les remparts de la Cité, et l'avait supplié d'en descendre avant de se faire attraper. Il pouvait tout escalader, des plus grands arbres sur les rives de l'Aude aux murs abrupts de la barbacane en dessous du château comtal. Alors, comment aurait-il procédé ?

Il aurait choisi les pierres les plus solides du mur pour y poser les pieds, et les fissures les plus profondes pour y ancrer les mains. Il aurait planifié son parcours dans sa tête avant de commencer à descendre. Il avait les jambes et les bras plus longs qu'elle, bien sûr, et il était plus fort. Mais Alis pensait pouvoir y arriver.

Dans les bois au nord du château, elle entendit le cri strident d'une chouette en train de chasser, et les aboiements d'une meute de chiens un peu plus loin en direction de Chalabre. Elle referma la fenêtre. Il était trop dangereux de tenter une évasion dans le noir, mais demain ?

Elle serait prête.

« J'ai encore un dernier péché à avouer, monsignor, dit Blanche. J'espère que vous ne vous fâcherez pas.

– Me fâcher ? Pourquoi ? s'étonna Vidal.

– J'aurais dû l'inclure dans ma confession, car je sais que c'est mal. »

Vidal tendit la main pour lui soulever le menton.

« Qu'avez-vous fait ?

– J'accepterai tout châtiment, toute pénitence que vous choisirez de m'imposer.

– Allons, Blanche, ne parlons pas de châtiment. Mais dites-moi tout. »

Elle prit un air docile.

« Vous vous rappelez que j'éprouve un intérêt particulier pour la famille Joubert.

– Je m'en souviens », confirma-t-il d'un ton prudent.

Elle sourit.

« Disons simplement que, poussée par cet intérêt, lorsque j'ai quitté Toulouse, je me suis rendue à Carcassonne.

– Oui, et ?

– J'avais grande envie de faire la connaissance de Minou Joubert et de l'inviter à Puivert. Dans ce but, j'ai ramené sa petite sœur, Alis, ici avec moi. »

Le visage de Vidal se figea.

« Je vois.

– L'enfant était seule là-bas, aux soins d'une servante extrêmement incompétente. Je me suis dit qu'elle serait plus heureuse ici.

– Est-ce qu'on vous a vue ?

– J'ai pris des précautions, répondit Blanche en injectant autant de contrition qu'elle le pouvait dans sa voix. J'ai utilisé la voiture de l'évêque de Toulouse, qu'il m'avait gracieusement prêtée.

– Vous rendez-vous compte de ce que vous avez fait ? Enlever ainsi une enfant ?

– Elle est venue d'assez bon gré, même si, je l'admets, j'ai dû lui mentir pour l'en convaincre. C'est seulement lorsqu'elle a compris que sa sœur n'était pas à Puivert qu'elle a commencé à se montrer difficile.

– Où se trouve-t-elle maintenant ?

– Dans le logis, que vous imaginez-vous ? Je ne suis pas un monstre. Elle a une nourrice pour s'occuper d'elle, même si, en toute justice, j'aurais dû congédier cette dernière. C'est une ivrogne qui laisse l'enfant vagabonder à sa guise. »

Blanche hésita, se rappelant qu'elle devait sa vie à Alis. C'était une autre chose dont elle n'avait pas informé Vidal. Tant de sang. Les voix dans sa tête l'en avaient dissuadée. Elles se taisaient à cet instant.

« Je suis stupéfait que vous ayez pris un tel risque.

– Il n'y en avait aucun. Personne ne m'a vue à Carcassonne, je m'en suis assurée. J'ai immédiatement écrit à Minou Joubert à Toulouse, mais n'ai obtenu aucune réponse. Personne ici ne connaît le nom de l'enfant, personne ne sait qui elle est.

– Vous est-il venu à l'esprit que votre lettre n'était peut-être pas arrivée jusqu'à elle ?

– Je la lui ai envoyée en avril. Bien avant les fâcheux contretemps de ces derniers jours.

– Est-ce ainsi que vous décrivez les événements ?! Il y a eu des milliers de morts. »

Blanche voulut poser la main sur son bras, mais il se dégagea d'une secousse.

« *Deus vult.* Si Dieu le veut. N'est-ce pas ce qu'ont crié les croisés alors qu'ils tentaient de reprendre la Terre sainte aux infidèles ? Je ne fais qu'accomplir Son dessein.

– Depuis combien de temps l'enfant est-elle ici ? » demanda-t-il sèchement.

Blanche recula, incapable de déchiffrer son humeur.

« Ne me parlez pas sur ce ton.

– Répondez ! Depuis combien de temps détenez-vous cette enfant ?

– Plusieurs semaines, répondit-elle en se forçant à garder une voix égale. Je l'admets, cela prend plus longtemps que je ne l'avais prévu. Mais j'ai des soldats en patrouille dans tous les villages alentour, jusqu'à Chalabre, à la recherche d'étrangers à la région. À Puivert même, il y a plusieurs langues à ma solde. Lorsqu'elle viendra, je le saurai. » Elle le dévisagea, les yeux étincelants. « Et Minou Joubert viendra chercher sa sœur. Cela aussi, j'en suis certaine. »

L'air semblait crépiter entre eux. Les flammes des cierges faisaient danser des ombres allongées sur le plafond en voûte et se reflétaient sur le crucifix posé au milieu de l'autel.

Soudain, Vidal s'avança vivement vers Blanche, qui, malgré elle, porta la main à son ventre en faisant un pas en arrière. Puis elle sentit sa main sur sa nuque et ses lèvres avides sur les siennes.

« Vous êtes magnifique, lui dit-il en reculant la tête. Si Minou Joubert est en vie, elle viendra à Puivert. Et elle aura le Suaire avec elle. Reydon la suivra et, cette fois, aucune erreur ne sera faite. En attendant, je souhaite parler à l'enfant. Elle en sait peut-être plus qu'elle n'en dit.

– Donc vous êtes content de moi, monsignor ? Je n'ai pas de pénitence à accomplir ?

– Aucune, murmura-t-il en faisant doucement glisser la chemise de Blanche de ses épaules. Nous allons nous absoudre mutuellement de nos péchés. »

61

Chalabre

Minou se réveilla avant l'aube, et pendant un instant ne sut pas trop où elle se trouvait. Puis, tendant la main, elle découvrit Piet endormi à côté d'elle, dans leur humble et chaste lit de paille, et la mémoire lui revint.

Cela faisait trois jours et trois nuits qu'ils voyageaient, laissant reposer leurs montures quand ils le pouvaient, se joignant parfois aux autres réfugiés sur la route et demeurant entre eux le reste du temps. Au bout d'une journée, après avoir remarqué les regards en coin, Minou avait enroulé un bout de ficelle autour de son annulaire et présenté Piet comme son époux. Ils se ressemblaient trop peu pour se faire passer pour frère et sœur.

Cette grange en périphérie de Chalabre, au bord du Blau, était l'endroit le plus confortable où ils avaient dormi. Piet avait persuadé le fermier de les laisser y passer la nuit. Celui-ci n'avait pas posé de questions, pas plus qu'eux n'avaient fourni d'explications, mais il avait envoyé sa fille leur offrir du lait frais, du pain et des tranches de jambon salé. Jeannette, jolie et potelée, avait été contente d'avoir de la compagnie. Pendant qu'ils mangeaient, elle leur avait parlé de son mariage prochain avec un soldat du village voisin de Puivert, employé au château, et du prisonnier qui apprenait à Guilhem à écrire en français, pour qu'ils puissent reprendre la propriété de son père.

En l'écoutant, Minou n'avait pu s'empêcher de se demander s'il était possible que le précepteur de Guilhem soit son propre père.

Dans la deuxième des lettres que Mme Montfort avait interceptées, il avait écrit qu'il se rendait à Puivert. Et elle se rappelait tous les soldats de la garnison de la Cité, dont le loyal Bérenger, qui étaient venus dans leur petite maison apprendre à lire. Elle essayait de ne pas laisser son imagination s'emballer, mais une lueur d'espoir s'était allumée dans son cœur.

Si Dieu le voulait, elle saurait assez vite ce qu'il en était.

Prenant garde à ne pas réveiller Piet, elle sortit discrètement de la grange et gagna le bord de la rivière. Elle s'aspergea le visage d'eau froide, puis but dans ses mains en coupe. Au loin, elle entendait des chèvres, aux clochettes tintinnabulantes dans l'air matinal. Le flanc de la colline était parsemé de centaines de minuscules fleurs des champs, roses, jaunes et blanches ; et en inspirant, elle sentit un parfum d'ail sauvage. C'était le plus beau paysage qu'elle ait jamais vu, et, l'espace d'un instant, elle oublia tout des raisons qui l'avaient amenée là.

Puivert

Les cloches étaient en train de sonner 10 heures, une série de notes grêles et solitaires.

« Je vous assure, tante, que c'est là la monture de mon père, Canigó, répéta Aimeric. Je la reconnaîtrais n'importe où. Elle a sur le garrot un endroit dégarni de poils à cause d'un accident quand elle était pouliche. » Il le lui montra du doigt. « Là, vous ne voyez pas ? Et des poils gris autour de la bouche, comme une vieille dame. »

La jument était en train de brouter, attachée, sur un pré communal en bordure du village, derrière l'église, à côté d'une maison basse blanchie à la chaux. Deux bœufs et un petit troupeau de chèvres enfermés dans un enclos de fortune partageaient le terrain avec elle.

Mme Boussay le regarda.

« En êtes-vous absolument sûr, neveu ?

– Certain, répondit-il. C'est le seul cheval que mon père ait jamais possédé.

– Alors dans ce cas, aidez-moi à descendre. »

Tout en lui tendant la main, Aimeric s'émerveilla du changement qui s'était opéré chez la femme bête comme une oie et bavarde comme une pie qu'était naguère sa tante.

Lorsque Minou les avait quittés sur le pont couvert de Toulouse, il avait appréhendé d'être responsable de Mme Boussay. À Pech-David, pendant qu'ils attendaient en vain que Minou les rejoigne, elle avait été en proie à la confusion la plus totale. En pleurs, suppliant qu'il la ramène chez elle, terrifiée à l'idée que son époux soit à sa poursuite, s'enquérant plaintivement de sa sœur décédée.

Mais, bien qu'il ait véritablement dû se battre pour la persuader de monter dans la calèche de campagne que Piet avait louée pour eux, une fois sur la route du Lauragais, cette vaste campagne au sud-est de Toulouse, sa tante était devenue une personne différente. Tel un oiseau en cage à qui on venait d'offrir la liberté, elle s'était d'abord montrée prudente, ensuite curieuse. Et la lumière était revenue dans son regard.

Le deuxième soir, ils avaient atteint Mirepoix et trouvé une auberge confortable grâce à l'argent que Minou lui avait donné. Ils y étaient restés quelques jours, le temps que les plaies et bosses de Mme Boussay se résorbent. Au matin du troisième jour, elle s'était réveillée avant lui et s'était depuis révélée une compagne amusante et pleine d'esprit. Il lui avait même appris à lancer un couteau comme le lui avait enseigné Piet. Lorsqu'ils s'étaient remis en route, Aimeric avait découvert – même s'il n'aurait jamais voulu l'admettre – qu'il appréciait sa compagnie.

« Dans ce cas, neveu, reprit Mme Boussay, allons découvrir comment ce monsieur en est venu à se trouver en possession du cheval de votre père. »

Ils remontèrent la rue pour aller frapper à la porte de la petite maison la plus proche du pré communal. Personne ne répondit, aussi Mme Boussay essaya la demeure voisine.

« Ah. Et quel est votre nom ? » demanda-t-elle lorsque la porte s'ouvrit.

L'homme répondit immédiatement, sans même songer à protester. Aimeric supposa que ce ne pouvait être qu'en raison de la surprise de trouver une dame si élégante devant chez lui à 10 heures du matin.

« Achille Lizier, *madama*.

– Bonjour, Lizier. Voici mon neveu, Aimeric Joubert. Maintenant, ce que j'aimerais savoir, c'est comment vous vous êtes retrouvé en possession de la jument de mon beau-frère.

– *Caval* ? Le cheval, Canigó ?

– Je vous l'avais dit, intervint Aimeric.

– Le cheval, oui, répondit Mme Boussay. Il appartient à mon beau-frère.

– Joubert ? » lança vivement une autre voix, à l'intérieur de la maison. Un jeune homme en livrée de garde apparut sur le seuil. La ressemblance familiale était évidente. « Joubert, dites-vous ?

– Et vous êtes ? demanda-t-elle.

– Pardon, *madama*. Je vous présente mon neveu, Guilhem. Il sert dans la garnison du château, à mon grand déplaisir.

– Oncle », murmura Guilhem en occitan.

Mme Boussay ne releva pas l'interruption.

« Vous reconnaissez le nom "Joubert" ? Comment ?

– Il lui ressemble beaucoup, répondit Guilhem en indiquant Aimeric.

– À qui ? demanda l'intéressé.

– La dame n'est pas là pour écouter tes ragots, neveu, intervint Lizier. C'est le cheval qui l'intéresse. *Madama*, je vous jure que j'ai récupéré cette jument de façon parfaitement honnête. Il y a quelques semaines de cela, avant que le printemps ne soit vraiment là, un homme est arrivé, cherchant la sage-femme.

– La sage-femme, répéta Mme Boussay, déconcertée.

– La vieille Anne Gabignaud, qui avait été assassinée peu de temps avant. Mais pour en venir au but, ce monsieur m'a demandé de m'occuper de son cheval pendant quelques jours. N'a pas voulu me dire où il allait, seulement qu'il reviendrait. Cependant, cela fait six semaines que je ne l'ai pas revu. La vieille bête se languit.

– Tu ne m'as jamais raconté ça, fit remarquer Guilhem.

– Et quand l'aurais-je fait, neveu ? Tu n'es jamais là.

– Je ne peux pas aller et venir à ma guise, oncle. Tu le sais bien. »

Aimeric s'interposa.

« Que voulez-vous dire, je lui ressemble ? À qui ? »

Guilhem indiqua le château d'un signe de tête.

« La petite fille là-haut. Elle a la même masse de boucles noires.

– Sept ans environ, grande comme ça ?

– Plus, je dirais, mais je l'ai seulement aperçue de loin. Cette chevelure est très reconnaissable, cela dit. L'apothicaire l'a vue quand ils l'ont appelé pour soigner Dame Blanche il y a une semaine.

– Et voilà quelque chose que tu n'as pas pensé à me raconter, les interrompit Lizier, alors je suppose qu'on peut dire que nous sommes quittes.

– Lizier, je vous en prie, intervint Mme Boussay. Laissez Guilhem terminer.

– C'est l'opinion de Cordier que la fillette a sauvé la vie de sa maîtresse, même si cela ne lui a valu aucune gratitude.

– Cordier ? s'exclama Aimeric. Mais c'est le nom que Mme Noubel…

– Là où je veux en venir, continua Guilhem avec obstination, c'est qu'elle a dit à l'apothicaire, Cordier, que son nom était Joubert, Alis Joubert. Une enfant très vive, m'a-t-il dit. Elle a essayé de le persuader de l'emmener lorsqu'il quitterait le château.

– C'est elle, dit Aimeric en faisant volte-face vers sa tante. Alis est ici.

– Pas si vite, neveu, murmura-t-elle avant de reporter son attention sur le vieil homme. Lizier, je ne voudrais pas abuser davantage de votre temps – ni du vôtre, Guilhem –, mais pouvons-nous continuer cette conversation en privé ? Il semble que nous ayons ample matière à discussion. »

Chalabre

« Minou, réveillez-vous ! »

Elle sentit la pression d'une main sur son épaule. La dernière chose dont elle se souvenait était d'être revenue de la rivière pour trouver Piet encore endormi dans la grange. Elle s'était rallongée à côté de lui, juste pour un moment.

« Quelle heure est-il ? demanda-t-elle.

– Midi passé, répondit Piet. Vous étiez si fatiguée, je n'ai pu me résoudre à vous réveiller plus tôt.

– Oh non, fit Minou en se redressant précipitamment. Nous aurions dû partir au point du jour. Nous avions promis.

– Ne vous inquiétez pas, Jeannette sait que nous sommes toujours là. Son père n'y voit pas d'objections. Des soldats sont passés et il les a éconduits.

– Il n'empêche, j'aurais aimé que nous repartions plus tôt.

– Nous avons mieux fait d'attendre. Jeannette dit que le château domine entièrement la vallée, comme on pourrait s'y attendre, mais qu'en plus il est entouré de terres dégagées. Il y a quand même un bois au nord. Si nous voulons approcher sans être vus, nous allons devoir attendre la tombée de la nuit.

– Sans être vus ? Mais j'ai la lettre qui m'invite à Puivert. On nous laisserait passer.

– Vous appelez cela une invitation ?! répondit Piet en riant à voix basse. Cette lettre est précisément la raison pour laquelle nous devons élaborer un plan afin d'entrer dans le château à l'insu de tous. »

Minou secoua la tête.

« Je dois rejoindre Alis. Je ne peux pas la faire attendre davantage. »

Piet posa les mains sur ses épaules.

« Vous semblez penser que Blanche de Bruyères va se comporter honorablement. Que si vous vous présentez devant elle, elle vous rendra Alis et vous laissera repartir toutes les deux. Mais pourquoi ferait-elle cela, Minou ? Une femme capable d'enlever un enfant et de le garder en otage n'a pas d'honneur. Vous ne pouvez pas lui faire confiance. Si vous approchez de ses portes sans protection, quelle garantie avez-vous qu'elle ne vous emprisonnera pas à votre tour ? Ou pire. Nous devons trouver un moyen de délivrer secrètement Alis avant même qu'elle apprenne que nous étions près de Puivert.

– Je ne suis pas une imbécile, répondit Minou en se dégageant de son étreinte. Je sais que c'est dangereux, mais je ne peux pas prendre le risque qu'elle fasse du mal à Alis. Si je me livre à elle en échange de ma sœur, il y a une chance qu'elle la libère. C'est moi qu'elle veut, personne d'autre.

– Réfléchissez encore, Minou, je vous en supplie.

– Je dois essayer.

– Au moins, écoutez-moi jusqu'au bout. Nous allons nous rendre directement à Puivert. Jeannette dit que la châtelaine est détestée dans le village, autant que l'était le défunt seigneur, alors il y aura peut-être des gens prêts à nous aider, mais nous devons procéder avec prudence. Ses soldats patrouillent régulièrement sur ses terres, à la recherche d'hérétiques et de braconniers, et sont connus pour leur dureté.

– Mais qu'y a-t-il à gagner…

– Jeannette dit également que son fiancé, Guilhem, pourra peut-être nous aider, selon les soldats qui sont de garde au château aujourd'hui. Il fait partie de la garnison et dit que certains sont plus loyaux que d'autres envers leur maîtresse. Avant que nous fassions quoi que ce soit, j'irai en reconnaissance découvrir où Alis est retenue. »

Minou l'arrêta d'un doigt sur ses lèvres.

« Piet, s'il vous plaît. Tout ce que vous dites est vrai, mais je n'ai pas le choix. La pensée d'Alis livrée à elle-même m'obsède. Je ne peux m'empêcher de penser qu'elle n'a peut-être pas sa médecine, qu'elle est retenue prisonnière dans de terribles conditions. Mais le pire est d'imaginer qu'elle pense que je l'ai abandonnée.

– Je ne peux croire qu'elle puisse penser une chose pareille.

– Peu m'importe ce qui m'arrive, tant qu'elle est en sécurité. »

Piet soupira, vaincu.

« Mais, et moi, Minou ? Cela m'importe, à moi. Cela n'a-t-il donc aucune valeur à vos yeux ? »

Minou appuya tendrement la main sur sa joue.

« Bien sûr que si, mais Alis n'est qu'une enfant. Elle a besoin de moi.

– Moi aussi j'ai besoin de vous. »

S'empourprant violemment, il s'écarta brusquement à grands pas.

« Piet, je suis désolée. Comprenez-moi, je vous en prie. »

Il ouvrit les portes de la grange, comme pour chercher du réconfort dans le monde extérieur, puis se retourna vers elle.

« Minou…, commença-t-il.

– Revenez. Asseyez-vous près de moi.

– Je ne peux pas. Je perdrais le courage de parler. »

Le cœur de Minou se serra brutalement. Pourquoi était-il si nerveux, tout à coup ?

« Que voulez-vous dire par là ? Je vous en prie, Piet, rentrez et fermez la porte. Quelqu'un pourrait vous voir.

– Qu'il me voie. » Il soupira. « J'aurais préféré vous faire la cour comme un vrai prétendant. Le fait est que j'avais l'intention d'attendre un moment plus plaisant. »

Elle fronça les sourcils.

« Vous parlez par énigmes. Un moment plus plaisant pour quoi ? Vos mots voilent votre propos.

– Pardonnez-moi. Ce que je veux dire, c'est que... » Il termina précipitamment sa phrase, comme un écolier timide. « ... j'aimerais que vous soyez ma femme. »

Minou retint son souffle.

« Êtes-vous en train de me demander en mariage ?

– Seul... seulement si cela vous agrée, bégaya-t-il. Je voudrais demander votre main à votre père, dès que tout cela sera fini et que nous serons en sécurité, Dieu le veuille. Je n'ai pas grand-chose à offrir, et peut-être cela jouera-t-il en ma défaveur à ses yeux. Tout ce que je possédais a été détruit à Toulouse, mais... » Il s'interrompit de nouveau, aussi pâle qu'il avait été rouge quelques secondes plus tôt. « Enfin, si vous voulez bien de moi comme époux. M'aimez... Pourriez-vous m'aimer ? »

La question était tellement inutile que Minou faillit rire.

« En doutez-vous ? »

L'angoisse sur le visage de Piet commença à se dissiper.

« Vous m'aimez ?

– Oui.

– Et envisageriez-vous de me...

– Ma réponse est oui, mon cœur. Bien sûr. »

Et alors Minou put voir toutes les émotions vraies – joie, désir, espoir, amour – qui éclairaient son visage. Puis il la serra dans ses bras, trop fort, mais lorsqu'il la relâcha enfin, elle éclata de rire et lui aussi. Ils étaient le miroir l'un de l'autre.

Les deux faces d'une même pièce.

« Et je vous donne ma parole, *lieverd*, mon amour, dit-il en effleurant le bout de ficelle à son doigt, que lorsque nous prononcerons nos vœux devant l'autel, ce sera avec une bague digne de vous.

– Je n'ai que faire des bijoux et des beaux atours ; cela n'a aucune importance pour moi.

– Et lorsque j'aurai fait ma demande à votre père – et si, Dieu le veuille, il me considère avec bienveillance –, nous pourrons vivre à Carcassonne, peut-être même à Toulouse, où il vous plaira. Alis et Aimeric, votre père également, devraient habiter avec nous, si cela vous fait plaisir. » Il hésita. « D'après tout ce que vous m'avez dit, je ne pense pas qu'il rechignerait à avoir un huguenot pour gendre. »

Elle le regarda dans les yeux.

« Ou même pour fille.

– Que voulez-vous dire ? » demanda-t-il lentement.

Elle éclata de rire, enhardie par quelque chose qu'elle ne s'était pas attendue à dire avant que les mots soient déjà sortis de sa bouche.

« Je ne sais pas, c'est juste que… Mes parents m'ont élevée dans le respect de ceux qui prennent un autre chemin que le mien pour aller à Dieu. Et après ce que j'ai vu à Toulouse, je ne suis pas sûre de pouvoir rester solidaire de ceux qui croient qu'on peut trouver Dieu à la pointe de l'épée.

– Il y a eu des horreurs commises des deux côtés, fit prudemment remarquer Piet.

– Je sais. Mais tout de même, pouvoir prier en français, ne serait-ce pas merveilleux ? »

Piet recula d'un pas.

« Je ne vous demanderais jamais de vous convertir. Nous trouverions une solution. »

Les rares fois où Minou s'était imaginée en mariée, elle avait pensé que la cérémonie serait célébrée dans l'église de leur quartier à la Cité. Rien de grandiose ou d'important. Mais à présent ? Elle n'avait jamais ne serait-ce que mis les pieds dans un temple huguenot.

Puis elle entendit les clochettes des chèvres sur la colline, le piaffement impatient de leurs chevaux, et toute pensée de mariage s'envola.

« Nous avons encore de longues heures devant nous », dit-elle en lui tendant la main.

Dans un silence empli de tendresse, ils bouclèrent leurs sacoches et harnachèrent leurs montures, puis s'engagèrent sur la route menant au sud de Chalabre.

« Accepterez-vous de faire ce que je suggère ? demanda Piet. D'aller d'abord au village de Puivert ?

– Il y a beaucoup de sagesse dans ce que vous dites : quelqu'un là-bas sait peut-être quelque chose au sujet de mon père ou d'Alis, mais… » La voix de Minou se brisa. Elle prit une grande inspiration. « Mais je crains qu'on ne nous y voie, et que notre présence soit rapidement signalée à Blanche de Bruyères. Alors, nous perdrions toute chance d'approcher du château sans être vus.

– Vous êtes toujours déterminée à vous y rendre directement ?

– Dans les bois au nord de celui-ci, oui. Nous pourrons y attendre le coucher du soleil. Une fois là-bas, je suis sûre que la marche à suivre se présentera clairement à nous. »

Sur ces mots, elle sourit pour rassurer Piet, mais elle avait l'impression qu'un étau lui enserrait la poitrine.

62

Village de Puivert

« Lizier, dit Mme Boussay en s'inclinant courtoisement, mon neveu et moi-même vous sommes reconnaissants du temps que vous nous accordez. »

Aimeric se tenait à côté de sa tante, impressionné par la rapidité dont elle avait fait preuve pour établir un rapport de complicité avec le vieux villageois et son neveu. Néanmoins, il avait les nerfs en pelote. Non seulement il semblait qu'Alis soit toujours en vie, mais aussi, peut-être, qu'ils aient retrouvé son père. Guilhem ne connaissait le prisonnier que par son prénom, Bernard, mais qui d'autre aurait-ce pu être ?

Si seulement Minou pouvait arriver. Elle serait si fière de lui.

Il refoula l'idée affreuse qu'elle ne saurait peut-être jamais à quel point il s'était bien débrouillé, que Piet et elle n'avaient peut-être pas survécu aux affrontements de Toulouse.

« Veuillez accepter ceci pour le dérangement, était en train de dire sa tante, en glissant une pièce dans la main du vieux Lizier. Et notamment pour avoir nourri et logé le cheval de mon beau-frère.

– C'est très généreux, *madama*.

– Votre discrétion sera également très appréciée.

– Bien entendu. Ravi d'avoir pu vous être utile.

– Je n'oublierai pas votre aide. Mais maintenant, je dois prendre congé. Il y a des choses à faire. Je suis sûre que tout cela n'est qu'un malentendu. Peut-être Bernard a-t-il été pris de maladie alors qu'il était en visite au château, et qu'on le soigne là-bas. »

Aimeric fit une grimace.

« Dans les oubliettes, tante ? »

Elle ne releva pas.

« Ou bien peut-être est-ce lui qui a demandé à ce qu'on aille chercher Alis, pour qu'elle lui tienne compagnie dans sa détresse. »

Achille Lizier se tapota le nez.

« Très probablement.

– En fait, continua Mme Boussay, il me semble également possible que cet apothicaire – Paul Cordier, avez-vous dit – se soit mépris sur la situation. Vous dites qu'il n'a vu l'enfant que brièvement ?

– Oui, répondit Guilhem.

– Mais...

– Oui, neveu ? » fit-elle en se tournant vers Aimeric.

Il haussa les épaules.

« Rien, tante.

– Très bien.

– Madame Boussay, dit Guilhem en s'adressant directement à elle pour la première fois. Je dois retourner au château avant le coucher du soleil ce soir. Si cela peut vous être utile. »

Elle pencha la tête de côté.

« Ah ?

– Êtes-vous certaine que je ne peux pas vous offrir quelque chose à boire avant que vous partiez ? » demanda Achille Lizier, jaloux de l'attention que recevait son neveu.

Pour la première fois depuis le début de la conversation, Mme Boussay perdit légèrement contenance, et Aimeric sourit de toutes ses dents. La petite maison était sombre et crasseuse, souffrant clairement de l'absence d'une présence féminine. Il ne voyait pas sa tante accepter ne serait-ce qu'une coupe de vin des mains sales de Lizier.

« Vous êtes fort aimable, mais non merci. Êtes-vous absolument sûr que cela ne vous dérange pas de garder Canigó encore quelque temps ?

– C'est un honneur pour moi », répondit-il en inclinant à moitié son dos voûté.

Mme Boussay sourit.

« J'ai une dernière chose à vous demander, Lizier : pourrais-je vous emprunter votre neveu quelques minutes pour qu'il nous raccompagne à notre voiture ? N'ayant pas eu la chance d'avoir moi-même un fils, même si bien sûr Aimeric est d'un grand réconfort pour moi, je suis intéressée par ce qu'il pourrait me raconter de la vie de soldat dans une maison telle que Puivert. »

Lizier se rengorgea de fierté.

« Bien sûr, bien sûr. Guilhem, tu as entendu ce qu'elle vient de dire. Raccompagne Mme Boussay à sa voiture. »

Château de Puivert

« Et ne fais pas de bêtises aujourd'hui, menaça la nourrice, sinon tu auras droit à une correction. C'est compris ? »

Dès qu'Alis entendit le bruit du verrou, elle retourna précipitamment à son lit et cacha son oreiller sous la couverture, pour donner l'impression qu'elle y dormait encore. Personne ne resterait dupe très longtemps, mais cela retarderait peut-être le moment où l'on découvrirait sa disparition.

Ensuite, elle enleva ses bas et les cacha sous le matelas, se rappelant ce qu'Aimeric lui disait toujours : qu'il valait mieux avoir les pieds nus quand on faisait de l'escalade, pour avoir une bonne prise. Puis elle rentra ses jupes dans ses sous-vêtements et grimpa sur le rebord de la fenêtre.

En plein jour, le sol semblait encore plus loin.

Elle resta assise là, les jambes dans le vide, à chercher le courage de passer à l'acte. Elle se rapprocha doucement du bord, s'efforçant de ne pas imaginer ce qui lui arriverait si elle glissait et tombait. Elle était sur le point de se lancer quand tout alla de travers. La porte se rouvrit et la nourrice revint.

« J'ai oublié... »

Elle vit Alis en équilibre sur le rebord, hurla et traversa la pièce en courant. La fillette ressentit une vive douleur au cuir chevelu tandis que la femme l'attrapait par les cheveux et tirait, la faisant tomber par terre. Puis elle entendit des pas lourds dans l'escalier et la chambre se remplit brusquement, alors que le prêtre, son valet Bonal et enfin Blanche de Bruyères apparaissaient sur le seuil.

« Combien de fois doit-on vous dire de ne pas laisser la drôlesse toute seule ? s'exclama cette dernière.

– Pardonnez-moi, madame, je...

– Silence ! Je déciderai de votre sort plus tard. »

Alis essaya de se faufiler hors de la chambre, mais Bonal l'attrapa par la taille et la jeta brutalement sur une chaise.

Blanche traversa la pièce.

« Vous avez eu votre chance d'être traitée avec civilité. Désormais, vous resterez ainsi jusqu'à ce que votre sœur arrive. Ligotez-la.

– Non ! »

Bonal tira les bras d'Alis entre les barreaux de la chaise et lui lia les poignets. Alis se mordit la lèvre jusqu'au sang, déterminée à ne pas pleurer.

« Minou va venir, cria-t-elle sur un ton de défi, avant de se recroqueviller en voyant le valet lever la main pour la frapper.

– Laissez-la », ordonna le prêtre.

Alis le regarda. Grand, vêtu d'une longue robe rouge. Il portait une barrette, mais elle pouvait voir que ses cheveux noirs étaient traversés d'une mèche blanche.

Elle l'avait déjà vu quelque part. Où ? Elle explora sa mémoire, comme une série de pièces remplies d'images, jusqu'à retrouver le souvenir qu'elle cherchait. Debout sur le seuil de leur maison dans la Cité, alors qu'elle attendait Minou dans la froide brume de février. Sa sœur avait mis du temps à rentrer de la librairie ce soir-là, et Alis s'était inquiétée. Ce prêtre était passé devant elle pour entrer dans la rue Notre-Dame, puis dans le jardin de la maison des Fournier.

La maison des Fournier, où Aimeric disait avoir rencontré l'homme accusé de meurtre, et où il y avait eu du sang partout sur les murs. Son frère leur avait raconté cela en détail. Alis frissonna, terrifiée, pour la première fois depuis son arrivée à Puivert.

Et, comme s'il percevait sa peur, le prêtre fit un pas vers elle. Il était si proche qu'elle pouvait sentir l'huile qu'il mettait dans ses cheveux et la légère odeur d'encens qui se dégageait de son vêtement.

Il se pencha et posa la main sur son épaule droite, enfonçant inconfortablement le pouce et l'index dans le creux de son articulation.

« Réponds-moi honnêtement et personne ne te fera de mal. Mais si tu mens, Dieu le saura et moi aussi. Or, c'est un péché de mentir et les pécheurs doivent être punis. Comprends-tu ? »

Alis fut incapable de répondre. Son souffle lui piquait la gorge comme des aiguilles de pin.

« Comprends-tu ? répéta Blanche. Réponds. »

Alis hocha la tête.

« Dis-moi, reprit le prêtre, est-ce que ta sœur t'a parlé de ce qui se passerait lorsqu'elle serait riche ? Lorsqu'elle recevrait son héritage ? Est-ce qu'elle t'a promis un poney, peut-être, ou une robe neuve ?

– Je ne comprends pas ce que vous voulez dire, monsieur.

– Ou un nouvel habit pour ton père ? Une voiture ?

– Mon oncle et ma tante sont riches, mais nous, nous n'avons rien. »

Alis le vit jeter un coup d'œil à Dame Blanche.

« Très bien. Alors parle-moi plutôt de l'ami de ta sœur, M. Reydon. As-tu entendu parler de lui ? Piet Reydon. »

Elle secoua la tête.

« Je ne sais pas de qui vous parlez.

– Si nous l'attrapons, il sera pendu, et ton frère avec lui. Comprends-tu ?

– Non, s'écria-t-elle, en se tortillant pour essayer de se libérer.

– Personne encore n'est fâché contre toi, Alis. Si tu nous dis ce que tu sais, personne ne te fera de mal. »

Alis essaya de ne rien trahir de ses pensées. Aimeric se moquait toujours d'elle parce qu'elle avait un visage trop honnête, selon lui. Elle essaya de penser à autre chose. Son chaton tigré et les loutres sur la berge du fleuve, des choses douces qui ne faisaient pas mal. Mais à présent, le prêtre lui serrait le visage entre ses doigts, lui faisant monter les larmes aux yeux.

« Connais-tu ce Reydon ? »

Elle ne put s'empêcher de répondre sincèrement. Minou lui avait dit le nom de l'homme qu'elle avait rencontré, celui-là même à qui Aimeric était venu en aide.

« Oui, répondit-elle.

– Tu vois, c'est mieux comme ça. Dieu t'aime quand tu dis la vérité. Est-il avec ta sœur ?

– Pourquoi serait-il avec Minou ?

– Où sont-ils, à ton avis ? T'a-t-elle oubliée ?

– Elle m'aime, répondit Alis d'une petite voix.

– Alors peut-être est-il temps pour toi de le lui rappeler, répliqua-t-il en claquant des doigts. Bonal, va me chercher encre et papier. Sais-tu tes lettres, Alis ? »

La fillette s'apprêtait à mentir quand elle vit la nourrice du coin de l'œil et sut qu'elle serait punie si elle feignait l'ignorance. L'ivrogne l'avait vue écrire bien assez souvent. Elle hocha de nouveau la tête.

« Bien. Je te dicterai ce que tu dois écrire. En attendant le retour de Bonal, essayons de revenir sur certaines de mes questions, veux-tu ? Peut-être répondras-tu mieux que la première fois.

– Je ne sais rien.

– Est-ce que ta sœur t'a parlé d'un testament ? Comprends-tu ce qu'est un testament ?

– Ça sert à dire qui récupère vos affaires quand vous mourez.

– Tu es une petite fille intelligente. Maintenant, réfléchis bien avant de répondre. Est-ce que Minou t'a dit où elle avait caché le testament ? Sais-tu où le trouver ?

– Je ne sais pas ce que vous voulez dire. »

Alis avait l'impression d'être prisonnière d'un cauchemar. Elle ne savait pas de quoi parlait le prêtre, mais il ne cessait de répéter la même question.

Pourquoi refusaient-ils de la croire ?

« Où Minou a-t-elle caché le testament ? insista Vidal, d'une voix cajoleuse. Te l'a-t-elle montré ? Ou bien le garde-t-elle toujours sur elle par précaution ? Il ne t'arrivera rien de mal si tu nous dis la vérité.

– Je vous en prie, je n'ai jamais entendu parler du moindre testament. Jamais.

– T'a-t-elle promis de jolies choses quand elle serait riche ? Est-ce pour cela qu'elle est partie pour Toulouse ? Réfléchis bien avant de répondre, Alis. Dieu nous ordonne de dire la vérité. Il voit tout. Il saura si tu mens. »

Village de Puivert

« Me reconnaissez-vous, Paul ? » demanda encore une fois Mme Noubel.

Elle était consternée par les chausses tachées de son cousin et son pourpoint élimé, dont les attaches pendaient mollement au bout d'un fil. Des relents de vin rance émanaient de lui, comme s'il ne s'était pas lavé depuis des jours. À côté d'elle, Bérenger agitait nerveusement les pieds, manifestement aussi embarrassé qu'elle par l'apparence dissolue de son parent.

« Cécile Noubel. Autrefois Cordier. J'étais mariée à votre cousin Arnaud, il y a bien longtemps de cela. Vous en gardez sûrement le souvenir ? »

L'apothicaire vacillait sur ses jambes chancelantes, la dévisageant d'un œil brouillé par l'alcool.

« Cécile ? finit-il par dire d'une voix pâteuse. Vous êtes partie. À Carcassonne. »

Mme Noubel jeta un coup d'œil à Bérenger.

« C'est exact, lorsque Arnaud est décédé. » Elle fit un pas en avant. « Nous sommes ici dans l'espoir d'obtenir quelques informations sur le village, Paul. J'espérais que vous pourriez nous aider.

– Moi ? Je ne sais rien. Il vaut mieux ne rien savoir. Je ne peux pas vous aider. »

Mme Noubel balaya la maison d'un regard sceptique, notant ses fenêtres délabrées et les tuiles manquantes sur le toit.

« Vous avez bien réussi, lui dit-elle. Apothicaire, maintenant, et une maison à vous. »

Son premier époux, Arnaud Cordier, avait été son aîné de vingt ans, et en mauvaise santé. Elle avait passé le plus gros de sa vie conjugale à jouer le rôle de garde-malade plutôt que celui d'épouse. La famille Cordier était grande, avec de nombreux cousins et cousins par alliance, mais elle se rappelait Paul, un garçon impopulaire, clabaudeur, toujours en train de moucharder et de trahir des secrets. Elle savait qu'elle pouvait le persuader de parler.

« De quoi souffrez-vous ? demanda-t-elle gentiment.

– De rien, marmonna-t-il en essayant de fermer la porte. Pourquoi me tourmentez-vous ? Ce ne sont pas vos affaires. Vous avez quitté Puivert, vous avez réussi à partir. Vous ne vivez plus ici, alors vous n'avez aucun droit de me juger. Vous ne savez pas comment c'est. »

Ses propos attisèrent la curiosité de Cécile. De quoi avait-il si peur ? Pourquoi était-il ivre si tôt le matin ? Était-ce habituel, ou bien avait-il eu une raison particulière de chercher le réconfort au fond d'un verre ?

« Je ne suis pas revenue pour causer des problèmes, répondit-elle d'un ton apaisant.

– Laissez-moi tranquille ! Chacun doit penser à soi. Qu'étais-je censé faire ?

– Nul besoin de vous énerver ainsi, *sénher* », intervint Bérenger en s'interposant.

Plusieurs fois au cours de leur fatigant trajet de Carcassonne à Puivert, Mme Noubel lui avait été reconnaissante de sa solide présence, mais celle-ci n'était en l'occurrence pas nécessaire. Elle posa la main sur son bras.

« Tout va bien, Bérenger, lui dit-elle calmement, Paul et moi sommes parents. Écoutez-moi, cousin, nous cherchons un enfant. Une petite fille de sept ans prénommée Alis. Nous avons des raisons de croire qu'elle a été amenée à Puivert voici quelques semaines. Il se peut que son père soit également quelque part dans la région. Il serait arrivé vers Pâques ou alentour. Avez-vous entendu quoi que ce soit ? A-t-on évoqué l'arrivée d'étrangers dans le village ? Au château ? »

À la pâleur de son visage et au violent tremblement de ses mains, au coup d'œil qu'il jeta vers la colline derrière eux avant de détourner le regard, elle sut que oui.

« Puis-je entrer ? » demanda-t-elle. Et, sans lui laisser le temps de l'en empêcher, elle le contourna pour s'introduire dans la maison. « Nous allons parler du bon vieux temps, cousin, puis vous pourrez me dire ce que vous savez. »

63

« Bérenger ! » s'exclama Aimeric avec joie.

Laissant sa tante et Guilhem Lizier le regarder s'éloigner avec stupeur, il descendit la rue en courant pour rejoindre son vieil adversaire devant la maison à l'autre bout du village.

« Doucement, gamin, tu vas me faire tomber.

– Bérenger, c'est vous, je n'en reviens pas. Que faites-vous ici ?

– Je pourrais te poser la même question, répondit Bérenger d'une voix bourrue, dérouté par cet accueil plein d'affection. Aux dernières nouvelles, tu étais à Toulouse, en train d'y semer le chaos, nul doute. » Il balaya la rue du regard. « *Madomaisèla* Minou est-elle avec toi ? »

Aimeric se rembrunit.

« Nous avons été séparés en essayant de sortir de la ville avant le début des combats, et Piet… » Il s'interrompit, se rappelant brusquement que pour Bérenger, Piet était l'homme accusé du meurtre de Michel Cazès qu'il avait pourchassé dans les rues de la Cité. « Notre voiture a été arrêtée au poste de contrôle sur le pont au sortir de Toulouse, continua-t-il sombrement. Minou a pris la fuite pour détourner de nous l'attention des soldats, et regagné la ville. Je ne sais pas ce qui lui est arrivé après cela. » Il déglutit. « Elle est censée nous retrouver ici.

– Je vois que tu as la cape de ta sœur, cependant, fit remarquer le soldat en indiquant le vêtement de laine verte. Tu as tellement grandi que plus aucun de tes vêtements ne te va, c'est cela ? »

Aimeric rougit.

« Elle m'a demandé d'en prendre soin pour elle, c'est tout. Mais sincèrement, Bérenger, que faites-vous à Puivert ? L'autorité du sénéchal ne peut pas s'étendre jusqu'en ces lieux.

– Il se trouve que si, d'une certaine façon. Nous nous trouvons encore dans l'Aude.

– La garnison a été envoyée ici ?

– Non, répondit Bérenger en l'arrêtant d'un geste de la main. Écoute, il ne m'appartient pas de t'expliquer. Patiente un peu, Mme Noubel va bientôt ressortir. Je suis sûr qu'elle n'en a plus pour longtemps.

– Elle est là aussi ?

– Mme Noubel a de la famille dans ce village. Le cousin de son défunt mari. Le premier. Un piètre semblant d'homme, ce Cordier, même s'il est censé avoir de l'éducation. »

Aimeric écarquilla les yeux, se rappelant la conversation entre Achille Lizier et sa tante.

« Nous sommes devant chez Paul Cordier ? »

Bérenger fronça les sourcils.

« Comment se fait-il que tu le connaisses ? »

Aimeric se vit épargné de devoir s'expliquer par l'arrivée de Mme Boussay, tout essoufflée. Guilhem l'accompagnait.

« Vous ne devriez pas vous sauver comme cela, neveu. C'est extrêmement discourtois.

– Je suis désolé, tante.

– La faute m'en revient, remarqua Bérenger. Le garçon a été tellement surpris de me voir ici, je crois bien, qu'il en a oublié les bonnes manières. Ce n'est pas la première fois, devrais-je ajouter. »

Mme Boussay le regarda d'un air soupçonneux.

« Qui êtes-vous ?

– Bérenger, intervint Aimeric. De la garnison de la Cité. Nous sommes amis de longue date. Il est venu avec Mme Noubel, qui est à l'intérieur : ceci est la maison de Paul Cordier. » Il se retourna vers Bérenger. « Je vous présente ma noble tante, Mme Boussay, de Toulouse. Et Guilhem Lizier, qui est en service au château. D'après ce qu'il nous a dit, nous pensons qu'Alis est là-bas. Mon père aussi peut-être. »

Bérenger le regarda droit dans les yeux.

« Tu sais que ta sœur a disparu ? »

Aimeric hocha la tête.

« Minou a reçu une lettre de... »

À cet instant, la porte de Cordier s'ouvrit et Cécile Noubel ressortit.

« Aimeric ? Est-ce bien toi ?

– Madame Noubel ! s'exclama Aimeric, reprenant les présentations au début. Et voici ma tante, Mme Boussay. »

L'espace d'un instant, les deux femmes se contentèrent de se dévisager. Aucune des deux ne souhaitait être la première à parler, ne sachant trop quoi dire. Enfin, Cécile inclina la tête.

« Madame Boussay, Florence m'a beaucoup parlé de vous. Votre sœur vous évoquait toujours avec la plus grande affection. »

Aimeric regarda l'expression de sa tante se radoucir.

« Cécile Cordier. Vous étiez une amie chère de Florence ; sa dame d'honneur, il me semble. » Elle lui tendit la main. « Enchantée de faire votre connaissance. »

Chalabre

Minou et Piet avançaient en file indienne à travers la verte vallée du Blau, restant à l'ombre des arbres aux larges branches, bercés par le rythme doux des sabots de leurs montures sur la piste de pierre et de terre battue. Non loin de celle-ci, la rivière faisait entendre son chant immémorial, bondissant par-dessus rocs et racines en mouchetures d'argent et de blanc. Des moineaux entraient et ressortaient en trombe de leurs nids dans les haies, faisant trembler les feuilles, et il y avait un bourdonnement constant d'abeilles et de cigales dans les prairies au-dessus des berges.

Minou était en proie à un curieux mélange de calme et d'appréhension. De temps en temps, consciente du regard de Piet posé sur elle, elle se retournait pour sourire à l'homme qui voulait l'épouser.

Puis elle pensait à ce qui l'attendait.

Malgré ses paroles de défi, elle était terrifiée. Tourmentée par la pensée de l'état de santé dans lequel elle risquait de trouver Alis, par celle qu'aucun d'eux ne reverrait jamais leur petite maison de la rue du Trésau.

Il était même possible qu'ils ne survivent pas à la nuit.

« Comment vous sentez-vous ? demanda Piet, derrière elle. Voulez-vous vous reposer un peu ? »

Minou lui sourit par-dessus son épaule.

« Non. Ce ne peut plus être très loin. »

Le chemin s'élargissant, il talonna son cheval pour venir à sa hauteur.

« Si vous en êtes sûre, ma Dame des Brumes.

– Votre Dame des Clairières souhaite aller de l'avant », répliqua-t-elle d'un ton taquin.

Le chemin prenait fin à hauteur d'une petite chute d'eau, aussi s'engagèrent-ils sur une sente de ferme qui montait abruptement le long d'un champ d'orge.

« Je ne comprends toujours pas pourquoi Blanche de Bruyères tient tellement à vous faire venir à Puivert qu'elle a pris Alis en otage, dit Piet. Votre père n'est pas un homme fortuné. Que peut-elle bien vouloir ? »

Telle une lumière brillant à travers une vitre en hiver, le souvenir de cet après-midi lui revint : elle se revit dans sa chambre à Toulouse, tenant entre ses mains le testament caché ; se remémora l'encre noire passée, le parchemin jauni.

Ceci est le jour de ma mort. Le Seigneur m'en est témoin, c'est de ma propre main que je rédige ici ceci. Mes dernières volontés.

Avec un sursaut, elle se rendit compte qu'elle n'avait jamais raconté à Piet ce qu'elle avait trouvé caché dans la bible, ni ce qu'elle pensait que cela signifiait.

« Minou ? Savez-vous ce qu'elle veut ?

– Je crois, répondit-elle. Cela n'a rien à voir avec moi personnellement, mais plutôt avec la menace que je représente pour sa position.

– À présent, c'est vous qui parlez par énigmes, la taquina-t-il, lui renvoyant sa remarque du matin. Que voulez-vous dire ? »

Minou balaya de la main les alentours : les collines et les bois, les champs et la route qui menait en serpentant à Puivert, au loin.

« Je veux dire ça, répondit-elle. Tout ça. »

Château de Puivert

Blanche tendit les bras au-dessus de sa tête, laissant ses cheveux noirs ruisseler de ses épaules laiteuses.

Elle avait ramené le drap par-dessus son ventre, pour cacher le bébé au regard de Valentin. Même si ce dernier aimait sentir son enfant bouger sous le velours et la dentelle de ses vêtements, elle avait dans l'idée que la vue de son ventre enflé et nu lui plairait moins.

Et il avait changé. L'ambition qui le rongeait semblait servir davantage une soif de pouvoir personnelle que la gloire du Seigneur. Les voix dans la tête de Blanche lui soufflaient qu'il se détournait de Dieu, presque constamment désormais.

« Revenez vous coucher », lui dit-elle. Il se montrait soucieux de son état, mais elle savait qu'il y avait bien d'autres façons de donner du plaisir et d'en recevoir. « J'aimerais vous avoir près de moi. »

Au lieu d'obtempérer, il gagna la fenêtre et regarda dans la basse-cour.

« Un homme approche », annonça-t-il.

Blanche enfila sa chemise et, malgré le vertige qui l'avait saisie, le rejoignit.

« Le connaissez-vous ? » demanda Vidal.

Blanche fronça les sourcils. Le connaissait-elle ? Elle s'efforça de se concentrer. Une série d'images, de pensées fugaces lui traversèrent l'esprit. Du sang, une douleur soudaine et violente à l'abdomen, le froid des pierres et les ténèbres. Alis hurlant à l'aide, encore et encore. L'espace d'un fugitif instant, un sentiment de culpabilité à l'égard de la fillette lui serra le cœur, mais elle l'étouffa. Il n'y avait pas de place en elle pour la sentimentalité. Cela l'affaiblirait.

Elle hocha la tête, soulagée de se souvenir.

« C'est l'apothicaire du village.

– Qui vous a soignée ?

– Lui-même. Paul Cordier.

– L'avez-vous mandé ?

– Non. »

Vidal rit.

« Encore un de vos espions ? »

Blanche trouva un sourire.

« C'est exact. » Elle glissa la main sous l'habit de Vidal et l'entendit lâcher un soupir. « Je vous l'ai dit, tout le monde peut être acheté, à condition d'y mettre le prix. »

Village de Puivert

Alors que le soleil se couchait derrière les maisons, la longue et étroite rue du village se retrouva plongée dans l'ombre. Sur la colline voisine, seul le château de Puivert restait baigné d'une lumière dorée.

Mme Boussay, Mme Noubel, Aimeric et Guilhem étaient réunis dans la vieille demeure de la sage-femme, voisine de celle d'Achille Lizier. Ils s'y étaient installés après être partis de chez Cordier, ayant besoin d'un endroit où attendre à l'abri des regards indiscrets. La maison, humide, offrait l'apparence mélancolique des endroits à l'abandon, mais une fois qu'ils avaient ouvert les volets à l'arrière et allumé un feu d'aubépine dans l'âtre pour dissiper le froid, elle avait parfaitement rempli son office.

Bérenger montait la garde devant la porte. À l'intérieur, la conversation avait été houleuse. Aimeric avait eu l'impression de voir des chevaliers en train de jouter. Dès qu'un bord marquait un point, une autre suggestion lui faisait perdre l'avantage. Enfin, après plusieurs heures de pourparlers, ils s'étaient mis d'accord sur un plan.

Au crépuscule, Mme Noubel se rendrait au château avec Guilhem. Il l'aiderait à passer le corps de garde de l'entrée principale, avant de se rendre à son poste dans la tour Bossue. Il essayerait de trouver un moyen de parler à Bernard et de le mettre au courant de la situation.

Dans le même temps, Cécile Noubel gagnerait discrètement le logis seigneurial pour trouver Alis, en vue de la faire évader à la faveur de la nuit. Bien que l'alcool ait continué d'altérer l'élocution de Cordier, ce dernier s'était avéré utile. Elle était à peu près certaine de savoir dans quelle pièce l'enfant était retenue, et quelle était la meilleure façon d'y accéder et d'en repartir. Son souci principal était la santé d'Alis. Si celle-ci était malade, et trop souffrante pour qu'on la déplace, il faudrait trouver une autre solution.

Pendant ce temps, Bérenger devait prendre position dans les bois au nord du château pour être prêt à ramener Bernard et Alis au village.

Aimeric devait rester au village avec Mme Boussay pour assurer leurs arrières.

« Je vous dis que je devrais venir avec vous, répéta le garçon. Ce n'est pas juste. »

Mme Noubel secoua la tête.

« Nous avons déjà eu cette discussion dix fois. Moins nous serons, moins nous courrons le risque d'être vus. Je connais bien le château et ses dépendances. Il sera plus facile pour moi de me fondre dans le décor.

– C'est ridicule ! Les domestiques sauront que vous n'êtes pas de la maison.

– J'en étais autrefois, répliqua-t-elle calmement. Les domestiques, ça va et ça vient. Et par ailleurs, toutes les vieilles femmes se ressemblent aux yeux des jeunes.

– C'est bien vrai, fit Mme Boussay avec un petit rire.

– Si par malheur on me demande de m'identifier, poursuivit Mme Noubel, je prétendrai apporter des médicaments au château de la part de mon cousin.

– Cordier est un idiot, fit Aimeric. Je ne lui ferais pas confiance, à votre place.

– C'est assez, neveu. J'ai besoin de vous ici avec moi. Nous devons veiller à ce que la maison soit prête pour accueillir votre père et votre sœur lorsqu'ils reviendront. Ou si Minou arrive, Dieu le veuille. »

Aimeric fronça les sourcils.

« Vous ne pensez pas qu'elle est piégée…

– Votre sœur est une personne courageuse et pleine de ressources, répondit fermement Mme Boussay. Je suis certaine qu'elle a trouvé un moyen de sortir de Toulouse et qu'elle est, à l'instant même, en route vers Puivert. La question n'est pas de savoir si elle arrivera, mais quand.

– Vous croyez vraiment cela, tante ? » demanda-t-il en crispant les doigts sur la cape en laine verte de sa sœur.

Il n'avait pratiquement pas lâché celle-ci des yeux depuis que Minou la lui avait confiée sur le pont couvert.

« Oui, sincèrement. Et lorsque Minou arrivera, je compterai sur vous pour tout lui expliquer. Il m'arrive si souvent de m'embrouiller et de dire ce qu'il ne faut pas. Mon époux… » Elle s'interrompit. « Enfin, cela n'a plus d'importance désormais. »

Aimeric afficha un grand sourire.

« À mon avis, vous ne vous embrouillez pas du tout. Vous comprenez tout, mais faites semblant de ne rien savoir. »

Mme Boussay le dévisagea un instant, puis une lueur d'espièglerie pétilla dans son regard.

« Oh, vraiment ? Eh bien, qui peut le dire ? Il est parfois plus sûr d'être pris pour un imbécile et ignoré, que d'être jugé intelligent et de voir chacun de ses mots analysé. »

Mme Noubel se leva brusquement.

« Cette interminable attente me pèse sur les nerfs », déclara-t-elle. Elle se tourna vers Guilhem. « Êtes-vous sûr que Bernard est toujours dans la tour Bossue ?

– Il est dans la même cellule depuis avril, *madama*. J'étais en patrouille hors du château cette semaine passée, mais je ne vois aucune raison pour qu'il ait été déplacé.

– Je ne comprends toujours pas pourquoi père a été arrêté en premier lieu, fit Aimeric. De quoi l'a-t-on accusé ?

– Il a été pris pour un braconnier, répondit Guilhem. Dame Blanche était à Toulouse – du moins, c'est ce qu'on nous avait dit – et toutes les questions de sécurité gérées par son capitaine de la garde. Deux ou trois autres braconniers ont été arrêtés cette même nuit. Ils ont été condamnés et relâchés avec une amende, mais, parce que Bernard refusait de donner son nom, le capitaine n'a pas voulu le remettre en liberté.

– Et Bernard ne pouvait pas donner son nom, enchaîna Mme Noubel, réfléchissant tout haut, de peur que Blanche de Bruyères l'apprenne et se rende compte de qui il était. Aussi, je trouvais étrange de ne pas avoir de nouvelles de lui, mais je me faisais tellement de souci pour Alis.

– Et personne ne sait qui il est, encore maintenant ? » demanda Aimeric.

Guilhem secoua la tête.

« Seulement nous quatre et, bien sûr, maintenant, mon oncle. » Il se tourna vers Mme Noubel. « Ou peut-être aussi votre cousin ?

– Je n'ai pas parlé à Paul de Bernard, seulement d'Alis, répondit-elle, avant de soupirer. C'est étrange, quand même, d'être de retour dans cette maison après si longtemps. Vingt ans. »

Mme Boussay la regarda.

« Vous en savez bien plus sur cette affaire que vous n'en avez fait part jusqu'à présent, Cécile. »

Mme Noubel hésita, puis hocha la tête.

« C'est vrai. Mais c'est à Bernard qu'il revient de raconter cette histoire. Je ne peux pas trahir une confidence. »

À cet instant, la cloche annonçant le crépuscule se fit entendre, et tout le monde se tut. Bérenger réapparut dans l'encadrement de la porte, bloquant la lumière de sa solide carrure.

« C'est l'heure », dit-il.

64

Château de Puivert

Alors que les dernières traces d'azur disparaissaient du ciel, un rossignol se mit à chanter dans les bois derrière le château. L'air était empli d'une odeur pénétrante de pin et de terre humide.

On distinguait dans le donjon la lueur tremblotante de bougies, comme autant de lucioles perçant le velours bleu de la nuit. Le corps de garde était éclairé par des torches à la flamme plus forte, plus vive, parsemant la cour herbeuse d'ombres allongées et mouvantes. Des lampes brûlaient au-dessus des linteaux de pierre des tours de la basse-cour. Il ne semblait pas y avoir âme qui vive, que ce soit à l'intérieur ou à l'extérieur des remparts. Mais la nuit palpitait de présences secrètement à l'affût.

Respirations courtes, contrôlées. Bonnets et capuches rabattus sur les visages. Le pas feutré de ceux qui ne veulent pas être entendus, le craquement d'une brindille ou le roulement d'une pierre aussi bruyants, semblait-il, qu'un grondement de tonnerre.

Des yeux qui guettaient dans les bois.

Mme Noubel et Guilhem s'approchèrent du pont-levis.

« Vous êtes sûr de vouloir faire cela ? demanda-t-elle en posant la main sur le bras du jeune homme. Si on découvre votre rôle dans l'affaire, les choses tourneront mal pour vous.

– Cela n'arrivera pas, répondit-il, même si elle perçut le pincement de peur dans sa voix. Les villageois viennent régulièrement au château, apporter de la nourriture ou des produits à vendre.

– À cette heure-là ?

– À toute heure du jour et de la nuit.

– Si vous êtes sûr.

– Ne vous inquiétez pas. Il n'y a aucune raison qu'on vous suspecte de quoi que ce soit. Vous êtes une Puivertaine, vous faites partie des nôtres. »

« Qu'est-ce que c'était que cela ? chuchota Piet en dégainant.

– Ce n'est rien, répondit vivement Minou. Les hautes notes d'un rossignol, ne l'entendez-vous pas ? Les bois sont pleins de chants d'oiseaux à cette heure-là. »

Piet laissa retomber sa main.

« Après la barricade, même le plus innocent des sons me semble représenter une menace. »

Ils s'adossèrent de nouveau au hêtre devant lequel ils étaient assis, dont le tronc tordu brillait d'un éclat argenté au clair de lune. Minou retourna une feuille dans sa main.

« Elle a la forme d'une larme, vous voyez ? »

Il rit, puis en ramassa une autre parmi toutes celles qui jonchaient le sol à côté d'eux.

« Je préfère celle-ci, parce qu'elle ressemble à un cœur.

– Elle vient d'un aulne, dit Minou. Quand j'étais petite, ma mère m'a appris à reconnaître les arbres à leurs feuilles et à leurs fleurs. Nous nous promenions souvent dans les bois, les marécages au bord du fleuve, les vergers sur les flancs de la colline où est construite la Cité. »

Piet sourit.

« Ma propre enfance, à Amsterdam, a été marquée par les canaux et les écluses. Le son du vent dans les gréements des grands bateaux et celui des marchands déchargeant leur cargaison. Une ambiance très bruyante et agitée, loin de la sérénité de la campagne. » Il se figea de nouveau. « Et ça, c'était quoi ? »

Cette fois, Minou avait entendu aussi. Le bruit d'une branche se brisant sous un pas.

« Cela venait de là, murmura-t-elle en indiquant les bois plus touffus au nord du château.

– Je vais aller voir.

– Non, attendez.

– Je ne serai pas long. Il vaut mieux être sûrs.

– Piet, nous ferions mieux de rester ensemble », insista-t-elle, mais elle parlait déjà à la lune, car il avait disparu.

Minou attendit, à l'affût du bruit de ses pas dans les ténèbres. Le chant du rossignol laissa place au cri d'une chouette partant en chasse. Puis les cloches du village sonnèrent 8 heures. Fallait-il qu'elle le suive ? Et s'il y avait bien quelqu'un là-bas et que Piet avait besoin d'aide ?

Elle leva les yeux. Les bougies qui avaient brûlé dans la grande tour rectangulaire du château venaient de s'éteindre. Il était encore très tôt pour que la maisonnée soit en train de se coucher, mais peut-être était-ce la coutume dans les montagnes.

« Piet ? » chuchota-t-elle dans la nuit, croyant avoir entendu quelque chose.

Il n'y eut aucune réponse.

Elle sortit de l'ombre du hêtre.

Sans préavis, une main se plaqua sur sa bouche. Une main d'homme, qui sentait la bière et le métal. Elle se débattit, à grands renforts de contorsions, de coups de poing et de coups de pied, mais en vain.

« En voici une autre, dit l'homme qui la tenait. On dirait que ce vieil ivrogne de Cordier ne s'est pas trompé, pour une fois. »

Minou fit un dernier effort désespéré pour se dégager, mais on lui tira les bras dans le dos et on lui jeta un sac de jute sur la tête. Puis, moitié en la poussant, moitié en la portant, on lui fit gravir la pente en direction du château. Quelques instants plus tard, elle entendit un portail s'ouvrir.

« Qu'est-ce qu'on est censés faire d'elle ?

– La jeter au cachot dans la tour Bossue. »

« Bonne nuit », dit Guilhem d'une voix forte, à l'adresse de Mme Noubel mais à l'intention des gardes en service.

Ceux-ci étaient en train de jouer aux dés et leur prêtèrent à peine attention. Pas assez, peut-être ? N'était-il pas étrange que personne ne lui ait demandé l'identité de sa compagne ? Il avait dit à Mme Noubel de ne pas s'inquiéter, mais l'atmosphère régnant dans le corps de garde lui semblait bizarrement tendue. Cela dit, il était trop tard pour reculer. Tant que Bérenger resterait en position dans les bois, tout irait bien.

« Merci beaucoup pour votre aide, *sénher*, répondit Mme Noubel en occitan. Je vous suis bien obligée. Bonne nuit.

– *Bona nuèit, madama* », répéta-t-il en réponse.

Prenant les clefs de la tour Bossue, il sortit dans la nuit. Il vit Mme Noubel resserrer son châle autour de son visage et s'enfoncer précipitamment dans les ténèbres de la cour.

En se retournant pour rentrer dans le corps de garde, il trouva deux soldats en travers de son chemin. Un troisième homme, un inconnu au visage balafré, les accompagnait.

« Il y a un problème ? »

Le premier coup de poing lui coupa le souffle, le deuxième le heurta à la mâchoire et lui rejeta violemment la tête en arrière. Puis il ressentit une poussée brutale sur sa poitrine.

« Mes amis, quel est le souci ? Que se passe-t-il ? »

Il sentit les soldats l'agripper chacun par un bras pour le traîner hors du corps de garde.

« Suis-je en état d'arrestation ? »

Au dernier moment, à la lumière des lampes, il aperçut un visage familier, celui de quelqu'un qui n'aurait pas dû se trouver là.

« Cordier ? s'exclama-t-il, en luttant pour se dégager. Cordier ! »

Puis quelqu'un referma la porte d'un coup de pied, on lui plaqua une main sur la bouche et on le traîna de l'autre côté du pont-levis, dans les bois derrière le château.

« Non, essaya de dire Guilhem en sentant la pointe d'un couteau contre son flanc. Vous faites une erreur.

– Pas d'erreur », répliqua Bonal.

Guilhem tenta d'appeler à l'aide alors même que la lame s'enfonçait entre ses côtes. Un geste d'expert, propre et définitif. L'espace d'une seconde, il ne ressentit rien. Puis la pointe de l'arme toucha au but. Guilhem sentit le sang commencer à couler sur sa peau et son pourpoint, et un froid terrible, comme une gelée d'hiver, se propager jusqu'au bout de ses doigts. Il tomba à genoux. Le goût du sang était dans sa gorge, dans sa bouche. Pourquoi n'arrivait-il pas à respirer ?

Pendant ses derniers instants, il crut voir sa Jeannette sur la berge de la rivière, si fière de savoir qu'il avait appris à écrire en français. Regretta de ne jamais pouvoir, désormais, remercier Bernard de lui avoir offert cette instruction. Songea à Mme Noubel, trahie – comme ils l'avaient tous été, comprit-il – par son propre cousin, et pria pour que Bérenger ait au moins une chance de se défendre, de mourir en soldat.

Il porta la main à son épée, mais c'était trop tard.

Entendant des bruits filtrer dans sa cellule, Bernard se réveilla en sursaut.

« Guilhem ? demanda-t-il. C'est vous ? »

Soulevant la lourde chaîne qui le retenait attaché au mur, il s'approcha de l'étroite fenêtre pour regarder à l'extérieur.

L'air nocturne était frais sur son visage. Les nuages passaient rapidement devant la lune, créant des rayons de lumière argentée qui caressaient le sommet des arbres et éclairaient des portions de terre en bordure du bois.

Il ne voyait pas grand-chose, mais il entendit le battement des ailes d'un oiseau qui prenait son essor et s'envolait. Et un bruissement dans les sous-bois. Un sanglier, peut-être ? Ou bien d'autres braconniers ? Les sanctions pouvaient être dures, mais la chasse était bonne.

Puis, des hommes en train de parler. À voix basse, mais sans crainte d'être entendus. Pas des braconniers, donc. Des bruits d'épées et d'armures. Des soldats ? Ils n'avaient pas pour habitude de patrouiller à l'extérieur des remparts la nuit.

Bernard essaya de tourner la tête, mais sa chaîne était tendue au maximum, l'empêchant d'en voir davantage. Il entendit un portail s'ouvrir – celui qui donnait sur la cour supérieure, lui sembla-t-il – et se demanda qui pouvait bien être arrivé au château à cette heure de la nuit.

Ne souhaitant pas être surpris en train de regarder dehors, il se hâta de regagner sa paillasse et s'y assit pour attendre.

Piet porta les doigts à la gorge de l'homme et ne trouva pas son pouls.

Le corps était encore chaud ; la vie venait juste de le quitter. Piet palpa son pourpoint, trouvant le manche d'un poignard et une chemise trempée de sang. Il passa ensuite les mains sur ses poches, en sortit un couteau et un trousseau de clefs, puis se releva. Il venait de cacher les clefs dans sa propre poche lorsque, du coin de l'œil, il perçut un mouvement.

Il dégaina en faisant volte-face, mais sa réaction fut trop lente. Il vit le bâton s'abattre sur lui, en sentit l'extrémité heurter sa tempe.

Puis, les ténèbres.

Bernard entendit la lourde porte extérieure de la tour Bossue s'ouvrir, puis plusieurs paires de bottes remonter pesamment le couloir et une clef tourner dans sa serrure.

Deux soldats qu'il ne reconnut pas apparurent sur le seuil, encadrant quelqu'un. Bernard leva les mains pour se protéger les yeux de la lumière éblouissante de la lanterne.

« Reste où tu es, lui ordonna-t-on.

– Où est Guilhem ? demanda-t-il.

– On t'a amené de la compagnie. »

L'un des soldats poussa le prisonnier en avant.

Avec détresse, Bernard vit qu'il s'agissait en fait d'une femme. Grande et mince, avec le bas des jupes mouillé. Un des soldats se baissa pour lui détacher les mains puis lui ôta son capuchon de la tête.

« La première d'une longue série de nouveaux venus ce soir, m'est avis. »

La porte se referma à clef et le calme retomba. La femme garda la tête baissée, mais Bernard savait. Il ne pouvait plus respirer, n'osait pas parler de peur de rompre le charme. Était-ce un rêve ? Un esprit envoyé pour le hanter ?

La cellule était plongée dans l'ombre, mais le ruban de lumière lunaire entrant par l'étroite fenêtre fut tout ce dont il avait besoin. Une larme roula sur sa joue.

« Ma fille… »

65

Blanche de Bruyères était vêtue d'une longue robe grise, boutonnée jusqu'au menton et ingénieusement taillée de façon à cacher son état. Sa sous-jupe et les crevés de ses manches étaient d'un blanc ivoirin qui chatoyait à la lueur des bougies, et ses cheveux noirs étaient tressés et ramassés sous une coiffe grise. Elle portait un rang de perles autour du cou et à sa taille pendait un magnifique rosaire aux grains d'argent et d'ivoire sculpté.

Vidal se tenait derrière elle dans sa robe rouge, un lourd crucifix en argent autour du cou. Bonal, en faction sur le palier devant la porte ouverte de la salle des musiciens, écoutait tout ce que disait le capitaine de la garde.

« Quelles nouvelles ? demanda Blanche.

– Nous les avons tous trouvés, votre seigneurie, répondit-il. Il y en a bien quatre, comme l'a rapporté l'apothicaire, même si les descriptions qu'il a fournies ne sont pas entièrement exactes.

– Que voulez-vous dire ? »

Le capitaine bougea nerveusement les pieds.

« Leur âge, leur tenue, il...

– Dites-nous qui vous avez, l'interrompit Vidal.

– Une vieille femme et un soldat, arrivés dans le village ce matin, de Carcassonne. Et une autre femme et un garçon venus de Toulouse, qui sont montés de Chalabre cet après-midi. Nous tenons déjà les deux femmes.

– Quel nom a donné la plus jeune ? demanda Blanche d'un ton pressant.

– Elle a refusé de parler. Nous l'avons trouvée juste après 8 heures devant les remparts du château, dans les bois du côté de...

– Seule ? l'interrompit de nouveau Vidal.

– Oui, monsignor.

– Avait-elle quelque chose sur elle ? Une sacoche en cuir, par exemple ?

– Non, bien que nous ayons des raisons de croire qu'ils sont arrivés de Chalabre à cheval. Mes hommes sont à l'instant même en train de chercher leurs montures.

– Si vous n'avez pas son nom, décrivez-la-moi.

– Plus grande que la moyenne, répondit-il d'une voix hésitante, les cheveux raides et bruns. Ni d'une grande beauté ni, pour autant, quelconque.

– De quelle couleur étaient ses yeux ? demanda Blanche.

– Pardonnez-moi, votre seigneurie, bredouilla le capitaine, mais il faisait nuit. Je n'ai pas relevé. »

Blanche se tourna vers Vidal.

« C'est elle, j'en suis certaine. Qui pourrait-ce être d'autre ? Je veux qu'on l'amène ici immédiatement. Je...

– Patience, madame, répondit Vidal en lui jetant un regard d'avertissement. Écoutons d'abord le reste du rapport de ce bon capitaine. »

Blanche s'empourpra mais agita la main.

« Très bien. Continuez.

– La vieille dame se fait appeler Noubel. Originaire du village, elle était mariée autrefois à un des cousins de Cordier. Elle a déménagé il y a quelques années, après être devenue veuve.

– L'enfant avait été laissée à sa garde à Carcassonne, murmura Blanche à l'oreille de Vidal, avant de se retourner vers le capitaine. Je ne savais pas qu'elle était de Puivert. Quand exactement a-t-elle quitté le village ?

– Il y a dix-neuf ans, d'après l'apothicaire. Ou vingt, il n'était pas sûr. »

Vidal lui fit signe de continuer.

« Mme Noubel s'est vu offrir l'accès au château par un de mes propres hommes, j'ai le regret de le dire. Il a été puni. »

Vidal hocha la tête.

« Où a-t-on trouvé cette Noubel ?

– On l'a attrapée alors qu'elle essayait d'entrer dans le logis.

– À la recherche de l'enfant, sûrement, murmura Vidal. Et les hommes ?

– Cordier a décrit un vieux soldat et un jeune garçon. Nous ne les tenons pas encore. Nous ne les avons pas trouvés dans le village, aussi pensons-nous qu'ils ont pris refuge dans les bois. J'ai des hommes à leur recherche en ce moment même, avec des chiens. Ils n'iront pas loin. »

Vidal leva une main.

« Je les veux vivants, capitaine.

– Oui, monsignor. J'ai donné des ordres dans ce sens. »

Blanche semblait avoir retrouvé son équilibre.

« Vous avez fait du bon travail, capitaine. Je veillerai à ce que vous en soyez récompensé. »

Il s'inclina.

« Merci, madame. Et M. Cordier, que devons-nous faire de lui ? Il attend dans le corps de garde.

– Lui aussi devrait être récompensé de ses services, répondit-elle en jetant un coup d'œil à Vidal.

– Bonal, appela celui-ci, suivez le capitaine. Escortez Cordier hors du château. La route peut être dangereuse la nuit. »

Blanche attendit que l'écho de leurs pas sur les marches de pierre en colimaçon se soit évanoui avant de reprendre la parole.

« Il y a quelque chose qui ne va pas », dit-elle. Les voix dans sa tête étaient de nouveau insistantes. « Qu'avons-nous oublié, mal compris, quoi ? »

Vidal la regarda avec surprise.

« Que voulez-vous dire ?

– Que veux-je... » Elle cligna des yeux. « Rien.

– Il nous faut procéder avec précaution. Si c'est bien Minou Joubert...

– C'est elle, c'est forcément elle. Mais comment se fait-il que Mme Noubel soit avec elle, je ne le comprends pas.

– Et à supposer que l'homme qui l'accompagne soit Reydon, continua-t-il à mi-voix.

– Il a parlé d'un jeune homme. Se peut-il que Cordier se soit trompé sur le nombre de personnes qu'il a vues ? Le capitaine a dit que les descriptions qu'il a fournies ne correspondaient pas.

– Quoi, vous pensez qu'ils pourraient être plus de quatre ? » Vidal fronça les sourcils. « Et si c'est Reydon, pourquoi l'a-t-il abandonnée pour se rendre dans les bois ?

– Afin d'y cacher le Suaire ?

– Pourquoi le cacher là ? Sur vos terres ? Plus sûr de le garder sur lui. »

Blanche porta la main à sa tête, essayant de faire taire les voix.

« Êtes-vous souffrante ? » demanda Vidal.

Elle afficha vivement un sourire.

« Point du tout. Je pense que nous devrions faire venir Minou Joubert, maintenant. Déterminer ce qu'elle sait. »

Elle se tourna vers la porte, mais sentit la main de Vidal sur son bras.

« Pas encore. Laissez le capitaine achever sa tâche, Blanche. Lorsqu'il les aura tous capturés, nous pourrons commencer. J'ai de l'expérience dans ce genre d'affaire. Il sera plus aisé de persuader chacun de parler s'ils savent que nous tenons également les autres. »

Blanche fronça les sourcils.

« Mais nous avons Alis. Cela suffira sûrement à lui délier la langue. Je ne peux pas attendre demain matin.

– Vous devriez vous reposer. » Il se mit à lui caresser la nuque. « Je vous promets, Blanche, que si vous la questionnez maintenant, elle tiendra sa langue. Et nous ne découvrirons pas où ils ont caché le Suaire. Ni, d'ailleurs, le document que vous cherchez. »

Blanche se laissa aller contre lui et le sentit s'éveiller. Le prêtre recula dans l'ombre et l'homme prit sa place.

Elle soupira.

« Très bien, attendons l'aube. Mais si Reydon n'a pas été capturé d'ici là, je la ferai quand même amener devant moi. »

66

Dans la pénombre de leur cellule de la tour Bossue, Minou, assise, tenait la main de son père.

Toute la distance des mois passés, les silences et les ombres, avaient été bannis par la joie de se retrouver. Ils avaient parlé, longuement, de tout ce qui leur était arrivé depuis qu'ils s'étaient séparés à la porte Narbonnaise de la Cité en ce froid matin de mars. Des récits empreints de culpabilité et de regret. Minou raconta sa vie chez les Boussay, l'horreur du massacre, et comment les lettres qu'il lui avait écrites avaient été interceptées. Elle décida de ne pas lui parler de la lettre de Blanche, ou de l'enlèvement d'Alis, dans l'immédiat. Elle ne voulait pas lui causer plus de peine, et savait qu'elle allait devoir choisir soigneusement le moment de le mettre au courant. De son côté, Bernard lui raconta sa capture et sa longue captivité. Les raisons pour lesquelles il était venu à Puivert en premier lieu n'étaient toujours pas claires aux yeux de Minou, mais alors qu'elle s'apprêtait à aborder franchement le sujet, la porte de la cellule se rouvrit et Mme Noubel fut poussée à l'intérieur.

Le même mélange confus de joie et d'angoisse les assaillit tous face aux circonstances qui les amenaient à se retrouver ainsi. Mme Noubel expliqua ce qui était arrivé à Alis et comment Bérenger l'avait accompagnée à Puivert. Minou, bien sûr, savait déjà que sa petite sœur avait été capturée. Mais pour Bernard, la nouvelle que sa fille cadette était retenue captive depuis tant de semaines dans le château qui était sa propre prison fut tellement bouleversante qu'il s'enfonça dans le silence, comme l'avait craint Minou.

La nuit passa lentement, rythmée par la sonnerie de la cloche du village toutes les heures. De temps en temps, ils entendaient l'écho d'un cri dans les bois derrière les remparts, ou des aboiements de chiens en chasse à glacer le sang.

« Ils ne les ont pas encore trouvés, fit remarquer Minou.

– S'il arrive malheur à Bérenger, je ne me le pardonnerai jamais, dit Cécile Noubel. Rien de tout cela n'est de sa faute.

– Ce n'est la faute de personne hormis celle qui l'a commise, répliqua Minou.

– Bérenger est un bon ami envers notre famille, dit Bernard. Il l'a toujours été. »

Minou hocha la tête, mais c'était à Piet qu'elle pensait. Même si elle avait raconté à ses compagnons de cellule comment son chemin et celui de l'ancien pensionnaire de Mme Noubel s'étaient croisés à Toulouse – et combien Aimeric admirait ce dernier –, elle n'en avait pour l'instant pas dit plus à son père.

Du bout de sa bottine, elle traçait un motif dans la paille, levant les yeux de temps en temps. Bernard se tenait debout sous l'étroite fenêtre. Elle ne put éviter de remarquer combien il avait maigri. Mais en même temps, elle décela en lui un stoïcisme nouveau ; une détermination, même.

« Quand je pense qu'Aimeric est avec Salvadora Boussay dans le village, dit-il brusquement. Quand j'y pense, Cécile…

– Ils semblaient être à l'aise en compagnie l'un de l'autre. S'y plaire, même. »

Minou sourit.

« Il détestait vivre à Toulouse. Alors apprendre qu'ils ont tous deux réussi à s'échapper sains et saufs, et qu'en plus ils ont pris plaisir à voyager ensemble, est un grand soulagement pour moi.

– Où sont-ils maintenant ? demanda Bernard.

– Ils attendent dans la maison d'Anne Gabignaud, répondit Cécile. Si nous ne sommes pas revenus d'ici le matin, ils donneront l'alarme.

– Quelle alarme ? Le village et les soldats sont tous au service de Blanche de Bruyères. »

Elle fronça les sourcils.

« Je sais, mais Mme Boussay n'est pas sans influence.

– Qui est Mme Gabignaud ? demanda Minou.

– Elle a été, pendant une trentaine d'années, la sage-femme de Puivert. Elle est morte l'hiver dernier.

– Assassinée, en fait, c'est le vieux Lizier qui me l'a dit, ajouta Bernard. Elle était préoccupée par quelque chose dans les jours qui ont précédé sa mort. Elle lui avait confié une lettre à remettre à Carcassonne.

– Adressée à qui ? »

Bernard secoua la tête.

« Il ne savait pas. Il ne sait pas lire. »

Minou retint son souffle.

« À moi. Une mise en garde, même si je ne l'ai pas compris sur le moment.

– À toi ! s'exclama Cécile.

– Raconte », fit calmement son père.

Lorsqu'elle eut fini d'expliquer les circonstances dans lesquelles elle avait reçu l'étrange pli, cacheté de ce qu'elle savait désormais être le sceau des Bruyères, elle vit les deux vieux amis échanger un regard. Tous trois venaient de passer plusieurs heures à discuter du présent et de l'avenir, mais aucun d'eux n'avait encore eu le courage de dévoiler le passé.

« Chacun de nous sait que nous ne vivrons peut-être pas jusqu'à demain », déclara Minou. Sa voix lui semblait trop forte dans la cellule exiguë. « Et même si nous survivons assez longtemps pour voir le soleil se lever, nous ne pouvons pas savoir ce que Blanche de Bruyères a l'intention de faire.

– Guilhem va nous aider, dit vivement Bernard. Vous dites être arrivée au château avec lui, Cécile ?

– C'est exact. »

Il fronça les sourcils.

« Il doit avoir été envoyé en service ailleurs. D'ordinaire, il est de garde ici, à la tour Bossue.

– Peut-être fait-il partie de l'équipe qui fouille les bois », répondit Mme Noubel. Mais son visage était crispé. Elle-même avait été arrêtée et, Guilhem étant celui qui l'avait fait entrer dans le château, elle avait peur pour lui. « Je suis sûre que c'est là l'explication. »

Minou hocha la tête.

« Tout peut arriver. Nos amis réussiront peut-être à nous aider, ou non. Mais pour le moment, nous devons partir du principe que nous ne pouvons compter que sur nous-mêmes. » Elle sourit à son père dans la pénombre argentée de la cellule, espérant le rassurer. « Le moment est venu. Voici plusieurs semaines, rue du Trésau, vous n'avez pas voulu vous confier à moi.

– J'en étais incapable.

– J'ai essayé de respecter votre décision.

– Je regrette mes atermoiements, à présent. Si je t'avais fait confiance, comme Cécile me le conseillait, nous ne serions peut-être pas dans une situation aussi terrible maintenant. »

Et pourtant, il hésitait encore. Minou pouvait voir que l'habitude de garder ses pensées pour lui était ancrée si profondément qu'elle allait être difficile à briser.

« C'est ce que Florence aurait voulu, Bernard, l'encouragea Cécile.

– Assez de secrets, père. »

Dans les bois, un crescendo d'aboiements rompit brutalement le silence. Bernard sursauta et tourna les yeux vers la fenêtre, avant de les reposer sur sa fille.

« Très bien », dit-il avec un mélange de défaite et de soulagement dans la voix.

Minou attendit. Les seuls sons étaient le crépitement des torches dans le couloir et les hurlements des chiens dans les bois, devenus plus distants.

Enfin, il se lança.

« Il y a une vingtaine d'années, j'entrai comme scribe au service du seigneur de Puivert. Florence fut embauchée comme dame de compagnie de sa jeune épouse. Nous étions fiancés depuis peu et avions emménagé au château. Immédiatement nous nous rendîmes compte que notre maître était un homme dur. Il n'était pas pieux, bien qu'il fasse de grands efforts pour donner l'impression du contraire. Il imposait des taxes plus hautes que n'importe lequel des autres propriétaires terriens de la région. Les sanctions à l'encontre des braconniers et des intrus étaient sévères. Je devais consigner les amendes et les châtiments choisis, alors j'ai pu le constater de mes propres yeux. Les femmes du village, par ailleurs, savaient qu'elles avaient intérêt à l'éviter. Et enfin, il était obsédé par la volonté d'avoir un fils pour qu'il hérite de son domaine et assure sa postérité, même si lui-même, croyait-on, avait acheté le titre à quelqu'un d'autre.

– C'était un homme damné, malfaisant, ajouta Cécile.

– C'est vrai. Lorsque Florence et moi avons emménagé au château, nous ne savions rien de tout cela. Mais nous avons vite appris. Tout ce que je te demande, Minou, c'est de comprendre que j'ai toujours essayé de faire ce que je croyais être le mieux. »

Minou lui prit la main.

« Vous avez toujours fait de votre mieux pour nous tous : Aimeric, Alis et moi.

– J'ai fait beaucoup d'erreurs. Trop. » Il s'adossa au mur. « Mais je crois qu'une grande partie de ce que je suis sur le point de te raconter ne va pas te surprendre. »

Dehors, les nuages continuaient de passer à toute vitesse devant la lune. Un unique rayon de lumière blanche entrait par l'étroite fenêtre, teintant d'argent la paille qui couvrait le sol. Bernard posa les mains sur ses genoux comme pour se stabiliser, puis reprit son récit. Cette fois, il parla d'une voix douce, élégante, et Minou comprit que c'était une histoire qu'il s'était racontée plusieurs fois à lui-même par le passé.

« Tu es née au crépuscule, le dernier jour d'octobre. La veille de la Toussaint. C'était une froide journée d'automne, humide, avec des averses grises poussées par un vent cinglant. L'air était imprégné de l'odeur des feux de bois. Pour marquer la date et repousser les esprits malfaisants, des brins de buis et de romarin avaient été attachés aux portes des maisons du village. À chaque intersection et départ de chemin, des autels improvisés étaient comme sortis de terre. Bouquets de fleurs noués d'un ruban de couleur, invocations et prières griffonnées dans la langue d'autrefois sur des bouts de tissu. Le seigneur de Puivert était dans la chapelle. Je suis peut-être injuste envers lui, mais je doute qu'il ait été en prière. Il attendait que quelqu'un descende du logis pour l'informer. » Il jeta un coup d'œil à Minou. « Le 31 octobre de l'an 1542. »

L'atmosphère sembla s'affûter, comme si la pièce elle-même retenait son souffle.

« Comprends-tu, Minou ? demanda-t-il doucement, faisant ondoyer la surface du silence comme une pierre tombée dans l'eau.

– Oui, répondit-elle, surprise par le calme qu'elle ressentait. Je ne comprenais pas ce que cela voulait dire lorsque j'étais plus jeune, mais j'ai toujours su que j'étais différente de mon frère et de ma sœur. Aimeric et Alis, tout dans leur caractère et leur apparence évoque une ressemblance familiale. Et lorsqu'ils se tenaient près de mère, ils étaient comme des reflets dans son miroir : petits et solides, alors que je suis grande et mince ; la peau brune, alors que la mienne est pâle ; une masse de boucles noires sur la tête, alors que mes cheveux à moi sont raides comme des baguettes. »

Elle sentit les yeux de son père fixés sur elle.

« Et moi ?

– Je ne savais pas avec certitude si vous étiez mon père de sang. Mais quand bien même vous ne le seriez pas, cela ne change rien pour moi. Vous m'avez élevée, appris à aimer les livres, et mère m'a appris à penser. » Elle retint son souffle. « Vous m'aimiez tous les deux. C'est cela qui compte. Pas le sang. »

Au pâle clair de lune filtrant dans la pièce, elle le vit sourire.

« Florence et moi t'aimions autant que si tu avais été notre propre enfant, répondit-il d'une voix rauque d'émotion. Parfois, j'avais même l'impression que nous t'aimions davantage, bien que j'aie honte de l'admettre. »

Minou lui prit la main et la serra dans la sienne.

Cécile Noubel fit entendre un petit rire.

« Et ne vous avais-je pas dit que vous étiez un imbécile de croire que Minou penserait autrement ? dit-elle d'une voix que la boule dans sa gorge rendait bourrue. Vous avez été un bon père, Bernard Joubert. »

Minou se tourna vers elle.

« Et vous étiez là », dit-elle.

Ce n'était pas une question.

« Oui. Je m'appelais Cécile Cordier à l'époque.

– Dites-moi tout. »

Bernard hocha la tête.

« Mais m'aiderez-vous, Cécile ? Si j'oublie un détail, ou que ma mémoire me trahit. Pouvons-nous raconter cette histoire ensemble ?

– Bien sûr. »

Et l'atmosphère de la pièce sembla changer, s'apaiser. Puis ils commencèrent à parler – un duo dont les notes étaient leurs souvenirs –, et Minou se trouva reportée dix-neuf ans en arrière. Au jour de sa naissance.

67

Château de Puivert
31 octobre 1542

Dans la chambre principale du logis, le feu était presque éteint. Les flammes dévoraient en crépitant les dernières branches d'aubépine ramassées dans la vallée du Blau pendant l'été. Le plancher autour du lit était couvert de paille fraîche, parfumée avec des herbes sèches – romarin et serpolet – cueillies sur les collines entourant Puivert.

Les rideaux du lit gardaient l'odeur des hivers passés et l'écho de la voix de toutes les femmes qui avaient peiné dans cette chambre pour mettre au monde des filles et des fils catholiques, préservant leurs secrets dans leurs plis brodés.

Depuis plusieurs heures déjà, les domestiques allaient et venaient, montant des cuisines des casseroles de cuivre remplies d'eau chaude, remplaçant les linges souillés par des bandes de coton propres. Cela prenait trop longtemps, chuchotaient-ils entre eux. Tant de sang, et toujours pas d'enfant. Ils savaient que si leur maîtresse accouchait encore d'une fille, les choses iraient mal pour elle. Le maître voulait un garçon. Et si c'en était un mais qu'il ne survivait pas, les choses iraient mal pour tout le monde, à commencer par la sage-femme, Anne Gabignaud.

Le seigneur avait posté le capitaine de sa garde dans la chambre. Celui-ci, maigre comme un oiseau, le visage crochu et les manières veules, était à la fois craint et détesté. C'était l'espion de son maître. Le scribe aussi avait reçu l'ordre d'être présent. À la différence du capitaine, Bernard Joubert savait qu'une chambre d'accouchement n'était pas un endroit où les hommes avaient leur place. Il s'était installé dans le coin le plus éloigné de la pièce pour respecter la pudeur de la châtelaine.

Sa femme, Florence, dame de compagnie de Marguerite de Bruyères, était à son chevet. Une autre femme du village, Cécile Cordier, était également présente.

« Combien de temps encore ? » demanda le capitaine impatiemment.

Son avenir dépendait de la fortune qui attendait la famille de son maître, et de la bienveillance de ce dernier.

« La nature suit son cours, répliqua la sage-femme. On ne peut pas précipiter ces choses. »

Marguerite de Bruyères poussa un cri alors qu'une autre contraction secouait son corps affaibli, et le capitaine recula avec dégoût.

L'expression d'Anne Gabignaud n'avait pas changé depuis douze heures que la châtelaine était en travail, mais la vérité se lisait clairement dans son regard. Elle avait vu plus de cinquante printemps, aidé à mettre au monde nombre des fils et filles de Puivert, et ne croyait pas que la dame allait survivre à l'épreuve. Sa volonté était épuisée, son corps déchiré. La seule question était de savoir si l'enfant pouvait être sauvé.

Florence Joubert caressait les cheveux de Marguerite. Cécile Cordier passait à la sage-femme ce dont elle avait besoin – huile d'olive pour aider à hâter les choses, linges propres, une teinture de miel chaud et d'ail pour adoucir les lèvres sèches de la châtelaine.

« Vous faites preuve d'une grande fortitude, murmura Florence, le teint coloré par l'inquiétude. Vous y êtes presque. »

Marguerite poussa un autre cri et, cette fois, Mme Gabignaud prit une décision. Si elle ne pouvait pas sauver sa patiente, elle pouvait au moins lui accorder le respect de sa pudeur et de sa dignité dans ses derniers instants. Elle attira Florence à elle.

« La dame ne va pas survivre. Je suis désolée.

– N'y a-t-il rien que nous puissions faire ? chuchota Florence.

– Elle a tout simplement perdu trop de sang et, après la tragédie de ses dernières couches, elle ne s'est jamais complètement remise. Mais l'enfant peut encore être sauvé. »

Florence soutint son regard puis hocha la tête, bien qu'elle sache aller à l'encontre des désirs de son maître.

« Il vous faut quitter la pièce, lança-t-elle. C'est la sage-femme qui le demande. »

Bernard se leva aussitôt, rassemblant ses papiers. Le capitaine, lui, ne bougea pas.

« Je refuse, déclara-t-il. J'ai pour ordre exprès de rester jusqu'au bout. »

Florence fit un pas vers lui.

« Si votre présence aggrave les choses – comme ce peut être le cas – et que le bruit vient à courir que vous avez agi à l'encontre des conseils de la sage-femme, votre maître ne vous remerciera pas. »

Il hésita. Même lui ne pouvait nier qu'en matière d'accouchement, la parole d'une femme avait plus d'autorité que celle d'un homme. À la place, il s'en prit au scribe.

« À vos risques et périls, Joubert, déclara-t-il. C'est la faute de votre femme. Vous resterez juste devant la pièce, et la porte doit demeurer ouverte.

– Comme vous le souhaitez, répondit calmement Bernard.

– Vous devez m'appeler dès l'instant où il y aura du nouveau, continua le capitaine en se retournant vers Florence. À l'instant même, j'insiste. »

Elle soutint son regard.

« Je vous ferai venir quand il y aura quelque chose à rapporter à votre maître, pas une seconde plus tôt.

– La porte doit rester ouverte, est-ce bien compris ?

– Oui. »

Une fois sûre qu'il était parti, Florence poussa un soupir de soulagement. Elle jeta un coup d'œil à Cécile Cordier, et toutes deux se demandèrent quel allait être le prix à payer pour cette petite victoire. Puis un autre cri pitoyable les ramena au chevet de la châtelaine.

« Fermez les rideaux », dit Florence.

Après douze longues heures de travail, les trois femmes n'avaient pas besoin de parler pour accomplir ce qu'elles avaient à faire autour du lit. Les draps furent une fois de plus changés, la paille souillée balayée pour laisser place à de la fraîche, mais l'odeur de sang resta. Le parfum de la mort. Lorsque arriva la série de contractions suivante, Marguerite fit à peine entendre un son.

La tramontane soufflait plus fort, s'infiltrant bruyamment par les fentes des volets et entrant par la cheminée en bourrasques qui faisaient voler la suie dans la pièce comme des flocons de neige noire. Brusquement, Marguerite ouvrit les yeux et regarda droit devant elle. Ils étaient extraordinairement dépareillés, l'un de la couleur des bleuets et l'autre de celle des feuilles en automne. Et ils commençaient à se voiler.

« Florence ? Florence, ma chère amie, êtes-vous là ? Je ne vois rien.

– Je suis là.

– Je dois écrire... Pouvez-vous m'apporter... »

Florence hocha la tête et, sans qu'un mot ait besoin d'être échangé, Cécile traversa la pièce pour s'approcher du secrétaire auquel Bernard Joubert avait été posté. Elle y prit une plume et du papier portant le sceau des Bruyères, et retourna précipitamment auprès du lit.

« Voulez-vous que j'écrive quelque chose pour vous ? » demanda Florence.

Marguerite secoua la tête.

« C'est là quelque chose que je dois faire moi-même. Pouvez-vous m'aider à me redresser ?

– Elle ne devrait pas bouger », intervint la sage-femme. Mais Florence et Cécile se placèrent de part et d'autre de la châtelaine et glissèrent un oreiller sous sa main droite.

« Ceci est le jour de ma mort. »

Parfois tout haut, parfois de façon à peine audible, Marguerite prononçait les mots à mesure qu'elle les écrivait, comme pour se rappeler ce qu'elle voulait coucher sur le papier.

« Le Seigneur m'en est témoin, c'est de ma propre main que je rédige ici ceci. Mes dernières volontés. »

Elles pouvaient toutes voir l'effort que cela lui demandait, la progression lente et douloureuse de la plume, les gouttes d'encre noire sur la page.

« Merci, dit-elle lorsqu'elle eut terminé. Attesterez-vous l'authenticité de mes mots ? »

Florence signa rapidement son nom au bas du document, et Cécile fit de même.

« Voilà, dit Marguerite. Veillez bien dessus, Florence. Si l'enfant survit, il ne devrait manquer de rien. »

Elle fit courir un souffle léger comme un soupir sur la page pour sécher l'encre puis retomba, épuisée, sur ses oreillers.

Mme Gabignaud repoussa doucement une mèche de cheveux bruns du visage de sa patiente. Elle lui posa une compresse froide sur le front alors qu'une autre contraction s'emparait d'elle, avant de refluer.

« Sous le matelas, Florence, murmura-t-elle. J'aimerais l'avoir avec moi. »

Consciente qu'elles risquaient toutes d'être pendues pour hérésie si jamais cet acte de rébellion était découvert, Florence se pencha pour extraire la bible protestante, objet d'interdit, que Marguerite tenait cachée au vu et au su de sa dame de compagnie. Elle la plaça entre les mains de sa maîtresse.

« Tenez, lui dit-elle.

– Vous veillerez sur mon enfant. Ne laissez pas... »

Ses mots se perdirent dans la douleur d'une autre contraction.

« Cette fois, essayez de pousser, dit la sage-femme.

– Vous veillerez sur l'enfant, répéta Marguerite, le souffle coupé.

– Je n'aurai pas besoin, car vous serez là, répondit Florence, même si elle savait que c'était un mensonge. Encore un effort, puis vous pourrez vous reposer. »

Obéissante jusqu'au bout, Marguerite trouva la force nécessaire.

Au même instant, les derniers rayons de soleil disparurent du ciel, plongeant la chambre dans la pénombre. Elle lâcha encore un cri, non de douleur ou de détresse cette fois, mais de soulagement.

« C'est une fille, murmura la sage-femme en soulevant l'enfant pour nouer rapidement le cordon ombilical.

– Vivante ? demanda Florence sur le même ton, inquiète de ne pas avoir entendu le bébé émettre un son.

– Oui. Elle a de bonnes couleurs et agrippe bien. »

Après avoir nettoyé et emmailloté l'enfant, elle la tendit à Florence et reporta son attention sur Marguerite.

« Vous avez une belle petite fille en bonne santé, dit Florence en se penchant au-dessus du lit. Regardez. »

Les paupières de Marguerite se soulevèrent avec peine.

« Elle est vivante ?

– Et c'est votre portrait craché.

– Dieu merci, murmura Marguerite, avant d'écarquiller les yeux, paniquée. Ne le laissez pas me la prendre, comme mes autres petites. Protégez-la.

– Vous devez conserver vos forces », intervint Mme Gabignaud, bien qu'elle sache que cela ne changerait rien ; l'hémorragie ne pouvait pas être arrêtée. « Il vaut mieux pour vous rester immobile.

– Florence, promettez-moi que vous ne le laisserez pas la prendre. »

Alors que les cloches commençaient à sonner 5 heures, Marguerite relâcha longuement et discrètement son souffle. Son expression était sereine. Tandis que son âme s'envolait, elle murmura une prière en français. Elle n'avait pas besoin d'intermédiaire. Elle savait que son Dieu l'attendait pour l'accueillir en son royaume.

Enfin, le silence retomba dans la pièce.

« Elle nous a quittés, dit Cécile en courbant la tête.

– Et c'est bien pitié », répondit la sage-femme. Elle avait assisté à de nombreuses morts, mais celle-ci la touchait particulièrement. « Pourquoi est-ce toujours les bons qui nous sont arrachés avant l'heure ? S'il est un Dieu, expliquez-moi cela. »

Florence déposa un baiser sur le front de Marguerite, qui semblait déjà se refroidir, puis remonta le drap par-dessus son doux visage. Elle refusa de laisser les larmes couler. L'heure n'était pas encore au deuil. Il y avait trop à faire.

5 heures du soir, la veille de la Toussaint.

68

Château de Puivert
Vendredi 22 mai 1562

« La veille de la Toussaint, conclut doucement Cécile. Il y a dix-neuf ans, mais c'est comme si c'était hier. »

Bernard hocha la tête.

Bercée par leurs voix, Minou cligna des yeux, surprise d'être toujours dans la cellule. L'aube n'était pas encore là, mais une clarté de plus en plus présente dans le ciel suggérait que le matin n'était pas loin. Leurs mots continuaient à peser dans la pièce, s'entrechoquant avec une myriade de questions dans sa tête. Elle savait à peine par où commencer. Elle tourna les yeux vers son père, puis les reporta sur Mme Noubel.

« Je comprends quel genre d'homme était le seigneur de Bruyères, mais de là à le priver de son propre enfant ? Pourquoi était-il si important qu'il crût que je n'avais pas survécu ?

– Tu étais une fille, répondit simplement Bernard. Marguerite avait, un an plus tôt, mis au monde deux filles jumelles. Elles lui avaient été prises quelques heures à peine après leur naissance pour être examinées par un médecin, sur les ordres de son époux. Elle ne les a jamais revues. Les deux avaient été retrouvées mortes dans leur berceau.

– Les deux ? En même temps ? »

Cécile acquiesça.

« L'idée largement répandue fut qu'il avait ordonné de les tuer. Tout le monde le pensait, même s'il n'y eut jamais de preuve.

– Ses propres enfants... », murmura Minou, horrifiée.

Bernard secoua la tête.

« Il voulait un fils. Un héritier, à tout prix, pour lui transmettre son domaine et son nom. Entretenir des filles, qui en grandissant auraient besoin d'une dot ou apporteraient ses terres en partage à une autre famille, ne l'intéressait pas.

– C'était un homme mauvais, dit Cécile.

– C'est plus que de la malveillance, protesta Minou. C'est un péché mortel. »

Bernard se pencha vers elle.

« Florence était certaine que le même sort t'attendait, et c'est pourquoi elle donna sa parole à Marguerite. »

Minou secoua la tête, repensant à tout ce que Marguerite devait avoir enduré.

« Tout arriva si vite que nous n'eûmes pas le temps d'en discuter. Brusquement, j'entendis la porte au rez-de-chaussée claquer et le capitaine hurler aux domestiques de s'écarter de son chemin. Puis il commença à monter l'escalier. Nous n'eûmes pas le temps de réfléchir.

– Je suis certaine, dit Cécile, que la seule considération à l'esprit de Florence était de te protéger. Elle prit les choses en main et, sans qu'un mot soit échangé, choisit les linges les plus souillés de sang pour les tendre à la sage-femme, qui comprit immédiatement. Mme Gabignaud t'enveloppa dans ces étoffes nauséabondes pour décourager l'attention et te serra fermement contre elle. Je courus remettre plume, encre et papier sur le secrétaire.

– Et tu ne faisais toujours pas un bruit, ajouta Bernard, comme si tu savais que ta vie était en jeu.

– Nous terminâmes nos préparatifs juste à temps. Le capitaine entra comme un ouragan dans la pièce et tira violemment les rideaux du lit, exigeant qu'on l'informe de ce qui se passait. Florence recula pour lui laisser voir le lit et lui dit que le Seigneur n'avait pas jugé bon d'accorder Sa miséricorde à Dame Marguerite. À ces mots, il devint blême. "Elle est morte ?" s'exclama-t-il. Florence baissa le drap pour révéler son visage de marbre et, l'espace d'un instant, le capitaine resta silencieux. Puis il demanda ce qu'il en était de toi. Florence se signa et lui expliqua qu'à notre plus grand chagrin, l'enfant était mort-né. "Mais j'ai entendu un cri", dit-il. Florence le regarda alors droit dans les yeux, comme pour le mettre au défi de la contredire, et lui affirma que ce n'était pas le cri d'un enfant qui lui était parvenu, mais celui de notre châtelaine au moment de rendre l'âme. »

Cécile Noubel sourit.

« L'empressement avec lequel le capitaine se raccrocha à cette explication fut pitoyable, Minou. En bredouillant, il demanda s'il était vrai que l'enfant avait encore été une fille. Florence fit signe à Mme Gabignaud d'approcher et lui demanda s'il voulait vérifier par lui-même. Bien entendu, Minou, si tu avais pleuré à ce moment-là, tout aurait été perdu. » Elle secoua la tête. « Mais le capitaine n'avait pas l'estomac assez solide. Lui qui signait les actes de sanction contre ceux qui étaient condamnés par le seigneur à la flagellation ou à la pendaison ne supportait pas, en vérité, la vue du sang.

– Comme tant de tyrans, c'était au fond un lâche, enchérit Bernard. Il se cachait derrière son autorité. Le temps de tout cela, la cloche avait sonné la demie et il faisait nuit dehors. Comme l'enfant était une fille, il se persuada lui-même que ce qu'il avait vu était une preuve suffisante. »

Cécile hocha la tête.

« Il dit à Florence de se débarrasser du corps. Elle s'éloigna immédiatement du lit, entraînant le capitaine avec elle, et referma les rideaux sur la sage-femme et moi. "Si vous pouviez présenter nos condoléances à votre maître pour la perte tragique de son épouse et de son enfant, l'entendis-je dire, je vous en serais très reconnaissante. Nous avons beaucoup de choses à faire ici."

– Je suis certain qu'il entendit le reproche dans les mots de Florence, remarqua Bernard, mais c'était le genre d'homme qui ne pense qu'à sa propre situation. Il ne voulait pas être celui qui annonce la mauvaise nouvelle, et décida que j'allais devoir lui servir de bouclier. "Venez, Joubert, me dit-il, nous allons y aller ensemble. Vous êtes l'autre témoin." Je ne pus qu'obéir, mais, alors que je quittais la chambre, Florence me chuchota de la retrouver chez Mme Gabignaud plus tard dans la soirée.

– Après leur départ, reprit Cécile, au début, nous ne dîmes rien. Le moindre mot aurait pu nous trahir. Mais nous savions que tu ne continuerais pas à dormir encore très longtemps, et que, quand tu te réveillerais, tu pleurerais pour avoir à manger. Alors, nous devions agir vite. Il fut décidé que je resterais pour faire la toilette mortuaire, au cas où le seigneur viendrait rendre les derniers hommages à son épouse.

– Vous n'aviez pas peur qu'il demande aussi à voir le corps de son enfant ? demanda Minou.

– Si, répondit Cécile, mais c'était un risque à prendre. Nous savions qu'il n'éprouvait aucun intérêt vis-à-vis d'une fille, et nous craignions que s'il te voyait, eh bien… »

Elle s'interrompit sans terminer sa phrase.

« Je comprends, dit doucement Minou.

– Nous ne pouvions pas risquer ta vie. Florence te sortit du château cachée dans un panier, et t'amena au village.

– Au cours de la semaine suivante, enchaîna Bernard, Florence et moi vînmes te voir aussi souvent que nous le pouvions. Mme Gabignaud trouva une nourrice, qui ne posa aucune question. Cécile prit soin de toi. »

Minou sourit.

« C'est vous qui me chantiez cette berceuse.

– Tu t'en souviens, ça alors ! » fit Mme Noubel avant de chanter le premier couplet.

Bona nuèit, bona nuèit…
Braves amics, pica mièja-nuèit

Cal finir velhada.

Minou hocha la tête.

« Même si je ne comprenais pas les paroles, je ne les ai jamais oubliées. Elles sont restées ancrées dans ma mémoire.

– C'est une vieille chanson occitane. »

Bernard sourit.

« Quoi qu'il en soit, tu étais en parfaite santé. Tu prenais chaque jour plus de forces, et nous essayâmes de trouver une solution à plus long terme. Cécile avait son propre époux à soigner, j'avais mes responsabilités au château. Seule Florence avait été relevée de ses fonctions par le décès de sa maîtresse.

– Marguerite fut inhumée une semaine après sa mort, avec très peu de cérémonie, dans l'enceinte du château, continua Mme Noubel. Puis, au début de l'Avent, il fut révélé que le seigneur de Bruyères avait déjà prévu de se remarier. Le village désapprouva sa hâte, mais il n'avait que faire de la bonne opinion de ses sujets. La jeune femme apportait avec elle une dot importante et ses propres domestiques. »

Bernard hocha la tête.

« Avec Florence, nous vîmes là l'occasion de nous en aller. En décembre, je demandai à être relevé de mes fonctions. Le capitaine, pour une fois, parla en notre faveur. En vérité, il avait peur de Florence, et voulait nous voir partis. » Il sourit. « Au printemps suivant, Florence et moi étions installés avec notre bébé – toi – à Carcassonne. Une petite maison dans la Cité, une modeste boutique à la Bastide. Nous avions tourné la page. » Il releva la tête. « Et tu sais, nous n'avons jamais regretté notre décision un seul instant.

– Vous n'aviez aucune raison, fit Cécile.

– Six ans plus tard, nous avons eu la joie d'accueillir Aimeric au sein de notre famille, puis, encore six ans après, Alis. Tu adorais ton petit frère et ta petite sœur. Nous nous étions toujours dit que nous te révélerions la vérité sur tes origines lorsque le moment opportun se présenterait. Mais, je ne sais pourquoi, ce moment n'est jamais venu, et quand Florence est morte, j'ai perdu courage. Et par ailleurs, jusqu'alors, tout allait bien. Les affaires marchaient, notre vie nous satisfaisait. Nous avions tout ce dont nous avions besoin. Je suppose que j'ai choisi d'oublier tout ça. Florence m'avait dit que le testament était en lieu sûr. J'ai présumé qu'elle l'avait caché dans le château même. C'est pour cela que je suis revenu à Puivert, pour le chercher. »

Pendant un moment, Minou resta silencieuse, songeant aux risques immenses que les trois vieux amis avaient pris pour sauver sa vie, avant de garder le secret pendant près de vingt ans. Puis ses pensées se firent plus sombres et la ramenèrent au présent.

« Comment Blanche de Bruyères m'a-t-elle retrouvée ? »

Le visage de son père prit une expression torturée.

« C'est de ma faute.

– Dites-lui tout, Bernard », l'encouragea Cécile.

Il hocha la tête.

« En janvier, alors que je rentrais à Carcassonne, j'ai été arrêté à Toulouse et emmené à la prison de l'Inquisition.

– Père chéri, murmura Minou, bouleversée, pourquoi ne me l'avez-vous pas dit ?

– Je n'en ai pas eu la force. » Il secoua la tête. « J'ai été emprisonné dans la même cellule que Michel Cazès. Il a enduré des souffrances bien plus terribles que moi. La nuit, nous parlions – pour tenir la peur à distance –, et j'ai évoqué cette histoire. La vérité sur ta venue au monde. » Il courba la tête. « Il a subi le supplice du chevalet, je l'ai entendu. Il a dû tout répéter aux inquisiteurs. C'est de ma faute s'il est mort.

– Non, répliqua vivement Cécile. Vous vous attribuez trop de responsabilités. C'est la mort du vieux pécheur de ce château qui a mis les choses en branle. Depuis qu'il a rendu l'âme, Blanche de Bruyères cherche par tous les moyens à consolider sa position. Or, elle a entendu les rumeurs au sujet d'un enfant qui aurait survécu.

– Mais comment ? s'exclama Bernard.

– D'après tout ce que j'ai entendu, je crois qu'on a forcé Mme Gabignaud à parler avant de l'assassiner. Vous dites que la lettre que vous avez reçue à Carcassonne portait le sceau des Bruyères, Minou ?

– Oui.

– N'est-il pas probable que Blanche ait été en contact avec Mme Gabignaud ? Comment, sinon, celle-ci aurait-elle eu accès à son papier à lettres ? »

Minou acquiesça.

« Puis, une fois que Blanche a obtenu ce qu'elle voulait, elle l'a tuée.

– Je le crains. » Mme Noubel marqua un temps. « Ou alors, c'est peut-être le capitaine présent le jour de votre naissance qui a fini par avouer à quelqu'un qu'il n'avait pas réellement vu le bébé. Ce pourrait même être la femme du vieux Lizier, la voisine, qui aurait observé nos allées et venues et deviné de quoi il retournait. Ce que je veux dire, Bernard, c'est que cette rumeur a pu se répandre de multiples façons. Nous ne saurons jamais laquelle. Tout ce que je sais, c'est que ce n'est pas de votre faute. »

Minou avait la tête qui tournait, assaillie de pensées contradictoires, et le cœur noué d'émotions conflictuelles. La façon tragique dont Marguerite avait trouvé la mort et le courage dont ses parents avaient dû faire preuve étaient des informations difficiles à absorber. Mais qu'est-ce qui importait dans tout cela, au bout du compte ? Les circonstances de sa naissance faisaient-elles d'elle une personne différente ?

Brusquement, Minou ressentit le besoin intense de parler à Piet. Elle était sûre qu'il pourrait l'aider à mettre de l'ordre dans ses pensées. Puis elle songea combien cela lui ferait plaisir d'apprendre que sa mère biologique avait été huguenote.

Elle jeta un coup d'œil vers la fenêtre, où une aube pâle donnait forme aux ombres spectrales des arbres. Se trouvait-il encore dans les bois ? Était-il à sa recherche ? Ou bien avait-il lui aussi été capturé ?

Elle écarta cette pensée de son esprit.

« L'intention de Florence avait toujours été, continua son père, qu'une fois le seigneur de Puivert décédé, tu puisses avoir le droit de décider si tu souhaitais revendiquer ton héritage.

– Il n'y a pas d'autres enfants ?

– Aucun, même si Guilhem m'a dit que Blanche de Bruyères en attendait un. Personne ne croit que le défunt châtelain en soit le père, mais si c'est un garçon, il serait prioritaire pour hériter. Quant à prouver ton propre droit, je ne sais même pas si le testament existe encore.

– Il existe, je l'ai vu, répondit Minou avec un soupir. Mère l'avait caché dans la bible de Marguerite, qu'elle avait envoyée à sa sœur à Toulouse.

– À Salvadora ? fit Cécile. Comme c'est extraordinaire !

– Mme Boussay l'a-t-elle encore en sa possession ? demanda Bernard.

– Oui, ou du moins elle l'avait il y a encore quelques jours. Ma tante vivait elle aussi dans la terreur de son mari. Lorsqu'elle reçut le cadeau de sa sœur, M. Boussay refusa de l'autoriser à garder une bible protestante. Pour une fois, elle lui désobéit et cacha la bible dans l'église en face de chez eux à Toulouse, où elle est restée jusqu'à ce que je la récupère il n'y a pas plus d'une semaine. Je l'ai glissée dans la doublure de ma cape, ainsi que… qu'un autre objet de valeur, et j'ai confié celle-ci à Aimeric lorsque nous avons été arrêtés au moment de sortir de Toulouse. » Elle marqua un temps. « J'espère qu'il l'a toujours. »

Mme Noubel frappa dans ses mains.

« Cette cape en laine verte, je savais bien qu'elle me disait quelque chose. Aimeric la portait quand nous nous sommes rencontrés hier dans le village, et elle faisait très bizarre sur lui. Il avait aussi une dague en argent à la ceinture. »

Minou sourit, se rappelant la fierté de son frère lorsque Piet lui avait offert l'arme.

« Le plus triste, c'est que je n'aurais jamais revendiqué mes droits sur cette propriété. J'aurais été parfaitement contente de les lui céder. »

Il y eut un bruit dans le couloir, et ils se retournèrent tous trois vers la porte de la cellule.

« Quelqu'un vient, chuchota Cécile.

– C'est peut-être Guilhem, dit Bernard avec espoir. Ou la relève de la garde au point du jour.

– Ou alors, elle vient enfin me chercher, dit Minou en se relevant. Je suis prête. »

L'aube est là. J'ai ordonné qu'on me l'amène dans la forêt. J'ai laissé Valentin endormi dans ma chambre – et il continuera à dormir encore quelque temps. Il rêve de pouvoir, de grandeur, de gloire. Il s'imagine sur le trône de l'évêque. Toulouse aujourd'hui et demain Lyon, peut-être même Rome. Il se voit interprétant les Saintes Écritures, à la tête de notre sainte mère l'Église.

Il s'est placé au-dessus de Dieu.

Les voix dans ma tête sont devenues fortes et persistantes. Elles me disent que je ne peux plus lui faire confiance. Valentin affirme que si lui-même fait à peine la différence entre le Suaire original et sa copie, il y a peu de chances pour qu'un autre la fasse. Qu'une fois le faux Suaire placé derrière une vitre, tout le monde n'y verra que du feu.

Une illusion.

Mais Dieu saura, lui. Il voit tout.

Il m'a fallu un long moment pour m'en rendre compte, mais maintenant je comprends. Il prétend vouloir servir Dieu, mais c'est en fait l'homme qu'il veut, non la précieuse relique divine. Piet Reydon est devenu une obsession pour lui. Valentin ne supporte pas l'idée de s'être fait damer le pion – et par quelqu'un d'autrefois si cher à son cœur. Lorsque l'amour tourne à la haine, c'est la plus puissante et la plus violente des émotions. J'ai appris cela lorsque j'ai tué mon père. Feu mon époux l'a appris lorsque je l'ai assassiné à son tour.

Minou Joubert est mon ennemie.

Si Valentin n'avait pas retenu ma main, je l'aurais tuée dès l'instant de sa capture. Il ne l'épargne que parce qu'il pense qu'elle le mènera à Reydon. Il voudrait jouer à l'inquisiteur jusqu'à ce qu'elle lui donne l'information qu'il désire.

Ce que je veux, moi, c'est sa mort. C'est Dieu qui m'a dit de le faire. Il me parle, et je L'écoute. C'est Lui qui guide ma main.

Ce doit être la mort par le feu. La chambre ardente, la purification de l'âme. Si la sienne est pure, alors elle montera au Ciel. Sinon, le Diable l'emportera.

N'est-il pas écrit qu'il y a un temps pour pleurer, et un temps pour rire ; un temps pour se lamenter, et un temps pour danser ?

C'est ici que cela se termine. Dans le feu et les flammes.

69

« Le point du jour est là, dit Piet en ramenant ses genoux contre lui pour s'envelopper entièrement dans sa cape. S'il doit se passer quelque chose, c'est bientôt.

– Peut-être, répondit Bérenger en bâillant. Et peut-être que non. »

Ils avaient passé la nuit cachés dans les bois. C'était Bérenger qui l'avait assommé d'un coup de bâton, croyant qu'il faisait partie de la garnison de Puivert ; et Piet, de son côté, avait tenté de lui porter un coup d'épée, le prenant pour le meurtrier du jeune soldat qu'il savait à présent être Guilhem Lizier.

Alors que les chiens et les torches flamboyantes de la patrouille se rapprochaient inexorablement de leur cachette, ils avaient été forcés de s'enfoncer davantage dans les bois, de redescendre la colline. Au bout du compte, ils avaient décidé d'attendre le matin pour essayer de déterminer ce qui s'était passé.

« J'ai vu ma part de levers de soleil, dit Bérenger, mais nul aussi beau que celui-ci. C'est une superbe région.

– Vous êtes un homme de la ville ?

– Carcassonnais de souche. J'ai voyagé avec la garnison, bien sûr. J'ai passé six mois dans les guerres d'Italie, mais sinon je ne suis jamais resté nulle part plus d'un mois ou deux. La Cité finissait toujours par me rappeler à elle. » Il toussa pour chasser l'air nocturne de ses poumons. « Et vous ? Citadin dans l'âme, vous aussi ? »

Piet acquiesça.

« Mon père était français, originaire de Montpellier. Je ne l'ai jamais connu. Ma mère n'a jamais rien dit de mal à son sujet, mais la vérité est qu'il l'a abandonnée à Amsterdam.

– Elle était hollandaise ?

– Oui. Elle est morte quand j'avais sept ans, mais j'ai eu la chance d'être recueilli par un gentilhomme catholique, un de ces rares chrétiens qui suivent les enseignements de la Bible dans leur vie de tous les jours. Il m'a offert une instruction, et j'avais une aptitude pour les leçons, aussi, plus tard, m'a-t-il envoyé étudier à Toulouse. Il m'a même fait un legs généreux dans son testament.

– Mais vous n'êtes pas catholique, dit Bérenger.

– Je l'étais à l'époque.

– Mais maintenant, vous êtes huguenot.

– Oui. »

Le silence retomba entre eux.

« Et qu'est-ce que *madomaisèla* Minou pense que son père dira de cela ? » demanda enfin Bérenger.

Alors que l'étendue de l'admiration vouée par le vieux soldat à la famille Joubert était devenue évidente au cours de la nuit, Piet s'était surpris à lui avouer son amour pour Minou.

« Je ne sais pas, répondit-il honnêtement. Qu'en pensez-vous, Bérenger ? Vous savez quel genre d'homme c'est. Croyez-vous que Bernard Joubert puisse me considérer d'un œil favorable, même si je ne suis pas catholique ? »

Bérenger partit d'un rire truculent.

« Si nous survivons à cette affaire, mon ami, et que nous ramenons Minou chez elle, je vous garantis qu'il vous accordera tout ce que vous voulez. »

Piet le dévisagea, puis éclata de rire à son tour.

« Bien dit, mon ami. J'espère que vous avez raison. »

Brusquement, il s'interrompit.

« Avez-vous entendu quelque chose ? demanda-t-il en tirant sa dague de sa ceinture et en se relevant. Qui viendrait de là-bas. »

Bérenger se leva à son tour, dégainant son épée, puis s'enfonça silencieusement dans l'ombre d'un arbre de l'autre côté du sentier forestier.

Pendant un moment, ils n'entendirent rien d'autre. Puis ils perçurent le froissement de pas légers sur les feuilles sèches en bordure du chemin, le roulis d'une pierre délogée et le craquement sec d'une branche morte.

Piet leva un doigt.

Ils attendirent que celui qui approchait arrive à leur hauteur, puis Piet bondit et lui plaqua le plat de son poignard sur la gorge avant qu'il ait une chance de crier.

« Un seul son, et je vous tue. »

Alis entendit les chiens dehors, vit la lueur vacillante des torches dans les bois par sa fenêtre, et supplia à grands cris qu'on la délivre. Mais personne ne vint et elle finit par s'endormir sur la chaise dure, la tête penchée en arrière, à peine soutenue par le dossier, et les poignets toujours attachés derrière elle.

Un bruit la réveilla. Elle ouvrit les yeux et vit que le soleil était en train de se lever, emplissant la chambre d'une pâle lumière jaune. Elle était ankylosée, elle avait froid, son cou lui faisait mal, et elle avait désespérément besoin d'un pot de chambre. Elle avait également faim et se rendit compte que, même si elle restait effrayée, sa situation ne lui semblait pas aussi terrible qu'elle lui avait paru l'être en plein cœur de la nuit.

Elle était seule dans la pièce désormais. La nourrice avait disparu, et il n'y avait aucun signe de la présence du valet de monsignor Valentin, celui au visage balafré. Elle se rappela alors qu'il avait été envoyé raccompagner l'apothicaire au village.

Elle frissonna. Et si personne ne revenait ? S'ils l'oubliaient complètement et qu'ils la laissaient mourir de faim ? La retrouverait-on ici des années plus tard, réduite à une pile d'os ? Rapidement, pour refouler ces pensées morbides, Alis ferma les yeux et songea à son chaton tigré. Ce ne devait plus être un chaton maintenant. Elle espérait que Rixende et Mme Noubel étaient gentilles avec lui et qu'il ne l'avait pas oubliée. Elle ne pouvait plus supporter de penser à Minou, à Aimeric ou à son père. La douleur de cette si longue séparation était trop déchirante.

Brusquement, elle entendit un bruit dans le couloir. Son cœur fit un bond de soulagement.

« Il y a quelqu'un ? »

La porte s'ouvrit. Alis cligna des yeux. Blanche était toute de blanc vêtue – robe blanche à motifs de fleurs de lys argentées et cape blanche doublée de satin. Elle ressemblait à un ange. Qu'il était étrange qu'une personne aussi belle puisse être aussi méchante.

« Il est temps de partir, annonça-t-elle.

– Où allons-nous ? »

Blanche ne répondit pas. Avant de trancher avec son couteau les liens qui lui enserraient les poignets, elle passa une corde autour du cou d'Alis, avec un nœud coulant, pour l'empêcher de s'enfuir.

« Si tu essaies de t'échapper, la prévint-elle d'une voix bizarrement monocorde, je te tuerai. » Puis elle leva les yeux vers le ciel. « Je la tuerai.

– À qui parlez-vous ? » demanda Alis.

Blanche ne répondit pas.

« Où allons-nous ? » répéta l'enfant.

Blanche esquissa lentement un sourire étrange.

« Ne t'avais-je pas dit que ta sœur viendrait te chercher ? Eh bien, elle est là. Dieu me l'a amenée. Minou est là. Elle t'attend dans les bois. »

Partagée entre l'espoir et la terreur, Alis sentit son estomac se nouer. Elle brûlait d'envie que ce soit vrai, et en même temps, elle priait pour que ce ne le soit pas.

« Je ne vous crois pas.

– Je vais t'amener à elle », ajouta Blanche de la même voix morte.

Alis craignait qu'elle ne soit devenue folle. Ses yeux brillaient d'un tel éclat, mais ils ne semblaient se fixer sur rien. Elle ne cessait de crisper et de décrisper les mains, puis de les passer sur son ventre rond.

« Pourquoi Minou ne peut-elle pas venir plutôt ici ? réussit à demander Alis.

– Elle est dans les bois. Je vais t'amener à elle. »

« De grâce, gamin, dit Bérenger, parle moins fort.

– Aimeric, chuchota furieusement Piet, par tous les saints ! À quoi joues-tu, bon sang ?!

– Piet ! Vous avez réussi à vous enfuir. Vous êtes vivant !

– Toi aussi, mais tu étais à deux doigts de mourir. Qu'est-ce qui te prend de rôder dans les bois comme ça ? Cherches-tu à te faire tuer ?

– Mme Noubel et Bérenger étaient censés revenir au village avec Alis. Ils ne l'ont pas fait. Je commençais à m'inquiéter, alors je me suis dit que j'allais venir voir ce qui clochait. Ma tante ne voulait pas. » Il leva les yeux pour dévisager Piet. « Mais Minou est avec vous, n'est-ce pas ? Elle est en sécurité ? »

Piet s'en voulut aussitôt d'avoir été si dur.

« Je ne sais pas. Nous avons quitté Toulouse ensemble et t'avons suivi ici. Tu as sa cape, à ce que je vois.

– Elle m'a dit de ne pas la lâcher du regard, alors c'est ce que j'ai fait. Mais où est-elle ? Elle va bien, n'est-ce pas ? »

Piet lui posa la main sur l'épaule.

« Nous étions ensemble hier soir quand la nuit est tombée. J'ai entendu quelque chose dans les bois et suis parti voir ce que c'était. J'ai trouvé un homme mort. Il avait été poignardé.

– Guilhem Lizier, précisa doucement Bérenger.

– Oh.

– Bérenger et moi nous sommes trouvés, continua Piet. Il attendait Mme Noubel. Le temps que je retourne à l'endroit où j'avais laissé Minou, elle avait disparu.

– Elles ont été capturées toutes les deux ? s'exclama Aimeric en se rembrunissant.

– Nous ne savons rien de tel, répondit Bérenger.

– C'est possible », ajouta Piet.

Tous trois se retournèrent pour regarder, dans la lumière pâle et mouchetée des bois, les remparts du château.

« Derrière ces murs, vous croyez ? demanda Aimeric.

– Nous ne savons pas, mais nous avons l'intention de le découvrir. » Piet hésita, puis lui tendit la main. « Veux-tu nous aider ?

– Vous allez me laisser venir avec vous ?

– C'est mieux que de te laisser tout seul ici à causer des problèmes, répondit Bérenger d'une voix bourrue.

– Je ferai de mon mieux. »

Piet lui serra la main.

« Je pense que tu as mérité ta place à nos côtés. Tu n'es pas mauvais avec une lame maintenant. »

Bérenger lui asséna une claque sur l'épaule.

« Mais veille à faire ce qu'on te dit. Aucune de tes facéties habituelles. »

Aimeric porta la main à la dague argentée passée à sa ceinture.

« Un jour, je serai aussi bon que toi, Piet. Peut-être même meilleur. »

« Où est-ce que vous m'emmenez ? »

Les deux soldats l'avaient fait sortir de la cellule en silence. Dans la lumière blême du matin, ils l'avaient conduite dans une grande cour entourée de murs de pierre grise sertis de hautes tours de guet. Ils avaient traversé celle-ci pour gagner le corps de garde trapu qui se dressait à l'entrée principale du château.

Minou ne comprenait pas. Elle voyait le donjon, construction géante dans le ciel derrière eux. Son père lui avait dit que c'était là que se trouvaient les appartements de la famille. Ceux de Blanche de Bruyères. Pourquoi ne l'emmenaient-ils pas là-bas ?

Ils la poussèrent pour lui faire traverser un pont-levis en bois. Ils semblaient la ramener dans les bois, là où Piet et elle s'étaient réfugiés la veille au soir.

Puis elle vit deux autres soldats debout à la lisière de la forêt. L'un d'eux portait un rouleau de corde sur le bras, l'autre ce qui ressemblait à un tas de chiffons. Tous deux tenaient également une torche enflammée. En s'approchant, Minou perçut une odeur d'huile dans l'air calme du matin.

« Que se passe-t-il ? » demanda-t-elle. Sa voix lui semblait venir de très loin. Un des hommes eut l'air d'avoir envie de répondre, mais lorsqu'elle croisa son regard, il détourna les yeux. « Dites-moi. S'il vous plaît, je... »

Son courage faiblit. Elle s'était attendue à être interrogée. À être amenée devant Blanche de Bruyères. À avoir le droit de voir Alis.

Mais ça ? Était-elle sur le point d'être exécutée ? Sans se voir donner une chance de parler ou de se défendre ? De dire adieu à ceux qu'elle aimait ?

Elle tâcha de rassembler ses forces. La rosée s'infiltrait à travers ses bottines et elle avait les pieds mouillés, mais la lumière était tamisée par le feuillage des arbres et la forêt magnifique. L'espace d'un instant, elle s'imagina en compagnie de Piet, côte à côte, et songea combien il serait merveilleux de passer leur vie ensemble dans un endroit comme celui-ci.

70

Mme Boussay était malade d'inquiétude. Non seulement Bérenger et Mme Noubel n'étaient pas revenus avec la petite Alis, mais, en se réveillant, elle avait découvert qu'Aimeric aussi avait disparu.

« Je ne l'ai pas vu partir, mais je parie qu'il s'est rendu au château, dit Lizier lorsqu'elle le réveilla. Le jeune monsieur n'a pas apprécié d'être laissé ici hier soir. Il n'en a pas fait mystère.

– C'est un enfant agité », acquiesça-t-elle.

Elle avait attentivement écouté tout ce dont Cécile Noubel, Bérenger et Guilhem Lizier avaient discuté la veille au soir. Tout bien considéré, elle était parvenue à la conclusion qu'ils avaient tous été un peu trop prompts à imaginer le pire. Les faits n'étayaient pas leur interprétation des choses. Blanche de Bruyères était une fervente et dévote catholique, sur ce point tout le monde était d'accord. Elle avait même son propre prêtre-confesseur. Le patronage et les bonnes œuvres dont elle faisait bénéficier les églises de Puivert et des villages alentour étaient bien connus. C'était une dame noble, la châtelaine d'une grande et riche propriété, et elle attendait son premier enfant d'une semaine à l'autre. Au vu de toutes ces considérations, Mme Boussay avait du mal à imaginer qu'une telle personne puisse être impliquée dans l'enlèvement d'une enfant ou l'emprisonnement de Bernard Joubert. Son beau-frère était un homme modéré, un libraire et – malgré la diversité regrettable des œuvres qu'il vendait – un pieux catholique.

« Lizier, dit-elle, j'ai l'intention d'aller au château moi-même présenter en personne mes hommages à Mme de Bruyères. Je suis certaine que tout cela n'est qu'un malentendu, qui peut être rapidement résolu. »

Le vieux paysan fronça les sourcils, tiraillé entre la déférence et le bon sens.

« Pardonnez-moi, madame, mais est-ce bien sage ? Cécile Cordier a...

– Mme Noubel est une excellente femme, l'interrompit-elle sèchement. Je ne doute pas un instant qu'elle croie ses peurs justifiées. Mais Alis est ma nièce. Et si, comme vous le suggérez, mon neveu Aimeric a maintenant pris l'initiative d'aller au château, je devrais être avec eux.

– Mais...

– Prenez les dispositions nécessaires, je vous prie. »

À contrecœur, Lizier s'éloigna hâtivement dans le village. Moins d'un quart d'heure après, le palefrenier avait été réveillé et un cheval harnaché. Tandis que le soleil apparaissait au-dessus de la lointaine colline et illuminait la vallée, la cloche de l'église sonna 6 heures. La voiture était déjà en train de gravir en cahotant le chemin en lacet menant aux portes du château.

« Par le feu seul pouvons-nous trouver la rédemption et être purifiés, dit Blanche en forçant Alis à avancer de la pointe d'un couteau. Nous sommes tous des pécheurs. Déchus, corrompus par l'œuvre du Diable. Mais nous pouvons être sauvés. Les chambres ardentes, bien qu'elles soient dénoncées par les huguenots, sont un cadeau du Ciel. Elles sont le seul moyen de sauver de l'éternelle damnation de leur hérésie ceux qui se sont détournés de Dieu, du salut. »

Alis ne répondit pas et garda la tête baissée, mais cela ne l'empêcha pas de regarder furtivement autour d'elle. Le nœud coulant autour de son cou n'était pas serré, et elle se disait que si elle pouvait prendre Blanche par surprise, elle serait peut-être capable de lui arracher la corde des mains et de s'enfuir dans les bois.

Mais si elle arrivait à s'échapper alors que Minou l'attendait vraiment, que se passerait-il ?

« Par le feu seul peut-on triompher du péché, continuait de marmonner Blanche, comme si elle se parlait à elle-même. Le Mal sera vaincu. Le royaume de Dieu sur terre sera purifié. Nous les expulserons, les hérétiques, les blasphémateurs et tous ceux qui désobéissent à Ses lois. »

Alis était d'avis que Blanche avait perdu la tête. Son humeur semblait osciller perpétuellement entre l'extase et l'angoisse. Elle ne cessait de lever les yeux vers le ciel, entretenant une conversation avec les nuages, exactement comme le pauvre Charles Sanchez à Carcassonne.

Quittant l'ombre du château, elles s'avancèrent dans la lumière du matin. Le soleil commençait à peindre d'or la vallée.

« Vous avez dit que Minou serait là, dit Alis.

– Ils l'amènent, répondit Blanche en la poussant en avant. Elle sera tellement contente de te voir. Vous pourrez être ensemble dans la vie éternelle. »

En se réveillant, Vidal trouva le lit vide et Blanche absente.

Vivement, il se redressa, et la tête se mit à lui tourner. Une violente nausée le fit tanguer, comme l'eau qui monte au fond d'un bateau sabordé. Lorsque la chambre cessa de tourner autour de lui, il ramassa la coupe posée à côté du lit et renifla le liquide qui restait au fond. Il se sentait lourd, engourdi, comme si ses membres ne lui appartenaient pas.

Avait-il été drogué ?

Il s'assit au bord du lit. Là encore, le mouvement lui donna le tournis. Il avait l'impression d'avoir du plomb et non du sang dans les veines et, comme un animal vieux et blessé, il pouvait à peine bouger.

Lentement, il se leva. Son habit et son crucifix traînaient par terre, là où elle les avait jetés après les lui avoir enlevés dans le feu de leurs ébats. Il fut soulagé de voir la robe noire de Blanche accrochée au dos de la porte. Peut-être était-elle seulement partie faire sa toilette. Puis il se rendit compte que sa sous-jupe blanche et le rosaire richement orné qu'elle portait toujours à la ceinture avaient tous deux disparu. Lorsqu'il se pencha pour ramasser son crucifix, il vit que ses chaussures non plus n'étaient plus là.

S'était-elle rendue au cachot sans lui ? Il pria pour que ce ne soit pas le cas. Le comportement de la châtelaine devenait de plus en plus alarmant. Incontrôlé. Affligée parfois d'une profonde mélancolie, elle tombait dans une extase tout aussi violente le moment suivant. Était-ce le bébé qui l'affectait ainsi mentalement ? Redeviendrait-elle elle-même après la naissance, ou bien resterait-elle changée à jamais ?

Non, la liaison devait prendre fin. Il allait adopter des mesures pour se distancier d'elle et de Puivert. Il avait déjà eu l'intention de se rendre plus au nord, dans l'Albigeois, avant de regagner Toulouse. Cela ne faisait que confirmer que c'était là la bonne décision.

Une fois habillé, Vidal descendit le long escalier en spirale du donjon, en regardant dans chaque pièce pour voir si elle s'y trouvait.

« Dame Bruyères ? Blanche ? Êtes-vous là ? »

Elle n'était ni dans la salle des musiciens ni dans la chapelle. Il descendit encore une volée de marches et sortit dans la cour alors que les cloches du village sonnaient la demi-heure. Quelle heure était-il ? D'après la luminosité, entre 6 et 7 heures du matin ? L'herbe scintillait de rosée, mais le haut des tours était peint en or par le soleil.

Vidal se rendit dans le logis. Les domestiques s'inclinèrent sur son passage en s'écartant de son chemin. Montant les escaliers quatre à quatre malgré les vives protestations de ses muscles, il se précipita dans la chambre où l'enfant avait été retenue prisonnière.

Une chaise vide, les liens coupés traînant par terre.

Il sentit une sorte de panique enfler dans sa poitrine alors qu'il faisait demi-tour, essayant de courir. Il gagna en titubant la basse-cour, et se dirigeait vers la tour Bossue lorsque Bonal accourut à sa rencontre.

« Monsignor, je ne pensais pas vous voir si matin.

– Quelle heure est-il ?

– La cloche vient de sonner la demie de 6 heures. »

Vidal marqua un temps, de nouveau terrassé par la nausée.

« As-tu vu Dame Blanche ?

– Je la croyais avec... » Le valet se rattrapa. « Je la croyais dans sa chambre, monsignor.

– Elle y était, mais elle est partie. L'enfant aussi a disparu. »

Bonal fronça les sourcils.

« Personne n'a passé le corps de garde. »

Vidal agita les bras.

« Où est-cllc ? Il faut la trouver.

– Je ne sais pas, monsignor. Je peux par contre vous donner la triste nouvelle que Paul Cordier a glissé du chemin dans le noir et qu'il est tombé. On ne s'attend pas à ce qu'il reprenne connaissance. »

Vidal hocha la tête, puis une autre vague de nausée l'assaillit et il chancela. Bonal s'avança et le rattrapa juste à temps.

« Quelque chose ne va pas, monsignor ? Êtes-vous souffrant ?

– Je... Elle... » Il se remit d'aplomb. « Va me chercher le capitaine. Je souhaite accéder aux cachots.

– Je ne crois pas que je devrais vous laisser...

– Va le chercher ! » cria Vidal, et sa voix résonna dans le silence de la cour.

Bonal s'inclina, puis des éclats de voix en provenance du corps de garde les firent se retourner tous les deux.

« Non, madame, insistait un garde. S'il vous plaît. Vous ne pouvez pas entrer sans permission. Ma maîtresse n'autorise pas... »

Vidal fronça les sourcils, essayant de se concentrer sur la petite et corpulente silhouette qui entrait à grands pas dans la cour. Une vision familière, mais dans un cadre qui ne l'était pas. Le même désarroi se lisait sur le visage de Bonal.

« Pardonnez-moi, monsignor, mais n'est-ce pas là l'épouse de M. Boussay ? »

Salvadora Boussay n'aimait pas se présenter chez les gens sans s'être annoncée.

À Toulouse, il y avait une manière correcte de faire les choses, et elle se donnait beaucoup de mal pour ne pas faire d'erreurs. Les épouses des autres secrétaires à l'hôtel de ville étaient promptes à juger, et cela fâchait son époux lorsqu'elle lui causait de l'embarras. Mais les circonstances étaient particulières. Mettant ses scrupules de côté et ignorant le garde qui continuait de protester derrière elle, Mme Boussay se dirigea vers le donjon.

C'est alors qu'elle se rendit compte que la cour n'était pas vide. Deux hommes s'y tenaient, en plein conciliabule. Elle hésita, mais s'aperçut ensuite que l'un d'eux portait l'habit rouge d'un prêtre, et elle se trouva rassurée.

Son soulagement ne dura qu'un instant. Si ses vêtements ne le différenciaient pas de n'importe quel autre ecclésiastique, sa chevelure le trahissait. D'un noir de jais, traversée d'une mèche blanche. L'espace d'un instant, elle flancha. Était-on au courant de sa fuite ? Son époux avait-il envoyé monsignor Valentin pour qu'il la lui ramène ?

Mais comment aurait-il pu savoir qu'elle était là ? C'était impossible.

Les expériences de la semaine qu'elle venait de passer à voyager en compagnie de son neveu lui avaient donné une force nouvelle. Elle leva le menton. Elle allait tenter de la jouer au toupet.

« Monsignor Valentin, dit-elle poliment. Quelle surprise de vous trouver ici ; une excellente surprise, vraiment. Êtes-vous là pour rendre visite à Mme de Bruyères, vous aussi ? »

À sa grande stupeur, elle vit un éclair de panique passer dans les yeux du prêtre, même s'il la masqua immédiatement.

« C'est un plaisir de vous revoir, madame Boussay. Et comme vous le dites, une surprise. » Il jeta un coup d'œil par-dessus son épaule. « Et votre noble époux ? M. Boussay vous accompagne-t-il ?

– Non, répondit-elle calmement. Se souciant comme toujours de mon bien-être, il a songé que Puivert serait un endroit plus sûr où attendre que la situation à Toulouse se résolve. Et vous, monsignor Valentin ? Êtes-vous également ici pour éviter les conflits ?

– Point du tout. La châtelaine est veuve depuis peu. Avec un enfant à naître d'un jour à l'autre, une aide spirituelle lui est nécessaire. »

Mme Boussay inclina la tête.

« Bien sûr. Comme vous êtes bon de venir de si loin pour remplir vos fonctions. Nulle surprise que mon époux ait une si haute opinion de vous. »

Pendant un moment, elle soutint son regard et lui le sien. Ils sourirent tous deux hypocritement. Ce fut le valet qui mit fin à leur duel en réapparaissant – après s'être absenté pendant leur conversation – à côté de son maître pour lui chuchoter quelque chose à l'oreille.

Vidal écarquilla les yeux.

« Que dis-tu ?

– Il semble que les bois soient en feu, répéta Bonal, sans prendre la peine de baisser la voix. Et la nourrice dit qu'elle a vu Dame Blanche et l'enfant aller dans cette direction avant l'aube. »

71

Flanquée des deux soldats, Minou continua d'avancer dans les bois. Elle entendait siffler et crépiter les branches vertes en train de brûler. La fumée âcre se glissait sinistrement entre les arbres, comme une brume noire.

En atteignant la clairière, elle s'arrêta.

Pendant un moment, elle regarda sans comprendre ce qu'elle voyait. C'était comme une composition, un tableau vivant ; tout dans la lumière, les couleurs, le style, évoquait la main d'un artiste. Le soleil matinal filtrait à travers les fraîches frondaisons printanières en un camaïeu de jaunes, de verts et d'argents. De l'autre côté de la trouée, un rang de hêtres et d'aulnes ressemblait à des sentinelles délimitant la frontière. Derrière, plus au cœur de la forêt, se dressaient les troncs bruns et rugueux de conifères.

Elle leva ses mains liées pour se protéger le visage de la chaleur des flammes.

Au centre de la clairière brûlait le feu. Il était bâti sur un arbre tombé, aux racines tordues comme les doigts d'un vieil homme, dont il faisait rougeoyer le cœur creusé par la décomposition et noircissait l'extérieur. Par-dessus avaient été empilées des branches et de vieilles planches de bois d'œuvre que les flammes commençaient à lécher.

Puis Minou entendit quelqu'un chanter.

Veni Creator Spiritus,
Mentes tuorum visita…

Les mêmes mots, encore et encore; l'hymne de bataille que, disait-on, les armées croisées avaient chanté alors qu'elles massacraient les cathares de Béziers et de la Cité.

Viens, Esprit Créateur, nous visiter

Viens éclairer l'âme de Tes fils.

Malgré la chaleur terrible, Minou frissonna. Elle jeta un coup d'œil aux soldats qui l'encadraient, puis vit qu'un poteau avait été planté dans le sol. Et bien qu'il n'y ait aucun sens à ce que pareille chose soit en train d'arriver – par un matin de mai à Puivert –, elle comprit qu'on avait construit un bûcher.

À cent pas de là au nord, deux hommes et un garçon étaient tapis dans les sous-bois.

« Pour quelle raison peut-on bien vouloir faire un feu ici ? murmura Bérenger. Si le vent tourne, tous les bois risquent de partir en fumée. Ils sont tellement secs.

– Que voyez-vous ? chuchota Aimeric.

– Pas grand-chose. Il y a trop de fumée.

– Quelqu'un chante.

– Je l'entends aussi », dit Piet.

Le son grêle leur parvenait par-dessus les crépitements du feu, porté par le vent.

Un bref instant, la fumée se dissipa.

« Attendez, je vois quelqu'un, reprit-il. Un prêtre, je crois. En robe blanche. Une sorte de service spécial pour la Pentecôte ? Qu'en dites-vous, Bérenger ? Peut-il s'agir de quelque rite d'antan observé ici dans les montagnes ?

– Nous n'avons rien de tel à Carcassonne, c'est tout ce que je peux dire avec certitude. »

Piet se retourna.

« En fait, non. Ce n'est pas un prêtre, mais une femme.

– Mme Noubel ? demanda vivement Bérenger.

– Je suis désolé, mon ami, non. Plus jeune. Les cheveux noirs. »

Bérenger prit une inspiration.

« Blanche de Bruyères, peut-être ? Je n'ai fait que l'entrapercevoir dans la Cité, mais elle avait les cheveux noirs comme du jais.

– Et elle a quelqu'un avec elle. Une enfant. » Piet fit signe à Aimeric de le rejoindre avant de poser les mains sur ses épaules. « Est-ce Alis ? »

Il sentit l'adolescent se crisper en voyant la corde autour du cou de la fillette.

« Oui, c'est elle. Ma petite sœur. »

Il porta la main à sa dague.

« Non, dit vivement Piet en le retenant. Nous allons sauver Alis, mais nous devons faire preuve de prudence. En agissant trop tôt, nous risquons de la mettre encore plus en danger. Nous ne savons même pas à combien d'adversaires nous avons affaire.

– Il y a au moins quatre soldats, dit Bérenger. Deux qui tisonnent le feu et deux autres, peut-être trois, au sud. D'autres encore, peut-être.

– Des armes à feu ?

– Impossible à dire. Mais en tout cas, ils portent de quoi alimenter le feu, et des épées. »

Piet s'avança discrètement entre les arbres pour mieux regarder, et s'arrêta net. Il venait de voir Minou, les mains liées devant elle, flanquée de deux soldats. Alors qu'il les observait, ils la traînèrent jusqu'à un poteau. Il sentit la colère rugir en lui, mais se força à inspirer profondément. À suivre le conseil qu'il avait donné à Aimeric. Agir sans réfléchir, précipitamment, risquait de leur coûter la mort à tous.

« Approchez, chuchota-t-il. Aussi silencieusement que possible. »

Bérenger et Aimeric rampèrent jusqu'à sa hauteur.

« Minou est également prisonnière, expliqua Piet. Alors à présent, tu dois tenir doublement bon. Ne perds pas la tête maintenant. Tes sœurs ont besoin de toi. Tu m'entends ? »

Aimeric était pâle, mais son expression déterminée.

« Oui.

– Nous allons nous rapprocher autant que possible sans être vus, déclara Piet. À notre connaissance, il n'y a pas plus de quatre ou cinq soldats. Nous sommes trois. L'avantage n'est pas de notre côté, mais ce pourrait être pire.

– Mais Minou et Alis sont toutes les deux ligotées, et si près du feu.

– Et il est possible que la dame soit également armée, ajouta Bérenger.

– Même si elle ne l'est pas, il y a en elle une folie aussi dangereuse que n'importe quelle épée », remarqua Piet calmement.

Éperdus d'inquiétude mais ne pouvant intervenir, ils regardèrent Blanche s'approcher de l'endroit où Minou était désormais attachée, en traînant Alis derrière elle comme un chien en laisse. Lorsque la fillette vit sa sœur, elle jeta un cri et tendit les mains vers elle. Blanche tira sèchement sur la corde pour la retenir.

« Laissez-la ! s'écria Minou. Ne lui faites pas de mal.

– Je vais la tuer, chuchota furieusement Aimeric à Piet. Dieu m'en est témoin, je vais…

– Tout ce qui compte, c'est sauver Minou et Alis, l'interrompit durement le jeune homme. Ne te laisse pas aveugler par la colère.

Tout va bien se passer, dit Bérenger d'un ton qu'il voulait rassurant mais où le doute perçait nettement. Le bien est de notre côté. »

« Relâchez Alis, dit Minou. C'est moi que vous voulez.

– Vous n'êtes pas en position de négocier, mademoiselle Joubert. Vous avez été trop lente. M'avez fait attendre trop longtemps. »

Minou avait le cœur qui tambourinait de fureur, mais elle était déterminée à ne pas la laisser transparaître. Et, bien qu'elle gardât le regard fermement fixé sur Blanche, alarmée par ses yeux trop brillants et son teint anormalement pâle, elle ne pouvait s'empêcher d'être stupéfaite par la métamorphose qui s'était opérée chez sa petite sœur.

Pendant tant de jours, elle avait été tourmentée par des visions d'Alis malade et affamée, plus pâle et plus maigre avec chaque journée qui passait. Mais le contraire semblait s'être produit. Au cours de ses sept semaines de captivité, Alis avait grandi et pris des forces. L'air de la montagne lui avait mis du rose aux joues et ses boucles formaient un halo autour de son visage. L'espace d'un instant, le soulagement de la voir ainsi transformée redonna du courage à Minou.

« Où est le testament ? demanda Blanche. Donnez-le-moi.

– Il n'est pas en ma possession.

– Je ne vous crois pas.

– C'est la vérité, répondit Minou d'un ton aussi ferme qu'elle en était capable. Il est également vrai que je ne veux rien de tout cela. Puivert, le château, l'héritage pour lequel vous luttez si âprement, vous pouvez tout garder. Je signerai tous les documents de renonciation que vous voudrez en présence du notaire, du prêtre, de qui vous voulez. Je vous en donne ma parole, si seulement vous voulez bien nous relâcher.

– Trop tard, murmura Blanche. Un temps pour vivre, et un temps pour mourir.

– Je ne vous comprends pas.

– Tout serait très bien allé s'il avait arrêté de parler. Mon cher et tendre époux, mon mari tant regretté, alors qu'il gisait puant, pourrissant, mourant dans son lit, tempêtant contre le monde et contre le Diable qui attendait de l'emporter. Il a parlé, et parlé, pécheur qu'il était. Je n'ai pu l'en empêcher. Faisant naître les rumeurs. Me spoliant de mon héritage. » Elle posa les mains sur son ventre rond et appuya dessus, comme si elle essayait d'expulser le bébé avant son heure. « J'ai interdit aux domestiques d'écouter, mais ils ont refusé de se boucher les oreilles. Je les ai fait fouetter, mais ils ont continué de commérer. Je leur ai dit qu'il délirait, qu'il avait l'esprit embrouillé. Que c'était cette chose en moi – que l'enfant dont il parlait était celui-là –, mais les rumeurs étaient lancées. Trop de mots, trop.

– Vous l'avez tué, dit Minou d'une voix égale.

– Un temps pour garder, et un temps pour jeter. Un temps pour tuer. Oui, c'est cela », répondit Blanche, comme si prendre une vie n'était rien.

Minou jeta un coup d'œil à Alis, espérant lui donner du courage.

« Dieu m'a parlé et j'ai obéi, continua Blanche. Comme nous le devons tous. Nous ne sommes rien, de simples pécheurs. Et puis il a été enseveli profondément, la bouche pleine de terre, et il a arrêté de parler. Mais il y avait la vieille, voyez-vous. Dévorée d'orgueil. Comme un cancer. Répandant de honteux mensonges dans tout le village, à propos d'un testament et d'un enfant qu'elle avait aidé à mettre au monde. Pas mort. Un temps pour garder, et un temps pour jeter. Ce sont les voix qui me l'ont dit.

– Anne Gabignaud, comprit Minou. Elle m'a écrit pour me prévenir. »

Blanche continua comme si elle n'avait rien dit.

« Un temps pour chercher, et un temps pour perdre ? » Elle tira Alis à elle, et la morsure de la corde sur son cou arracha un cri à la fillette. « Est-il temps pour vous d'être perdue ? chuchota-t-elle. Ou de perdre ? »

Instinctivement, Minou se pencha en avant, mais ses liens la retinrent attachée au poteau. Elle ne pouvait rien faire pour aider sa sœur. Puis, avec un sursaut, elle se rendit compte que le vent était en train de tourner, poussant la fumée tournoyante vers les hêtres de l'autre côté de la clairière. Des taches de cendre noire commençaient à moucheter la robe blanche de la châtelaine.

« Le vent tourne, lui cria-t-elle. Écartez-vous du feu.

– C'est par le feu seul que nous obtenons la rédemption », répondit Blanche sur le même ton.

Minou se débattit davantage, parvenant à détendre légèrement ses liens.

« Elle a mis longtemps à mourir, reprit Blanche. Elle avait plus de force que son âge n'aurait dû lui en laisser.

– Est-ce de Mme Gabignaud que vous parlez ? » redemanda Minou, songeant que si les soldats l'entendaient admettre qu'elle avait assassiné la vieille sage-femme, ils refuseraient sûrement de servir une telle maîtresse.

Blanche reposa son regard égaré sur elle, et se rapprocha.

« Plus de force que mon époux. Lui n'était plus qu'un enfant vagissant sur la fin.

– Qui avait plus de force ? essaya Minou une troisième fois.

– La sage-femme, ne comprenez-vous donc rien ? Elle non plus ne pouvait pas tenir sa langue. M'a raconté qu'une de celles qui m'ont précédée, votre sainte mère, était une hérétique. Le saviez-vous ? Une huguenote. Elle a sauvé un bébé protestant ! Rien que pour cela, elle méritait de mourir. »

Soudain, elle tendit le bras pour prendre Minou à la gorge. Celle-ci se débattit frénétiquement, mais Blanche serra plus fort, lui écrasant la trachée. Minou ne pouvait plus respirer.

« Je ne laisserai pas l'enfant d'une catin huguenote me voler mon héritage. Un temps pour vivre, et un temps pour mourir. C'est la seule façon. Il s'agit de la parole divine. De la volonté divine. C'est Sa volonté. »

Alors que Blanche relâchait brusquement sa prise, Minou chercha le regard d'Alis.

« Ma sœur préférée, murmura-t-elle pour lui donner du courage.

– Ta seule sœur », articula silencieusement la fillette.

Puis, tout sembla arriver d'un seul coup. Minou visa du pied les genoux de Blanche. Au même instant, Alis mit les deux mains sur la corde et tira violemment dessus, l'arrachant des doigts de la châtelaine. Elle s'enfuit en courant.

« Arrêtez-la ! » hurla Blanche.

Les soldats s'élancèrent, mais Alis fonçait déjà vers l'abri des bois, s'efforçant tout en courant d'ôter le nœud coulant d'autour de son cou.

« Maintenant ! » lança Piet.

Aimeric, Bérenger et lui sortirent de leur cachette et se ruèrent en rugissant dans la clairière. Piet s'attaqua aux soldats qui attisaient le feu. Aimeric courut aider Alis. Bérenger essaya d'atteindre Minou.

Avec la tramontane qui tournait et le puissant vent de sud-ouest qui commençait à souffler sur la vallée fluviale, la clairière était assaillie de rafales et de bourrasques changeantes qui faisaient tournoyer la fumée dans toutes les directions.

Puis, une étincelle sauta du bûcher sur le nœud coulant imbibé d'huile que portait un des soldats lancés à la poursuite d'Alis. La corde prit feu dans ses bras. Il hurla alors que les flammes se propageaient à sa barbe et à ses cheveux, essayant en vain de les éteindre en tapant dessus. Minou sentit l'odeur de roussi de sa peau tandis qu'il trébuchait et tombait.

Une autre étincelle jaillit pour atterrir dans un tas de feuilles sèches au pied d'un hêtre dans un coin de la clairière. Un ruban de feu doré fusa le long du tronc.

« Écarte Alis de là ! » lança Minou à Aimeric.

D'un seul geste, son frère enveloppa la fillette dans sa cape verte et la souleva, l'emportant plus loin dans les bois.

Le soulagement de Minou fut de courte durée. À travers la fumée noire, elle vit un autre soldat intercepter Bérenger. Elle chercha Piet du regard, mais au même instant, elle perdit le souffle sous l'assaut de Blanche, qui s'était de nouveau jetée sur elle pour l'étrangler.

« Piet ! entendit-elle hurler Bérenger. Occupez-vous de Minou ! »

De son côté, elle luttait pour dégager sa tête, en s'efforçant d'ignorer le goût du sang dans sa bouche. Malgré son état, Blanche semblait dotée de la force de plusieurs hommes.

Piet traversa la clairière en courant et se jeta sur Blanche, l'écartant de Minou. Un soldat chargea sur lui, l'épée au poing, mais sa lame croisa celle de Piet, qui lui enfonça ensuite son poignard dans le ventre. Le sang monta aux lèvres du soldat, d'abord écumeux puis en une gerbe jaillissante qui tacha de rouge le sol verdoyant. Il tomba à genoux, puis bascula en avant. Un autre attaqua, mais Piet continua d'avancer, fer contre fer, repoussant inlassablement son adversaire vers le bûcher.

Et le vent continuait de souffler, attisant les flammes. Leur ronflement s'amplifiait.

Brusquement, Minou se rendit compte que Blanche avait désormais un couteau dans la main.

« Par le feu seul pouvons-nous renaître, murmura la châtelaine. Vous devez mourir, mais vous me remercierez, Minou. C'est votre âme que je sauve. »

Minou recula autant que possible, ne sachant ce qu'elle pouvait faire face à une lame. Elle était coincée. Elle donna un coup de pied pour essayer de tenir Blanche à distance. Un autre tourbillon de fumée fut happé par le vent, les enveloppant toutes deux dans son étreinte suffocante et les prenant à la gorge. Blanche se mit à tousser. Puis, dans le chaos, s'immisça une autre voix.

« Blanche. Ma dame. »

Dans sa stupeur, la châtelaine lâcha le couteau. En voyant le désarroi qui se peignait sur les traits de Piet, Minou se tordit pour regarder derrière elle et trouva Vidal qui entrait dans la clairière accompagné de deux soldats, de son valet et de deux autres personnes.

« Non », murmura-t-elle, défaite.

Le prêtre tenait Alis par le col de sa robe. Bonal avait son couteau en travers de la gorge d'Aimeric, dont l'œil gauche était enflé et la joue barrée de rouge par une estafilade.

« Je suis désolé, Minou, dit ce dernier. Nous sommes tombés droit sur eux. Il y a eu...

– Tais-toi, l'interrompit Bonal d'un ton menaçant.

– Vous allez déposer vos armes, dit Vidal. Jetez-les où je peux les voir. »

Piet crispa brièvement le poing sur la garde de son épée, mais finit par obtempérer. Bérenger suivit son exemple, jetant sa lame par-dessus la sienne. Bonal tira la dague d'Aimeric de sa ceinture et l'ajouta à la pile.

Sur un signe de tête de Vidal, les soldats lièrent les mains de Piet et de Bérenger derrière leur dos et les forcèrent à se mettre à genoux.

« Voilà qui est mieux », dit le prêtre.

Minou vit un changement s'opérer en Blanche. Ses démons semblèrent la quitter, et elle se fit gracieuse et élégante. Comme si elle recevait des invités à un banquet ou à une mascarade.

« Valentin, vous êtes le bienvenu. Pardonnez-moi mais, comme vous pouvez le voir, nous avons été obligés de commencer sans vous. J'espère que vous avez bien dormi, mon amour ? »

Piet fronça les sourcils et Bérenger prit un air écœuré. Minou, se rappelant les rumeurs que lui avaient répétées son père et Mme Noubel, regarda le ventre de Blanche, et une autre pièce du puzzle se mit en place dans sa tête.

C'était l'enfant de Vidal – pas celui de son mari. Et pas du tout l'héritier de Puivert.

« Vous parlez trop, madame, dit sèchement Vidal.

– Vous joindrez-vous à moi ? Je les ai tous rassemblés ici pour vous. » Elle agita follement la main. « Voyez-vous ? Les voici. »

Vidal fit un autre bref mouvement de tête et les soldats s'avancèrent pour se poster derrière Blanche. Ils ne la touchèrent pas, mais il était évident qu'ils étaient là pour la maîtriser si besoin, et non lui obéir.

« Non ? fit-elle de sa voix étrangement monocorde. Cela ne vous fait pas plaisir ? Le feu ne vous fait pas plaisir ? »

Vidal s'approcha de Piet, qu'un des soldats retint à genoux en appuyant sa dague sur sa gorge.

« Je ne perdrai pas davantage de temps avec toi, Reydon. Tu m'as mené en bateau, tu as exploité ma bienveillance passée. À cause de toi, de nombreuses personnes ont perdu la vie. Tu as leur mort sur la conscience. »

Le visage de Piet se crispa de colère.

« Va au diable.

– Ne te rappelles-tu pas les Saintes Écritures, Reydon ? Les péchés par omission et par action, la loi des conséquences prévues et imprévues. À cause de ton obstination, Crompton et le pauvre idiot que tu as payé pour fabriquer une réplique du Suaire ont beaucoup souffert. McCone également, même s'il a été l'artisan de sa propre infortune. Vendre des secrets aux deux bords, quelle bêtise. »

Il hésita, comme s'il attendait que Piet prenne la parole, puis recula en se frottant les yeux, irrités par la fumée.

« Tu veux le Suaire, Vidal. Est-ce cela ?

– Je te donne une chance, une seule, de me dire la vérité. Si tu ne le fais pas, je tuerai d'abord la fille, puis le garçon, et enfin Mlle Joubert. Si tu es honnête, je leur épargnerai l'épée.

– Il ment ! cria Aimeric. Il a l'intention de tous nous tuer.

– Dites-lui, Piet », implora Minou en s'efforçant de s'écarter du feu.

Une autre étincelle avait sauté du feu pour atterrir sur une fougère sèche. Des flammes minuscules commençaient à en ronger les frondes l'une après l'autre, et venaient de trouver sur leur chemin une branche tombée.

« Où se trouve le Suaire à cet instant ? Je sais que tu l'as donné à ta... Qu'est-elle pour toi ? Ta maîtresse catholique ?

– Vous feignez d'aimer Dieu, Valentin, intervint brusquement Blanche. Vous essayez de faire croire que tout cela est pour Sa gloire, mais vous vous êtes détourné du Seigneur. Vous n'agissez que dans votre propre intérêt. »

Vidal l'ignora.

« Où est-il, Reydon ? »

Piet ne répondit rien. Vidal le regarda fixement, puis baissa les yeux sur Alis et approcha la main d'elle.

« Non ! s'écria Aimeric. Il est là. Dans la doublure de ma cape.

– Enfin. » Vidal claqua des doigts. « Bonal. »

Le valet dénoua brutalement le vêtement du cou de l'adolescent et le tendit à son maître. Vidal déchira la couture, plongea la main à l'intérieur et en sortit le cylindre de cuir.

Il resta immobile un instant, comme s'il hésitait à prendre le temps d'admirer le Suaire. Puis il changea d'avis.

« Je ne profanerai pas un objet d'une telle sainteté en le dévoilant devant si impie compagnie », déclara-t-il.

Blanche lâcha un hurlement.

« Vous avez entre les mains une preuve de la miséricorde de Dieu envers l'homme, par le sacrifice de Son fils qui est mort pour nous, mais vous n'en avez que faire. Vous êtes un pécheur, Valentin. »

Elle voulut se jeter sur lui, mais les gardes la retinrent fermement.

« Ramenez Dame Blanche à ses appartements, dit froidement Vidal. Elle est très affectée et mérite notre pitié.

– Et nous ? demanda Minou. Vous avez dit que vous nous relâcheriez. »

Vidal afficha un mince sourire.

« Ah, mais non. Ce que j'ai dit, c'est que je vous épargnerais l'épée. Reydon est un hérétique. Vous aussi désormais, je gage. L'hérésie est comme un poison. Elle entre dans le sang. Quant aux autres, ils sont contaminés par association avec vous deux. Bonal, ligote-les. Laissons le feu faire son œuvre. »

72

À l'écart du bûcher, la bouche et le nez couverts d'un mouchoir, Vidal regardait Bonal attacher les prisonniers. Sa soutane rouge claquait au vent.

Blanche se tenait à côté de lui, sous la garde des soldats. Elle avait des taches de suie sur le visage, et ses vêtements blancs et argent étaient tout abîmés par les cendres. Ses cheveux s'étaient échappés de son capuchon et lui tombaient dans le dos. Elle avait une expression sereine sur le visage, bien que son regard fût aussi vide que celui d'un saint de plâtre dans une église. Seuls ses poings qui se crispaient et se décrispaient trahissaient son agitation.

Piet, Bérenger et Aimeric avaient chacun été ligotés à un arbre à la lisière des bois au nord de la clairière, en plein milieu du chemin que le feu allait prendre sous l'action du vent de sud-ouest qui continuait d'attiser les flammes. Ils étaient trop loin les uns des autres pour s'aider.

Minou était toujours ligotée au poteau le plus proche du départ du feu. Alis y était attachée aussi : elles se trouvaient dos à dos, retenues par un agencement compliqué de corde. Elles n'avaient aucune chance de réussir à se libérer toutes seules. Dans l'immédiat, elles étaient en sécurité, mais, si le vent tournait de nouveau, il suffirait de quelques minutes pour qu'elles soient à leur tour la proie des flammes.

« Je rentre au château, Bonal, annonça Vidal. Finis-en avec la fille et l'enfant, débarrasse-toi des corps puis prépare les chevaux. Je t'attendrai au donjon.

– Nous quittons Puivert ? »

Vidal baissa les yeux sur l'étui de cuir et sur la cape drapée sur son bras.

« Tout à fait. J'ai ce que j'étais venu chercher.

– Et pour retourner à Toulouse, monsignor ? »

Vidal sourit.

« Non, nous nous rendrons dans le Rouergue. À Saint-Antonin, très exactement. »

Bonal le regarda dans les yeux.

« Très bien, monsignor. »

Vidal jeta un dernier coup d'œil autour de lui, comme pour vérifier que tout était à sa convenance, puis, laissant Bonal sur place, s'en fut avec Blanche, escortée par les soldats. Bien qu'elle fût la châtelaine et que ces terres lui appartinssent, il n'y avait aucun doute sur le véritable détenteur du pouvoir.

« Dieu te damnera pour cela, Vidal ! » lança Piet après lui.

Minou vit le prêtre s'arrêter, puis reprendre son chemin sans un regard en arrière.

Le vent tourbillonnant continuait à envahir la clairière d'une fumée toxique noire et moutonnante. Il était désormais impossible de voir quoi que ce soit.

« Minou ? appela de nouveau Piet.

– Je suis là, répondit-elle par-dessus le crépitement des flammes.

– Cela me fait tant de bien de vous entendre », dit-il.

Mais elle perçut le désespoir dans sa voix. Il ne pouvait pas l'atteindre, et elle ne pouvait rien faire pour l'aider non plus.

En périphérie de son champ de vision, elle vit Bonal se déplacer, traînant les corps des soldats tués vers le feu. Elle entendit ensuite un sifflement et un grésillement alors que leurs cheveux s'embrasaient, et bientôt l'odeur douceâtre de la chair en combustion commença à se répandre dans l'air.

Vivement, elle se mit à parler à Alis.

« Nous allons en avoir, des aventures à raconter, lui dit-elle, dans un effort éperdu pour détourner l'attention de sa sœur de l'horreur de leur situation.

– Tu m'as manqué », répondit Alis.

Une déclaration si simple et si adorable que Minou en eut les larmes aux yeux.

« Tu m'as manqué aussi. Tu nous as manqué à tous les deux. Même Aimeric.

– Je savais que tu allais venir, quoi qu'en dise Blanche, mais en même temps je ne le voulais pas.

– Je comprends.

– Elle m'a dit que nous allions à Toulouse, c'est pour cela que je l'ai suivie alors même que Mme Noubel m'avait dit de rester à la maison. C'est de ma faute.

– Non, c'est faux, répondit farouchement Minou. Et de toute façon, ça n'a plus d'importance maintenant.

– Es-tu sûre que je ne vais pas être punie ?

– Certaine.

– D'accord. Lorsque j'ai compris que Blanche avait menti, j'ai attendu que tu viennes. Mais les semaines ont passé, alors j'ai décidé de m'enfuir. Et puis le bébé a essayé de naître et Blanche a failli mourir. Depuis, elle est malade. J'ai retenté de m'évader, mais ils m'ont rattrapée. Le prêtre n'arrêtait pas de me poser des questions.

– Est-ce qu'il t'a fait du mal ? » demanda Minou, sachant qu'elle devait poser la question mais redoutant la réponse.

Alis hésita, puis Minou crut sentir qu'elle secouait la tête.

« Je ne te vois pas, Alis, tu dois me répondre de vive voix.

– Pas vraiment. Il m'a pincé les joues, durement, mais je n'ai pas pleuré. »

Minou poussa un soupir de soulagement.

« J'ai une belle surprise pour toi, reprit-elle. Papa est ici, au château. Mme Noubel est avec lui. Et dès que nous aurons quitté cette clairière, nous irons le trouver. Que dis-tu de cela ?

– Est-ce qu'ils vont venir à notre recherche ? demanda Alis d'une petite voix. Comment est-ce qu'ils sauront que nous sommes ici ?

– Ils le sauront, répondit Minou d'un ton ferme, bien qu'elle n'entretienne aucun espoir à ce sujet. Ou ce sera quelqu'un d'autre. La fumée doit être visible à des lieues alentour. Quelqu'un de Puivert va la remarquer. »

Elle se tut en voyant réapparaître Bonal, venu vérifier une dernière fois qu'elles étaient bien ligotées.

« Voilà, dit-il en tirant durement sur la corde pour s'assurer qu'elle tenait.

– C'est mal, ce que vous faites, dit Minou, dans un dernier effort pour lui faire entendre raison. Je ne puis croire que vous voulez notre mort sur la conscience. Je vous en prie, relâchez au moins ma sœur. Ce n'est qu'une enfant. »

Bonal se pencha pour lui chuchoter à l'oreille :

« Je n'aurai rien sur la conscience. Je confesserai mes péchés et mon âme sera de nouveau comme neuve, tandis que toi, catin de huguenote, tu paraîtras devant Dieu sans t'être confessée, grevée de tous tes péchés. »

Sur ces mots, il cracha par terre aux pieds de Minou, puis se redressa et s'éloigna en direction du chemin. Une bourrasque poussa un autre nuage de fumée dans la clairière, et elle le perdit de vue.

Puis elle l'entendit pousser un cri. Dans le brouillard de suie, elle le vit chanceler, puis donner l'impression de tomber à genoux. Une autre trouée d'air pur lui permit de le voir étendu au sol, un couteau planté dans la gorge.

« Qu'est-ce qui se passe maintenant ? chuchota Alis.

– Je ne sais pas, répondit Minou sur le même ton. Ne fais pas de bruit.

– Est-ce papa qui arrive ?

– Je ne sais pas », répéta Minou, en s'efforçant d'y voir plus clair.

Elle pouvait entendre des pas se rapprocher sur les feuilles sèches déjà foulées, et une silhouette à la démarche pesante finit par apparaître.

« Tante ! » s'exclama-t-elle.

Mme Boussay était en sueur et respirait bruyamment. Haletait, même. À la grande stupeur de Minou, elle se pencha au-dessus de Bonal pour dégager le couteau de sa gorge et en essuyer la lame sur l'herbe.

Minou ne savait pas si elle devait rire ou pleurer. Sa tante semblait ne ressentir aucune peur, n'être absolument pas perturbée par le fait qu'elle venait de tuer un homme.

« Tante, ma chère tante, reprit-elle. Pouvez-vous couper mes liens ?

– Je vais faire de mon mieux, ma chère, répondit Mme Boussay.

– J'ignorais que vous saviez… vous servir d'un couteau.

– Oh, j'en suis incapable. Je suis si maladroite, mon époux dit toujours… » Elle s'interrompit. « C'est un tour que m'a montré votre frère. Utile, s'avère-t-il. Il m'a dit que c'était votre prétendant huguenot qui le lui avait appris. » Puis, avant que Minou ait pu répondre, elle se tourna vers l'enfant derrière elle. « Et vous devez être la petite Alis, c'est bien cela ? »

Effarée, l'intéressée ne put que hocher la tête.

« Je suis Mme Boussay, votre tante de Toulouse, continua-t-elle en coupant la corde qui retenait Minou, puis en faisant de même pour Alis. Voilà qui est mieux. Maintenant, où est mon neveu ? Aimeric ? »

Elle n'obtint d'abord aucune réponse. Le sang de Minou se glaça. Le feu ne pouvait pas les avoir encore atteints, mais la fumée ?

« Aimeric ? appela de nouveau Mme Boussay. Répondez, je vous prie. »

Cette fois, la voix du garçon leur parvint de l'autre côté de la clairière.

« Nous sommes ici, tante. Mais si vous pouviez vous dépêcher… »

Minou contourna vivement la clairière, en se protégeant du feu du mieux qu'elle le pouvait.

Elle trancha les liens de Piet et, brièvement, leurs lèvres se touchèrent. Puis, ensemble, ils détachèrent Bérenger et Aimeric, avant de rejoindre Mme Boussay et Alis et de récupérer leurs armes.

Épuisé, encore sous le choc, le petit groupe se força à remonter la pente vers l'enceinte du château.

« Bérenger, dit Piet lorsqu'ils atteignirent l'orée des épais sous-bois. Descendez au village donner l'alarme. Si le vent ne se calme pas, tous les bois d'ici à Chalabre sont en danger.

– Nous devons trouver un moyen d'entrer dans la tour Bossue, enchaîna Minou à voix basse. Mon père et Mme Noubel y sont retenus prisonniers.

– Croyez-vous qu'ils y soient encore, nièce ?

– Je l'ignore. Père dit que personne ne sait qui il est, mais cela pourrait changer maintenant que Vidal n'est plus préoccupé par la recherche du Suaire. Quant à Blanche, eh bien…

– Elle a perdu la tête, tante, expliqua Alis. Le bébé a essayé d'arriver en avance, et ça l'a rendue folle.

– Notre seul espoir est qu'elle se soit calmée, puisqu'elle aussi a ce qu'elle voulait.

– Et que voulait-elle exactement, nièce ?

– Le testament, répondit Minou. Celui qui était caché dans la bible que ma mère vous a envoyée, tante. J'ai retiré celle-ci de sa cachette dans l'église Saint-Sernin du Taur. Pardonnez-moi, j'avais l'intention de vous le dire. Je craignais qu'elle ne soit détruite quand les affrontements commenceraient.

– Êtes-vous en train de me dire qu'il y a un testament caché dans ma bible ? »

Minou fronça les sourcils.

« Lorsque vous l'avez reçue de ma mère, ne l'avez-vous pas examinée ?

– Eh bien, non. Je l'ai ouverte, mais lorsque j'ai vu qu'elle était en français – et je savais combien cela déplairait à mon époux –, je l'ai immédiatement refermée et remise dans son sac. Puis, comme vous le savez, je l'ai cachée. Est-ce un testament rédigé par Florence ?

– Je…, commença Minou, avant de décider que cette explication pouvait attendre. C'est une longue histoire, tante. Disons simplement que Blanche pensait qu'il avait le pouvoir de la spolier de son héritage. J'ai cousu la bible dans la doublure de ma cape pour la mettre à l'abri, ainsi qu'un autre objet précieux que Piet m'avait demandé de protéger. C'est pourquoi, lorsqu'on nous a arrêtés au poste de péage sur le pont couvert, j'ai donné ma cape à Aimeric.

– Et il ne l'a jamais quittée des yeux. C'est un garçon obéissant, à sa manière.

– Mais malgré tous nos efforts, soupira Minou, Vidal la détient désormais, et il n'y a rien que nous puissions y faire. »

Mme Boussay s'éclaircit la voix.

« Eh bien, en réalité, il se trouve qu'il ne l'a pas. J'espère que vous ne vous offusquerez pas de ce que je m'apprête à dire, Minou, mais la couture de votre cape était vraiment très mal faite. J'ai pris l'initiative de la réparer pendant que vous dormiez, Aimeric. Je me débrouillais bien avec une aiguille étant jeune, mais M. Boussay ne voulait pas que sa femme… » Elle s'interrompit. « Enfin, peu importe. Ce que je voulais dire, c'est que j'ai trouvé l'étui et la bible. Je ne pensais pas qu'il soit de mon droit de regarder ce qu'il y avait dans le premier, alors je l'ai remis à sa place. Mais j'ai par contre reconnu ma propre bible, et ç'a été un tel plaisir de la revoir que, je dois l'avouer, je l'ai gardée. »

Minou et Aimeric échangèrent un regard.

« Êtes-vous en train de nous dire que vous avez le testament, tante ? »

Mme Boussay porta une main nerveuse à ses cheveux.

« Eh bien, le testament, je ne sais pas, mais la bible ? Oui, certainement. Tenez. » Elle fouilla dans la vilaine aumônière violette accrochée à sa ceinture. « C'est le seul cadeau que j'aie jamais reçu de ma sœur bien-aimée. Je ne pouvais supporter l'idée d'en être de nouveau séparée. »

Minou ouvrit le volume et trouva le testament, exactement où elle l'avait laissé, entre deux pages. Aimeric se pencha pour embrasser Mme Boussay.

« Tante, vous êtes un prodige. »

« Elle est fiévreuse, monsignor, dit la nourrice.

– J'en ai bien conscience. »

Vidal regarda Blanche, étendue inerte sous les draps, les mains immobiles sur le lin blanc, le visage calme et les yeux fermés, telle une effigie de marbre sur une tombe. Et pourtant, bien qu'elle ne bougeât absolument pas, il était certain qu'elle ne dormait pas.

Il parcourut des yeux la chambre qui avait été pour lui un lieu de satisfaction et de refuge. Il n'y voyait plus désormais que les signes de sa stupidité. Avoir placé sa réputation entre les mains d'une telle femme...

« Restez avec elle, dit-il d'un ton impérieux. Ne la laissez pas sans surveillance un seul instant. Lorsque l'enfant sera né, cette affliction passera.

– Très bien, monsignor. »

Vidal fit le signe de croix au-dessus du front de Blanche et murmura une bénédiction, puis s'approcha de la table, dans le coin de la pièce, où il avait posé le Suaire.

« Détournez les yeux », ordonna-t-il.

Les soldats et la nourrice tournèrent tous trois le dos.

Enfin, dans la chaleur et la fumée des bois en feu, Dieu avait daigné lui répondre après un si long silence. Le chemin lui était soudain clairement indiqué. Il était impatient de laisser derrière lui Puivert, Blanche et son bâtard, pour ne jamais revenir.

Il se rendait compte qu'il avait eu trop peu d'ambition. L'épiscopat de Toulouse était un rang auquel aspirer, mais qu'est-ce qui l'empêchait de viser plus haut ? Le patronage de Blanche, loin de l'aider à s'élever, l'avait freiné.

Il ramassa l'étui de cuir. Était-il vrai que le duc de Guise se trouvait à Saint-Antonin, que Vidal connaissait bien pour y avoir passé les premières années de son ministère ? D'ailleurs, c'était dans cette petite ville du Rouergue qu'il avait vu Blanche pour la première fois : une innocente jeune fille pleurant la mort de son père. Son chagrin simple l'avait ému.

Il refoula ce souvenir.

Il allait se rendre directement à Saint-Antonin et proposer ses services à Guise et à son fils. Bien que le bruit courût que la santé du duc était déclinante, il restait l'opposant le plus ferme à Condé et à la menace huguenote, et, à la différence de nombre de ses alliés, sa piété était sincère. Quelle élévation sa Grâce serait-elle prête à offrir à un homme en possession du véritable Suaire ? Vidal retira le couvercle du cylindre, introduisit la main à l'intérieur et en sortit le morceau d'étoffe. Il palpa la texture du délicat tissage, trouva l'accroc, dans un coin, qui confirmait l'authenticité de la relique, et attendit. Il attendit de ressentir la gloire de Dieu manifesté dans le monde. La grâce qui dépasse tout entendement.

Mais dans cette pièce morne, avec les soldats et la nourrice qui détournaient les yeux et la respiration irrégulière de Blanche dans le lit derrière lui, rien ne vint.

Vidal remit le Suaire dans son étui et le referma. Il attendrait un moment plus propice, plus intime.

« Où est Bonal ? demanda-t-il durement. Il devrait être ici. »

Les soldats se mirent au garde-à-vous.

« Monsignor ?

– Allez voir. »

La nourrice se retourna, les mains jointes devant elle.

« Vous nous quittez, monsignor ?

– Mes responsabilités requièrent ma présence ailleurs, répondit-il. Je reviendrai quand je le pourrai pour voir comment se porte Dame Blanche. Un esprit perturbé n'en est pas moins aimé de Dieu. »

Leur mouchoir plaqué sur la bouche, ils se tenaient aussi près des remparts que possible sans risquer d'être vus depuis les tours de guet.

Piet passa le bras autour de la taille de Minou.

« Le plus important, maintenant, est de trouver votre père et Mme Noubel, et de les mettre en sûreté. Vidal se trouve peut-être encore dans le château, ou peut-être que non, mais quoi qu'il en soit, il y aura des soldats et des domestiques.

– Ils ont forcément vu – ou senti – la fumée.

– Le prêtre s'en va, intervint Alis. Il a dit à son valet de seller les chevaux et de le retrouver dans le donjon.

– A-t-il dit qu'il retournait à Toulouse ? demanda vivement Piet.

– Justement, non, répondit Minou. Alors qu'ils quittaient la clairière, je l'ai entendu dire à Bonal que leur destination était une ville du nom de Saint-Antonin. »

Piet fronça les sourcils.

« C'est là que se trouvait sa première paroisse.

– A-t-il de la famille ou des terres là-bas ?

– Non, mais... » Il s'interrompit. « J'ai entendu une rumeur qui disait que le duc de Guise et son fils aîné, Henri, sont près d'Albi.

– Pensez-vous que c'est vrai ? demanda Aimeric.

– Je ne sais pas, c'est possible. Ça n'a pas d'importance. La seule chose qui compte est de sauver votre père et Mme Noubel, puis de quitter Puivert au plus vite », répéta Piet.

L'adolescent hocha la tête.

« Pendant que Minou et moi tentons d'entrer dans la tour Bossue, Aimeric, peux-tu aller au bord de la rivière récupérer nos montures ?

– J'y vais de ce pas.

– Fais bien attention, dit rapidement Minou alors que son frère, avec un hochement de tête, tournait le dos pour s'en aller.

– Si vous voulez bien me passer l'audace de vous donner des ordres, madame Boussay, pouvez-vous attendre avec Alis dans les bois ? Une fois tous réunis, nous pourrons décider de la meilleure marche à suivre. »

Elle inclina la tête.

« Nous serons parfaitement à notre aise ici, monsieur Reydon.

– Nous ne pouvons pas redescendre au village, dit Minou. Si les soldats nous cherchent, c'est le premier endroit qu'ils fouilleront. Nous devrions retourner à Chalabre.

– Mais s'ils nous croient morts, intervint Alis, pourquoi nous chercheraient-ils ?

– C'est peut-être le cas à cet instant, ma petite, mais en voyant que Bonal ne revient pas, Vidal enverra quelqu'un à sa recherche et découvrira notre disparition.

– Alors vous allez devoir faire vite, conclut Mme Boussay d'un ton ferme. Alis, nous allons nous asseoir ici et vous pourrez me raconter ce que c'est que de vivre dans la Cité. Je regrette de n'avoir jamais eu l'occasion de vous y rendre visite.

– Venez, mon cœur, dit Minou à Piet. Plus vite nous serons partis, plus vite nous reviendrons. »

Le terme d'affection arracha un haussement de sourcils à sa tante.

« Est-ce que Piet est ton mari maintenant ? demanda innocemment Alis.

– Pas encore, répondit Minou avec un rire, en la serrant dans ses bras. Mais lorsque le moment propice sera venu, oui. Nous espérons nous marier. »

Valentin. Un choix inélégant lors de son ordination. Le nom d'un martyr italien plutôt que français, et une fête célébrée en février. En Angleterre, où l'hérésie infecte la vie sous tous ses aspects, c'est un saint patron des amoureux.

Les voix dans ma tête sont endormies maintenant, mais on parle trop dans ma chambre. Les soldats et la nourrice ivre à l'haleine chargée de bière, en train de rivaliser d'obséquiosité.

« Un temps pour naître, pour... »

La pression d'une main sur mon front.

« Elle est fiévreuse, monsignor.

– J'en ai bien conscience. »

Valentin parle et ils lui obéissent. Comment se fait-il ? Ne sont-ce pas mes terres ? Sans moi, il n'est rien. Ce château échappe à sa juridiction. À son autorité. Il n'est pas aimé de Dieu. Le Seigneur ne lui parle pas.

Mais il m'a aimée autrefois, n'est-ce pas ?

La créature dans mes entrailles essaie de me tuer. Je peux la sentir se tordre dans mon ventre. Un succube qui me dévore de l'intérieur.

« Je reviendrai quand je le pourrai pour voir comment se porte Dame Blanche. Un esprit perturbé n'en est pas moins aimé de Dieu. »

Il croit que je ne l'entends pas. Ses raisons sont spécieuses et mensongères. C'est pour servir son ambition, non Dieu, qu'il part.

Des pas traversent la chambre. Il est en train de partir. Les soldats aussi. Un moment passe, puis l'haleine fétide de la nourrice disparaît aussi.

Un esprit malin, posté là pour me tourmenter.

Les voix chuchotent à présent. Vite. Va-t'en.

Sous le drap, le sang coule à flots. Je comprends maintenant que c'est Dieu qui bouge en moi. Le sang du Seigneur a été versé pour nous et pour la rémission des péchés de nombre d'entre nous.

« Un temps pour abattre, et un temps pour bâtir, un temps pour… »

Non, ce n'est pas ça.

Je suis debout. Je traverse la chambre. Je n'ai nul besoin de capes d'or ou de satin, car Dieu est à mes côtés. Et j'ai ce qu'il me faut. Les soldats n'ont pas osé me fouiller et Valentin ne supporte plus de me toucher. J'ai toujours mon rosaire et mon couteau.

Je descends l'escalier en spirale du donjon pour gagner la chambre ardente des bois où attend Minou Joubert.

73

Village de Puivert

« Amenez autant d'hommes que vous pourrez en trouver, dit Bérenger. Il nous faut des chevaux, des charrettes. Apportez des seaux pour ramasser de la terre. Nous pouvons étouffer les feux, les éteindre un par un.

– Comptez sur moi, répondit Lizier avec un hochement de tête. On dit qu'il s'est déjà passé des choses terribles. Paul Cordier retrouvé la nuque brisée, plusieurs morts dans les bois. Deux membres de la garde ont déserté au point du jour, terrifiés, et sont venus se réfugier ici en disant que la maîtresse avait perdu la tête. » Il balaya la rue du regard. « Lorsque Guilhem sera là, il nous dira ce qu'il en est exactement. »

Malgré l'urgence de la situation, Bérenger s'arrêta.

« Mon ami, j'ai une mauvaise nouvelle. »

Les yeux du vieil homme se voilèrent.

« Mon neveu ? Mon Guilhem fait partie des défunts ? »

Bérenger lui posa la main sur l'épaule.

« Il est mort en défendant autrui. C'était un jeune homme vaillant, plein de courage.

– C'est vrai.

– Vous devriez être fier de lui, Achille. Grâce à lui, d'autres vies seront sauvées. »

Une larme solitaire roula sur la joue ridée de Lizier.

« Il y a quelque chose qui ne va pas lorsque les vieux survivent aux jeunes. Ils sont tous partis avant moi.

– Je sais. »

Pendant un moment, les deux hommes restèrent immobiles à se rappeler ceux qu'ils avaient perdus. Vétérans l'un comme l'autre, ils avaient participé aux campagnes contre l'Italie et vu beaucoup de leurs camarades tomber au combat. Puis Lizier s'essuya les yeux, laissant une trace noire sur son visage, et carra les épaules.

« Je vais rassembler autant de monde que je peux, femmes et enfants inclus. La famille de Bruyères a fait assez de dégâts à Puivert. Je le sais mieux que personne. Il est temps d'y mettre un terme. »

Château de Puivert

Minou et Piet avait réussi à passer la petite poterne percée dans la muraille, à traverser le potager et à entrer dans la basse-cour sans être vus.

Entendant un bruit de pas dans le logis, ils se cachèrent précipitamment, mais personne ne sortit du bâtiment et la porte resta fermée. De temps en temps, un ruban de fumée grise apparaissait dans le ciel au-dessus du château, avant d'être emporté par le vent.

Minou trouvait les lieux étrangement calmes pour un milieu de matinée et se demanda si la nouvelle de l'incendie avait déjà gagné la maison. Mais cela les arrangeait. Ils continuèrent d'avancer, restant dans l'ombre, sur le qui-vive.

Un autre son les arrêta, en provenance cette fois du donjon, semblait-il. Ils se cachèrent vivement sous l'escalier, attendant qu'il s'éloigne, puis se hâtèrent de gagner la petite arche de pierre qui reliait les deux cours.

« Mon père m'a dit que la cour principale était comme une place du marché. Des étals d'artisanat, de pain et de tissu tout le long des remparts. Avec un peu de chance, nous pourrons peut-être nous cacher derrière une échoppe.

– Il est bien informé.

– Il m'a dit qu'il pouvait entendre les bruits que faisaient les marchands, mais qu'il tenait surtout cela de son élève, Guilhem. »

Piet s'arrêta.

« Guilhem est mort, mon amour. Je l'ai trouvé assassiné dans les bois hier soir.

– Oh. » Minou se tut un moment. « J'ai de la peine pour Jeannette. Elle imaginait avec tant de joie la vie qu'ils auraient ensemble. Et elle était si fière qu'il ait appris à lire et à écrire le français. » Elle secoua la tête. « Et mon pauvre, pauvre père. Il s'était pris d'affection pour lui.

– Je peux lui annoncer la mauvaise nouvelle.

– Non, je vais le faire. » Minou lui prit la main. « Je lui dirai au moment opportun. »

Ils firent encore quelques pas en silence.

« Même si nous arrivons à franchir l'obstacle des gardes, avez-vous réfléchi à la façon d'accéder au cachot même ? Il sera fermé, et la porte est conçue pour résister à tout assaut. »

Piet plongea la main dans son pourpoint et en sortit un trousseau de clefs.

« Je les ai prises sur le corps de Guilhem hier soir, expliqua-t-il à voix basse. C'est peut-être là le dernier – le plus grand – service qu'il rendra à votre père. Lui sauver la vie. »

Blanche leva les yeux vers le dais bleu du ciel et se demanda pourquoi le soleil était si haut.

Était-ce le matin ?

La splendeur du matin. Dieu recréant le jour. Était-ce déjà l'été ?

Elle se tenait dans l'ombre des remparts. L'air était saturé de l'odeur du feu et des cendres. Les martyrs chrétiens d'antan, roués, crucifiés, brûlés. Refusant d'abjurer leur foi. Leur âme montant au Ciel en colonnes de feu.

Mais la sienne était encore liée à la terre. Son œuvre n'était pas terminée. Il fallait qu'elle retourne dans les bois où Minou Joubert attendait le salut. L'enfant était avec elle. La petite fille qui lui avait sauvé la vie, d'après l'apothicaire. Elle baissa les yeux et vit que sa chemise était empesée de sang.

Elle passa devant la tour Vert et traversa le potager pour gagner la poterne. Valentin l'avait ouverte et devait avoir omis de la refermer. Ce n'était pas bon. Les domestiques de Blanche savaient qu'il ne fallait pas faire cela. Ses ennemis allaient entrer et tous les tuer.

Pourquoi obéissaient-ils aux ordres du prêtre ? N'était-elle pas châtelaine de Puivert ? Instinctivement, elle porta la main à son rosaire et le cliquètement des perles d'ivoire l'apaisa. Le contact froid de son couteau aussi. Elle en fit tourner la pointe jusqu'à ce que la sensation du sang sur sa paume vienne la soulager.

Minou examina le corps de garde. Trapu et rectangulaire, il ressemblait à une pièce de jeu de construction pour enfant.

« Pourquoi n'y a-t-il aucun soldat à la porte ? chuchota-t-elle.

– Peut-être n'y a-t-il pas de tour de garde à l'intérieur du château pendant le jour, suggéra Piet.

– Il n'y a personne devant la tour Bossue non plus. »

Piet regarda autour d'eux.

« La plupart des échoppes sont fermées.

– Ils ont fui à cause de l'incendie ?

– Je ne sais pas », répondit-il avec un froncement de sourcils.

Blanche franchit le seuil de la poterne. Une fumée noire montait en spirale du cœur des bois. Crépitements et sifflements du feu. De la cendre, telle une neige grise, dansait, légère, au-dessus des arbres. Une odeur douceâtre de chair brûlée, rappelant le rôt à un banquet hivernal, flottait dans l'air.

Puis elle les vit. Lui tournant le dos, une femme et une petite fille. Elles semblaient observer la vallée du côté de Chalabre.

Minou Joubert et Alis ? Était-ce possible ? Non, elles étaient dans les bois. Blanche avait ordonné qu'on les y amène. Elles avaient été attachées près du bûcher, elle s'en souvenait.

Elle s'avança. Ses pieds nus ne faisaient aucun bruit sur l'herbe. Elle regarda la fillette lever la main et l'agiter en un large arc de cercle pour attirer l'attention de quelqu'un d'autre. Tendant l'oreille, Blanche entendit des sabots remonter le sentier.

Pourquoi avaient-elles le dos tourné à ce magnifique feu ? Ne comprenaient-elles pas que le brasier allait les rapprocher de Dieu ?

Elle entendait leurs voix à présent. Toujours, des voix. Mais celles-ci ne lui parlaient pas. N'étaient pas pour elle. Plus près. Presque. Il fallait arrêter ce chuchotement. Elle allait le faire. Assez de murmures. Elle raffermit sa prise sur le manche de sa dague. Elle était assez près pour frapper. C'est alors qu'un oiseau effarouché s'envola des sous-bois, et que l'enfant se retourna brusquement.

L'espace d'un instant, leurs regards se croisèrent.

Puis la fillette hurla. Blanche passa à l'attaque au moment même où l'autre silhouette se retournait, se plaçant devant l'enfant alors que la lame s'abattait.

Le métal fendit la chair. Toucha l'os, quelque chose de dur.

Blanche sourit. Sa tâche était accomplie. Allait-elle enfin connaître la paix ? Plus de murmures. Elle avait fait ce que Dieu lui avait commandé. Elle pouvait désormais se reposer.

Elle retira le couteau pour porter un second coup, mais la femme était déjà en train de s'effondrer. Un amas de chair, de sang et de velours. De si beaux atours. Minou Joubert avait-elle été si richement vêtue auparavant ? Le capuchon glissa, révélant un visage.

Ce n'était pas Minou Joubert.

« Tante ! » hurlait l'enfant.

Blanche recula en chancelant. Comme cela se pouvait-il ? Puis, en périphérie de son champ de vision, un jeune homme apparut au sommet de la colline, menant deux chevaux. Il les vit, lâcha les rênes et s'élança vers elles.

L'enfant sanglotait éperdument, un bruit perçant et incessant.

« Tante, réveillez-vous... »

Blanche se plaqua les mains sur les oreilles. Sentit le sang goutter le long du bras avec lequel elle tenait le couteau, et sur l'intérieur de ses cuisses.

Ce n'était pas Minou Joubert.

Elle recula encore d'un pas. Un autre son derrière elle. De son domaine, par la poterne restée ouverte, d'autres étaient en train de sortir. Un maigre vieillard, trébuchant comme s'il était aveuglé par le monde, et une vieille femme au visage buriné. Un homme aux cheveux roux, comme l'hérétique reine d'Angleterre.

Et elle, celle que Blanche était censée avoir tuée. Dieu le voulait.

Elle baissa les yeux sur le corps qui gisait devant elle. Pas Minou Joubert. Elle vit l'enfant essayer de stopper l'hémorragie de ses petites mains. Un souvenir fugitif. Ses doigts blancs, le sol en pierre de la chapelle, la douleur qui semblait lui fendre le corps en deux.

Sa tête était pleine de cris. D'échos. De reproches. Comment avait-elle pu se tromper à ce point ? Les voix lui avaient dit de tuer l'enfant, mais elle avait mal compris. Elle avait cru qu'elles parlaient de l'enfant de la catin huguenote, mais elle s'était trompée. À présent, elle comprenait.

Elle baissa les yeux sur son ventre et sentit se tordre la créature à l'intérieur. Ses ennemis étaient partout. Elle était assaillie de toute part, comme jadis le peuple de Dieu. Ils venaient du château par la poterne ouverte, de ses villages dans la vallée, et les armées fantômes des bois calcinés marchaient avec eux.

C'étaient là les derniers jours avant que les ténèbres recouvrent la terre. La fin des temps.

Blanche leva les yeux vers le donjon et, l'espace d'un fugitif instant, dans la demi-seconde entre deux battements de cœur, elle crut voir à la fenêtre un visage qui les observait.

« Valentin... », murmura-t-elle avant de se rappeler qu'il l'avait abandonnée.

Elle appuya les mains sur sa peau, pour trouver l'endroit. Resta immobile un instant. Puis sourit et retourna l'arme contre elle.

« Un temps pour se taire. »

Elle enfonça de nouveau la lame, plus bas cette fois, dans son ventre. Aussitôt, les voix s'interrompirent. Elles étaient contentes d'elle, oui. Calmes. Paisibles, désormais. L'air scintilla et chatoya avant de retrouver son immobilité.

Plus un mot.

« Minou, appela Alis en pleurant. Elle ne veut pas se réveiller. »

Minou appuya délicatement la tête de sa tante sur ses genoux.

« Tante. » Aimeric, accroupi par terre à côté de Mme Boussay, pressait son mouchoir sur la plaie. « Ne vous endormez pas. Regardez-moi. Essayez d'ouvrir les yeux.

– Ah, neveu. Toujours aussi bruyant.

– Je vous en prie, tante, sanglota-t-il.

– J'ai vraiment très froid, Aimeric, bien que ce soit une si belle journée. » Elle tourna la tête. « Êtes-vous là aussi, Minou ?

– Je suis là, tante.

– Nièce, je pense que nous devrions rentrer. Je croyais que quelqu'un avait allumé un feu pour nous réchauffer. En fait, j'en suis certaine. Non, je m'embrouille encore. Il fera chaud à l'intérieur, près de l'âtre. »

Minou luttait pour retenir ses larmes.

« Nous allons vous amener à l'intérieur. Ne vous inquiétez pas. Tenez, voici Piet, venu nous aider. Et Bernard également.

– Bernard ? »

Mme Boussay ouvrit tant bien que mal les yeux et essaya de tendre la main.

« Restez consciente, tante, chuchota Aimeric. Ne m'abandonnez pas.

– Neveu, vous parlez trop. » Sa voix faiblissait. « Bernard, quel plaisir de faire votre connaissance après toutes ces années. J'ai eu la grande joie d'avoir la compagnie de Minou et d'Aimeric ces derniers mois, mais bien sûr, vous le savez.

– Oui, je le sais. Merci pour votre grande bonté.

– Eh bien, le plaisir a été pour moi, et je pense connaître mes devoirs envers la chair de ma chair, quoi que M. Boussay… » Sa voix s'éteignit un peu plus. « Florence vous accompagne-t-elle ? Est-elle ici ? J'aimerais la voir. » Elle regarda autour d'elle, puis fronça les sourcils. « Sœur ? »

Mme Noubel s'agenouilla à côté d'elle.

« Florence n'est pas là, Salvadora, mais moi si. Cécile. Nous nous sommes rencontrées hier au village.

– En effet. Vous étiez la dame d'honneur de Florence, je me souviens. J'aurais tant aimé être demoiselle d'honneur, mais mon cher papa n'a pas voulu me laisser venir.

– Mettez-la sur cette cape, dit Minou. Utilisez-la comme brancard. Nous allons l'amener dans le château. » Elle prit une grande inspiration. « Elle aussi.

– Pas elle ! protesta vivement Aimeric.

– Nous ne pouvons pas la laisser à la merci des corbeaux et des loups, ce n'est pas chrétien.

– Non, dit Alis en courant se jeter dans les bras de Bernard. Pas elle.

– Nous devons les ramener toutes les deux, insista Minou.

– Et les soldats ? demanda Aimeric. Ils vont nous voir.

– Les soldats sont partis, répondit calmement Bernard. Certains ont déserté lorsque le feu a commencé à prendre. D'autres ont pris la fuite en même temps que son confesseur. Ils étaient sous ses ordres.

– Vite, dit Minou. Elle va mourir si nous ne trouvons pas de l'aide. »

Blanche sentit des mains la soulever. Les voix dormaient à présent. Il n'y avait plus de mouvement en elle. Plus de voix.

Elle lâcha un dernier, long soupir.

Puis, un silence merveilleux et béni se fit.

74

Château de Puivert
Vendredi 29 mai

Une semaine plus tard, Minou, debout dans la clairière au nord des remparts, regardait la bière de Blanche disparaître lentement dans la fosse.

« *In nomine Patris, et Filii, et Spiritus Sancti.* »

Une motte de terre brune, glissant d'entre les doigts tremblants du prêtre catholique qu'elle avait fait venir de Quillan pour officier à l'inhumation, heurta le couvercle du cercueil avec un léger bruit sourd. Puis une autre main se tendit au-dessus de la tombe ouverte, et encore une autre. Humus et cailloux tambourinant sur le bois, comme la pluie. Pas une larme ne coulait, mais tous les visages étaient solennels, et beaucoup portaient les marques des événements de cette journée fatidique.

Depuis sept jours, Puivert enterrait ses morts. Le glas avait sonné pour ceux qui étaient très aimés, tels que Guilhem Lizier, ainsi que pour ceux comme Paul Cordier qui, bien que peu appréciés, appartenaient tout de même au village. Les soldats tués dans les bois y avaient également été inhumés. Le valet du prêtre, Bonal, aussi, ainsi qu'un petit nombre d'hommes – restés dévoués à Blanche de Bruyères – qui étaient morts au combat lorsque l'armée de civils de Bérenger était montée à l'assaut.

Et enfin, ces dernières obsèques. La conclusion de toute l'affaire.

« Amen. »

C'était un petit groupe qui était rassemblé devant la tombe. Minou et Piet, Bernard avec Alis serrée contre lui, Mme Noubel et Bérenger, le vieil Achille Lizier à leurs côtés. Un peu plus loin, Aimeric se tenait à côté d'une chaise à porteurs où était assise une invalide. Posée à l'ombre du rempart, la chaise avait été descendue du logis et portée jusqu'à l'extérieur du château pour cette triste occasion. Aimeric était aux petits soins pour sa tante, remontant sa couverture sur ses genoux, lui offrant des biscuits et du vin ; une véritable mère.

« Aimeric, franchement. Est-ce trop demander que vous restiez immobile un moment ? demanda-t-elle avec tendresse. Vous me fatiguez. »

Pendant deux jours, Mme Boussay était restée entre la vie et la mort. La blessure était profonde. Le coup que lui avait porté Blanche avait été dévié par la bible de Florence et avait manqué les organes vitaux, mais elle avait contracté de la fièvre. Le médecin appelé de Chalabre avait prévenu la maladie. Minou, Mme Noubel et Aimeric n'avaient pas quitté son chevet. Le troisième jour, enfin, sa fièvre était retombée et elle avait dormi. Elle était encore très faible et ne pouvait se déplacer sans assistance, mais le danger était passé. Lorsque Minou lui avait annoncé la mort de son mari à Toulouse, une larme avait coulé de ses yeux, puis elle avait remercié le Seigneur et souri.

Le fait qu'elle devait la vie à une bible protestante amusait grandement Aimeric. Il s'était mis à la taquiner à ce sujet, et Minou, voyant le plaisir que ses remarques gentiment espiègles causaient à sa tante, ne le réprimandait pas. De son côté, Mme Boussay était persuadée que c'était sa sœur aînée, Florence, qui veillait sur elle et lui avait sauvé la vie.

« Êtes-vous sûre d'être installée confortablement ? demanda encore une fois Aimeric. Voulez-vous que je demande à Alis d'aller chercher votre éventail, ou...

– Vous faites trop de bruit, neveu, répondit affectueusement Mme Boussay. Bien trop de bruit. »

Le prêtre regarda Minou, qui hocha la tête. Il fit le signe de croix, puis recula pour laisser deux villageois entreprendre de combler la tombe.

« Êtes-vous certaine de vouloir faire cela tout de suite ? » demanda Piet alors qu'ils repartaient en direction de la poterne.

Elle lui sourit.

« Oui, mon cœur. Voulez-vous bien rassembler tout le monde dans la cour supérieure ? »

Piet hocha la tête, et s'en fut procéder aux préparatifs.

Déjà, le temps commençait à soigner les horreurs de ce jour interminable.

Alors qu'Achille Lizier et les femmes et enfants du village luttaient pour sauver les bois, venant enfin à bout de l'incendie au crépuscule, Bérenger et ses camarades s'étaient emparés du corps de garde. Dès que les soldats avaient appris que la châtelaine de Puivert était morte et que monsignor Valentin avait pris la fuite, la plupart avaient déposé les armes. Ceux qui avaient continué à résister avaient rapidement été vaincus et faits prisonniers, ou autorisés à s'en aller.

Les jours et les nuits qui avaient suivi, Minou avait à peine dormi. Chaque fois qu'elle fermait les yeux, ses rêves étaient emplis de sang et de terreur. De visions d'Aimeric battu et ensanglanté, de Piet incapable de s'échapper alors que les flammes se rapprochaient inexorablement, d'Alis portant les marques d'une corde autour du cou, de Salvadora s'écroulant au sol et de l'herbe autour de son corps se teintant de rouge. De Blanche, le ventre ouvert, souriant alors que sa vie – et celle de son enfant à naître – la quittait.

Pour chasser les ténèbres, Minou avait parlé à Piet. Reconstitué toute l'histoire dans sa tête. À partir de tout ce qu'elle avait appris de son père et de sa tante, de Blanche également. Tout ce qu'elle avait découvert par elle-même. Parlé, pour ne pas se laisser submerger par ses sinistres souvenirs.

Cela deviendrait plus facile avec le temps. Son père lui en avait fait la promesse.

La veille, au crépuscule, Minou était montée tout en haut du donjon pour admirer le magnifique paysage alentour. Les couleurs de l'été, les verts, les roses, le jaune des champs, l'argent du Blau coulant au milieu de la vallée, les teintes cuivrées du soleil couchant sur les collines. Elle avait songé à ses parents, et à la femme aux yeux vairons qui était morte en lui donnant la vie.

Elle avait songé au calme qui caractérise l'amour vrai. Ce n'était pas la chaleur et la passion évoquées dans les vieux contes, cette flamme vive et vite éteinte. Mais un compagnonnage silencieux qui semblait né d'années de vie commune. Avec l'homme qui allait être son époux.

Elle était restée là encore quelque temps, à regarder le soleil sombrer derrière l'horizon à l'ouest. Avait vu la lune argentée apparaître à l'est, au-dessus des vestiges calcinés des bois. Et ses pensées étaient retournées à Piet et à ce qu'ils pouvaient construire ensemble, ici à Puivert.

Minou attendit que tout le monde soit réuni dans la cour, puis monta sur les marches qui menaient au donjon pour s'adresser à la foule.

Une mer de visages étaient levés vers elle. Sa famille savait ce qu'elle allait dire, mais les domestiques et les villageois étaient sur leurs gardes, et certains même, inquiets. Il y avait également un petit groupe de jeunes gens qui avaient servi la famille de Bruyères et s'étaient laissé persuader de revenir, par la promesse qu'ils ne seraient pas punis pour avoir déserté leur poste.

Alis affichait un grand sourire. Mme Noubel et Bérenger se tenaient l'un près de l'autre ; assez près pour que Minou se pose des questions. Sa tante, bien qu'assise les yeux fermés et manifestement épuisée, était en train de gronder Aimeric parce qu'il ne se tenait pas droit. Minou vit à son grand plaisir que Piet et son père étaient côte à côte. Déjà, ils s'étaient découvert de nombreuses affinités, et Bernard avait donné sa bénédiction sans réserve à leur mariage. À cet instant, il avait l'air fier, et Piet nerveux.

Minou sortit le testament de sa poche, bien qu'elle n'en ait pas besoin. Les termes en étaient déjà connus de tous dans le village grâce à Achille Lizier. Mais elle trouvait étrangement rassurant de l'avoir, sachant que Marguerite et Florence l'avaient toutes deux tenu entre leurs mains. Pour Minou, c'était devenu un talisman.

« Mes amis, commença-t-elle, nous n'avons pas besoin de parler des événements terribles qui se sont déroulés ici. Nous sommes tous marqués par eux. Nous en avons tous été témoins. Ce que nous avons éprouvé – peur et chagrin, colère et pitié –, toutes ces émotions vont rester gravées dans nos cœurs pendant très longtemps. Nous souffrons, mais nous nous remettrons. Nous l'emporterons. »

Elle s'interrompit, les mots qu'elle avait préparés dans sa tête se coinçant brusquement dans sa gorge. Qui était-elle pour dire des choses pareilles ? Pour vouloir des choses pareilles ?

Puis elle croisa le regard de Piet et vit qu'il souriait. Lentement, il leva la main et l'appuya contre son cœur. Elle sentit à ses côtés la présence de tous ceux qu'ils avaient perdus, aussi réelle, l'espace d'un instant, que les visages tournés vers elle.

« Maintenant, il nous faut regarder vers l'avenir, reprit-elle, d'une voix redevenue ferme. Je n'ai pas cherché cela. Je ne souhaitais pas devenir maîtresse de Puivert et de ces terres, mais cette lourde responsabilité m'a incombé. Et je l'accepte. »

Un murmure se répandit dans la foule. Minou vit Bérenger froncer les sourcils et tenter de faire taire les gens. Sa détermination à toujours la protéger lui fit chaud au cœur.

« Nous – et elle tendit la main pour inviter Piet à s'avancer – souhaitons que Puivert devienne une terre d'asile pour tous ceux qui en ont besoin. Catholiques et huguenots, juifs et Maures, quiconque est chassé de chez lui par la guerre ou à cause de sa foi. Ce qui s'est passé à Toulouse ne doit jamais être autorisé à se reproduire. »

Piet hocha la tête, et elle prit une autre profonde inspiration.

« Alors je déclare ceci. Toute personne parmi vous préférant s'en aller peut le faire. Aucun jugement ne sera porté sur elle. Quant à ceux qui souhaitent rester pour servir ici, vous êtes les bienvenus. »

Pendant un moment, le silence régna. Puis un des plus jeunes soldats fit un pas en avant et inclina la tête.

« Mon épée est à votre service, madame. »

Puis un autre.

« La micnne aussi. »

La voix d'Aimeric fut la plus forte.

« Et la mienne, ma sœur. »

Alis commença à applaudir, puis son père et Mme Noubel se joignirent à elle, et bientôt toute la cour résonna d'applaudissements et d'acclamations. Mme Boussay agita son éventail. Même Bérenger souriait à présent.

« Bien dit, ma Dame des Brumes, lui chuchota Piet à l'oreille alors qu'elle redescendait sur l'herbe. Châtelaine de Puivert. »

ÉPILOGUE

Château de Puivert
Samedi 3 mai 1572

Il est 7 heures du soir. La femme désormais connue sous le nom de Marguerite de Puivert se tient au sommet du donjon et, tournée vers Chalabre, regarde la vallée.

Sa fille de sept ans, Marta – ainsi nommée en l'honneur de la mère de Piet –, trépigne à côté d'elle, attendant avec impatience l'arrivée de leurs visiteurs.

« Reste tranquille, petite, lui dit Minou.

– Je le suis.

– Ils seront bientôt là. »

Tout en contrebas, dans la cour principale, elle peut voir Piet, leur fils de deux ans, Jean-Jacques, sur les épaules, en train de superviser les préparatifs. De si haut, ils paraissent tout petits, mais elle chérit chaque ride, chaque sourire sur le visage de son époux, chaque fossette sur les joues de son fils, et les visualise parfaitement.

Ils viennent encore de connaître une magnifique journée dans les montagnes. Un ciel d'un bleu infini, une brise légère qui, soufflant dans les bois, fait chatoyer le dessous argenté des feuilles. Et murmure doucement. Il n'y a plus trace désormais des aulnes et des hêtres calcinés, ou des sapins et des minces chênes qui se dressaient là autrefois, même si Minou pense que la forêt garde encore le souvenir de ce qui s'est passé dix ans plus tôt, dans l'écorce de ses plus vieux arbres, dans la terre et dans les fougères qui ont depuis repoussé.

Les vieilles superstitions des montagnes ont conduit à l'apparition d'un petit autel dans la clairière, à la mémoire de ceux qui moururent ce jour de mai de l'an 1562. Minou n'encourage pas la pratique, mais les femmes y apportent des bouquets et des bouts de ruban, des vers écrits dans la langue d'autrefois pour tenir les esprits à distance. Pour que les morts continuent de dormir tranquillement dans la terre froide. Il n'y a que Minou qui, le jour anniversaire de sa mort, pose des fleurs sur la tombe de Blanche de Bruyères.

Il est important, pense-t-elle, de ne pas oublier.

Minou regarde le journal dans sa main. Elle y note tout, une manière de se rappeler la vérité des choses. C'est un véritable coffre au trésor où elle conserve les lettres qu'elle a reçues – de sa tante, de Mme Noubel (maintenant Mme Bérenger), d'Aimeric au gré de ses déplacements à travers la France avec son régiment. Le testament écrit par sa mère biologique, Marguerite, et le vieux plan de la Bastide esquissé à la craie par Florence.

Le château de Puivert est devenu un endroit sûr, prospère et, dans l'ensemble, heureux. Nombre d'hommes et de femmes y ont trouvé refuge en dix ans de guerre et de paix armée. Le vieux duc de Guise est mort depuis longtemps – assassiné par un homme à la solde de Coligny lors du siège d'Orléans en l'an 1563 –, mais son fils aîné, Henri, dirige les armées catholiques à sa place. À son côté est une étoile montante de l'Église catholique, le cardinal Valentin. Il jouit, dit-on, d'un pouvoir – et d'une fortune – plus grand que n'importe quel autre conseiller du jeune duc. On dit également que dans un reliquaire orné de pierreries exposé dans la chapelle familiale des Guise en Lorraine se trouve une sainte relique d'une valeur inestimable. Un morceau du Suaire d'Antioche.

Lorsque, de temps en temps, le nom de Vidal est mentionné, Minou remarque qu'une ombre passe toujours sur le visage de son époux.

Le prince de Condé, héros de la résistance huguenote, est lui aussi enterré depuis trois ans. C'est l'amiral Coligny qui commande désormais les forces protestantes. Minou est fière qu'Aimeric compte parmi ses lieutenants de confiance, mais elle ne voit toujours pas de raisons valables à la poursuite de la guerre. Depuis dix ans, rien n'a vraiment changé. Les débats sont devenus éculés. La foi et ses conséquences ont ruiné et le pays et l'âme des hommes.

Mais à présent, il y a l'espoir d'une fin au conflit. Ce sont des femmes qui ont négocié cette dernière paix, mettant un terme à la troisième période de guerre. La reine protestante de Navarre a accepté que son fils, Henri, épouse la fille de la reine douairière, Marguerite de Valois ; la sœur du roi. Ce seront les plus belles noces d'une génération. Toute la noblesse protestante, Minou et Piet inclus, a été invitée à se joindre aux festivités à Paris ce mois d'août, quelques jours avant la Saint-Barthélemy.

Piet et Aimeric iront. Alis aussi, peut-être. Minou n'a pas décidé si elle veut les accompagner ; elle trouve les enfants encore trop jeunes. Elle aime sa vie dans les montagnes et, en vérité, il n'y a de la place que pour trois villes dans son cœur : sa chère Carcassonne, Toulouse – où Mme Boussay tient salon dans la maison de la rue du Taur – et Amsterdam.

« Est-ce eux ? » demande Marta, plissant les yeux dans le soleil couchant.

C'est une enfant curieuse, à l'esprit vif, qui pose continuellement des questions. La nièce favorite de sa tante Alis, qui vient tous les ans de Carcassonne avec grand-papa Bernard pour passer l'été à Puivert.

« Non. Ils doivent arriver en voiture, répond Minou. Regarde encore. »

Elle fait un pas vers sa fille, au cas où celle-ci s'approcherait trop du bord. L'obstinée fillette a hérité d'Aimeric l'amour des hauteurs, et elle est intrépide. Mais pour l'instant, elle se tient parfaitement immobile, les deux mains en visière.

Minou a épousé Piet dans la chapelle du château la veille de son vingtième anniversaire. Mme Boussay était sa dame d'honneur, bien qu'ils aient prononcé leurs vœux devant un pasteur huguenot. Minou porte désormais à l'annulaire une sobre alliance en argent, même si elle conserve précieusement dans son journal, avec ses autres trésors, l'anneau de ficelle qui, le premier, les a unis sur les rives du Blau.

Quelques années plus tard, Aimeric et Jeannette de Chalabre ont prononcé les mêmes vœux devant le même pasteur. Pendant qu'elle pleurait son premier amour, Aimeric avait attendu, puis il était tombé amoureux d'elle. Il lui avait demandé sa main le jour de son dix-huitième anniversaire. À l'occasion de son mariage, Alis a tenu le rôle de demoiselle d'honneur et, lors du repas de noces, a raconté avec une verve irrévérencieuse les nombreux exploits et bêtises d'enfance de son frère.

Minou s'assied souvent dans la chapelle lorsqu'elle recherche la solitude. C'est un endroit de paix et de contemplation, loin des préoccupations liées à la gestion du domaine ou à la prise en charge des réfugiés qui continuent de trouver le chemin de Puivert été comme hiver, printemps comme automne. C'est une chapelle protestante, désormais, et non plus catholique, mais le même soleil entre par la fenêtre sud au crépuscule, faisant danser des diamants de lumière sur les murs et les dalles. Minou pense que c'est dans ces choses – la lumière et la pierre, les bois et le ciel – qu'on peut réellement trouver Dieu.

« Là ! » s'écrie Marta en indiquant du doigt un nuage de poussière soulevé par le martèlement des sabots des chevaux sur la route.

Une voiture remonte la route de Chalabre.

« Je crois que tu as raison, petite », répond doucement Minou.

Mais sa fille est déjà en train de crier à son père et à son frère, penchée par-dessus le parapet :

« C'est eux ! Ils sont là ! »

Piet se retourne, les voit et lève la main en réponse.

« Ne cours pas dans les escaliers », lance Minou, mais Marta est déjà partie.

Minou s'attarde un petit moment, écoutant le bruit des roues qui se rapproche. Le pont-levis qui tremble au passage de la voiture et les gardes qui ouvrent les portes. Les rires et les exclamations de bienvenue dans la basse-cour. C'est la première fois depuis très longtemps que toute la famille est réunie. Aimeric et sa Jeannette, Alis et Bernard, et même Mme Boussay, venue de Toulouse en compagnie de Bérenger et de Cécile, qui ont fait un détour depuis Carcassonne pour passer la prendre.

Mais pendant quelques instants encore, Minou reste en hauteur, dans son nid d'aigle sous les cieux. Elle regarde, en contrebas, son Piet bien-aimé marcher main dans la main avec Marta, portant Jean-Jacques sur l'autre bras. Elle peut voir son jeune fils jouer au soldat, agitant en l'air son épée de bois.

Elle s'assied sur le parapet, ouvre son journal à une nouvelle page et commence à écrire.

Château de Puivert. Samedi 3 mai, en l'an de grâce du Seigneur 1572.

À l'ouest, le soleil disparaît derrière les collines. Du bleu, le ciel passe au rose, puis au blanc, promettant pour le lendemain une autre journée parfaite.

À PROPOS DE LA LANGUE

La langue d'oc, dont le Languedoc tire son nom, était la langue parlée au Moyen Âge dans le Midi, de la Provence à l'Aquitaine. Elle est très proche du provençal, du catalan et du basque. La langue d'oïl – précurseur du français moderne – était parlée dans le nord et le centre de la France.

Au cours des vingt-cinq dernières années, une sorte de révolution linguistique s'est opérée dans le Midi. On peut désormais voir de l'occitan sur tous les panneaux principaux, il y a une école bilingue français-occitan au cœur de la ville médiévale de Carcassonne, et la langue est défendue et promue à la télévision. Cependant, aux XVIe et XVIIe siècles, l'occitan était considéré à la fois comme un patois provincial et comme le signe d'un manque d'éducation. Pour établir une distinction entre les nouveaux venus et les autochtones, j'ai utilisé concurremment l'occitan et le français. Certains mots, par conséquent, apparaissent sous les deux formes – par exemple mademoiselle/*madomaisèla* et monsieur/*sénher*.

Cette indépendance linguistique – ajoutée à l'indépendance d'esprit dont on peut, en partie, trouver l'origine dans l'invasion du Sud par le Nord catholique en 1209-1244 – est une des raisons suggérées par certains historiens pour expliquer pourquoi il y avait davantage de communautés huguenotes dans le Sud, et pourquoi elles résistèrent tellement plus longtemps à la répression. Comme dans le cas de la prétendue « hérésie cathare », chez beaucoup de huguenots – ceux qui suivaient la religion réformée –, il y avait un simple désir de revenir aux fondamentaux de la religion et aux mots de la Bible – par opposition à l'interprétation de cette dernière par les évêques et les prêtres – et de rejeter le latin en tant que langue de culte. Par ailleurs, la croyance cathare et la foi protestante ont peu en commun en termes de doctrine et de théologie. D'un autre côté, il est raisonnable d'avancer que la liberté d'esprit et de pensée qui permit au catharisme de s'implanter si solidement dans le Languedoc aux XIe, XIIe et XIIIe siècles, avant d'être pratiquement éradiqué au XIVe, se retrouvait dans les communautés huguenotes du XVe et du XVIe siècle.

La traduction de la Bible en français par Jacques Lefèvre d'Étaples, en 1530 à Anvers, et la version révisée de Pierre Olivétan en 1535, furent d'importants jalons dans l'histoire du protestantisme, tout comme celle des Psaumes par le poète Marot, dans les années 1530 et 1540.

Les extraits de poésie et les dictons sont tirés de *Proverbes et dictons de la langue d'oc*, recueillis par l'abbé Pierre Trinquier, et de *33 Chants populaires du Languedoc*.

REMERCIEMENTS

Tout romancier sait que famille, amis et voisins font toute la différence entre réussir à maintenir une vie normale pendant qu'on se documente et qu'on écrit un livre, et s'effondrer complètement. J'ai la chance incroyable d'être entourée de gens qui m'ont apporté un soutien enthousiaste sur les plans tant affectif que pratique et professionnel, notamment :

– ma brillante éditrice chez Mantle (et ma plus vieille amie dans le monde de l'édition), Maria Rejt, ainsi que toute l'équipe de Macmillan London, en particulier Anthony Forbes Watson, Josie Humber, Kate Green, Sarah Arratoon, Lara Borlenghi, Jeremy Trevathan, Sara Lloyd, Kate Tolley, James Annal, Stuart Dwyer, Brid Enright, Charlotte Williams, Jonathan Atkins, Stacey Hamilton, Leanne Williams, Anna Bond et Wilf Dickie, Praveen Naidoo et Katie Crawford en Australie, Terry Morris, Gillian Spain et Veronica Napier en Afrique du Sud, et enfin Lori Richardson, Graham Fidler et Dan Wagstaff au Canada ; mon fabuleux agent, le seul, l'unique Mark Lucas, et tout le monde chez LAW, ILA et Inkwell Management, en particulier Alice Saunders, Niamh O'Grady, Nicki Kennedy, Sam Edenborough, Jenny Robson, Katherine West, Simon Smith, Alice Natali et George Lucas ; mes merveilleux éditeurs à l'étranger, en particulier Maaike le Noble et Frederika van Traa chez Meulenhoff Boekerij ; et enfin tout le monde au festival du livre de Franschhoek en Afrique du Sud et au fantastique musée des huguenots de cette même ville, où les prémices de cette histoire ont vu le jour ;

– mes amis à Chichester, Carcassonne, Toulouse et Amsterdam, qui m'ont soutenue, fait du thé et apporté du monde extérieur leur bonne humeur (et parfois du vin !) pendant la longue rédaction de ce roman, en particulier : Jon Evans, Clare Parsons, Tony Langham, Jill Green, Anthony Horowitz, Saira Keevil, Peter Clayton, Rachel Holmes, Lydia Conway, Paul Arnott, Caro Newling, Stefan van Raay, Linda et Roger Heald, mes amis au Chichester Festival Theatre, au *Women's Prize* et au National Theatre, Mark Piggott, chevalier commandeur de l'Ordre de l'Empire britannique et mécène des arts, Dale Rooks, Harriet Hastings, Syl Saller, Marzena Baran, Pierre Sanchez et Chantal Bilautou.

Un grand merci à ma famille, ma belle-famille, mes cousins, nièces et neveux, en particulier ma belle-mère Rosie Turner, ma cousine Phillipa (Fifi !) Towlson et ma belle-sœur Kerry Mulbregt, mon beau-frère Mark Huxley, mon adorable sœur Caroline Grainge, mon beau-frère Benjamin Graham, tout spécialement, pour ses superbes photos, mon neveu Rick Matthews et ma merveilleuse sœur Beth Huxley, pour son inlassable et généreux soutien sous toutes les formes (qui ne se limitent pas à avoir promené le chien et acheté des ballons !) ; et enfin à nos parents, Richard et Barbara Mosse, grandement aimés et profondément regrettés.

Enfin, comme toujours, je n'aurais rien pu accomplir de tout cela sans mon époux bien-aimé, Greg Mosse, mon premier amour et premier lecteur, et nos brillants et incroyables enfants (adultes maintenant !), Martha Mosse et Felix Mosse. Sans vous trois, rien de tout cela n'aurait grand sens. Je suis tellement fière de vous.

Kate Mosse, Toulouse, Carcassonne et Chichester, décembre 2017

Imprimé en France
par Normandie Roto Impression s.a.s., à Lonrai
N° d'impression : 1905071

MIXTE
Papier issu de
sources responsables
FSC® C003309
FSC
www.fsc.org

Les papiers utilisés dans cet ouvrage
sont issus de forêts responsablement gérées.